U0484960

潘军小说典藏

海口日记 Haikou Riji

时代出版传媒股份有限公司
安徽文艺出版社

潘军，男，1957年11月28日生于安徽怀宁，1982年毕业于安徽大学。当代著名作家、剧作家、影视导演，闲时习画，现居北京。

主要文学作品有：长篇小说《日晕》、《风》、《独白与手势》(《白》《蓝》《红》三部曲)、《死刑报告》以及《潘军小说文本》(六卷)、《潘军作品》(三卷)、《潘军文集》(十卷)等。作品曾多次获奖，并被译介为多种文字。

话剧作品有：《地下》、《合同婚姻》(北京人民艺术剧院首演，哈尔滨话剧院、美国华盛顿特区黄河话剧团复演，并被翻译成意大利文于米兰国际戏剧节公演)、《霸王歌行》(中国国家话剧院首演)；多部作品先后赴日本、韩国、俄罗斯、埃及、以色列等国演出，多次获得奖项。

自编自导的长篇电视剧有：《五号特工组》《海狼行动》《惊天阴谋》《粉墨》《虎口拔牙》等。

作品。然而重新翻检这些文字，又让我获得了一份意外的满足——毕竟，我在字里行间遇见了曾经年轻的自己。

不同版本的当代文学史，习惯将我划归为"先锋派"作家。国外的一些研究者，也沿用了这一说法。2008年3月，我在北京接待因"中国当代文学研究计划"采访我的日本中央大学饭冢容教授，他向我提问：作为一个"先锋派"作家，如何看待"先锋派"？我如是回答："先锋派"这一称谓，是批评家们做学问的一种归纳，针对的是20世纪80年代中期中国文坛出现的一批青年作家在小说形式上的探索与创新，尽管这些创新不可避免会受到西方某些流派作家的影响，但"先锋派"的出现，在某种程度上改变了中国小说的范式。这些小说在当时也被称作"新潮小说"。批评家唐先田认为，1987年发表的中篇小说《白沙龙》，是我小说创作的分水岭，由此"跳出了前辈作家和当代作家的圈子"而出现了"新的转机，透出了令人欣喜的神韵和气度"。这一观点后来被普遍引用。像《南方的情绪》《蓝堡》《流动的沙滩》等小说，都是这一特定历史时期的作品。这些小说在形式上的探索是显而易见的，带有实验性质，而长篇小说《风》则是我第一次把中短篇小说园地里的实验，带进了长篇领域。它的叙事由三个层面组成，即"历史回忆""作家想象""作家手记"。回忆是断简残篇，想象是主观缝缀，手记是复音。批评家吴义勤有文指出："在某种意义上，潘军在中国小说的发展中起到了继往开来的作用，而长篇小说《风》以其独特的文体方式和成功的艺术探索在崛起的新潮长篇小说中占有一席之地。"

2

潘军小说典藏

海口日记

潘 军 / 著

Pan Jun Xiaoshuo Diancang
Haikou Riji

时代出版传媒股份有限公司
安徽文艺出版社

图书在版编目(CIP)数据

海口日记/潘军著.—合肥:安徽文艺出版社,2017.2
(潘军小说典藏)
ISBN 978-7-5396-5981-7

Ⅰ.①海… Ⅱ.①潘… Ⅲ.①中篇小说-小说集-中国-当代
②短篇小说-小说集-中国-当代 Ⅳ.①I247.7

中国版本图书馆CIP数据核字(2016)第308273号

出 版 人:朱寒冬
出版策划:朱寒冬　　　　　　出版统筹:姜婧婧　张妍妍
责任编辑:张妍妍　欧子布　　　装帧设计:徐　睿

出版发行:时代出版传媒股份有限公司　www.press-mart.com
　　　　　安徽文艺出版社　www.awpub.com
地　　址:合肥市翡翠路1118号　邮政编码:230071
营 销 部:(0551)63533889
印　　制:安徽新华印刷股份有限公司　(0551)65859551

开本:880×1230　1/32　印张:17.125　字数:380千字
版次:2017年2月第1版　2017年2月第1次印刷
定价:68.00元(精装)

(如发现印装质量问题,影响阅读,请与出版社联系调换)
版权所有,侵权必究

新版自序

秋天里回合肥,在一次朋友聚会上,安徽文艺
寒冬先生建议我,将过去的小说重新整理结集
藏"系列。作为一个安徽本土作家,在家乡出书
福的事。况且他们出版的"作家典藏"系列,从
看,反响很好,看上去是那样的精致美观。我
我在安徽文艺出版社第一次出书,有种迟来
我的校友,社里很多风华正茂的编辑与我女
家一起欢悦地谈着这套书的策划,感觉就
午茶。这套书,计划收入长篇小说《风》
《蓝》《红》三部曲和《死刑报告》;另外,
集,共七卷。这当然不是我小说的全
品。像长篇小说处女作《日晕》以及
入。向读者展现自己还算满意的
思路。

每一次结集,如同穿越时光隧
过去艰辛写作的情景宛若目下,
个短篇小说起,三十多年过去了
一个写作人,让我感到最大不

在某种意义上,现代小说的创作就是对形式的发现和确定。如果说小说家的任务是讲一个好故事,那么,好的小说家的使命就是讲好一个故事。"写什么"固然重要,但我更看重"怎么写"。这一立场至今没有任何改变。在我看来,小说在成为一门艺术之后,小说家和艺术家的职责以及为履行这份职责所面临的困难也完全一致,这便是表达的艰难。他们都需要不断地去寻找新的、特殊的形式,作为表达的手段,并以这种合适的形式与读者建立联系。对于小说家,小说的叙事就显得尤为重要。在某种意义上,叙事是判断一部小说、一个小说家真伪优劣的尺度。一个小说家的叙事能力决定着一部作品的品质。

　　与其他作家不同,我写小说首先必须确定一个最为贴切的叙述方式,如同为脚找一双舒服的鞋子。而在实际的写作中,又往往依赖于自己的即兴状态,没有所谓的腹稿。在我这里的每一次写作,不是作家在领导小说,依照提纲按部就班,更多的时候是小说在领导作家,随着叙事的惯性前行——写作就是未知不断显现的过程。《风》脱胎于我的一部未完成的中篇小说《罐子窑》,我认为《罐子窑》的结构与意识,应该是一个长篇,于是就废弃了;长篇小说《死刑报告》最初写了三万字,觉得不是我需要的叙事方式,也废弃了;《重瞳——霸王自叙》则有过三次不同样式的开篇,直到找到"我讲的自然是我的故事,我叫项羽"才一气呵成。等到了长篇三部曲《独白与手势》,我开始尝试把图画引入文字,让这些图画变成小说叙事的一个有机的组成部分,文字和绘画,构成了一个复合文本。《死刑报告》后来决定把与故事看似不相干的"辛普森案件"并行写入,使其形成了一种观照,也就构成了中西方刑罚观念的一种比较与参照。这些都表明,即使在所谓先锋小说式微之后,我本人对小说形式的探索依旧没有停止。如果说我算得上先锋小说阵营里的一员,那么,所谓的先锋其实指的是一种探索精神。

我是个自由散漫的人。换言之,我毕生都在追求自由散漫。当初选择写作,看中的正是这一职业高度蕴含着我的诉求。通过文字进行天马行空的想象与自由表达,以此建筑自己的理想王国,这种苦中作乐的美好与舒适,只有写作者亲历才可体味。然而几百万字写下来,我越发感受到这种艰难的巨大,原来写作的路只会越走越窄。同时我也清醒地意识到,今天的写作未必都是自由的。于是我的小说写作,便于1990年暂时停歇下来。两年后,我只身去了海口,后来又去了郑州,自我放逐了五年。虽然那几年过得身心疲惫,但毕竟还是拥有了一份可贵的自由。另一个意思,是我乐意以这种方式将自己从所谓的文坛中摘出来,心甘情愿地被边缘化。我喜欢独往独来。批评家陈晓明曾经说我是一个难以把握的人物,"具有岩石和风两种品性,顽固不化而随机应变",指的就是这个阶段,但我的这种应变却是因为现实的无奈与无望。我深知写作不仅是一个艰难的职业,更是一个奢侈的职业。决定放弃一些既得利益,就意味着今后必须自己面对一切,单打独斗。其实我从来没有觉得自己真的下过海,倒是向往江湖久矣!我必须换一个活法。1996年2月,我在郑州以一部中篇小说《结束的地方》,结束了这段颠沛流离的生活,重新回到阔别的案头。

我开始思考,"先锋派"作家一直都面临着一个挑战:形式的探索在很大程度上影响到阅读的广泛性。尽管这些作家不会去幻想自己的作品成为畅销书,但从来不会忽视读者的存在,至少我是如此。实际上,阅读也是创作的一个构成元素。很多年前我打过一个比方:好小说是一杯茶,作家提供的是茶叶,读者提供的是水。上等的茶叶与适度的水一起,才能沏出一杯好茶。强调的就是读者对创作的参与性。我甚至认为,好的小说作家只能写出一半,另一把是由读者完成的。我希望自己的小说好看,但先锋作为一种探索精神不可丧失。毕竟,小说不是故事,小说是艺术,是依靠语言造型的艺术,是语言的"有意味的形式"。小说更是一种人文情怀的倾诉与表达。我要尽力去做的,还是要向大众讲好一个好故事。这之后,我陆续写出了《海口日记》《三月一日》《秋声赋》《重瞳——霸王自叙》《合同婚姻》《纸翼》《枪,或者中国盒子》《临渊阁》等一批中短篇以及长篇三部曲《独白与手势》和《死刑报告》。我骨子里"顽固不化"的一面再次呈现而出。批评家方维保说:"对于潘军可以这么说,他算不得先锋小说的最优秀的代表,但是他确实是先锋小说告别仪式中最引人注目的一位。正因为潘军的创作,才使先锋小说没有显得那么草草收场,而有了一个辉煌的结局。"这当然是对我的鼓励,但始料不及的是,八年后,我的小说创作再次出现了停歇,而这一次的停歇,我预感会更长。果然,一晃就过去了十年。

　　我又得"随机应变"了。这十年里,我的主要精力都放到了影视导演上。因为这种突兀的变化,我时常受到了一些读者的质疑与指责。但他们却是我小说最忠实的读者,我由衷地感谢他们,诚恳地接受他们的批评。但需要说明的是,我作为小说家的工作并未就此结束,只是暂告一段落。十年间我自编自导了一堆电视剧。这看起来是件很无聊的事情,但对我则是一次蓄谋已久的热身,接下来我会去做自己喜欢的电影。由作家转为导演,本就是圆自己一个梦,企图证明一下自己在这方面的野心。我要拍的,不是所谓的作家电影,而是良心电影。这样的电影之于我依然是写作,依然是发自内心的表达。但是,这样的电影不仅难以挣钱,也许还会犯忌,所以今天的一些投资人早就对此没有兴趣了,而我却一厢情愿地自作多情。他们只想挣钱,至于颜面,是大可以忽视的。更何况,要脸的事有时候又恰恰与风险结伴而行。

面对这样的局面,我的兴趣自然又一次发生了转移——专事书画。写作、编导、书画,是我的人生三部曲。近两年我主要就是自娱自乐地写写画画。其实,在我成为一个作家之前,就是学画的,完全自学,但自觉不俗。我曾经说过,六十岁之前舞文,之后弄墨。今天是我的生日,眼看着就奔六了,我得"hold(稳)住"。书画最大的快乐是拥有完全的独立性,不需要合作,不需要审查,更不需要看谁的脸色。上下五千年,中国的书画至今发达,究其原因,这是根本。因此,这次朱寒冬社长提议,在每卷作品里用我自己的绘画作为插图。其实,在严格意义上,这算不上插图,倒更像是一种装饰。但做这项工作时,我意外发现,过去的有些画之于这套书,好像还真是有一些关联。比如在《风》中插入《桃李春风一杯酒》《高山流水》《人面桃花》以及戏曲人物画《三岔口》,会让人想到小说中叶家兄弟之间那种特殊的复杂性；在《死刑报告》里插入《苏三起解》《乌盆记》《野猪林》等戏曲人物画以及萧瑟的秋景，或许是暗示着这个民族亘古不变的刑罚观念与死刑的冷酷；在《重瞳》之后插入戏曲人物画《霸王别姬》和《至今思项羽》，无疑是对西楚霸王的一次深切缅怀。如此这些都是巧合，或者说是一种潜在的缘分，这些画给这套书增加了色彩，值得纪念。

书画最大限度地支持着我的自由散漫，供我把闲云野鹤的日子继续过下去。在某种意义上，书画是我最后的精神家园。今年夏天，我在故乡安庆购置了一处房产，位于长江北岸，我开始向往叶落归根了。我想象着在未来的日子里，每天在这里读书写作，又时常在这里和朋友喝茶、聊天、打麻将。我可以尽情地写字作画，偶尔去露台上活动一下身体，吹吹风，眺望江上过往帆樯，那是多么的心旷神怡！然而自古就是安身容易立命艰难。我相信，那一刻我一定会情不自禁地想起电脑里尚有几部没有写完的小说，以及计划中要拍的电影，也不免会一声叹息。我在等待，还是期待？不知道。

是为序。

潘军

2016 年 11 月 28 日于北京寓所

目录

新版自序 / 1

海口日记 / 1

结束的地方 / 51

对门·对面 / 88

秋声赋 / 137

我的偶像崇拜年代 / 183

从前的院子 / 220

合同婚姻 / 260

犯罪嫌疑人 / 321

对话 / 382

1962年,我五岁 / 396

小姨在天上放羊 / 407

抛弃 / 413

半岛四日 / 424

和陌生人喝酒 / 434

上官先生的恋爱生活 / 446

某部的于村 / 457

纸翼 / 469

轻轨 / 482

临渊阁 / 496

草桥的杏 / 513

附录 浪子·硬汉与生存恐惧 方维保 / 528

海口日记

1

由犁城到广州的空中距离我不知道是多少,但空中的飞行时间是一百分钟。麦克·道格拉斯82型飞机样子像条泥鳅,据说昂头腾空的时候很性感。以往我坐飞机最怕天气不好,遇上气流,飞机就像只大鸟,机翼呼扇呼扇。而我每次都在能看见鸟翅的位置上。那时我就想,最好的材料也难以承受这样的扇动,如果它断了呢?后果当然不堪设想了。可是全世界每天有多少万人坐飞机,他们当中有总统和诺贝尔奖得主,一旦飞机升空,我同他们就完全平等了。他们能掉下去,我为什么不能?他们不掉下去,为什么偏偏是我掉下去呢?这样一想,问题就基本解决了。我们都是俗人,没有必要自以为是,命大命小这会儿可不是由我们说了算。我与其去看舷窗外的白云还不如看空姐的脸。她们的表情虽然有点做作,不过我还是很喜欢。

今天是个好天气,能见度高。从一万米高空往下看,山川河流像一些散乱的绳子。云很低很薄,飞机稳得像碰上了磁铁。在我右边的那个过早谢顶的男人已经睡着了。可一发饮料,他一下就弹了起来。我想他一定是经常坐飞机的缘故,不然他怎么会这么准地醒来呢?

先生,可乐、啤酒还是茶?空姐问。

那人说:每样来一份吧。

空姐又问我,我说我只要茶。

每样都来一份的男人其实也只喝茶,他把两个易拉罐放进屁股下面那只皱巴巴的包里。那包还空,我想他还会再装进点什么。我因为只要了茶,谢顶的男人后来就不怎么理我。我觉得奇怪,我并没有做什么。

突然飞机的翅膀又扇起来了,窗外阳光灿烂。红灯亮了:请系上安全带。

怎么在阳光里飞也抖?我问空姐。

空姐说阳光反射成多少度角受到膨胀所以……

我还是没听明白。

我不喜欢广州这个城市。它给我的感觉是一种特殊的莫名其妙。比如说,我在街上经常看到一些马来人种的脸,就怀疑自己是走在胡志明市。广州所谓的好天气就是不下雨,你能感受到温度但根本见不到阳光。地上的所有投影都很古怪,你很难判断出方位。再就是语言的障碍,我不懂粤语。和一个讲粤语的人交谈是一件很辛苦的事,我只能从口型上去推敲某种语义,所得的判断基本上都是错的。所以说广州是一个不好判断的城市。

我不想在广州作短暂逗留。在广州要做的事,是和一位朋友见面。他是一家文学刊物的负责人,我们只通过电话,不能算认识。后来我就去了那家杂志社。我说我要找谁,立刻就有一位五短身材的英俊胖子从电话机边站起来,说就是他了。接着他审视了我一番,说:你怎么一脸晦气?我着实吓了一跳。我们后来东拉西扯了不少事,最后话题又落到坐飞机上。胖子说他坐飞机怕的不是气流。气流的原理很简单,他懂。懂的东西自然是不怕的,就像懂电的人去摸高压线一样。我怕打铃,他说。叮当一声你弄不清发生了什么事,空姐也不作任何解释,让你自个儿消化去。经他这一说,我也认为打铃是令人担忧的,如果不发生什么事,为何要打铃呢?我回想几小时前的那次航班,几乎是铃声不断一路打了过来,手心还真出汗了。

2

昨天在广州上船,在海上漂了一夜,现在总算是到了海口。这条船叫"玉兰号"。另外的几条分别叫作"海棠""芍药""丁香"什么的,全是花名。广州就叫花城,不过我在广州的街市上并没有见到多少花。这个季节不是花的季节。

船在海上,一开始是很不错的。每回见到海,我都要思索一个朴素的问题:哪来的这些水?我知道回答这个问题并不难,可我还是要思索。那时我就一个人站在船头,看着越来越蓝的海。没有人跟我说话。我像一个无人认领的包裹被随便扔到了这条船上。我想这也很正常。在我边上,有一对男女在公开接吻。我无意中看到了这个类似西方电影里的画面,但不好看第二眼。不仅如此,我反倒有些紧张了。我就纳闷地走开一点,听见那男的说:你牙缝里有根韭菜。女的说:去你妈的。

不久船开始晃了。接着哇里哇啦地响成了一片。我不晕船,这点优势很让我自豪。我在甲板上来回走动,抽烟,大声地咳嗽。香烟在口腔里没有出味就给风吹走了。二层在放录像,一部香港的赌片《龙虎大老千》。我进去的时候里面只有三个人,看上去都是跑单帮的,腰上系着很沉的钱包。我坐到最后一排,脱了鞋,双腿支到前一排的椅子上。那会儿感觉特别好。香港的电影都是拙劣搞笑的货色,搞得你非常难受时就卖钱了。没过多时我就睡着了。我还做了一个梦,梦见我在晕船,在大口地呕吐。我想这也有点奇怪。

这个码头叫秀英,又是与花与女人相关的。可我一路上没有和女人有过任何方面的联系。我在这个叫秀英的码头停了一会儿,看见大片的椰子树和画上一样。我喜欢这种树,像一把伞,没有枝蔓,偏离了一切树的概念。我立在树下看着刚买的海口市区图,发现这个城市很小,做省会似乎有点勉强。我这才意识到自己是到了一个岛上。我来的时候,朋友们劝我冷静。他们说这个年纪不太适应出外谋生。不错,南方赚钱的机会是多,可这也不意味着钱可以随便捡呀!他们就这么劝我。劝得我脸都红了。我说我并不是为赚钱。他们就质问:那是为什么?我说我也不知道。

我可能属于那种做事不计后果的人。这种人是不能做大事的。但这种人的好处是,先把事做了再说。

这时有人同我说话了。是一个女人。

先生,能借你的地图看一下吗?

"先生"这个称呼听起来真是顺耳。我把地图给了她。她居然很漂亮,打扮也很得体。她的侧面很像我在大学时见到的那个外语系女生。那个女生我私下认为是校花,我每次买饭,总要看看她排哪个队。可我没有同她说过一句话。男人见到真正的美女,总是缺乏胆量的。后来毕业了,我还打听她的消息。据说她嫁给了一个瑞士人。

她看完地图,礼貌地还给我。她又说:你是第一次来吗?

第一次,我说。

这儿还真是不错,有点异国情调。

说完她戴上墨镜就走了。我看见她上了一辆红色出租车。那车肯定是那年走私的货,皇冠1.8型,四个缸。当时买这种车大约只花五万元人民币,真他妈便宜。我点上香烟,觉得自己刚才有点不妥,应该同她多说几句话,互相通一下姓名。我想她一定是先观察了我一会儿才向我借地图的。就这么让她走了。

3

来海口几天了,今天才算安定下来。这几天我住在陈一帆那里。他是我的校友,学哲学的。海南建省不久,他就来了。陈一帆是一个有风度而且稳健的男人。他来海口不是为升官发财,而是为了爱情。他原来有老婆,后来又认识了现在的妻子王娟。当时他在犁城的政府部门当副处长,王娟是他的属下。他们的爱情是从桌子底下踢脚开始的,踢出麻烦后,陈一帆就带王娟亡命天涯了。现在他们过得很好,陈一帆和几个朋友一起做公司,王娟在家里研究股票。我在陈一帆那里暂时落脚,有几个晚上,他很认真地同我交谈。他问我有什么具体的想法,我说没想好。他就责备我没想好就来了。我说如果这地方待不下去,我就换一个地方,反正不想回犁城。陈一帆要给我一些钱,我说我随身带了点,暂时不缺。见他为我着急的样子,我就说:你忙你的,我到处看看。

我原想去几家报社、杂志社看看,可否先找一个饭碗。后来这个念头打消了。这些部门过于家庭化,外面编稿子里面在炖牛肉。我觉得这很容易让人分心。我喜欢专心做一件事,当然这种事越简单越好。这样想下去,我就想到了开车。这十几年,除了写稿子,我唯一的本领就是开车了。我还是B照,可以开货车或者轿车。我不想去给某个人开专车,也不想去开大吨位的货车。开出租车很对我的胃口。我把随身带来的钱押给了一家车行。我领到的车也是红色皇冠1.8型。这让我很自然地想到码头上见到的那个女人。我想海口就这么大,没准儿哪天她会坐到我车上,这样我们就能多说上几句话了。认识了就好。我觉得我选择了一个好职业,它轻而易举地就满足了我物质和精神两方面的追求。这本来是一个很复杂的问题,没想到这么快就叫我搞定了。

领车回来,在滨海大道的边上发现了一条大船,是一艘很破的货轮,原是被一家公司拖来做水上俱乐部的,结果合作的另一方临时变卦了,不投钱装修,撂在这儿。我是因为好奇才上去看看的,管事的人就问我,可不可以来看这船,如果同意,他们就负责把一个大舱收拾好,并且安一部电话,我可以随便住,住到资金到位那一天为止。他们不收房租。我当然同意。

我住的地方是船员开会的场所,很宽敞。南北各有五个圆形的窗户,顶上还有一个活动的天窗。我喜欢这个非凡的环境,它让我心旷神怡。它的造型和某种神秘感唤起了我的想象力。我有一种独立王国、岛中之岛的感觉。我花了一天的工夫收拾。在旧货市场,我买了一台18英寸的"虹美牌"电视机和一台"万宝牌"冰箱。我把这些弄上船后,管事的就笑了,一副放心的样子,说这下就风险共担了。他爽快地答应,三天内负责把电话给我接过来,而且市内的话费由他们报销。

天气真是很好。有人说世界上最好的阳光、空气和水都集中在这个岛上。我想这不是夸张,一周下来,我的脚明显不臭了。

4

我现在每天能挣五百块钱。如果我一天工作15个小时或者接到一个去三亚的长途,就能挣八百甚至一千五。这还不是最大的好处。开车可以同形形色色的人说话。开车不允许你乱想一些不三不四的事。当然,开车还会遇到一些意想不到的情况,往往也很刺激。

一般情况下我只开到晚上十二点。同行建议我调整一下,从上午十点开始到午夜两点。这种安排比较好。他们说:海口的一天是从晚上开始的。

5

昨天碰到一桩麻烦事。我送客人到滨海大酒店,回来时上了一个女人。她大概喝了点酒。一上车就躺下了。因为天黑,我不能断定她是不是漂亮。我能感觉到她很年轻,她的睡姿像个富有而闲散的女人。我问她到哪里。她说随便,想兜兜风。我建议她去白沙门,那儿风大。她说不。我不想在城市兜,城里尽是灯,我讨厌灯。她的意思是可以往郊外跑。当时我认为这是档好买卖。我一晚拉着她转悠就够了,不需要干到两点。我就掉过头,往灵山那边开。这一路上她只打酒嗝,不同我说一句话。半个钟头后我打开收音机,里面正报道着当天的交通事故,说又有人的车在万宁那边被歹人劫了。我就有点不安。我的意思不是怕她是劫匪,怎么说她是一个女人。问题是越往前走路越黑,过往的车也渐少。这路不是循环的,城市与我的距离越来越远。我就把车停了。我问她是不是可以了。她说不可以。她说你最好拉到天亮。我知道麻烦了,没有人这么搭车的。我说我的油快完了,再往前跑回来就是个问题。她这才动了动身体,还打了一个哈欠。接着她说:

我没有车钱。

我当然很恼火。计价器数字已蹦到了 87.70,加上返程就是一百七十五元。可她说没有钱。

小姐,这是我的饭碗。

她好像是笑了一下。她说,饭碗又怎么样?找个饭碗不难。说着她叫我过去,把裙子掀起盖住脸,嗡嗡地说:你来一下吧。

我明白她这饭碗换饭碗的意思。可我不想来。我没有思想准备,说来就来。我不能同一个脸都没看清的人来一下。再说我还怕得病,怎么说她也是个婊子。我就打开顶灯。这时她倒问起我是不是有病。我说我别的地方可能有病,但那个地方从不生病。她就在裙子里面笑了,说:那就把灯关了吧,我实在是讨厌灯。我摸摸她的腿,皮肤真是很好,像鱼一样光光滑滑冰冰凉凉的。我抄腰把她抱出车,她说车里不是很好吗。我说我不想来。我也不要你的车钱,我得回去洗澡。她就推了我一下,说:你想把我撂在这?我不想再同她啰唆,就上车开始掉头。车一开动我就轻松了。

如果婊子不是女人,可能就没有后面的事。我在路上跑了大约三分钟,心就软了。怜香惜玉是我们这一代男人的薄弱环节,再说我们还有同情心。海口是个复杂的地方,我在这深更半夜把一个妙龄女郎扔到荒郊野外会引起麻烦。如果有人强奸她甚至把她杀了,没几天公安局就会上我的船。这样一想,我就有点同情自己了。是我拖出来的人还得由我再拉回去。我又掉头去接她,她正坐在路碑上吸烟。见我的车来了,她就把烟一扔,胸有成竹地走过来,说:我知道你跑不远。这回她坐在前面,一上车就把收音机开了,摇滚乐吭吭当当地响。这一路上我没有再说话。接近城市,我发现她居然也很漂亮。我的心情明显好转了一些,慢慢地又有点忧伤。这样的姑娘真不该去当婊子。问题是从古到今婊子十有八九都是漂亮的。

但是我没想到她会一直黏着我。她跟我到船上,夸我屋子整得很有情调。我就想,婊子也是有档次之分的。这一位还能谈谈情调。她还说喜欢我写的毛笔字,说:你的书法很不错。而且她还建议:你这种人根本不该开出租,应该到大公司另找一个好饭碗。我没怎么理她。我说,你打算玩到什么时候? 她说:我今天就睡这了。然后把长袜子一拉,说:你不亏吧?我说我根本没打算和你来。她反问道:你不想来又拖我到这里干什么?我说我怕人强奸你。她一下就笑了,说我早就被人强奸了,天天强奸。我说这不是强奸,这是卖淫。强奸是不花钱的,也不收钱。她一时没话了。趁这空隙,我拿起一床席子去甲板上乘凉了。她如果真的不走,我就睡这儿。这个行为让我想起一部老片子。

今天我起来后她已不在了。她何时走的我不清楚。她把我的屋子简单整理了一下,还拿走了我的一幅字(好像是"月落乌啼霜满天"),在原先挂字的位置上贴着一张用毛笔宣纸写的大借据:借你五百元,管几天饭,以后还你,别骂我。

我想我是倒霉了。

6

现在也没有人来纪念五一节了。大家只顾挣钱花钱,这都与劳动人民无关。劳动人民这个概念也越来越含糊了。以前一提劳动人民,我就想到宣传画上手持钢钎或肩扛大锤的工人和怀抱一捆麦或手攥几棵苗的农民。这形象十块钱人民币上也有。后来印五十元纸币,又加了一个戴眼镜的老书生——他显然是知识分子。这些人一看就是没有钱的,他们当然也没钱花。可从小到大我见到报章上都是一个声音:他们是主人,是社会的财富。就是说他们是能挣钱的,不明白的是钱都跑到哪去了。

我心情很好。我觉得我是典型的劳动人民。一个人能切实感到是自食其力,是自己养活自己,心情自然就好。我每天都能进几张,这比从前领工资领稿费都痛快,好在一天也不间断。几天前一个漂亮的小婊子"借"了我五百,我一点也不心痛,就当自己调休了一天。我发现开出租这个职业真是好极了。

车过人民桥,那边就是海甸岛,规划中是高级娱乐区和别墅区,就是说有钱人待的地方。一个头发披肩的小子抱着吉他在桥头卖艺,唱的是刚传开的《亚洲雄风》。小子唱得确实很好,边上围着不少吃盒饭的工人和一个拍电视剧的剧组。大家为他喝彩。小子一高兴就把词给改了,唱道:

我们亚洲,人民最贫穷,
我们亚洲,热血都白流……

我来接陈一帆。他的公司就在海甸岛一幢玻璃写字楼里。陈一帆说他要去机场,怕路上塞车就提前预订了我。他不主张我开车。他说你这是吃饭没事干。其实他正好把意思说反了。我们在车上闲聊,听着古典音乐。陈一帆说,有一家杂志想请我去当执行主编,月薪三千,问我干不干。我说不干。他说为什么不干。我说不为什么,就是不想干。我说以前人家向我组稿,请我吃饭开笔会,现在掉过头来不合适。他说,不比你开出租强吗?我说开出租很好。他说你这家伙有毛病。

我想陈一帆的话也不无道理。说我有毛病的人很多。从我爹开始,到我前妻李佳,加上从前的一些同事和同学,反正不少。他们认为我多少有些古怪,行为举止比较离经叛道。比如说我认为有些机构像人身上的肚脐眼一样,看不出有什么用处,而政府还照样大把地拨钱。再比如说,我时常幻想这辈子要和张曼玉做夫妻。即使她不是大明星我也一样幻想。我就特别痴迷她那种仪态,真是风情万种。还有就是,我总把自己想象成古稀之年,习惯以这种往事如斯的眼光看眼下。我把自己安排在想象中的一所故乡的小木楼上,看着那条永不干涸的河流静静流淌。就是说,我爱把正做着的事理解成回忆中的片断,这样就很容易宽解自己。谁年轻时没几桩荒唐事呢?这些事到老便是一句笑话。

7

　　昨天送陈一帆到机场,又碰见了第一天在秀英码头见到的那个女人。她戴着墨镜反倒好认,脸上更简单。我就主动走过去同她打招呼。我说你好,想不到这么快又见面了。她愣了一下,显然记不起我是谁。但她在我还没有难堪时就布起了微笑。她说哦哦,你在忙呀?她还是没记起我。我就问:你又要走了吗?她说不,她说她正送几个法国人上飞机。法国人想在这里搞一个矿泉水项目,她是译员。我脑子就嗡了一下。我认为世界上的巧合不会很多,但这个巧合让我碰上了。我说,你是学外语的?她点点头。我又问,你是不是犁城大学毕业的?她说不是,她说不知道这个犁城大学。我有点失望了。然后她给了我一张名片。她叫苏晓涛。我也把呼机号给了她。电话过几天就装好了,我这样解释道。

　　我想给这个苏晓涛打电话,犹豫再三还是没有打。我过了这个年纪,凡事得迟缓一点老谋深算一点。一天下来人显得累,晚上不想干了。我借了几盘录像带,全是布鲁斯·威利的系列。布鲁斯·威利的银幕形象是一个臭鸡蛋,总是被弄得脏兮兮苦歪歪的。30岁以前我喜欢罗杰·摩尔演的007。我不喜欢他的孤胆英雄,却喜欢他身边的美女。这些女人后来被一律称作"邦德女郎"。布鲁斯·威利这个臭鸡蛋有一个漂亮的太太黛米·摩尔(她也叫摩尔)。他是在拉斯维加斯赌桌上向她求婚的。当时他说你嫁给我吧。摩尔就说:好。于是布鲁斯·威利第二天就宣布:婚姻就像赌博一样,这一局我他妈的赌赢了!

赌输了的是我。我和李佳是大学同学,她比我低一班。我们的婚姻有一度被视作郎才女貌。我们离婚没有什么导火索,自然而体面地离了。离婚的那天是个阳光灿烂的日子,我们合打一把遮阳伞,一瓶矿泉水递来递去。我们这般恩爱地去离了婚。如果不是去离婚,我们就不会这般恩爱了。

布鲁斯·威利陪了我一晚上。明晚找谁,我还没有想好。出租录像的那个小子老给我推荐他妈的《金瓶梅》。我懒得理他。我想你他妈懂得什么《金瓶梅》呢?隔着玻璃看一个男人把几个女人搬来搬去。老子还不如上街拖一个婊子回来。我又想到那个漂亮的小婊子……

8

我已不是青年,今天就算了,5月4日。

9

黎明前一场雨把我吵醒了。这屋子就是这点不好,全是铁的,雨落在哪个地方都响。我躺在床上欣赏着我的所谓书法作品。那个小婊子无端拿走了一幅字让我很高兴。我的字暂时还变不成钱,她拿去肯定会挂起来。从前的婊子棋琴书画都会一点,说明嫖客基本上都是文化人。所以宽容一点讲,那类婊子,比如说李香君、董小宛,应算知识分子。李香君还算得上有正义感的爱国型的知识女性。一把桃花扇搞来搞去,最终搞成了千古绝唱。对她这种人,现在辞书上都称作名妓,其实就是著名的婊子。我不懂为什么大家特别忌讳"婊子"这个词。《中国妓女史》也不叫《中国婊子史》,真是很怪。以前我在大机关供职,一个处长同打字员搞上了,事发东窗。部里开会让他检讨。他说,我和某某某在互相情愿的前提下仅发生过一次不正当的男女关系。我非常讨厌这种辞令。如果我是当事人,我就会说是的,我们搞了一下。那天夜里那个婊子就问我:哎,你到底来不来?我说不来。她问为什么不来。我说我不想同一个连名字都不晓得的女人来这事。她就笑了,她说看不出你这人还有点像许仙。这话真他妈让我惭愧。

今天运气极糟,上下午都让老警搞了,搞了两下,一共搞掉四百块。他搞我,还要我付钱。他说我的车停错了地方,我说这儿没有不许停车的标志。他说怎么没有,就用手指了地方,那儿也确实有个标志牌,被他妈的用"专治男性不育"糊住了。我说这看不清。他说看不清也不等于没有。他又说本来只罚我一百,但我的态度太坏,必须严罚。如果再坏就再罚。他的眼神被墨镜遮住了。下午是因为闯了红灯。这个鸟岛上有不少红绿灯和人差不多高,我的视线总习惯往上射,就闯了。罚得我没脾气,也还是二百。这么搞了两下，晚上就不想开了。我在滨海大道上像个魂似的飘来飘去，最后飘到一堆土著里。我同他们一起看业余剧团演的琼剧《三看御妹刘金定》。演刘金定的那个女的威风凛凛唱腔洪亮，唱得我热血沸腾一句也听不懂。在大街边上搭台唱戏，全中国也就只有海口了。这样想想，一晚上站下来就很值。

10

去国商接人碰见了苏晓涛。她所在的公司在12层。我们是在电梯里遇上的，我们都很意外又都比较高兴。电梯里就我俩，不说话肯定不合适。我就说：我总觉得是见过你的。她说不可能。她说人都是这样，彼此认识了，就觉得以前好像见过。我摇摇头，我问，怎么你不觉得以前见过我呢？她就笑了。出电梯时她问：你那里电话装了吗？我说快了。我说我是住在一条船上，电话装起来啰唆一些。你住在船上？她感到很惊奇。于是我就作了解释。她说哦，是这样，那蛮有情调。

怎么两个女人都说了这句话？一整天我都想这事。情调是个什么东西？

11

电话装好了。号码是250068。我上街印了名片，那上面就只写了姓名、电话号码和BP机号码。我的身份已变得模糊，地址也不好标——别人都住街边，我住船上，标上了大家会认为我是搞水运的。我已经开了出租，再加上水运，就成了水陆两栖的货色。装电话的那个小子满口京腔,很会说,七绕八绕就成了某某人的远亲。我想你小子要是某某人的远亲还会跑到这儿来装电话吗?你要是远亲,我就是微服私访的皇帝了。我给了那小子两条555烟,他说电话回去就给我搞通。他说有了电话就等于有了个哥们儿,陪着你,帮你,还不要管饭。我想这话也对。

到了晚上,电话果然就通了。对方一个女声问:250068吗?声音清楚吗?我说声音非常清楚。她就不想多说一句话了。我掏出通讯录和一堆名片,想把电话号码散出去。我先给李佳拨,她不在。我又给陈一帆拨,家中也没有人。然后我就想到了苏晓涛。电话打过去,没人接。我怕打错了,就对了一下名片,没错,不过是办公室的号码。我又打了她的BP机。她没回。再打一遍也还是没回。别的我就不想打了。我守了一晚上的电话,打来打去都是空的。后来我肚子饿了,决定出去遛一圈,到排档上喝杯啤酒。出门时我又拨了一下电话,刚下船我的BP机就响了。拿出来一看,还真是250068。

我在排档坐到午夜,人还是很精神。我又去市里兜了两圈,想挣回一条555烟。有一个操江浙口音的小老头一边剔牙一边夸南边的夜生活如何如何丰富。我就问:你那儿不好吗?他说差多了,连搓麻将都抓。小老头见我很随便,又问找个小姐什么价?我说这要看找什么档次的了。小姐还分档次?他好像啥事不懂,明知故问。我说这百合和菖蒲也不是一个价的。小老头就直了直腰,说:最后一班车,我看找个玫瑰就蛮合算了。他的情绪一下变得出奇的好,哼起一支老歌《花儿为什么这样红》。为什么这样红?我不知道。小老头问:都说女人是花,那男人是什么?我说,是肥料吧。

12

我给苏晓涛打电话。我问,昨天打你呼机怎么不回呢?她说哦,250068是你呀!呼我两遍都收到了,可实在不知道是你。我说你记住这个号,是我家里的电话。她说你不是住在船上吗?我说对呀,对我来说那就是家。她就在电话那边笑了。我立即就说:哪天你来玩吧。她说好,等忙完了这阵子。

我承认这有点勾引的意思。苏晓涛说话做事都很谨慎。我喜欢谨慎的女人。我当初找李佳,就是因为她谨慎。我们的恋爱阶段先后跨五个年头,这一千多天我们都是谨慎的。我们接吻只是嘴唇相碰,我们拥抱全都隔着衣服。其时大学里女生流产已不是新闻了,可我们一样谨慎。李佳说,有些事必须到结婚以后才可以做。我同意了。虽然我心里有些难过,但还是为找到一个谨慎的女人感到自豪。我和李佳的问题在于:结婚后还是谨慎。我们睡在一张大床上不像夫妻,怎么看都像哥们儿。

于是又给李佳拨电话,她在。我说我这里已装上电话了。她说你混得还不错嘛。我说以后聊天就方便了,电话由我负责拨过去。她说你是不是又想回过头来同我谈恋爱呀?我说这个可能也不排除。李佳就叹道:如果是这样,你别同我聊,你去同我妈说,看她老人家还有没有兴趣认你做女婿。我说废话嘛,我是同你谈恋爱又不是同你妈。她说去你妈的小子,别想什么好事都占了。李佳现在说话也不斯文了,有时候比爷们儿还狠。我想时代也是真的发展了,从前床上说的话现在可以放到大街上随便说。在这样的年头,我还居然幻想着花前月下。我想我是真有点老了。

晚上去看陈一帆。他还是不满意我的现状。他问我是不是赚一把钱就走。我说不是。那你为什么?他瞪着眼问:难道以此了却残生?我说残生不残生倒无关紧要,反正就一个人,也没什么好牵挂的。陈一帆说:我看你还是同李佳复婚算了,两碗剩菜一块热热。我就问:你干吗不热?他说我的情况已经不同了。正说着,王娟散步回来了。几十天不见,她肚子已大了起来,穿着一件宽松的大T恤,上面印着两只狗。王娟见我还有点不好意思,忙着削个菠萝就缩到卧室去了。陈一帆说,你都看见了吧?我现在和你不一样。我要做的,是让这个孩子的爹千万别死掉。陈一帆说这话时语气有些重,我就问:你怎么会这么想呢?陈一帆说:我很累,真他妈很累。在中国砸掉一个饭碗还真不是容易事。我说你太贪心了,其实一个人一生花不了多少钱。钱到最后只是个数字,和电话号码一样。陈一帆点上一支烟说:你不懂。开弓没有回头箭。我既然从机关出来,就不会再回去上班的。我就笑了,我说你们这帮家伙胃口太大,都想当国家栋梁、民族英雄。世界是你们的,不是我们的。我们是在你们的世界里混碗饭吃。陈一帆说什么你们我们,世界既不是我们的也不是你们的,归根结底是他们的。他们永远朝气蓬勃,永远是早晨八九点钟的太阳。我说我不喜欢太阳,喜欢雨,喜欢雨天同一个女人偎在床上。

13

　　凌晨醒来,知道身上发生了一点事。我好奇怪,我已三十六岁,居然还出现少年的勾当。看来我的生命力还真旺盛。用自来水把下身冲了几遍,后来干脆就不穿衣了。这个形象让我想起《现代启示录》里那个美军中尉,在一架老式吊扇下光着屁股练习拳脚。

　　这件事的起因比较下流。我在梦里把苏晓涛泡了。我们双方自愿含情脉脉彼此挑逗。她的挑逗方式像诗,我则像曲艺,所以最终由我把好生生的一个诗情画意给毁了。现在想起来还是有点悔。这样的梦总做不长。从前梦见有人追杀我,一追就是半夜,跑得我气喘吁吁,鞋也掉了裤带也挣断了,总算勉强活了下来。那个年月很懂得珍惜生命,怕死,但活起来挺狼狈。那时我在机关上班,不迟到不早退,成天在忙可不知忙什么。我对那个阶段的生活感到厌倦,一点不怀念。我后来就离开了机关,离开的那天机关照例要开欢送会,我真想说:去你妈的。我后来就去了作家协会,一天班都不上但照样拿钱。我觉得这也不好,不公平。中国就是这么一个有意思的国家,把作家艺术家们集中起来养着,一养就是一生。结果是养者勉强,被养者还嫌不舒服。我觉得写作纯属个人的私事,不需要建立专门的机构更不需要开会。倒是应该把这钱用在印方格稿纸,发给那些愿意写作的人。

　　这个早晨我稀里糊涂地想了这些莫名其妙的事。我该出车了。昨天后半夜下了场雨,外面的空气无限的好。生意特别好做,不到中午就赚了三百出头。吃过午饭,顺便洗了一下车。这车还是不错,红颜色特别地道。听当地人说,那年倒汽车,只要有空场子就停放着汽车,从直升机上看海口简直就像一个麻将场。那情形可谓壮观。从洗车场出来,立即有人搭车。一看,是那个小婊子。她也一下认出了我,不自然地笑了。她说你好许仙。我也笑了,我说现在我可找不到没有灯光的地方。她说对不起,我还借了你五百块钱呢,我今天身上没带。我说那不是借。怎么不是借?我给你出了条子。她生气地说。我说不是借。她说不是借,难道是偷不成?我不想再理她,连按了几下喇叭:妈的妈的妈的!她拍了一下我的肩:停车!我就把车停了。她跳下去,然后把门一摔:我会还你的!

海口就是他妈太小了。一下午我都缓不过气来。我想我确实有点问题,连婊子都看不起我。那天晚上我真该同她来一下,这样五百块钱去了便有了个说法。于人于己都释然。

14

这里的阳光是白的。海口地处北纬20度,阳光直射。中午那一会儿让人受不了。从大陆来的女人骑单车都戴护臂,一直护到腋下。做女人确实要辛苦一些。女人本不该辛苦,因为上帝造人是有分工的:男人挣钱,女人花钱。现在不是这样,女人挣钱很厉害。上午的一位乘客一上车就开始打手机,内容是谈龙昆南那边的一块地,她是炒家,又买又卖。像这样的女人我每天都能碰到。我的女乘客打电话的姿态很好看,不好的是她把呼机别在裙裤上。

如果她同我熟悉,我想我会提醒她的。我甚至会对她说,女人是不适合带呼机的。可是女人都不带呼机,男人也麻烦。有个家伙告诉我,他每天夜里同时给九个女人打呼机,谁先回他就同谁泡。

到了晚上,我就给苏晓涛打了呼机。她很快就回了。电话里有个男声在唱卡拉OK。我想她此刻肯定是在歌厅的包厢里。她说,喂,你在家呀?我说车出了点毛病,晚上闲着呢。她说好哇,闲下来挺好。这话什么意思?我有点后悔,她明显地在敷衍我。我问你干吗呢?在歌厅里泡呀?她说她在陪客户,是今天刚从内地来的银行人员。我又问,你知道什么叫卡拉OK吗?她停顿了一下。我接着说,就是把自己的欢乐建筑在别人的痛苦之上。她一下笑起来。她的笑声真让我高兴。然后她就问,有事吗?我也停顿了一下,我说:我想同你聊聊。她说我知道,明天你等我电话吧。我心里热了一下,我说等你忙完了,就拨过来。你是说今晚吗?她问道。我说对,今晚。然后我就把电话放了。我知道这么做太明显了,但既然已经做了,也没什么不好。我靠在床上看《布拉格之恋》。根据米兰·昆德拉的小说改编的这部片子也很好,不好的是那个托马斯太瘦了。男人不能太瘦,这是我前妻李佳说过的。李佳这些日子在弄什么我不清楚。电话里她的语气一如既往地从容不迫,好像算定了有一天我会同她复婚似的。李佳就是这么一个角儿。

大约快十一点的时候,苏晓涛的电话来了。她先是说今天累了一天还没洗澡什么的,然后就问我有什么事。我有点失望,我没有什么事,只是想同她聊聊,海阔天空不三不四地聊聊。她这一问,我就变得郑重起来。我说你的声音很好听。她说她有点感冒。是不是因为感冒声音会好听一些？她笑着问道。我说也许吧。我又说这个周末一起吃顿晚饭吧。她说可以呀,不过时间别定死。谈话就这样疲软地结束了。毫无意思,我发现我他妈的是老了,连勾引女人都显得这么愚蠢。

这个晚上过得太糟糕了。我关掉电视,爬到船顶上去吹风。城市的灯光还是十分好看。不远处的一个工地上,打桩机嗵嗵地响着。我来这个岛上也有好几十天了,感觉上还是有点像出差。

15

原想约苏晓涛出来吃饭。很不巧,她下午要出差,机票是四点二十分的。她说几天后就回来,到时呼我。她又说,这个月奖金蛮可观,回来后我请你吧。我知道她在安慰我。这个感觉不好。我和女人相处,历来都是我去安慰别人的。我曾经想,在我弥留之际,把这辈子爱过的女人召集起来开个会。这当然是个狂妄的思想,但是富有生气和诱惑力。我希望苏晓涛能出席这个会。作为会议的召集者,我有责任把她们彼此介绍一下,让她们握手和碰杯。等她们一一对上号后,我会大声说:我爱你们。我这辈子就是这么一一爱过来的!

可能胡想得太多,下午果然就出了点小麻烦,我追尾了,把一辆本田雅阁的尾灯碰烂了一只。司机是个精明的小子,他抖着腿问:怎么着？我二话没说给了他二百块。他说这灯可是进口原装的。我说行了,保险公司能不认账吗？他想了想,说只好回去讲是

游湖

乙未暑月清平画戏

倒车时碰的了,你再给我打张收条吧,写收到赔偿费二百块。我明白过来,这小子一进一出就吞了四百。但也只好写。那小子说:抬头写四达公司。我愣了一下,这不是陈一帆的公司吗?我还是写下:今收到四达公司汽车赔偿费二百元。那小子满意地开车走了。我立刻去公共电话亭给陈一帆打电话。他在那头正忙着,问什么事?我就把刚才的事说了。我说你那个驾驶员赶紧炒掉,吃里爬外的家伙!他嗯了声,说知道了,又约我晚上一起吃饭,在小洞天。

陈一帆仍是一副疲倦的样子,一顿饭手机乱响,谈的全是地呀钱的。他的四达大厦刚动工,由于地质勘测不准确,比原先的预算要多投一千多万。他说本来资金就短,想撑到正负零靠卖楼花周转,这下又得去找了。一千多万,找起来也确实难了他。我劝他寻求一方合作。他说目前已是两方合作了,再找一家,剩下的就只有汤了。而且对外的形象也不好,让人认为四达的实力有问题。我就不便多说了。后来又扯到那个驾驶员身上。陈一帆笑着说,那小子搞这种小名堂已不是一次两次了,可他舅舅是内地一家银行的实权人物,算了。陈一帆说,这年头银行是爹。

16

昨天同陈一帆吃过晚饭,又去了摩根酒吧。这个酒吧布置得倒蛮有情调,有几十种小瓶啤酒,看上去很舒服。还有一位萨克斯手,我们进去的时候他正吹着《梁祝》。这个曲子用萨克斯吹也很不错。我们坐下,要了三种小啤酒,红、黑、黄各来一份。在海口有这么一个地方真是很好,我说,有沙龙气。陈一帆说,你这家伙骨子里还是个骚人墨客,其实在屋子里敲敲电脑不是很惬意么?我说你干吗要折腾,他说我的情况不同,我是受朋友之托,而这个朋友又不是别人,是王娟的哥。王娟这个哥哥是浙大建筑系的高才生,1988年海南建省就下海了,做梦都想盖一座自己设计的楼。可是去年得肝癌死了,积劳成疾吧。临死前把这一揽子都托给了我,要我把他的骨灰盒安放在基石下。陈一帆这一说,我心里一下变得好重。我没有见过王娟这个哥哥,但我能感受到这个人的气息。正谈着,王娟的电话来了,说有点不舒服。陈一帆便先走了。我慢慢喝着啤酒,还想着那个死去的男人。我自然有些感伤,想这下海也好不容易。男人一旦有了目标就会拼命,而男人的目标又往往是需要拼命的。

临近子夜,酒吧到了所谓"情调时分",熄了全部的灯,每个台子上都换上了蜡烛。男男女女开始下舞池了,萨克斯手吹起柔曼舒缓的曲子。墙上都是晃动的人影。我正想离开,忽然间灯光大亮,只见几名公安冲了进来,我知道这是突击扫黄。而这时一个小姐坐到了我的对面,低声说:大哥救我!我一看,竟是那个小婊子!她肯定是来坐台伴舞的,面色慌张。我也低声说:快报你的真名、住址,就说你是我的女朋友。然后我又自报了家门。她说她叫方鱼儿,家住长春斯大林大街,今年二十四岁。这时公安宣布:都坐好,检查身份证。不一会儿,检查到我们台子。公安先拿了方鱼儿的身份证。然后一一问我。我一一作答。我又说我们住在一起。公安说,非法同居也不合适。我笑着说,如今不都是先上车后买票吗?公安就笑了,说可以走了。方鱼儿就挽起了我的胳膊。

我们就这么挽着走了很长一截子。外面已有风,走起来还算舒服。方鱼儿说:大哥,今天真是谢你了。我说出门在外也不容易,同是天涯沦落人吧。她一下挽紧我,没再说什么。我说去我那儿坐坐吧。她点点头。我们一直走到船上,舱里还闷着,就拿了张席子到船顶上,那儿风飕飕的。

这个夜晚方鱼儿对我说了不少事。她原在长春一家厂子,厂子倒了,就带了点钱到了海口。原想做做小生意,结果被人骗了。我就问,怎么不去公司应聘?她说她文化太低,再说就是进去也不过是当公关小姐,还是陪人吃饭跳舞,钱却赚得少。我说怎么讲也是个正经事,犯不着像现在这么混。方鱼儿沉默了一会儿,说她有一个患小儿麻痹症的弟弟,她想替他多攒些钱。她顿了顿,又说,我其实也是看人的,那个人至少要顺眼,要……有个香港老头想包我,我没干。

我叹了口气。我也不知道方鱼儿这些话是真是假。但我还是有些感动。一个女孩子,无亲无故,从北方跑到最南端,弄到这步田地。我握着她的手,问她:你看我顺眼吗?她有些害羞地笑了一下,就顺势倒在我怀里。我搂紧她,贴着她的胸。她低声问我:你今天怎么这样?我说,今天我知道了你的名字,不是吗?于是我们做爱,做得大汗淋漓。过后又洗澡,上床睡觉时天差不多已亮了。

我醒得很迟。睁眼一看,方鱼儿已不在了。她把房间整理了一下,留下了五百块钱。

我一下感到很伤心。这一天里我都在咀嚼昨夜的事,我伤心至极。

17

我承认,这两天我惦着那个方鱼儿,主要是惦着席子上那点事。像我这种年纪,和几个女人有过肉体的接触并不叫人吃惊。女人和女人不一样。虽然和方鱼儿就一夜风流,但凝固在我的记忆里。我和李佳做了近十年的夫妻,可是在床上从来就不出汗。每回李佳都说没意思。后来我也这么看了。我想一定有很多的夫妻在床上感到没意思,所以最终以"性格不合"为由去办了离婚——其实是床上不合。男人是贪婪的,在床上却不自私。男人希望通过自己的劳动使女人在他眼下获得幸福,那么男人就更加幸福。男人就是这么个东西。

方鱼儿是个精灵。我们在一起那种状态让我痴迷。那会儿我觉得她就是个宝贝,整个过程称得上完美。她呻吟,她说天哪天哪天哪!最后我们全像被子弹射中了那样瘫倒,周围听不到一点儿的声音。过了会儿,她才问我:你好吗?我说好。她说她也很好。

可是她走了。我一直在找她,找不到。她也没来电话。我有些不安,觉得有点乘人之危。如果她也这么想,我就惨了。

晚上借了一盘莎朗·斯通和威廉·宝云演的《偷窥》。片子拍得很好,剧情也好。《偷窥》中也有一个讨人厌的作家,那家伙变态,成天想杀人。威廉·宝云演的那人也变态,他通过一面秘密的电视墙来窥视这幢大楼的每个房间。他有他的理论。他说生活本身就充满喜怒哀乐,不需要什么肥皂剧(我想也可以不需要小说)。那人每天就靠这个度日。真实的东西当然是最诱人的。可是,我们看不见真实。即使是在被窝里也还是看不见。

18

接了一个去三亚的长途,价格敲在一千二百元。乘车的是一对男女。男的大约五十出头,女的不过三十岁,两人是来开会的,却装出一副夫妇派头。他们一上车就很亲热。女的说空调冷,男的就把西装脱下来给她披上。两人一路上就商量一件事:到底开几间房?是两间还是一间?两间不方便,一间又不安全。他们为此好懊恼。女的就埋怨了,说都是你,要是离了就不会这么麻烦。男的说快了,儿子一上大学就离。女的说有这么简单?他娘那个病歪歪的样子,你就不怕机关里说三道四?肯定离不了。男的就感叹,说人生啊人生。女的说人生个屁,你就是自私。这两人的口音像是湖南的。这几年湖南话听多了,所以他们的交谈我大致听明白了,就这点破事。

车过万宁,看见了"洪常青就义"的那棵大榕树。这个故事是真的,洪常青真名姓李,是一个英俊的男人。因为是真的,我就很感动。一个人为了某种信念,把命拼掉,这让人钦佩。万泉河是一条美丽的河,并不宽,但水流湍急。两岸的植物茂密,绿葱葱的。我放慢车速,欣赏着这眼下的河。车内的这对男女依偎着睡了,似乎睡得很香。我很想抽一支烟,很想把车停下,跳到万泉河洗个澡。

傍晚时分,车抵三亚。我还是第一回来三亚,直觉判断这是个奇异的城市,美得浪荡。我把那对男女送到南中国大酒店,然后住进了一家小旅社。刚住下,就有女子上门,问要不要按摩。我问怎么个价?女子说这要看正规还是不正规。我笑着问,不正规什么价?女子答五百。我说我开了一天车也不过挣几百块,为那几分钟的乐子撂出去,不合算。女子就说你这人真是想不开,然后转身去了别处。天渐渐黑下来,我去公共浴室冲凉,审视着自己的裸体,觉得还是很合算。

三亚的晚上比海口安静。立在桥头,看渔船纷纷入港,心情变得十分好。岸上灯火稀疏,有一刻,我竟想起了故乡。我的故乡在长江中下游的一座小城。我在那里度过童年和少年,而现在我突然地老了。

19

苏晓涛一回来果然就呼我。晚上我们在国商的"潮江春"吃自助餐。她说请我,我说这不合适,单当然由我来买。她就笑了,说你们男人就知道在这上面要脸。我说,你的意思是说男人在别的上面不要脸啰?她连忙摆手,没这意思,我不想抬杠。我买单是因为我可以报销,我是总裁助理。既然这样就算了,我说,你混得真可以,明年能自己开公司了。苏晓涛说,我可不想独立门户,操那么多心。等挣了点钱,我还是想出国。我就问:出国有意思吗?在人家地里能找到感觉吗?她说这样想就太狭隘了。只要有一个利于自己发展的空间就行。我不再就这个话题接下去。发展空间?这话现在我听起来感到可怕。她嫌空间小,我呢,嫌空间太大。我从大陆跑到一个岛上,从书房跑到出租车,没觉得有什么不好。再过几十年或者十几年,我就到一个盒子里去了。

吃过饭,我请苏晓涛去我那儿。她说晚上还有点事。我知道这是托词,就笑了笑。苏晓涛有点不好意思,说:我这人是不是没劲?我说,是我没劲。她就不响了。我谢了她,自个儿走开。我没去开车,想在街上走走。这个晚上没劲透了,我想我还是很傻。

和苏晓涛分手后我突然想到方鱼儿。我真想在路上遇见她,然后同她上我的船或者床。我不是让鱼儿这会儿来做苏晓涛的替身,我就是想她,想同她彻底地搞搞。我很沮丧。街上的灯光很骚,空气也很骚。这是一个骚透了的夜晚,男人和女人都待不住家。我混迹在这些孤魂野鬼之中,想几十分钟前自己还同某个高雅的女人在谈什么生存空间,觉得实在可笑。其实那个女人花钱买单只是向我表明她如今已是总裁助理;我来同她吃饭是想进一步接近她,然后泡她。就这么简单。男人和女人之间也就剩下这么点东西了。

20

去华侨宾馆看一位从犁城来的朋友。在门口,碰见一张熟脸扑过来。这是个演员,拍过不少电影。他大约觉得奇怪,怎么边上没人注意他并找他签名什么的,所以一阵响亮的咳嗽后,用那带脑腔共鸣的声音自言自语:这儿的天空真他妈的蓝!我看了那老小子一眼,心想你这家伙肯定吃错药了,跑到这地方来找安慰。这地方不吃这套,咳什么咳?能把满街的视线咳过来吗?如果你想把自己炒一下,不如上天桥把裤子扒了。

犁城的朋友是我的邻居,是来开订货会的。他给我捎了件东西,一条红裤带,李佳所托。李佳说今年是我的本命年,她近日两次梦见我出了车祸。朋友笑起来,说你还在她梦里,你们的缘分没尽,复婚算了。我说复婚简单,问题是一复婚大家又都烦了。朋友说婚姻就是这么回事,你看重它,它还是个东西;你不看重它,连东西都不是。后来我就寻思着,婚姻其实也可以实行合同制的。两个人在一起处得好,就将合同往下续;处不好,合同一到期就好结好散。免得大家戴着婚姻这顶帽子去干那些偷鸡摸狗的事,法院也省心。

晚上给李佳挂电话,谢她还惦着我。可她说,我这是看在往日情分上,我他妈的嫁你时是处女。我说我们如今是离了婚的结发夫妻,法律不保护我们,我们就自我保护。李佳说,我们充其量算是个亲戚吧,这倒也不错,李佳又问我身边有没有女人?我说偶尔有。她就笑了,问女人和女人是不是不一样?我说是。李佳问你和别的女人在一起时感觉如何?我说至少汗还是出的。李佳说,哦,那我服气。李佳的语气像在评价一件削价商品。我想还是有区别,离婚了,大家全变得理智了——理智得似乎有点过头。放了电话,我去了顶层。那儿还是很舒服,微风从海上拂过来,夹杂着椰子的清香。我点上烟,想着和李佳复婚的事。我觉得还是没意思。我和李佳只能偶尔一见,时间稍长一点,比如半个月,就不行了。我想夫妻的日子是不能总靠忍耐和宽容来往下过的。

海平线上不时扯出一线亮光,没准儿后半夜会有雨。

21

昨夜后来果然就下雨了,是中雨,缓缓地落着。那时我还没有睡,靠在床上看丘吉尔的《战争回忆录》。我喜欢这个不可一世的胖子,我同时也嫉妒他。温斯敦·丘吉尔那个下午正在家中修理矮围墙,结果白金汉宫传下话来,让他去做海军大臣。不久他又成了不列颠的战时内阁首相。战争摧毁了伦敦却成就了丘吉尔,如果没有那场战争,这老胖子干什么呢?

我发现我已是无所事事了。而且我一点也不痛苦。上岛的时间虽不长,但人是明显地胖了。我的腰围已达二尺六寸,腹部隆起,头发也越来越稀疏。我才三十六岁,如果不出意外,我至少还要再活三十六年。那时我的腰围会是多少?

在这样的夜晚,当然会有许多人活得有滋有味。也当然还有许多像我这样的人百无聊赖。我庆幸我还有辆出租车可开……

陈一帆又要出差了。下午送他去机场。他两手空空,不像是出差。我就问,你他妈怎么什么也不带,就夹一只公文包。他说,我带了身份证和信用卡。我看看这小子,谱也大了。可是他却叹了口气。飞来飞去!他说,我一年有半年的时间是在天上过的,妈的!

机场陷在城市里,飞机下来时很吓人。这本是一个规模不大的军用机场,海南建省搞特区,就先凑合着用了。今天还算好,机场的人流量不大。时间还早,我和陈一帆在外面抽了支烟。陈一帆看看天色,突然问我:今天飞机会掉下来吗?我就笑了,我说你怎么想到这事？他说,从前坐飞机不感到害怕,现在是坐一回怕一回。上回从上海回来,飞机遇上强气流直落二百米,小桌板上的咖啡全掀飞了。这事我一直瞒着王娟。陈一帆说,我有一种预感。我说我也有预感,我预感自己会得诺贝尔奖,会同张曼玉结婚,可能吗？这不是预感,是幻想。因为有幻想,大家才不把谁放在眼里,不是吗？陈一帆不再说,脸色变得阴郁。这时一个给人照相的土著走过来,问我们要不要合影留念。我没理他,陈一帆却说照两张,一次性快照,于是就拉我同他站在一起。相片很快出来,我们各留一张。我突然有些难过,好像今天是来送陈一帆赴刑场似的,生离死别。陈一帆拉着我的手,说:万一飞机不争气,王娟就托付给你了。我说,你别再瞎想了。到了,给我那儿挂个电话。他点点头,从容一笑地走了。

我一直看着那架波音757起飞,飞到视野之外。

22

在老街吃早点时碰见了一位熟人。他原是内地一家刊物的编辑,也写小说,后来还自费上了北京的鲁迅文学院,去年来海口开什么会,看见小姑娘口袋和胸脯一样高,就决心不走了。他说那个晚上他突然发现自己至少白活了二十年。别的都是假的,他这样感叹,只有钱最真实。钱这东西确实太硬了,碰它不过。这位来自闽南的男人后来做过公司的业务经理、非正式的证券经纪人、房地产交易的中介者。但从他一脸倒霉相和失去全部光泽的皮鞋看,我断定此人没有发财。再往下一打听,他现在又到了海口的一家文学刊物,当主编助理。他说主编是位老太太,每年掏五十万,从不管事。言下之意那刊物是他说了算。

你给我们写一篇吧,他说,我当头条发。

我笑了。我说我跑到这儿来写小说是不是有点傻✕?我说我现在不想写。写作太复杂,我想做些简单的事、过简单的日子。

他很惋惜地看着我。我想他肯定也用这种很惋惜的目光不止一次地看过他自己。他拍拍我的车,说:你这是体验生活吧?我说扯淡,生活不需要体验。生活像空气一样围绕着你,你吸就是了。我们上车,去了船上。这个上午生意是做不成了,有人要同我谈文学。他环视了一会儿,翻翻台子上的几本书。他说,我那儿有新译过来的米兰·昆德拉,要不要看?我说不要。我说我现在看不了正儿八经的书。我们开始喝啤酒。他列举了一大串作家名单,又指出这些人中的营垒变化,说谁要调到什么位置上,再回头把谁给收拾掉。我说你别给我谈什么文学界。我爱文学,但从不爱文学界。而且我历来是只交朋友,不入队伍。如果有人红口白牙地找我麻烦,我不会同他理论,但总有一天我会同他打一架,动胳膊动腿。他好像很诧异。他说哦,是这样。你的为人不像你的小说,你的小说很含蓄。这时他的情绪又转为忧伤,他说,小说是完了。现在中国只有一个人还读小说,就是张艺谋。

23

夜里的空气比白天好。天一黑,城市就变得简洁,像个地道的背景。

24

　　李佳来海口了,大约是办什么案子。李佳在大学也是读汉语言文学专业,毕业分到了公安厅二处,搞经济案件。我印象中,李佳善于砍价但不会算账。那年高考她数学只有三十几分。李佳是前天到的,拖到今天才打我传呼。其实就是不离婚,我们之间也是这么平平淡淡。我和她做夫妻的那几年至少出了20趟差,可她从来不送也不接。和你过日子像打麻将当相公,有一回我对她说,虽然也摸也打,但和了不算。既没有赢家的喜悦,也没有输家的懊恼。一句话,平庸。她不以为然地笑笑,说:生活就是平庸。你这人总拿生活当小说,可你的小说又都不生活。你这家伙迟早是完了。我想这是肺腑之言。

　　我去琼苑宾馆接李佳。她穿着便服,戴着墨镜,在大门口等我。远远地就看见她晃来晃去,还吃零嘴。我按按喇叭,她走过来,说你胖了,谁替你补的?我说在这地方喝风也胖。然后我问她:去哪里?李佳说,陪我逛逛街吧。我可以逛上三个小时。

　　我就知道是这个结果。我把车停了,陪她由博爱路去解放西。我问她想买什么。她说不买什么,只是想逛。见我不接话,她又说:你要是忙就算了,我一个人逛。我说离婚了不能客气点吗?她说我失礼了吗?你这人真没劲。我说你也没劲。我忽然觉得,我们之间一点也没有改变,而且比原来还复杂。从前做夫妻,可以抬杠可以吵;现在得忍着,得讲礼貌。索性反目成仇也好,又偏不是……我越走腿越重,后来就和从前一样了,她在商场里面逛,我坐在门口台阶上吸烟。逛完一家商店,我问李佳,想不想去海边游泳或者去我那里看看?李佳说:我现在一点浪漫劲也没有,电视里的花前月下都倒我胃口。我说不想就算了,你忙你的,我忙我的,回头一起吃蛇去。李佳说,你别破费了,这边公家给我安排得好好的,攒几个钱再去讨个老婆吧。这回你得看准了,找个爱好文学的,日后给作家洗臭袜子眉都不皱一下的。我说我现在很乐意做一个司机。李佳就鼻子哼了一下,说你们这些人骨头就是轻,耐不了几天寂寞,自己便会自动跳出来招摇过市,不信你走着瞧。我和你过了那么多年,你屁股一撅,我就知道拉什么屎。你居然还说我不理解你,其实我是把你理解透了,让你受不了。

许多年前,我在大学碰到一个刚进校的新生,梳着两条齐腰的辫子,总是在那片杉树林里读陀思妥耶夫斯基。由于近视而不戴眼镜,她的眼睛看上去忧郁而朦胧,睫毛也长。这个叫李佳的新生在三年级时答应毕业后做我的老婆……

我越想越清晰。这个晚上我粗略地把这些年同李佳在一起的生活理了一遍。时间不经意地改变着人,把每个人都改变得十分有理。这个世界已经越发没有头脑了,人却相反,人的头脑越来越管用。所以人在一起总是处不好,因为都聪明。我想,天下的夫妻基本上都是想离婚的,区别是有的想到了就做,有的只想不做。至少,城里是没剩多少好夫妻的。

25

陈一帆自那天飞走后就没有来过电话。电视这些日子没有类似空难的消息,他当然是安全抵达了。我想这狗娘养的应该来个电话,要不那天在机场的折腾就像是在作秀了。那张一次性快照我夹在《交通手册》里,无事拿出来看看,据说这种照片保存不了几年。到了晚上,我给王娟挂了电话,问一帆现在何处。王娟说她也不知道。王娟说陈一帆离开前雇了一个小保姆,留了点钱就走了,说是一个星期就回来,今天都五天了。我从不过问他生意上的事,王娟这样说,他也不说这方面的事。放下电话,我的心变得有些乱。我有种不祥的预感,陈一帆或许碰到什么麻烦了。

李佳没有呼我,我也不便去宾馆看她。离了婚的女人可以跟任何男人拉扯,唯独不能的是她的前夫。这规矩真他妈有点怪。这个晚上我有些烦躁。我已经很久不这样了。我也不清楚因为什么烦躁,身上穿条短裤也嫌碍事。后来我就把灯关了,短裤也脱了。我冲了凉,不想揩干身上的水,这样风吹起来更舒服。我又一次想到《现代启示录》上的那个美军中尉,他在西贡一家破旅店里就是我现在这个样子。我想那时他也正处于烦躁之中,兴许还夹带了一点苦闷。而我是没有苦闷的,只有烦躁。

有电话来,我以为是李佳,其实是苏晓涛。她说,喂,干吗呢?我说洗澡呢。她顿了一下,又问:好了吗?我说谈不上好还是没好,我想洗就洗,已经洗三回了。她就笑了,问船上是不是很热,我说热倒不热,就是想洗,想让凉水浇浇身子。苏晓涛说,你怎么了?我怎么听起来很不带劲呀?我说没什么,我这里水电都不要钱,没事就冲冲洗洗。苏晓涛问,我可以去看看你吗?我说来吧。这是苏晓涛第一次主动给我打电话。倘若这个电话是前几天打来,我肯定会很兴奋。我会抓住这个机会往下蹚,蹚到哪算哪。电话来得不是时候。里根当年竞选总统,有人挺身质问他:你这老家伙,凭什么当总统?里根说,凭两点:其一是我对美国人民的爱,其二是我坚持性交。就是说只要能性交就表明不是个老人了。这么一想,我便有些悲哀。你不是想泡她吗?她来了,你又不兴奋。

苏晓涛是九点左右到的。那时我的头发还在滴水。我问好找吗,她说好找,这儿就停着一条大船。她说你这儿很像个秘密据点,一些仁人志士躲在这里倒腾个《挺进报》什么的挺合适。她又说你这家伙鬼得很,怎么这几天没电话了?我说,我的电话对你不重要。她就问:对谁重要?我说对谁都不重要,或许对我老爹老娘还有点意思,证明他们这个老儿子还健在。苏晓涛就笑了,说你该不是失恋了吧?我说无恋可失,就是有恋,这年头失了也就失了,大家都想得开。她就叹了声:我的天,你也这么想。我说我为什么不能这么想?我早就这么想了。世人皆醉,唯我独醒——那是孙子,装出来的。苏晓涛喝了口水,问道:那你说以前见过我,也是装出来的?一个借口?我摇摇头。我说不是。我就觉得你是外语系的那个女生。苏晓涛沉默了一会儿,随手拿起一本书翻看,说:没错。我就是那个人。我有些吃惊,弄不清是怎么回事。苏晓涛说,我讨厌过去。我不愿意去谈论从前。她的脸上泛出红晕,好像是在大庭广众之下被人误解了似的。她说我知道你在中文系,毕业前写了一个很轰动的话剧,毕业后又出了好几本小说。而且我还知道你比我大五岁。我到南方来是想寻一个新的起点,好把从前的一切全忘掉,没想到一下船就遇到了你。又是从前……

我打断她。我说从前未必不好,我倒觉得从前的生活很有色彩,只是生活的那个人不像是我,是我的赝品。说着我也笑了。今天是周末,一男一女在一起应该谈些轻松的话题才对。苏晓涛说,海口这地方好像天天都是周末。

26

苏晓涛昨天的打扮很青春。一件牌子很硬的鹅黄色T恤,一条有背带的牛仔裤,肩上还有个皮背囊。她的发型也改了,形状像个蘑菇,刘海整齐。她这个样子看上去顶多只有二十七八岁。这是个让男人动心的形象。其实昨晚我们只是握了一下手,而且感觉不太好。她的手太瘦,没什么水分,握起来像握了个模型。我觉得手对男人女人都很重要。手是性的先行官。

我们从九点坐到十一点半。两个多钟头说的全是废话。她一直就坐着,我在她眼前走来走去。后来我坐到她边上,她侧了一下身子,意思大概是说:你要干吗?我什么也没干,继续同她说废话。我听见她的呼吸十分均匀,就知道这个女人是让男人饱眼福的那种。我突然就想到了李佳从前在杉树林里读陀思妥耶夫斯基的那个样子,不禁笑了。苏晓涛就问,你笑什么?我说一个人整天挨饿,不挣钱买米却买了许多碗,各式各样。她便用手支着下颏开始思索,这又让我紧张。我又问她,现在还想出国吗?她点点头。她说我这个人计划性很强,我想做的就必须做成。我随口应了句:做成了又怎么样呢?她似乎不高兴了,她说,你怎么这样想呢?我就不再吱声了。

我想我这个人是真的完了。这些年我像是在踢一场没有裁判也没有观众的足球,踢得稀里糊涂精疲力竭,现在我自亮红牌把自己罚下场。我太累了。我不知为什么累成这个熊样。

不想出车。躺在床上继续看丘吉尔的《战争回忆录》。"二战"的时候,据说老丘吉尔找了许多替身四处活动,我想那是很排场的。我也有替身,而且很多很多,只是他们长得都不像我。

27

天气极好,天蓝得吓人,云也吓人,一座山似的向你压过来,可它分明又是软软的。

28

去街上看了《情人》。小说以前我看过,也喜欢。玛格丽特·杜拉斯老了,所以要回忆。人一回忆就说明开始老了。梁家辉演那个来自旅顺口的中国人,似乎比旧时的男人好看,屁股也壮了些,不过演起来倒也逼真。那个体瘦多病的中国男人最后给少女杜拉斯留了一枚祖传的戒指,这就把她害了,一害就是半个世纪。

看电影出来,外面的天还很白,还可以在城里跑几圈。看车的老太太说,你这人不像是靠车吃饭的,这么好的天生意不做,来看电影。这语气真像我妈。我多给了她十块钱,可她不要。她说我看你也是大陆人,好生挣点钱回去吧。老婆在家等呢!我说我没有老婆,老太太就挖了我一眼,嘟嘟哝哝地走一边去了。我想老人家大概在说,你小子怎么混的?这么大岁数居然还没混到一个老婆！我把车倒出来，落下玻璃对老太太说：您肯定能活到九十九。

生意还是好。两个小时几乎没怎么闲。我喜欢跑龙昆南这一带，路是分道行驶，也宽，开起来很舒服。海口没几条好路，城里的路像得了食道癌那样简直叫人想跳海。天色渐晚，我不感到饿，就接着开。收音机里一个女人在嗲声嗲气地同你聊"黄昏风景"，没几句话却乱用了不少词，还问你开心不开心。我不开心。我一点也不开心。我也不痛苦。我只是无聊，无聊得想去过街天桥上拿大顶。

李佳呼我。她说明天回去，晚上来看看我。她的口气做派俨然是领导同志。我说去接她，她说不用。她说我知道在哪，那上面有厕所吗？该不会每天倒马桶吧？说着冷笑几声，把电话挂了。这就是典型的李佳，总他妈的想整死我。从前和她做夫妻，只要我一铺开稿纸，她就差我去买酱油打醋。她就见不得我写几个字。她一结婚就背叛了那个在杉树林里读陀思妥耶夫斯基的女孩。我说写作是我的理想。她说理想个屁。她说你就是喜欢而已，就像别的男人喜欢嫖娼喜欢打麻将一样，是玩，是彻头彻尾的玩。她说就是有一天诺贝尔文学奖颁给你这号人，那也不表示你的成功，而是那个奖的失败。她说得振振有词。后来——那是离婚的前夜，我对她说：我是应该同你离婚。至少为小说我也应该同你离。她一下就笑了，是我从未见过的那种迷人的笑。那时我很自豪地想，李佳真是个了不起的女人，只是我实在消受不起。

我还是先洗了澡，顺便把室内收拾了一下。刚忙完，李佳就到了，穿一身制服，还他妈的戴着帽子。而我只穿了一条小短裤。我问:你没带枪吧?她鼻子皱皱,反问:什么味?像是青草味。我说青草味只有女人身体里才有,我这儿没女人。她说你别屁话,给我把裤子穿上。我往床上一躺:这是我的场子,我想光着就光着。她取下帽子,视察似的走来走去。她说到南方来没见你有多大长进,倒是染上露阴癖了。说着就把我的裤子扔给我。我笑了,叫她坐过来。她问想干吗?我说你这么问话,说明你心术不正,心里有鬼。她说你少来这套,你那四两肉你爱给谁给谁。这时我就把灯关了。黑暗中听见李佳说:你这狗娘养的公然藐视法律。

还是和从前一样。

李佳说:没意思。一点意思也没有。我没吱声。李佳就伏到我肩头,问:你和别的女人在一起有意思吗?我说还是有点意思。李佳问:怎么个有意思?我说和三级片差不多吧。李佳立刻就坐起来穿衣,一边穿一边说:那是装的,绝对是装的。我拉住她,说今晚别回宾馆了。她说:这哪行。我不能在你这儿过夜。这话一说,我心里倒是有些酸了。我在黑暗中看着她把衣穿好,准备开灯。她拦住我:算了,就这么黑着坐一会儿吧。你这脸我不看也罢。过了很长一会儿,李佳问道:你打算在这地方玩到什么时候?我说搞不清楚,如果玩腻了,就走。反正现在也简单了。李佳又问:你就这么玩上一辈子?我说这也未必不可,我自食其力,没有给社会造成什么负担。李佳就说去你妈的,你就玩够吧!不过我还是建议你趁早买一份养老保险。

29

只要看到椰子树,我就有了某种安慰。它证明我确实脱离了从前。这话是苏晓涛说的。可现在的问题是,由于我的出现,她的从前又他妈的回来了。在"从前"这个问题上,我们存在着分歧。今天我们去听盛中国的演奏,一路上她都在叹气。你是一个标志,她这样说,你让我想起许多不该想起的往事。我说我的感觉恰恰相反。我虽然讨厌那所大学,但喜欢那些年发生的事,其中包括在食堂买饭时偷看外语系那个女生。她就笑了,问:我变得厉害吗?我说你这是在炫耀。你要是变得厉害我能一眼认出你么?她又叹了声:我其实变化很大。

　　一个能容纳五十来人的小厅,一个布满柔和灯光的小舞台,然后盛先生的演奏开始了。给盛先生伴奏的是一位日本女人,很文静很礼貌地弹着钢琴。自然要演奏《梁祝》。大家听得很认真,很斯文地喝着椰奶。苏晓涛说,琴拉得很棒。我说是的,很棒。可这个场所不是拉琴的地方,是吊膀子的。苏晓涛笑了:你闭着眼听不就得了?我说这些人都是装的,装得那么高雅那么有教养。苏晓涛就问:那我们呢?也是装的?我说是。苏晓涛便不响了。我知道她心里很难过。你不是喜欢我现在吗?现在我们就是这个样子。我们一边挖空心思地挣钱一边还要显现出文化品位。我们就是这种货色。所以我们要把堂会理解成音乐会,把消遣说成欣赏,把饼干说成克力架,把性交说成爱情,把闲着没事说成空虚,把无人来访说成孤独,然后把自己看作卡夫卡或者弗朗索娃·萨冈。全他妈的扯淡。据说某市还有个小子,生意做砸了就沿长征路蹚上一遍,把自己当作毛泽东……

　　《梁祝》一完,我们就离座了。苏晓涛出来就说:别送我了,我想一个人走走。这是我意料中的。我就说别走久了,这地方乱。她说你忙去吧,还能挣几张呢。我今天真是犯了大错,耽误了你的生意。我就笑了,我说我还是陪你走走吧。她不理我,转身走了。我跟在后面。苏晓涛的自尊心真是玻璃做的。太容易碎了。走了好一截,我拉住了她:去我那儿吧。她说不。我说那就去海边如何?她没说话。我跑回去把车开过来,把顶灯也卸了。然后我们就去了白沙门。

那时月亮刚升起来不久,海上罩着一层烟霭。我们没有下车,落下玻璃,潮声此起彼伏地在耳边回响。

你是不是什么都不信?苏晓涛问道。

我说你的问题太复杂,我回答不了。

她说,你这人状态不对。

我说我的状态早就不对了。我甚至没有状态。

后来——那是我们分手之后,我就想:如果今晚在海边、在车里的那个女人不是苏晓涛而是方鱼儿,绝对就是另一个样子了。我不知道为什么突然这么联想……

30

王娟一早来电话,让我过去一趟。我问出什么事了,王娟说见面谈吧。我便有些紧张,心想一帆可能惹上了什么麻烦。等见到王娟,她的样子十分想哭,我就更加不知所措。王娟把小保姆支走,关上门眼泪就往下淌。一帆出事了,她抽泣着说,一帆肯定出事了。我让她慢慢说。她说一帆昨天半夜来了电话,说他可能被人害了,让她回犁城娘家候产。王娟问怎么被人害了,一帆说电话里讲不清楚,然后就匆匆把电话挂了。王娟说这个电话好像是偷偷打出来的。我问王娟,一帆现在何处？王娟说不知道,又哭。

我就劝王娟,事情还没有出来,这么哭会伤身的。王娟的肚子已经很高了。会是什么事呢？我想一定是经济问题,与钱有关。而且这事陈一帆肯定早就有数。我又想到他这次出差与我在机场的分别,兴许这家伙就做了准备,知道要出事。我没把这些告诉王娟。

从王娟那里出来,我觉得天好像都不蓝了。我现在就怕遇见这种沉重的事。看《阿甘正传》时,那个在越战中丢掉一条腿的中尉一出来,我他妈的就受不了。它破坏了我对那根羽毛的感觉。我知道一条腿的设计是艺术,甚至是杰作,可我还是受不了。我想陈一帆是不会给我来电话了。我从《交通手册》里拿出那张快照看了看,它还是清晰的。我不知道它何时会褪去颜色。

31

一连几日都是阴天,小雨。去三亚的路上我就有种预感,没准儿今儿要倒霉。果然回来走到125公里处就追尾了。我当时正低头弹烟灰,又看到那张快照,头还没抬起来便听见"砰"的一响,车身随即一挫。前边那辆丰田客货两用被我顶到了路边,而我的引擎盖全卷起来了。

错在我。没说的,掏钱。那司机也是内地人,还算好说话,只收了我十张。我的车动不了,这儿又没地方挂电话。天他妈的不作美,雨发疯地下起来。我就缩在车里。还好,收音机的电源没弄坏,能响。我随便调到一个台,里面是一男一女在侃"文人下海"。男的说某某原是大乐团的指挥,现在成了香港的大地产公司的老板。女的说某某某是著名作家,曾经写过轰动一时的什么小说,最近来海口主持招商。介绍完了,他们就开始评论,基本上都是废话。我于是换了一个频道,时而一段音乐时而一段广告。

雨点打在玻璃上。远处不时有闪电,但听不见雷声。我将座位放倒,躺下。天黑得像锅底,这个地段是山区,几里路见不到一盏灯。虽然有车不断地从我边上驶过,可是没有一辆肯停下来。我看看表,刚过十二点。海口的歌舞厅正是吹灯拔蜡的情调时分。

收音机里这时已是《听众点播》节目。女主持人说:一位来自北方的小姐点播甘萍的《大哥,你好吗》,献给她的一位可亲的朋友,因为过了零点,就是他的生日了。她祝他生日快乐,出车一路平安。

我一下坐起来,然后拿出身份证借着香烟的亮光看。是的,过了零点也是我的生日。我的本命年刚刚结束。我居然还活着。大哥,你好吗?我不好。我一点也不好。我吸着烟,忽然想到了鱼儿。这歌可能就是鱼儿为我点的。来自北方……大哥……出车——这就是鱼儿!

我现在特别想鱼儿。她今夜会去我那儿吗?她肯定去过。我必须马上回海口。然后我就跳下车,站在公路中间等往海口方向的货车,雨还是很大,我的脸都被雨点打麻了。不多会儿,一辆"东风"车迎面驶来,我高举着双手,表明我不是车匪路霸。那车逼近我,司机关掉远光灯,按过几声喇叭便停了。我说请你们把我的车拖回去,我会给钱。司机的口音也是北方的,没多说就答应下来。

我又上路了。车抵海口,天色已白,雨也住了。三十六年前的这个时辰,我刚刚落地。接生婆一剪子铰断脐带,直到现在,我的肚脐眼还在生疼。

32

我没有找到鱼儿。

这几天我晚上都去摩根酒吧。小姐好像又换了一茬,全是生面。我问她们可曾见到一个叫鱼儿的北方女孩?一个很丰满的妇女反问我:你是猫吗?

不用说我很沮丧。我后来也就不找了,没事就守着电话看一些莫名其妙的录像。我的车还在修理厂,保险公司认了百分之六十,我至少还要掏五六千。王娟每天都来电话,为陈一帆提心吊胆,边说边哭。我重复地劝,重复地安慰。我也想对一个人诉说,可我找谁呢?谁来安慰我?我呼过苏晓涛,对方机主已经易人,说苏晓涛刚离开这个公司。我有点难过,觉得苏晓涛应该来电话打声招呼。不过我又想,这样也好。我和这女人是水与油的关系,搅和不到一块去的。

那位当主编助理的朋友又来电话约稿,还说要请名家来开笔会重整旗鼓。我说我还是不想写。朋友就问:你是不是也在写一部大的?我便对着电话哈哈大笑。我说一个鲁迅至少可以压三代人,你想往哪儿大?你还真以为那些招摇过市的家伙了不起呀?

他们顶多能写一部或者十部二十部厚的。从来就不曾大过。朋友就也笑,说人有时尽他妈的吃错药,临死头还是昏的。朋友说,算了,这破刊物老子也不编了,改天一起喝酒。放了电话,我突然感到一阵燥热,便把衣服扒了。我挑出一支狼毫笔,打算在皮肤上默写唐诗。墨汁很凉,毛笔划在皮肤上痒丝丝的。我由小腿开始,再大腿,再肚皮。末了,我又以肚脐作瞳孔画了一只独眼——看上去像是患了白内障。我把两条腿支到舱壁上,点上烟,隔着烟雾欣赏着这肚皮大腿上的千古绝唱。

后来我又大叫了几声,真爽。

33

台风是午夜时分由文昌登陆的,刮到海口差不多已近凌晨。

台风如虎啸,挟带着暴雨。

街上的椰子树一夜间全成了荡妇。

34

台风过去以后的这些日子,我的日记也停了。这个季节大陆已是落叶知秋,可岛上仍是绿油油的。我这才意识到,南方没有秋天。

我接到了苏晓涛的电话,她已在上海,正办理着赴美留学的签证。她说逛书店时看见书架上有一本我的小说,就买下了。我想如果不是这样,她是不会有电话来的。苏晓涛说,临行前本想去我那儿看看,几次路过都没见到船上亮灯。后来我又觉得,她说,不见也好,见了又分开反倒心里变得重了。我说你运道不错,这下如愿以偿了。你还有新的计划,你当然也还会如愿。她说但愿吧,其实现在……算了,不想谈这些,你好吗? 我说就这样,只是觉得日子太长。然后我们又谈了一些乱七八糟的事,什么房地产滑坡、股市 A 股不如 B 股、国产电视剧一塌糊涂,如此这般。苏晓涛突然问道:你想我吗? 我犹豫了一下,说想过。现在想也是白想,你离我越来越远了。她说:我曾经离你很近的。我说那也是远。凡手摸不到的就是远。我们就都沉默了一会儿。后来苏晓涛说:有件事我想还是告诉你的好。我其实以前不认识你,真的不认识,我是在北京读的本科。你的那些个人情况,我是从一本刊物上翻到的。我也不知道为什么要去冒充你们学校那个外语系的女生,现在想起来觉得还好奇怪。你真以为我是她吗? 我笑了笑,我说你们的侧面很像,现在这已不重要了。

电话差不多打了一个小时。我看看表,刚过十点。我想苏晓涛真是凡事都有计划,她当然知道夜间九点之后长话费减半。苏晓涛最后用英语对我道了晚安,声音又亮了。她还会说法语甚至西班牙语,我这么想着。一个人可以用多种语言同人交流,这是能耐。这个人在我生活里忽进忽出,毫不拖泥带水,真修行得可以。外面已开始热闹了,我得出去遛遛。我换上了一件大红 T 恤,光了脸,挂了随身听。我摘了顶灯,戴上耳塞。马连良一叫板我就踩了油门。我沿着滨海大道往秀英的方向开,城市渐渐退到了我的背后。

今夜我自己泡自己。

35

陈一帆果真出事了。与他合作的那方曾为他的公司担保,并以不动产抵押,由他出面贷款,再联手投到"四达大厦"上。钱弄出来,累计有三千多万,但是所出具的担保、抵押文件全是伪造的,这便构成了金融诈骗罪。一帆在犁城落网,他被押送海口收监的那天,王娟正好飞往犁城回娘家候产。他们在空中失之交臂。一周后,王娟生了一个八斤重的女儿。

李佳也参与了这宗案件的侦破。她那次来海口,就是为这事。犯罪的和破案的都是我亲密的人,他们静悄悄地做了一切,我却什么也不知道。

陈一帆被判处有期徒刑十年。昨天晚上,李佳给我挂了电话。她说你现在可以去看看陈一帆了,我回头去看王娟。李佳又问我什么时候回犁城?我说不知道。我说我脑子现在很木,耳鸣也厉害。李佳停顿了一下,问道:你在海口有人了?我说曾经有一个,可现在找不到了。

今天我去探监。一帆的头发已被剃掉,双手提着裤子,很谦虚的样子走过来。我们之间隔着一层玻璃,我一点也感受不到他的气息。有一分钟的时间我们就这么对视着。后来,我们同时拿起了话筒。他说,我的头发剃了。我说剃了还会长。他就淡笑,说:头发一剃等于尊严给没收了,现在我算懂得了什么叫割发代首。我以前还写过一篇随笔,把曹孟德挖苦了一顿,其实他是对的。陈一帆边说边摸着发青的头皮,我没插言,看着他摸。他说过几天就去服刑的农场。据说是植树。他说他喜欢植树,他每天可以种上五棵,这样一年下来就是1825棵,十年便有18000多棵了,那就是一片大林子。陈一帆挠挠头接着说:刑满时我五十三岁,我就申请去看那片林。

陈一帆对妻儿只字不提。

从监狱出来,外面的天还是很白。我把车停了,去买点喝的。我的腿变得好软。天桥上有一个瞎子正用自制的二胡拉着《潇洒走一回》,没有人管他,也没看见有人给他扔钱。我给他捎了瓶矿泉水,蹲在他面前,很有些痴迷地看着他的表情——他几乎没有任何表情。一曲终了,我把水递到他手里。瞎子说:你在听还是在看?我说也听也看。瞎子问:我能摸摸你的脸吗?我说你摸吧,就把脸凑给他。瞎子粗糙的手指由我的天庭沿鼻梁往下再滑向两腮。瞎子问道:我俩长得有些像吧?

我说是的,我们很像。

1997年11月15日　合肥寓所
(原载《收获》1998年第3期)

结束的地方

久经沙场的宋英山支队长在一个雨夜惨遭杀害是1947年11月间的事。当时都认为凶手是马夫刘四。这个当铺伙计出身的壮汉在血案发生的七十二小时后即被枪决,三枪毙命,尸体随便埋在罐子窑侧面的西山脚下。四十七年后,那个几乎被人踩平的土丘上开出了一簇白色小花。有人数了,正好是七十二朵。刘四生于民国十一年,祖籍江苏扬州。现有的材料表明,当铺伙计刘四是随宋英山支队长来到皖南的。刘四如果活到今天,也到了七十二岁。这种暗合在将近半个世纪后出现,预示着前所未有的风调雨顺。

1993年1月,一位身材挺拔、面貌严肃的外省人来到罐子窑。此人大约五十多岁,步伐稳健,操北方口音。外省人奇异的身影吸引了当地的土著。人们私下议论,称外省人叫京官。在不久的日子里,人们隐约知道京官到此是为"找一件重要的东西"。那时正值临近春节的农历岁末,人们杀猪宰牛,牲畜的血使村前那条很窄的河流成为橙色。外省人保养得很好的脸孔就映在这橙色的水面上——在很多时候,外省人喜欢观赏当地人兴致勃勃的宰杀,却一语不发。

年逾古稀的寡妇明秋像往日一样,在太阳行将落山之前,出现在人们广阔的视野中。寡妇明秋像一朵衰败的菊花挣扎在朔风中沿河边缓缓走来。她衣着整洁,依旧梳着半个世纪前的发式。那是当地不曾见过的发式,有一种惊世骇俗的大家气派。在寡妇业已灰白的云鬓上插着一根碧玉簪,让人联想起著名的戏文。也许是寡妇别致的发式抑或为这真正的珍宝所吸引,外省人专注的神情有了瞬间的游移。(他开始吸烟,并把那种高级的香烟散发给当地人。)

你是北京来的?你肯定是个大官。你这人的面相一望便知是大福大贵。

对于当地人的好奇发问,外省人表示了节制的感谢。但刚才他对老寡妇的短暂留意,仍然激发了人们的热情。那个女人可是见过大世面的,你看她头上!只有扬州的女人才有这种气派。扬州的女人是最了不得的女人。我爷爷说,这个明秋年轻时望一眼让人胆寒,连当年大名鼎鼎的宋英山都替她洗脚。

外省人淡淡一笑,背过手离去。

1947年10月的一个细雨蒙蒙的傍晚,支队长宋英山秘密睡到了一张柔软的床上,缎被的光滑与冰凉使他混沌的记忆仍停滞在白天的那场伏击里。这是他游击生涯里真正的一战,面对敌人逼近的枪口,他稳稳扣动了驳壳枪艰涩的扳机,然而子弹在撞击岩石之后反弹到他的小腹,支队长旋即晕倒,在昏迷前的最后一分钟,他看到马夫刘四的飞刀直插敌人的眉心,迸射的鲜血如同在扬州城里所见的节日礼花。

过多的失血使宋英山在这个秋雨之夜更显出书生的原形。在经过郎中仓促的诊治后,少妇明秋开始为支队长擦洗身体。在触及伤口的部位时女人将煤油灯拨暗,动作有些迟疑。明秋在昏暗中忙完这一切,听见了院子的门声。马夫刘四立即张开驳壳枪的机头,听见身后的女人说:不要紧,是冬来。刘四表情放松并随手将一枚子弹退出。他打算把空枪交给冬来玩一阵子。一年多没见到这孩子了,刘四说,还套狗吗?

似乎有一种预感,十岁的冬来在走进自家院子时,便像一只良犬嗅出了外人的气息。他注意到窗户上灯光的变化,放慢了脚步。一整天与狗周旋而最后两手空空,使这个瘦小的少年格外沮丧。所以当刘四将一把真枪交给他时,少年并没有表现出应有的惊喜。冬来只是把枪认真握了握,就还给了刘四,然后抽抽鼻子:腥。这时候明秋出来倒水,对儿子说:饭温在锅里,快去吃。儿子顺势朝里屋看了看,不吱声地走进了灶间。刘四陪冬来吃饭,说城里的宋老师病了,想在这里住几天。冬来问:几天?刘四说:就那么几天吧。刘四察觉出少年的不满,就摸摸他的光头说:过几天叔叔陪你去套狗。冬来放下筷子说:你不是我叔。从前我叫你老四,你叫我少爷。你管我娘叫太太。少年尖刻的话语让刘四不知所措,他下意识地摸了摸肩上的一块疤痕,那是两年前不满八岁的冬来用牙齿替他刻下的。

当铺伙计刘四在1945年冬天成为真正的家人。在普天同庆抗日胜利的锣鼓余音中,穷困而健壮的刘四享受了一个女人赐予的欢乐。太太,太太,太太,在性欲达到高潮时伙计刘四失声大喊,从此将从前的太太变成了自己现在的女人。存放于记忆中的这一天漫长而深刻,两年后,成为谋杀长官凶犯的刘四被绑赴刑场执行枪决时,那一天的情形再次重现在他眼前。那时他恍然悟出,自己已是在劫难逃。

现在,面对黑夜的阴雨,马夫刘四肩上的疤痕又开始隐隐作痛。他不寒而栗,于黑暗中发现了自己的一块肉,被一个不满八岁的男孩咀嚼。他的肉被男孩一口咬下,他看见自己的肉并没有带出多少血丝,而是白白的,男孩一口一口地嚼着,嘴角布满了油渍和白沫。刘四没有被失肉的剧痛打倒,但男孩吃肉的嘴脸让他在噩梦中挣扎达半年之久。

少妇明秋给屋檐下的刘四披了件衣裳。刘四就势握住女人的手。马夫说:冬来会不会到外面说什么?女人没有回答,而是叹息道:这个孽种。我这辈子最悔的事,就是没有把这东西在肚子里搞掉。

外省人每天黄昏都到河边看宰杀,他的沉默寡言使原本热烈的气氛变得平淡。人们的注意力已经分散,开始同陌生人进行试探性的交谈。你到罐子窑来做什么?都年关了你们城里人不兴过年吗?你是做什么工作的,手里肯定有权吧?外省人仍是很淡地笑着,但他的笑容令周围的孩子们惧怕。孩子们盯着这人剪到身后的双手,发现每个指节上都长着又黑又硬的长毛,像猪鬃一样。

寡妇明秋的话题在第二天便中断了。对于往事,当地人的重提兴趣只限于此时此刻的只言片语。所以后来寡妇从大家身旁走

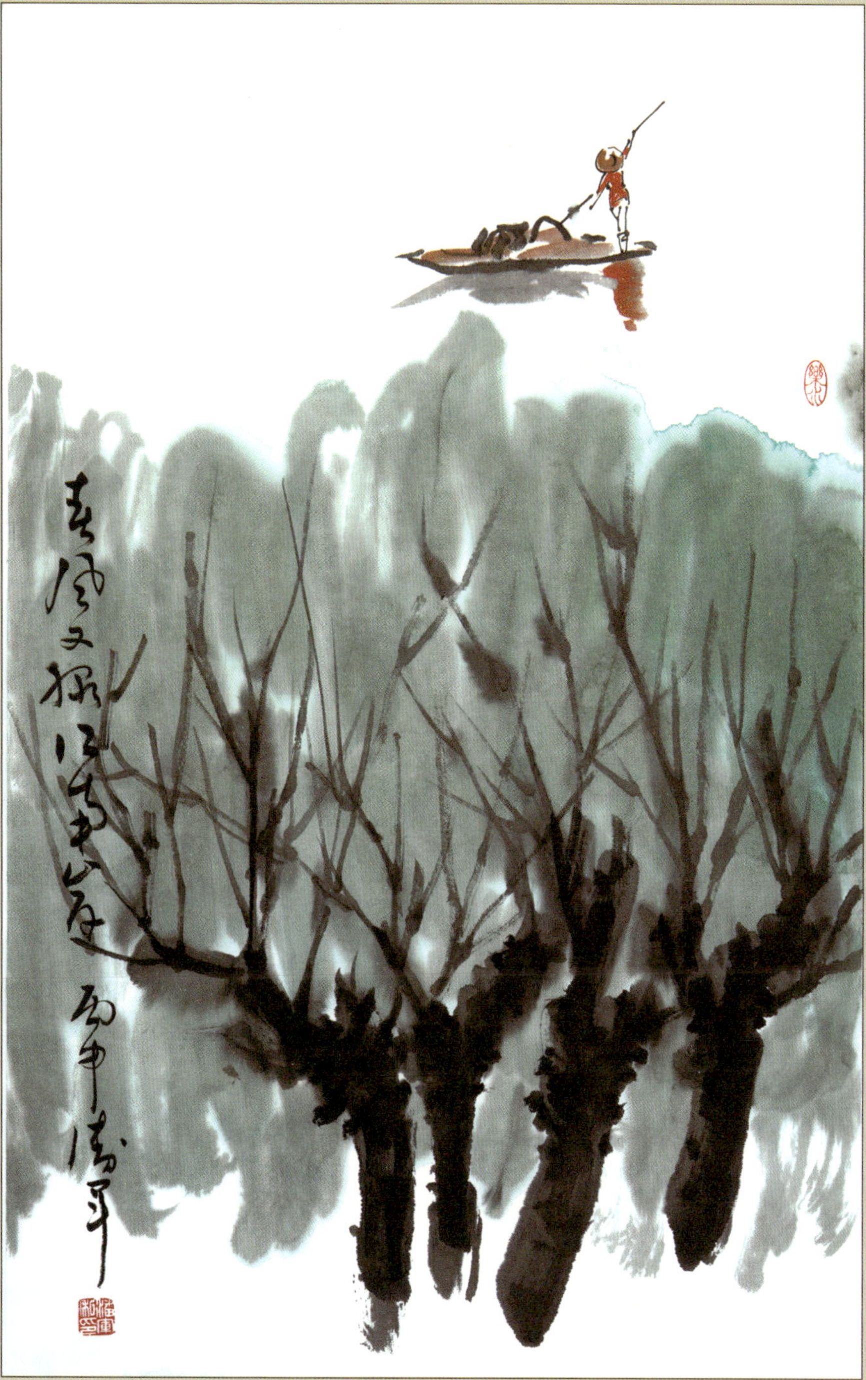

过时,只有外省人还留意着她的背影。外省人散淡的目光像倦鸟一样停在寡妇别致的发式上,有一天他自语道:放下来会很长的。

支队长宋英山苏醒后首先发现的是身上的这床缎被,这让他联想到城里女人细腻的身体。在这种联想走向结束时,宋英山看见了挑帘而入的明秋。女人典雅不俗的发式让青年革命家缅怀起扬州城里的缱绻时光。那是个面容愁苦却让他心潮起伏的军阀姨太太,曾以补习旧体诗词的名义与中学教员宋英山有过几夜风流。后来东窗事发,无边的追杀使宋英山逃入皖南,中学教员在十三个月后成为名噪江南的游击支队长。

这就是宋支队长。马夫刘四介绍说。

宋英山。支队长向前倾了一下身并向面前的女人伸出纤细的白手。

明秋没有去握那只手,而是立在一旁说:你别动,免得牵了伤口。

宋英山这才意识到自己挂彩,灼热的疼痛渐渐从腹部升起。他重新躺下,请女人将油灯拨亮一些。女人照话做了,支队长注意到这个女人的面貌和形体都一如她的发式。这就是刘四的女人,支队长想。他的目光移到马夫身上,慢慢回忆起白天的事情。如果不是刘四的飞刀,他的身体或许已经被敌人射成了一面筛子。那时候宋英山还不知道自己其实是被自己所击倒。

明秋为宋支队长煨了一罐红枣粥。明秋想让刘四去喂支队长吃。可刘四说,我手笨,还是你去。明秋就把红枣粥倒在碗里,用嘴唇试了试温度,然后让刘四扶起支队长,自己坐到床沿准备喂粥。宋英山的目光在女人脸上迅速掠过,但他还是从女人的眉宇间捕捉到了那种略带愁苦的表情。在不经意的目光交流中,支队长已在心里完成了两个女人的重复叠化,这是他在以后不到一月的时间里,枪伤奇迹般痊愈的重要因素。所以宋英山往往告诫他的马夫:人是要有点精神的。

明秋举起的汤匙刚接近支队长的嘴唇,一阵寒风吹进了屋内。光着下身的冬来拎着一条还在滴尿的裤子对母亲说:

我尿床了。

在少妇明秋略带愁苦的目光中,十七岁那年夏天的经历像一把锈涩的剪刀狰狞地向她张开。这把想象的锈剪以惊人的利索剪开了她刺有翠竹幽兰图案的宽松裤脚,最后剪破了少女的贞操。那时候瘦西湖的水面上正传来歌女的丝竹之声,淹没了少女明秋的呻吟。蒙面人扎起裤腰,认真地把一枚劫来的碧玉簪放到少女的两腿之间。你让爷乐了,爷不亏你。蒙面人嗡嗡地说,爷叫黄庆,扬州城无人不晓的。日后有什么难处,到寄啸山庄找爷。爷不让你看脸,爷的脸没有爷裤裆里的家伙好。你要爷时,就举一下这根簪子。

少女明秋留下这把簪子,并把它别在头上。这个耻辱与深仇的标志每天让她正视两次。耻辱已无法洗去,剩下的只有报仇。在以后无数个夜半,耻辱之簪都化作一把锋亮的飞刀直扎黄庆的心脏。明秋在黑暗中勾画出蒙面人丑陋的嘴脸,但又难以将这张丑脸固定。沉积在少女明秋记忆中的只有蒙面人瘦猴一般敏捷的身影,当夏季来临时,魔影在梦中再次将她侮辱。

支队长宋英山再次昏睡已是午夜时分。这是个寂静缠绵的秋夜,细雨均匀微弱的声响和间或浑浊的狗吠,把青年革命家送进了乱真的温柔之乡。

梦中的宋英山身着青灰长衫,正用纤细的手指梳理着一捧柔软的丝发。这是他从前每次幽会的必经程序。他喜欢在男欢女爱之前有一番诗意的铺垫。支队长惨白的脸上开始出现肤浅的红晕,让守候在床边的明秋松了一口气,一整夜的辛劳使女人仿佛瘦了一圈。她有了困意,而这时在外面放哨的马夫已回到她身后,热烈的气息正在用力将女人的困意散开。少妇明秋随手在男人的裆下摸了一把,不禁一笑。然后她将头上簪子拔出,头发便像决堤的水那样倾泻下来。这个男人真是好体魄,像匹大马。后来明秋就骑到了这匹大马上。只有在这时候明秋才荒唐地觉得,和自己在一起的不是马夫而是一匹大马。这匹健壮的大马让她纵横千里,飞上九天。

和往常不同,这一次刘四没有在攀上山巅时连声称"太太"。他一声不吭,连大气都不敢出。在马夫愚钝的感觉里,少年冬来阴沉的目光越来越锋利,一如他绑腿上的飞刀。肩上的疤痕又开始生疼,刘四在完事后失去了以往的舒展与欢娱,他侧过身面对壁上明秋梳头的投影,发出几声低微的叹息。在这个犹如枯井的秋夜,马夫刘四第一次留意到身边的凶险。

明秋完全没有觉察到男人的不安。在她梳理好头发之后,她照例将玉簪伸到男人的眼前。她需要男人在记住她身体的同时也记住这个意味深长的提示。刘四本能地往边上一翻,右手迅速拔出腿上的飞刀。男人的反常让女人有了短暂的困惑。你怎么了,不敢正眼看它了? 明秋低沉但威严的责问让刘四放松了身体,但他的内心却陡然爬上难忍的痛苦。他想起自己当初的诺言。刘四用手拭了一下飞刀的锋口,对明秋说:我这把刀会找到黄庆的脑壳。女人背过脸去,认真地将玉簪别到头上。

十七岁的少女明秋没有去寄啸山庄寻仇,而是接受了当铺老板何风池的聘礼,于一个蛙声十里的夏夜做了何老板的三姨太。在扬州城,何风池也是一呼百应的人物,声威足以压倒土匪黄庆。那时明秋把复仇的理想寄于大腹便便的当铺老板,但她没有料到,当铺老板在第一次亲近女人身体之前便为那枚碧玉之簪而喜形于色。这可是难得一见的珍宝啊! 当铺老板双手拿玉簪叹道。明秋注意着男人检测珍宝的老到手段,痛苦的泪水自眼角悄然溢出。她一把从当铺老板手里拿回玉簪,将松散的头发重新盘起,再别上玉簪。何风池以为自己不慎而冷落了新人,便急忙宽衣解带,但明秋已走出了红烛高烧的洞房。

那是个热不可耐的仲夏之夜,扬州城正秘密传递着东洋人攻占上海的沮丧消息。而在那时,三姨太明秋独自沉浸在命运的悲切气氛之中。天上一轮满月,地下一层青霜。明秋默然走进后院,眼前一道划过的寒光让她受到意外的惊吓。她跌倒在地,这时听见一个浑厚的声音从桃树下响起:太太,我吓了你吗?接着走近了一个赤裸上身的少年。

你是谁?

我叫刘四,是店里的伙计。

刘……你在干什么?

我,我在丢刀。天太热,困不着。

叫刘四的便从树干上拔出一把刀子。那刀约有七寸长,形状如同一片枯老的树叶。明秋没有细看,而是在心里盘算:这刀能杀人吗?

明秋再次正视刘四的飞刀是在七年之后。那时她已是八岁男孩冬来的母亲,但仍不失少妇的风采。抗战的胜利使当铺生意火爆,何风池整日忙碌于算盘之上,彻夜的麻将声让明秋辗转反侧。国恨已消,私仇未报,女人每日梳妆总会把尖锐的目光投向那枚玉簪。不知从何时起,明秋已在心里多次把玉簪幻化成一把飞刀,她自然想到业已成为壮汉的伙计刘四。在伤感与寂寞同时袭来之际,明秋愿意到后院去看刘四练飞刀。伙计的刀法越来越让女人惊喜,于是在一个冬夜,明秋用手握住了那把利刃。这真是一把好刀,她感叹道。

突然的动作与感叹让刘四有些茫然。在以往的日子里,三姨太是不会用手来触这把刀的。三姨太总是站在一旁静静地看着,不言语。

三姨太把飞刀在手里掂了掂,还给伙计:

你能替我杀一个人吗?

日本人?

是中国人。

在过去的二十几年里,对于马夫刘四来说,最大的懊恼莫过于1946年春天的那个晚上。在经过严格的查证后,刘四弄清了往日出入寄啸山庄的玩鸟客便是恶棍黄庆,瘦猴一般的身体上支着一顶光头,右眉上有一道刀疤,使眉毛断成两截。女人手里的玉簪是这次谋杀的命令。我会割下他的脑壳,刘四说,让你对着那只烂葫芦撒泡尿。女人无声,再次把那枚玉簪竖到男人眼前。男人夺过簪子扔进了女人的马桶,然后将飞刀藏于腰后,顶风出门。

那时候天空中飞舞的都是玉簪的光芒,又都是女人的眼睛。虽然已立下誓言,但对于乳臭未干的年轻人,初次萌动的杀机仍让他心惊胆战。伙计刘四沿着城郊一条小路匆匆前行,在路过一家小酒馆门口时,听见了一个男声低沉的呼喊。刘四住脚,顺声望去看见屋檐下立着一个修长的身影。那人摘下压得很低的礼帽,刘四这才认出是中学教员宋英山。

是宋老师。略显慌乱的当铺伙计走近中学教员,在后者同样惊慌的神气中,刘四想起几日前城里的传闻:中学教员宋英山睡了马师长的姨太,正亡命在逃。这位中学教员曾因生活窘迫来当铺典当过祖传的一只德国怀表,与刘四有过一面之交。

也许是共同的经历,抑或是借酒壮胆,刘四接受了宋英山的邀请,两人上了楼。那时候中学教员正策划一项改变命运的大事,准备去皖南找新四军。在他曾经与当铺伙计的几句闲聊中,隐约记得刘四的一个远房亲戚就在皖南。宋英山希望自己此举一帆风顺,想说服当铺伙计与他同行。

形势发生了变化,宋英山压低嗓门说,扬州城是待不下去了。我打算去皖南找新四军,你听说过叶挺这个名字吗?还有陈毅……

伙计刘四没有心思去听中学教员的形势分析,此刻只顾喝酒。几杯下肚,眼已发直。刘四说:我要走了。我要去……去杀一个人。

杀谁?

黄庆。

你怎么敢杀黄庆?

他、他他妈的……

中学教员拉住当铺伙计,继续说:你知道吗,黄庆杀死过日本的一个少佐,是抗日的功臣,正红着。再说,你是姓黄的对手吗?

那一刻"抗日的功臣"就像日本飞机的一颗炸弹落在刘四头上,让他魂飞魄散。我怎么能去杀一个抗日的功臣?刘四咬牙切齿地想,这个什么玩意功臣,我操他老娘!后来当铺伙计像条丧家之犬出现在明秋面前,他看见女人一声不响地从马桶里摸出了那沾满尿水的玉簪,重新别到头上。刘四对女人扑通跪倒。刘四说我是个孬种我白睡了你你杀了我吧!女人平静地用手抚着男人粗硬的短发:不怪你,怪我命。这时屋内的灯光突然转暗,刘四的视野已被老爷臃肿不堪的身躯占满。在老爷宽大的腋下,晃出了少年冬来瘦小的身影。这突如其来的打击如雪上加霜,伙计刘四浑身哆嗦言不成句:老……爷……

老爷用脚尖拨了拨依旧跪着的伙计:你这条狗。又转脸微笑着对三姨太:你跟狗也睡?

三姨太说:他比你有用。

老爷扬起的大手掌还没有落下,刘四便如同一头豹子猛然窜起,吼叫着将老爷撞翻。

少妇明秋在做母亲的第五个年头便完全相信了,她生养的是一个孽种。那个早晨,她让伙计刘四杀鸡,这个日益强壮却又有姑娘般腼腆的青年尚在迟疑,五岁的儿子已从树上滑下,夺过了伙计手中的菜刀。我来杀,儿子说,明秋还来不及制止,儿子已两腿叉开,将鸡头与鸡爪分踩于脚下。不是那样杀!明秋叫道,把刀丢掉!但儿已手起刀落,仅一刀,鸡便身首分家。无头的鸡在地上跳跃抽搐,鸡血如柱腾起两尺高。这个血腥的场面让明秋晕眩,拨动了她最脆弱最恐惧的一根神经。

这是个孽种。明秋多少次这么想到。这也是致命而沉重的打击。从此明秋的记忆里,这个血腥的场面与那个夏天耻辱的经历,构成了一把锈剪的双刃。现在,这把剪刀再次向她张开。昨夜发生的事,明秋心中有数,她不相信一个十岁的孩子会那么清醒地尿床。尿是冬来自己撒在身上的,这个孽种以此把她与男人隔开。当她给冬来换裤子时,面对那根生姜似的小玩意,明秋顿生恶念,想一把将它拧断。可是,这毕竟是自己身上掉下的一块肉啊!明秋不敢相信,当年就那么一下,便种下了这颗孽种……三岁上树,五岁杀鸡,七岁套狗,八岁咬人……他还想干什么?明秋的心像浸在盐水里。刘四的担心是对的,如果消息从儿子嘴中走漏,势必会招惹杀身之祸。因此在支队长伤势得到控制后,她安排刘四陪冬来出外套狗,把警卫的工作留给了自己。

马夫同意了这种安排,尽管对单独与冬来的接触尚有犹豫。当然马夫还有另一种担忧,但没有说出口。马夫离开时只是再三叮咛女人,不要问支队长什么。女人最初以为这是男人朴素的防范,但她不曾料到,男人向她掩盖了一个巨大的秘密。

保养得很好的外省人在这个清晨显得有些憔悴。他被那个挥之不去的梦魇压迫至惊醒。那是个蓝色的梦境,只有一个红色的球体在其中滚动,忽大忽小。多少年来他一直为这个伸手可触的画面所折磨。但他至今无法弄清它的起源与内涵。外省人现在靠在床上,把一只空药盒揉烂放进烟缸。忽然他有点后悔,因为多日前在这家宾馆住下时,他曾答应,把空药盒留给那个短发服务员的小孩,当作玩具火车的车厢。可是每次吃完药,药盒便给揉烂了。这是最后一个,他想,我这些年吃的这种药恐怕也有一车厢了。揉烂的东西是无法抚平的,外省人决定去商店给小孩买一个真正的玩具火车。要过年了,县城这些日子越来越热闹,正与宾馆相反。这家宾馆眼下的客人已寥若晨星。所以每次他出门,服务员都打趣地说:留下帮我们值班吧。谁也不知道这位外省人来此地的用意,大家只看见每个下午他都骑着租来的单车出门,去距县城15华里的罐子窑。

这天外省人去逛了商场。他挑选了一只很贵很漂亮的玩具火车，但是后来的事让他沮丧。他把玩具火车送给那个小孩，说：喜欢吗，这是伯伯给你买的新年礼物。小孩说不喜欢。小孩说我要你的盒子，我自己会做火车。他叹了口气，是呀，盒子，我怎么会把它们揉烂呢？他对小孩说，伯伯会给你许多那种盒子的。外省人那时想，自己这辈子还得吃那种药，许许多多。

在少年冬来的每日生活中，最重要的事情莫过于套狗。这种嗜好已延续了三年，他成了套狗能手。冬来使用的是自制的狗套。那是一根两米长的铁丝，一端做成环，一端经过一根伞柄样的竹竿，与手柄相连。三年的经验，少年冬来谙熟套狗的全部技能。他先用一块山芋或者饭团将狗引至身边，待狗低头吃食时，便出其不意将铁环稳稳套进狗的颈项，再猛地收拢手柄，铁环瞬间紧缩，被勒的狗用力挣扎，冬来则用力抓着，二者用力，至狗死方休。

1947年秋天罐子窑的野狗不多了。在这个吃狗肉的美好季节里，少年冬来成为乡亲们宠爱的对象。人们喜欢冬来不过是想从他手里得到一些狗肉狗皮。他们知道，这个机智勇敢的套狗少年在每次得手后，只需要一副狗的后腿和一只狗尾。狗腿的肉自然是最好的，但是他们不明白狗尾的用处。去过冬来家的人曾看见套狗少年的小屋里挂着一排狗尾，成为一种罕见的景观。

少年冬来又要出发了，他的目标是一匹来自外乡的大黑公狗。他已经两次接近它，但那畜生反应灵敏，未等下手便逃命在先。非得弄死它，少年出门时看了看天空，在阴云的缝隙中他看见了一线光亮。这是好的兆头,少年想。为了保险,他向从前的伙计去借飞刀。意外的接近让刘四感到高兴。在他印象里,冬来是第一次主动同他讲话。这好像是对某种事实的认可。他当然不清楚此刻少年感兴趣的只是那把刀。你想跟叔练丢刀?刘四说,叔教你。冬来说:我想借你的刀用一下。我去套那只狗。刘四看了看正在洗衣的明秋,然后对冬来说:我陪你去。也许是对那匹大狗的畏惧,抑或希望从前的伙计从母亲身边走开,少年冬来便点头答应了。

马夫刘四把驳壳枪留给了明秋,把刀借给了冬来,他已两手空空。这让他心中隐隐有些不踏实。战争像头顶上密布的阴云,蕴含着猝不及防的袭击。过去的一天漫长而疲倦,更累的是一颗心。那时马夫的理想是希望夜夜搂紧自己的女人睡个安稳觉。可是很难,马夫阴郁地想,很难搂紧。再说搂紧的未必就是自己的女人。这个女人原本就不属于他。这个女人或许不久就会离他而去。马夫再次回想起一年前的那个北风呼啸的晚上,夜黑风高却失去了杀机。如果不是遇见亡命的中学教员,他或许能够得手,那么女人便不会再别那枚簪子,那么女人就会完完全全属于自己了。后来的事更让人气恼。恶棍黄庆不再是抗日的功臣,支队长说,黄庆杀日本少佐不过是为了尝一下东洋女人。现已查明,黄庆不久便投靠了南京。黄庆现在该杀,谁杀了黄庆谁就是我们的功臣。可是黄庆……马夫重重叹了口气,在这个早上,他第一次埋怨自己追随的支队长。

宋英山支队长醒来已是日近中天。虽然没有阳光,但从窗外农家的炊烟上,支队长能比较准确地判断出时间。他看了看德国怀表,时针已越过了十一。这个简单的阿拉伯数字总让他想到一对情侣的话别。刚才的梦中,与女人话别的场面再次重现。那是一次凄凉悲切以泪洗面的话别,女人最后一次帮了中学教员,让他踩着她瘦削的肩头翻过院墙。这个画面颇让青年革命家尴尬。他想如果将来革命胜利了,他的经历被拍成电影,这个镜头便要删除。支队长跳动的思绪至此被小便的酸胀感中断,他醒来,觉得这一觉睡得过于冗长。他朝门外喊了声:刘四。

闻声而入的是少妇明秋,这个刘四的女人越发变得光彩夺目,让宋英山不敢正视。女人就是这么一个奇怪的尤物。几夜风流便让她如此娇媚而动人。

明秋拎起床边的尿壶,略带腼腆地看了看支队长。宋英山挪挪身子:刘四呢?

陪我儿子出去了。明秋说。

这个刘四!宋英山有些气恼,怎么这样麻痹大意无组织无纪律!

明秋解释说:是我让他们走的。人多了,反倒扎眼。明秋把尿壶塞进被窝说:支队长你方便吧。明秋说支队长你别在意,你看我儿子都到你肩了。

1947年秋天的这个正午就这么过去了。青年革命家宋英山由此开始了一页新的情感生活。他发现美丽的故事就在身边,他自己也是这故事中重要的角色。宋英山断断续续的小便声成为一名生手弹奏的琵琶声。他内心激动,女人亲切而庄重的目光像母亲的手在抚摸着他腹部的伤口,他仿佛听见了伤口嗞嗞的愈合之声。宋英山的目光在女人别致发式上流连忘返,最后停在那枚玉簪之上。他赞美这件头饰,但女人的面色在瞬间转为暗淡。明秋回避了玉簪的来龙去脉,在经过一声低叹后,她抬头看着神情不再慌乱的支队长:

你知道一个叫黄庆的吗?

黄庆?是扬州城那个有名的恶棍吗?

就是他。

他已经成了我宋英山枪下之鬼!

1947年夏季对于青年宋英山来说有着深远的意义。一年的游击生涯没有去掉扬州城中学教员的生活习性,这个爱诗词也爱整洁的男人鹤立鸡群,虽然被上级委派为支队长,但在队伍中难以获得应有的威信。人们私下议论他可笑的枪法和贴身的小镜子,他多次被马惊吓成为有趣的话柄。甚至他在扬州城那悲壮的一幕,也不连贯地出现在夜间营地的草棚之中。年轻的支队长对此愤怒而沮丧,面对一群目不识丁的战士远没有在课堂上那么轻松。在那个夏季来临之前,宋英山有过多次的彷徨。他开始失眠,在无法入睡时便把身边的马夫弄醒。那时候马夫正枕着梦中女人的雪白胸脯,夜半的交谈令他分外兴奋。在很多夜半,马夫把这种交谈视为例外的亲近与信任。这个平素木讷的男人对支队长几乎无所不谈,他当然不会留意后者的心不在焉。有一天夜里,宋英山突然提到黄庆,宋英山说种种迹象表明这个惯匪已死心投靠了国民党,据说还当了个营长,目下正在皖南活动打我们游击队。最后支队长问:你当初为什么要杀黄庆呢?马夫心里咯噔一声,他不想揭开这奇耻大辱的谜底,只是咬牙切齿地说:他是我的仇人。这个夜晚后来马夫的神情转为灰暗,他在马棚里又磨了一遍从未见过血的飞刀。马夫在停滞在刀刃的月光中再次看见女人头上的玉簪。

1947年的夏季注定要给宋英山带来好运气。他被任命为游击队支队长,彻底丢开了厌倦的粉笔,佩带了20响的驳壳枪。那是个很小的支队,是支队的支队,但对外的称呼仍是支队长。在一个夏日黄昏里,宋英山矫健的身姿出现在长江边。饮马长江构成了这个黄昏中最为动人的风景。青年革命家深邃的视线顺江水而下,那时他唯一的缺憾是手中少了一只气派的望远镜。夕阳的余晖已在江面上消散,但在宋英山的视野里正呈现着明日的辉煌。他已经看到自己日后衣锦还乡的情景:在他的队伍开进扬州城时,他将勒住马缰,用望远镜去寻找一张女人期盼的面孔。

他的支队初战告捷。

现在想起那场战斗,年轻的支队长仍心有余悸。那是一次遭遇战,打响后才知对手就是黄庆的那个营。有利的地形是那场战斗获胜的重要原因,但在事后,大家便认为胜利应归功于支队长的指挥有方。因为支队长击毙了黄庆,当那个断眉毛的头颅被打烂后,宋英山立马横枪的英姿便成为支队的旗帜。捷报形同鸟翅掠过蓝天,几个月后又如同落叶落入了罐子窑,这是1947年秋天的最后一片落叶,悄然飘下却震动了一个女人的心。

黄庆……真的……死了?

他就死在这支枪下。

女人眼前一阵天昏地暗,在行将倒地之前,奋力拔出了头上那枚别了整整十年的玉簪。

外省人再次来罐子窑已是农历腊月二十四。按当地的习俗,这一天是小年。外省人弄不清这小年的含义所在,他只感到村里过年的气氛已经趋向浓烈。性急的孩子们开始零星地点放鞭炮,河边陡然失去了几日前的热闹,河水也不再是橙色。气氛的改变让外省人有了短暂的困顿和惆怅。连日的失眠和黎明前的梦魇,他对异乡的环境逐渐感到了厌倦。冬日的阳光一晃而过,河边寒意逼人。外省人低头吸烟,他的脚步迟缓而沉重。他打算放弃某种意图,等这支烟吸完便返回县城退房,然后去赶最后一班客车。或许就不该到此一游,他想,那东西看来是无法找到了。这时候他听见一个苍老的声音在身后响起:几点了?

外省人稍稍侧身说:五点十分。日子越来越短了。寡妇明秋从外省人身旁走过,又停了停:你是外地来的?

对。您这是……

我去看一个人。你脸色不大好。

水土不服吧。

不是水土。

那是什么呢,老人家?

你身上有东西压着。

在那个遥远的秋日里,少年冬来再次失败。饭团没有吸引住那匹大黑公狗,它停在离食饵一丈的位置,机警的目光注视着周围。大狗似乎已意识到凶险就在身边,但没有退却。这种对峙的局面将近有一个钟点。三心二意的马夫此时已失去了耐性。天色阴沉,马夫的心中同样聚集着乌云。他隐约觉得,让女人独自留守可能是一个错误。

马夫说:把刀给我。我来放倒那畜生。

但是少年没有把刀递过去。少年仍低声重复着那句话:非得弄死它。

急躁的马夫提高嗓门:刀!

大狗便在这"刀"声中掉过身去。

少年瞪了马夫一眼。1947年秋天少年冬来的目光磨得就像那把飞刀。磨刀人三年的工夫已将刀锋磨出彻骨的寒光,最终为自己磨出的寒光所惊吓。现在,马夫想收回那把刀。他的刀法堪称精湛,几乎百步穿杨。但在马夫看来,刀的使命业已结束。这把刀仿佛天生只需要找到一个人头,那个头颅已经烂了,被枪打烂。这是个十分无奈的结局。仇人黄庆的脑壳找到的是支队长的那把驳壳枪。断成两截的左眉,那无疑就是黄庆。当支队长被战士们抬举着向营地返回时,没有人注意到马夫握刀的手已经出汗。黄庆的脑壳就这么轻松地被一个体弱多病的书生给打烂了,就像风吹掉一片枯叶。那实在是歪打正着。

冬来,把刀给我。

我不要这刀。我只是借用几天。

冬来你不能玩这种东西。

你要叫我少爷。你操了我娘,我也还是少爷。

你这孩子……

叫我少爷!我前头走,你后头跟着。

在少爷冬来幼稚而阴冷的眼中,从前的伙计刘四早已变幻为一条剥了皮却仍在跳动抽搐的大公狗。这狗爬到娘雪白的胸脯和肚皮上嗷嗷乱叫、张牙舞爪。娘一动不动。娘两颊绯红。娘后来在那个冬夜跑出了扬州,娘为什么要跟这狗一样的男人在一起?那个冬夜,在他们跑出几里路后,八岁的冬来才起身追赶,但已没有踪迹。五天后,冬来神奇地出现在娘的眼前,那时刘四已随中学教员进了深山。冬来问:狗走了?娘一愣:你说谁?冬来说:老四。娘一记耳光:孽种!冬来没有摸脸,他也不知道什么叫孽种。冬来说:我是狗行了吧?我就守着你。娘说你滚,我不要你守。冬来说:我要守,你是我娘。冬来想我就做一只家狗,我要杀尽野狗。

他们返回时天色已见晴朗。雨后的乡村明净而清新,这使马夫阴郁多时的心情渐渐好了起来。马夫不再纠缠过去的玄思,但在不久,他一眼看到女人的发髻上已抽去了玉簪。

故事就这样在1947年秋天将逝的日子出现了转机。故事在呼啸的风中飞行,它飘忽不定无法把握的形式仿佛人类的命运。故事亦如同少妇明秋柔软亮泽的头发,在失去玉簪的控制后自由飘洒。那实在是罕见优美的头发,散开的瞬间好似一笔浓墨在宣纸上化开。这婉约的诗意让支队长宋英山涌起莫名的伤感。他意识到自己的英雄业绩触动了女人的某根神经,但他无法将此与那枚摘去的头饰相连。女人晕眩在宋英山的怀里,古典的英雄救美传说在屋顶下回荡。宋英山不明这其中的含义,他需要感受的是一种氛围。他果断地抚摸着女人流畅的头发,在他低沉而炽热的呼唤下,女人惨白的脸上开始出现红晕。

明秋……明秋……

是你……打死了黄庆?

是我。我结果了他。

你就是我的恩人了。

明秋,你言重了。

你要我如何……谢你?

明秋……

支队长没有轻举妄动。我们是从前新四军的队伍。我们有纪律。我们不能随便和女人做那种事情。明秋的确是个好女人,是这山区独特的一道风景。明秋是雨中的一朵云。明秋……这个明秋还是马夫刘四的女人。刘四不是支队长而是支队长的马夫,可刘四命中就能拥有这样的好女人。在这一刻,宋英山的心绪迷乱而酸楚。

少年和马夫便是此时走进院子的。天转晴了,屋顶上却没有炊烟。马夫感到的一丝暖意并不是来自灶间,暖意是从支队长那间屋子流出的。门帘纹丝不动,女人在那屋里一定待了很久。马夫低声生硬地咳嗽,他不知道自己为何要这样干咳几声。他的脚步迟疑不决。这时候少妇明秋已挑帘而出,女人蓬散的头发只是简单地挽在一起,显得有些臃肿。马夫心下一紧,判断尚未做出便看见女人头上已摘去了玉簪。马夫的脸色霎时显出苍白,寒气自脚心生出。女人平静的目光从马夫脸上轻松滑过。女人说你咳什么?马夫说我喉咙痒。女人说我看你喉咙有痰。女人就去了灶间。马夫倚门向屋里望了望,看见支队长还躺在床上,脸对着枕边的驳壳枪。从微微抖动的被子形状上,马夫认定支队长没有睡着,这使他在这后半天里如陷泥塘。马夫刘四此时已经看到,灾难正以酩酊之姿向他走来,一切都躲不过去了。

少妇明秋在这个夜晚异常冷静。阴雨看来是完全止了,剩下的只有风声。那风从掌灯后开始响起,起落有致,一如童年的歌谣。明秋照例给门外放哨的马夫披了件衣裳。这个普通的行为却让刘四倍感安慰,大大缓解了关于那枚玉簪摘去的忧虑。马夫刘四在确信今夜平安无事后悄悄摸上了阁楼,粗糙的大手在女人细腻的身体上寻找。女人不动。女人没做出反应。马夫的手顺着女人的腹部下滑,黑暗中听见女人低沉的声音:把手拿开。

刘四的手像烫了似的提起,悬在黑暗中。

明秋坐起来:你为什么要瞒我?

刘四一时无语。

明秋说:你这人没良心。

刘四说:我不敢说。我怕……

明秋就下楼去了。刘四的眼中出现了一只鸟,正扑腾腾地拍打着双翅行将飞去。刘四现在只能眼睁睁地看着这只鸟飞,飞到另一棵树上。这鸟就是明秋。1947年秋天马夫刘四度过了一生中最难熬的一个夜晚。无边的沮丧与懊悔让他初识命运的险恶。刘四伏在明秋适才躺过的地方,那儿还残存着女人的体温。刘四的眼前飞舞着女人雪白的身体和与之交欢的种种细节。马夫叹息着。马夫的叹息如同马的叹息,短促而粗壮。那马已经牺牲。它最后的报答是以身躯抵挡了射向主人的子弹。它的主人总是这般的走运。现在回想起这一幕,马夫越发觉出了人命的贵贱之分。那时宋英山十分慌乱,马被勒得原地打转。那一仗打得乱七八糟,宋英山落马后胡乱地朝天开枪。可是扑通一声从树上落下了一个人。意外射中的这人左眉被刀疤割为两段,这人就是黄庆。老天爷竟以这种方式把黄庆交给了宋英山。

击毙黄庆的那个晚上,一只跳蚤在刘四身体上跳动,让马夫异常烦躁。这个极小的生灵整整折磨了他一夜,他忘了失马的悲伤。那真是一匹好马,白色的身体与黑色的鬃毛就像枯枝上绽开的一树梨花。孤独的马夫走到门外抖动衣裳,他不想让一只跳蚤中断对马的哀思。马夫看见不远处的马灯下,战士们正围着所拥戴的支队长,听他讲述白天的动人事迹:……树影晃动,我抬手一枪,那家伙就……

其实是三枪。马夫想,也许还不止。那个画面马夫现在还伸手可及。那真是个意想不到的画面,就像戏台上的事。

外省人从河边回来的时候天色已晚。他骑着单车,顺风而下,越骑越快。河边与老寡妇的简单对话让他不安。他听不懂老妇的话,把它视为乡村略知巫术的老人习惯的告诫。但他不敢正视她的眼睛。冷静平淡的眼神仿佛具有一种难以名状的穿透力。又有什么可看破的呢？外省人有些困惑,我不过是到这地方来找一件东西。我与这里没有任何关系,但是仿佛有什么东西在追逐着他。这东西追逐了他多年,是无形的,不可捉摸。

下坡时他跌倒了,车的前轮碰上了一块石头。一只黑狗自右侧向他逼近。这是只很凶猛的畜生,形状一点也不张狂,但两眼埋着阴险。他没有立即爬起来,而是双手撑地向前移了两下,黑狗愣了愣,掉头逃去。他拍拍尘土站起来,望着黑狗逃进暮色,心里一下感到了轻松。

外省人回到县城宾馆,两位当地的干部便迎过来。他们已等了很久。他们亲切地喊了他的名字,在看过他随身的有关证件后,他们改称他"首长"。

你们……

我们是政府办公室的,首长。

我并没有让人通知政府。

下午刚接到市里的电话,我们就……

难怪我在路上跌了一跤。

首长的意外感叹让来人不知所措。他们有些紧张,不敢再说。面对着首长严肃的布满狐疑的面孔,他们进退两难。看来首长的病情不可忽视。上面电话里讲得很清楚,务必在除夕之前将人安全护送回去,但眼下接近他还是个问题。

1947年的秋天充满诗意。这是个奇异的季节,五彩之气在青年革命家头顶上萦绕。宋英山心潮起伏,业已从挂彩的沮丧中抽身。他意识到生命的顽强与男性自尊的不灭,当明秋再次替他的腹部换药时,下体的骤变使他险些横生邪念。他坐起来,以赞叹窗外秋意的方式加以遮掩。他希望女人早点完成换药,又希望那只玉手在腹部的周围逗留滑行。

你觉得怎么样,支队长?

我感觉好多了。

还疼吗?

不疼,只是有些痒。

那是在长肉了。支队长你还是躺下来。

我坐会儿吧。

我扶你躺下来。

宋英山便重新躺下。他的动作缓慢,脑勺紧贴着女人的肘弯。他的头沉沉压下来,女人的胳膊并未及时抽出。女人柔情似水,支队长心跳似鹿。明秋,你真好。你让我想起一人。明秋说是不是从前的相好?宋英山点了点头。明秋说我早有耳闻,那个人是不是很好?宋英山说人倒是不错,只是我们毕竟不是一个阶级。明秋问:阶级是不是很重要?宋英山一时无话。他的思绪被女人身体的芳香所中断,那实在是久违的气息。支队长小心翼翼地提出一个请求:你能摸摸我吗,明秋?见女人没有及时表态,宋英山便又加上一句:我身上有些酸胀,像被绳子捆住了。女人还是没有回答,但她的手已探向男人最需要抚摸的地方。

1947年10月的最后一个下午就这样刻画出来,成为青年革命家有生之年压轴的图景。他的视线为窗外突然绽放的阳光所迷失,所以没有看见阳光下埋伏着一个男人的投影。当马夫刘四以迟缓的步伐走近大门时,支队长正陶醉在云雾之中。刘四暗自庆幸自己的女人没有宽衣上床,但女人的手在被子里的所作所为他大致清楚。马夫决定制止事态的恶化,他重咳三声:明秋,弄点吃的。

女人在里屋回答:不是刚丢饭碗吗?

刘四说:不是我吃。是给狗吃。

明秋走出来。女人略带轻蔑的目光打在马夫脸上。女人说:那狗的胃口也太大了。

马夫的突然归来让支队长顿生冷汗。宋英山欠起身体,向窗外望去。他仔细审视马夫进来的路线与位置,那个地方,完全有可能明了这张床。支队长为自己刚才的失态有了一分钟的后悔。发生了什么呢?我确实感到身上有些酸胀。我并没有要求女人的手找到那个地方,但是刘四生硬的干咳让他警惕。

自夏天击毙黄庆之后,马夫对他的脸色有点不阴不阳。他除掉了马夫的仇人,马夫却因此显出烦躁。起先他只是认为,马夫为没有亲手复仇而遗憾,但现在看来,事情远不是这般的简单。昔日马夫的不离左右让宋英山感到安全,现在这感觉突然改变了。刘四的进进出出倒令支队长不免有些惊慌。宋英山靠在床上思索片刻,主意已定,便唤马夫进来。

你进山问问情况,支队长交代说,顺便带点药材回去。

马夫迟疑了一下:支队长,我的任务是陪你养伤。

我没什么。山里正缺药,马上出发。

支队长,万一……

枪我留下。你路上小心,去吧。

交代完这一切,宋英山从怀里摘下那只家传的德国怀表,放到刘四手上:这个你带上。你跟了我这么久,这个就算我一点心意了,送给你。

意外的馈赠让马夫手脚无措。刘四正欲推辞,听见明秋在门边说:支队长你好大方呀。

黑狗已进入圈套。少年冬来在支开从前的伙计后开始有了那种职业的状态。他调换了食饵,从怀里掏出一块用酒腌制的狗肉。这喷香的食物曾伴随他度过无数个枯燥的秋冬之日,但他总吃不够。他怀疑少了许多狗腿,终于在一个深夜,少年冬来被梦中的狗肉芳香所醉醒。这香气还在身边弥漫,稠稠的口水挂在嘴角。黑暗中冬来听见了隔壁的声响,那是母亲的呻吟和一个男人粗短的喘息。这重叠的声响破坏了少年美好的梦境和味觉。不一会儿,娘说话了:你走吧,趁着月亮。男人说想再歇会儿,被窝刚焐暖咧。娘说还是走吧,天一亮就不便了。男人懒懒地打了个漫长的哈欠,说:就走吧。娘说外面露水大着,穿暖些。男人说不冷,狗肉吃了添火气。娘说那你再带点腌的去,饭头上煮了就好。少年的狗肉就这样让另一只大狗拖去了一些,那杂种吃了肉壮了阳便时常从山里窜回来糟践娘。在这个阳光充沛的下午,少年冬来苍白的面孔在一把雪亮的飞刀上晃动。这确实是一把顶好的刀子,少年一试锋芒,它从哪儿来就该回到哪儿去。

外山的大狗终于难抵同类肉质的诱惑露出了锋利的狗牙。忘情与贪欲使这畜生放松了警惕。一个奇怪的东西正向它接近,行姿也似走兽。少年冬来灰衫披头,手脚着地向目标移来。这个敏捷似猴的小人以疾风过眼之势甩出了手中的狗套,一举成功。大狗的喉部受到突然地意外地一勒,使它将下咽的肉哽于食管,它拼命一奔,少年连同狗套全被掀倒在地。少年就势绕一棵山毛榉一滚,狗套的铁丝便缠绕了树干,凭借这树的力量,大狗顽强抵抗的结果是使自己迅速走向死亡。那一刻少年悠然自得。畜生,是你自己勒死了自己!少年大声喊道:吐出来!畜生,吃下的全给老子吐出来!

大狗绷如弯弓的身躯渐渐松软,两眼暴突但也渐渐阴暗。大狗的嘴半张着,奶一般的沫子顺着拖长的舌头淌下。一腔热血自喉管涌出,它躺在被自己挠出的浅土坑里,死了。大狗最后的努力是把自己作为雄性的标志夸张挺起。这奇异的景观让少年有了瞬间的痴迷。他拔出飞刀,削铁如泥般稳稳割下了这道动人的风景,掂了掂,然后对着它吐了一口痰,奋力扔到树上。少年说:我不要你的肉,也不扒你的皮。我只想弄死你。非弄死不可。畜生,懂吗?

1947年秋天少年冬来完成了使命。他毁掉了狗套。在以后漫长而悠远的岁月里,他不再与狗打交道。

经过耐心劝导,县政府的人终于请首长登上返回的专车。外省人面色阴郁,他抬头看了看天空,冬日的太阳已相当疲软。那东西是无法找到了。也许人世间很多的东西,一旦丢失便永远无法再得到了,就像一滴雨落入河里。首长的自言自语让护送他的人感到困惑,以致他们在那一刻断然放弃了"首长有病"的念头。他们认为首长的感叹富有哲理而意味深长,这样急着把首长送走,可就是一个不大不小的错误。从上面的介绍看,首长与此地毫无瓜葛,可他又是有目的地来这里"找一件重要的东西"。那究竟是什么东西呢?他们这样问过。首长便用手凌空画了一个大圆圈:说不清楚。

车开动了,外省人有了一种被掏空的感觉,他不再说话,注视着外面不停变化的景色。他看见一只黑色的小鸟正向西飞去。向西应该是罐子窑。对那个不大的乡村,外省人的记忆现在又显得模糊,但他眷恋那条小河以及河边的种种景色。城里已没有河流了。城里只有很咸很涩的自来水。城里已没有山,连坟都没有。据说城里今年的春节禁止燃放鞭炮烟花,那算哪门子节呢?外省人收回疲倦的视线,合上双眼。那条小河再次闪现,河水渐渐变为橙色。外省人感到呼吸有些困难,河边老妇的简短言语如同一道佛咒,重重压上胸口。突然"叭"的一声炸响,车滑向路边。还没来得及做出反应,就听见司机骂道:妈的,胎爆了!

换胎的工作在司机捣妈日娘的声音中进行着。送行的人看来没什么分量,所以忙着做下手并不断给司机点烟。司机的情绪有些恶劣,埋怨刚出门就犯事不是吉祥之兆。外省人在路边做了一次小解,突然神色转为惊讶:这正是那天他骑车跌倒的地方!外省人机警的目光撒向四周,一切都有些不妥。

等车胎换好,他们发现首长已不在了。

马夫刘四接受命令送药进山,女人没有送他一程。当大门在身后关闭,马夫就认定一个阴谋即将开始。马夫没有迟疑。他知道此刻窗户上贴着一双监视的眼睛。这厌恶的目光打在背上,点燃了马夫抑制多天的愤怒。马夫看看西山头上欲坠的太阳,心中做出了大胆的决定。

现在都平静了。

支队长宋英山可以下床料理自己的小事。伤好得这么快,在青年革命家看来,药的因素并不很重要,重要的是人的精神。精神这东西虚妄而空泛,但如果找到了便能显示出惊天动地的力量。支队长显然是找到了。宋英山顺利完成了小解,浑身轻松了许多。刘四上路了。望着马夫远去的宽厚背影,支队长更多的怀念是那块家传的德国怀表。他多少有点后悔,那表跟了他多年。怀表突然送出去,宋英山自己也感到吃惊。马夫丝毫没有流露出敲诈的意思。马夫也未必发觉了什么。总之怀表送出去不自然,反倒让女人挖苦了一番。支队长不禁叹息,对自己笨拙的反应能力很不满意。宋英山的心绪再度灰暗,但女人的关门又使他迅速找到了转变的支点。他回到床上,虽然身上的酸胀感已经消除,可是不可抗拒女人的抚摸。

女人没有过来。这让支队长意外而伤感。他的精神消解在软软的阳光里变作一条上岸的鱼,只需要一口水。宋英山夸张地呻吟着,仿佛以此拨动一颗恻隐之心。门帘果然动了,明秋倚门朝这边看:支队长你又怎么了?

没什么。宋英山拍拍床沿:明秋,你坐这歇会儿。

有事吗?

我想同你说会儿话。

女人就坐到指定的地方,脸却对着窗外。女人说支队长,你有话就讲吧,我听着。女人一反常态的严肃让支队长有些慌乱。他注视着女人好看的侧面,发现眼角上挂着一颗泪。宋英山沉默了。

支队长,我就值一块怀表的价吗?

明秋,看你想到哪里去了!我是看刘四……

刘四是我什么人?

你们……

明秋突然抽泣起来。宋英山心情复杂地伸出胳膊,把女人拥到怀里,另一只手熟练地将窗门关起,室内便倏然黑暗了。

在村口的一堵矮墙后面,闪现出马夫凶恶的眼睛。窗门关闭的瞬间,马夫的手伸向右腿,但是飞刀呢?飞刀还在那小杂种手里。那么就用石头或者绳索,或者就用双手,那根细脖子比鸡巴粗不了多少,只需一下,两下,掐死他!马夫腾起弯曲多时的身体准备行动。天上传来几声乌鸦的鸣叫,马夫一惊,腿居然迈不开了。不吉之声如同绳索捆住了跃跃欲试的马夫。杀了他,我也就没命了。再说,他枕边有枪……1947年10月罐子窑最后的阳光落在一个命运卑微的汉子身上,使寂寞的乡村散发出不可抗拒的晦气。当阳光彻底消失之后,死亡的阴云悄然覆盖了村庄。

血案发生在子夜时分。这之前少妇明秋的屋子里没有任何反常。明秋给支队长换了药,男人的伤口出乎意料的愈合让她感到安然。几小时前,她在男人怀里哭成了个泪人儿。男人搂抱着她,抚她的头,摸她的背。后来男人自己也流泪了,男人感叹人间的不平和岁月艰苦。男人更多的是一种充满伤感诗意的假设。如果没有战争,没有压迫,他愿意脱离这戎马生涯与女人比翼双飞。女人就问飞到哪里,男人说飞到一个没有人烟的地方,然后再造出一片新人。女人便笑了,用手背抹去眼角的泪珠。女人说你口气还真大,可你这么单单薄薄的身子恐怕做不出那么大的事情。男人说表象是证明不了本质的。女人不懂这句话,她只感到男人的手重新规定了抚摸的路线。女人按住男人不断下滑的手,说:支队长,时候不早了,我得去做饭。

外面其实还很亮。

这天说黑就黑。那小杂种一会儿要回来了。

刘四不是走了吗?

我是说冬来。

宋英山很不情愿地抽回手。他开始检索记忆。这些日子,他似乎没有把那个少年放在眼里。那还是个孩子。但第一天夜里,当明秋给他喂红枣粥时,那孩子光着下体,拎着一条滴尿的裤子的形象又生动地重现于眼前。现在琢磨起这个形象,有趣的色彩业已褪去,剩下的是意味深长。据说这少年是套狗能手。这么小的人儿对付一条狗不是件简单的事。宋英山就很畏狗。狗不同于狼。狼是公开的敌人,因此可以公开地警惕与戒备。狗却不同,狗通常被看作人类的朋友。狗以忠诚为人类称颂。可是狗的忠诚只是对着主子,对外则是全然不同的另一副嘴脸。狗与人类厮守共处,却让人防不胜防。

少年冬来没有回家,但他随时都会进门的。这个游手好闲的少年混迹乡里,行踪不定。明秋像往常一样,把儿子的饭菜集中到一只大碗里,置于锅中用热水温着。但在这个晚上,明秋似乎有了一种预感。那时候外面的风声如同陈旧的纺车,天黑得吓人。村里异常宁静,连狗都不叫。老实的庄稼汉和正经的手艺人过早拥着自己的女人上床了,实践着艰苦年月唯一的欢乐。明秋给支队长换好药,身子有些沉重,想美美睡上一觉。昨夜她几乎没睡,马夫的叹息让她心烦意乱。可是从下午到现在,支队长如饥似渴的眼神和慌张不定的手势,正软软地逼迫过来。这个书生清秀而浪漫,但天生一副小胆。而且这个书生毕竟替她杀了仇人。明秋几次涌起献身的欲望,但都被那种挥不去的预感所淹没。那是一种无法言明的预感,全部的指向都是埋伏的凶险。明秋决定放弃这个晚上,以接受男人的全面抚摸作了总结。明秋贴近男人的身边说:放心睡吧,日子还长。

少妇明秋仍旧回到阁楼。她重重放下身体,困意却已消散。楼下男人温柔的话语和细腻的抚摸还残存在身。她觉得自己喜欢上了这个读过书也教过书的男人。如果真有这书生幻想的那种日子,哪怕过上一天,她也感到满足。1947年秋日这个越陷越深的夜晚,少妇明秋初识了书上所言的那种叫作爱情的甜蜜语调。这搅人心扉的美好感觉使女人把一切思绪删繁就简。她抚摸自己。她成了一只小船进入到一条湍急而清洁的河流。她只需做最后一次努力,就能抵达彼岸了,这时候,男人帮助了她。男人终于冒险摸黑上楼,仿佛老练的艄公递上一根篙子,小船随即平稳。平稳的小船在艄公的驾驭下驶入波峰浪谷。艄公大声喘息,艄公小声欢叫,艄公的身体像大鱼一样颤动,然后又是一次大声的欢叫,四肢渐渐变软了。艄公从牙缝中挤出女人的名字,就不再动弹。越发浓郁的血腥味弥漫小楼,证实了女人一天的预感。

1947年11月最初的一个清晨,杀害支队长宋英山的凶手刘四伏法。这个二十六岁的马夫开始拒不承认自己的犯罪事实。但留在支队长后背上的飞刀和藏在马夫内衣口袋里的怀表,构成了谋财害命的铁证。那时候少妇明秋被当作同谋,关在一间破旧的庙宇里。她的辩解被看作是不实之词,况且她也只能解释一块怀表。

沉闷的锣声使乡村的这个清晨显得有些热闹。人们像看戏那样拥向西山脚下,看见五花大绑遍体鳞伤的马夫被推到一个土坑前。马夫迷乱的视线在围观的人群中掠过,他在寻找自己女人的脸孔。他没有找到女人,视线却意外地同树上一个少年的眼光交接。那少年眼光中充满着无限的快慰与满足。马夫死到临头才恍然大悟,竟开颜一笑。时辰已到,行刑官让马夫喝了碗当地的山芋酒,问道:刘四,还有什么话讲吗?

有。

讲吧。

宋英山是我杀的……

行刑官略感惊讶,正想说什么,又听见刘四突然大声呼喊:我杀了宋英山——

行刑官往后一退,做了个手势,枪响了。刘四像绊倒似的栽到土坑里。

1993年1月下旬,寻找外省人的小组来到罐子窑。当地的土著眉飞色舞地介绍着京官的情况,却不能带来实质性的进展。最后一天,寻找的人来到那条小河边,一个小男孩向他们讲述了一件小事。他就站在这里。我来杀鸡,鸡太大,我不敢杀,他就过来帮我。他一刀就把鸡头剁了。我说我家过年要全鸡,我哭了。他替我擦了泪,赔了我五十块钱,就沿河边往西山那儿走了。男孩为了证实自己讲的都是真的,又说:不信,你们去问明秋奶奶。她当时恰好从这里路过。

寻找小组又找到年迈的寡妇。但老人的话更是深不可测。老人说:来年一定风调雨顺。老人就只讲了这么一句,然后开始专心致志地梳头。那灰白的头发如同雾里藏针。老人自语道:我不用簪子了。

1996年1月5日,作家在写作一篇关于往事的小说时,意外发现了一则不起眼的消息:

隐匿近半个世纪之久的恶匪黄庆最近在云南××县伏法。黄庆祖籍江苏扬州,现年七十八岁,年轻时即为土匪,横

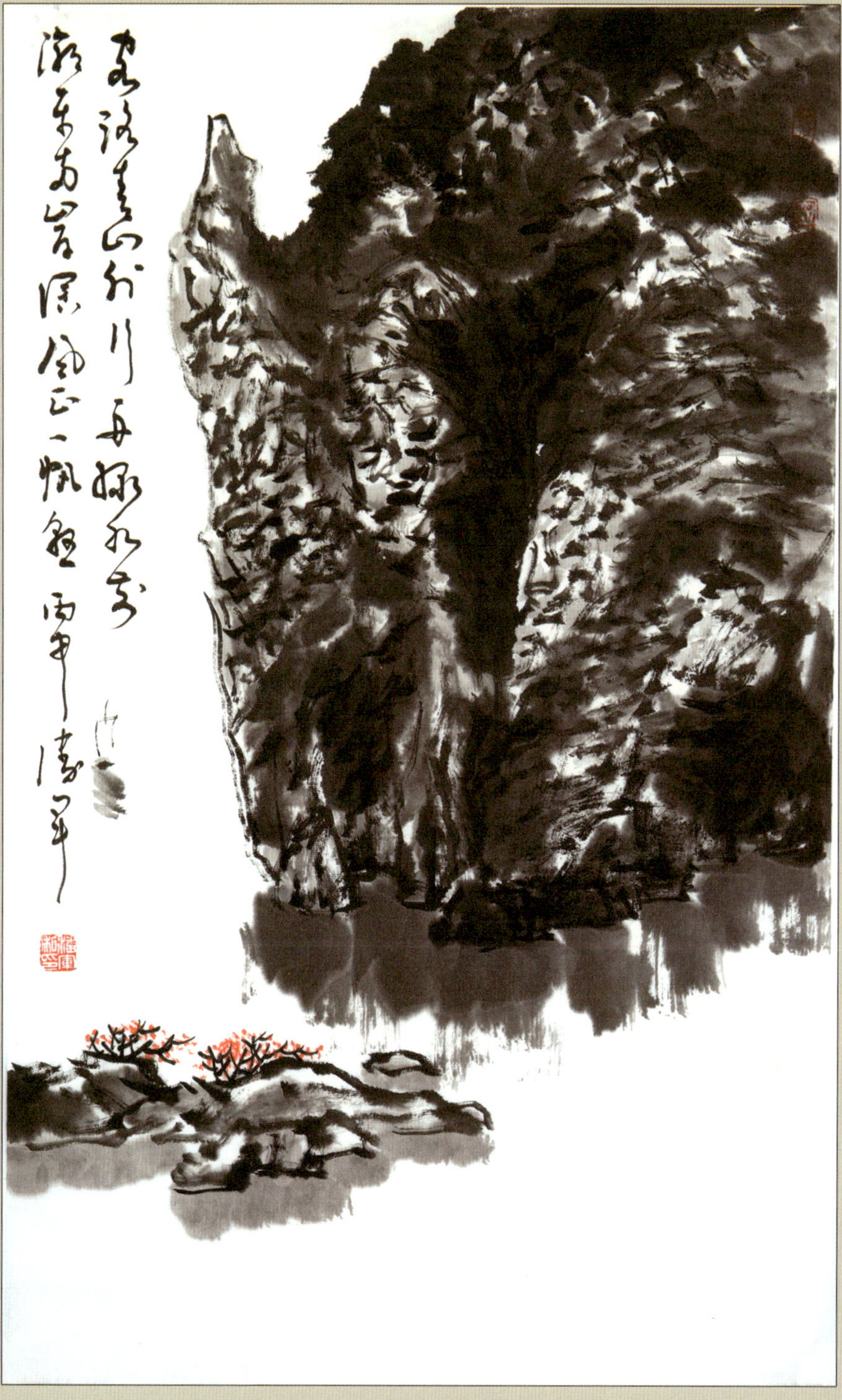

行乡里,无恶不作。抗日战争结束后,黄犯投靠国民党,多次进犯我皖南游击区。(曾有传闻其已被我方游击支队击毙,现证实此属谣传。)解放后,黄犯恶习不改,曾于1967年策划过江东武斗,于1988年参与过抢劫信用社。自1991年起,黄犯以经商为名来滇,暗中进行非法走私毒品交易,终于难逃法网……

        1996年2月　郑州

      (原载《钟山》1996年第4期)

对门·对面

1

法院裁定离婚的第三天一早，A 的妻子（实际已是前妻）带人来搬东西。那时 A 在马桶上读一篇关于世界杯预选赛的述评。外面乒乓响着，A 感到大便很不流畅。所以搬东西的整个过程 A 没有见到。等他提着裤子出来，觉得客厅一下显大了。A 靠墙穿好裤子，想去洗脸。这时前妻把一串钥匙交给他：

你最好还是换把锁。

A 就笑了一下。钥匙上还散发着香水味——是法国的一种不太响的牌子。A 还记得，他最后一次出车挣的几张钱就换了那么一小瓶香水。那东西怎么这样贵？前妻然后就走了。这是个漂亮的女人，她的背影也一样漂亮。这样的女人嫁一个出租司机是有点亏。凡事都是买卖，是买卖就得公平。A 突然想起少时看的一部外国影片，黑白的，叫《废品的报复》。A 现在觉得自己就是一种废品，至少是次品，退回来是很自然的事。

这年 A 三十岁，身高一米八，长相算得上英俊，体格也健美，不抽烟不喝酒不打麻将，但还是成了废品。

A 这个上午没有出车。他点了一下钱包，还有三百零七元。A

替别人开一辆夏利出租,每天给雇主交一百二十元,其他费用自理。A已经开了一年,每天大约工作十四个小时,月收入平均两千出点头。现在A想喘口气。他计划以后每天工作六小时,刨掉杂七杂八,日收入三十元不成问题。盒饭不贵,一天两餐只需十元,零花十元也够了,那么还可以余下十元,以防应急,比如交通违章罚款之类。

A没有朋友,他的亲戚也不在这个城市。

中午,A下楼去街上买盒饭。刚出院门,右侧那个卖报刊兼营公共电话的老太太就对他比画着。老太太是个天生的哑巴,A不懂手语,但基本的意思他明白:离婚了?我看见大卡车把东西全拖走了。你这孩子命可真苦……哑巴老太眼泪在眼眶里打转,A不断点头,最后又买了她两本关于足球和兵器的刊物。

拐过弯,A看见一辆银灰色的本田雅阁2.0型轿车徐徐驶过来。这是九三款。这车提速快,又省油,百公里只要八升。A认真地看着车,开车的是个体态略显臃肿的中年男子,脸上总是十分的红润。这是B。边上那位气质优雅的女人是他的太太C。他们大概不是原配,A每回见到他们都这么想,看来全世界的人都会离婚的。A闪到路边,让轿车过去。轿车驶进一个圆形的门,那是个崭新的小区,高级公寓楼,与A住的这边一墙之隔。

2

对面那个男人像是离婚了。

哪个男人?

就是中午进门时碰见的那个高个儿。

他住在对面？

我常看见他站在窗台上擦排油烟机。

你能看出他离婚了？

他客厅里就剩了台彩电。

你还看见什么了？

你……你这人怎么这么没劲？

C离开了凉台,把吃剩的零嘴扔到垃圾桶里。显然她有些不悦了。B依旧调着咖啡,像每次一样,他先递给年轻的太太。

生气了？我不过是开个玩笑。

你总开这种玩笑。

这咖啡调得怎么样？

C没接话,去鞋架上找出一双酒红色的鞋,用缎子掸着。外面的天色已转暗了,好像还有一点细雨。B觉得女人擦鞋的动作也很优雅,他用欣赏的目光看着她把鞋弄好,穿到脚上。然后他又把刚才那杯咖啡递到女人手上:还得出去？

不是有个外地的同学来了吗？

明天看不行吗？

你是不是想跟我一起去？见证一下？

你太敏感了。

谁太敏感？我还是你？

好好,我不说了。其实我不过是……你带上伞,天变了。回头我去接你。老李说九点以前车还过来。

不用了。同学聚会谁知道要闹到几点。有我的电话记一下,有事呼我。

说完,C换上衣,把头发理了理,就出门了。她没有带伞。

这时候A正在路边用自来水管洗车。他看看天,雨实在是太细了。他想还是冲一冲好,免得明天麻烦。刚洗好车,那个优雅的女人自圆门里出来了。

这车走吗,师傅?

不走。

我有点急事,麻烦你……

你不是有车吗?

让人借走了。我真是有点急事。

A不好再说。他放好卸下的顶灯,坐到位子上。C坐在后面。A一边开车一边通过倒车镜观察着C。女人一直是在对着小方镜修妆。她肯定不到三十,A想,至少比那男人小二十岁。可是那家伙有钱。钱能把一切摆平。钱绝对是个好东西。

请往右拐,就下个路口。

A推上方向灯。穿过乱糟糟的街区,车走上了一条新修的支路,它的尽头是一个叫作"世外桃源"的别墅区。A弄不清为什么是"源"而不是"园"。他想肯定不是写错了。

停。就这儿停。

女人下车,拿出一张五十元的给A:不用找了,谢谢你。

A有点奇怪。这儿离别墅区还有一华里的样子,女人却叫了停。他开始调头,等他把车倒好,女人的身影已完全从倒车镜里消失了。A努力回想刚才女人嵌于镜中的样子,觉得实在就是一幅挂历。这样的女人是给人看的。A不禁这么叹了一句。

A在街边的小棚子里破例要了杯啤酒。现在他想的是白天前妻来搬东西的事。那都是些新东西。结婚刚过一年多点,就离了。这也好,日子久了反倒要多挂记。现在他只记得她是个处女。这很重要。A想自己这辈子不会再碰上第二个处女了。对于处女,凡事得让着点,包括有朝一日她要同你离婚。

A没有喝完啤酒就重新上路了。他把收音机开得很响,里面正放着一支刚流行开的歌《心太软》。这歌很破,A这么想。

3

师傅,你刚才送我太太去哪了?

B从那堵墙的阴影里走了出来,递给A一支烟。A说,我不抽烟。这个瞬间A想起女人中途叫停的事,好像明白了什么。他问:你打算去接她?我不想再动了。

不,我是……B自己点上烟,我是担心……

我的车爆胎了,她换了一辆。

换了?那你看见……算了,谢谢你。

A望着B沮丧的背影在黑暗中笑了笑。他没有多想,八点四十还有场足球。A走进自己这边的院门,看见哑巴老太守着那台14英寸的黑白电视机看广告。一个年轻的女子正在打电话,面很生。A后来知道她是D。

这个晚上A感到很疲倦。客厅里沙发没有了,原来放在低柜上的电视机现在搁到两只拼拢的方凳上。A就坐在地板上。地板太硬,他在屁股下垫了只枕头。地板也很新,是A自己学着铺的。那些日子A为这事费了大劲。如果知道到头来这些地板只是为了安放一只屁股,A肯定不会那么卖命。地板铺好,妻子很喜欢。当天他们就在地板上来了一下。A觉得在地板上做这种事比床上好,稳定而没有声响。那一次A流了许多汗,额上的汗滴到妻子眉毛上,把画上去的部分都润开了。那一次最好。

A打开电视机,离足球赛直播还有几分钟。A从头搜索着频道,他希望在这几分钟里能有个女人跳出来为他唱支歌。可是没有,只有一队学生在合唱,边上一个女人在作钢琴伴奏。这个女人……频道跑过去了,A又拨回来,这不是刚才坐他车的那个女人吗?A直了直腰。镜头在女人手上停住,再慢慢移到脸上。女人的身体微微有些摆动,还舔了一下嘴唇。A很喜欢。A觉得有些事颠倒过来做特别有意思,比如说一个很小的孩子大人似的支起二郎腿。A喝了口水。等他抬头,镜头又甩到那队孩子身上去了。

这时有敲门声。

是打电话的陌生女人D。A有些意外。

先生,我想借拖把用一下。我在对门,刚搬来。

拖把在卫生间,自己拿吧。

明天还你可以吗?

你用就是。

D拿着拖把走了,带上门。A重新坐到枕头上。合唱已经结束,正放关于牙刷的广告。A把音量减弱,回到足球直播的频道上,也还是广告,一个美女在吃方便面,说味道怎么怎么好。A 讨厌方便面。对门的女人在唱着歌。对门的房子空很久了,据说是因为另一个女人吊死的缘故,一直租不出去。房子至少空了一年甚至更多的时间。A 没注意对门会有人,从未注意。A 生性孤僻,从小就爱一个人玩。这个晚上对门的女人一直在唱歌,时高时低。女人肯定是外地来的,A 想。现在这个时代只要有钱有身份证就可以随便跑。A 想等自己有了钱也换个地方,他对这个城市反感了十年。A 又想起刚才对门的女人叫他先生。A 第一回听见别人这么称呼自己。A 不禁又笑了。他觉得自己怎么看都不像是先生。先生能坐在地板上看电视吗? A 伸了个懒腰,现在,足球赛开始了。

第二天,A 出门时看见拖把靠在门边上。等 A 出车回来时,在楼梯上又碰见了 D。D 手里拿着汉显的呼机,匆匆下楼去回电话。D 只对 A 笑了一下。A 发现 D 有一对浅浅的酒窝。这时 A 自己的呼机也响了。他没有看,知道是天气预报或者股市行情。A 觉得这个呼机现在可以卖了。以前别着它,是因为家中有人,好掌握他的行踪。

于是当天下午 A 就把呼机卖了,卖得十分便宜。A 回来时又碰见了 D,她还是匆匆下楼去回呼机。人和人不一样,A 这么想。

以后 A 差不多每天都见到 D。A 觉得这个女人好像不怎么出门,好像全部的生活内容就是回呼机。

后来 A 才知道,对门的女人只是白天不出门。女人一般是天黑后走,晚上回来很迟。自从借拖把之后,女人就没有再敲过他的门。A觉得这也很怪。

4

A这个白天没有出车。明天有个长途,A把车送进修理厂保养一下,再加一些电池补充液。这车的灯光很差。像每天一样,A有早起的习惯。上过马桶,A要做五十个俯卧撑。A不吃早饭,但要喝一杯新沏的茶。对昨天的茶叶,A总是把它泼到泼台上的花盆里。A不知从哪张报纸上读到过,泡过的茶叶养花很好。A养花很用心。这些花都不名贵,不过A以为,花只要好看就行了。好看是因人而异的,A自己觉得好看那就是好看。A小心用茶叶喂着花,这时下意识地朝隔壁的凉台上看了看。凉台收拾得很干净,晾着D的衣服。A看见D的胸罩衬在一件上衣里面。

A住的这幢楼很旧,谈不上什么设计。两边的凉台紧接着,如果没有防盗网,可以随便爬。A从凉台的一角最大限度能看到隔壁的客厅、过道以及卧室的门——这门开着,D的两条腿叠在一起,就两条腿,小腿,但是很白。

到了中午,A又去了凉台。D的两条小腿还是叠着。A想这女人肯定累了,五个钟头都是同一个睡姿。

下午,A出车回来捎了一面穿衣镜。A把镜子搁到凉台的角上。镜子反映出来的效果似乎更好。A在镜子前面晾上了一件旧风衣,A需要看时就把风衣拨开。

D出现在镜中。D穿着一套碎花的睡衣在厅里走来走去。过了一会儿,A发现D朝凉台这边走来了,就把风衣放好,然后喝茶。

你今天没出车?

明天出长途,车送去保养了。

开出租很来钱吧?

也没多少钱,还累。

是呀,谁都想不累又挣钱。这地方不错,很静。你是当地人?

不是。我在这个城市住了十年。

十年?一个城市住十年?你这人耐性肯定好。我这三年就跑了五个城市。

你做生意?

打工呗。哪儿有钱上哪。

你做夜班?

夜班?对,我是夜班。

然后D就回屋了。A撩开风衣,镜中的D在卧室里换衣服。A能看见D的半截身影,是下半截。于是A用脚背把镜子顶高一些,就看见了上半截。但是D已经穿好了衣服,正把头发挑出来。D的呼机又响了,她看了看,然后拿起包就从镜中消失了。没多会儿,A听见了D的关门声。

A找到两块砖,把镜子垫到合适的位置上。做完这些,A感到有些饿了。这时A问自己:我这样做卑鄙吗?回答是肯定的。不过A这个阶段需要卑鄙。A甚至想,迟早会有一天,他要把D搬到床上或者按在地板上。

A很懒散地下了楼。卖报刊的哑巴老太热情地把一份影视杂志递给他。老太太以前不这样。A拿过来看看,封面和封底都是美女。A想,这老哑巴还真他妈的会做生意,知道我离婚了就把这种杂志递上来。A亲了一下封面,老太太就乐了跷起大拇指。A正掏钱时,一个女人近了,是那个画一样的C。C对A点点头,然后向老太太比画着,老太太递了她一份《世界服饰》。C很仔细地翻看,又要了一份当天的晚报,就走了。A望着C的背影,觉得某个地方同前妻有点像。她会弹钢琴。可是A从来没有听见这附近有钢琴声。哑巴老太凑过来,对A很诡秘地比画着。A知道她是在发表对C的评价,但不知道是怎样的评价。一年后,A在一个特殊的场合又见到过类似的手语,经人翻译,A才明白意思:这样的女人是克夫相,任何男人都会栽在她手上。A在那个寒冷的下午长吁了一口气,打内心敬佩老哑巴的先见之明。

5

第二天一早A就去了修理厂提车,然后又去加油站加满了油。这时不过六点的光景,城里的车很稀疏。A很快就出了城,他要去县里接一个进城做胃切除手术的病人。天有雾,晨露透着几分寒气。其实还在9月,城里中午仍是很热。昨天后半夜落了场雨,柏油路极干净。A以60迈的时速行驶,始终挂在三挡上。这条路基本上见不到人和车,A还是小心驾驶,因为路面过于单调,很容易造成视觉上的麻木,况且雾也没散开。

不久,A发现前方弯道处有辆车翻了。车肯定打了个滚,然后侧立着像墙一样,两个轮子悬在半空。A减速,发现这也是辆银灰色的本田雅阁。于是A就下了车。

凑近一看，A 吓了一跳。正是常见的那辆本田，B 像包裹似的堆在一角，有小半个脑袋嵌在玻璃里，血还在流。引擎盖还在热着，可能是刚翻。A 想把 B 弄出来，但车门打不开。A 用手背放在 B 的鼻下，觉得有暖气儿。A 左右看看，发现 B 的皮包甩在一棵树下，便拾起来。皮包很沉，A 想 B 的手机一定在里面，就弄开了它，然后 A 愣了——整整十万元现金。A 看看四周，雾还是没散。A 把钱取出来用衣服包好，扔进了自己的行李箱，上面还压了只备用胎。A 把皮包重新放回树下，又想了想，拿出手机试了试，居然没摔坏。A 拨通了 110：月石公路 13 至 14 公里之间出了车祸，人还有气儿，快来救一把。对方让 A 重复一遍，A 重复了。对方又说：请报您的姓名单位。A 把手机关了，塞回皮包。A 很快就赶路去了。

C 得知丈夫出事是在中午。她刚从外面吃饭回来，看见有两名警官蹲在她门边抽烟，C 便有了一种不祥之感。C 疑心丈夫在生意往来中出了什么纰漏。所以当听见车祸时她是意外的，但神情还比较镇静。

伤在哪？

外伤在头上腿上，内伤正查着。

这样 C 就随警方去了医院。那时 B 刚做完抢救手术，处于昏迷状态。B 的头肿得很大，缠着许多绷带。C 就流泪了：怎么会是这样，怎么……他一向开车很好的。C 有些泣不成声了。

然后警方带 C 去了医院的会客室，那里已有两名市局的警官在。他们开始公事公办地了解情况。他们问，C 答。

B 是什么时候开车离家的？

前天下午。

请讲具体一点。

下午三点多吧,午睡起来就走了。

你知道他去×地的事由吗?

催款。有家公司欠他钱。

哪家公司?欠他多少钱?

盛昌贸易公司吧,欠多少钱我不知道。我从不过细打听他生意上的事。

B动身前给你打电话了吗?

没有。他不这么做。

就是说你也不知道他今天会回来?

对,不知道。

你和B结婚多久了?

两年多。这个重要吗?

我们只是了解一下,请别误会。今天我们就谈到这里。可能还会找你的。这段时间,希望你不要离开市区。

我能离开吗?

别生气,我们是按程序办事,相信你会配合的。

C极不习惯这样的谈话,她觉得这不是什么谈话而是审讯。她有些气愤,不明白一起车祸怎么会如此这般的发挥。C回到病房,侧面坐在床边,不时看一下点滴。C不敢正视那颗缠满纱布的硕大头颅,她很难相信这就是B。C的泪水淌了很长时间。值班的医生进来,建议C回去休息,该干什么干什么。医生说,B撞成了严重的脑震荡，神志一时难以恢复。而且，B的两条腿都是粉碎性骨折，目前正努力复位，效果如何暂时还不好预测。

你不妨先备一辆轮椅吧，医生这样说道。

6

A是临近黄昏时返回的。

离住地还有一截路，A看见了C的背影。C低着头，走得很慢。A也放慢车速，以为C会叫停，可是C没有。A猜想C一定是从医院回来，就是说，B的命是保住了。否则这么长的路C是走不回来的。A把车停到街边，丢给人两块钱借水管洗车。A一边洗车一边等C走近。C的表情很苦，也好像一下子见老了。C进了那边的圆门，今天她不会过这边来买晚报了。没准儿晚报上就登了她先生的事呢。

A洗好车天已转暗了。A打开行李箱，拿出那包东西，很随便地从行人面前走过。他走进院子，见到对门的D又倚在那里打电话。A回到家里，把卧室的窗帘拉上，只开了台灯。然后他把衣服抖开，钱铺了半床。A把钱放整齐，一共12捆，面值百元的八捆，五十的四捆，正好十万。这时A才有些激动。他用拇指和食指反复搓着一张百元的钞票。这是真的。绝对是他妈的真的！A欣赏着这些钞票，甚至认真在读加盖在捆条上的银行验款人员的名戳。A也想到刚才碰面的C，没有什么不安。对于有钱人，十万块钱根本算不了什么，不会伤筋动骨、家破人亡。再说他并没有偷，这钱是从树旁边拾来的。如果不是他及时报案，B兴许就完了，这十万块救下一条大款的命,也说得过去。至于那女人的苦,不是钱造成的。只能说她命不好。或者只能说也该轮到她受罪了。

A把钱放到一个旧纸箱里,盖上几张旧报纸,用脚推到床下。他留下了一捆五十的,当即拆散,先往钱包里填了一沓,余下的就顺手放入床头柜的抽屉。然后A就去洗澡了,这才觉得有些乏。洗好澡,A光着身子上了床,他不想睡,想靠一下。这个屋子的结构很不好,面积也紧,只有两间。朝南的那间大的做了客厅,朝北这间是卧室,一张双人床落下就没有多少地方了。这种房子可能就是专给单身汉住的,可A用它来结婚。A挪了挪身体。他想今天这钱实在来得太迟了,如果早来半年,老婆兴许就不会走。他会加上几万买间新格局的两室一厅,他还会给女人多买一些时装和首饰。A抚摸着生殖器,把它弄得很挺拔,再看着它一点一点小下去。

这个晚上对门的D没有出去。A听到隔壁的歌声,就走到凉台上喝茶。A撩开风衣,看见镜子里的D正在厅里叠衣服,头发还湿着,很奇怪地堆在顶上。过了会儿,D去上马桶了,出来时一根红绳子挂在颈上。D用这红绳当裤带。A立刻明白今年是D的本命年,就是说D只有二十四岁,实际是二十三岁,本命年是过虚不过实。D系好裤子,左右摆动了一下。这女人的屁股长得很不错,圆圆的,微微上翘,显得饱满而结实。A想她的乳房也应该如此,按比例缩小罢了。这时,D的呼机又响了。

第二天,A去电信局申请装电话。而且是办加急的,多交了一千元。

一周后,电话装好了。A 的号码是 2648518。为了这个吉利的号码,A 给关系人送了几条烟。这天,A 很早就收了工。吃过盒饭,他就到哑巴老太那里翻杂志。老哑巴又对他比画:你有人了吗?你得尽早找个人呀,小子。A 把一天里乘客给他的香烟都给了老哑巴。然后,他开始拨 2648518。每拨一回,A 都要等忙音出现才挂机。A 在这个黄昏至少拨了十回。A 想,对门的那位应该可以听见铃声了。

天黑后便下雨了。这很好,A 看看天,这场雨确实很好,不妨一连下他个把月。A 回到家里,用毛巾擦了擦头发上的雨水,就坐到了沙发上——现在他已有沙发和必要的家供了。A 依旧是看电视,频道来回倒着。没多会儿,D 就在外面喊门了。

我能用一下你的电话吗?雨太大了……

用吧。

在哪?

在睡觉那屋。

谢谢,我不是长途……

没事,你用吧。

7

你还记得你丈夫离家时的情况吗?比如说他是不是有些什么异常……

没有。他很正常。

他是几点出门的。

下午三点多。这我已经说过了。

有一个问题还望你能如实回答。你们婚后感情怎么样?

这是什么意思?

请坐下。我们需要掌握这方面的情况。

如果不怎么样呢?能说明什么?

这个我们暂时不便多说。

可你们却要我说!

对!你必须说。这对大家都有好处。你们婚后感情怎么样?请回答。

一般。

就是说很平淡,可以这样解释吗?

是的,很平淡。我们之间没什么话说。

仅仅是没有话说?

那还能怎样?他是我丈夫……

你冷静一下。有些事我们不妨告诉你。可以肯定,这不是一起普通的车祸。我们调查了那个盛昌贸易公司,B出事前一天提走了十万元现金,但是事故现场没有见到。这至少可以说明,涉及此案的还有一个人……

你们怀疑是我?

不,不是你。案件发生的那天早晨,你在跑步,取牛奶的哑巴老太太可以证明这一点。

那么……那个人是谁?

这正是我们要找的。

C在这个傍晚陷入莫名的恐惧之中。警方的判断不无道理,证据有力。警方显然是故意抛出十万元的事实起暗示作用。那么那个人究竟是谁呢?是B的对头?车匪路霸?谋财害命或者……C不寒而栗。她这才意识到警方是向自己暗示另一层更可怕的意思。

C隔着玻璃看着病床上的B。他的头已小了一些,可神志仍不清醒。C现在盼着的就是B能睁开眼,能说几句话,把问题弄清楚。她实在受不了警方锐利的目光和冷峻的语气。为什么一些犯罪嫌疑人会在所谓的"心理攻势"下崩溃,C这回明白了。她还没犯罪,警方也没怎么攻,但她自觉已经崩溃了。

C从医院出来,已是华灯初上。街上的人行色匆匆,雨使这个城市变得朦胧。C立在路边,这时A的出租车来了。C上了车,这次她坐在前面。

回家吗?

不,我还是去上回……

知道了。

A从前面的十字路口往左拐,把刮雨器调到低速。

你先生怎么样了?还昏着?

对。

没事,会好的。

但愿是这样……我想打个盹,到了喊我。

还在那路上停吗?

对。

你最好系上保险带,万一我急刹……

好,我系。师傅,我想问你,车翻了能把人摔成那样吗?

这要看是怎么个翻法,说不好。

他……太惨了……

C又抽泣起来。C从小包里拿出纸巾擦着眼泪,同时又施了点粉。她确实很倦,但不再想打盹了。她茫然地看着窗外的雨。这个女人算是倒霉了,A这么想着,没准儿后半辈子会全垫进去。国家好像不许同一个傻子离婚,A记得有类似这样的条文。眼下这条路女人会常跑……A停住车,又问:雨不小,再往前开点?女人摇摇头。女人说如果方便,九点来这儿接她。A说可以。

A后来就去了一家录像厅。看录像的只有七八个人,却充满着臭脚味。录像是转着放,不清场,想看个通宵都行。录像是香港的一部搞笑的片子,A一点也不觉得哪里好笑。于是A就半闭着眼,他不想这个时刻女人在别墅里干什么。不至于上床,极有可能是扑在一个男人怀里诉苦,男人会像哄孩子那样轻轻拍着女人:不要紧,都会过去的,一切都会慢慢好起来的。A在黑暗中笑了,他觉得自己想象出来的也是一部录像,而剧中那个男人就是他。

八点三刻,A就到了别墅面前。雨这时已经小了。A把车的方向刚调过来,C便从路边的一棵树后面走出。她来得更早,衣服差不多湿透了。C一上车就说:快走,回家。

然后她哭出了声。A给弄糊涂了。

8

一个月后,关于B发生的车祸大家不再议论了,连哑巴老太也懒得比画。人的好奇心越来越受到时间的限制。A依旧像平时那样每天出车六小时,夜晚也还是看电视。对门的D已是常客,除了用电话,D有时也陪A看一会儿电视。D喜欢看港台的电视剧。他们的相处很随便,D有一次甚至没有戴胸罩。

当时A躺在床上看报纸,D来用电话,就坐在床沿上。于是A透过衬衣看见了D的乳房,完全符合他的想象。D这次的电话说得不短,差不多就是聊天了。A不心痛电话费,但听着听着就觉得电话那边应该是个男人。A就侧了侧身,把原先给D支腰的那条腿放平,D晃了一下,笑哈哈地放了电话,就想离开了。

把门给我带上。

没准儿待会我又得来,省得你起来开门。

我得睡了,明天一早……

你骗我……

孙子骗你!

D走后,A在床上愣了许久。他想自己还是太笨了,早该想到女人的电话通常都是打给男人的。A煞费苦心用电话将女人勾到了床边,可这个女人却用他的电话同别的男人调情。这事真他妈的窝囊。

这天A下楼来买报纸,远远就看见D在同哑巴老太"聊天",两人都比画着像做什么游戏似的。A走过来,D便笑了笑,两只浅酒窝很明显地跳出来。乐什么呢?A问道。D笑而不答,把手中的葵花子匀一点给A,就走了。她的屁股还是很不错地藏在牛仔裤下。哑巴老太用胳膊碰了A,又指指D的背影:这姑娘怎么样?我看就她了。这可是送上门的缘分哪！A 看见老哑巴把两个拇指拼到一起,心里还真暖了一下。

这时候 C 出现了,她还是来买《世界服饰》。A 觉得很久没有见到 C 了,看起来 C 还不错,只是气色一般。这个女人怎么看都是一幅画。

你先生出院了?

没呢。

你每天还是……

我习惯了。

A 把自己的电话写在纸条上递给 C。A 说你需要用车时拨过来,我一般晚上都在。C 微笑着点点头。A 突然有些局促,他想起了那笔钱。当然 A 始终认为,女人的不幸与那笔钱毫无关系。C 短暂的笑容却在 A 心里划出了很深的痕迹。如果我住在别墅,这女人至少会坐在我的腿上。A 不知怎么这样想了。那个雨夜的情景重现在 A 的眼前。女人的衣服淋透了,女人一直在路边那棵树下等他的车,女人一上车就哭了……

你会弹钢琴?

你怎么知道?

从电视里看到的……

我好久不弹了……再见。

这天黄昏,A 又站在凉台上那面镜子前喝茶。D 在镜中时隐时现,穿着一条大摆的花裙。后来 D 将腿弓起来往趾甲上涂蔻丹,裙子便滑到了大腿的根部。D 的皮肤很白,A 能想象出这样的皮肤夏天一定很凉。D的短裤也是花的。A慢条斯理地喝着茶,那件悬挂的旧风衣在他背后轻轻摆动着。A又想到才见过不久的C。如果对门的女人不是D而是C,A可能不会甚至不敢在凉台上支起这面镜子。这很奇怪,A喝了口茶,同样是女人,A从来没有对C产生过什么非分之想。当然,C之所以是C,就注定她不会住到他的对门来。C在墙的那边。那边和这边是大不一样的。

D又来用电话了。A没有迎过去,仍然站在凉台上,把风衣挂好。D这回的电话不长,没多会儿工夫就离开了。A坐到沙发上穿好袜子,该出去吃盒饭了。于是A去卧室拿钱包,刚拉开抽屉,A一眼就发现钱少了几张,钱包里也少了点。不用说,是D拿了,就刚才那会儿。A粗略估计了一下,D拿走了四百元左右。A从床底下拖出那只纸箱,拿出一捆五十元面值的,从中抽出九张,七张放回抽屉,两张塞进了钱包。

9

四天后的傍晚,A发现钱又少了。这回是准确的数目,三千七减去五百等于三千二。抽屉里少了八张,钱包里少了两张。A还是补齐了。晚上,D来陪A看电视,一边嗑瓜子。D说最近有个台湾的歌星来开音乐会,问A想不想看,她可以弄到票。A没吱声,喝着茶。这女人真一副好胆,A清清嗓子,把一口痰从凉台上喷下去,喷得好响亮。

你这人怎么这样不文明?D说,你要是吐到人脸上怎么办?

我下去替他擦,罚款也行。A说完用茶清清喉咙,又喷了下去。

D看看A,很不高兴地离开了。

到了第七天中午,A刚出车回来想洗个澡,D又敲门了,自然是回电话。

我洗澡,A说,待会记着把门带上。说完就进了卫生间,把热水器打开。水哗哗响着,A站到马桶上透过很高的小侧窗往卧室里看。D背对着门,一边打电话一边拉开抽屉。D突然有些犹豫,她大概是惊讶这些钱的取之不尽总不见少,所以拿钱的手一直悬着。

于是A从后面将D搂住了。D一点也不害怕,侧过脸看了看一脸是水渍的A,然后就开始解上衣的扣子。A拉上窗帘,看着D把衣服一件件脱下,他觉得D也算得上是一个美人。D自己脱好,又帮A脱去内裤,这才说:看不出你这人还很卑鄙。A笑了笑,很温柔地把D放倒了。

电话突然响了。A拿起话筒:喂?

没有声音。A以为是电话闹了毛病,就放下了。A过后便把脸埋到D的两乳之间,手正往下探,电话又响了。A这回坐直了,等电话响过三声,他才提起话筒。A没吱声,电话里也没有声音。A觉得有些怪,一直这么提着。大概过了两分钟,A听见了对方挂电话的声响,然后是一串忙音。A这下是真的吃惊了。

D已穿好衣服,再把A的内裤扔到他腿上。清账了,D说,这电话惹的麻烦事也真多。D说完就过自己那边去了。A缓过劲,不禁骂了句:操!

不过A很快就想明白了。

A在这个下午后来多少有点心花怒放。他目睹了一具姣好的女人胴体,而另一个女人也目睹了他的上半身。A挑了一件牌子过得去的T恤,走进了墙那边的圆门。A还是第一次接近这幢高级的公寓楼,他认为该是第二单元,四楼或者五楼,左侧,这个方位不会有错。A在四楼停住了,他发现左侧的门口有两只装高级妇女用品的漂亮盒子和一双布满灰尘的男人软底拖鞋。于是揿了门铃。

门只打开了一点,C平静地看着A,没有想请他进来的意思。

找我有事?

没事。

我在看书……

那我打扰了。我不过是也想看看你……

A笑了笑,转身想下楼,他知道C的目光还在自己背上,就又说了一句:

我只给过一个人的电话号码。

门"砰"地关上了。

10

你丈夫有什么同他过不去的人吗?

他人缘很好。

有没有过匿名电话?

打错的有。

常有吗?

偶尔有一两个。

男人还是女人？

有男有女。

那天他是下午三点左右离家的？

是的，你们是第三次问这……算了，你们问吧。

他是不是也欠别人的钱？

不知道。我说过我不问他生意上的事，从不。

你们结婚不过两年，按理日子是不应该平淡的，二十年还差不多。

按什么理？感情这种东西本来就复杂……

没错，是复杂。

我没有别的意思……

我们也没有说你有别的意思。你说感情复杂，你是这么说的没错吧？

……

外面的天在临近六点的光景就开始暗了。街上已有零星的落叶。城市这一年的秋天比较纯正，C觉得好久没有见到这么明显的秋季了。C喜欢秋季，但是这个黄昏她十分悲凉。已经过去了两个多月，丈夫仍是处于半昏迷的状态，神志仍是不够清楚。他每天吃一点流质，难得睁开眼。他的眼神夹杂着稚气与狐疑，从不呻吟。这时候C就感到害怕，她审视着B那张表情与年龄极不和谐的脸。他会傻吗？医生说不会。医生说能够得到恢复。当然，医生又说，这还得有一个过程。医生最后又叮嘱：轮椅看来还得准备着。

C刚走下医院门前的台阶,A的车就到了。显然A一直是在等C。可是C没有上车,转身折进了边上的一条小街。A还是尾随着,有节奏地按着喇叭,街两旁的目光陆续打在C身上,C便停住,坐到了车后面。

那天怪我……

我累了。

去哪?

随便。你不想开的时候就停下来。

C说完就整个地躺下了。A不再吱声,吃力地从小街穿出来,拐上了另一条路。A有点气愤。A想如果现在躺在后面的是D,他会把车开到一片林子里,麻利地把她做了。女人和女人还是不一样。女人至少有两种吧,A想,一种给人看,另一种给人骑。突然A又觉得气顺了,他有生第一次感到这么骄傲。我拥有这两种女人。我有。渐渐,远处的别墅区向A逼近了。A此刻心里没什么不好受,他记住了路旁的那棵树,平缓地把车停下。C没有及时爬起来,只是低声问了句:到了? A说到了。

到哪了?

老地方。

C慢慢直起身,突然厉声道:谁让你往这开的?

我以为……

你以为什么?

没什么。你不是说可以随便开吗?

我真怕同你们男人说话。我说不过你们……你干吗不打表?

我也想兜兜风……

打表,送我回家。

于是 A 两把就将车调过头,利索得如同表演。C 直晃荡,C 说你这人疯了,你是不是也想把车掀翻让我也睡到那该死的病床上?C 说你停车,你停不停?A 没停。A 顺手打开收音机,调频音乐台正放着一首古典的民乐,优美而舒缓。A 随着这旋律同样舒缓地开着车,他觉得这会儿车不是跑在路上而是在玻璃上……

夏利车在圆门对面停下来。那时候 D 正在报亭让哑巴老太看手相。D 好像是在等待 A 的归来,眼光流露出急切。D 看见 C 气呼呼地下了车,把一百元钱扔进了驾驶室。

这个晚上后 D 与 A 寸步不离。D 说她才知道自己的屋子里曾经吊死过人,她怕。D 坐到 A 的腿上,她能感到 A 的那件东西正顶着自己,但她却问:你刚才是不是把那女人在车里干了?A 笑了笑,A 说我不会干她,我只干你。说着就伸手把 D 的裙子从后面扯了下来。D 说你狗日的真是他妈的有艳福。A 说,你也有福,过会儿你就知道了。

这时电话又响了,A 没去接。

11

对于 C 来说,这一年从夏至秋的经历永生难忘。夏季开始的时候,C 便对婚后的生活颇感沮丧。那时中年的 B 正埋头于他繁杂的商务。这是个奇怪的男人,对比他小二十四岁的妻子倍加宠爱却无力照料,由最初偷情时的早泄转为婚后阶段性的阳痿。每回在床上,面对 B 的心有余而力不足,C 总想到馋嘴的老太太而没有一副好牙。C 甚至这么对 B 说:你好比一位踢足球的,盘带有功夫但就是没有临门一脚。B 就解释,B 说我这些日子确实累了,等忙完了这阵,我会好起来的。C 说,那时我也该老了。这时的 C 自然有些懊悔,她自责当初考虑过于简单,其实,B 不就是有钱吗? 除了钱他能有什么? 他连对面那个擦排油机的男人也比不上。不久,在一次同学聚会上,C 的视线被另一位很有风度的男人牵走了。那个人也是老板,住在别墅。那个人也真诚。但是那个人胆小。当警方第二次向 C 询问后,C 去别墅向男人寻求解答。这是什么意思呢? C 在男人怀里委屈地说,难道怀疑我伙同什么人谋害亲夫? 那个男人当时就沉默了,接着手也沉默了,从女人的胸部缓缓移开。这是个事儿,男人说,这绝对是个事儿。男人说不能认为警方的询问没有道理。女人从床上爬起来:可是我们能干那种伤天害理的事吗? 男人扶扶眼镜:我们? 怎么是我们呢? 我这些日子一早就去了建筑工地,我的同事完全可以为我做证,我甚至上厕所都有人陪着……再说为区区十万块钱我犯得着……

那个晚上男人只说"我"。

C 叹了口气。在这个秋阳炫目的下午,女人感到浑身无力,仿佛所有的关节都松动了。女人再次走到凉台上,想起那次同丈夫为安装防盗网发生的争执。丈夫坚持要安,她坚决不同意。我不想这个家成为一个笼子,她几乎是在抗议了。丈夫最后妥协了,但还是皮笑肉不笑地说了句:一张防盗网也挡不住你的视线嘛! 她气坏了,将手中的咖啡全倒在地毯上。后来丈夫走了,要去县里催款。她这才把皮鞋放到男人面前。她想这个男人也不容易。可是没想到这一走就发生了那么多的事……

对面的窗户开了半扇。那个男人出车了。那是个很不错的男人,善解人意,但脾气看来有点倔。那个男人实在有些可惜。如果他多读几年书,或者他的运气好,哪天被某个电影导演看中,他的一切兴许就会改变了。太阳渐渐偏西,过不了多久男人就会回来。自打离婚后,他一度显得很懒散,可是这些日子又来劲了。他对门住了个女人,后来这女人还上了他的床。这个看上去很不正经的外乡丫头居然有那么大的魅力?C冷笑着,她想那个男人已是饥不择食了。

外乡女人的歌声飘过来,断断续续,不过听起来也还顺耳。她的声带条件不错,只是她无法唱出任何一首歌的感觉。她懂得感觉吗?C的目光追随着外乡女人的活动。D今天穿了一条大花裙裤,在裙裤上居然别着呼机。D好像刚起床不久,头发杂乱地盘着。D进厨房,从冰箱里拿了罐什么饮料,又从碗柜里拿了几瓣蒜,然后坐到客厅里新添的沙发上,一边吃蒜一边欣赏着脚趾甲。过了一会儿,D又进了卧室,她把床单揭下来很响地抖了几下,再铺铺好。那床单该有多皱多脏!那女人收拾好床,又打开床头柜的抽屉,从里面拿了些钱,轻巧地放到袜子里。C很是吃惊。C想这不是随便地拿钱,拿的钱是不会往袜子里放的!

这个晚上C一直在想这个场面,她想对面那个男人实在是太窝囊了,竟把家交给了一个贼。

几天后的一个上午,C在菜市上碰见了D。她们互相看了一眼,就像以前在哑巴老太报亭前碰见那样。C 戴着墨镜,优雅的身影使小贩们手忙脚乱。C 注意着 D,看见她从一个胖妇人侧面挤过去。一会儿胖妇人就惊叫起来:我的钱包!我的钱包不见了!C 再也无法见到 D 了,她像烟一样消失得自然而无踪迹。菜市上乱起来,胖妇人扑通坐到地上一声高过一声地哭喊着,C 安静地注视着这一切,她现在觉得是该做点什么了。后来,她就拨了一个电话。

12

小区派出所的人是黄昏来找 D 的。那个时候,D 正兴致勃勃地给 A 做一道家乡的粉蒸排骨。调料配好,刚蒸上,门就响了。D 以为是 A,打开门后才明白是怎么回事。她差点想哭,她觉得 A 实在是太狠了,睡够了便把她交给了警察。

你不是会跑吗?警察说,你以为我们找不到你?可群众的眼睛是雪亮的。

于是警方开始搜查,D 说:这不是我的家,我住对门。

那你怎么进来的?

他把钥匙给了我。我们……算了,我不想说了,跟你们走。

警方还是把两边都搜了。警方在 A 的房子里没有发现那个装有巨款的旧纸箱,在 D 第二次从抽屉里拿钱后,A 就把纸箱重新放回了车里。D 收拾好,又在锅里添了瓢水,就随警方下楼。她希望警方不要铐她,警方没同意,只是在她两手间搭了件衣服。

在楼梯上,D 碰见了 A。A 最先看到的是一个年轻的警察,正迟疑着,D 就出现了。A 似乎有话要说,可是 D 的一口唾沫已啐到了他脸上:你这没良心的!

A一下傻了。A后来才知道,D是一个惯窃,不过每回都不敢做大动作。这个晚上A心烦意乱,他觉得D太糊涂,手不该向外伸。D可以偷他身上任何一件东西。粉蒸排骨的香味弥漫开,A的眼睛有些湿了。毕竟,他睡了D,睡过了就是他的女人。他低头坐在沙发上,寻思着这件事是怎么挑起的……

电话响了。A去了卧室,没有开灯。他看见对面的窗口很明亮,隔着薄纱,C拿电话的身影也还是十分优雅。

你那边出事了?

对,出了点小事……

你觉得是小事?

本来就是小事,其实……你好吗?

我没什么,又没有人敢开我的抽屉……

你是说……

我不想再说这事了,它让我恶心!

A这才明白,他挂上电话,连外衣也没穿就奔墙那边去了。A一气登上四楼,还是平静地揿了门铃。A说是我,我有话说。C刚打开门A便一步跨了进去,将门关上,然后把C按到了很厚的绣花地毯上。

你想干什么?

干你!

你这流氓,我要喊人了!

你喊吧,你还可以报警……

放开我！放开！放……

后来一切都安静了,灯也关了。这是个有半片月亮的夜晚,月亮透过窗纱射进室内,A的身体一半在月光里一半在女人怀里。女人用手指梳理着男人汗涔涔的头发,女人说:你知道吗,我可以告你强奸。男人闭着眼说:你干吗不告?要不要我替你把电话拿过来?女人拍了拍男人额头:你这人太野了。你是在报复。男人说,现在不是。现在是爱情。女人就问:你和她在一起又算怎么回事?男人说:那也是爱情。女人生气了。

爱情?你不觉得和一个小偷睡觉很肮脏吗?

肮脏的也是爱情。不是爱情又是什么呢?

滚!

于是男人就滚了。那时月光散发着寒意,A只穿着件短袖T恤,感到膀子有点凉。A从报亭走过,看见哑巴老太正用异样的眼神打量着他和他身后的那个圆门。A想这老哑巴心真跟明镜似的。

天确实凉了。树上的叶子落去了不少。A在这个秋夜翻来覆去,看着对面那个熟悉的窗口,没有再见到灯光。A有点后悔,刚才做那件事时不应该关灯,应该看着女人那张与众不同的脸如何变化。现在他一点也不觉得自己睡了她,压在身下的好像还是D。除了地板变成了地毯,A没意识到区别在哪。所以在A看来,做那事的人是别人而不是自己,或者说,自己只是在想象中做了那件事。A想这感觉真他妈的奇怪。接着,A觉得有些饿了,就去了厨房。粉蒸排骨的香味还残存着,A揭开锅盖,不禁叹了口气。A想,

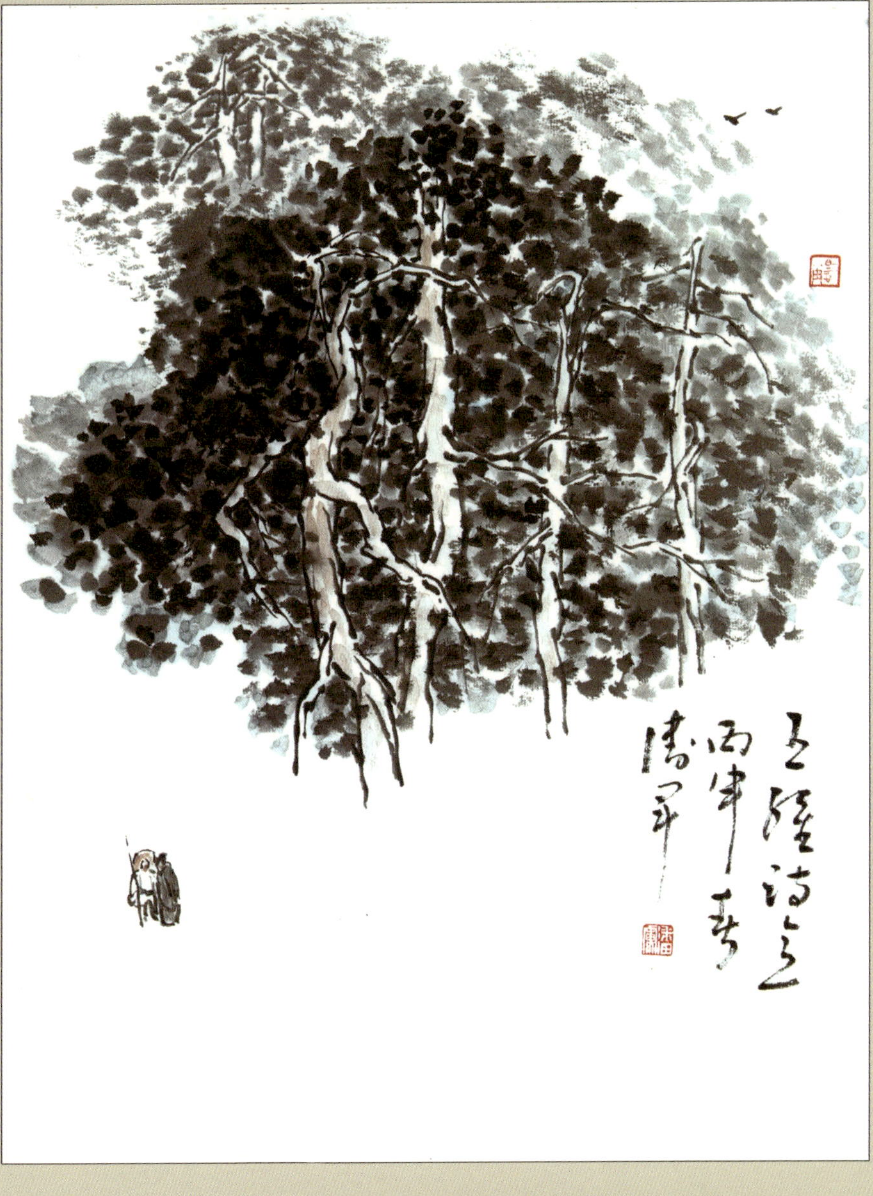

过两天该去给D送几件厚的衣服了。

13

请坐,我们还想了解一点情况。

说吧。

你说你和你丈夫婚后生活很平淡……

那不是我说的,是你们说的。

可你承认了,对吗?平淡可不可以解释为夫妇间缺少应有的感情?也就是说……

是的,我们缺少感情,缺少信任,甚至缺少性生活,这样回答你们满意吗?

谢谢你的坦率。那么,恕我直言,你们之间有没有哪一方,或者双方,和别的人有过感情上的纠葛?

宪法保护每一个公民的隐私权。

这我们懂。我们对你个人的隐私不感兴趣,我们要的是线索。希望你能够理解,你难道不希望这个案子尽早了结吗?所以我们的出发点是一致的。你回去冷静考虑一下,改日就这个问题我们再谈。

还得谈!简直没完没了无休无止,除非……C看了一眼病床上的B,他又睡了。除非你清醒过来,把一切说清楚,否则我一辈子摆脱不了嫌疑!C流泪了。

医生把C叫走。医生正式通知她,B的双腿都将面临截肢。我们已经尽了最大的努力,医生说,但必须实施手术。C像个木头人似的靠墙站着,觉得失去双腿的不是丈夫而是自己。医生又说,手术成功后再安上假肢,经过锻炼,一般的行走可以完成,不会整天依赖轮椅。

　　差不多也是这个时候,A开车去了拘留所,给D捎去两套衣服和一件羊毛衫,还有些吃的东西。之前A托人找了所长,否则不可以在拘留期间进行探视。A跟着一名警官走过了三道门,又经过很长一道走廊,进了一间空房子,里面就一张长条桌和两把旧椅子。警官让A登记,在"与被探视人关系"一栏里,A小心地写下了:男友。警官说:"男友"很含糊,A就改成了未婚夫。警官就笑了,说现在还有未婚夫这一说吗?但也没有再为难A。不一会儿,D被带来了。A把东西放到桌上,推给D,问:还好吗?D苦笑了一下,说:我冤枉你了。我后来知道不是你出卖我。A说这事过去了。D说不,D说:没过去。A说你别再生事了,懂吗?

　　两人沉默了一会儿。A问道:会判你刑吗?D说这事属于推一推拉一拉,可大可小。A就问怎个拉法?D说花钱呗。公家私家都得花钱。A想了想,说:钱不难。我会想法子。不过你得表个态,出去后立刻洗手,可以吗?D这时就落泪了。D说你这样待我我能不洗吗?D抽泣着,D说我知道你喜欢我,我知道你在凉台上放了面镜子……

　　当天下午,A又去找了所长,提出保释D的要求。所长还算热情,说你这人还真像条汉子,其实D不算你什么人。就是你们有一腿也没什么,况且她还偷过你的钱。A说不是偷,是拿,背着我拿了点吧。所长就笑了,说这回可不是千儿八百,得几万,你得费点劲了。A 说,钱我带来了。所长的笑容慢慢收起来,说:你先去办手续交钱,放人至少要到十五天以后,这是政策。A 说行行,怎么说也比判个一年两年好。说着从包里拿出了两条烟和两瓶酒,都是最高级的。所长说,这点东西我本可以收下,不过我一收下你就会小瞧我了。A 说我这是表示一点心意而已。所长把手摆摆,说你帮我教育了人就是感谢了,这样吧,等你们日后结婚了,我去喝喜酒。

办完这件事,A 觉得像刚洗过澡似的轻松。他把车开进了洗车场。车被吊起来冲洗,A 就躺在车上,听着音乐。那是一支小号独奏曲,好像是在清晨的草原上吹响,嘹亮而悠扬。A 在这一天里不停地忙碌,现在他只想埋头睡上一觉。

A 在街上吃过饭,回到家已是近九点的光景。刚拉开灯,电话就响了,自然是 C 的。看来 C 一直在等他回来。

你能过来一下吗?

有事?

我心里很闷。我都快死了。

我洗完澡就过去。

洗澡的时候 A 又想到那笔钱,已花去一半了。如果有一天 C 知道是我拿了她老公的钱,会怎样呢?

14

A 一天都没出门。他从床上移到沙发上,又从沙发回到床上,怎么躺都觉得不舒服。

昨夜的事让他不安。

A去了对面,还是进门就将C抱住。C说你别吻我,我不想从你嘴里嗅到人家的大蒜味。A就笑着抱C上了床,说你这样的女人不该吃醋,说着把一枚钻戒套在女人手指上。女人说我不稀罕这种东西,我只看重我们之间的那种状态。男人说,我不懂什么叫状态,但我想我能使你快乐。女人问:你快乐吗?男人说我当然快乐,其实我只要每天见到你,就很快乐了。女人说我懂你的意思。我和别人在一起没有这个样子,你真的很出色。男人问:那你能嫁我吗?肯定不会。你我没有夫妻的缘分,就是你不后悔,我也后悔。我不想让外面人指我的背,说这小子居然还讨了一个会弹钢琴的老婆,又那么漂亮。

女人叹息道:我现在只想要一个健康的丈夫。可是就连这点要求都成不了现实。你知道吗?他会马上截肢,以后就坐着轮椅了……我才二十九岁……

C在A怀里哭得像个孩子。A搂紧C,A说以后我可以常来陪你。C说,这样也不是事,你总归是要成家的。A说我可以不成家。C说你不用安慰我,下午我去公安局取我丈夫的皮包和手机,我看见你的车停在拘留所外面,你肯定去看她了。A说我只是想把她弄出来,没想同她结婚。我……

你别解释了。你这人不坏。C下床拿香烟,感叹道:这事越拖越复杂了。警方问了我几次,一步一步把话题往命案上引……

命案?不是车祸吗?

现场还有一个男人,拿走了十万块钱,目击者报了案,吓得不敢留姓名。警方怀疑这个拿钱的男人与我有关系,好像是场阴谋……

车祸和命案现场能看出来。

可是钱呢?怎么解释?

也许是路人拾走了。

有这么简单吗?

也许就这么简单。

A后来就有些分神了,听不清C又说了些什么。那时候月亮正从一簇很厚的云层中通过,屋子里一下变暗了。A开始穿衣服,准备离开。C说,你今晚就住这吧。A正迟疑,C又说:算了,你走吧。万一明天警察上门来,还真说不清。于是A就走了。报亭的老哑巴正收摊子,A不好再躲过去,便主动打了个招呼。老哑巴停了手里的活,把A拉到报亭里进行了一番教导:你真糊涂!你忘记了我说过的那女人克夫吗?她男人不是倒霉了?你是不是想再跟着倒霉?你说是不是?A摇摇头。A"说"她家水龙头坏了,我去帮她修理。老哑巴鼻子响亮地哼了哼,接着忙自己的去了。

现在A又回到了沙发上。他想就算以后警方知道了他与这件事有关,也不能当谋财害命来定。他只谋了财,没有害命。当然这钱拿回来不怎么体面,但他毕竟没犯法。怕就怕自己说的人家不信。如果真的不信,这事就麻烦了。警方完全可以假设他早就盯上了那辆本田车,而且潜伏在路边,装作熟人搭便车时趁机下手……A确实犯愁了。那笔钱已花去了一半,A想,得抓紧挣回来,然后主动交给警方或者匿名寄过去,这事就算摆平了。至少他心里平了,还能怎样?他想事实就是事实,白的就是白的,警方不会把它说成黑的。他想不会。

翌日一早,A就出车了。他想大不了拼命干上半年,像离婚前那样早出晚归,凑齐那笔钱不算太难。可是如果这段时间警方查到了呢?这就没辙了。你把人家的钱花了,怎么说也是理亏。我真得抓紧才是,A想。

A连续干了三天,每天工作十五小时。突然这么调整,A感到确实有些吃不消,好像一根皮条,已经拉松了,再使它紧起来就不容易。到了第四天,一位鹤发童颜的斯文老者坐了他的车,给A带来了意外的好运气。老者是美术学院的教授,一上车就打量A。老者问:你身高多少?体重多少?A一一作答,但不知老者因何而问。下了车,老者又仔细将A审视了一番,然后问:你可以替美院做模特儿吗?A一开始以为是时装模特,就说可以。后来才知道是人体模特儿,便笑了笑:大老爷们儿哪能干那号事。老者仍执着地说服,说其实也没什么,就像男人去当助产士一样,是艺术,是科学。如果你同意,老者说,价钱好商量。我们教研室有香港企业家资助,会开出很好的价的。你的条件非常之好。A就问:你们出什么价?老者说,按每小时一百五十元计,每晚三小时,白天你照样可以开车。A想了片刻,又问:

我可以戴上一副墨镜吗?

15

事情远比A想象的要困难,不是一副墨镜可以解决的。当A

在更衣室脱衣时,他的浑身便开始抖了。A想起从前和老婆的一次谈笑,老婆问,什么事让你最不好意思?是不是在大街上叫错了人?A说不是,A说是在澡堂子里碰见熟人尤其是碰见老师。老婆觉得奇怪,问:为什么?A说不知道,就是不好意思,没法躲。约定的时间已到,A还是感到紧张。那位教授走过来,递过一瓶冰镇的可乐。没关系没关系,教授说,你大可不必这么紧张……当然,第一次也难免。A觉得教授的这些话仿佛是在安慰一位将入洞房的新娘。A擦了擦汗,心想这事答应得太草率了。可是这事来钱,一晚下来可以挣小五百,十晚便是五千。钱。转悠一辈子还是为了钱。挣点钱也真他妈的不容易。A喝完可乐,教授便问:可以进行了吗?A舔舔嘴唇,然后把短裤脱了,戴上墨镜,披着一件过膝的睡衣,随教授走进了画室。

画室里至少有十个学生,其中有三个是女的。他们似乎摩拳擦掌多时了,当A一出现,室内霎时静了下来。教授把A安置在一座小台子上,打开效果灯光,又让A摆好一个姿势,让A的视线固定在左前方的某个点上,这才请A拿掉睡衣:半个小时休息一次。

后来A就只听见沙沙的铅笔声了,像割草那样。A使劲盯住左前方那个点,不久眼前就有些模糊了,他只能看见一个女生的红衬衫。

这个晚上A喝光了两瓶啤酒,躺到了地板上。不久他听见了电话响,但实在是爬不起来。如果那个穿红衬衫的女生是C,情况会怎么样呢?A弄不清为什么要这么去想。

电话重新响起是在翌日上午。A在地板上睡到后半夜,冻醒了,便草草用热水洗了个澡,爬到了床上。没睡多长时间,C的电话就拨了过来。

你总算愿意接我的电话了。昨晚你上哪了?

开车。

一天都见不到你的人影!

我接了一个长途,累坏了……

你怎么突然勤快起来了?你不是过得优哉游哉吗?我根本不相信……

除了开车,我还能干吗?

你过来,我有话跟你说!

电话随后便挂断了。A很不情愿地爬起来,去马桶撒尿。A想女人就这么个东西,同你有一腿了便可遇事不讲理。有什么话可说呢?无非是再出一身汗。A看看窗外,天十分晴朗。这真是个极好的天气,A想C的皮肤在日光里肯定与月光里有所不同。C的床是镀铜的,床头有五根支柱,其中有两根较粗,一拳握上去正合适,那是A的两个支点。A当然还有一个支点。今天我会看清她的表情变化,我必须看清楚。

A到的时候C正在厨房里熬粥,准备中午往医院送。C穿了件很雅致的睡袍,头发凌乱地用一条手绢束着。A倚在门框上看着C活动,觉得这个女人怎么打扮都让人看不够。A觉得很自豪,但是这个瞬间他又想到女人所说的命案。怎么会成命案呢?A以为确实有些荒唐。如果A在那个比较遥远的雾蒙蒙的早晨不拿走十万块钱,一切就简单了。可是拿了钱车祸就成命案了?A没法想通。

你老公好了?

只能说有所好转吧,脑子还不太清楚。

会好的。

但愿吧。再不好我可真撑不住了。我现在一见警察就发怵……

你怕什么,你又没有做什么。

可脑子是人家的。人家不这么想,人家压根儿就认为这事没那么简单。

这事本来就是简单。

你别跟我谈这个。你说,昨晚上哪了?

开车呀,我除了开车……

那为什么不接我的电话?是不是在外面做了什么亏心事不敢接?

怎么会呢?

A说完就将C抱上了床。他利利索索地替C脱去睡袍,觉得C的皮肤与想象中有距离,而且没有脸上白。A没有做过多的铺垫就压了上去,但是却失去了一个支点。

你怎么了?

我……这他妈的怎么回事……

你说,昨天晚上到底干什么了?

我……

别碰我!

16

你考虑好了吗?

考虑什么?

上回我们不是谈好了吗?我们希望你不要回避那个问题。我们这样问也没有其他意思,完全是为了工作。情感纠葛我们能够理解,毕竟你和你丈夫年龄上有较大的悬殊,我们只想从中……

我拒绝回答。

当然,你有权对此保持沉默。不过……

我想你们已经知道,今天是我丈夫截肢的日子!两条腿!

谈话就这么结束了。C独自坐在医院会客室里,想象着那个警官最后的目光。那个冷得像刀锋而又意味深长的目光。后果?后果就是自己将守候着一个截去双腿的男人打发残生。这是报应。C想着,现在一切都晚了。这个时候,C就特别想念A。可是这个男人也似乎在变。C多少有点后悔,觉得把自己交给那个男人确实显得过早了。

一连几日,C没有再拨电话过去。晚上,C将客厅里的灯熄了,就坐在沙发上,隔着窗纱有意无意地看着对面。A差不多都是十点半回来,然后就是洗澡、看电视。他的背影很厚实很宽阔,这么好的体魄怎么会不行呢?兴许这男人就是累了。C这么想下来,觉得那个白天自己的言行对A有些重,男人都一样,那个方面最脆,不能轻易去碰。于是C又拿起了电话,想想还是放下了。她想自己应该过去一次,给男人一个台阶。

C从报亭经过,没有注意那个哑巴老太。她没想到老哑巴充满敌意的目光一直追随她进入那个昏暗的门洞。在不久的日子里,C这个晚上的行动由老哑巴用手语复制得淋漓尽致,给女人带来了意想不到的麻烦。

C的突然来访,令A有些难堪。C穿了一件带圆点的红衬衫,外面套了件羊毛马夹。在A迷乱的视线里,C和那位写生的女孩融为一体,A居然有些不知所措了。

你来了……

你不过去,我只好过来了。我是不是很贱?

怎么这么讲。你来看我,我真高兴。

真的?

当然……你坐,我给你倒水……

你别忙,我就坐会儿。那天是我不好,我太任性了,伤了你。我向你道歉。

不不,怪我……

然后他们就去了卧室。A拉上窗帘,同时又拿出一条新床单,认真地铺好。男人第一次吻了女人。他觉得女人像糖似的慢慢在自己怀里化开了。但他却仍然无法使自己的力量凝聚到那一点上。这回女人没有说话,而是细心地照料着,结果无济于事。男人翻到一边,重重叹了口气:

我完了。

女人侧过脸看着男人。她感到吃惊,那是她生平所见最为沮丧的男人脸孔。她抚摸着他,轻声问道:你是不是有事瞒着我?

男人沉默了很久,终于把一切从头说了。女人听完这些,颤抖着坐起来,紧紧抱住一个枕头:我的天……原来是你……

我只拿了钱。我还报了案……我没杀人。你信吗?

我信有用吗?

事情就是这样,我只拿了钱,我还。

没这么简单……

本来就是简单的,我只拿了钱,我没杀人!

你别对我吼,我怕……这下真让警察说对了,怎么偏偏是你呢?你赶快去自首。

我没犯法,怎么个自首?

那你打算怎么办?就这么瞒下去?

我还钱就是。我肯定还。

C哆哆嗦嗦地穿好衣服,嘴唇的颜色变得和脸色差不多。C说,你别再找我了。就算我们没见过面,不认识。临出门时,C没忘记取下那枚钻戒,把它放到了茶几上。清脆的一响让A觉得像是听见了枪声,自己被打中了。

17

从那时起,C便像被噩梦追逐似的终日魂不守舍。连日的失眠使她的容颜变得异常憔悴。她看见A还是早出晚归,好像什么都没发生一样。她不知道这个男人将怎样来收拾这个烂摊子。男人很倔,认准这事简单,其实简单的是他自己。C在恍惚中度过每一分钟,她觉得这一连串发生的事仿佛命中注定,最终还是把自己牵扯进去了,躲也躲不过。

C在这个下午后,开始擦拭她的钢琴。这是B送给她的二十六岁生日礼物,但自从这架琴被搬进这座公寓,她就没怎么弹过。她觉得至少有两个半音键不准,原打算很快请调音师上门,不知怎的总是把这事给忘了。再以后C就索性不碰它了,那些散发出忧郁的日子,C常常觉得自己也成了一架失去音准的钢琴。

C的身影在锃亮的琴面上晃动。女人不禁审视着自己的体态与面容,感到很悲凉。这时,门铃响了。C以为是送轮椅来的搬运工,打开门,她便心里一紧:两名警官略含微笑地注视着她。C想起丈夫出事的那天,就是这两名警官蹲在她的门口抽烟。那是开始,现在该是结束了。

可以进来吗?

请吧。我知道你们会上门的,我知道。

你知道?

你们无非是怀疑我同对面那个男人有不寻常的关系,是的,我们好过,但这是在我丈夫出事之后。这不是阴谋。而且他只是拿了钱,还报了案……

两名警官互相看了一眼。其中一个年纪稍长的走到凉台上,向对面窗口看了看,回头问C:怎么会这么巧呢? 你说他只拿了钱是吗?

对。他还报了案,他没杀人。

何以见得?

我……我可以拿我的人格担保……

人格能替法律担保吗?

……

不过你能主动把这些说出来,还是很好的。对面那男人在吗?

他出车了。

他有呼机吗?

他……他刚买了一只。

警官把电话拿到 C 面前:呼他,让他回来,说有急事面谈,不,就说你被开水烫了,就说这些。

C 有些沉重地拨了电话。没多久,A 的电话来了,C 按警官的要求说了。A 说立即赶过来。放下电话,C 便哭了:他真的没杀人,他……C 说不下去,跑进了卧室,掩上了门。

两名警官同时舒了口气,又同时露出了无比得意的笑容。他们不能不得意,因为他们本来是想请这个女人为"警民联欢会"作钢琴伴奏的,没想到却把市局久攻不下的案子给破了。两名警官很有滋味地抽完了一支烟,等第二支烟刚掏出来,门铃就响了。

警官打开门时,A 还在像马一样大口喘着气。A 什么也没说,就跟他们走了。A 挺拔的身影被夕阳拉得很长,A 踩着自己的影子,觉得那影子很像一条沟。刚出圆门,A 就看见了一个熟悉的体态从报亭里迈出,那是 D,她出来了,手里除了一只旅行袋还有两条鲫鱼。

你这是……

我没犯法。这是门钥匙,在家等我。

我等你。

D目送男人上了那辆带挂斗的蓝白摩托,正踌躇着,哑巴老太追过来开始对她比画。D从老哑巴近乎迷乱的手势里却得到了最为清晰的判断,她向右挪了几步,看了看那个公寓楼的窗口。然后D把鱼送给了老哑巴。

第二天,D又去了菜市。她始终立在出口的一根方柱后面,没多久,C出来了。C今天还是戴着墨镜,脖子上松散地系了一条图案优美的纱巾。D跟着C走过这条小街,等到了一片空场时,D叫住了C。

我们谈谈。

我不同小偷谈。

我是小偷,你又是什么?

C愤然离去。D对着那个矜持的背影喊了一句:

记住,我还会找你的!

18

这一年的秋天似乎持续很长,已经是12月了,树上的叶子还没有落尽。A进看守所有些日子了。每次提审,A总是一句话:我只拿了钱,我没杀人。警方没收了A的余款53000元,又变卖了A的一些值钱的家当。警方没有查清A作案的前因后果,倒是把A同两个女人的交往弄得水落石出。他们不禁摇头叹息,没想到就这么个开出租的把两个女人都给泡了。A如何发落已成了棘手的问题,似乎种种处理方案都不合适。

然而几天后事情出现了转机。

B在那个有霜的清晨恢复了神志,记忆中最先出现的是妻子C,接着就是那笔钱。当B意识到两条腿猝然变短了时,自然痛哭不已。哭声惊动了值班医生,他们给了B普通的安慰,然后再内部分享由此带来的特殊欢乐,因为他们是成功者,这个病例将使这座医院的声誉变得名副其实。

警方是上午赶来的。B向警方哭诉,说都是自己太大意了,弄得自食其果。警方就不打算再问什么了,通知B适当的时候去局里取那笔钱。

不,B说,那钱我不要了,奖给那位报案人吧。没有他,我恐怕早成骨灰了。

警方没有表态。

第三天,A放出来了。

A首先想到的是给家中的D打个电话,可是没人接。A就匆匆上路了。A身上没有一分钱,没走多远,感到有些饿,就找一个摆茶摊的小贩要了杯水喝。A听见水落到胃里的声音很空洞,他想得尽快走,晚上让D再做一顿粉蒸排骨。这时,一辆出租在A边上停下来。接着是C的声音:快上来。

A就上去了。C捉住A的手,两人都没说话。一刻钟后,车在公寓圆门边停下了。C说:

去我那儿吧,我有事同你说。

就这儿说吧。

我是真的有事!

A就随C去了。C一进门就将A紧紧抱住,然后抽泣起来。A

就问:你哭什么?我并没有怪你。我说过这是个简单的事。

C拭去眼泪:你知道吗,我怀孕了!

A这下有些惊讶了,A问:几个月了?

C说刚三个月。C说我很想要这个孩子,真的很想,我都快三十岁了……

A说:那就要吧。我也想要。

可是,C说,我能要吗?他马上就出院了,我怎么能……

A说:没事,大不了我再进去一回吧。这不是问题。问题是我们……

我们怎么了?

我们怎么看都不像夫妻。问题是这。

卧室的门便在此时打开了。B像尊塑像似的坐在轮椅上,由D推着来到客厅。D冲着C一笑:我说过,我会再找你的。

C咬牙切齿地骂了一句:流氓!

D点点头:没错。你又是什么?

B摆摆大手:事到如今,大家都别再说什么了。你们都是健康的人,让我这个残废讲几句吧。

B拨动着轮椅接近A:是你报的案?

A点点头。

也是你占了我老婆?

A又点点头,然后蹲到B面前:你是不是想抽我两嘴巴?你可以抽。

B没动手,又转到C边上:你怀了他的孩子?

C 没吱声。

B 又问：你还想嫁给他是吗？

C 还是没吱声，背过身去拭眼泪。

B 叹了口气：你能告诉我,我们婚后有几天真心的日子吗？一个月？十天？

C 突然叫了起来：你为什么不问问你自己？你哪一天相信过我？哪一天没盯梢？

B 摇摇头，叹道：你们真不该救我，真的不该……

然后 B 就将轮椅使劲转到了凉台，谁也没料到这个失去双腿的中年男人会那么敏捷地翻过围栏。A 最先冲上前，但还是晚了一步。B 像个麻包似的自四楼摔下，那个时候，报亭里的老哑巴正用心在看天上的一只飞鸟。

事情就这么发生了。

半小时后，警车呼啸而至。室内的三个关系人均被带走。现场的目击者只有那个卖报刊的哑巴老太太，在喝过一杯热糖水之后，老哑巴用极不连贯的手势向警方作了这样的解释：

我只看见 A 的手落在 B 的肩上，但我弄不清 A 是拉还是在推。

1997 年 12 月 25 日　北京月坛之侧

（原载《花城》1998 年第 3 期）

秋声赋

我现在要叙述的是关于秋天和一个男人的故事。我公开剽窃古人遗下的这个优雅的标题,却无意去作一篇颂扬秋色的美文。我讲的这个故事像一堵土墙——没有人敢相信靠一堆泥土垒成的墙会经历几十年的风雨侵蚀而没有坍塌,然而事实就是这样。我们只知道泥土做成砖坯经过烧冶才可成为结实的砖,但我们至少是忽视了雨水照样能锻炼出坚硬的土墙,尽管理论上证明这一点尚有难度。于是我断然认为,某种时刻水火是完全可以相容的。

这个故事一点也不明朗,这或许与故事发生的季节有很大关系。我记忆中的秋天从来都是那么阴晦而潮湿。另一个原因,是构成故事的成分所致——它包括名义的乱伦与可能的通奸以及真实的自虐与死亡。与我以往的写作经验显著不同的是,在这个故事开始之际我便瞭望到它的结局。这让我很受折磨,我现在讲述它就是想摆脱心中持久的压抑,就像雨天回家急着甩掉一件雨衣那样。

我必须从很久以前说起。

1957 年

故事中的这个男人叫旺。这一年,旺二十六岁,却是菱塘村唯一的光棍。用今天的眼光审视,旺的条件其实一点不差。他身材高大,面目清秀,读过几年的私塾,会写对子,能算账。虽是孤儿,但经济殷实。土改时旺的成分划为上中农,田地虽归为公有,但政府没有没收他屋后的那片小桃林。旺本人的职业是以摆渡、打鱼为生。旺打光棍,在村里人看来是自小喝了那点墨水的缘故——旺总想找一个多识些字的女人。识字便会知书,知书也就达理。可是菱塘一带方圆几十里,又有几个断文识字的女人呢?关于这一点,我父亲的说法是另一个样子。父亲是在1957年秋天认识旺的,那时父亲正在主持石镇黄梅戏剧团的招生。有一天,一个书生模样的人夹着一根斑竹箫来了,这便是旺。父亲热情地接待了这个年轻人,让他放松地吹上一段。"他很腼腆,"父亲回忆说,"侧着身子对着我,最后还是用很足的中气吹了。"旺的演奏自然不成功,怎么听都不太对劲。后来我父亲发现,那根箫居然少了一只眼。我父亲认为,旺考剧团真正的目的还不是想来吹箫,他可能是指望日后在剧团内部找一个唱花旦的老婆。因为那天没有过关之后,旺不是低头就走,而是站在窗外认真地看着其他人的应试。父亲说:"那时我就觉得,他一定是看上凤了。"

宽泛地讲,被称作凤的姑娘在那个年代也算是个票友。她是我母亲的崇拜者,而且胆大,时常开演之前就一直在后台看我母亲化妆。以后熟了,便去我家串门,捎上些当地的时令土产。我母亲并不怎么喜欢这个凤,但她无法拒绝凤的笑脸。凤考剧团目的很明确,就是想有一个文艺界的身份。她认为女人唱戏是最好的选择,用她的话说:上街冲开水,一路都有人看你。然而很不幸,凤的嗓子条件太差了,她是个左嗓子,这是无法矫正的。那时候干什么都还讲规矩,父亲自然没有同意。据说那天凤是一路哭回去的,倒也满足了她"一路都有人看"的愿望。

旺抢先一步回到了渡口。因为这个早上他是看着这个凤姑娘坐他的船的。但他不知道这姑娘与自己有一样的心思,也要去报考县剧团。现在旺仔细回忆着,觉得这姑娘肯定经常坐过他的船的,觉得她应该是河西陈家牌那一带的人。那可是个极穷苦的地方,新中国成立前还时有歹人劫道。旺觉得奇怪,怎么以前就从没注意过这个凤呢?而更奇怪的是,他认为这姑娘唱得没有什么不好,只是拖腔有些飘了——凤唱的是《小辞店》的段子,是年轻寡妇夜盼情郎的内容,唱飘了固然不太好。于是就因为这一点的缘故,旺记下了凤。旺从堂房兄弟手里接过撑篙,又把这一天里摆渡的收入分一半给那人,想让他快走。那人却一门心思地向旺打听剧团是否要他。倘若要,旺肯定会从此把这条船交给他,自己去当正经的公家人。那人说:哥,你使这把箫比使这撑篙灵便。旺冷淡地说:我不会再吹箫了。说着果真把那支箫扔到了很远的水面上。堂房兄弟从未见过旺有过如此严峻的神色,便收起那把角子毛票离开了渡口。这个时候,旺才陡然感到了沮丧。这根箫是父亲手里传下的,两代人吹下来却不知缺了个孔?1957年这个秋日的黄昏,旺的心情与天气一样灰暗。唯一令他眼前偶尔一亮的,是凤姑娘那张白净的大脸盘。现在,凤来了。

凤的双眼都已哭得红肿,这使她没有心思去想摆渡的年轻艄公白天曾在剧团的窗外站过很久。对于凤,今天的打击是致命的,意味着终生梦想的突然幻灭。她明白我父亲委婉表达出的意思：不是她唱得不好，而是老天爷不想让她端这只饭碗。左嗓子好比胡琴没有调正弦，弓松了马尾，蛇皮开了口子。看着凤那副霜打的模样，旺感到心里生出了隐隐的痛。但这个腼腆的乡村青年不知该用何种方式去安慰姑娘。那时他更多的担心是河西那段小路不好走，天色将晚，那段路上有三里的乱葬岗和两里的茅草地，谁又能保证现在没有歹人呢？

就在旺这阵担忧中，事情起了意想不到的转机。

那根被扔出去的箫，随水漂了回来，漂到了船边。凤发现了它，便挽起袖子将它从水中捞起。这时旺说：我刚才把它扔了。

凤这才慢慢想起，年轻的艄公白天也在剧团院子里露过脸的，就问：你考中了么？

旺摇摇头，旺指着往下滴水的箫说：我的箫少了个眼，吹不成调。

凤的心情开始好转，她说：可我觉得也很好听的，你再吹一段吧。

旺说：我不想吹。

凤说：你为我吹一段不中么？

旺说：你要吃鱼，明天我可以张网。箫我是不吹了。不吹它也饿不了肚子。

凤便不再劝了，叹道：我是真有好些日子没沾过荤腥了。说着，她又开始落泪了。这回她不是因为剧团落榜，而是感叹自己的身世。后来旺才知道，凤没有父亲，她不知道谁是自己的老子。她在三岁那年随娘嫁到陈家牌,娘给陈大肚子做小。她娘出身青楼,无奈地怀上了这块药打不掉的肉。到了她十岁那年,新中国成立了,第二年陈大肚子被镇压。眼下的光景是母女俩相依为命,日子倒也不愁过,可是娘与从前的相好还偷偷摸摸地来往,这让凤非常厌恶。凤考剧团,摆脱家庭应该也是一个原因——这是我的推断。在投考剧团无望的情况下,另一个途径便是嫁人。她很快就做到了。

我父亲至今固执地认为,遗传基因在这个叫凤的姑娘身上起着不可忽略的作用。他推测就在这天夜里,凤最终的选择是爬上了旺那张早已置办的新床。凤躺在年轻艄公怀里哭诉了自己的身世。几天后,旺到陈家牌给那位从前的窑姐送去了一大笔钱。那女人倒也爽快,没过多久就带着这笔钱和一个做茶叶生意的相好远走他乡,从此没有回来。父亲对这个构想甚为得意,很快将它写进了剧本。他唯一的调整是把旺送去的那笔钱改成了祖传的一对玉镯,但他没有料到当这台叫作《玉镯记》的新编现代戏上演三个月后,他因此成为"第二次深挖"出的右派。

不管我父亲的推断是否准确,有一点则是不容置疑:凤和旺睡到一张床上时,她还不满十七岁。这是当时的《婚姻法》所不允许的。他们后来也没有补办什么手续,只是在村里摆了三桌酒水,由从前的族叔做了证婚人。不过从故事往下发展看,这倒也省去了许多的麻烦。

1960 年

凤和旺过了三年没有怀上。

转眼旺已近了三十岁,没有子嗣便是最大的苦恼。旺弄不清问题出在哪一方面,尽管凤一直是把自己看作不中用的女人。旺四处寻访了乡间郎中,替自己和凤不断地煎着中药,仍然是没有动静。日子一天天紧了,大食堂已于一年前熄了灶火。田里收不起庄稼,塘里也打不到一尾鱼,连树上的青毛桃也早早被周围的孩子全部偷光。旺舍不得去撵吓那些孩子,觉得这些孩子吃了他的桃好似嘬了一口凤的奶水——凤会有奶水么?他做梦都想女人那对并不算小的奶子里突然会射出一线白白的奶汁来。他想这第一口奶无论如何得留给自己。这种幻想竟使他变得有些疯狂,每个晚上他都要伏在那奶上认真地吮吸很久。有一天他突然惊叫道:甜!

凤苦苦一笑,摸着男人的脸说,是我抹了些甘油。接着女人坦白了一个令他惊讶的事实,女人说:旺,我不来红了。

旺开始是喜出望外,他知道女人不来红就是怀上了。但他很快明白过来,女人是因为什么而没来红。旺问道:几时不来了?

凤说:热天里就不来了。村里的女人都不来。

女人说着就抽泣起来,女人说:旺,村里的人差不多都肿了,已死绝了好几户,我没给你生养也算是帮你省了一张嘴。旺,你带我跑出这鬼场子吧!

旺说:一样的荒年,往哪跑呢?再说跑也得有脚力,我们能跑出十丈远吗?

凤说:我怕死呀,旺!

旺放平女人,劝道:不会饿死的,我地窖里还余了些细糠和桃干子,对付着越冬还行。熬到春上,草也就绿了,牛羊能吃的,人慢慢嚼下去也不会得病。兴许春上年成会转好一些。

旺这么劝着,心里也很内疚,觉得女人跟着自己遭了大罪。旺很想把家里几件还能值钱的东西一船送到石镇当掉,给女人换回一顿饱饭。可是这顿饭吃完,往下的日子该如何过呢?旺想着要细水长流,想着先是活命。这个家原本就少人,几代了,这个家不能再死人了。一个都不能死!

那天晚上旺就这么想了一夜。第二天一早,旺自己下灶间做了几个糠粑,把凤的那份里掺了些桃干,便匆匆去了船上。他想今天沿这条灵水河跑远一些,怎么说也得网上一碗小鱼小虾的,给女人补补身子。女人不来红还叫什么女人呢?那时分村里阴森森地透着凉气,没有人声,也根本没有鸡鸣狗吠,家家户户都闭着门。这是个有霜的早晨,东方不泛红晕,看来又是个彻底的阴天。旺缩着身子来到渡口,意外地看见一只灰鸟停在船头上,他一解缆,那鸟便扑扑地飞远了。旺看着这鸟飞翔的身姿,心情变得很复杂。他想世界上肯定没有饿死的鸟。鸟之所以饿不死是因为它有一对好翅膀,它总能找到吃的。可这只灰鸟为什么偏偏停在这儿,他感到困惑:这儿还有吃的么?那鸟的块头不小,模样有点像鹰,它到底发现了什么,还是飞累了,在这船上歇上一会?旺后悔手里没有网,要是一网撂出去,没准儿会把那鹰样的东西逮住,那可真不比一只鸡差呀!

旺惋惜地把目光从空中收回,收着缆绳向自己的船走去。这时,他又吓了一跳!他看见船舱里一堆稻草盖着一个孩子,大约四五岁的样子,看不出死活。原来刚才那灰鸟是在等这一口。旺揭开草,一眼看见这是个男孩,小鸡巴皱得像块老干姜。旺用手背放在孩子鼻孔下试了试,感到还有些暖气在慢慢呼出。然后旺发现了孩子贴胸的褂子里夹着一张草纸,上面写着这孩子的生辰八字,霎时就明白了。这一年里旺见到过不少死孩子,像这样还未断气的弃儿还是头回遇见。于是旺便拿出一块糠粑,用水化开,往那孩子嘴里喂。孩子很快脸上显了活气,肉也动弹了。等这块糠粑喂完,孩子便睁开了眼,但眼珠转动起来很困难。这孩子不哭不闹,也坐不起来,活像个木偶。他唯一能做的动作是咂嘴。旺把袋里的糠粑全掏出来,放到孩子手边,就把船调离了岸。这天风大,船虽无帆却能顺水淌得很快。旺只需用撑篙支配着方向。旺偶尔回过头看看那孩子,现在他已经坐在船的另一端吃了。旺看他时,他便停住。旺觉得自己有点喜欢上这孩子了,旺说:吃吧,都吃了。等船拐过河湾,那孩子突然站起来,扒出小鸡巴对着河水撒尿,居然撒得很远。旺看着那小指头一样的东西,心里说不出有多高兴。就叫他指头吧,旺这么想着,这算小名,大号得好好想想。

被称作指头的孩子到七岁那年才有了正式的名字。旺为此专门去了附近的农场,找到正在那里劳教的我父亲,谨慎地提出了这个要求:给孩子取个名,明年好送他进学堂。我父亲问旺,希望指头的名号含点什么意思。旺说:庄户人家,不指望有大出息,只要能生养接代,把日子过得红火些。于是我父亲张口就来:那就叫"火"吧。火就是生命。野火烧不尽,春风吹又生。"当我念白乐天这句诗时,"我父亲回忆说,"我发现旺的眼神有点迟疑。我想他可能很忌讳这个'野'字。"

1960年火还是指头,他活过来了,借助的倒不是春风而是几块糠粑。活过来的孩子和正常的孩子没有两样,他不认生。我想这不奇怪,那是个有奶就是娘的年月,那孩子的亲生父母也算是好眼力,把骨肉抱到了旺这条船上。这天,旺还是没有打到一鱼半虾。就在他沮丧地准备收网时,那孩子突然叫了一声,指着靠近岸边的草丛让旺看。旺顺着孩子手指方向看过去,很快发现那儿偎着一窝老鼠。旺迟疑片刻,对掌心吐了口唾沫,搓了搓,然后扭动身体一网向老鼠张开。那一网打起来的是七只老鼠,个个都比鸡巴粗。旺当时就把船停了,与那孩子在岸上起了火,支起陶罐烧了一罐开水,将七只老鼠全泡了。然后煺去皮毛,断其首尾,剖肚开膛,剔尽杂碎。整个过程和杀鸡宰鸭完全一样。这堆老鼠肉足有一斤多。旺小心地告诉孩子,回家后不许对娘说这是老鼠肉,否则连汤也不让他尝一口,孩子频频点头。旺摸着孩子的小鸡巴,说:叫我一声大,指头。孩子没叫,但他接受了"指头"这个诨名。1960年这个秋日,旺的脸上浮现出久违的悦色。他领着指头往回走时,西边露出了失踪一天的阳光,把男人和孩子轻捷的身影写在了地上。旺感动地看着这活动的影子,心想,身后跟着一个孩子终归比跟着一条狗强。

那时候凤正在门口和一个鸡毛换灯草的货郎交谈,她想用一口破铁锅换取一只顶针,似乎是成交了。见旺远远走来,那货郎便摇着拨浪鼓离开了。凤这才注意到旺身后的孩子,便问是谁家的,她见着怎么眼生。旺把凤支到屋里,先亮出"兔子肉",再把关于孩子的原委说了。凤一听就起了气:这是何年月,你捡什么不好偏要捡回来一张嘴?旺仍笑道:我还捡了根小鸡巴。不料这一说凤更伤心了,立即淌出眼泪。你这不是咒我不能生养吗?她哭诉着,你是想逼我死呀旺!旺用衣袖将凤的泪水揩了,旺说:凤,救人一命是积德。我们也不老,等年成好了,再生不迟。

门慢慢推开了,那孩子怯怯地立在门口,轻轻喊道:娘。

几十年后当我决定写这篇小说时,感到异常的困惑。五岁的指头只喊娘却不叫旺一声大,究竟因为什么?而且在以后的日子里,这个叫"火"的男人也从未称呼过他胜似生父的这个养父。他与养父平日的交往中用的都是含混的语气词,如"哎""嗯"之类。我在此提示这个细节,因为在我看来,它是对故事的某种暗示,而且还具有宿命的意味,这一点也不夸张。

1963 年

旺第一次对凤动粗还是在三年前的那个秋夜。起因不是那个捡来的儿子,而是一罐"兔子肉"。旺在这一天里是第二次下灶间,他用一口陶罐来煨七只剥皮老鼠。生铁锅里咕咕噜噜翻腾着开水,陶罐密封后塞进了灶膛,依靠着灭了焰的文火。不多时,鼠肉的香味便弥漫在三间宽敞的草屋里,让人直吞口水。兴许是这香味的诱惑,抑或是听见了一声渴望已久的"娘",女人愁苦的心情在天黑之前渐渐有了好转,正着手用男人的旧衣给这孩子粗针大线地改件衣裳,她想饭后得给指头洗个热水澡,驱驱寒气。

旺没有料到老鼠的肉居然如此香美细嫩。他小心地尝了一口,恨不得把这一罐子肉全吃下去。旺不忍心留一半给下顿,就全端上了桌。他想明天再带着这鬼精的指头往灵水的上游走一趟，没准儿又能逮到一窝。

这无疑是个温馨的夜晚。一家两口现在变成了三口，还能吃上香味四溢的"兔子肉"。凤说：兔子肉真香呀，可就是个小，是奶兔子吧？旺点点头，说正好一窝，可惜大兔子窜了。凤便有些难过，说要不是碰上这样的荒年，哪忍心去害这小性命。旺说：吃吧，多吃些。说着就端起罐子把最后一点汤倒在女人碗里。指头差不多快吃光了，眼巴巴地看着旺。男人把目光觑了过去，心想这孩子肚子却一点也不比大人小。突然，他听见那孩子说了句：不是兔子，是老鼠。旺吓得一哆嗦，看见凤两眼发直，正一个劲地想呕吐。旺急忙抱住女人，另一只手紧紧捂住她的嘴，大喝道：不许吐！

凤挣扎着扭动身体，她已被旺反剪了双手。旺就这么同女人相持着，看见那孩子趁机已把凤剩下的肉和汤全吃了，旺气愤地骂道：婊子养的！指头自然知道闯了大祸，吓得躲到了桌子底下。

我现在写到这里，似乎还能记起一点指头小时候的形象来。大约就在1963年的春天，旺领着指头——那时他刚被我父亲命名为"火"不久，来我家询问关于进学堂念书的事。旺打算让指头进石镇的学堂，最好能同我在一班。那天外婆给我们蒸了一碗鸡蛋当菜，让我俩坐在水缸边上吃，拿缸盖当桌子。鸡蛋刚放稳，指头便将自己的饭卡到菜碗里，再用筷子一搅。那饭和鸡蛋搅到一块的样子十分难看。指头便是用这种方式占去了属于我的一半。多少年后我父亲说起这件事还感叹道：火这点精明全是饿出来的。

让我们再回到1960年的那个秋夜。凤终于没有把咽下去的老鼠肉呕吐出来,手臂的疼痛压制了肠胃的蠕动,以致后来给指头洗澡时都拧不干毛巾。凤没想到旺会这样对待自己,虽然她也知道男人是希望自己肚子里能多进一点油水,但她不能容忍旺骂她是婊子养的——她认定旺是在指桑骂槐,而她的确就是婊子养的。怀着这委屈,凤抱着指头早早上了床。她抚摸着孩子瘦弱的小身体,孩子却突然摸了一下她的乳房。凤愣了一下,把孩子往里边推了推,说你困吧。然而这出其不意的抚摸却唤起了凤对白天的遐想。那个贼眼溜溜的货郎进门东张西望查看旧东西,其实是侦察这屋里可有男人。凤一眼便识出这人的心术不正,可奇怪的是,她非但不讨厌而且似乎有意去等待着某种预想的结果。凤说:你看够了吗?货郎讪笑着应道:哪有够的呢?我在这地方先后跑了50里,还真没见过这等白的肉。凤说你少嚼舌根。货郎说:我晓得你身上哪块最白。说着就上手摸奶。凤打掉货郎的手,说:你滚吧,灶间有口破锅拿了去。货郎说:我这人天生就喜欢破东西。

现在,那耳熟的拨浪鼓又在村口响起了。这是1963年秋天的一个下午,天却仍有些闷热。凤刚刚洗完澡,她那二十三岁的女人之身经过一年好光景的调理,显得十分动人。凤没有生养,因此乳房还是那么结实,腰也未见粗。她的皮肤越发白皙,连她自己闲时也忍不住摸上几把。凤对身体唯一的不满意是嫌屁股小了些,她想这或许就是不能生养的关键。凤一想到这便生出了忧伤,从前她多少还怀疑旺那一方也有毛病,如今她相信问题确实在于自己。她和那个外乡的货郎偷偷摸摸地过了小一年,也仍没有怀上。凤和这人睡,最初的动议便是为了借种,以证实自己的有用,也好把这功劳记到旺头上。凤明白地告诉货郎,只要她怀上,就不许这人在菱塘露脸,否则便一刀剁了他的鸡巴。货郎自然满口答应,私下认为自己运气很好,一年下来女人居然毫无动静。但是事情渐渐就起了变化,凤很容易比较出来,外乡的货郎床上本事很大,是个调理女人的高手。凤觉得,离开这个男人也是一件困难的事。

那时候旺总是早出晚归,通常的情况下是天阴撒网天晴摆渡。网到鱼虾,便拿到石镇菜市上去卖,带着指头,差不多到天黑时才回到菱塘。所以只要是天阴,那外乡的拨浪鼓便在村口响了起来。

货郎把担子落在村口的茶棚里,喝上一碗茶后,便神不知鬼不觉地消失了。他隐身在凤屋后的桃园里,敲窗为号,再从灶间的后门潜入屋内。凤从来不许这个男人上旺的床,他们的行事一般都是在西屋指头的那张小榻上。这天货郎进来时,凤已经是光着身子躺下了。连日的晴天使货郎断了顿,掩上门便急不可待地想上身。而凤更希望男人先好好把自己浑身舔上一遍。凤说:你舔我,舔够了再许日。货郎反问道:你何曾舔过我?凤笑着说:你是臭肉,我是香肉。你今生莫作这指望。货郎自然不计较,认认真真做了起来。凤享受着这美妙的时刻,又想,自己从未要求旺这么来过。旺太斯文,做什么都一板一眼,凤觉得说不出口。旺做这事每回都要吹灯。凤的心情有些复杂了,她知道这么做很对不住旺,可身上这狗男人就是比旺做得精细,做得有劲,做得让她舒服。

这个时候,门突然开了,门口站着背着书包的火。

凤和货郎都惊吓得说不出一句话,只顾扯着被子遮身。然而火没有言语,低头退了出去,还把门带上了。凤这才后悔自己的大意,如今这个叫火的儿子上学了,回家没有准时辰。紧接着,女人害怕了,抖抖瑟瑟地穿上衣服,捂着脸哭了起来。

八岁的一年级学生火从进学堂第一天起就憎恨念书。他是班上年纪最大、个头最高,也是坐在最后一排的学生。他还是这班上唯一的乡下学生,老师们好像都不喜欢他。上学一个多月,他没有站起来发过言,也没被叫到黑板上去写过拼音。火感到有压力,感到自己是一只杂毛鸡混在鸟里。这天上课,老师说到了吃,就让同学们挨个说出一样好吃的东西来,不许重复。鸡、鸭、鱼、虾、肉、蛋、梨子、桃子、橘子、柿子、西瓜、冬瓜、黄瓜……好吃的差不多全被说光了。火坐在最后,轮到他,他说:老鼠。大家哄堂一笑,老师也笑了,就问:老鼠能吃?

火坚定地说:老鼠好吃!

老师大声说:不对!

火当时就委屈地哭了——我记得非常清楚。到了第二节课,火的影子便不见了。我想事情可能就发生在这个下午。火没有像平时那样,散学之后去菜市上找旺,径直回了家。

那个下午后来火就坐在渡口,看着天一点一点黑下来。然后他看见了旺用扁担挑着空鱼篓的身影,火便把泊在岸边的船撑了过去——这是他头回摆弄这船,却一点不显手生。旺看清了儿子,顿时有了意外的激动。这孩子长大了,长得比树还快。指头,旺说,他又改口说:火,把篙子给我。

火没给,却从怀里拖出了一条大黑辫子,递到旺手上,火说:娘走了。

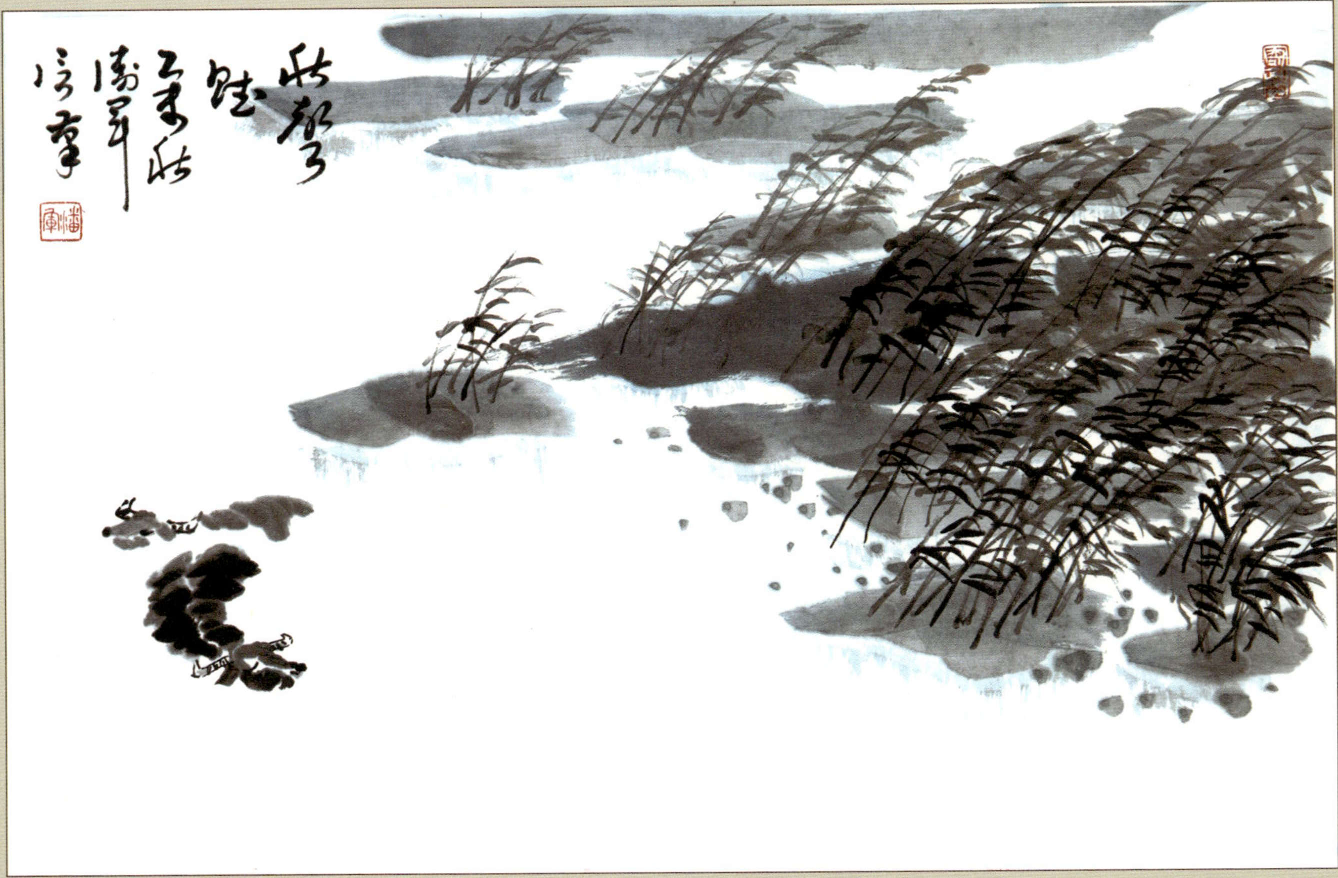

旺还没来得及反应,又听见儿子说:娘跟摇拨浪鼓的走了。

1973年

我再次见到火是在十年之后。旺盖了新屋,我父亲让我代表他去菱塘送一份贺礼。那时我已念高中,身体也开始了发育,很愿意像个大人似的到处走走。我当然也想见见火——这个只和我一起念过半年书的同学。自从凤随外乡货郎私奔后,不久火就辍学了,对此旺特别伤心,曾用竹梢子狠抽过儿子几回,可是火仍是憎恨念书。有一回旺对我父亲说,他是一心想让火念出书的。胸无点墨之人日后谈何出息?旺这么感叹道。这使我父亲很有些尴尬,因为当初旺前来替儿子择名时,并没有表达这个深层的愿望。我父亲这人虽然上过外国佬的教会学校,但骨子里十分迷信。他认为一个人的名字差不多就是一个人的命运缩写。比如说凤。凤总是这山望那山高,总是择良木而栖。所以凤的结局我父亲似乎一点也不意外。我父亲私下后悔没有给指头取名为崇文、志学之类,但他沉思片刻之后,又这样劝了旺并为自己开脱:如今不是唯有读书高的年月,你看我,头上这顶右派帽子还戴着,运动一来便躲不过。人各有志,就别难为火了。

这以后火就顶上半个劳力,随旺行船了。撒网、扳罾、摆渡,样样在行。然而旺的内心是不满足的,他对这个儿子缺乏文化深感失望。多少年后,当我和年迈的旺坐在一起喝茶时,老人仍这么叹道:火要是多念上几年书,兴许就能做个国家人了。火到底是哪根狗鸡巴日出来的?现在我对自己的推测显得很有信心,我大致能猜出那些年旺的心思了。

　　1973年的秋天难得一个好天气,我在菱塘渡口见到了阔别十年的火。这个比我大两岁的伙伴却比我高出了一头,成了十分魁梧的男人。他首先认出了我,并说我和小时候的变化不大。这话让我觉得他更像个成人,而且我竟有些莫名的自卑了。火手持撑篙,左右开弓地行船英姿成为我记忆中那个秋天里最为亮丽的风景。我现在写着这篇小说,火这个年轻舵公的形象依旧那么鲜活,然而又有几分潮湿。

　　旺盖了当地称作"明三暗五"格局的房子。这房子让人刮目相看,主要是外墙四壁一色的青砖到顶。因为只有经济充足的人家,才可能摆出这种架势——一般人家只用半截青砖,另半截用土砖。而且除了盖房,旺同时还另请木匠重新置办了一房家具,采用的式样全是那时石镇刚刚开始流行的大衣柜、五斗柜之类。这分明是打出了一张广告,旺要替火操办婚事了。那年火十八岁,也没到法定的结婚年龄。果然没有多时,上门提亲的人渐渐多了——这是我后来知道的。

　　那次我在菱塘住了一夜。城里人文化人这种双重身份使我处处受到最高的礼遇,而我送来的不过是我父亲书写的一副楹联。这些年我时常想,我们家对旺一家人并没有什么实际的帮助,充其量不过是替他在石镇办事找些门路而已。然而旺的回报很厚,每年的端午、中秋和春节,他都会送来几尾鲜活的鱼。送来了也就坐上一杯茶的工夫。我父亲能做的,是在剧团演新戏时给旺送去两张戏票——他的用意很明显,希望旺尽早找个伴。凤飞走的那年,旺不过三十出头;即使在十年后,他也不老。旺这么些年带着火独处下来,在我看来是个谜。

我是个睡觉认床的人,凡睡另床的第一夜总是要折腾到天亮。那天夜里我与火同宿一屋,我睡在给他预备的、尚未油漆的新床上,他仍旧睡从小的那个小榻。我们说了一会话,火便哈欠不断地上来了。于是我也不好意思再说,就吹灯睡了。我翻来覆去,火已经鼾声如雷。我在想着明年高中毕业将要下乡插队的事,火或许就在梦里寻他的媳妇了。我总觉得火要结婚是一件不可思议的事情。那时我虽然也对异性有所渴望,但对结婚这个具体行为想都不敢想。

半夜里,发生了一件事。

隔着蚊帐,我看见旺掌灯轻轻推开了这扇门。他大概是起来上便桶路过这边,顺便进来看看。旺先替我压了压帐子,又检查了火榻边的蚊烟,正欲离开却又停住了,旺看着熟睡的儿子,竟慢慢把他贴身的短裤扒开,似乎要查实那地方是否生长了阴毛。那地方的确也显出了一块浅黑,旺这才满意地笑了。我隐隐约约听见了他的自言自语,他说:总该作用吧?然后他就离开了。这件事当时我觉得很好笑,事隔二十五年,再想便有点沉重了。我想旺对传宗接代的生育繁殖渴望到了极限,居然感到了一种巨大的恐惧。这种意识根深蒂固,也使他对这个不是自己鸡巴浇出来的儿子格外地宽容了。这个儿子虽没有一颗孝心,但有一副健康的身体。

新屋落成不久,旺便开始替火相媳妇了。然而这件事的进展很不顺利。上门提亲的那几户,旺都看不中。旺又一次采取了十几年前的老尺度,不过也略有调整,要实际得多。从前他向往女人有城里人的气味,向往女人的能歌善舞,向往女人的眉目传神,甚至向往女人的多愁善感。现在这些都已不构成主要的条件。旺要求的其实也就两条:有文化,身体好。他还委托我父亲帮他留心。我父亲却有些诧异,质问道:你何必要求女方有文化呢?言下之意是:你那儿子又有多少文化?旺听懂了,旺说:火没念到书,要是女方也一样睁眼瞎,日后生出来的人还是一样烂在田里、淌在水上。"旺重重叹了口气,"我父亲回忆道,"在那个瞬间我好像发现这个男人一下老了许多。"

1973年的秋意日渐浓了,黄叶漂满了灵水河。盖房的劳累与替子相亲的烦恼使旺生过了一场大病。他明显地衰老了。旺新置了一条船,又养了三只鱼鹰,让火每天出去捞捕。他自己只想守着这个陈旧的渡口。那些日子正学大寨,菱塘村的主劳力都被抽到后山开山造梯田去了,渡口显得十分的清冷。旺便横生出几分的孤寂,有一天,他找出了从前的那根斑竹箫,从容地又把它吹响了。不成调的箫声似乎产生了格外的忧伤,旺半闭着双眼,脑中又浮现出十几年前渡口的那一幕,凤的形象仍然那么的生动,仿佛伸手可触。凤与货郎那点事,旺其实早已看出来了,但他没有料到凤会随那外乡人飞走。旺没有惊动凤,私下也是因为怀疑自己的生育能力。旺算不上烈性汉子,但却有着惊人的忍耐。

有人要过渡了。

是个看上去二十上下的姑娘,剪着齐耳的短发,穿一件暗红格子的衣裳,脚上还是凉鞋,但又穿了袜子。这个发现给旺带了一点愉快,因为这一带的姑娘穿凉鞋是从来不穿袜子的。

旺问道:过渡么?姑娘?

姑娘说:我想听你吹箫。

这又让旺感到惊讶,这一带的女人都认为这是笛子,她们从来就不知道"箫"。不用说,旺对这姑娘产生了好感,就又问,姑娘,你叫什么?

姑娘说:我叫霞。

旺拾过一根树枝递给姑娘,说:你写给我看看。

于是姑娘就在地上写了个"霞"。

旺满意地笑了。这一带的女人有几个能写得出这一堆笔画的"霞"呢?

1973年这个秋日下午,旺在渡口与陌生的霞姑娘进行了热烈而认真的交谈。他很快了解到,霞是后山刘湾人,小学毕业,今年二十一岁,而且待字闺中。然而问及霞的家庭,姑娘便不言语了。几天后,旺托人打听到,霞是地主刘双秀的小女儿,前些年"文化大革命"正热火时,红卫兵从刘家抄出了一张做书皮的委任状,于是刘双秀又成了现行反革命被公安逮捕,一判就是十年。

又过了几天,旺去刘湾上门提亲了。我父亲认为旺是经过一番思想斗争才决定下这着棋的,因为那是个极端黑暗的年代。而我对此持异议,我认为这是旺的个性所致。即使面对黑暗,人的态度也是大不相同的。有人敢于反抗,有人逆来顺受,有人忍耐,也有人视而不见。对于一个盲者,黑暗的意味又是什么呢?

旺很顺利地结上了这门亲。

据说火不满意。火嫌霞比自己大了三岁,又嫌霞屁股太大,"像稻箩一样"。旺并不感到生气,旺看中这个霞自然与这屁股有关的。没过几天,旺就代表儿子去公社把结婚纸裁了。办登记的人开始不同意,说火的年龄还差一岁多。旺便给那人带了一篓大鲫鱼,解释道:女方年龄超了,来回扯扯,就不差了。于是这门婚事就这么扯平了。

1975 年

这年春节过后,我便经过联系来菱塘插队。其时霞刚刚生下一个八斤重的儿子。所以给这孩子取名的任务,旺郑重地交给了我。而我已摸透了旺的心思,就给这孩子命名为"书"。但是旺觉得"书"与"输"读音一样,让我再想。我正动着脑筋,这时听见霞说:就叫"平"吧。平平安安的"平"。霞这么说着,两眼很快就湿润了。这一刻屋里变得特别安静,好像连空气也重了。旺点点头,脸上的笑容已敛了去,旺说:就叫平,平安、和平,好。

霞这次给我留下的印象很深刻。我觉得,霞不像个农村女人,尽管屁股大了些。她算不上漂亮,但一双眼睛很有内容。霞平时不爱说话,要说也十分简洁。这个年轻的农家媳妇也谈不上是"王谢之燕",但言谈举止中总还沾有一点大户习气,比如说她总是愿意在玻璃茶杯上盖上一块手帕,在椅子上加放一块花布角对成的坐垫。桃花开时,她每天都要采回几枝插在瓶里。她还把那根箫挂在墙上,并在箫的末端拴上了红毛线编成的缨子。霞从不当人面奶孩子,也从不在白天去倒马桶。总之,在我眼中霞至少看上去像个城里人。我甚至这么嘲笑过火:人家哪点不强似你呢?屁股不大,能给你生出八斤的儿子吗?那时火已感到很幸福,一直是笑而不答。我父亲后来多次表示旺这着棋走得不错,他又抖搂出解字的老套子,说:霞为火之形,火乃霞之神,形神兼备,这缘分倒也是前定。可实际呢?

我不知该怎样来表达旺对孙子平的喜爱。这孩子实在是可爱,白白胖胖的小身体,胳膊腿像莲藕一样。圆圆的脸圆圆的眼睛,一头乌亮略稍卷曲的头发,两片红润的嘴唇。而且这又是个聪明的孩子——看出来的聪明,他的眼睛跟着霞的手指灵活转动,到了这年秋天,学语的平可以摸着墙壁移步了。而旺更多的是把孙子扛在肩上,有时候孩子撒尿了,做爷爷的也不落下。这年旺四十二岁,是菱塘村最年轻的爷爷。菱塘这一带的方言里,对爷爷的称谓实际唤作"爹爹",而对父亲的口语表达又很丰富,可以喊"大",喊"伯",也可以喊"爷"。霞来菱塘后,对旺称爸,这是历史上的第一回。霞想把"爹爹"纠正为"爷爷",但是火不同意,火说:这么一改不就乱了吗?霞说:不改才叫乱呢!说着就拿出字典来验证,刚查着又合上,这时她才记起年轻的丈夫只会算账却认不了几个字。

火至今没有喊过旺一回"大"或者"伯"的。霞过门不久就注意到了这个事实。有一回,霞在床上问男人:我怎么从来没听你喊过爸呀?

火没有言语,装作没听见。

霞便有些困惑,还是追问。火这才冷冷地说了句:他不是我大。

这天夜里火简单地对女人谈了自己的身世,女人感到吃惊,表情却十分复杂。最后女人说:火,你这养父可一点也不比生父差呀!

火说:我晓得,可我喊不惯。

自从有了平,火便随儿子喊旺作"你爹"——你爹呢?到你爹那儿去,让你爹带你玩。霞这才觉得舒服一些。我一直认为,火那天夜里的轻描淡写是霞认识旺的真正开端,她对旺的敬重由此产生。但是后来的事实证明,我的判断是过于肤浅了。

这年秋天最后的日子发生了一件事。是公安局来了通知,说现行反革命分子刘双秀在服刑中意外死亡,让家里派人速去劳改农场收尸。霞的哥哥远在新疆教书,姐姐又要伺候长年瘫痪在床的娘,这收尸的事便落到了她身上。霞接到通知时并没有表现出过分的哀痛,她琢磨着怎样才叫"意外死亡"。那时候旺已经在安排木匠赶制棺材了,他这样劝着儿媳:人都得走这条路,这一走也就了了。

第二天天刚蒙蒙亮,白坯的棺材便被抬上了那条旧船,旺和霞上路了。那时分灵水河的两岸都是静悄悄的,河面上散落着芦花,情景煞是悲凉。旺使劲撑着篙子,他们要逆水行舟 30 里才能接近那个劳改农场。不多时,船把菱塘村甩到了身后,水面也豁然开阔了许多。旺这才对儿媳说:霞,想哭就哭吧!

于是霞的哭声惊起了芦苇中的点点白鸟,它们在人的上空盘旋一圈后,向明亮的地方飞去了。这是 1975 年秋天里一个寒气浓重的黎明,我能想象出它的颜色和它的表情,我从中再次听到了那根少了一个眼的斑竹箫的阵阵悲声。很多年后,当我决定当一名电影导演时,我便时常想到这个逝去已久的黎明,它像一张负片的效果呈现于我的眼前。

  河水悠悠,然而霞那时还不知道,她的父亲刘双秀就淹死在这条河的上游。当霞得知父亲是落水而死便感到十分惊讶,因为父亲是懂水性的。直到1980年的秋天,县法院才寄来一张纠错说明,那上面用简单的文字改变了对刘双秀死因的说法,指出:因抢救国家财产不慎身亡。那张纸同时也表示,刘双秀的现行反革命罪由于缺乏有力的证据,不予确认。而这一天,差不多就是刘双秀十年刑满释放的日子。我十分的不理解,既然那个刘双秀是"因抢救国家财产"而死,为何不说"不幸身亡"而要用"不慎"呢?这一字之差却是天壤之别,因为它意味着该由谁承担责任。再有,"由于缺乏有力的证据"一说是何意思?是否认为那张用于包书的委任状还算证据之一呢?还有,那需要用人命抢救的究竟是什么样的"国家财产"?关于这一点,当时任何方面都没有更多的解释。1993年,当我重返菱塘着手写一部长篇小说时,霞才告诉我事情的真相。原来那所谓的国家财产只是一堆牛吃的干草。消息来源于当年同在那个农场劳改的犯人,他也曾参加了抢救,他说山洪冲走了草垛,犯人们下河捞草,湍急的河水把人和草搅到了一块。

  霞叹了口气,想说什么却终于什么也没说。那时的霞已有些衰老了。

  那年秋天,旺和霞往返用了四日。等他们安葬好刘双秀回到菱塘时,家中的平已经高烧了两天。平染上了急性肺炎,正在石镇的医院注射链霉素。孩子的病起因是受了风寒,为此,他们夫妻发生了一次激烈的争吵。霞责怪火没有带好孩子,一定是只顾自己睡了而忘了给孩子盖好被子。看着孩子青紫的屁股布满了针眼,霞气得骂出了一句粗话:就顾着自己摊尸!

火也跳起来骂道:我摊尸?你老子才摊尸呢!

这句话无疑刺伤了正值丧期的霞,她浑身抖瑟得说不出话。这时旺走了进来,扬手就对儿子一耳光,骂道:你是吃屎长大的?滚!

那天夜里,火到我这儿住了一宿。我也说了他几句。我说你无论如何得向霞认个错,这句话确实太伤人了。火望着煤油灯,答非所问地说出了一句没头没脑的话,他说:霞看不起我。这很让我意外,我说:她看不起你还能做你老婆,给你生儿子?火重重叹了口气,眼睛也跟着潮了。这句话当时我并没有往心里去,好几年后,当这一家出现惊心的一幕时,我才蓦然觉得火所吐露的确是肺腑之言。

平的病不多天便好了。但是,这个病过一场的孩子好像一夜间改变了模样,很乖,很腼腆,也不整天呀呀个不停,像个懂事而胆小的女孩。起先大家都没有当回事,只觉得是尚未复原的缘故。有一天吃中饭时,家中的那只大花猫突然挠翻了热水瓶,发生一声爆响。大人全吓了一跳,只有平若无其事地在一旁玩着皮球。霞立刻意识到了什么,便抱起儿子喊道:平,亲亲妈妈!平不理睬。霞又高声重复着,孩子仍然毫无反应。霞一下就哭了。

第二天石镇医院证实:平因注射链霉素的副作用导致了失聪。

1977 年

三代人出门求医已过去了一年多。所到之处差不多都是一样的回答:这种药物导致的失聪目前国际上都无法治愈,只能面对现实。而现实就是这个活泼的孩子已成了聋子,也就和哑巴没有区别。医学现在能够证明,人类没有天生的哑巴,都是因先失聪而后失语。所以从前的那些聋哑学校今天都改成了聋人学校。当一个孩子在没有掌握语言表达能力之前而失聪,那么这孩子自然就成了哑巴。

平掌握的语言只有"妈"和"爹"。平还没有来得及喊"大"就因火的疏忽患病失聪。在霞看来,这似乎也是一种报应。这报应是双重意义上的,其中包含着对火忘恩负义不尽孝心的惩罚。我时常想,霞对火的怨恨从平失聪那时起实际上就形成了。但还没有达到厌恶的程度。这一点,旺是很容易发觉的。于是在火离家打鱼的时候,旺总要对霞劝上几句。旺说:毕竟夫妻一场,这事就带过吧。趁着年轻,给平再添个弟弟妹妹。霞不吱声,默默地淌着眼泪,把平搂得紧紧的。

到了这年秋天,霞又产下一子。这回她给儿子取名为二平,于是原来的平便成了大平。从这时起,大平和爹爹睡一张床了。无论是对长孙的关注,还是对残疾人的同情,旺对大平都看得格外的重。健康的人对残疾人的观察角度一般都是变形的。在旺眼里,大平对事物的反应十分敏捷。或许是这孩子失去了听觉,所以他的视觉功能异常突出。一根针落到角落里,他很快就能找到,而他替霞穿针引线也只是眨眼工夫。这个失语的孩子每天对旺只吐出一个含混不清的"爹",而这一字千金的呼唤足以暖热旺那颗日渐衰竭的心了。尽管这两年里跑过不少医院,失望而归的旺对孙子治愈的信念都不曾有过动摇。旺总觉得这孩子命中是不该聋哑的。他依稀记起"文化大革命"那阵子,有一部《无影灯下颂银针》的电影,讲的就是用祖宗的针灸使聋哑人开口说话。片中还唱着一首嘹亮的歌子,头句就是:千年的铁树开了花,万年的枯枝发了芽。旺怀疑铁树开花和枯枝发芽,但他相信孙子终有一日会开口说话。这不移的信念使这个中年男人变得兴奋而固执,他决定上北京一趟,去找中国最好的医院,寻最好的针灸医生。

第二天,旺在饭桌上宣布了这个决定。火立刻就反对,火说:聋哑是治不好的,就死了这份心思吧。这一年里也不知花了多少冤枉钱。旺说:我不花你一个子。霞当时在里屋给二平喂奶,外面的话她都听见了。霞也知去北京不会有意外的结果,但她明白这次出门与其说是给儿子治病,倒不如说是为公公寻医。而且她实在听不下去丈夫对钱财的计算,好像大平不是他的儿子似的。于是霞出来说:爸,去吧,我随你去。

旺摆摆手说:二平离不开身,就我和大平去,你放心。

霞说:我带着二平。我嫂子娘家在北京,有个熟人要方便些。

火瞪了媳妇一眼,想说什么,却被一旁的大平出其不意的一声"爹"给打断了。

几天后的一个阳光明媚的早晨,两个大人带着两个孩子上路了。他们将从石镇坐汽车到省城,然后再改乘傍晚发出的那趟直达北京的火车。旺在那一天里心情特别好,就像一个在大漠里跋涉的旅者突然发现了绿洲那样,阳光里的旺显得激动而精神抖擞。但他不知道这时自己离命运的阴影只有一步之遥。

我此刻在北京的寓所里写作这篇小说,已是二十多年以后的事了。我越往下写,心情就变得越沉重,也越发复杂起来。几个小时前我在靠近什刹海的一条老胡同里闲逛,没有人会注意我这个外省人在想什么。我在想这附近的一座聋人学校。去年的秋天,我为一家影视机构拍了部电影,讲叙的是一个乡下老人与城市孩子短暂而欢乐的相处。剧中的孩子就是个十岁的聋人,小演员便是由我在这所学校挑选的。最初,制片商主张用健康正常的孩子来模仿饰演,他担心沟通的困难会使拍摄进度延缓。而我坚持要用聋人,我说:不是任何东西都可以模仿的,你能模仿聋人的心灵聋人的感情吗?那天我来到学校,一眼便注意到了靠窗的那个孩子。我从这孩子难以察觉的忧郁表情里发现了大平昔日的面容,继之想到饱经沧桑的旺……

我已经在台灯下静坐很久了,几次把笔提起来又放下。望着烟缸上燃烧的香烟,我开始意识到,这个故事往下发展有多种的可能性,因为素材本身充满着矛盾与悖反,而且隐喻与暗示的指向也十分难以确定,比如已经出现的那把少了一只眼的斑竹箫。所以我必须申明,我只能做出一种朴素的选择,而把另外的选择留给我的读者。

这天,他们来到了北京一家著名的医院。办完挂号手续,一位看上去很慈祥的女大夫接待了他们。与以往不同的是,这回一见面旺就说大平能说话,只是打错了针。大夫迟疑地看着。为了让大夫相信,旺打着手势比画,让大平来喊自己。结果孩子还真的喊了一声响亮的"爹"。大夫也真有点意外,但她还是耐心地说服着旺。大夫说,像这种耳膜高度损伤的情况,靠针灸也是解决不了的,倒可以借助先进的助听仪器来提高一定的听力,但目前国际上的研究还有待发展,中国就更谈不上了。刚刚粉碎"四人帮",一切都得从头来。大夫建议说:你们夫妻最好把重点放到孩子的口型练习上,模仿口型实际上是在帮助发音。你们夫妻对孩子……

旺打断说:我是孩子的爹。

大夫说:是呀,我没说错,你们夫妻……

霞插言道:大夫,这是我公公。我们那边的"爹"不同于这边的"爹",是爷爷的意思。

大夫这才醒悟,红着脸说对不起。

往往就是这样,人的心如同一根弦子,不经意地拨动了,便会产生震颤。女人更是如此,因为女人的心更敏感也更细腻。这个女人就尤其如此了——我甚至可以把一种假设追溯到1973年的那个秋天,霞去灵水渡口安静地听着刚刚步入中年的旺吹箫。那忧伤的箫声唤起了霞对狱中父亲的思念,也唤起了对自身命运的感叹。在经过短暂接触后,霞实际上对面前这个如父如兄的男人也产生了好感。所以几日后当她在厨房里得知是旺来提亲时,最初的一刻竟以为自己将以身相许的人就是那个沉着清秀的艄公。她凭女人的直觉感到,这是个可以信赖可以依靠的男人,尽管比自己大了整整二十岁。霞读过孙中山和宋庆龄的故事,就不觉得十分意外。况且那时的境遇也容不得她多作挑剔。但是,这个男人是为十八岁的儿子来提亲的,这倒成了真正的意外。

然而霞还是同意了。她根据什么决定自己的终身大事,我想原因不会太简单。这其中是否也包含着已形成了的对旺的眷恋与信任?为什么霞在那根箫上缀上红缨子并一直将它挂在自己屋里?更奇怪的是,这个叫平的孩子一生只学会了喊"爹"喊"妈"——霞会怎么想?霞从中得到的又是怎样的慰藉?

我不认为我的解释是牵强附会的演绎,我会逐步证实我的假设与推断。

可以想象出北京的那几夜霞内心的不平静。这个女人此时已明确地站到了两个男人之间。她敬重这个并不老迈的公公也就意味着轻视那个小于自己的丈夫。所以本质上这是一个女人对一个男人的敬重,其中的同情与爱怜是无法剔除的因素。事实上,这个女人已在虚妄中与渡口吹箫的艄公温情地度过了多年。

在返回的火车上,霞注意到了旺的一个变化。他没有像来时那样把大平抱坐于膝,而是让孙子隔在了他和她之间。火车在动人的激越音乐中缓缓驶出了北京站,旺便和衣假寐了。男人有意的回避反倒向女人泄露了心思,霞仿佛得到了某种印证,女人的心像突然打开了一扇窗似的射入了强烈的阳光,一种前所未有的温暖正紧紧逼近了身体。

1978 年

我在菱塘插队的那两年经常去旺家吃饭。旺与我家走动多年,实际上我早已把他看作了一位亲戚。早先,凤没有私奔时,我喊旺叫姨夫。后来凤飞走了,我便改口叫叔了。我母亲把我联系到菱塘用意很明显,就是图旺一家人对我的照顾。有一个时期,那是1977年的下半年,我被借到公社中学教英语。大概每个周末我都去旺家吃顿晚饭。有一天我去的时候,家中就只有霞在收拾屋子。她当时坐在旺的床上,正注视着一根辫子——我还以为是她的,就说:这么好的辫子真不该剪。霞显得有点慌张,说这辫子不是她的。说着便匆匆将那根辫子重新包入一块红布,塞进了垫絮下。我这才意识到辫子可能属于一个叫凤的女人,但我已经记不起她的形象了。后来霞认真地告诉我这件事千万别说出去。霞说:我是无意翻到的,大平尿了床,我晒被絮……

霞拿出从北京带回的香烟招待我,又问我:男人是不是都喜欢梳辫子的女人?我说我是喜欢的,我还说我喜欢电影《苦菜花》里娟子留辫子的样子,后来剪掉就觉得不舒服了。说着,我突然意识到不对,就解释说:我不过是随便说说,不是说你留短发不好。霞笑了一下,说:我如今想留辫子也迟了。

但是她还是留了。在我离开菱塘去上大学的时候,她的辫子差不多到了腰间,只不过没有放下来,而是编好之后盘在头上。这个二十六岁的女人其时已是三个孩子的母亲了——她又生了个儿子,取名三平。关于这个孩子,我印象中她是不想再要的。我记得有一次火大发脾气,把一面穿衣镜给砸了。那天我刚从学校回来,想收拾行李回石镇准备参加第二年的高考,火气冲冲地来了,要我把住处的钥匙给他。他说:老子不与她睡了!我弄不明白这小两口究竟因为什么闹翻了,霞这才刚刚出远门回来。我就说:有什么好吵的?小别胜新婚嘛!火便气更粗了,说:什么新婚?回来就让老子戴套子!那东西是人戴的吗?

因为避孕,他们闹成了这样。然而春节过后不久,霞的肚子又显了。我父亲认为,霞这都是为了满足旺的心愿,旺这辈子就想着儿孙满堂,从前那些年他太孤单了。我想这大约不错,但我没有料到这个三平在腹中就惹下了许多麻烦。那时农村正抓计划生育,霞再度怀孕的消息一经传出,公社的干部就上门了。先是罚款两千,旺二话没说,把钱码上了桌。接着是谈人流,公社干部让霞第二天就上医院。旺还是二话没说。但是翌日一早他就让媳妇随船走了,不知把女人藏到了什么地方。旺在这条河上跑了几十年,谁也无法知道沿岸有多少他的朋友。这个秘密旺对谁也没讲,包括儿子。他担心贪杯的儿子会不慎泄露,只说:等生下来了,我俩去接。旺的举动被视为对抗基本国策,他不仅再次受到罚款而且还在公社关押了七天。

多少年后,我父亲才转告我,那个早晨旺逆水走了十几里,把霞交给了一个花容不再的女人,就是凤。这真令我难以置信。"我也是很迟才知道的,"我父亲回忆说,"但我弄不清这两个人是何时重逢的。"凤自从与外乡的货郎不辞而别后,有过一段欢乐的时光。后来货郎患上了肾病,这好日子就到头了。1993 年我回到菱塘,一个秋阳软软的下午,霞曾与我有过一次长谈。她提到了 1978 年春天的逃亡生育,但更多的是对凤的印象与感激。霞说凤与她的想象很接近,只是比实际年龄显得老一些,看上去像一个在幕后帮腔的过时演员。她是一个得男人喜欢的女人,她就是活脱脱的女人。不过那时她的境遇不好,男人像风中的芦苇一样整天披着一件灰衣,摇摇晃晃的。"他们都是好人,"霞这样说道,"他们让我觉得,人活一遭实在不容易。我好像比旺更近他们一些。"霞在谈话中第一次改口叫旺,我注意到了。于是我便对传闻中的某些事改变了一些看法,那时我想,命中注定的事都在情理之中。

1978年的秋天对这家人来说是一个极其阴冷的季节。就在三平出世不久,村里隐约传出了这样的风声:谁是这孩子的父亲?人们联想到一年前的那趟翁媳结伴的出门远行,又结合眼下逃亡生育的事实,民间关于"爬灰"的津津乐道便不胫而走。人们越这么想,这件事就越像真的。连从三平的长相上似乎都得到了某些印证,比如说他们的额头都很高,耳朵都显小。让我困惑的是,倘若是谣言中伤,这家人怎么没有一个站出来挺身驳斥呢?但我很不愿意传闻就是事实。我心目中的旺不是这个样子。我就要离开这里,我真不希望这家人再有灾难。那天,旺摆了丰盛的酒菜为我饯行。他泰然自若的神色给了我很大的安慰。他破例喝了几盅白酒,叮嘱我好好念书,将来也好把他这几个孙子带一带。旺特别提到了大平的助听器,让我帮着打听,一有消息便立刻汇款。谈话的气氛我认为很好,但就在这时,火插上了一句话,他说:我也想走。霎时安静了,火进一步说:我想去温州跑生意。

旺咳嗽了两声,表态说:三平才满月,你媳妇一个人拖三个伢,你好意思走?

火说:我又没有奶,在家也是多余的。

霞说:你想走就走吧。

火说:你以为我不敢?老子什么都敢!

旺把酒盅猛地摔到地上,让霞把孩子抱走,旺厉声说:你敢什么?厨房里有刀,有斧子,你拿来砍了我!

我不知如何是好,正想劝,忽然看见大平扑通对旺跪下了:爹!

这个场面至今让我心酸。带着这沉重的心情,我告别了菱塘村。我后来在电话里还曾交代父母,抽空去看看旺那一家。我父亲说:都过去了,他们现在很好。父亲说火最终还是选择了做买卖,在石镇街上开了一家鞋店,还买了一辆进口的摩托车,这已是几年后的事了。

1983 年

这年秋天我到北京出席一个笔会,住在西直门外的上园饭店。正巧,这家饭店同时接待了一个医疗器械方面的订货会。我便去了会务组,询问助听器的事。工作人员向我推荐了一种瑞士进口的产品,说是专门供给聋哑学校学生的,效果不错,当然价格也不便宜,合人民币两千出头。我迟疑了一会儿,想想还是买下了。笔会结束,我就抽空回了故乡石镇。我记得那是中秋节后的第四天或者第五天,石镇的街头还摆满着没有销尽的月饼和糖炒栗子。我在街上转悠,想找到火开的那家鞋店,把给大平买的助听器交给他,并对他讲清如何使用。结果很意外,那个被称作平安鞋庄的店铺已经转让了,正在改头换面地布置成一个发廊。我心里不禁顿了一下,想火没准儿是把鞋店开砸了。所以回到家,我就对父亲提到了这件事。父亲也觉得意外,因为他以前听到的消息是鞋店的生意一直很红火——为此他还很得意,似乎火能有这运气与他当初的命名很是有关。不会吧?我父亲思忖着,节前火还给我和你妈各送了一双保健鞋呢!那时候我母亲正在院子里晾晒咸鱼,这鱼也是节前旺送给我家的。她忽然想起什么似的走过来,说:是不是出什么事了?要不父子俩怎么不一块来呢?我母亲仔细回忆他们分别来时的情形,说旺先来,像往常一样扔下了几尾鱼,不过这回连一杯茶都没喝。我母亲还提到了旺的左手,她说:那只手一直缠着纱布,春天里就这么缠着,总不见好。旺说是扳罾时给篾划破了,我催他去医院换药,别感染了。他倒是也去了医院。这一说,我父亲就困惑了,因为有一次他向火问起旺的手伤时,火说是被蛇咬了一口。我父亲还追问是什么蛇,倘若有毒,可千万不能大意。

火来我家送鞋是在中秋节的前一天,不是骑那辆进口摩托车来的,我母亲还笑他车是不是给人偷了。火说:我把它卖了。然后他就把鞋拿出来,非要让我父母当面试一下,若不合脚他便去店里换。做完这些,火又问家中可有什么力气活需要他干的。我母亲说没有,但火还是帮他们把夏天乘凉的竹床架到了阁楼上。火在我们家跑了这么些年,我母亲感叹道,这回才让我觉得是真的懂事了,好像变成了另一个人似的。

我一边听着一边踱着步,心里感到很不安,那气氛很像一场巷战中的短暂间隙,充满着恐惧的静寂。这天夜里我差不多失眠了,很迟才入睡,而黎明前的一场噩梦又使我惊醒。我梦见了赤身裸体的火。我梦见火在火中。我梦见熊熊烈火中的火在以一种挣扎的姿势舞蹈,很像这地方业已失传的傩的形象。一种不祥的预感折磨着我,于是当天色大亮后,我便骑上自行车奔菱塘而去。这又是一个阴晦的天气,天空灰蒙蒙的令人厌倦。我沿着灵水河西行,河的两岸正是芦花怒放,不禁让我想起白乐天那著名而忧伤的佳句:"霜叶荻花秋瑟瑟!"大约两个小时以后,我到达了渡口。隔岸望去,旺的那条旧船静泊在岸边,船头停着一只黑鸟。我没有见到旺的踪影,而其他的渡船似乎也没有人管理,整个河面安静得像一面玻璃。就在我踌躇中,忽然对岸传来了锣鼓唢呐声,通过错乱的树枝,一支出殡的队伍闯进了我的视野,我的心一阵紧缩,然后我看清了一切……

二十八岁的火选择一个中秋月圆之夜作为自己人生之路的尽头,已是十五年前的旧事。时至今日,他的死仍像一道鸟翅掠过的阴影让我战栗。火死在自家屋后的那片桃园里,但谁也不敢相信,那根由几股红毛线搓成的细绳会悬起一具青春的身体。从前,这东西是拴在那把少了一只眼的斑竹箫上。

关于火的死因,民间至今仍有不一的说法。而我的分析与这些传闻截然不同。当1993年我住进菱塘后,我便更有理由来坚持自己的见解了。这当然得助于一个女人的坦率与磊落。当我还在为谨慎的措辞与询问的角度犯难时,霞的一席话让我茅塞顿开。以下便是霞在1993年秋天的叙述,我不过某些字句作了些技术性的处理——

我是爱旺的,你想说的意思我明白。我没有理由不去爱这样的男人。你要是女人,你也会爱他。说实话,我生这几个孩子,都是为了旺。他孤单了一辈子,孤单怕了。我不能让他再孤单。我与火过不到一块去,这你在村里插队时或许已经看出来了。火除了上我的身子就不会再想别的。当然,后来他做了生意,腰里钱多了,也就不再稀罕我了。我知道他在石镇有相好,做女人的知道这个很容易。但我希望他这样,真的希望,有一回他做梦抱着我喊别的女人名字,我弄醒他,让他看我的脸,我说:我们也签一张合同,这辈子就只做挂名夫妻吧。他冷笑着,说想不到你还嫌弃我了?我说对,我就是嫌弃你。你就是有一座金山,我照样是嫌弃你。他盯着我看了半天,突然说:你真的和老东西搞上了?我没理他,躺下哭了。那时我就觉得自己命苦,这辈子都会毁掉。我是真想马上就跑到旺那间屋去,抱着他好好痛快地哭上一场。

那年从北京回来,我就有了找旺的心思。我敢这么想,除了我爱这个男人、舍不得这个男人,还在于这个男人与我丈夫血缘上实际一点关系没有。我私下感谢这个,真的感谢这个!因为这让我心里干干净净的,我为什么不去找旺呢?我当然要去。

那时候火常到温州、南京一带去进货,我找旺很方便。于是有一天晚上,我就早早把大平抱到了我这屋。那天正好停电,旺去石镇看戏去了。我帮他换了一床新被单,替他备好洗澡水,还有意把煤油灯撤了,换上了一座蜡烛台——那烛台还是凤手上置办的,多少年没有用过。然后我就静候他回来,那个春夜,我有意穿了件很薄的衬衫,把盘在头上的辫子梳得整整齐齐,放了下来,它差不多到腰下了。我对着镜子照了很久,觉得自己还真有几分好看。大约到了下一点的光景,我听见村里的狗叫了,接着便听见了旺的咳嗦声。我突然就觉得心跳加快了,咚咚响,那一刻我实在想哭。旺回家了,见我的房门关了,就没有来抱大平。我在黑暗中等着,等着他把澡洗完。等那声洗澡水倒过之后,我便轻悄悄地推开了他的房门。他正在解衣扣,见我进门便怔了一下,然后转过身又把解开的扣子给扣上了。这时我走近他,我说:旺,今夜我睡这张床。

旺仍背着身,没有接话。

我从他面前走过去,准备把被子打开,这时他一把拽住了我,说:我是你孩子的爹!

我说:可你不是我公公!

旺说:我怎么不是?

我说你就是不是!我说你苦够了,我也苦够了,我今天就是死也要死在这张床上!

旺使劲捏着我的手,浑身哆嗦着,眼泪像孩子似的一条线往下淌。我也在流泪。我们真是泪眼望泪眼,苦心对苦心啊!突然,他松开了我的手腕,我以为他会抱住我,哪知道他转身抓起了那座烛台,用烧红的烛签往掌心一扎⋯⋯

霞说到这里号啕大哭起来。她抽泣着说:可他怎么知道,那烛签是在扎我的心啊!

我真想作一幅插图,放在这篇小说里。我担心一些人不明白什么叫作烛签。那是用铁打成的一根钉状的东西,但它是棱体,顶端尖锐,约四寸长,足以穿透一只掌心。烧红的烛签与皮肉交融发出的嗞嗞声响与焦糊味,成为我对那个春末之夜的烙印。旺以这种方式斩断了女人的情思,也抑制了男人的欲火。他不惜毁灭生命的辉煌来维护道德的尊严,可我却无法再有更多的感叹。我的记忆中最后只剩下了一片衰败而惨烈的色彩。那是红色,一种接近黑的红色。

1993 年

往事如烟,十年又过去了。

我带着一部长篇小说的提纲由省城回到石镇,原想在家里静心完成,却正赶上房屋的装修。于是我便决定去菱塘。我给村里挂了电话,让他们转告霞,给我腾出一间屋子。今年是火辞世十周年,我也想去山上看看他的坟。

第二天,大平便来接我。转眼工夫,这孩子已经是十八岁的小伙子了,个头比我高过不少。大平继承了父亲健壮的体魄,而相貌上更似他的母亲。我父亲却从孩子腼腆斯文的表情中发现了旺从前的身影。他说1957年旺报考县剧团,差不多就是这个样子。他又强调道:神似比形似更重要。

大平在市聋人学校读了七年,精通流利的手语,也能模拟一些口语进行简单的交流,他在石镇摆了一个刻图章的铺子,也偶尔写些楹联、画一些花鸟虫鱼,据说还很受农民的欢迎。他的进一步梦想是当一名替身演员,因为他自觉会些武功,而且敢于吃苦。这便让我想起凤来,几年前她便像走亲戚一样,每年都要去菱塘看看旺的一家。旺受伤的左手就是由凤治好的,大概是用了一种什么民间偏方。不过后来我才知道,这说法并不准确,至少是片面了。

这天,我是坐船去菱塘的。大平撑船的能力显然是在两代人之上,灵活而轻捷,每一篙都十分有力。那天正好又是顺风,船行在灵水河上就像剪刀裁开一面缎子,我感到十分舒畅。

旺又重新盖了房,是两层八间的楼房,并且前后都打了院子。后院那片桃林业已改成了竹园,我想这自然是想忘掉十年前那沉痛的一幕吧。我被安置在楼上一间明亮的屋子里,隔壁是大平的卧室,他还另设了一间所谓的办公室,里面挂满了他的字画和史泰龙、施瓦辛格、成龙的剧照,还有他平时习武的剑与棍棒。二平和三平合住一屋,他们都已是高中的学生,住校,只有到周末才回来。

我到的这天旺不在家。霞说,凤那边传话过来,那从前的货郎病情加重,旺便带着几千块钱去了。旺捉摸着那人不会拖过多日。霞不禁感叹道:我现在是真的相信命了。后来我们便去院子里慢慢谈起来。霞的情绪很镇定,好像谈论的并不是她自己,这和她的坦率一样让我吃惊。直到谈起那把烛签时,她才涌出抑制不住的泪花。这时,大平已从渡口回来了。我便独自在村里转悠,尽可能地回避熟人。我觉得勉强的寒暄会令我心烦意乱,宁可沉浸在悲伤之中。于是我抄小路去了河边,那时日头刚刚落入西山,天空的晚霞都异常绚丽,仿佛火一般燃烧着。

突然身后有人叫我。

转过身,我才注意到一个粗糙的男人从一棵同样粗糙的杨树后面闪出,怯怯地向我走来,这人便是旺的那个堂房兄弟,一个游手好闲的无赖。他递给我香烟,我没有接。我问道:有事吗?

他憋了半天才说:你是来调查的吧?

我觉得奇怪,就反问他:你怎么知道的?

那人越发胆怯,像动物一样两只手端在胸前,他说:我晓得你如今是省里的公安……

我知道他弄错了,把我老婆的身份移植给了我,菱塘人有不少这么认为的,甚至有人托我疏通关系从大牢里放人。眼下这人是何居心我尚不清楚,但我突然意识到可能与火的死有关。我咳嗽了两声,拿出一副胸有成竹的姿态,对他说,既然你知道我是来调查的,有什么话就如实说吧。

说着,我还有意掏出了笔记本和钢笔。

那人果然谈的是火。在他后来断断续续言不成句的交代中,我却意外地获得了一个基本完整的事实,它帮助我证实了火的死因。如果不是刚才霞告诉了真相,我真有可能遁入曾经多次被我否决的那个焦灼不安的思路。

传闻与火的警惕是同一时刻形成的。但我认为,火脑中的这根弦一直没有松懈。这个缺乏文化但天生精明的男人对另一个男人的认识始终困顿而迷惘,他以男人对男人的方式去了解这个孤身独处的养父,根本不相信一个男人会清心寡欲几十年。火在十五岁那年便燃起强盛的欲火,时常幻想着与女人交欢。他摆脱不掉多年前目击的那个肉欲的场面,以致在后来烦恼的时候便认真去想凤的那对雪白的乳房和乌黑蓬松的阴毛。火偷看过村里姑娘上茅房,甚至企图强奸一只鹅。我想当年旺急着给儿子找媳妇,除了子嗣这个原因,还在于他早就看出这是根过早不安分的玩意。结婚以后的火由于性欲的满足有过一段美妙时光,然而很快就意识到,霞的心思并不在他身上。他们的第一次争吵起源于那把箫——火不想这东西挂在自己屋里,在他眼中它就是另一个男人鸡巴的象征,他早就想一刀把它劈了!然而霞没有允许,霞明确地告诉小丈夫她喜欢。霞在火愤怒的注视下平静地用红毛线搓成一根细绳,再把它编成一束红缨缀在箫的末端。但那时她根本不会想到,多年以后这根红绳会成为丈夫结束生命的有力帮手。

火在煎熬中选择了逃避,但此时这个精明的男人更多的是阴险。他的逃避可以看作一个圈套,他坚信终有一日会抓到把柄,并一举将另一个男人摧垮。火开起了鞋店,经常出远门进货,但没有人知道他在村里安排了眼线,并给这人每月开出二百元的工资。这个人就是旺的堂房兄弟。

1983年的那个春末之夜,这人因在麻将桌上作弊被逐,百无聊赖地在村里转悠。他当然照例要在旺的屋后巡逻一会儿。频频的徒劳而返使他心灰意冷,他担心这样下去不仅得不到那只渡船,还会让每月兑现的二百元飞掉。然而这个深夜他有了好运气,他仿佛听见旺的屋里传出了女人的声音。于是他精神为之一振,迅速钻过桃林潜到窗下,这时屋里的灯光突然灭了!接着他听见了女人的惊叫和男人沉重的呻吟……

这都是真的。在河边,这人这样对我说道:我没有瞎编,一点都没有。过了几个月,火从温州回来,我便对他说了。我还说这事算了,让他想开些,我说,我说……

你不要说了!我厌恶地将这家伙甩开,继续沿河边走去。望着渐渐黝黯的灵水河,我心里纳满了悲怆。我想起几十年前在这个荒凉的渡口,年轻的旺救起一个行将饿毙的小生命,但这孩子果断地拒绝喊出一声"大"。那时候,这孩子才五岁!他为什么不喊而且在以后二十几年里一直把这个字咬紧?一个五岁的孩子能知道什么?能预见什么?难道这一切果真就是天意?

天苍苍。心亦苍苍!

第二天上午,霞陪我去后山看望火的坟茔。火葬在朝南的一面半坡上,坟上的草已经到了枯萎的季节。坟的后面是一片桃树,我想这肯定是从那屋后移植的,倒也构成了一种风景。霞说每年的桃花都开得很茂盛,奇怪是这些树移上山后便不再结果了。

后来,霞仔细回忆了火死前的情形。霞说火那次从温州回来之后,当夜便同她打了一架。起因还是那把箫,火这回是真的想把它劈了,手里攥着一把斧子。霞当然要制止,她把箫抱在怀里,说:要劈就连我一块劈了!她说火气得浑身发抖,最后狠狠地抽了她一耳光,骂道:你这贱×!

我无法忍受,霞回忆说,第二天一早我便带三个孩子回了娘家。那时候旺去看凤了,她男人正在石镇医院抢救。我记得那是中秋节的前一个星期。我回娘家之后,旺才回来。我担心家中会发生什么事,就让二平回来看看。二平后来对我说,他爸爸把鞋店很便宜地卖掉了,摩托车也卖掉了。我没多想,只以为他又想抽出钱去搞别的买卖。但我怎么也没料到,他这是在安排后事!他把所有的钱以我的名字存进了银行……

霞不禁眼泪溢出,但很快又让自己平静下来。她把坟上的杂草一一剔掉,然后说:有一件事我至今不明白。

我问是什么事。

霞说：二平说他爸爸嘴里老念着"纸"，好像到处找纸似的。火死后，村里不少人也曾对我说，火那几天嘴里也总是纸呀纸的。他要纸干什么？村里人就怀疑他是想要纸钱，可我不相信，也不明白。

霞用寻求解答的眼光看着我。

我又能说什么呢？

1998 年

我的小说已经走到了结束的时候。这是 1998 年的冬天，我蛰居在北京靠近天坛的寓所写着这篇忧伤而潮湿的小说。秋天的时候我赶回了故乡石镇，然后又同我的父母去了菱塘，吊唁我们共同的一位朋友旺。

旺死于心肌梗死，这是医生做出的结论。我只知道这个命运多舛的男人走得异常平静，不想惊动任何人。在他去世的前半年，他把丧夫的凤接回了菱塘。我见到凤时她已明显地老迈了，而霞也比五年前更为憔悴。这两个女人在悲伤中把旺送上了山，葬在火的坟之前——当初那个位置，旺是替自己预备的。旺的棺木中同时放了三件东西：一根箫，一条辫子，和另一条辫子。三件东西用那根红绳拴到了一块。

在清理其他遗物时，意外地发现了一只藏在旺床底下的藤箱。两个女人与我父亲商量后，撬开了锁，里面盛满了一堆草纸。这些草纸一律裁成了五寸见方，每张上面都印着暗红的血迹和浑浊的脓斑，令我很不舒服。我父亲仔细查看了它们，然后用不容置疑的语气说:这是旺擦手用的。我父亲还找到了一块拇指大的薄物,说这是伤口上的痂,显然是旺自己撕下的——旺有意不让受伤的手好起来。我怔怔地看着这一箱的草纸,突然明白了旺的此举用心。而且我对当年火嘴里念叨的"纸"的困惑也一下解开了——如果我的理解没有偏差,我相信以下的虚构会令人诚服。

请跟我一起回到1983年的秋天,回到中秋前一周或者五天的那个夜晚。当时,天上的月亮还没有圆满,但它的倒影映在灵水河里仍不失为一种美丽的凄迷。我们看见旺的船泊下了,他端着受伤的左手,另一只手简单而笨拙地拴好了缆绳。真不敢相信这个男人一只手怎么能撑动这只旧船,而且逆水上行十几里。或许是霞真情吐露的折磨,抑或眼下凤艰难处境的困扰,这个晚上男人格外地感到心情沉重。但他还不知道更大的灾难在家中静候着自己。

旺推开自己的房门,看见明亮的灯光下小桌子摆了几道凉菜和一瓶酒,他还来不及意外,火便从帐子投下的阴影里走出了。火开门见山地说:我们得把账清了。

旺迟疑片刻,坐下来问道:如何清?

火也坐下来,先斟好酒,然后撩开西服从怀里摸出了一把斧子,放在桌上。

旺说:要我转过背么?

火冷冷一笑:你错了。我不杀你,是要你砍了我。我这条命是你捡来的,你想要,随时我都会交。

旺说:我没想过要你的性命。

火说:我宁愿你取我的性命也不许你碰我的女人!

旺正视着火,一饮而尽。

火说:你那鸡巴是次品,最好的女人给你都是浪费。可你又不是个省油的灯,这我懂。

旺厉声说:你就懂个鸡巴!

火说:对,我就懂这个。我不相信你是怕腥的猫,我今天要听你一句实话。

旺说:你想听什么实话?想晓得我喜欢你老婆吗?

火说:对。也一饮而尽。

旺调整了一下身体,说:我喜欢你老婆,喜欢霞。这小半年来,我夜夜都想她。我当初真不该把这么好的女人交给了你,这才真是浪费!

火点点头,说:好了,你可以砍了。你要我转过背么?

旺说:我要你面对着老子!

说着,旺抬起左手,把缠绕的纱布一层一层地撩开,亮出受伤的创口——这创口已经又一次结痂了,然而旺却果敢地把它揭了去,刺心的剧痛令他眉头一锁。火虽然不知所措,但也暗自心惊。他实在不愿意多看这血脓交加的伤口一眼,但旺把手亮到他的眼前。

旺说:畜生,你好好看看!我要让你晓得烛签是如何穿透这块厚肉的!

但是旺修改了事实真相。他把那次霞的行动改作了自己的企图,他说如果不是听见熟睡的大平梦中喊出了一声"爹",他就不想拿起这座铁铸的烛台。

旺说:没有男人不想女人的。可有些女人再好也容不得你多想,容不得!天理容不得!

这时,旺从床底下拖出了那只旧藤箱,打开锁,火便看清了一切。火怔惊得嘴唇发抖,眼前掠过的是旺不停地撕痂、不停地擦血揩脓的惊心场面,火觉得这堆草纸上的血迹脓斑像一只只剜下的眼珠,他被这一堆眼珠愤懑地蔑视着,他竭力想从这些眼珠中挣脱出来,他只希望这就是一张张平常的纸。

火大叫一声:纸!

一连几日火都在念叨:纸、纸、纸!

火没有焚去这堆纸,最终却被这堆纸化成了灰烬。

十五年后的秋天,这堆纸在两个男人的墓冢之间付之一炬。那时我在现场,我目睹了它们焚烧的全过程。那被火蒸腾随烟而起的灰屑呈现在我的视野里,如同一群纷飞的黑色蝴蝶,直到现在仍在我的窗前萦绕。秋天过去了,我的故事结束了,但我怀疑冬天。

1999 年 3 月 16 日　北京天坛之侧

(原载《花城》1999 年第 4 期)

钓罢归来不系舟，
江村月落正堪眠。
纵然一夜风吹去，
只在芦花浅水边。

我的偶像崇拜年代

每个人都有所谓的偶像崇拜年代,每个人崇拜的偶像各有不同。有人很早就崇拜英雄,有人一贯崇拜领袖,这样的人——当时他们都是孩子,不过那会儿就已经被大人看好了,舆论普遍认为他们将来会成就一番大事,具体地说,这些孩子最终都会做官。石镇在历史上做过府县两级的衙门,因而人的眼光就格外高。尽管那时全国都在说"工人阶级是领导阶级",但我敢打赌说,没有人家情愿自家的孩子——哪怕是女孩,去当一名工人。在他们看来,工人从来就只有当劳模的份儿,与领导是不相干的。我外祖父一生所得的奖章有半斤重,1974 年退休时仍然是工人,只在前面多了个"老"字。外祖父最大的愿望是盼着有朝一日我能当上科长,哪怕是膳食科也行。可惜他阳寿不高,只活了六十九岁。要不然,我想我就是不择手段也要满足他老人家这一心愿的。我真是个不肖子孙!

其实我小时候属于被看好的一类。我算得上品学兼优,而且一进校门,我就一直担任班级的行政职务,当过学习委员、文体委员,最高爬到过副班长。有一个时期,大概是四年级吧,我是十分崇拜英雄的,但他们都是电影里的英雄。我特别痴迷王心刚演的洪常青,喜欢他那副被拷打后头破血流的样子。他颤颤巍巍地大笔一挥写下"砍头不要紧"，他傲然挺立在熊熊大火中高喊口号，啊，我简直激动得要命！那以后我就愿意穿旧衣服，甚至幻想自己有一天摔断了胳膊扎着绷带去上学。我也喜欢赵丹扮演的许云峰，他在酒楼被叛徒甫志高出卖，拿着礼帽那么从容不迫地一步一步地走下楼梯，很长一个时期里都是我私下模仿的对象。可是我一点也不喜欢李玉和与郭建光，虽然他们的照片铺天盖地，但我发现他们的服装全是上等的呢绒毛料所制，补丁是假的，伤痕也是假的，从头到尾全是唱，怎么看都还是戏——我在剧团里待厌了，那些演员刚才在台上还是呼天抢地，一到幕后就乐不可支，又抽烟又擤鼻涕，实在叫我不舒服。我想那时候我是一个不折不扣的现实主义者，对虚拟的东西很排斥。这与多少年后我的观念完全背道而驰。

英雄崇拜的时期我很充实。唯一的苦恼是在我有限的接触里找不到可视为偶像的英雄。电影里的那两位不过是我心目中英雄的化身而已，电影也还是假的，他们和剧团的那些人本质上毫无区别，我欣赏的是英雄的造型。就是说，我无法见到真实的英雄，偶像就更是无从谈起了。我想活着的英雄一定很少，英雄之所以能成为英雄，最关键的是最后他们都舍弃了性命，就义了或者牺牲了。要是没有这个，他们就当不上英雄。于是我们对英雄的向往只能往下降一格，把见到"我是某某生前的战友"那种人看作了一个愿望。这是一种印证的心理，我只能通过生前战友的介绍来树立我的英雄偶像。不久，机会真的来了。

我们省那时名气最大的英雄是为保卫一座大桥光荣牺牲的。

这天我们学校请来了英雄生前的战友。这无疑是一件大事,学校像过盛大节日那样张灯结彩。但是,英雄生前的战友对此有看法,认为铺张浪费而不严肃,他说我们今天学习英雄,其中一条就是要学习他的艰苦朴素,据他说英雄的一双袜子就缝缝补补地穿了四年。校长很尴尬,说您一来就给我们上了生动的一课,连忙叫人把那些彩条什么的弄掉了。报告会在操场上举行,四面都接了高音喇叭,生前战友不标准的普通话却非常洪亮,回声不绝于耳。但他的报告我觉得一点也不精彩,我想听的是关于英雄的故事,可他基本上是在说他如何如何地学英雄。比如说他坚持每天背诵两段毛主席语录,坚持每周给五保户挑一缸水,坚持每月给家乡的小学寄五块钱。他引用毛主席的话说:一个人做点好事并不难,难的是一辈子做好事。可谁能保证他能一辈子做好事呢?但是,有一件事却令我们震惊不已。生前战友说为了能每时每刻和毛主席在一起,他把一枚领袖的像章别在了胸肌上。说着,他突然就敞开了胸襟,证实了自己的言论——他的胸前果真有枚像章扎在肉里,盖住了小奶头。生前战友走到大家中间,让同学们井然有序地进行参观。大家不敢大口吸气了,那情状就像面对一颗随时都会爆炸的地雷。一个叫许言敏的女生突然面色苍白晕了过去,会场嗡的一声有些乱,于是这场报告会就以生前战友抱着许言敏去医院抢救而结束了。

  这个画面至今还很清晰地保存在我的记忆里。我们跟着生前战友一口气跑到了石镇医院,他的力气并不大,一路上都是气喘吁吁、跌跌撞撞。我们真想上去换他一把,可是又不敢提出来,因为像这样的英雄行为似乎就该属于他这位生前战友,我们不能抢而且我们也不配。结果他妈的糟透了,许言敏倒是吊过一瓶葡萄糖就没事了,那位生前战友却大吐了几口鲜血,在石镇医院住了半个月。随行的几个同学后来都受到了不同程度的处分,老黑被取消了红卫兵资格,大头被勒令全校作检查,我则被撤去了副班长的职务。最惨的要算白皮,他犯了双重的错误,因为他在同学中还散布过错误言论,说生前战友在别领袖像章时打过麻药。白皮的处分是开除留校察看一年。我们几个一夜间就这么成了后进的学生,在同学中很孤立,座位也全都调到了后排。这是1968年的秋天,是我英雄偶像梦破灭的年头。但是很奇怪,我虽然对英雄没有了兴趣,却时刻幻想着自己身上有一种英雄行为和英雄气概。我不想当英雄,因为我怕死。怕死的人是当不了英雄的,不死的人也当不了英雄,充其量不过是生前战友——那又有什么劲呢?那人要是真有劲我们几个也就不会倒霉了。老黑说许言敏不重,有一回下雨天他背过她。那个人就是没劲儿。我却不这么看,我觉得那人是在乎自己抱着的是一个女孩,他不敢抱紧,一直虚托着,这就很累了。大头说归根结底还是没劲儿,要是他能像电影里的"狼牙山五壮士"那样,不要说是托,就是举也会把许言敏举到医院,医院离我们学校还不到两里路呢!我们争论着,只有白皮一言不发——这家伙可不敢再瞎说了。

  我们几个总想找机会改变形象。对校方的处分我们内心是不服的:我们并没有干什么,我们只是不想去抢英雄的饭碗。现在落到如此下场我们怎么能服气呢?那个委屈劲儿真是没法说。不久,学校掀起了"学英雄见行动"的热潮,同学们三五成群地组成了"学雷锋小组",我们四个人很自然地到了一块,恨不得把天下的好事全做完。但是我们又不想去做那些过于平常的好事,比如说给五保户挑水什么的,我们要的是让人吃惊、让人刮目相看的效果。于是脑筋就朝着一些稀奇古怪的方面动了。老黑提出要教隔壁的哑巴背诵毛主席语录,那哑巴至少有七十岁了,是个单身孤老,老黑平时喜欢和他一块下棋,因此会一些简单的手语。我们觉得这个主意很好,立刻就着手实施,我还为这个计划取了个代号叫"铁树行动"。开始的几天,老哑巴表现出异常的兴奋,跟着老黑比画着一些诸如"千万不要忘记阶级斗争""向雷锋同志学习"之类。但就是这么简单的话手语表达也还是不利索。比如说"阶级斗争",比画出来的就是一伙人和另一伙人在打架。"雷锋同志"也成了打雷和刮风的人。我觉得很好笑,就私下对老黑说,这恐怕不行吧,弄不好全成了笑话。老黑说,怎么不行,意思一点也没有歪曲呀?手语就只能比画个意思。再说石镇有几个人懂他妈的手语呢?我也就不再说了。可是新的问题来了——老哑巴不干了。那天我们去的时候他硬是不开门。结果大头气急了,抄起一块砖头砸了玻璃,老哑巴才颤巍巍地把门打开。老黑激动得比画威胁,那意思大概是:你要是反对学习《毛主席语录》你就是反革命,我们就叫镇上的专政队来抓你! 老哑巴"说",他要做生意,他的茶摊已经好几天没摆了,饿死了谁管? 这时候白皮就掏出了两块钱给他。白皮说以后每月支付哑巴五块钱学习费,要是他一个月能背诵三十条语录就再奖励两块。白皮让老黑把他的话翻译给哑巴,老黑又把五块变成了六块,两块变成了四块。这我们一下就识破了,老哑巴很高兴,白皮却生气了。白皮说,反正我只出五块,另一半你们摊。

这件事引起了我们内部的矛盾,白皮差一点儿就想退出了。白皮家有钱,因为他受的处分最重所以他愿意出一半。我觉得"铁树计划"主要靠老黑,于是就同大头商量,另一半的五块我可以出三块,他出两块,老黑就算了。用今天的眼光看,这就是开了个袖珍的股份有限公司,老黑算是技术入股了。总算平息了事态。不过那时候的十块钱可是大钱,菜市上的猪肉才卖七毛三一斤,鸡蛋最便宜时六分一个,我们等于每个月要给老哑巴进贡15斤猪肉或者150只鸡蛋,真他妈有点冤。对于我,钱从哪儿来还是个问题。我没有零花钱,早点都是外祖父专买。我唯一的办法就是从大人口袋里偷,而且一次还不能偷得太多,以免动静大了被发觉。三块钱我至少要偷五次。但不管怎么说,我们的"铁树计划"在顺利地进行,舆论也很快出去了,终于引起了校方的关注。校长亲自带人调查,他们被老哑巴流畅的比画弄得目瞪口呆,校长立刻就表扬了我们,而且当天就把这件事报告给了县革委会。县里也很高兴,让政工组的人赶快整理材料往地区报。没过几天,地区报社派了个记者,要对我们的先进事迹进行采访,还拍了许多照片。记者看好一片葵花地,让我们四个人围着老哑巴手捧一本《毛主席语录》,做出孜孜不倦的样子。不久,这张照片就登上了地区报,我们几个都成了石镇的名人!原先的处分自然全撤销了,我不仅恢复了副班长的职务,而且还被推荐为县里学《毛选》的积极分子,将在年底去省里参加"积代会"。但是我却有些不自在,因为"铁树计划"是老

188

黑的创意,我出的钱也没有白皮多(这一点我们当然一直隐瞒着),让我一个人如此突出肯定不妥。我其实也看出了他们几个心里的不愉快,现在我们在一起时似乎没有什么话说了,而且在给钱的问题上也出现了扯皮的迹象,白皮就两次暗示说他最近想装一台无线电收音机什么的。老黑则说自己的手语词汇不够用了,再教下去有困难。大头说干脆算了吧,不如换点别的事做,比如说包一条街扫扫。这种情绪让我心里很不舒服,可我又不知这台戏该如何收场。

然而不久事情就起了大变化。

12月的一天,省里来了一批人要在石镇召开现场会,内容还是围绕着如何活学活用毛主席著作。县里挑选了各式各样的人物登台介绍情况,其中就有那个老哑巴。这一下可闯了大祸,因为省里那批人中有一位手语专家,是专门来鉴定这个哑巴的学习水平的,以便作进一步的宣传。但是看过老哑巴的表演后,那专家就吓得脸色苍白——很长时间以后我才知道,那天老哑巴在台上紧张得不行,以为要批判他,就率先把我们几个给揭发了,"说"我们如何对他进行软硬兼施让他背诵"一伙人和另一伙人的打架"。结果台下的人热烈鼓掌,哑巴却吓得尿了裤子。

有一天上课时许言敏悄悄递给我一张纸条:你们都是骗子。我吓了一跳,放学时把她叫到操场上。许言敏就说了关于教老哑巴学语录的事,说你们胆子太大了,居然骗到了省里。许言敏的爸爸是县政工组的副组长,我想她的消息肯定可靠,再说我早就怀疑老黑那家伙所谓的手语水平了。我很害怕,可奇怪的是没有人来追查我们,没过几天我还是照样去省里开会了。那时快过春节了,学校放了寒假,那个冬天真叫我魂不守舍。从省里回来,我想想还是把许言敏的话对他们几个讲了,我说我们犯了错误,老黑就涨红了脸很快哭了起来。白皮说哭什么,你早干什么去了?你当初就不该逞这个能!大头说白皮你也得凭良心,要是没有"铁树计划"你那处分能拿掉吗?白皮一下给噎住了,过了片刻才说,走着瞧吧,真金不怕火炼,我们一定要做出些事情给笑话我们的人看看!看看谁是孬种!

不用说我们的思想压力有多大了。那个寒假我们一天也没有闲着,一早起来就他妈的扫马路,然后又去给几条街上的军烈属挑水,一天下来累得腰酸背痛像狗一样,可也没见什么人夸我们几句,好像我们是劳动改造立功赎罪似的。春节一过,新学期跟着就来了,我觉得老师看我们几个的眼光都有些异样,总是似笑非笑的。但是仍没有人来揭露,非但不揭露,而且一有像样的活动就会提到那件事,说我们如何克服了重重困难让最高指示深入到了一个哑巴的心中。一天,县里要组织学《毛选》的队伍去邻县传经送宝,其中又点了我的名。可我一看见许言敏那双好看的大眼,耳根就立刻热了,我心里发虚,只好装病不上学了。家里的大人觉得奇怪,怎么突然就病了呢?我母亲替我量了体温,一看,还真是不低,到了38.59度。我整个就是给吓病的。

我在家里躺了三天。老黑他们一放学就过来陪我。现在我付出代价了,他们好像也不再对我有什么看法。四个人的关系明显地好过以前。大人不在场时,他们就通报了学校的情况,说一切看起来很太平。只是许言敏像一颗定时炸弹,随时有可能爆炸。不过,老黑说,她好像很买你的账,不会捅出去的。我苦笑着,我说你们真是头脑太他妈的简单,许言敏不说难道她父亲也不说吗?我的意思是这事早晚得亮到台面上来,我们好看的日子在后头呢!大头说,那他们为什么按兵不动呢?他们等什么?是呀,他们等什么?这个问题我们总是想不明白。正说着,忽然听见外面响起了警报声,我们愣了一下,以为一年前平息的武斗又闹起来了。再一听,又觉得不像,武斗的那种警报要刺耳一些。这时大门"砰"地推开了,白皮一脸是汗地冲进来,上气不接下气地说,快!造纸厂失火了!于是我们便随白皮跑了出去,跑到河堤上就看见了远处的造纸厂上空火光冲天、浓烟翻腾。那时大约是夜里九点多钟,外面的风很狂,真他妈的冷呀!但是很快我们就跑得出汗了,个个像马一样地大口喘气。我们一口气跑到失火现场,消防车还没来得及打开水龙头,只有一些人在排队传水来救火。我们加入其中,盆呀桶呀地传来传去。我们并不感到累,反而越干越兴奋。失火的地方是造纸厂的草料库,那些越冬的干草太他妈的容易烧了,靠几盆水是扑不灭的。没一会儿,水龙头接通了,可是掌头的消防员手没抓稳,水枪一歪,把这边的人扫倒了一片。最要命的是高压水枪激起的草灰喷了我们一身一脸,个个像皮蛋似的。我们几个浑身全湿透了,冷风一吹,每个人的身体便像筛糠一样抖个不停。这罪可他妈的遭大了。就这样折腾到了天亮,火终于扑灭了。我后来在作文里这样写道:望着扑灭的火,我们的脸上都露出了胜利的笑容。这时,一轮红日正在我们身后冉冉升起⋯⋯

救火使我们从过去的"铁树"阴影里走了出来,这一回我们是自己给自己平反了。我们获得了一种真正的英雄气概。我记得那天早上,当我们又湿又脏地从大街上走过时,那些买菜的大人全都看着我们,那感觉就像是刚从战场上凯旋的将军,用今天的话说,绝对是他妈的一个酷。

我已经说了,对英雄由于缺乏身边的偶像,崇拜的日子一晃而过。但是对领袖的崇拜却一直伴随着我。这又与电影有关。你看过《列宁在十月》和《列宁在1918》吗?前苏联演员史楚金演的那个列宁真叫盖了帽。他演得比真列宁还列宁,我特别喜欢他走路的那种快节奏小碎步,一只手总插在口袋里,肩膀有点歪,太让我痴迷了!给列宁配音的那个中国演员(很久以后我听说是张伐)的声音语调也了不起,时常给我们错觉,好像列宁是中国人。我开始模仿了,我模仿列宁的步伐走路(至今我的肩膀还有些歪),模仿张伐的声音说话。"安静点同志们,苏维埃政权目前正面临着危险,我们的敌人正从东面和西面向我们发起进攻。"就是这样!我模仿列宁(实际上是史楚金)的眼神与手势这么说着,老黑俨然一副华西里的姿态站在我身边。"但是,"我走到桌子上,"苏维埃政权是不可动摇的!"我身体前倾,左手斜插腋下,右手伸出去。大家热烈鼓掌,这时候我身后"砰"地一响,许言敏这个女特务向我开枪了,我便倒在了老黑怀里。

我们当然也崇拜毛主席,但是不敢模仿。毛主席太伟大了,我从来就没有见过街上有人留他一样的发型。大头的爸爸原先下巴上也有一颗肉痣,"文革"一开始他就去医院把它弄掉了。我想这是对的,中国有七亿人,但毛主席永远只能是一个。可我们只能从电影上或者从画报上见到他老人家。他总是在《东方红》的曲子中出场,满面红光,但他好像不爱说话——我们从来就没有听见过他的声音,于是这个问题就成了悬念。我们为此着急也为此幻想,不知道毛主席该用怎样的声音说话。我们恨那些拍新闻电影的家伙,凭什么不让我们听一听毛主席亲口说句话?有一天,石镇的电影院张灯结彩,要放映毛主席第几次接见红卫兵的宝片了,我们学校自然要组织集体观看。放映之前每个班都要唱语录歌,一阵接一阵地唱。我们班由我指挥,我觉得我们班唱得最好。我们唱"世界是你们的,也是我们的",唱"我们都是来自五湖四海",那场面真叫声势浩大。电影开始了,毛主席乘着敞篷吉普车通过了天安门广场。红卫兵们欢呼不已,个个热泪盈眶地高呼:毛主席万岁!突然,毛主席大手一挥说:人民万岁!我们愣了一下,因为这句话是毛主席亲口喊出来的!这太让我们意外了!于是立刻有人带头高呼:毛主席万岁!大家全体跟着喊起来,那一刻我们好像也到了天安门广场。但是我隐隐约约地产生了一种难过的情绪,我觉得毛主席的声音太高也有点细,与我想象中的伟人之声完全不一样。我当然不敢把我的想法说出去。这个悬念已经解开了,我真不希望这样。

那一年,石镇的革委会主任去北京参加了国庆典礼,归来时带回了两件有伟大意义的东西,一瓶金水河里的水和一只柠果。这东西陈列在县工会礼堂,各单位组织参观。柠果我们从来没听说过,猜想是一种可以吃的水果,要不毛主席怎么会把它送给工人阶级尝呢？我们不止一次地去参观了，那只柮果放在一只玻璃匣子里，模样像个大猪腰子，橙黄橙黄的。大头悄悄地碰了我一下，说，是甜的。我反问道，你怎么晓得？大头说他一嗅就知道。回来的路上，大家就嘲笑大头，说他的鼻子比狗还厉害，隔那么远就知道柮果是甜的。大头说，不是甜的难道还是苦的吗？大家还是嘲笑。忽然白皮说，一个县有那么多的工人，一个柮果怎么吃得过来？老黑说这柮果不是让人吃的，是纪念品，懂吗？大头说本来就是吃的东西，怎么个纪念法？不吃可就烂了。我就说，也许最后要奖给县里最好的工人吧。

但是没过几天，我们听到了一个惊人的消息——那只柮果让人给偷了！消息还是许言敏带来的，我们当然也就不怀疑。第二天，许言敏又告诉我们，说那只柮果并没有全给偷走，只是有人在上面咬了一口。于是我们就笑大头，说真是英雄所见略同。不料大头翻了脸，说你们要是再这么说我可要把"铁树"的事揭开了！我心里一惊，觉得大头不该动要挟之念。大头平时是很憨的，怎么连句玩笑也挨不住了？第四天，我们正上着课，忽然校长来了，把大头叫了出去。校长一脸的严肃，大家就很紧张。伸头一看，操场上还站着两名白衣的公安。他们很快把大头带走了，教室里顿时就乱了。校长返身回来，宣布了大头的罪行——原来果真是这小子偷吃了柮果。

这在当时无疑是个大事件。如果不是大头年纪小，加上他舅舅是地区的什么核心小组的成员，他肯定就得被判刑了。大头被拘留了十五天，开除了，准备转到很远的农村去上初中。临走的那天,我们瞒着家中的大人去同他告别。大头好像变成了另一个人,眼光十分呆滞。我们送他一些钢笔、日记本什么的,却不知该怎么说话了。大家闭口不提杬果的事,只说要保持联系,经常写信。大头一语不发,到了临上车的时候,这小子忽然问道,你们想知道那只杬果是什么味吗?我们还没反应过来,这小子接着说,它没有味,它是蜡做的。

我们就这样读完了小学,那是1970年的秋天。我记忆里的那个秋天一点也不明朗,雨季很长,石镇的每一条街脚都起了青苔。大头走了,一直不给我们几个写信,我感到说不出的失落。那一年学校提前放了寒假,我们百无聊赖地待在家中,也不再想去做好事了。天一放晴,我们就去附近的农村钓鱼。马上就上中学了,我们好像一夜间长大了很多,觉得像个男人似的。于是关于女人的话题渐渐代替了英雄和领袖的话题。女人也是我们需要的偶像,可我们身边根本找不到配做偶像的女人。他们老说许言敏对我有意思,我压根儿不往心里去。我嫌她嘴太大而且一口四环素牙。我喜欢《英雄儿女》里的王芳,如果将来我找老婆就找这样的人。很多年后,我在北京的街头看见一件双排扣的女式秋装,便毫不犹豫地买下,邮寄给了我妻子。但她一点也不高兴,她说,这件衣服早就过时了。

才十三岁,就这么不安分了。钓鱼的时候我们通常要跳到河里洗个澡。秋水很凉,一上岸我们就冷得不行,裤裆里的那件小东西一点尊严都没有了,像块嫩生姜。不过有一天我们发现了奇迹——老黑那个地方居然长出了几根毛!这当然也算一件大事,因为这是个信号,就像一声雷之后必定会有雨。我们围着老黑起哄,那家伙却扭扭捏捏地害起羞来,而且此后也不和我们一块钓鱼了。但我还是很兴奋,那以后我便时常躲在厕所里偷看自己,他妈的就是没有动静。老黑却越来越摆谱了,有意与我们拉开距离,一有空就去和初三、高一的人打篮球,那分明是一种傲慢,似乎仗着那几根稀毛,在他眼里我们都成了小孩。到第二学期的时候,问题变得更复杂了。

这又关系到那个许言敏。这个总以公主自居的女孩有一天居然和老黑偷偷摸摸地去看了场电影,正巧给白皮撞上了。但白皮没有惊动他们,观察得倒很仔细。一散场白皮就来找我,说得明明白白生动得叫人受不了。灯一暗老黑的一只手就他妈的不见了,白皮说,不晓得伸到哪儿去了!我就问另一只手呢?白皮说,另一只手始终放在她的肩上。我又问,后来呢?白皮说后来他们去小巷子了。你是不是很难过?我心里顿了一下,我说,我他妈有什么可难过的?我早就说我根本不喜欢许言敏。那你气什么?白皮这狗娘养的好像是幸灾乐祸地看着我。我一下站起来,我气了吗?我只是觉得他妈的好玩。

我当然是气了。白皮不说我自己也感觉得出来。我想我真是有些古怪了,以前许言敏老对我递眼色,还送我一些画报彩笔什么的,我都不觉得有什么,现在老黑上前了我突然就受不了了,好像老黑抢了我的饭碗。第二天,我注意观察他们的表现,觉得情况并没有白皮说得那么严重。老黑在课堂上一副认真听讲的样子,发言积极,不过回答的问题基本上是错的。许言敏就更像什么事都没发生似的,一直在埋头做笔记,我看她时她也不看我。我倒他妈的心烦意乱,眼前总晃动着老黑在黑暗中消失的那一只手。它会往哪儿伸呢?

我后来对白皮说你他妈的骗我吧?白皮说我要是骗你就是孙子。那我怎么一点也看不出来呢?我这样问道。

白皮就把我拖到一边,样子神秘地说,这就对了!这就说明他们是来真的!你见过做贼的人像贼吗?

我说做贼心虚,可他们不是这样。

信不信由你,白皮说,我反正是为你好。

这怎么叫为我好呢?白皮的意思好像许言敏是我家的一件东西,比如说伞,你不用别人就用了,而我只能淋雨。那一天里我越来越不舒服了。我想不管怎么样我得点许言敏一下,这很有必要。于是下午放学时我故意让她留下来帮我出黑板报,让她抄稿子,她的字向来不错。正好这一期有她的一首诗《葵花朵朵向太阳》。我把它安排在最醒目的位置上,还特意配了一幅尾花。她很高兴,说你喜欢这首诗吗?我说喜欢。我接着又说老黑比我更喜欢。许言敏用困惑的眼神看着我,说,他还没看到你怎么就说他更喜欢呢?我没接话,使劲用彩色粉笔描着葵花。许言敏嘟哝道,你这人真有意思。我冷笑道,比昨晚的电影还有意思吗?

我不知道当时许言敏是怎样的表情,因为说完这句话我就把粉笔头一扔,提起书包头也不回地走了。我知道我点中了,很怕她当我的面哭。回家的路上我心里沉得要命,我有点后悔,觉得这样对待许言敏很不公平。那个黄昏天又下雨了,我坐在后院的屋檐下,眼前的雨一排排落在石板地上,溅起的水花像小奶嘴似的。我一点口味都没有,晚饭不想吃了。我很想到许言敏家去一趟,这种心情以往是没有过的。大人觉得很怪,外祖父摸了一下我的额头,以为我闹病了。他那粗糙的手弄得我很不舒服。我看着天一点点地黑下来,然后就上阁楼准备去睡觉了。我躺在床上翻来覆去,似乎又看见老黑那只手朝帐子里伸来。没多会儿,我听见外祖母在楼下喊,小敏来了。

用多少年以后的话说,这算得上是心有灵犀。我还真他妈的激动了一下,但我的脸上很无所谓。而且我终于用许云峰被捕时的步伐下了一回楼。我说,你怎么来了?

我不能来吗?我有话问你。

电影的事吗?你不说我也知道。

你知道什么?

我什么都知道。

你知道个屁!

许言敏既委屈又愤怒的样子让我有些害怕。我担心她会当着外婆的面与我吵起来。那时候老人正在厨房里洗脚,迟疑的水声令我分心。我外婆倒是喜欢这个小敏,在她眼中这女孩很乖巧,斯斯文文的,每回来我家都是礼貌有加谦虚有加。于是我们就上楼了,窗外下着小雨,室内亮着一盏台灯,气氛突然就变得神秘起来,我想这也有点怪。而更奇怪的是有一段时间我们居然无话可讲。屋顶上的雨声越来越响了。

后来,许言敏说清了这件事。原来是老黑这小子打着我的旗号去送票给许言敏的。老黑还说我怕别人讲闲话不好亲自来,请她原谅。到了电影院又继续撒谎说我万万没想到今天是我妈的生日,我来不了就让他来陪。这个狗娘养的把我整个地卖掉了!

第二天我找到老黑说,我们该把账清清了。这家伙一听就明白是怎么回事,却满不在乎的样子,说,怎么个清法呀?我说放学后在北门小河边见。说完我就走了,心想这小子真是越来越狂了,竟然一点不含糊。他不知道要打架吗?他不知道他从来就打不过我吗?以为裤裆里比我多几根鸟毛就能赢我吗?

果然一放学我们就在小河边见了。他还比我先来,双手插在裤袋里,一条腿还叛徒一样地抖动着。我把书包一扔,说,你知道我为什么要揍你吗?

老黑说,我们是决斗。

我差点想笑。决斗?为许言敏决斗?我说,不是决斗,你和谁好我不管,但你他妈的不能败老子的名声。我今天就为这个揍你!

老黑听了这话突然有些紧张,说我怎么败你名声了?他的表情却给我信任,那是很难装出来的表情。于是我就把昨晚许言敏讲的那些全说了。老黑一下就流出了眼泪,说,怎么会是这样呢?她明明对我说是她爸爸单位发的票,让我陪她的,还叫我别告诉你呢!

我给弄傻了。他们说法不一却又一样诚恳一样流泪。我该信谁?

直到今天我也没弄清楚究竟是怎么一回事。不过我和老黑那天没动手,我后来的力气全用于劝这小子想开点去了。没有人劝我想开,我也很难想开。但是这件事让我暗地里伤心了好一阵子。现在看来我的伤心不无道理。"我该信谁"对于我永远都将是一个问题。我的前半生如此运气不佳,十有八九是因为栽在女人和朋友手里。可我又怎能去过没有朋友没有女人的日子呢?

　　我不知道该怎样来说那个许言敏。她和我同岁,我们从幼儿园起就是一班。有一个时期我们的母亲还是同事,都在石镇剧团,后来她妈妈嗓子倒了,就改行去做了会计。那时候剧团的人老爱拿我们开玩笑,说我是她家的小女婿(剧团演过这出戏)。我在十来岁时就与女婿这个词有关了,但是不懂其意。有一回我问许言敏,你知道什么叫女婿吗?她想了想,说,就是以后做我老板的人吧——石镇的女人喜欢叫自己的男人做老板。我觉得好奇怪,接着问,那我们是不是要结婚?她说当然要,不结婚怎么能做老板呢?

　　结婚好玩吗?我好像挺有兴趣地问道,你说结婚是怎么一回事?

　　结婚就是我们并排睡在一张大床上。

　　就这么简单?

　　对,像我爸和我妈、你爸和你妈一样。

　　那我们现在不就可以结婚了?

　　现在不行。结婚是大人做的事。

　　他们在床上还做别的事吗?

　　不做,就并排躺着,躺过一阵就要生小孩了。你知道小孩是从哪儿出来的吗?

不知道。我想女人身上肯定有一个小洞洞。

屁话,小孩是从腋窝里出来的。

腋窝里有洞吗?

到时候它会裂开一个口子。

那一天后,我们就并排地躺在床上,谈着这些古怪的事,一边看着一本《人民画报》,上面有很多毛主席接见红卫兵的照片。许言敏指着一个戴帽子又戴眼镜的女人说,你看,这就是毛主席的老婆,姓江。毛主席是她的老板。

我吓得坐起来,你别乱说!

我没乱说,她就是毛主席的老婆。

毛主席没有老婆,从来没有!

毛主席是不是男人?是男人就会有老婆!

你这话反动!

你才反动呢!你连毛主席讨个老婆都不肯,让他老人家打光棍怎么的?

我们不欢而散。许言敏一走我的眼泪就淌下来了。我从来就没想过毛主席也有老婆。毛主席怎么会和石镇的男人一样有老婆呢?很多年后我还为这种奇怪的心理发笑,但还是不很明白那时的我怎么会那样去想。那个时候,我心目中最真实的毛主席是我们学校大门口巍然屹立的毛主席塑像,他的手比一顶草帽还大。到了尼克松访华那一年,我从电影上看见毛主席才突然觉得他很像一个老人,而且觉得他走路的样子和我外祖父差不多。

许言敏是个很有趣的女孩,如今虽已是一个十五岁孩子的母亲了,但是心理上仍不失一分天真。1993年长江发大水,我们省灾情严重,于是就有四方捐款,其中包括一些影星歌星。但是有个专演毛泽东的特型演员没捐,许言敏听说了就气得不行,说,他居然还演毛主席,他也配?此后她再也不看那人演的电影了。据说她还给电影厂写过信反映此事,要求把那个演员开除掉。

那件事谈开后我和许言敏的接触便不像以前那样随便了。平时在班上我们几乎不讲话,因为我不再相信她。但是很怪,她好像比以前漂亮了,而且越来越漂亮。冬天来了,她穿着一件黑呢大衣,那是她妈妈的旧衣改的,但我觉得很合身。她的辫子也长长了,辫梢齐腰,是最好看的阶段。我尤其喜欢她戴口罩的样子,不仅遮盖了那一口四环素牙还平添了几分神秘感。最要命的是她的胸脯一天天地高了起来,爱在我眼前晃来晃去。我真后悔那次没有和老黑在河边打一架,那天要是我不问,老黑也就不会主动说,我也就只信了许言敏一个。我们真该说打就打。老黑比我还伤心,一想起他那天哭的样子我他妈的就受不了。老黑那天之所以敢同我交手,是过分相信了爱情的力量——这是很长时间以后他亲口对我说的。又过了很长时间,年近四十的老黑在南方某个城市遇见我时又反过来说,爱情是他妈的最没有力量的。那时,他第二个老婆刚与一个做拉链生意的温州小白脸儿私奔不久。

那年冬天许言敏真是差一点和我好上了。然而即使是这样,她也与我心中的偶像沾不上边。偶像这种东西就是可望不可即,哪能唾手可得呢?哪能在石镇的街上随便乱窜呢?

但是不久我觉得下这个结论还为时过早。

石镇是个典型的本地和尚念经不灵的地方。比如说剧团,本是省里挂得上号的,但在石镇的演出就很少有过客满。可是邻县的某个破剧团来演几天,弄票还得找关系。这地方人的好奇心出奇地旺盛,屁大的事会闹得满城风雨。谁结婚了谁死了或者谁偷人了谁坐牢了,那消息传开只是一会儿的事。你走到街上不出十步就会碰见一张熟脸。于是生人落户便自然地引起全体人民的关注。如果这生人不仅是个女人而且还是个漂亮女人,那么这女人无疑就成了那个阶段石镇的明星。

1971年春天,一批省戏校的毕业生分到了石镇剧团。突然间来了十几个青年男女,而且还是文艺工作者,产生的轰动效应可想而知。他们穿着统一的练功服装,三五成群地在街上晃悠,简直成了一道亮丽的风景。剧团特意给他们组织了一次专场演出,想借这批新生力量振作一下。演出可谓盛况空前,连演三场都座无虚席。但是舆论没过几天就起了变化,那几个男的普遍受到了批评,不是对长相的挑剔就是对演出的责难。喉咙像拉大锯似的,身板硬得像石头,这样的人石镇街上有的是!言下之意他们是多余的。反过来说,女生得到了肯定。分来的那几个女生共同的一点就是皮肤都很白,于是便一白压三丑了。我从小在戏园子里长大,日久天长自然就有了所谓的专业眼光。我并不像街上那些人那么认为,倒觉得有两个男的条件不错。戏校的学生住在剧团的老宿舍,离我家仅隔了一个莲花塘,没事的时候我就去找他们玩。他们其实也比我大不了几岁,又一律喊我母亲老师,所以我一去便受到热情的接待。这样一来与老黑白皮的接触明显减少了,而我却不觉得。有一天白皮在莲花塘边截住了我,这小子用警告的口气对我说,要是我再和戏校那些家伙混在一块儿,我们的友谊就一刀两断!我着实吃了一惊,没想到事情会这么复杂。

他们有什么呀?不就是每月十八块钱吗?白皮不屑地说道。

他们是我妈的同事,家又不在此地。我这样解释,我不过是把他们当客人待。

你是不是看上中间某个女的了?白皮突然冒出这么一句。

你他妈的屁话!我连他们的戏都懒得看还有兴趣看人吗?说着我就生气了,脸涨得通红。

白皮这才软了口气说道,不是就好,免得伤了许言敏。

这与许言敏有什么关系?

你不是又和许言敏好了吗?

谁说的?

老黑。

老黑的话你还信吗?

许言敏也承认了。

她承认什么?

她说你们谈开了。

谈开了就是散了,你见我这些日子理过她吗?

你不理就是你的不对。

我为什么非要理她,我又没有和她干什么!

其实我觉得许言敏不错。

那你去和她好吧!

她喜欢的一直是你。你也在心里喜欢她,这事你瞒得了别人可瞒不了我。要不你会去找老黑算账?

我不过是要把事情搞清楚。

既然已经搞清楚了你就更不该不理她。

谁说我搞清楚了?

你自己说的。

我只是想搞清楚但不可能搞清楚我干脆就不搞了!

和白皮吵过,我心里很不好受。我知道那件事要搞清楚很容易,只要把他们找到一块儿对质就妥了。可是我担心甚至害怕这样一来三个人都会很难堪,我会因此失去他们两个。我不想这样。真的不想。我只希望这件事就这么淡过去。可是白皮如此上心倒出乎我的意料之外。这事最先就是这小子挑起的,现在当和事佬的也是他,我真给这家伙弄糊涂了。关于白皮我后面再谈,现在我接着说戏校的那些人。他们当中的五个女的在我看来都很一般,从她们身上我看不出一丁点儿艺术气质,充其量和石镇医院的护士差不多。我最受不了的是她们拿我当孩子看,好像她们是我妈的同事于是也就可以全体当我妈了。她们大呼我的乳名,有一个姓秦的黄毛还动不动摸我的脸。另一个姓马的大脸盘每一次见到我都要拿糖给我吃,这个方式对我妹妹倒十分合适,我想要是她递给我一支香烟我肯定会对她改变看法的。总之,这五个女人我都觉得没劲。

那时候剧团正在大搞移植革命样板戏,所有的服装道具都是从北京买的,布景也必须按书上规定制作。剧团的美工是从乐队改行的一个跛子,手艺很一般,这样团长就叫我去帮忙。在石镇,我的绘画颇有名气,耸立在镇中心十字路口的《毛主席去安源》就是我和文化馆的人一块临摹放大的。所以只要有空,我便去剧团画布景了。那活和刷墙没什么区别,还得登高爬低的,几天忙下来我就毫无兴趣,但又不敢撂挑子——这可是他妈的政治任务啊!有一天我正画《红灯记》的海报,边上围了很多人,七嘴八舌地夸我,说李玉和的眼睛怎么怎么有神,铁梅还真有点像我们的小吕呢!我一愣,剧团哪来的小吕?这时我听见身后的一个女声说,我哪有这么好看呀!我就侧过身子,很快就看到了一张陌生而漂亮的面孔,我想这恐怕就是那个小吕了。

后来我才知道,小吕也是这一批从戏校分来的,因为有病推迟报到了两个月。听我母亲说,这一批学生中小吕是成绩最好的,本人的条件也最好。那年小吕十九岁,称得上豆蔻年华如花似玉,而且还有大城市人的气质——气质是个什么东西我说不清楚,但我能感觉到。不知从何时起,我对略有病态的女人十分欣赏。这也许与我偷看《红楼梦》和《家》有关,于是在那个黄昏,林妹妹梅表姐的形象和小吕的脸重叠到了一起。

那以后我闭上眼就再也看不见许言敏了。

我几乎每天要去一趟剧团。他们排戏,我就坐在后排看着。他们以为我在看布景的效果,没有人会知道我是在看小吕。有一种女人是百看不厌的,那时我就觉得小吕是这种女人。看了,便想接近,一起说会儿话。她们都住单身宿舍,但是我不能只往小吕屋里去。通常是在其他人的宿舍转上一会儿,再去她那儿。她的屋子布置得像她本人一样,怎么看都舒服。墙上有许多从过去电影画报上剪裁下来的明星剧照,每幅四边都用废弃的油光彩纸镶着边框。这是一个细心的姑娘,也是一个整洁的女人,她的屋子历来是干净的,称得上一尘不染。

　　这天我又来了。我到的时候屋子里没人,门虚掩着,她可能去街上打开水了。这是一个星期天的下午,老宿舍里没什么人,显得很安静。我突然就有了莫名其妙的心慌,总觉得会有事情发生。来时我已想好了理由,托她在省城的熟人给我邮寄几本画册。我想这样也许她会提出让我给她画一张素描肖像,我随身带了画夹和写生工具。我会理直气壮地看她很久,而且我相信我们会有很多的话说。这应该是一个完美的设计。我等待着,但我的眼睛却被一件小东西抓住了。那是她的胸罩,晾在衬衣里面。1971年的石镇是看不见这种东西的,我也只是从形式上做出了判断,这一点不困难。问题是这个东西给我的刺激太强烈了,在我眼里它已经不是胸罩而绝对就是女人的乳房。她的乳房!我甚至想动手去摸摸它!那前后几分钟里我简直像个贼,激动和恐慌搅和到了一块儿。就在这个该死的时刻,我听见了她的脚步声。我刚一回头,她已到了门口,手里拿着几朵栀子花,香气顿时溢满了屋子。

　　小吕看见我总是很高兴的样子,一点也不吃惊。但是我却还没有缓过气来,仿佛真的偷了她的一件东西被她捏住了手腕。这花漂亮吗?她一边把花放到玻璃杯子里用水养着一边说,你看它多香,我真该再多买一点。

　　我说那我去为你再买吧。她说算了,说过几天再买。她问我要不要喝水？我说不要。我说我到这儿来找颜料，见她的门开着，就顺便过来看看。说完，我就离开了。那一刻我就想早点离开，十四岁的家伙能有多大的出息？但是一离开我又后悔，恨自己太他妈的窝囊。我要是能拿出对付许言敏那一种风度就好了。这真是个要命的毛病。男人如果见到真正的美女内心一定是胆怯的——这是我很多年以后的总结。

事情并没有完。这天夜里我第一次做了个幸福而可耻的梦。我梦见了小吕的身体，我拥抱着那柔软的身体，把头埋在比身体还要柔软的两乳之间。我对女人身体的神秘感并不是十分的强烈，因为我在剧团美工那里偷看过徐悲鸿的素描和外国的油画，但是像这样把女人的身体和一个具体的女人联系起来并且享用，这还是第一次。我想我们应该是做爱了。在那个遥远的深夜，我的少年之躯诞生了一种前所未有的愉快。那不过是几秒钟的事，但却是永世难忘的几秒钟。我从那极度的愉快中醒来，感到两腿之间是彻骨的冰凉。我朦胧地意识到奇迹发生了！我仔细检查着我的身体，它的周边也终于呈现出了浅浅的黑色。现在，它已经很伟大了。

然而新的苦恼接踵而至。我陷入了一个怪圈——我越是喜欢小吕就越去想她的身体，越做那种幸福而可耻的梦，梦醒之后便会对自己深恶痛绝一番。那时我不知道"亵渎"这个词语，我只是觉得那么想那么梦很不应该。我认为好女人都是干干净净的，也许连屁都不会放，我怎么能让我的偶像在梦里一丝不挂呢？

我变得有点怕见她了。因为一见面我就觉得她在我面前是裸体。天渐渐热了,夏天是个危险的季节,而我处在危险的年龄。但在女人问题上,我显然还不敢冒险。

有一天我在新华书店遇见小吕,她开口就问,你怎么不上我那儿玩了?我说学校正忙着排练欢送高年级毕业生上山下乡的晚会节目。她就很好奇地问道,这儿的学生也下乡吗?她的意思是说这儿已经是农村了。我说当然要下,下到真正的农村去锻炼。我心里突然有些不舒服,我不希望小吕把石镇看作农村。我匆匆走了,小吕可能还在琢磨什么才是真正的农村。不过没多少天这个问题便解决了。那年5月间剧团组织送戏下乡,这回他们是去真正的农村。而我却去了真正的城市——上海。

去上海的决定很突然。我们的校长刘大肚子有一天在《解放日报》上看见了个独幕话剧,认为对教育革命很有好处,就立即组织人员去上海观摩。一行三人,由一位家在上海的老师带队,另外两名学生是我和许言敏。上午通知,下午就出发了。我母亲只给了我十五块钱。我们由石镇坐汽车到水市,再从那儿改乘轮船直达上海。对于我,上海是城市的偶像。虽然大家都唱过"我爱北京天安门",报上也一直在说"北京是世界革命的中心",但自从那年我妈从北京串联回来说"北京一点也不好玩"后,北京在我心中就失去了位置。我还是相信我妈的。我不明白毛主席为什么偏要选一个不好玩的地方待着。我对上海的了解是从我家那只浅绿色帆布旅行袋开始的,那上面印有外滩风光的图案,让我觉得像是外国,像欧洲或者美国。它们都是臭不可闻的资本主义国家,不过风景又都很好。现在我就提着这只上海旅行袋去上海了,我还真他妈的激动了一宿没怎么合眼呢！另一个原因是许言敏和我在一起——我虽然暗地里喜欢小吕,但是也不想拒绝许言敏喜欢我。用现在的话说,这很排场,我居然搞起了一龙二凤式的小三角。我和许言敏爬到最顶层,看着长江两岸的灯火,我很自信地对她说,我身上只有十五块钱,但照样去上海遛一趟。许言敏说,你知道为什么挑你来吗? 是我向刘校长说的。

我很吃惊,刘大肚子和许言敏的父亲既是同乡又是同学,这话有可能是真的。我突然觉得很难受,刚才的激动便化掉了。

许言敏说刘校长想要排这个戏,我就说只有你能排。

许言敏说我知道你对我有意见但我有好事还会先想到你。

许言敏说和你一块出来我很高兴我没有别的意思我不过是……

不过什么? 我打断她,你以为你是校长的校长吗? 你以为你怎么说我就怎么信吗? 我可以回去但你有本事把戏排出来吗?

我们一下就闹翻了。许言敏犯了一个致命的错误,不该拿一个男人的自尊心开玩笑,哪怕是一个十四岁的男人。

第二天傍晚,船抵达了上海十六铺码头。望着乱糟糟的一片破败景象,我不禁倒吸了一口凉气。我的城市偶像便在这个瞬间变得破烂不堪。很多年后,我因业务关系几乎每年都要来上海两三次,没有一次是乘兴而来开心而归。在那个自以为是的城市里我一点也找不到感觉,我想这与我第一次来时的印象不好有关。我宁可守着那个旅行袋上的上海,它至少给我以想象力。

我在上海前后待了两个星期,回来时已是那一年的5月底了。

我身上的十五块钱除了给家里买了一把大汤勺基本上都买了美术资料。我给白皮和老黑每人买了一条仿军用皮带,还为小吕买了一对琵琶样式的发卡,她别在头上一定会很好看的。那时剧团正在农村演出,我在家中只住了两晚就借白皮的自行车进山了。田里的稻子转黄了,一片丰收在望,山清水秀,鸟叫蝉鸣,和上海相比山中多了一大块的安静和一大片的蓝天,空气明显地清新了。我一口气蹬了30公里,到了目的地,天色已近黄昏。刚到村口我就远远看见一个人像是小吕,但不明白她为什么要打一把伞,太阳软了,还需要遮阳么?当演员的就这么娇气。我加速蹬过去,喊了她,她便吓了一跳,说是你呀,你这么快就回来了?上海挺好玩吧?

我说上海不好玩。她的话我听了很不是滋味。怎么叫"这么快就回来了"呢?我并不觉得快。但是见到她,我还是很高兴的。我不明白她为什么没有晒黑,是这把伞的功劳吗?我就说,你真娇气,太阳快下山了,你还打伞。她一下就笑了,她说哪里呀,我是要上厕所,这里的厕所都没有门呢!说着,她便把伞递给我,又说,那你替我看着点,我一会儿就好。

我突然觉得心里有些异样,我想这应该是很大的信任,这和一个女人向你托付终身没有多大区别。这时候剧团的人陆续过来了,我便有些紧张,就赶快撑开伞遮挡了过去。我好像听见我妈在说,那边那个人是不是我儿子?

那天我就住下了。剧团的人分别睡在两个大仓库里,蚊子出奇地多,那些男人的汗味脚臭更让我无法忍受,我干脆就不睡了。外面是一片月光,蛙声此起彼伏,微风吹过来很舒服。我沿着一条通往河边的小路慢慢走着,想明天什么时候把那副发卡送给小吕,我该对她说些什么?我意识到这将是一个大动作,是毫无遮掩的暗示。她会感动吗?

正想着,忽然听见左边的小树林里传来一男一女的说话声。那男的好像是拉二胡的麻子程兵,女的竟然就是小吕!他们在商量一件什么事,麻子说,你别怕,天塌下来有我呢!小吕说,天塌不下来,但我可能从此就塌下来了。他们向远处走去了,我的脚不知不觉地软了起来。我想他们的确是在商量一件可怕的事。他们或许不怕,害怕的是我。那个晚上太他妈的折磨人了。我想到极不愿意想的地方再往回想,等于是把自己吊起来再替自己松绑。我不过十四岁呀,我哪能承受类似老婆偷人的痛苦呢?所以天一亮我就蹬车回了石镇。这天又是一个星期日,石镇的天空万里无云,可我心头却在下雨。我站在大桥上,望着东去的琴河,一种很苦很恶心的感觉在胃里翻滚。车胎爆了,我沮丧地推着这辆破车向车铺走去。我觉得街上的人都在看我,听见有人把痰吐得很响亮。没过一会儿,身后传来了许言敏的声音:你昨天去乡下了?刘校长让我们去汇报呢!我看着许言敏,就见她的嘴还在动着却听不清她又说了些什么。那一刻我真想扑到她怀里痛哭一场!

我父亲曾经郑重指出,我是一个睡得着醒得快的人。这话对于我接近真理。对于十四岁的我来说那就是纯粹的真理。现在我已经四十了,患上了严重的神经衰弱,睡眠成了人生的一大问题。这两年我在北京做事,有一天去长安街上溜达,我突然发现脚下的身影已完全是个标准的中年人身影,那么缓缓地移动着,让人很容易联想到你的前列腺不健康。那天晚上我去北京音乐厅听了一场音乐会,坐在我前面的是一对少男少女,看上去也不过十四五岁吧。我不禁想到了1971年的我。石镇历史上从来就不曾有过什么音乐会。我为我的故乡所做的贡献之一是填补了舞台上话剧的空白。我得感谢那个莫名其妙的话剧,它帮助我摆脱了1971年的苦恼。那些日子我的全部精力都投入话剧的排练中,只是偶尔从抽屉里见到那副琵琶发卡,心里才有了一点不好受。我想这情绪可以算得上是忧伤了。这发卡我得找机会送给小吕,无论她是否和麻子干了什么。

一个月后,话剧正式在石镇剧场演出了。学校为了重视,请剧团的人来帮助化妆。来人中就有小吕,而且她指名要替我化。这是我们距离最近的一次接触,她的手无比痛快地抚摸着我的脸,我能感觉到她皮肤散发出的动人气息,然而我的心跳却没有增快。

用我父亲的话说,那个时刻我大概是睡醒了。

不久,暑假又来了。这个假期我准备和老黑白皮去罐子窑学制陶器。那是我母亲的出生地,我已有好几年没去了。临出发的前一天,我到剧团去向小吕辞行,想把那副发卡亲手交给她,但我不想说这东西是几个月前在上海买的。那天剧团不排戏,她应该是在宿舍里。我从那片莲花塘前走过时,看见满池的莲花都开得像小孩子的脸。走到老街口,忽然见到几个白衣公安押着一个男人正匆匆朝这边走来,后面跟着许多围观的人。近了一看,那人是麻子程兵!他被麻绳五花大绑着,脚上只有一只鞋。我一下意识到是他和小吕犯事了,心跳得自己能听得到响声。这时人群中走出了白皮,他说,这小子栽了!我便问如何栽了?白皮说,他摸高压线呢!剧团那个小吕是军婚你难道不清楚?

我还真不清楚。那会儿我真替小吕着急,就连忙往老宿舍奔了。但是小吕的房门紧锁着,只开着半扇窗。我立在窗前,看见她的蚊帐都已经卸了,猜她八成是回了省城家中。我去附近小店里买了一块手帕,把那副发卡仔细地包好,从窗口扔到了她的床上。

事情的真相并非如传言所说。小吕其实不过是曾经与一个军人恋爱,在分到石镇之前,她就动过想断的念头。是恋爱那就属于双方的事,小吕没有非爱军人不可的义务。这在当时我就明白。我不明白的是这么一个如花似玉的姑娘为何要去爱一个拉胡琴的麻子?这件事在石镇闹得沸沸扬扬,几天后,麻子程兵被挂牌游街,那巨大的牌子上赫然写着"流氓分子"。麻子没有坐牢,大约在拘留所关了两个月就释放了,但受够了皮肉之苦。小吕不久也回来了,她好像一下子长大了许多,看上去已是个典型的妇女。到了这年的秋天,有一天我母亲回来说,小吕找团领导要开介绍信,准备和那个程兵登记结婚。母亲说,看不出,小吕还是个有骨气的女人。

但不知为什么,他们的结婚报告迟迟没有批。很多年后我才听说,原来是县革委会的一个副主任在暗地里作梗。那个人的老婆得了乳腺癌,一时又死不了,于是那人就想把小吕这张牌扣在手里。1993年我在海口办公司,一个阳光明媚的上午,我接待了来自故乡石镇的一位面目清秀的年轻人,他是来求职的。在简短的寒暄后,我才知道面前的小伙子就是小吕的儿子,已经十八岁了!他

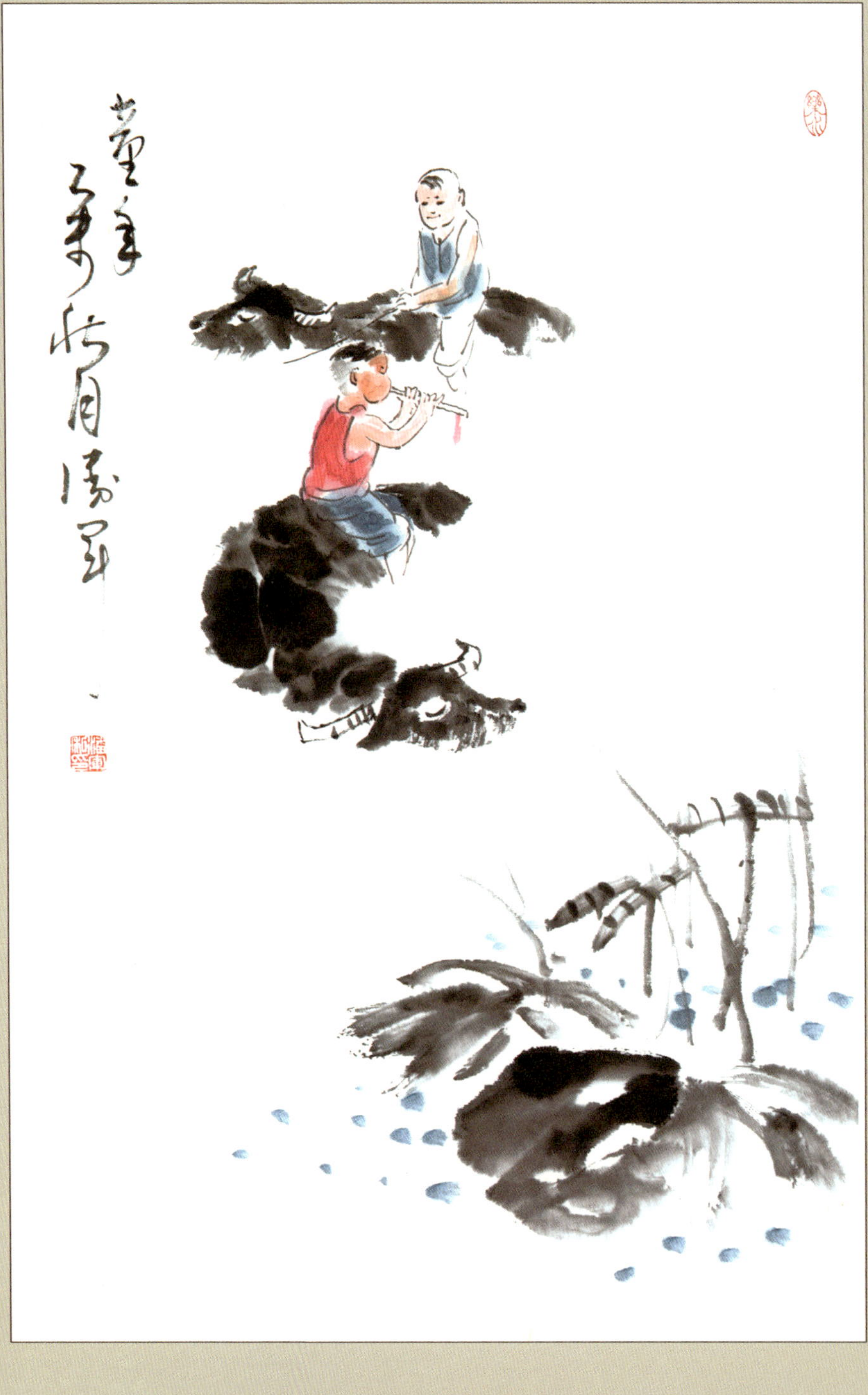

还给我看了一张照片,说是他母亲交代的,送给我既是纪念又是证明。照片上的小吕抱着两岁的儿子,依旧是那么的美丽。而让我怦然心动的却是她头上别的正是我的那副发卡!那个瞬间我几乎是落泪了。我感到一种酸楚的幸福在我的体内涌动着。我知道我那幼稚的爱获得了深厚的证明。时间实在是流得太快了,不经意中就过去了二十几年。我留下了这孩子,并安排他去驾驶速成班学习。小伙子倒是很聪明,没多少天就能熟练地开车上路跑了。那时我很想与小吕通一次电话,也想邀请她来海口玩玩,却终于没有做。我觉得过去的事还是保存在记忆里比较好。一天,小伙子紧张得跑来说他出事了,因为喝了点酒,开车撞倒了一个路边小摊,幸好没把人弄死。我一听就火了,扬手打了他一耳光。这个鲁莽的举动让我们都有些意外。我生气地叫道,你知道我为什么揍你吗?他吓得不敢作声。我想他不会知道。他怎么会知道那冲动的一刻我已把他当成了自己的儿子?那天晚上我不禁想到了二十二年前的那个秋天。我记得有一天打开水遇见了小吕,当时我们都有些不自在,随口说了几句天要下雨之类的废话,然后她就离开了。那正是她一生中最艰难的日子,而我却不再去看她了,我想她心里是有数的。其实我没有一点嫌弃她的意思,我不在乎别人怎么说她,但是我不愿意看见她和另一个男人在一起。我怕的是这个。

　　我又回到了朋友中间。那个暑假我的情绪恶劣到了极点,去罐子窑学制陶的计划也临时放弃了。后来还是老黑提议说去看看大头,这小子和我们有一年多没联系了,即使是春节也不回石镇。

我们就搭车去了那个公社,一路问过去,直到天挨黑了才找到大头的亲戚家。可是大头却不在,那亲戚说他去邻县的一个铜矿上做小工了,每天能挣八毛钱。我们只好给大头留下一封信,让他过年一定回趟石镇。

那个暑假后来我们什么也没干。有一天我突然心血来潮地想写小说,而且想写长篇小说。我就去街上买了一摞稿纸,成天躲在小阁楼上爬格子了。最先知道这件事的是许言敏,她是听我妹妹说的。为此她还让我妹妹带来一张条子,上面就写了一句话:你的小说里有我吗?这倒给了我启发,我为什么不能写写自己呢?可是细一想又发怵了,我总觉得我们几个干了一大堆坏事,而我们又个个希望自己能成为英雄,这好像很矛盾。我把这心事曾对白皮吐露过,他倒很不以为然,他说你"斗私批修"呢,你没有一分为二地看待自己,我们不是还救过火吗?

可这种事太少,我说,再说写起来总觉得有点不好意思。

有什么不好意思?难道还有假吗?

我总不能自己夸自己吧?

那你就夸我吧。将来你的小说出名,我就跟着出名。这没什么不好。

出名有意思吗?你走到外地谁会知道你是石镇的白皮呢?

报上会登很多照片的,慢慢地就认识了。

认识了又怎么样?买东西能少给一分钱吗?

倒也是。我家对面的鞋匠长得就像陈永贵,但他还是修鞋。

算了,我不写了。

也许你将来会写。

这个无聊的暑假总算是混过去了,开学没多久天气便转凉,树叶不知不觉地落,但是很怪,这个秋天缺雨。秋干冬冷,这是我外祖父的预言。他还说来年的年成不会太好,因为雨水都攒在那儿,一下起来就会没完没了。我们不关心年成的好坏,就想早点毕业,去过那种自己挣钱自己花的日子。念书没有意思,没有一门课让我们感兴趣,老师也懒得教,时常叫大家自习。于是就有人在教室里用从化验室偷来的酒精灯烤花生吃,弄得一屋子都香。有一天上几何课,驼背汪老师正在黑板上画梯形,猛听见"砰"的一声爆竹响,吓得差一点儿晕倒。但硬是查不出是谁放的爆竹。驼背恼羞成怒,大喝一声,猪!你们这些无知的活猪!大家一下笑了起来。驼背便立即去找刘大肚子汇报了。下午,广播通知全校开大会,一看校长之流铁青着脸坐在台上,我们就以为要集体受到死整。老黑低声对我说,坏了,我要倒霉了。我这才明白那爆竹是这狗娘养的点的。我骂道,你活该!你他妈的太过分了,你那鸟毛算是白长了。老黑狡辩说,我以为是烟火,没想到响了。这时,刘大肚子拍拍麦克风,用力清了一下嗓子,说,注意了,现在传达中央文件!关于林彪反党集团反革命罪行的报告。

我们一下子就吓呆了。这怎么可能呢?但是谁敢瞎说?!

我觉得以"林彪事件"作为我的偶像时代的终结点是非常合适的。所以我的这篇小说到此也就可以结束了。为了使"这个故事"相对完整一些,我想对故事外的若干情况再略作交代。去年秋天我回了一趟石镇,是来参加大头的葬礼——他死于非命,一辆卡车撞掉了他半个脑袋。在殡仪馆,我们只见到了他的身体,看上去还是很魁梧。大头叫张顺强,生于1958年9月,死时刚过四十岁生日没几天。大头在农村只念完了初中,后在赤岭铜矿当临时工、合同工,1989年起带着老婆和两个儿子回石镇,开了一个日杂商店,据说生意还不错。除了老黑,我们原先的同班同学基本上都来了。老黑原名李龙,后改为李朝阳,当时他正在四处寻找他的第二个老婆,就发了一份唁电,并给大头的亲属电汇了一千元。大头下葬的那天,白皮和夫人许言敏乘一辆奥迪车从省城抵达,两人都十分悲痛。白皮紧握着大头妻子的手说,你生活上还有什么困难,要不要我和县长打声招呼?白皮大号王奇志,1982年大学毕业后就留在了省直机关,现任省外办第一副主任。他在大学毕业后的第二年与在部队医院当护士长的许言敏结婚,但他们是从何时恋爱的我不得而知。

　　这几年我走南闯北地四处瞎撞,虽然家在省城,但和白皮也是难得一见。所以那次碰到就想一起好好聊聊。于是他在县招待所包了间房,让许言敏带孩子住回了娘家。他女儿长得不像他而像许言敏,因此我敢断言这孩子是第二胎。白皮委实吃了一惊,说你怎么知道不是头胎?我说一望便知,是头胎必像父亲无疑。他就很腼腆地笑了,说还真让你说对了,就是二胎。他说这事至今无人知晓,那时他还在大学念书呢,就把一个女兵的肚子搞大了。我说,你这家伙手段够高明的,难怪人说会咬人的狗不叫呢。白皮说,要是我那时不把她拿下,她也许就嫁给另一个主任了。我当时心想,如果我和许言敏当初就正儿八经地好上,那孩子就该长得像我了。我不知道我为什么要这样想。

那天晚上我们聊得很迟,又喝了不少酒,却毫无睡意。想起二十几年前的那些事,又联系到大头的死,一种很复杂的气息在我们之间穿行着。外面的鸡开始打头遍鸣了,电视机里正播放着《风雪山神庙》,白皮就评论说这东西拍得很臭,还没有我们那回救火好玩。我同意他的看法,我说电视剧就是个破东西,却时常有人让我去参加什么艺术研讨会。电视剧还有艺术吗?他说还不如来研讨研讨我们呢。说着,他很神秘地凑近过来,问道,你知道那场火是怎么回事吗?

我看着他,片刻之后说道,我刚知道。

然后我们就哈哈大笑起来。

1999 年 5 月 北京—合肥

(原载《时代文学》1999 年第 5 期)

从前的院子

命运对于过错总是盲目的,只要有一点点的放纵,命运就会变得冷酷无情。

——豪·路·博尔赫斯

1

去年秋天我计划写一部长篇小说。和以往一样,每写一部长点的东西,我首先想到的不是内容而是所谓的形式。在那部想必是忧伤而潮湿的故事中,我企图做一次叙事的冒险——除了文字,我还准备掺进大量的照片和绘画,后者当然不是插图,它应该成为叙述的另一种方式,构成另一个层面。

这样,我便需要回故乡石镇拍一些照片,同时把尘封已久的写生作业翻检出来。在我决定去当一名小说家之前,我的理想是当个有才气的画家。这个从前的理想已经疏远了我二十年。不过我相信,再过二十年它又会回来——六十岁之后我不想再与文字打交道了,面对小说我已毫无才华可言,而绘画除了满足我残余的想象,还可以延年益寿。

我是秋天行将结束之际回来的。那天是个阴雨天气,石镇的街上人影稀疏,看上去有些清冷。我记忆中的秋天从来都不明朗,但我似乎对眼下这个萧瑟的季节格外关注。这有点怪。

第二天放晴了,阳光很好。我便带着一架尼康F2开始实施我的计划。我首先要去的,是位于后街那个从前的院子——我在这里生活了近二十年。石镇现存的老街只剩下两条半,应该是民国初期遗下的,建筑风格类似于江南的徽派民居。不同的是,徽派民居的格局都是一个整体,石镇的老街却是独门多户。一个门洞向后延伸扩展,住着十几家,由回廊连成一个整体,这便形成了所谓的院子。没有围墙的院子。在我看来,这种结构更接近上海的里弄,不过是低矮一些,最高的也就是二层。我一直觉得,现在的房屋结构是造成今天故事缺乏的一个不可忽视的因素。虽然大家住在同一幢楼上,但是平时几乎没有交往。每家的门都是紧闭着,每家都有防盗门,据说家用报警的装置已经开始出现。这样的时候,我便不由得怀念起从前的院子来。然而一想起这个院子,我的心又开始变得沉重了。这就是我为什么迟迟不肯写它的原因。

从前的院子位于半边街。

半边街坐北朝南,总长不足一公里。南边临着一条活水河,名字很好听,叫琴河。它发源自哪里我不清楚,但我知道它九曲八弯之后,另一端通向长江。早先,半边街是个商埠,外江的船在这里停泊,进行盐、布匹、陶瓷以及鸦片的交易。我一直疑心从前的半边街上设有烟馆和妓院。琴河流经半边街时造成的形势很有趣,它可能在上游某个洲嘴绕了个弯子,所以看上去水势是往西淌。河的沿岸一律用不规则的石头垒砌成坡,有一丈高。我们下河沿需要踏过二十几级台阶。半边街的街道也有丈余宽,除了沿河堤植有一排杨树,街道上全都是铺着浅褐色的麻条石,雨天是很好看的。

当年这院子住的人家差不多都相继迁走了。院子本身却没有多大的变化,只有当中的那棵枣树伐掉了,低矮的树桩上晒着一双圆口布鞋。我依次拍下门前、窗台、楼梯、回廊和小青瓦的屋脊,似有些怅然。这大概与我的怀旧倾向有关。阳光下的这个墙角爬满青苔的院子,现在有一半处在自身造成的阴影中。我突然意识到,院子的记忆是一个现成的故事,而且这个故事中的人一部分已经死去了。在这个秋阳明媚的上午,我的心情却渐渐转为凄凉,但感觉上又是困顿而迷惘的。我似乎是第一次真正地看到,从前的院子竟是那样的深不可测,仿佛隐匿着人生的扑朔迷离。我点上烟,想沿着这条即兴的思路走下去,这时听见身后传来"噗噗"的声响,是一个男人在阳光下拍打着那双圆口布鞋。这是嘉林,我一眼就能认出。嘉林现在应该有五十的光景了,但看上去和从前似乎没有什么变化。嘉林就像一块化石,印证着这个院子。他还是一副清秀的模样,一头蓬松的黑发,一张永远微笑的脸。他身上穿的还是那件浅绿色的毛线背心。然而他不会知道此刻站在他边上的是他从前的朋友。他大概和我成为朋友不久便不认识我了。

我想,这个故事就从嘉林讲起吧。

2

嘉林在1976年春天与我成为朋友。其时我在离石镇三十华里的梅岭公社插队,嘉林则已是梅岭中学的语文教师了。他是师范专科毕业,虽为工农兵学员,但能力足以胜任工作。嘉林的父亲原也是位中学教员,后来大概因为历史上有"三青团"一页,便收了他的教鞭,给了他一杆铁笔,让他在教务处刻写钢板。嘉林的妹妹嘉秀是我的同班同学。有一段时间,学校里传言我们有恋爱之嫌。但嘉林与我做朋友,并非这个缘故,相反,那阵子我觉得他超越了做哥哥的权限,兼有护花使者的使命,对我充满敌意。这家伙甚至还威胁过我一回,拿着一把生锈的大剪刀对准我的喉部,质问我对他妹妹可曾动过邪念?逼我招出与他妹妹相处的种种细节,比如说是否摸她的奶了。这实在是无稽之谈。我就说,我连对嘉秀动美好念头都没有哪能动什么邪念呢?这家伙一听更是火冒三丈:你是说她还不配让你小子动邪念?我真不知该怎样解释。但我私下认为,嘉林的理解并无偏差。

那年春节刚过,因为梅岭中学的一位教英语的女老师调往南京,我便临时借调到职。我原以为这是嘉林在背后帮的忙,好让我从田里爬上来歇息一阵,以减去皮肉之苦。后来才感觉其实不然,对我的到来他似乎没有我预想的欢迎态度,显得很烦躁,就像我抢了他的饭碗似的。这让我很是困惑,我们现在宿舍住隔壁,我们石镇的家又是同一个院子,他没有理由讨厌我。所以平时一有空我就带上一包好烟去找他聊天,装出一副若无其事的样子。嘉林表面上也还不失谦谦君子之风,并说公社早就应该把我调来,以加强英语的教学。但这些话绝对是言不由衷的,而且我一看他的表情就知道这家伙心不在焉,好像在想什么心事。对这个比我年长七岁的男人,我没打算去揣摩他的心思,也没想着日后与他做朋友。我不喜欢他那种神神秘秘的样子,也反感他的过于整洁。

那时候还没有双休日一说。一般每个星期六的下午我都回石镇,星期一早上再赶回来。我自然要邀嘉林同行,但他说:我骑车呢。他有一辆崭新的"飞鸽"牌自行车,是院子里的碧霞帮他从百货公司内部买的。这样我就只好一个人去公社的汽车招手站等候过往的班车,而更多的是指望能搭上便车——同院的司机老于天天都在这条路上跑,碰巧了我就省了钱。从学校到汽车招手站大约三华里,往往都是嘉林用自行车把我带过这段路,然后他就骑车先走了。不过有一点我感到很奇怪,明明他是走在我前面的,可是一路上却看不见他的影子。到了石镇也还是看不见,去问他家人,都说他这个星期天不回来了。他父亲说,嘉林刚刚提拔为教导主任,有很多事缠着,我便不再多问。学校星期日从来就不加班,除了厨房的那个老头,全体老师都回家了,有什么事可缠呢?

一个阴雨的周末下午,我在公社又一次巧遇了老于的那辆大解放。走到半道上,我突然想起宿舍的房门没锁,就只好让司机调头回去。搭便车本来就有心理负担,再这么一折腾我就更不好意思了。于是我谎称明天学校有会,不回去了,请老于给我家里捎个话。我匆匆走回到学校,老师们差不多都离开了,只有那个炊事员老头在那边铲煤。天色已开始转暗,雨也渐渐大起来。我感觉身上有点酸,便想蒙头睡上一觉,等醒了自己拿煤油炉下碗面对付一顿。关好门,拉上窗帘,我躺到了床上,睡意却消失了。这种微暗、寂静以及均匀的雨声,又让我想入非非。我想这时候如果有一个女人与我并排躺着,肯定是人生一大美事。那时我十八岁,还没有初识云雨的经历,但对性事充满幻想。我时常幻想着与电影上的某个女主角同床共枕,有一回还想到了院子里的碧霞——我觉得她和某部电影的女主角相像。当时碧霞已是一个三岁孩子的母亲,比我至少大五岁,所以我更多的是在想她的脸。

我正这么胡思乱想着,忽然听见隔壁嘉林的房门开了,受潮的门发出难听的声音,开得轻巧关得果断。嘉林没走我很高兴,心想晚上可以与这家伙一起聊天了。学校没有什么人,我们可以海阔天空胡说八道。这时,我好像听出隔壁是两个人的脚步声,接着又听见嘉林语气亲切地说:淋湿了吧?然后是倒水和洗脸的声音。我期待着,好一会儿才听到一个女声说:小琴今天有些闹人,险些过不来了。

我着实吓了一跳,这分明是碧霞的声音,小琴是她的女儿。我一下子就明白过来了,原来嘉林和碧霞还有这么一腿!很奇怪,我居然也他妈的兴奋了,而很快心情又转为复杂,弄不清是羡慕还是嫉妒。最后是偷窥的念头占了上风,但是这堵土墙找不到任何缝隙。外面的天完全黑了,雨声淅淅沥沥,不时伴有轻雷和闪电,古今中外这都是做爱的最佳时机。我现在耳边还似乎萦绕着那一刻他们在床上发出的声响,我甚至都能从这不绝于耳的声响中分辨出做爱的阶段与细节。可以想象出那一时刻我是多么的备受煎熬。如同一个陪斩者,别人的事很快就完了,我却惊魂难消。我在黑暗中捉摸着自己的身体,也捉摸着隔壁那对男女从何时起就滚到一张大床上的。碧霞的丈夫根男以前是侦察兵的一个连长,一次训练中弄伤了左眼,现在在成都附近的一家军工厂当车间主任,身份还是现役。军婚是高压线,碰不得的,这么一想我便替嘉林感到担忧。纸包不住火,天长日久这事肯定就会捅出来,嘉林便没有什么好果子吃。可是我又不便对嘉林暗示什么。我此刻都不敢弄出一点动静来。他们在隔壁大大咧咧地做人生最开心的事,我在这边挨饿憋尿连大气也不敢喘。他妈的那一夜可要了我的命了!

我原想天一亮就逃走,不料隔壁那对人又来了精神,似乎在半梦半醒中又做了一回。我只好继续装聋作哑,趁着雨急时站在窗口哆哆嗦嗦地把尿放了,又一头栽到床上,不多时也就睡了去。我还做了个骄傲的梦,梦里的伟人我当仁不让了,我骑在碧霞身上,但是除了她的脸,别的地方还跟以前一样的不清晰,怎么看都不真实。那身体仿佛是平面的,没有弹性没有温度。我正苦恼着,猛听见有人敲门,空洞的声音令我慌张,好像我刚才真的做了什么。我透过门缝先看了一下,门外居然是衣着整齐的嘉林。在他身后,阳光照在沾有雨滴的树叶上,绿得叫人睁不开眼。我故作哈欠连天来掩饰我内心的慌乱,懒散地打开门:天晴了?

嘉林把一封信递给我,什么也没说就回他屋里了。我好奇怪,外地没有谁知道我已到了学校,而且字迹也很陌生,连邮票都没有。我拆开信,就见上面只写了一句话——

我们不容易,求你保密。

我立刻明白这是碧霞所为。可他们怎么知道昨夜我缩在隔壁呢?这时,听见炊事员在喊我和嘉林吃饭。我想大概是这老头今早对嘉林说了些什么,才引出眼下这堆尴尬来。嘉林这家伙还在等待我做出反应呢！于是吃过午饭,我就去了他的房间。我还没来得及说,嘉林便先开口了。他说自己和碧霞一直相爱,而更多的是说碧霞作为女人如同守寡的日子是多么多么的不容易。那语气给我的感觉是他一直是在埋头苦干地做好事,在舍己救人。我还能说什么呢？我只能表示我很理解,我说,碧霞的确不错。这家伙好像受到了极大的鼓舞,刚才凝重的表情一扫而空,几乎有些神采飞扬了,他划动着双臂激动地说道:我的朋友！我嘉林的眼光是绝对不会错的！在石镇你上上下下地瞧瞧,有几个女人胜过碧霞的？我不在乎她结过婚,我不在乎她有孩子,我只想这辈子和她在一起！

面对这个假想的情敌我不知所措,完全被他的气势震慑住了。等气氛有所缓和,我才又回到两年前那个庸俗的话题上,我问:你最初对碧霞动的是不是邪念？

他爽朗地一笑,说:邪念是对一个好女人的最佳评语。

3

很多年后我才真正懂得这样一句话:少妇的魅力是无法抗拒的。和姑娘相比,少妇显得热情大方而毫不羞怯。这当然只是肤浅的理解了。1976年我虽然还不知道少妇碧霞内心的隐秘,但从那个雨夜隔壁的动静里,我已深知这是个拥有过硬的床笫功夫并能使男人愉快的女人。嘉林的评价毫不过分。在石镇,包括剧团、医院里的那些女人,能把碧霞比下去的还真是不多。那年碧霞二十四岁,白皙光洁的肌肤使她看上去比实际年龄要小。她有着标致的五官和丰满而不失苗条的身材。没有人相信她已是一个三岁孩子的母亲,但都清楚这是个已婚的女人,尽管她梳着两根齐腰的辫子。这个百货公司的业务员是骄傲的,也是风骚的,喜欢以与众不同的穿戴来强化自己鹤立鸡群的地位。

"隔墙有耳"之后,最初几回我见到碧霞都有些不自在,总觉得她那一对丰满的乳房很活泼。她却没事似的,还时常托我给嘉林偷偷捎去一点吃的用的。作为回报,她把公司清仓打折的处理品,比如电池呀枕巾呀水果罐头之类,优先替我家留上一份。有一回她还给我张罗了一件橡胶雨衣,说是军用品转地方内销的货色。她还说她丈夫根男的那个厂就是生产这类东西的。我听着听着突然就笑了起来,碧霞却认真地说道:我没骗你,是真的呀。我就越发笑得厉害了,她这才醒悟过来,使劲捶了我几下,说你这该死的!碧霞离开后,我似乎有了些惆怅,脑中倒是真的生了邪念。我想像碧霞这种什么都"过来"了的少妇,倘若真下决心勾引大概也不是难事。她既然看得上嘉林也就不该有理由轻视我——我自觉一点也不比嘉林差。我和嘉林的区别在于:他想到做到,我是光想不做。我还在欣赏碧霞的脸时,他就已经把这个女人弄上床了。

我把那件雨衣抖开,上面确实有一方注明"军用品"的图章。这时,听见对面司机老于的女人吴玉芳在喊我,还一个劲地招手。吴玉芳原是纱厂的挡车工,因患风湿性关节炎病休在家两年了。以前她是个很讲究的女人,虽然没什么文化,长相却不可思议地有些洋气。据说当初老于和她恋爱,还以为她是大户人家出身。这个女人天生心灵手巧,她的衣服都是她自己动手做的,穿出来很别致。在我看来,吴玉芳的致命弱点有两个,一是和谁都处不好关系,所以她病休在家,厂子里从来就没有人上门来探视过,也没见有人来催她上班。二是不会生孩子,她和老于结婚差不多近十年,也没见她大过肚子。但她自己总对人说,问题出在老于那方面。当然这个解释并没有人相信,我外婆就不信,老人说:能不能生,一望便知。她这个长相就不是做娘的命。

我跳下回廊,走过去问道:吴大姐,有事吗?

吴玉芳放下手里那只大黄猫,低声而有力地说:你不要和碧霞那个狐狸精搞到一起。

她的口气比我妈还严厉,我就解释:碧霞替我买了件雨衣,很便宜。

便宜没好货,吴玉芳说,她自己就是个贱东西!

我感到诧异,实在不明白这个吴玉芳怎么对碧霞怀有如此大的仇恨。这个人几乎是半瘫痪状态,足不出户,何以知道三十里外的风花雪月?倘若是信口开河,这样的话要是传到碧霞的耳朵里岂不是惹火烧身?我就打圆场说,碧霞就是这么个热心人,有什么好事就会先想到这个院子。

吴玉芳却不以为然地冷笑着,说你还小,有些事不懂。她说:哪有男人长年不在家,脸开得像桃花一样的女人?

正这么说着,老于回来,手里拎着一撮子中药。司机好像已经猜到自己女人又在数落什么,一进门就把她架到里屋,说:你这人,腿闲了嘴又不闲!

吴玉芳还在嚷着:你巴望我闲着是不是?我就是不闲!

门"砰"的一声关上,后面的话我就听不见了。

这件事当时并没有给我留下什么印象。重新关注它是在一年之后。不过吴玉芳的话让我觉得很好玩,她的意思是:独身寡居的或者长期分居的女人如果脸色鲜美,那无疑就不是好东西了。这样的女人就活该是霜打茄子的模样。我很想把这种理解告诉嘉林,想提醒他,知道或者猜想到他和碧霞有关系的,那院子里并不只是我一个。但是我又觉得自己的解释似乎显得没有什么力量,也就不打算说了。嘉林是个敏感的男人,我怕表达含糊,反而引起他对我的误解。这是完全可能的。我记得有一次碧霞当着嘉林的面夸了几句我的画画得不错,嘉林的脸色便不那么自然了。我敢打赌,事后嘉林肯定要对女人啰唆一顿。或许是这个原因,这以后嘉林就特别希望我对他妹妹嘉秀有好感。他说嘉秀如何如何聪明,如何如何贤惠,而且对我历来印象很好。说这话时,嘉林正在用那把生锈的剪刀剪趾甲,好试穿碧霞给他织的毛线袜。我看着那把剪刀直想笑。两年前,这东西曾抵着我的喉管呢。

然而嘉林的好梦在这年秋天即将来临前就结束了。我记得那是一个晴朗的星期日,碧霞为嘉林的父亲买到了一台黑白12英寸电视机。在当时,这种东西是要凭票才能购买的。由于县里还没有建立差转台,要接收来自水市的讯号必须竖立天线。这样嘉林就得从阁楼翻上屋顶。他上屋的动作称得上是敏捷。我们都热情地帮他往上面递材料,正忙着热火,忽然就听见刚从河边洗衣回来的嘉秀大喊道:危险!

所有的人都吓了一跳,吓过了又都很疑惑,因为大家不知道危险何在。

我就问她有什么危险?我的意思是这屋子并不高,即使是嘉林从上面摔下来也没什么大不了的。

嘉秀的脸顷刻就红了。嘉秀平时是不爱脸红的。她不再做任何解释,只说:哥,你赶快下来吧!

嘉林反倒生气了,在上面冲了妹妹一句:你乱嚷嚷什么?

正说着,门口热闹起来,原来是碧霞的丈夫根男从成都回来了。这是我第一次见到碧霞的男人,与我感觉中的很不一样。根男很魁梧,尽管左眼如今有点斜视,但还是一副忠厚的样子。他看上去比碧霞年长不少,像她的一个叔叔。那时碧霞正在院子里洗头,她的辫子松开头发显得特别多。即使这样,透过这茂密的发丝我也能看见她的表情在那个瞬间变得异常复杂。当她把头发拢起来,过来接丈夫的行李时,她的脸色已有些苍白了。碧霞说:怎么也不提前说一声?根男说:我打过电话,公司里说你调休呢。根男说着便开始给大家散发香烟和糖果,散了一圈,又仰起头对屋上的嘉林说:嘉林,下来抽支烟吧。嘉林说:我戒了。根男说:你手指头好像还黄着吧,抽吧。嘉林说:我是真的戒了,不信你问碧霞。碧霞正试着丈夫给她带回来的一把漂亮的红色尼龙伞,随口答道:人家不抽你何必呢?根男便笑着说:我最佩服戒烟的男人。这时突然传来哗啦一声大响,大家又是吓了一跳,看见屋顶上的嘉林果真摔倒了,刚竖起的天线也跟着倒下来,险些砸了我。碧霞脱口而出:嘉林,算了吧!

这时远远地听见一个女人在大笑,不用看我就知道是吴玉芳。

4

吴玉芳不合时宜的笑声令我吃惊。我甚至对这种病态的幸灾乐祸很反感。可是,由此给我带来了另外的情况却是我始料不及的。嘉林最后还是把天线竖立好了,他从屋顶上下来,没有回家去调试电视机,而是去了吴玉芳那里,指着身上的浅绿色的毛线背心对她说:吴大姐,我刚才摔倒,人没事,就是把这件背心划了个小洞,你手巧,帮我补补吧。

吴玉芳说:你这洞我补不了。

嘉林说:我看行吧。

吴玉芳说:看上去行,实际上很费事。破在当中,所有的线头都断了,除非拆了重织。

嘉林说:我早该知道这个道理。可是我不想把它拆了。

吴玉芳说:即使补了,也不是原来那个样子了。

嘉林说:我还是不想把它拆了,我穿习惯了。

这天黄昏,我和嘉林吃过晚饭去河边散步,他的情绪自然不好。可我又不知道该怎样劝他,就说:你们得当心点了,这院子里有人背后都长着眼睛呢。嘉林却故作轻松地说:你是说吴玉芳吗?

不等我回答,他又说:她不会。她也不敢的。

我便有些困惑,说:嘉林,你别太不当回事了,那女人可是嘴不饶人的。

嘉林停住脚,稍微犹豫了一下,然后就对我说了这样一件事情。那还是几年前嘉林在水市读师范的时候,有一天,嘉林正在宿舍里看书,忽然进来了吴玉芳。女人是来水市检查身体的,想让嘉林帮她找个熟悉的妇科大夫。嘉林便知道,这女人还是对自己不能生育的事实难以接受。尽管这样,嘉林还是请假陪她跑了两家医院,结果都很含糊。其中一家要在第二天进行化验,于是嘉林就带她住进了一个刚回家生孩子的老师宿舍,这样可以省下房钱。晚上,嘉林还准备请女人去下馆子,女人却不肯,硬是要买菜回来自己动手做,女人说:嘉林,你还没有吃过我做的菜呢。嘉林只好同意。这女人果然手巧,嘉林回忆说,没一会儿工夫,就张罗好了四菜一汤,样样可口。两人就这样吃着喝着,到了快十点的光景,嘉林便起身告辞,这时吴玉芳突然就不说话了。我预感到会有什么事情要发生,嘉林说,我自己的心也骤然跳快,但我还是想走,就在我转身的那一刻,她从后面抱住了我。我感觉到她的乳房紧贴在我背上,热烘烘的,然后我就转过了身,我说:这好吗?她使劲地点头,伸手就摸我的下身,接着就把灯关了。

　　于是在这个春意融融的夜晚,十九岁的嘉林把童贞交给了二十三岁的吴玉芳。他们在一起过了三天,每天至少做爱三次。到了第四天,吴玉芳一早就提出要走,因为丈夫老于将在今晚跑长途回来。这个女人把一切都算计好了。临走时,女人把利用三天的时间织成的一件毛线背心交给嘉林,说:你要一生都穿着它。嘉林说:我会的。女人又说:我这回要是怀上了,孩子生下来就叫小林。嘉林说:你千万别这样,这件事就算是在梦里做的。两人竟也是洒泪而别,但是以后嘉林就不再想了,因为他在这不久便爱上了班上的一个女生。这年的暑假,嘉林一天也没有回来,实际上他是以这种方式通知了吴玉芳,他们的戏是真的说完就完了。嘉林唯一对承诺的兑现,是至今还穿着那件浅绿色的毛线背心。

对这个结果,我猜想吴玉芳是不甘接受的。而更不能使这个天生好胜的女人面对的,是这年的年底院子里搬进了另一个女人,就是碧霞。据说碧霞之所以要搬到半边街住,是因为很久以前她死去的母亲是在这里出生的。她说她喜欢这里的水土,尤其喜欢那条西去的琴河。这个叫碧霞的女人不仅比吴玉芳年轻貌美,还比她具有女人的活力,尽管她的丈夫不在家。而且,这个女人一来,就立刻吸引了嘉林的目光。

这应该是吴玉芳仇恨碧霞的真实原因所在。可是她又奈何不得,她所能盼望的就是碧霞的丈夫回来,那么,现在她倒是如愿以偿了。

我和嘉林沿河边走着,正好遇见碧霞和根男下河沿洗衣。男人拿着洗衣凳走在前面,女人端着盆跟在后面,他们的女儿走在父母的中间。见到我们,女人便借着理头发把目光虚了过去。嘉林就叹息道:他妈的女人。叫人爱不够,也叫人恨不够。

我不知道他在说谁,就问:你和吴玉芳的事碧霞知道吗?

嘉林说:告诉她干什么?这事与她没有关系的。你看,她那斜眼男人一回来,她就不往我这儿看了。

这话我听得不舒服,明明是你嘉林占了便宜的,再有所抱屈就不应该了。我就说:碧霞也确实不容易。

嘉林鼻子里哼了声:我倒要看看,她男人走了怎么办。

然而我们都没有想到,根男这回不是短期的探亲,他是正式调动回来的。事先没有任何的消息,连他的妻子碧霞也不清楚。半个月后,根男被任命为县交通局的副局长。我想这才是嘉林真正面临的危险。然而在那个黄昏,嘉林最后对我说的是这样的一句话:我犯了一个错误。

这在当时似乎是一句极为平常的话,很多年后的今天,我站在这个破落的院子中央,看着当初说这句话的人那么仔细地拍打着一双圆口布鞋,蓦然感到"错误"这两个字竟是那么的准确。我早该想到,从前的院子本身就是个错误。为了表现这一点,我想在以下的文字里有时候可能会更换一个视角。因为有些事情我是很久以后才得知的,我不是目击者。你不妨把它看作一种叙事的策略。

5

1976年8月的那个下午,嘉秀看见哥哥在屋顶上竖天线,惊呼了一声危险。当时她不做解释,却使我横生了一份好奇心。第二天,我在河边遇到嘉秀,很突然地想起昨天她所说的危险来,就问:"你到底是说什么危险呢?"嘉秀犹豫了好久,才说了一件令我既惊讶又可笑的事。我看见一只黄色的东西从他裤裆里钻过去了,她紧张地说,起先我还以为是吴大姐养的那只猫呢,可是她的猫在她怀里。那分明不是猫。我说:那是什么呢?嘉秀说:是个不好的影子,我真怕它沾上我哥了。嘉秀果真看见了一只猫状的东西自嘉林胯下穿裆而过?她的闪烁其词更是让我感到云遮雾罩,不过时间稍长,我又把它忘记了。

我不知道我那时为什么对嘉林的妹妹嘉秀没有兴趣。很多年后,我自己还不时这么想过。我想这或许与那个碧霞也很有关系。女人不能放到一块儿比较,从前那院子里倘若没有碧霞,嘉秀的位置肯定要突出得多。再说,我始终是不把嘉林放在眼里的,我怎么可能容忍他独领风骚？我没在他和碧霞中间插一杠子就算是高姿态了。

我已经申明过,我和嘉秀之间并没有什么私情之类的事实。我们不过是同班同学,家住同一个院子。或许我们太熟悉了,我整个少年时期的梦境都与嘉秀无关。所以那一年嘉林用剪刀抵着我的喉头时,我真是做到了脸不变色心不跳。我本来应该是个对女人反应迟钝的人,如果不是出现"隔墙有耳"那一幕,我对异性的向往还将推迟数年。这件事催化了我的身心发育,但是我心中那么一点觉悟最终还是叫碧霞拿去了。当我的同学三三两两地进行秘密初恋之际,我却还沉浸在一对乳房的无边幻想中。正是这种可悲的定式,使我忽视了嘉秀对我的关注和暗示。我记得有一次,嘉秀来到梅岭中学给他哥哥送菜,顺便也给我带了一些。当时嘉林去公社开会了,我接待了他妹妹。嘉秀一来就忙着替我洗被子,那阵势仿佛一位来部队探亲的家属,弄得我很紧张。我想抽身暂时避开,可她偏要我在边上陪她聊天。结果学生们都以为是我的对象来了,下课就来起哄,嚷着要吃糖。那时嘉秀也去了农村,她那个大队几乎都是上海知青。她说有个姓马的大个子总给她送东西,她很为难,不知道接还是不接？我就说接,不接白不接。她又说那个姓马的想约她春节一道去上海玩,她不知道去还是不去？我就说去,不去白不去。嘉秀一听就来火了,说你是个死人,我算是看透你了!说着就丢开没洗完的被子,骑车一溜烟地离开了。

在我看来,那个所谓姓马的大个子的事是嘉秀自己编造的谎言。即使是真的,我也一点不失落,反倒觉得减轻了一种负担。我的心思很复杂,我明知不可能对碧霞怎么样,却又依照这女人的模子来规定异性的标准,于是这种古怪的观念导致我十八岁以前的生活比一张白纸还要洁白无瑕。我的生活真是被碧霞活活断送了。

自从根男回来,在外人眼中,碧霞的苦日子算是出头了,尽管这女人的脸色总是艳若桃李。那个时期碧霞与嘉林的关系似乎是中断了,就像胡琴的弦子那样猝不及防说断就断了。我就觉得,这对双方的当事人无疑是残酷的。我记忆中这之后他们只有一次的接触,那是一个雨夜,我在学校房间里备课,突然听到有人在敲我的窗户,再一看,就见到了碧霞那张凄迷的脸淋在雨中。我立即去开门,女人浑身湿透地进来,手里那把漂亮的红伞没起任何作用,雨太大了。女人随身带着一只大旅行袋,鼓鼓囊囊的。她说她刚出差回来,想在梅岭停一夜。说这话时她一点也不避我,她早把我看作自己人了。那时候嘉林正在公社听什么报告,无法与他联系,我就只好让碧霞先洗把脸,换换衣服。然后我就带上门离开了,到走廊里去抽烟。我想这个碧霞也算是多情女子了,丈夫回来了还忘不了嘉林这一口。不过我对他们的通奸一点也不反感,我甚至很理解。那时我虽然不具有男欢女爱的经验,但对想象中的通奸怀有极大的兴趣。我觉得一个男人和一个女人带着紧张的状态做爱,比心平气和的睡觉肯定要刺激一些。通奸在石镇的民间表述叫偷人,这一个偷字,本身就意味着矛盾,既要干又担心被人发现还要自我谴责。几年以后,我在大学里听到同寝室的人说,大凡私生子都是极聪明的,譬如小仲马,说这是因为偷情的状态所致,那时男人的精子最为活跃,逮到了就是造就了一个天才。真是好一个偷字了得。

过了会儿,碧霞开门出来倒水,对我说:我好了。

我回到屋里,一眼就见到碧霞的乳房从的确良衬衫里透露出来,我吓了一跳,没想到我的幻想会这么快地变为现实,而我又不敢正视这个现实。我们对面坐着说话,迷乱的视线有意无意地从"现实"上掠过。我不知道碧霞是否感到自己的"穿帮",她说:你不会笑话我吧?

我说我很理解。但是,我又说,这样下去总归不是个办法的。

碧霞就问:嘉林对你说什么了吗?

我说,他能说什么呢? 这不明摆着吗?

碧霞就叹了口气,说:说实话,打小琴他爸回来,我就想着与嘉林断,我们一开始也就这样说好的。可是真到了断的时候,我又放不下了。我跟嘉林过得习惯了,连他身上的气味我都习惯,真不知怎么好。

我没说什么,心里直盼着嘉林早点回来,好把面前这对乳房移交给他。但是这个晚上嘉林很迟才回来,当他见到碧霞在我屋子里后,他似乎也没有表现出应有的喜悦,他说:你从哪儿来的? 怎么不提前打个招呼呢?

碧霞说:我从南京出差回来,怎么好打招呼?

两人见面就发生了摩擦,我夹在中间很不好意思,我就对嘉林说:你们回那边说吧,别吵,碧霞总是来看你的嘛!

嘉林却没有动弹,抽起了香烟。

碧霞这下就委屈得发作了,拿起旅行袋就要走。我一把拦住她,说:碧霞你别这样!

碧霞说:你别拦我,我今天总算认得这个畜生了!

嘉林这才改了口气,说:我也没怎么说你嘛!

碧霞说:我贱,我送货上门,我……

嘉林一把捂住她的嘴,连拖带抱地把碧霞弄进了自己的屋,门砰的一声关上,然后就隐约听见了碧霞的哭声。后来的事我不知道,我离开了房间,去一个熟人那里打扑克了,我不想留在屋子里听隔壁的动静。可是很奇怪,那个晚上我每摸一张牌——特别是红桃,都觉得那是碧霞的乳房,折磨得我好辛苦。

6

那个时候,司机老于正在远离石镇四十华里外的地方卸货。这天他拉的是煤,可能因为刚洗过的车弄脏了,司机的脾气变得异常暴躁。一个小时后,司机在临近梅岭的一座大桥上撞倒了一个菜农。所幸的是人还活着,老于手忙脚乱地把人送到医院,一检查,这个人还真伤得不轻,一处流血两处骨折。老于把病人安顿好后,就急忙去学校找嘉林。他担心自己的过失会引起周围农民的殴打,希望嘉林能出面进行调解。司机一到就使劲地敲门,大声地呼喊,却不知里面的两个人刚把衣服脱光。司机说:嘉林,你开门呀我是老于！我出事了！嘉林这才哼了声:我穿衣服呢。过了会儿,嘉林出来了,拦在门口故作惺忪地问:你出什么事了？司机说我撞到人了！嘉林就问:死了？司机说:在医院呢,你快帮我去看看吧！梅岭这一带人野得很呢！嘉林带上门,无意中碰倒了碧霞那把红色的尼龙伞。

这天晚上,嘉林在医院陪老于折腾了一夜,鸡叫头遍时才回来,但是碧霞已经离开了。翌日还是个阴天,早上我在学校食堂见到一脸沮丧的嘉林,就轻声问他是怎么回事。他似乎是自嘲地一笑,说:女人嘛,还不是那副德行？我试探着问道:算了？嘉林说:天要下雨娘要嫁人,也只能这样了。我居然替他叹了口气,不过我对他们确实也很同情。

司机老于在梅岭医院熬到第二天上午,县交警大队便来人了,带队的就是新上任不久的副局长根男。老于便像见到救命恩人似的哭了起来。司机说:局长你无论如何要帮我呀局长！根男说:你别急,我先了解一下情况。人还活着嘛。这样司机就随处理事故的人去了现场,看见自己的车斜撞到一棵树上,引擎盖都变形了,司机又是一阵叹息:我这下可栽大了。现场的人正忙着勘测,副局长便对司机说:你这刹车是不是有点问题呀？说这话时他还递了一个眼色。司机立刻就明白这是在为自己减轻责任,就说:对对！我的刹车差不多是失灵了,我本想回来就修的。副局长说:事故的原因比较清楚,你先安心照顾好伤员吧。然后副局长还特别叮嘱:老于呀,这回你得破费一些,就算是破财折灾花钱买平安吧。

他们顺原路返回,在医院的附近,正好遇上了前来看望司机的嘉林和我。一想起几小时前副局长的老婆还在我隔壁的那张大床上睡着,我就显得有些紧张,好像是我睡了他老婆似的。嘉林倒是没事似的,对根男说:没什么大不了的吧?

根男说:主要是刹车有毛病。

嘉林说:那就好,中午我请客吧,一来给老于压压惊,二来也是为你大驾光临接接风。

老于说:还是我请!这回真是幸亏有了你们帮忙。

根男说:算了算了,碧霞出差才到家,一回来就发高烧,也在医院呢,我得赶回去。

这话一说,我们几个都不作声了,就此分手。根男他们的车开走后,嘉林的脸色就开始变得难看,显然他已不打算再请客了,有些敷衍地对司机说:老于,有什么不方便的去学校找我。老于立刻接过话头:别的倒没什么,就是手头缺现钱。嘉林就问:多少?司机说你要是有就借我三百吧。

嘉林被这样的开口噎住了,说:这差不多是我一年的薪水呢。

老于说:你帮我想想法子吧。

嘉林说:这我可帮不了你了,别的倒好说。

老于说:真没有就算了,看来我还得回头去找碧霞男人。

嘉林就说:那你去找吧。

这句话说得很响亮,听出来嘉林是有些生气了。老于没有说"根男"却顺嘴说了个"碧霞男人",所以整个话听起来似乎就像在嘲弄这个嘉林根本不配做碧霞的男人。嘉林说完便掉头走了,天色又开始阴暗,老于跟着说:嘉林,我先去你那里借把伞吧。

嘉林头也不回地说:我只有一件雨衣。

老于说:昨天我还看见你屋里有把红伞呢!

嘉林煞住脚,转过已变得苍白的脸,说:你还看见了什么?

我心里一下就紧张了,话到这里我才听得明白。司机语藏机锋,但中学教师在经过短暂的惊讶后却意外地摆出了一副应战的姿势。他的目光更是明显地透露出高傲与鄙视,那眼睛在说:你看见我和你老婆做爱了吗?

老于的气焰顿时就灭下去了,他自找台阶下来,说:要不就是我眼花了吧?

嘉林说:当司机的眼神得好,别该看的没看见,不该看的又看到了。

回学校的路上,嘉林一直在骂老于,说这个狗日的,居然还想拿我一把,真他妈的不是个东西!我却在思考另外的问题,我想,老于刚才变得那么胆怯,也许他早就知道吴玉芳和嘉林有一腿了。这当然只是我的猜测。

当天下午我借嘉林的自行车从梅岭回来,想拿几件换季的衣服。刚进院子,见到正在踢毽子的小琴,就问:你妈呢?小琴说:我妈害病了,刚从医院打针回来。我想碧霞一定是昨夜淋雨的缘故,很想去看看她,顺便证实一下她和嘉林的关系是否真的了结了。正踌躇着,远远看到根男从河边洗衣回来了。我们迎着面,我感觉根男像是有话对我说,心里便一阵紧。我担心昨夜的事已经败露,不知该怎样来应对。这时,就看见吴玉芳家的窗户里扔出一件东西,正好落在从河边回来的根男脚下,根男就拾起来,是一只旧台灯,接着听见吴玉芳的声音:我不要的,根男。

根男说:还是好好的嘛。

吴玉芳说:灯头松了。

根男说:换一个不就中了?

吴玉芳说:我不喜欢用松垮垮的东西。你喜欢你就留着吧。

根男就笑笑,把旧台灯放在她的窗台上。我看见根男的脸色陡然变得阴沉下来,低着头从我身边走过。我忽然大吃了一惊,因为我好像听懂了吴玉芳适才的那番话。这个女人虽然还算不上是个长舌妇,但话一经她的嘴里发出即意味着阴险。

7

那个黄昏我后来才知道,司机还是回石镇了。他神色恍惚地走在街上,一想到自己今后将伺候两个瘫子,便感到无比沮丧。但眼下他急需的是尽快张罗到一笔钱,好稳住伤者,也使处理事故的负责人放心——他总觉得根男关于"破费"的提示是敦促他送礼,以免去自己可能的拘役之苦。这样他就又一次想到了那把红伞。他甚至有可能这样想过,这个话最好个别地对碧霞直接挑开,再提出借钱的要求。他认为女人不敢拒绝,像碧霞这样的女人是肯定会含糊这一点的。于是司机没有直接回家,而是从河边绕了一圈,他知道每天这个时候,根男都会带着女儿到琴河里游泳的。果然,那父女俩就真在河里玩耍。暮色开始转浓,老于便迅速向碧霞家的后门走去,但他不知道,就在他通过河边之后,在河里游泳的根男也抱着女儿上了岸。他差不多就是看着一个男人的身影钻进自家的后门的。

　　根男毕竟是侦察兵出身,职业的敏感使他对这个傍晚的特殊迹象引起了重视。院子里的人都知道他带女儿去游泳了,谁会这个时候去他家?而且还是从后门。于是根男就站在那棵枣树的阴影里,等候那个人出来。他想知道是谁。可是十分钟过去了,没有见人出来。这时,他看见司机自外面回来了,根男本想和司机打声招呼,可一见司机那副惊慌失措的样子就一下明白过来:刚才进去的那个人影就是老于!这个人从后门进去却从前门出来,再绕到院子的大门回家,为什么?他下意识地退到树的阴影的深处,然而那时他不知道这并不是真正的阴影。这一幕我当然没有看见,但我确实看见根男抱着小琴站在树影里,当时我正出来倒水,险些把一盆脏水泼向了树下的父女。小琴呀了一声,我倒吓了一跳,就问:没泼到你们吧?根男答非所问:太热了,到树下凉快会儿。

　　根男回到家时,吃惊地发现自己的女人刚从澡盆里爬起来,正穿着衣服。根男说:你感觉好点了吗?

　　碧霞说:洗了澡浑身轻松了许多。

　　根男说:晚上你想吃什么?

　　碧霞说:我什么也不想吃,没口味。

　　根男便帮妻子把洗澡水倒了,很轻松地问了句:局里没来人找我吧?

　　碧霞说:没有。

　　说完这话她就重新回到了床上,把灯也关了。

　　男人轻轻带上房门,一边做饭一边计算着时间。这前后十分钟,妻子必然是在澡盆里,就是说这个老于是看见了一切的,可是女人却不做一点解释!他已经向女人发出暗示了,女人还是一点风也没漏。从这个晚上起,根男开始信马由缰地走上了一条歧途,但他的判断并不是完全的错误。

很多年后碧霞对我说,老于走进她家的时候,屋里很安静,只有厨房里亮着灯。他以为女人此刻正在做饭,便轻轻推开了虚掩的门,一抬头就看见了碧霞光着身子在里面洗澡,两人一打照面,都惊吓得说不出话来。后来根男回到家时她刚穿好衣服。男人并没有问起刚才是否有人来过,她于是也就没说什么。那一天他的脸色一直不好,碧霞回忆说,我怕提这种倒霉的事情会让他不开心。

在转业军人看来,这个夏天的傍晚绝对就是可疑的了。但这个性格内向的男人没有采取质问的方式去探明事实真相,他错误地使用了暗示与沉默,甚至以疏远的方式来对待他刚刚团聚的漂亮妻子。他把司机诡异的行踪与司机老婆下流的暗示结合起来思考,接下来他便开始顺着这错误的惯性越滑越远了——这是我几年后的分析。但女人不知道,这个意外事件在两年后却不可思议地改变了她的命运。

不久,这个家庭便开始有了争吵。每回的争吵都是为一些鸡毛蒜皮的小事,譬如有一次为碧霞剪头发的事。根男说天热了,让碧霞把辫子剪了。女人不肯,男人就说:孩子都这么大了,你总得像个妈的样子吧?女人说:梳辫子就不是妈了?你妈都六十好几了,她还梳着辫子盘在头上呢!男人说:我知道你为什么舍不得剪。女人便质问:你说清楚?男人不说了,当天就找趟远差离家走了。以后这个人好像经常出差似的,眼不见心不烦。碧霞后来把这件事告诉我,问我是不是对根男说了些什么。我说没有,我说:碧霞,我能干这种事吗?不过我还是提醒她,纸包不住火,没有不透风的墙。碧霞就哭了,说:我已经与嘉林断了,还要我怎么的?

可我们怎么也想不到,根男的怀疑竟不是冲着嘉林来的。从以后的事实看,这真是典型的歪打正着。这以后,我是真的没有看见碧霞和嘉林有过接触了。我现在仔细回忆起来,那个阶段,司机老于倒是经常去碧霞家里,他是出于何种居心,这我就无从知晓了。直到这年的秋天,一件大事的发生,才让我茅塞顿开。

8

那个傍晚司机很快就从碧霞家前门走了。在他经过院子的回廊时,根本就没有注意到枣树的阴影下有一双斜视但仍不失机警的眼睛。他回到家里,妻子吴玉芳正在给一只猫洗澡,洗得十分认真。司机在这几十个小时里遇见的灾难女人一无知晓,女人很久以来就已经适应了男人回家无规律的日子,她印象中男人不过是又跑了一次长途而已,所以她没有看见男人慌张的神色。直到男人长长喘了口气,女人才漫不经心地问道:你吃了吗?

司机没吱声,在喝过一杯茶后,他几乎有点痴迷地看着女人给猫洗澡。那一刻,司机的眼前又重现了刚才的一幕,他的直觉印证了一个事实,碧霞的裸体完全就是十多年前吴玉芳的翻版。尽管那只是紧张的一瞬,但给司机的这个感觉却难以磨灭。他甚至记

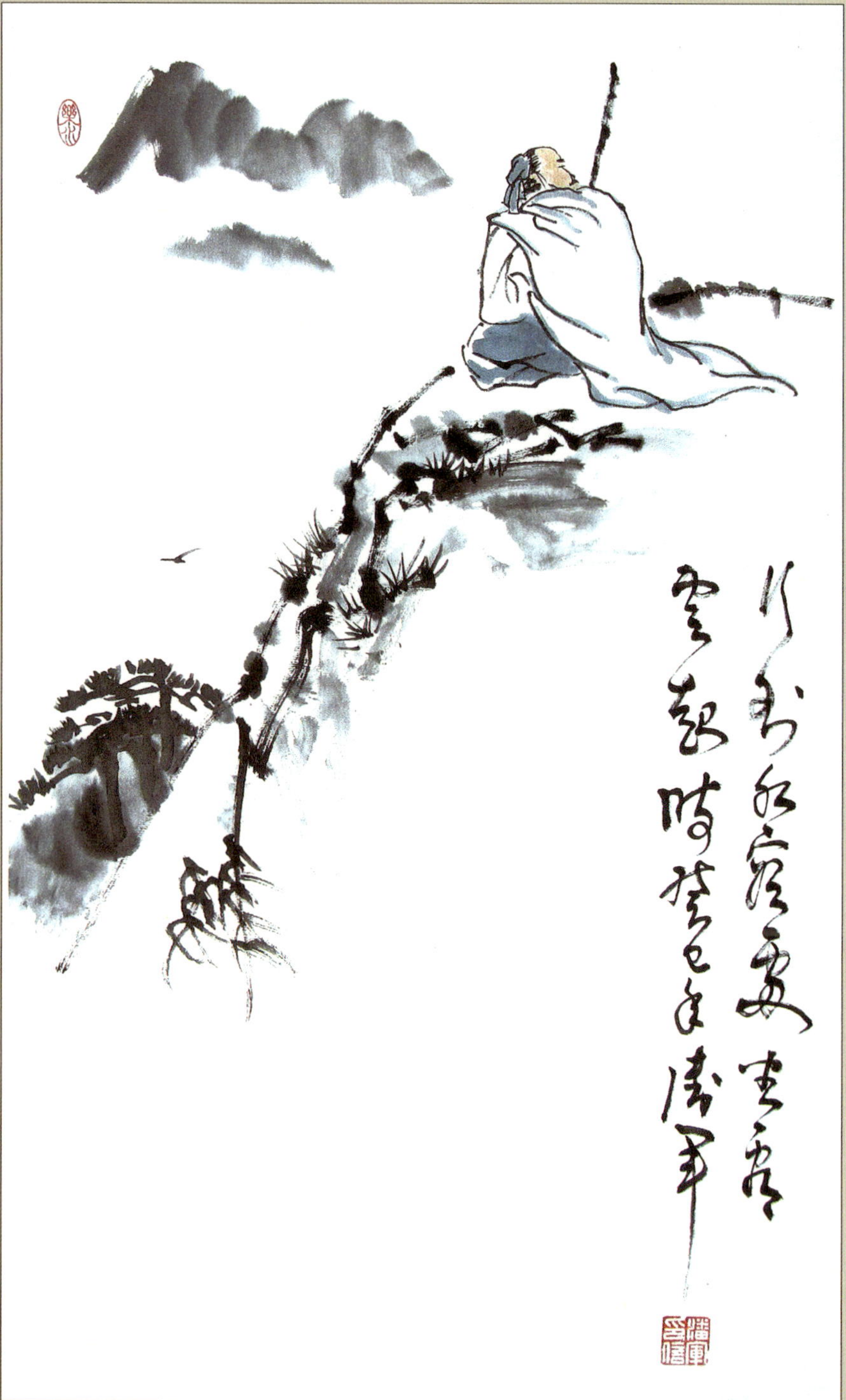

得这两个女人的乳房都一样的有点上翘。

吴玉芳又说:你要是没吃,锅里还有点剩面。

但是男人的手已经落到了她的肩上。

女人说:你不饿吗?

男人说:我饿！我饿！

说着就把女人横着抱起,往床上搬。女人手里还抱着猫,女人说:你干什么?

男人说:干你!

女人便挣扎着说:你莫不要脸!

司机还是不顾一切地压到女人身上,同时腾出一只手来解裤带,突然他感到自己的手背上一阵火辣辣的剧痛,接着看见几道很深的爪痕,细小的血珠正从翻开的白肉里渗出。司机还来不及大叫,那只大黄猫就已经发出了锐利的叫喊,两只淡绿的眼睛闪现着罕见的凶光。司机受到了惊吓,咬牙切齿地骂了句:婊子养的!

这个晚上后来司机就睡到了竹榻上,他奇怪地发现,自己过去几十个小时里的头绪纷乱竟在这一刻平息了。好像昨夜出车祸的是另一个人。司机的眼前还是晃动着碧霞的裸体。然后他就开始猜想女人对这件事的态度来,他很想知道女人此刻的心情。不过有一点他可以肯定,女人不会把这种事告诉自己丈夫的。他想不会。兴许是这点好奇,第二天上午,司机便早早去了河边,他知道,不一会儿,碧霞就会来洗衣的。果然,司机刚吸完一支烟,就看见碧霞端着盆远远来了。司机便迎了上去,说:昨天的事我真是无意的。

碧霞看了司机一眼:这事我都忘记了,别再提了好不好?

司机说:我其实是想找你借点钱,我出了车祸,就在你家根男手上处理的,他倒是帮了我。

碧霞说:什么便宜都叫你占了,你还好意思借钱?

司机说:我借钱也还是为了感谢你男人。

碧霞说:我男人不要你感谢。

司机说:我本想找嘉林借,可他说没有。

碧霞说:我也没有。

女人说完就甩开司机走了,但她不知道此刻自己的丈夫就在不远的地方注视着这边。司机还想追上去把话说完,这时根男在他身后咳嗽了一声。司机转过身,感到副局长今天的脸色远没有昨天那么好,心下就打了鼓,他有些胆怯地问副局长自己的事是不是就算完了。

副局长说:我这里倒还好说,就怕公安那边不好说了。

司机有些意外地说:公安不是根据你们的勘测来定吗?

副局长说:那是两回事,桥归桥路归路。

说完也走了。司机觉得副局长是带有气愤离开的,就琢磨:难道是因为我没有及时送礼,抑或碧霞把昨夜的事说了?司机便一下陷入了云雾之中。到了中午,两名公安就来到院子,二话没说便把司机铐走了。

吴玉芳这才知道老于犯了事,便大声地哭了起来,院子里又被惊动了。但是只有一个人来安慰她,这个人就是嘉秀。很奇怪,刻薄的吴玉芳在这院子里几乎和谁都搞不好,唯独嘉秀是个例外。

如果没有前些日子嘉林在河边的那番回忆,我还是不明白。现在,我似乎慢慢开窍了,我知道那年吴玉芳去水市看病其实来自嘉秀的建议。但嘉秀是否清楚看病的结果是她哥哥失去童贞呢?有一点倒是毋庸置疑的,这件事使吴玉芳对嘉秀产生了极大的好感,她回来后给嘉秀带了许多小东西,还亲手为嘉秀缝了一条裙子。她们的友谊从那时起就牢固地建立了。在吴玉芳眼里,嘉秀无疑就是她的小姑子,这也是她多次热心地劝我和嘉秀好的原因所在。唯一不同的是,我还没有发现嘉秀也一样仇视碧霞。

老于被拘留了十五天,放出来时已是人瘦毛长。在拘留所的半个月里,他越发觉得自己的倒霉是因为不合时宜地看见了一个女人洗澡。他认定是碧霞把一切告诉了根男,后者便推翻了刚下的结论,对他实施了报复。既然事情已经弄到这种地步,他也就想一不做二不休了,干脆把嘉林和碧霞的事说出去。可是,他的把柄也攥在人家手里——当年嘉林和吴玉芳那一腿,外面的人是不知道的。他很担心这个。然而眼下自己这口气不出又实在憋得难受,于是经过较长时间的思索,司机选择了另外的主意。

老于被放出来的当天下午又一次来到了琴河的边上,他知道碧霞的男人又出差了,而且知道这些日子他们两口子过得不太开心。他想,这个碧霞的心思还在嘉林身上。看着碧霞向河边走来,司机眼前又一次出现了女人的裸体,不过比以前要模糊一些。女人一走近,司机就从一棵杨树后面闪出,对女人说:我出来了。

女人很意外,回答却是镇定的,女人说:你出来关我什么事?

司机说:是你男人把我搞进去的,我冤。

女人说:你觉得冤就去告他吧。

司机说:我不想告他,我想对他告你和嘉林。你不会不记得那把红伞吧?

碧霞这才内心吃了一惊,冷笑道:你也是个长鸡巴的,怎么总去盯人这种事?怪不得你老婆的肚子总大不起来。

司机说:可我能让你的肚子大起来,不信你和我试试?

碧霞就对老于脸上吐了一口唾沫:你敢?

司机说:我有什么不敢的?大不了我再进去一回就是。我今晚就去你家。

很多年后,碧霞向我说起这一幕时已经不再是惊慌了,而是一副好笑的神情。她没有说在那个遥远的晚上,老于是否真的如他所说的那样去过她家,她只说:没有这件事,我和嘉林也就不会走得那么远了。

9

日子过得很快。这年的秋天,国家的政治形势发生了根本性的变化。紧接着高考恢复了,我和嘉林商量,想辞掉学校的工作安心回家复习。嘉林说这很好,人不读书是没有前途的,口气像我的父亲。我就问他是否也准备复习应考。他说:想还是想的。不过我还有更重要的事要做。我问什么事比高考还要重要。他想了想,说:你以后会知道的。他的回答不能使我满意,反倒诱发了我的好奇心。我离开梅岭中学的那天,本想和嘉林去外面喝两杯,可他不在屋里,门也没锁。我就进去等他,看见他的桌子上摆了几本地理方面的书,这不是他所教的课程,我想这家伙实际上还是在暗地里做应考的准备,对我留一手呢。书中还夹有一张条子,那上面乱七八糟地写着一些英语单词,我只认识其中几个,如:map(地图)、radio(收音机)、money(钱)、medicine(药品)。这不是复习应考是什么?我想嘉林这个人城府还是很深的,况且又极端爱面子,不到大功告成那一天他是不会对我说真话的。各人有各人的脾气,我觉得也不必点破他。

我回到了石镇,每天在阁楼上看书,觉得累了,就到院子里来晒晒太阳。其实也想看看碧霞,遇上了就同她说上几句话。现在想起来,我觉得男人的心理某些方面很一致,我和司机老于都曾不同程度地窥视过碧霞身体的私处,于是对这个女人便有了占有的欲望。这种占有的反应不过是在意识上,而非行动。因为没有行动,它就往往比较强烈。譬如我几天见不到碧霞,就感到有一种莫名的失落。我问过小琴,孩子说她妈出差了。我想碧霞也该回来了。我在院子的回廊上来回走动,那时候吴玉芳正抱着她的大黄猫在捉跳蚤。女人这段时间似乎脾气变好了一点,我想这也许和碧霞几天没有露面有关。不一会儿,老于买菜回来了,司机的神情看上去似乎在想什么心事,以至于他女人喊他都没有反应。于是女人抬高嗓子说:明天给我买点猫鱼吧。

司机说:明天我没空。

女人说:你总不能看着猫饿死吧?

司机说:饿死倒省心。

女人说:好,算你狠,明天我自己去买,我爬着去!

司机说:那你就爬吧!

吴玉芳正要发作,这时嘉秀急匆匆地来了,一副想哭的样子。我预感到一件大事已经发生,便迎了上去。我问嘉秀:出什么事了?

嘉秀说:我哥不见了。学校里来人找他,还以为他在家病着呢,已经好几天没见到人了!

吴玉芳就说:怎么会呢?嘉林他……

话还没说完,女人的眼泪就下来了。

嘉秀说:梅岭有人看见他和碧霞在一起……

吴玉芳咬牙切齿地说:这个骚狐狸!

突然屋里传来一声爆响,我想大概是一只暖瓶炸了,却没有听见老于的声音。

也还是这个下午,根男来到了我家,连日的奔波使他的脸色看上去像一块咸菜,斜视似乎也明显于以前。他说碧霞的单位并没有安排她出差,这实际上等于说人已失踪了好几天。他寻遍所有亲戚家,还是不知下落,直到上午传来嘉秀的话之后,他才如梦初醒。我犯了一个大错误,根男说,事情比我想象的要复杂。现在,他急着找我要嘉林的情况。他问嘉林最近有无什么反常。我说看不出什么反常的,我一直认为他是在梅岭复习迎考呢。这时,我突然想起那张写满英语单词的条子来,我又记起了一个词:compass(指南针),我们教材上是没有这个单词的,头一下就觉得大了。迟疑了一会儿,我还是把自己的猜测告诉了根男,我说:他们是不是想越境?根男仔细听完我的介绍,然后就去公安局报案了。

这件事很快轰动了石镇,越传越邪乎,都说嘉林带着碧霞先去了广州,然后从那里偷渡去了香港。还有人私下议论,说嘉林的父亲是国民党长期潜伏的特务,在香港有联络点。为此嘉林的老父还真被公安局带去问了话,老人什么也不想说,只骂嘉林是个孽种。这场男女私奔差点演变成了一起重大政治事件。

从后来的情况分析,碧霞肯定是对嘉林说了老于要挟自己的事。嘉林本来是可以控制住这个司机的,却因为害怕自己在碧霞心目中的形象轰然坍塌,始终没有把他和吴玉芳的那段往事说出来。他不敢冒这个险,而选择的却是一条更为冒险的途径。

10

大约在一个多月以后,县公安局接到了昆明那边的电话,嘉林和碧霞在缅甸边界附近被捉获,要这边速去提人。县里把这个消息通知了根男,后者表示要一道前往,却没有得到批准。这样,在得知越境未遂者被押解到省城之后,根男便在琴河边找到老于,想请司机连夜跑一趟。两个男人紧张已久的关系在这个黄昏得到了缓和。他们的心情如同天上的阴云一样沉重,也一样的着急,在某种意思上,碧霞是他们共同的女人。面对司机,副局长还多了一层抱歉,他肯定不止一次地嘲弄过自己,当了半辈子的侦察兵,却在关键的问题上选错了目标。而在司机方面,更多的是自我谴责,他的内疚在于天性中的卑鄙。

副局长说:我犯了一个错误。

司机说:我也是。

事到如今他们也没有更多的言语,只想早点把女人寻回来。两人约好,晚饭后就动身。

老于回家后就开始收拾东西,这时,吴玉芳的轮椅拦到了门口。女人说:天要下雨了,我身上很痛。你晚上帮我拔拔火罐。男人说:我答应了根男,要去省里接碧霞。女人沉默了片刻,厉声说:不许去!

老于说:我已经决定了。你让我过去。

吴玉芳死活拦在门口,说:你今天敢去接那个婊子,我就死给你看。

老于说:你这个人怎么心不是肉长的?你没见根男这些日子头发都急白了吗?

吴玉芳说:我看是你在急,你早就对那狐狸精动心思了,还当我不晓得?

老于气得打了女人一耳光,骂道:我看你才是个狐狸精呢!

司机从女人身上迈了过去,女人抓起一只茶杯扔向男人,没有扔上便号啕大哭起来。她的哭声十分凄惨,整个院子里都听见了。大家却不敢多说什么,生怕又引起别的麻烦,这个院子的麻烦真是太多了。

根男的女儿小琴临时放在我家,由我外婆带着。这孩子好像也知道了什么似的,就问老人:我妈是坏人吗?外婆说不是。孩子说:那他们怎么老在背后说她?老人说:人生下来就是让人说的。外婆哄睡了这个孩子,便感叹道:这个碧霞呀,放着好日子不过,这下要吃大苦了。她问我嘉林和碧霞会不会坐牢。我说也许会,但他们不能算叛国。外婆说:国是没叛,可家给弄散了。最后吃亏的还是孩子。我们看着熟睡的小琴,很有些难过。然而那时我们还不知道更大的灾难已迫在眉睫。

几乎是在两个男人出发的同时,天下起了大雨。这场雨好像憋了许多天似的,一下起来就非常猛烈,真算得上是倾盆大雨。雷电也十分厉害,一道电光闪过,紧接着就是一声炸雷,其声如同利刃劈开一根粗竹,于黑暗中传来令人惊魂落魄。那一夜让我很不安宁,外面是风雨雷电,对面是女人的哭泣呜咽,我心乱如麻地看着窗外黑透的天空,一阵闪电掠过,我仿佛就能看见碧霞那张业已苍白的脸来。而她的乳房却完全消失了。说实话我很感动,我想这个女人为了爱情居然敢舍弃一切,这是一般女人所不能够的,而她竟做了!但那个时刻,我更多的是为女人今后的境遇担忧,我不知道这件事还会闹出什么来。

第二天,天放晴了。一夜的大雨使石镇的天空变得很清新。我懒散地从床上爬起来,想带小琴去河边玩玩,正要出门,看见我父亲正和几个公安站在院子里低声议论着什么。一个高个子朝我这边看了看,问道:这是根男的孩子吧?我父亲说是。高个子说:让她跟我们走吧。说着就过来牵小琴,小琴说:我爸呢?高个子说:在医院呢,他病了,叫我们来接你。小琴说:他怎么病了?他不是去接我妈了吗?高个子说:你妈过两天就回来,先去看你爸吧。然后高个子就抱起小琴走了,剩下的两个走到老于家门口,敲门喊话:吴玉芳在家吗?没有人回答。

我已经预感到什么不妙了,趁这工夫,我低声问父亲出了什么事？父亲也低声地回答:车祸。老于的车翻了。

我心下一紧:人怎么样？

父亲说:老于没事,根男怕是不中了。

我吓得再也说不出什么来。那边,公安还在敲门,屋里一点动静也没有。公安就问我父亲:他家有人吗？

我父亲说:有呀,昨天几乎哭了一夜呢。

公安就说:昨天就哭了？她还真有预见！

这时就看见吴玉芳的那只大黄猫从窗户里猛地蹿了出来,发出一声尖锐的惨叫,然后便顺着回廊上的柱子一阵风似的上了屋顶。我们被这畜生突如其来的敏捷动作弄得目瞪口呆。可是里面依然是没有动静。两个公安互相看看,其中一个说:翻到窗户上看看吧。于是另一个就上了窗户,刚往里看,很快就"呀"的一声摔了下来,那人口齿不清地说:史(死)了……人史(死)了！

公安在镇定下来之后,撞开了门,这时院子里的人都一下拥了过来,我夹在人缝里,看见吴玉芳衣着整齐地躺在床上,她的白皙的脖子上拴着一条麻绳,另一端拴在床那边。她的嘴上粘着一张活血止痛膏,因此这个案件一开始就被视为谋杀。可是很快就排除了,因为留在那膏药上的全是她自己的指纹。她是自杀已确凿无疑。至于这张膏药,警察的分析是吴玉芳企图嫁祸于丈夫,他们都知道这对夫妻不和已有多年了。但我不这么看,我想这是怕自己被勒后舌头伸出来。这个天生爱美的女人临死前连这个细节都想好了。我不明白的是,这个几乎是瘫痪多年的女人,怎么还能完成这样的动作？她那条腿哪来的力量？

而更让人吃惊的是,后来嘉秀哭泣着替吴玉芳净身更衣,她吃惊地发现女人身上许多部位都贴有活血止痛膏,在每一张膏药上都用圆珠笔清晰地写着两个字:嘉林。

11

车祸发生的准确时间是1976年12月28日21点17分。

据后来老于介绍,他们的车在离开石镇三十华里后,便上了那座大桥。几个月前,司机正是在这里发生了一次车祸。那一次,司机的恍惚除了心情急躁外,还在于一个直接的原因——他感觉一个猫样的东西横穿马路,便下意识地把方向用力一打,结果却撞上了人。司机当时并没有把这一点说出去,怕被耻笑为无稽之谈。他隐约记起,也就是不久前现在的交通局副局长回来的那天,院子里有人看见了同样的东西。司机总觉得这两个东西其实是一个东西,这个似乎无形的东西像梦魇一样追随着他。当汽车接近那座大桥时,司机的双腿突然出现了痉挛。我一上这桥就觉得腿软得不行,司机回忆说,雨又特别的大,刮雨器怎么刮也刮不开,我急着踩刹车,不管用,我嘴里说坏了,眼见着车就翻下了桥。

老于大难不死,根男却在送往医院的途中便断了气。

1977年元旦后的几天,嘉林和碧霞双双被押解回了石镇。他们在监狱里关押了几个月,却迟迟没有判刑。不久,我接到了大学录取通知书。在我离开石镇的前一天,我通过一个熟人的关系,去监狱探望碧霞和嘉林。可是碧霞不肯见我,而嘉林已经被送往市神经病医院去了。

在回来的路上,我遇见了老于和小琴。他们也是来探监的。

几个月后,碧霞被释放了。她托老于变卖了所有的家当,然后在一个没有月亮的晚上,带着孩子悄然离开了石镇,据说是去了江南的某个小城。这之后我们就再也没有碧霞的消息了。有人说,碧霞曾去水市神经病医院看望正在接受治疗的嘉林,但后者已经不认识她了。

1997年3月,我因为拍摄一部电视剧,去江南选外景。

有一天剧组的车自街上经过,我意外地看见了一个熟悉的身影,就是碧霞。我立刻叫停车,去追赶她,我大喊了一声:碧霞!她下意识地停住了,但没有回头,还是一个劲地往前走。于是我就跑到了她前面,对她说:碧霞,你还记得我吗?她很快就想起来了,笑了,说:怎么是你呀?你吓死我了。我说:我还怕看错人了呢。

这天晚上我就去了她家,等进了门我才知道,她现在的丈夫就是司机老于。他们的结婚照挂在卧室里,但那不是在照相馆里拍的,而是两张照片的拼合。两人的视线似乎不很一致。我没有说什么,碧霞倒是把话讲开了。她说:没想到吧。连我自己都没想到会嫁给老于——那院子里的男人我最看不上的就是他了。

我说:人生本来就是无法预测的。

这天晚上,后来碧霞才对我说起那一年关于洗澡的事。碧霞说,当她在厨房里听见背后的门声时,还以为是根男进来倒开水,她还说了声"把袜子拿给我",老于还真的把袜子给递上了。两人一打照面竟说不出话来。过了很长时间,碧霞说,我从牢里放出来,一回家老于就给我打洗澡水。他说你好好洗洗吧,洗了就是个新人。说完就端起一把小椅子在边上坐下了。见我半天不动,老于说:你别不好意思,我是看过你的。我心乱如麻,懒得理他。他又说:看过了就算是我的女人了。说到这里,碧霞自己也笑了起来,说:你听听,这是什么王八话!

我说:不过老于说的也不能算错。

那天晚上我还有事,就匆匆告辞了,临别,碧霞说:等老于出车回来我们一起吃顿饭吧。

可能没有时间了,我说,既然知道你们在这里,以后我还是会来的,碧霞。她说:我现在不叫碧霞。

她说她早就不叫这个名字了。

2000年3月　合肥寓所

(原载《山花》2000年第5期)

合同婚姻

1

苏秦与李小冬解除婚约是几年前那个秋天的事情。他们在一个阳光明媚的下午,一边谈论着中国驻南斯拉夫使馆被美国佬无端轰炸,一边去了位于城南的区民政部门。那天苏秦开着银灰色的本田车,李小冬听着克莱德曼的钢琴曲,两人都戴着款式新颖的墨镜。他们下车后,突然感到有点热,李小冬就把随身带的那把遮阳伞撑起来了,然后把它交到了此刻还是她丈夫的男人手里。那伞是酒红色的,阳光透过伞布过滤,出现在女人脸上的色彩很妩媚。两人在这样的一把伞下,感觉仿佛情侣一般美好。等走到路边一个小摊子上,苏秦准备买矿泉水。李小冬在墨镜后面提醒男人:就买一瓶吧。苏秦就花两块钱买了一瓶,他把盖子拧开,先递给了李小冬。苏秦说:你喝吧,剩下的给我。李小冬便把矿泉水拿到嘴巴边上,不含着,这样悬着喝了几口,再把它还给苏秦。后者就大口地喝起来。等到了民政部门的门口,李小冬又说:我还想喝几口。于是苏秦便用水把瓶口冲了冲,再次递给马上就不是自己妻子的女人。女人笑着说:真是很怪啊。你看,我们要离婚了,你才变得这么事事精心。

苏秦说:你不也是吗?

李小冬说:看来婚姻真不是个东西啊。

苏秦有点尴尬地说:是啊,是啊。婚姻就是这么个东西。

这是第二次来了。第一次是发生在一周前,接待他们的是一个过了中年的妇人,像首长一样地告诫两位当事人:这可不是闹着玩的啊,同志。这个问题你们最好慎重考虑考虑,重新考虑考虑。难道——她的语气有个停顿——有什么非离不可的理由吗?

问话的显得振振有词,听话的反倒纳闷了。离婚是人的一项权利,也是一份自由,怎么还得要出示什么"非离不可的理由"呢?

似乎没有。他们之间共同生活了四年,没有出现什么类似"第三者插足"或者"红杏出墙"的过硬理由。连一点迹象也没有。可是办理离婚就那么需要"非离不可的理由吗"?都是两个人的事,奇怪的是当初结婚登记的时候却没有人这么问过:你们有非结不可的理由吗?

后来李小冬说:我看哪,还得最后委屈你一回了。

苏秦说:你又想什么馊主意了?

李小冬说:要制造一个"非离不可的理由"呢。所以只能说你在外面乱搞了,这应该是最硬的理由。

苏秦说:你这才叫乱搞呢。

李小冬说:你在乎什么?这又不往报纸上登的。即使将来你再婚,女方有误解,我会及时赶来为你做证的。

苏秦看着远处的一个水塔,像是自言自语地说:再婚?我有病?

不知道这回他们是怎么办掉的。不过与打官司上法院相比，协议离婚还是显得轻捷。他们的事不到半个钟头就办妥了。但领证的时候多了一道手续，需要拍一张三分钟的速成像，贴到离婚证上。苏秦被一个长得民工模样的人推到照相机的面前，坐下来，感觉屁股下面的凳子太硬了。还没怎么准备，照相的人就说好了。然后是李小冬拍，也还是很快。等照片出来，他们都觉得照片上的人不像自己。

离婚证的封皮是绿色的，他们管它叫"绿卡"。

这以后，苏秦只要遇见熟人，或者有朋友来电话，问起李小冬，他就说：我们最近领"绿卡"了。

如果对方还不明白，苏秦就补充说：她最近提拔了，由老婆成了前妻。

2

苏秦和李小冬是大学的同学。他们不在一个系，苏秦学的是中文，李小冬读的是英语，而且比他低两班。他们的认识是因为省里要搞大学生文艺会演，全校抽人在一起排练一个日本的民间舞蹈《八木小调》。那是一个由五男五女组合的舞蹈，一对对的，他们正好是一对，在台上如同形影，不离左右。恋爱都是偶然的产物，就这个因素，他们便开始了恋爱。他们的恋爱在大学校园里继续了一年，进行得还算顺利。于是苏秦毕业之前的最后一件事，是和二十岁的李小冬确定了恋爱关系。他们虽然没有同居，发生性关系，但却一丝不挂地躺在了一张床上。

那是个有很好月光的晚上,两个年轻的大学生去了郊外一处农家旅馆,开了房。本来他们是做好了结合的准备的,还没坐稳,便十分温情地在黑暗中把彼此的衣服脱了。正欲行事,李小冬感到了害怕。她一下坐起来说:我还是处女啊。

苏秦说:你总不能一辈子都当处女吧?

李小冬说:要是怀孕了怎么办?

苏秦就把灯开了,李小冬吓得钻到被子里。苏秦有点腼腆地从书包里拿出了一只避孕套。李小冬一看这个曾经在学校厕所里屡见不鲜的玩意儿,情绪一下就坏了。她挖苦苏秦:没想到你还这么在行啊!

苏秦说:成人都知道的啊。

李小冬说:我就不知道!

苏秦突然感到事态一下变得严重了。李小冬的意思很明显,他曾经有过性经验。那么和谁有了,却没有对面前的姑娘说。这在20世纪80年代初期,在中国两性交往史上算是欺骗行为。他们就这样不欢而散了。两人冷淡了一个多月,到了苏秦将要走出校门时,李小冬又主动找到了他,表示还想把两人的关系保持下去。

苏秦说:我想知道,你这么急转弯,为什么?

李小冬憋了很久,才撂下一句话:你都看了我了。

苏秦当然是愿意的。他喜欢这个比自己小四岁的姑娘。在这之后的三年里,他们以通信的方式维护着恋爱,直到结婚。他们在一起生活了五年,这才发觉原来双方是这样的不合适。既然不合适,也就没有多大的意思。没有意思,也就这么客气地离了。

3

苏秦离婚后,与李小冬还在一套房里住过一阵子。不过费用却分开了,苏秦负责水电,李小冬承担煤气与市内电话。那个时期苏秦在机关工作,与领导的关系弄得很僵,所以也不想干了。到了1993年,南边的形势火起来了,于是苏秦就辞职去了海口。这期间他还隔两个月回来看看,还住原来的房子。于是就有人开他的玩笑:苏秦啊,你这样离婚不离家的,也够潇洒了,还想蹭到什么时候?

苏秦说:我不过回来蹭李小冬几顿饭吃而已,可没想蹭她觉睡。

这个男人的运气很好,在海南岛实行"宏观调控"的前夕,他成功地炒作了一块地皮,赚了几十万。意外的横财使这个持重的年轻人感到吃惊。他自然不想恋战,很快就从商场上抽身而出。当初离婚的时候,他答应给李小冬十万块钱,不过那时他是个穷光蛋,李小冬拿到手的也只是一张白条。女人就带着调侃的口吻说:你拿我当农民啊?只有某些地方的政府才给农民打白条呢。

苏秦却认真地说:你不妨先收了吧。

所以现在男人拿支票换回白条时,女人就有点惊讶。她从来就没有见过这么多的钱,也怀疑这钱的来路。她说:苏秦,你没干什么亏心事吧?

苏秦有点得意地说:你就当我傍了个富婆吧。

然后他就到了北京。苏秦不是那种愿意干事业的男人。他向往的是那种养尊处优的生活。所以在北京,他没有自立门户开公司,而在一个朋友的广告公司里当着策划顾问,帮他们做个文案,一个月拿着足以养好自己的薪水。有事就去,无事就在家里读读杂书,偶尔也写点文章。过去他有过当作家的理想,现在却不想了。他觉得这是自己和自己过不去,没有必要以一本什么书引起多大的轰动,成为别人羡慕或者憎恨的对象。他觉得就现在这样很好,很舒服。身份感对他这个年纪的男人已经没有了实在的意义。

作为男人,苏秦自然容不得自己的情感没有着落。随着时间的推移,他也到了四十岁。尽管如今对青年的界定尺度放到了四十五岁,他还是觉得已经像个中年了。苏秦的家乡在长江中下游边上的一座小县城,父母都是中学教师,如今都退休了。他在南方忙着挣钱的时候,妹妹却考"托福"去了美国加州,两年后就生了一个儿子。但在父母眼中,那还是人家的后代,所以苏秦和李小冬办完离婚,老人是很不高兴的。他父亲一直怀疑是儿子的行为不检点造成这一后果的。而母亲认为离异的关键,在于他们没有及时生一个孩子。要是你们一结婚就怀上了,就好了。母亲总这么反复感叹着。现在他们只希望这个四十岁的儿子再成一个家,怎么说也得给苏家留个后代。无论男女我们都一样高兴,父亲说,这事你必须抓紧,不能一错再错。苏秦说:我都这么大了,你们怎么还这样唠叨?我和李小冬是协议离婚的。离婚是不是很丢人?

实际上四十岁的男人苏秦也不满足于自己屋子里只有一个人的生活,虽然简单,但毕竟还少了最实质的内容。苏秦这个人的性格有点怪,他从来不主动去接近一个女人,更谈不上追求了。但是,如果遇见了,他也不想轻易错过。

在北京前后六年,与苏秦有过性关系的女人有三个。这三个女人,基本上都是阶段性的,甚至偶尔客串一下,谁也不管谁,也自然没有实际的打算与未来的展望。严格地讲,只能叫性伴侣,还称不上是情人。最初,苏秦对这样的交往感到满意,因为没有额外的负担。两情相悦已是足够。可是时间一长,难免会产生一点感情。有感情就会希望彼此专一。苏秦希望这样,但是女人们却没有相应的考虑。到了1999年的春天,他偶然遇见了一个来自成都的女人,是一个酒店的大堂副经理。那时苏秦在帮朋友策划一个新型保健药品的营销推广项目,住在这家酒店,和她熟悉了。苏秦很喜欢女人穿职业装,喜欢女人把头发挽成纂儿。这个女人也喜欢接近他,听他说话,迷恋他说话时的手势滔滔。没谈几回,两人就上床了。他们在床上也好默契,每次做爱都是大汗淋漓,女方也都有高潮。于是这个女孩就想嫁给他。这个问题一经提出,苏秦就有了犹豫。苏秦不是对女人自身的犹豫。他觉得女方家庭的负担过重,除了父母收入甚微,还有一个患小儿麻痹症的弟弟。如果他正式娶了人家,那么这些便理所当然地成了自己的义务。苏秦是个坦率的男人,他觉得自己已没有精力也没有必要来应付这样一堆的事情。于是苏秦说:我们不能结婚,因为我实在担不起这些。那个女人也明理,不骂男人这么自私,也没有过多的要求。在与苏秦同居半年之后,嫁给了一个开火锅店的老板。她在举行婚礼前夕单独约了苏秦,希望婚后继续与苏秦保持若即若离的关系。

女人说:那个人养我,你给我感情,行吗?

苏秦想了想,说:这有点问题了。既然是婚姻,总不能一开始就行背叛之事啊。

他没有接受,以给女人买了份什么保险将此事了结了。

4

当年苏秦与李小冬的婚姻终结,虽说没有出现什么"非离不可的理由",但也不是一点外界的诱惑没有。苏秦办公室里有一个女同事,叫陈娟,是北京一所高校新分配来的应届毕业生,家在犁城。陈娟属于那种青春性感的姑娘,性格中又带有斯文,人虽谈不上多么出众,但还是令人舒服的那种,有着耐看的面貌和修长的身材。这个陈娟一来就看上了苏秦的仪表和才华,很主动地接近他。据几年后的她说,那个时候,她是已经有与苏秦搞婚外恋的心理准备的。有一回,苏秦因为赶一份材料,下班晚了,陈娟便替他在机关食堂里买了饭。苏秦有些不自在,说:我不能在外面吃饭啊,李小冬会不舒服的。陈娟委屈得眼睛一下就湿了,说:不就是一份盒饭吗?犯得着扯出你老婆?

这件事让苏秦感到很羞愧,他想婚姻真他妈的不是个好鸟,就这点事心里都还有障碍。很长时间过去后,苏秦把这件事对已经是前妻的李小冬说了,他说:这大概不能算是越轨吧?女人说是啊,婚姻。我这辈子反正是把这件事做过了。女人又说,苏秦,看来我们在婚姻期间并没有什么让对方很伤心的事情。我嫁给你是处女,这你总还是记得的。苏秦说:我当然记得。李小冬说:可你在这之前就有了不轨行为。李小冬又翻出"避孕套事件"。苏秦伸了个懒腰,说:这都过去几年了,你怎么还惦着这宗冤案?李小冬说:狗屁,什么冤案,我的直觉一点也不会错的。苏秦说:好了好了,我们不是都离了吗?

有人问苏秦,你和李小冬是那样的般配,怎么两人说离也就离了呢?

苏秦说:我们般配,但不合适。

那人很不理解:你可是很在乎她的啊。

苏秦说:婚姻不是选劳模,两个优秀的人在一起未必就得到一份同样优秀的生活。倒是两个合适的人在一起,可能会有一份合适的日子。

问话的人就是陈娟。再见苏秦时,时间已不经意地过去了八年,陈娟已经是北京一家大公司的什么部门经理了。他们是偶然遇见的。那个暮春的晚上苏秦去长安大戏院听李世济的《锁麟囊》,散场的时候,忽然听见身后有人喊他。开始以为是听错了,结果喊声越来越近,一回头,就看见一个高挑个的、穿着豆沙色夹风衣和高帮羊皮靴的丰腴女子在远远地对他笑,再一看,竟然是陈娟。

怎么是你啊!苏秦感到意外,也感到高兴,没想到会在这里遇见过去的同事。

我是不是变得很厉害啊?陈娟一上来就这么问。

苏秦说:你变得漂亮了啊。

陈娟说:看你这人,连讨好女人都这么拙劣,怎么张嘴就说瞎话?

苏秦认真地说:是啊,你真的变得漂亮了呢。

陈娟情绪很好。女人大都这样,即使经过了什么仪器鉴定,男人夸她的话是假的,她也一样爱听。陈娟还是抓住这个题目做文章:你这意思是说,以前的我一点也不漂亮了?

苏秦说:那也不是。不过说实话,那时我可真没敢好意思多看你。

陈娟笑了笑,说:是因为李小冬吗?

苏秦说:可能吧。我们办掉了,知道吗?

陈娟说:倒是听说过的。她现在怎么样?

苏秦说:虽说是单身,但过得很好啊,新买了房子,装修图纸还是我帮她画的。

陈娟说:你们还是藕断丝连啊。

苏秦解释说:不不,离婚就是离婚。倒是现在见面比以前客气多了。

陈娟似乎有点困惑:那是为什么呢?一分开反倒好了?

苏秦说:大概是一个角色的问题吧。

陈娟说:这话听起来还很深刻。你呢,还是一个人?

苏秦说:我当然是一个人了。

陈娟笑道:什么叫当然啊?

苏秦说:我总觉得,如果是再婚,女人应该先行一步。

陈娟说:你这还是放不下她呢。你们能再合到一块吗?

苏秦说:你是说复婚?这好像不太可能。

陈娟说:为什么?

苏秦说:过得好过不好那已经是领教过的呀。

两人说着就来到了停车场,陈娟这才问苏秦:你晚上还有别的安排吗?

苏秦说没有。

陈娟说:那你等我一会儿,我去开车。我们去三里屯找家酒吧坐坐。

苏秦点点头,心里也暗自吃惊,想陈娟这个女人还真的不简单,三十来岁的年纪,居然神不知鬼不觉地杀回北京发展起来了。一会儿,陈娟从地下车库把车开来了,是一辆刚上市的白色的小赛欧。苏秦觉得这个女人就像这辆新款的小车,不算华丽,但很实在。

于是两人就到了三里屯,进了一家叫作"子夜"的酒吧。那时候酒吧的生意刚刚上来,都是些出双入对的男女。苏秦想,这些人中间必定是没有一对夫妻的,他发现自己的心理或许有点问题了,自己不结婚,仿佛天下的婚姻都是那么不幸。他把这个心理坦率地告诉了陈娟。后者说:其实就是这样啊,否则酒吧的生意怎会这么火呢? 陈娟的另一个例证是,她说最近一段时间她经常上网聊天,发现只要是类似"三十以后才明白"、"中年难过美人关"、"四十情怀"这样的聊天室,几乎每时每刻都是"客满",可见人到这个阶段,心是多么的浮动。

他们要了两杯扎啤和一份爆米花,开始了交谈。这时苏秦才知道,这个陈娟刚离婚不久,离婚的原因很通俗,男方首先有了外遇,被她捉奸在床。

我当时一看,什么也没说,还把他们的房门带上了。陈娟说:然后我就开始打点自己的东西了。我连那个女人的脸都还没看清呢。那女人一溜走,他就对我下跪,我这才火了,我说你犯得着这样吗?敢作敢当嘛!要是那个向你脱裤子的女人看见你现在这么跪在我面前,她会很伤心的。这样一说,他又站起来了。

苏秦身体往后一靠,说:想不到你做事也很漂亮呢。

陈娟打了个手势,喝了一口酒。

苏秦感到这一刻女人一定是心情特别好。

5

那个晚上后来发生的事多少令苏秦有点准备不足。他们各自喝了两扎啤酒,结果陈娟还是执意要开车送苏秦回去。苏秦说:这么晚了,我还是打的吧。陈娟说那何必呢,我这也就是一脚油门的事啊。是你那里不方便吧?

女人这么激将一下,男人也就不推辞了。他们岔上三环线,往南行没多一会儿,就到了方庄,到了男人的屋子。这是一套崭新的两室两厅的房子,装修也很雅致,但却是租用的,每月的租金为人民币两千五百元。所以陈娟一进门就说:你还不如按揭买一套房呢,首付完了,月供也就三五千块。

苏秦说:我也这么想过的,可总下不了决心。

陈娟说:这有什么下不了决心的呢?

苏秦说:主要是还没有非买不可的理由吧。说实话,我不喜欢北京的空气,只是觉得北京的钱比外地好赚一些。再说,要是在外地遇见一个女人怎么办?我是说那种适合做老婆的女人。

陈娟就笑了,说:你心里还是想着要结婚的啊。

苏秦说:话当然也不能说死啊,毕竟我还不能算老嘛。

苏秦说:有时候想想,婚姻也有婚姻的好处。譬如说人生病了,身边能有个人倒个茶递个水什么的,那还是好。

陈娟说:要是这样,那雇一个保姆不就结了?说到底,你还是耐不住寂寞。

苏秦就笑了,说:陈娟,作为男人,我虽然算不上那种风云人物,但也还是有点魅力的吧?我难道找不到一个女人做伴?

陈娟说:你这个人我大致是知道的,你骨子里还属于古典情种,像那种一夜风流的事你不会干。却又见谁爱谁,对谁都真诚。

苏秦说:很对,我和李小冬离婚这八年,就是这么过来的。我不会主动去追逐女人,但是真的遇上了相互顺眼的,我也不轻易错过。人与人的相遇与错过往往都是瞬间发生的事。

同意。陈娟说:这话我太同意了。我还想问你,你对女人的要求,是不是就是一个"顺眼"?

苏秦说:那当然不是。从前我对女人的要求是八个字——通情达理、秀外慧中。现在觉得这个标准好像是旧社会的,不现实,都什么年头了?还这么古色古香。就作了修改,多加了四个字——看着顺眼,聊着开心,睡着舒服。

陈娟一下笑了起来,把嘴里的茶水都喷到了沙发上。陈娟弯着腰说:同意,同意!

苏秦说:现在啊,男女的事既简单又不简单。简单嘛,是说上床也就上床;不简单嘛,是说下床就下床。

陈娟继续在笑:你这话虽然有点粗,不过很准确啊。

苏秦说:我这可是经过调查的啊。我问了不少男人女人,大都是这样。你看,这是不是有点人心不古、世风日下啊?

陈娟说:也有个怎么看的问题吧? 毕竟现在的人活自在了。

话说到这里,苏秦便站起来活动了一下身体,说:那是,对社会或许是不安定的因素,但对个人却是自由。

陈娟见苏秦站起来,就说:哎,你这是在下逐客令吗?

苏秦点上香烟,笑了笑,说:哪里的话。咱们能见一面可真不容易。要是不想走,留下就是了。

陈娟开始还是在笑,说:这是什么话? 你就不能说,是你不想让我走吗?

苏秦立即改口:对对,我希望你今夜别走。

陈娟说:我可没有别的女人那么顺眼啊。

苏秦就坐到了陈娟边上,说:其实,多年前我第一次见到你时,就觉得你特别顺眼。要是那会子我没有和李小冬结婚,也许就找你了。这是真话。

男人的气息逼近过来,女人突然就觉得有点紧张,也有点激动。实际上女人选择这么晚送男人回来,就已经有了心理上的各种准备。不过现在事情真的来了,她还是有点不自在。女人保持着原来的姿势,像在等待男人进一步的要求。于是男人走过来,凑近她的耳边低声说:先洗澡好吗?

这个晚上他们过得很好。

陈娟的确是那种耐看的女人,身材五官都过得去,如果是在校园里或者在机关里,她算得上引人注目的女人。但在社交场上,她并不抢眼。这一年,陈娟三十岁,有着少妇那种特有的风韵。当她洗完澡之后,苏秦才看到,这个女人被时装裹住的肌肤,实在比露在外面的要白皙许多。他熟练地抚摩着女人,感到怀中的这个身体一点也不陌生。他甚至想,自己可能已经在某一次梦境中,曾经拥有过这个身体。然后他们就做爱了,彼此的感觉都不错。事情完了,陈娟问:我是老几啊?

苏秦愣了一下:什么老几?

陈娟说:我是你第几个女人?

苏秦侧过身去拿烟,说:这个问题我不予回答。

陈娟就笑了,说:我们都这样了,你还有什么不好意思的?那你再回答一个问题:与那些女人相比,我怎么样?

苏秦说:你这个人,坐在沙发上没有什么问题,怎么一到床上老有问题?

陈娟撒娇地说:你肯定是认为我不好。就是!

苏秦搂着女人说:你没见我出了那么多的汗吗?

陈娟说:这是第一次嘛,有新鲜感,可能往后你就不出汗了呢。

苏秦说:那咱们走着瞧。

这个晚上他们就这样折腾了一个通宵,说着说着,又堆到了一块。直到窗外的天现出曙色,陈娟才说:苏秦,没想到你老先生床上功夫一流啊。

第二天他们睡到下午三点才懒洋洋地起床。陈娟去梳洗的时候,苏秦已经在做饭了。他用微波炉热了牛奶和火腿肠,凉拌了一个西红柿,再煎了单面的鸡蛋。他把这些摆好,再给各自倒了一杯果汁。

陈娟穿着苏秦的衬衣,把屁股整个包起来了,感觉下面就没有穿什么。她把洗过的头发用干毛巾裹上,懒散地坐到苏秦面前。看着眼前这一切,女人感到由衷的高兴。女人说:苏秦,这是我近期过得最好的周末。

苏秦说:我也是。我觉得我们还真是做到了那个十二字方针。

陈娟说:你该不会在暗示着要娶我吧?

苏秦说:虽说没有这么想,不过,我看理想的婚姻也不过如此吧。

陈娟说:可是这样生活久了,也会彼此厌倦的——你说呢?

苏秦说:可能吧,婚姻总是让人紧张。

说到这里,陈娟的手机响了,可是她非但没有接,还把手机给关掉了。

苏秦说:你接就是,我不会有什么看法的。

陈娟说:也就是一个熟悉的客户,对我有点那意思,一直就是这么电话缠着。

苏秦说:那也难怪,像你这样的女人,肯定不是我一个人喜欢的。

陈娟说:苏秦,假如我只想你喜欢,你能做得到只喜欢我一个吗?

苏秦说:你们女人一爱起来就喜欢提这么绝对的问题,其实谁都明白,没有人一辈子只爱一个人,神也做不到的。

陈娟停顿了一下,说:也对。我想这大概就是你不打算再有婚姻的最大的理由吧。你现在这么自由,可以随便跟任何女人好。可人是会老的啊,你老了以后怎么办?

苏秦说:这没什么不好办的吧? 即使是最好的夫妻,那也不是同一天死啊。

陈娟说:你这是抬杠。

苏秦摇摇头,说:怎么人们一谈婚姻就那么实用呢?

陈娟喝了口牛奶,说:不过听你这么一说,我觉得我好像也不再需要婚姻了。

苏秦连忙打断:别,这只是我的考虑。你是你。你是女人。

陈娟便站了起来:女人怎么了? 从前女人要婚姻是指着男人养她,所谓的"嫁汉嫁汉,穿衣吃饭"。或者说想生一个孩子。这两方面我现在都不需要。我只要这辈子过得充实。

苏秦想了片刻,提出了建议:既然这样,那我们不妨先这么相处下去。你看呢?

陈娟接受苏秦这个建议,前提是也需要苏秦对她有一个承诺,她说:你不能从这张床爬到另一张床,我不能接受你带着别的女人身体上的气味回到我边上。你能做到吗?

苏秦说:你不就是要求有一个相对的稳定与专一吗? 这没问题,这也是我的风格。我与异性交往,都是一段段的。

陈娟没有再说什么。

这之后他们就每逢周末住到了一块儿。苏秦不愿意去陈娟那里,总是借口"我没有车"。其实他多少有点介意陈娟过去的生活,虽然女人并没有说什么,他也什么不打听,但他还是觉得自己不愿意睡到那张床上。陈娟大概也看出了男人的心思,也不点破。两人就这样相处着,春天很快就过去了,夏天开始了。有一个周末,天下大雨,陈娟也还是来了,感到人很疲惫。于是苏秦就说:你干脆住过来得了,免得跑来跑去的。陈娟想了想,答应了,当晚就把自己的一些衣服、鞋子以及生活日用品,一箱子提到了苏秦这里。她把箱子放下的时候,不由得叹了一口气。这令苏秦有点困惑,便问:你怎么了?

陈娟瘫在沙发上,说:我好像成你老婆了。

苏秦纠正道:那不是,你要是觉得别扭,可以随时离开的,我们之间不需要履行什么法律手续。

陈娟问:就图这点方便?

苏秦反问:这还不够吗?这不是方便,是自由。

陈娟点点头,与苏秦一起把带来的衣服放进一个腾空的柜子里。这个柜子里已经放上了一些樟脑丸。陈娟对男人的细心感到满意,她的情绪也因此得到了好转。

通常的情况下,每个周末苏秦与陈娟的做爱,要有两回。而这次他们只有了一次,完事之后,两个人洗好澡,穿上新买的丝绸睡衣,坐到了阳台上。苏秦这个小区内景色很好,很安静,阳台面对着一个小广场。在北京,还真不容易找到这样安静的环境。

这个晚上他们交谈的中心,是今后的相处。

陈娟说:我们这是情人关系,还是同居关系?

苏秦说:两者都有吧,当然你也可以认为我们这是在试婚。

陈娟说:苏秦,你如实对我说,你是真的不想要婚姻吗?

苏秦说:事情都不是绝对的,要是非常合适,彼此都离不开,那为什么不可以要婚姻呢?

陈娟又是点点头,那意思是我们都努力吧,也许我们就成就了一宗好姻缘呢。

6

如果与现在的婚姻比较起来,这两个人在一起的生活显然要轻松许多。他们不需要为很多琐碎的事情操劳,不需要在经济上互相制约,也不需要那么敏感,各自的私人空间都很大。有轻松便有愉快,他们彼此不打听对方在白天里都干了些什么,他们只对晚上负责。爱情中的女人总是美丽的。那些天,陈娟到公司去上班,同事都觉得她变得特别的滋润。于是就有个叫顾菲菲的女同事问她:陈娟,你是不是和哪个网友见面了?

陈娟说:我才不干那种蠢事呢。

顾菲菲说:这怎么叫蠢事?我都见过几回了,很刺激的。

陈娟说:网上那些家伙都是虚虚乎乎的,就是传给你照片,那也和真人是两码事啊。

顾菲菲说:但网上也有网上的好处啊。两个人不认识,八竿子打不到边,于是就可以胡说八道,甚至还可以在网上做爱。

陈娟很惊讶:网上还能这样?

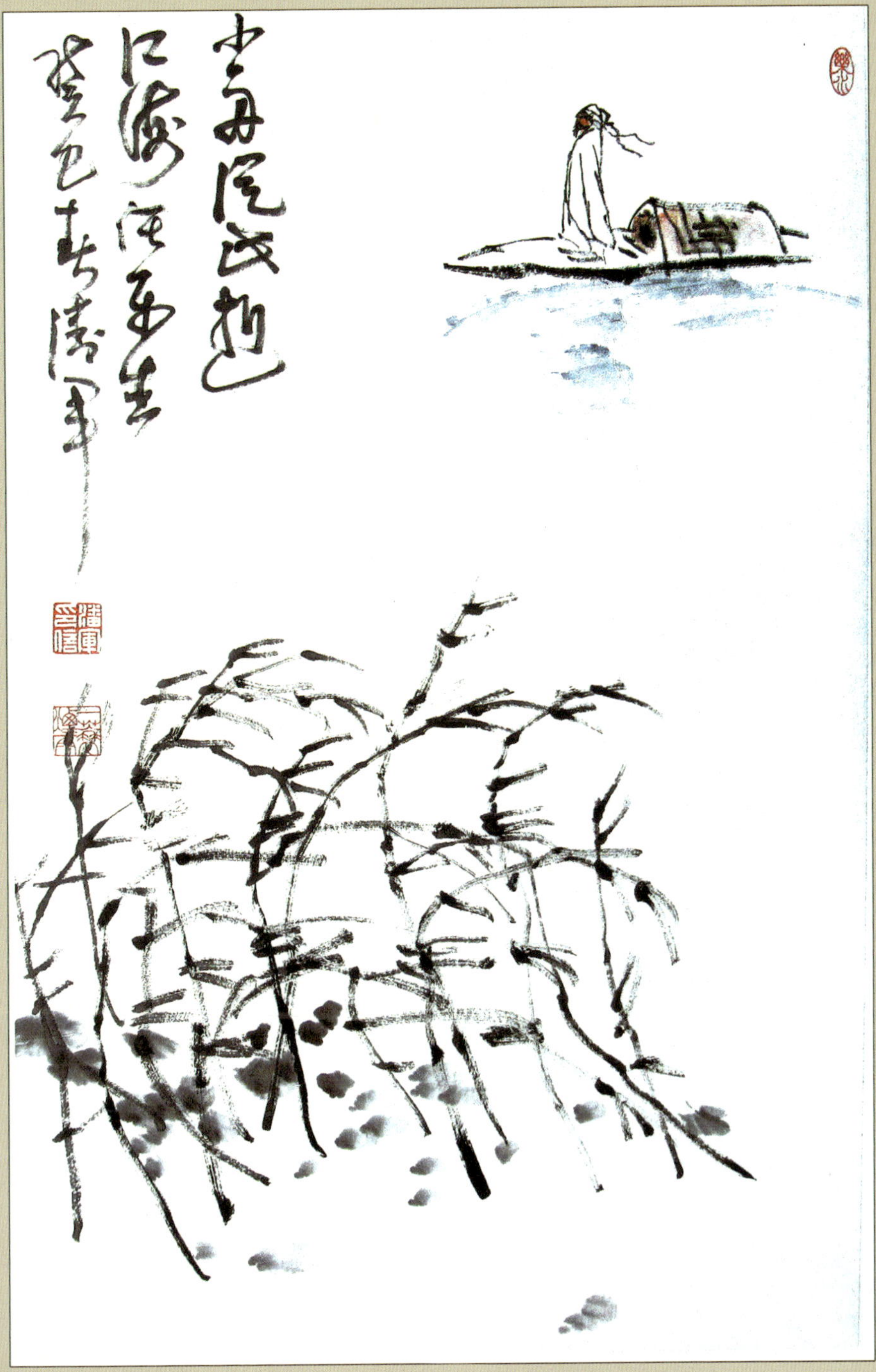

顾菲菲说:怎么不能?性幻想对人类永远是有魅力的啊。等那两个人一见面,等于把各自的心理都揣摩透了,要是彼此感觉好,也就那样了。

陈娟说:我可从来没有想过从网上抓一个回来的。

顾菲菲说:你别瞒,这种事见怪不怪。你和那个人一定过得很好,要不你哪有这么好的气色?

陈娟说:这还能从脸上看出来?

顾菲菲说:当然,气色明显地好了啊。连斑点都浅了呢。

陈娟心里很甜蜜地说:那倒是的,不过那个人真的不是什么网友,是我过去就认识的,正好他也在北京扎下了。

顾菲菲便用羡慕的眼神看着陈娟:这可是缘分啊。咱们这样的年纪,如果还有个好男人爱自己,那是一种福气。

其实这个顾菲菲比陈娟还小两岁,却已经是一个三岁孩子的母亲了。而且最不可思议的是,顾菲菲的这个孩子没有来路。顾菲菲是个看上去气质高雅、有点傲慢的女人,曾经在美国西雅图当访问学者,说一口流利的英语,还能说几句简单的德语。她能这么说,让陈娟心里有了很大的满足。顾菲菲不像那些人一出去就不想回来,相反,她是提前回来的。据说,她为的就是自己的这个孩子。关于这个孩子,公司里曾经有私下的议论,不过顾菲菲充耳不闻,相反,有时候还叫保姆把孩子带到公司来玩。那真是一个漂亮的小男孩,大家喊他杰克,但他绝对是中国种与中国土地的产物,无须怀疑这点。今天,顾菲菲把儿子又带来了,准备带他去过生日。顾菲菲只邀请了陈娟一个人。

他们去了长安街上新开的一家西餐馆。生意并不红火,环境却很幽雅。陈娟送给杰克一辆遥控的跑车作为生日礼物,于是这孩子没怎么吃,就和小保姆去一边玩这辆车了。顾菲菲索性让保姆先带孩子回家,她想和陈娟单独叙叙。两个女人换上了红酒。

陈娟有些感慨地说:菲菲,杰克真是你最大的安慰了。

顾菲菲说:那是。其实我当时意识到自己怀上他时,我就对今后的事情考虑好了。

陈娟问:考虑什么?

顾菲菲说:一个女人不能有后顾之忧,要不,在现实生活里会有压力的。

陈娟觉得这句话正好说反了。在她看来,女人有了孩子才是真正的后顾之忧,才是现实生活中最大的压力。她想自己当初要是和前夫有了孩子,那么兴许就迈不开离婚这一步了。

陈娟试探着问道:那你不认为一个人带着杰克有压力吗?

顾菲菲说:不,正如你说的,这孩子是我最大的安慰,也是我的一切。你大概不明白我为什么要这么做吧?我可以告诉你。杰克生在美国,按美国的法律,他就是货真价实的美国公民了,等将来我老了,他也就大了,我就和他再回到美国去安度晚年。

陈娟一下就明白了顾菲菲的用意,这个女人连"安度晚年"都想好了。她觉得与这个女人相比,自己简直就是稚嫩得可笑。

顾菲菲接着说:你看,一个女人该实现的目标我都实现了,我做了母亲,也有能力对我的儿子承担责任。

陈娟小心地问:他爸爸难道就此不管了?

顾菲菲说:这不怪他,我们当初是有协议的。按照抚养到他十八岁计算,他一次性支付了杰克的抚养费。这笔钱数目不算大,我暂时也没用,还存在美国的银行里。

陈娟继续说:那他就不想看孩子吗?

顾菲菲说:协议上规定,十岁之前他不能探视。

陈娟说:还有这么判的?

顾菲菲说:我们没有上法院,毕竟杰克是非婚生子女。我们是自己制订的协议。干吗什么事都要闹上法院呢?

陈娟用很敬佩的目光看着泰然自若的顾菲菲。

这天晚上完事后,陈娟突然说:苏秦,我想和你生孩子呢。

苏秦着实吓了一跳,说:你可别吓我。这年头男女之间收获什么都好,就是别收获一个孩子。

陈娟说:我是真有了这个念头。我不是随便说说的。

苏秦便坐了起来,从床头柜上拿过香烟,说:陈娟,咱们别孩子气。我和你在一起,最大的顾虑就是怕你怀孕。

陈娟也坐了起来,说:要是我愿意呢?

苏秦说:这是两个人的事情,当然要两个人商量着办。

陈娟说:我没有让你负责任的意思。我公司里有个顾菲菲,比我还小两岁,是从美国回来的,什么也没带,就带回了一个孩子,除了她,谁也不知道那孩子的爹是谁。

苏秦说:那孩子是美国户口。我们要孩子,没有合法的婚姻,这孩子就是"黑孩子",将来会连累他一生的。

陈娟说:户口有什么难办的? 花钱就是了。北京不能办,我就回犁城办好了。我既然敢生,就会对他负责一生。

苏秦看看陈娟,微笑道:你这个人还真一根筋呢。

见陈娟不接话,苏秦又说:哎,这事咱们也就是这么一说,别当真啊。

陈娟说:我不是随便说的。

苏秦不响了,靠在床上把烟吸完。男人重新躺下时,看见女人的眼睛略有反光。

7

可能是因为想要一个合法的孩子的缘故,在这年8月的一天,陈娟正式向苏秦提出了结婚的要求。这个时候,他们已经同居了近三个月,相处还是很好。对女人的这个要求,男人还是有些意外。他问:我想知道,如果我说不同意,你是不是马上就从这里撤走?

女人说:那也不是,只是我有点想和你结婚罢了。

女人这样的回答让男人感到满意。而且,打动了男人,他说:好,我们结婚。

这样,他们选择了一个很好的日子乘火车双双回到了户口所在地的犁城,准备办理结婚手续。事先陈娟没有对家里讲此行回来的目的,她想等到晚上苏秦上门之后,再当面把事情摆开。她想父母应该对苏秦是满意的,他们是过去的同事,而且这个女婿长得很精神,也有点品位,还有点钱,父母不该有什么看法的。下了火车,陈娟径直回家,苏秦住进了酒店。他们约好晚上见面。出租车把苏秦带到犁城大酒店时,门童就殷勤地上来替他开了车门。

门童鞠躬说:欢迎先生光临。

苏秦心里好像被什么东西碰了一下。他想自己在这个不发达的城市里前后生活了十八年,现在却突然成了客人。难道这个城市真的与他一点关系都没有了?这个瞬间,他自然想起了前妻李小冬。事实上,昨天晚上在软卧包厢里,看着窗外忽暗忽明的灯光从眼前掠过,男人的心便如同汪洋中的一叶扁舟,颠簸起伏着。他不是怎么怀念李小冬,而是觉得自己这样先行一步地再婚,感觉不是太好。对面的陈娟已经睡着了,苏秦又出来抽了支烟。他看着窗外,旷野里慢慢白了起来。

苏秦躺在酒店的床上,感到很疲惫。匆匆冲了个澡,就上床睡了。醒来一看,已是下午三点。他连忙起来收拾了一下,然后便上街为晚上去陈娟家做些准备。苏秦还是戴着墨镜,他很不希望在街上突然遇见一个熟人。既然这个城市已经把他当作客人了,他又何必拿它当家呢?

他在百货大楼买了两瓶茅台酒和几盒老年人的滋补品,觉得还需要去花店买一束鲜花。毕竟这还是一件很隆重的喜事。在火车上,他与陈娟还商量,这回能否不按习俗把事情办了。陈娟没有说不,但又说其实女人穿婚纱的时候是最美的。苏秦说,我不是怕花钱,是嫌麻烦,我们可以去新马泰走一遭。陈娟就没有坚持,她知道男人的心事,不想惊动犁城的熟人,尤其是那个叫李小冬的女人。

仿佛就有这种感应。当苏秦走上人行天桥时,一眼就看见了在桥的中间张开着一把酒红色的伞,而伞下的那个女人就是前妻李小冬。他还在犹豫中,女人先开口了:是你啊?

男人说:这么巧……

与几年前相比,李小冬明显地老练多了,但她的模样却比实际年龄显小,保养得很不错。两人见面,感到意外的好像是男人。

女人说:你怎么又转回来了?

男人说:怎么叫又转回来了呢?我想回来就回来啊。

女人说:看样子在北京混得还不错啊。

男人说:还行吧,衣食无忧,也没有什么发展。

女人说:从气色上看,你过得还好啊。结婚了?

男人迟疑了一下,说:没呢。

女人说:我怎么觉得你已经结婚了呢?看你这一身鲜鲜光光的。

男人说:是你自己结婚了吧?

女人抬眼说:你觉得我还会吗?

说话间,李小冬的手机响了,听语气好像有什么急事。她打完电话,问苏秦:你这次回来能待几天?

苏秦说:看吧,事情办完了就回去。

李小冬说:那这样吧。改天我请你吃顿饭。手机号码没变吧?

苏秦说:没呢。变了我也会通知你的。

李小冬笑了笑:哦,没想到我这个前妻在你心里还有点地位啊。那好,再联系吧。

说着,两人并肩走下了天桥。女人就在街边拦了一辆出租,很快离去了。

人虽然离去,但女人刚才的笑容却还在男人的眼前没有散。在男人眼里,这笑容有些灿烂。真是难得一笑啊,苏秦想,在他们以前的夫妻生活里,男人就几乎没见过这个女人的笑脸。这还是一个美丽的女人,却是那种腐败的美丽。

苏秦在街上转悠着,越发觉得这个城市还是改变了不少,竖起了几幢高楼,街上的梧桐树也换成了樟树,散发着一点淡雅的香气。但这个城市与他已经失去了联系,唯一让他还有点牵挂的,就是这个叫李小冬的女人。

回酒店的路上,苏秦才想起来把买花的事忘了个干净。

那时候陈娟已经在酒店门口等他了,望着昏暗的天色,女人显得有些急躁。她说:你怎么到现在才回来啊,不就是去商店吗?

苏秦随口答了句:在街上遇见了一个熟人。

陈娟说:你快去上面洗洗吧,看你这一身一脸的汗。

苏秦没说什么,把手中刚买的东西交给了陈娟,自己走进了电梯。电梯里只有他一个人,镜面不锈钢反射出他的样子,他感到那个人一点也不像自己,怎么看都别扭。为什么不把实情告诉陈娟呢?为什么要回避李小冬这个名字?为什么登门拜访陈娟父母的计划在邂逅李小冬后便变得毫无激情了?他在质问自己。而且他刚才的回答是脱口而出,不假思索。这个感觉不好。

陈娟在下面等了一会儿,见苏秦还没出来,就到总台往他的房间挂了个电话。陈娟说:喂,你在磨蹭什么呢?

苏秦在电话里又一次出现了迟疑,他说:陈娟,你上来,我有话对你说。

这话一说,陈娟就觉得不对劲了。她连忙赶上去,一见苏秦还是原来的衣着,像个醉汉似的倒在床上,女人心里就来了火,说:我上来了,你有话就说吧。

苏秦慢慢欠起身,先去卫生间解了小便,然后边系裤子边对陈娟说:我刚才在街上见到的那个人,你不想知道是谁吗?

陈娟也是脱口而出:是李小冬。

苏秦默默点了点头。

陈娟这才急了,说:难怪啊,每回对你提结婚就像杀你似的,原来你还是忘不掉你的前妻。那你为什么不和她去复婚呢?为什么?

陈娟这么说着,眼泪也禁不住地流了下来。

苏秦说:为什么?我也不知道为什么。我只是觉得……

你觉得什么?说呀?

你冷静点好不好?

你让我怎么冷静?

我只是觉得,我不想先走一步。就这样。

苏秦的嗓门也随之高了。男人这么一激动,女人反倒安静了许多。在停顿了片刻之后,陈娟才说:要是李小冬一辈子不想结婚呢?你是不是也就一辈子也不结?

苏秦说:我说的只是我的感受。我不是已经把介绍信从原单位开出来了吗?

陈娟用手背将眼泪抹了,说:苏秦,我并没有怪你什么,但我是一个有尊严的女人,还不至于要赖着一个男人非娶自己不可!

苏秦说:你越说越不像话了!假如我们是夫妻,那么像这个样子又能过几天?

苏秦还想说下去,但陈娟已经扔下礼品,转身出门了。

当天晚上,苏秦还是带着酒和礼品去了陈娟的家。意外的是,陈娟已经搭晚班的飞机离开了犁城。她母亲说,女儿是接到公司的一个电话,说有个急事才临时决定赶回去的。女儿还让父母转告,如果有一个姓苏的先生来访,就这么说。苏秦明白陈娟是故意避开的。看来陈娟事先还真没有和父母把结婚的事情说开,这让苏秦轻松了很多。这个晚上苏秦是在没有压力却感到沉重的气氛中度过的。陈娟的父亲是一个退休的文化馆干部,爱好京剧,是老生行里的一个不错的票友。在后来闲聊之中还涉及了京剧,这老人便拿苏秦当了难得一遇的知音,一发不可收地从谭鑫培、余叔岩谈到了当下的耿其昌、于魁智。苏秦也很配合,老人如果在某个段子上忘了词,他还提个醒。不过他觉得别扭的是,自己今晚本来是以女婿的身份出现在这个场合的,现在却莫名其妙地成了一个"姓苏的"。

8

陈娟自离开后就没有主动给苏秦来电话。苏秦打过去,那边就传来一个软绵绵的声音"您所拨打的电话没有开机"。苏秦知道女人还在气头上,心里理解但不舒服。陈娟有这样大的脾气,在他的印象中似乎从来没有过。看来女人一旦换了角色,什么也都跟着变了。苏秦内心这么感叹着。他不想再反复给陈娟打电话了，觉得这样做实在很无聊。毕竟还不是夫妻啊，他想，幸亏还不是。他同时也为这个感叹而惊讶。

他想自己应该在犁城多住些日子，不能这么由着陈娟。那几天苏秦就整天在酒店住着，胡乱看电视，要不就去网上与人打麻将。那些人玩不过他，只要他一自摸，总有人"异常离开"，然后又得重新搭伙。那一刻男人就想，看来什么事还真得有一个相对的稳定才是，这样聚聚散散的，也好没劲。

几天后的一个下午，李小冬的电话来了，说已经在一个叫"塞纳河畔"的饭店预订了座位，晚上请他吃饭。苏秦爽快地答应了。他提前一刻钟到了那里，结果一进门就看见了李小冬的身影。他们的座位是在一个比较僻静的角落里，暗淡的灯光看上去和谐而幽雅。

李小冬开门见山地说：你这次回来，是办一件要紧的事吧？

苏秦想了想，说：是啊，我本来是想回来打结婚证的。

李小冬有点意外，说：那好啊，我得恭喜你了。能告诉我女方是谁吗？不会是我认识的吧？我们当初可是有过约定的啊。

苏秦便想起了那个约定：如果今后再婚，彼此都不找熟悉的人。这条是李小冬提出的，苏秦也表示了同意。不过，李小冬与陈娟应该算不上什么熟人。陈娟曾经去过苏秦家，拿一份什么材料。那天苏秦和朋友去郊外钓鱼了，李小冬接待了她。后来李小冬对苏秦说：你那个叫陈娟的同事，人看上去还是很舒服的。

苏秦说：其实这个人你见过，不过不能算是你的熟人。

李小冬兴趣盎然地问:谁?

苏秦说:陈娟。

李小冬一下就想起来了:你们办公室那个梳长辫的?

苏秦点点头。

李小冬说:她比我应该小不了几岁吧,还没嫁人?

苏秦说:不,她也是离异的,我们在北京遇上了。

李小冬说:哦,是这样啊,你们也算是有缘。北京那么大,你却能遇见一个过去的同事,而且她也是离异的单身。这种概率真的不是很高啊。

苏秦感到很纳闷,她觉得李小冬不应该做出这样的反应。他并不是希望自己这个前妻散发出醋意,但至少不会感到这么热情洋溢的。像李小冬这样的女人,对自己过去的男人往往就是这样的一种态度:这男人在法律上虽然已经与她没有关系了,但还是她园子里的一棵树,不用怎么管它,更用不着小心伺候,那树在她眼里也不是一片风景。那树可以自生自灭,但不能让人砍了去。李小冬现在怎么就不拿点从前的架子呢?

不过,李小冬说,我还是想给你一个忠告。

苏秦问:什么忠告?

李小冬说:做老婆的女人都差不多。

说完这句话,李小冬就去洗手间了。苏秦一个人纳闷地坐在那里,还是回味着女人刚才那句忠告。他的脑子里总觉得有一台老式的电唱机在唱着,而且歌声还相当的遥远。

9

苏秦回到北京是一周后的下午五点。列车到达北京站,其实就等于到了陈娟的公司——它们也就隔着一条不宽的马路。如果是以往,苏秦或许会在陈娟公司楼下的咖啡厅等她,和她一起坐会儿,说上几句话,然后开车一起回家。现在他却没有这样的情绪了。犁城这一趟的折腾,他自己也好懊恼。

于是他在出租车上用手机给陈娟发了一条信息:我回来了。我们需要谈谈。

陈娟在接到这条信息的时候,正和自己的一个新客户结束谈判。这个人叫高宗平,也是外地来北京扎摊的。高先生年纪与苏秦相仿,戴着眼镜,看上去很儒雅也很有风度。他与陈娟的谈判很顺利,本来是准备晚上邀请女人共进晚餐的,而且后者也爽快地答应了。然而,这当儿苏秦回来了,女人当然就不能无动于衷。她只好向高先生解释:真不好意思,我爱人刚出差回来了。

高宗平有点诧异,说:陈小姐,如果我没记错,你刚才说过,你是一个人啊。

陈娟硬着头皮说:我说的一个人,不是指独身,是说我暂时一个人在家。

高宗平从陈娟的表情上看出,女人的这番解释显得有点牵强,但也不好多问,也就作罢了。他和陈娟一起离开了公司,一起上了电梯,只有他们。这个时刻,陈娟便有点儿不自在,就无话找话地说:高先生,你的口音可一点也不像是外地人啊。

高宗平说:我在北京前后待了八年。要是八年还带外地口音,那我的智商可能就很有问题了。

陈娟说:你看,我待的时间前后加起来比你还长,口音却还这么杂交,说明我这个人很笨呢。

高宗平连忙解释说:陈小姐,我可不是这个意思啊!

这个男人脸还红了。很长时间过后,这种久违的男人的羞涩却让女人在一个很累的梦中惊醒了。

陈娟回来的时候,苏秦已经把菜做好了。尽管在犁城留下了不愉快,但这种回家的感觉,还是让女人很幸福。犁城发生的那一幕似乎淡忘了,他们显得很客气,称得上相敬如宾。

陈娟说:你才到家,何必这么忙呢?不如晚上出去随便吃点。

苏秦说:我也就是顺手做点,我还担心你不回来呢。

陈娟说:还真是这样,本来我已经答应一个客户了……可我还是觉得在家里吃饭好。

苏秦听着,女人每句话里都嵌着一个"家"。他被这种随意自然的表达打动了,于是在女人洗脸之际,男人从后面搂住了她的腰,伏在她肩上说:过几天,我们再回一趟犁城吧。

陈娟没有回答,但她心里很受感动。

苏秦接着说:我去你家,你父母与我谈得很好……特别是你父亲,同我谈了一晚上的京剧。

陈娟说:你对他们说了我们之间的关系吗?

苏秦说:没有呢。他们拿我当"姓苏的先生",我就觉得你也没有对他们摊牌,所以就没作解释。

陈娟说:我本来是想……算了,还是先说点别的吧。

苏秦说:陈娟,你不要回避这个话题,不要以为我对你不认真。

陈娟回过头说:我从来就没有怀疑这点。你要是那号人,我们还能这么样吗?虽然我们不是夫妻,但这并不意味着我可以包容你的放纵。我说过,我什么都可以给你,唯独需要你给我的,就是我的尊严。

苏秦说:我想我是给你留着的。

他们的谈话暂告一段落。等吃好饭,陈娟便把围裙一系,忙着刷碗去了。苏秦走到晾台上吸完一支烟,一边哼着京剧《捉放曹》的段子。然后他又去卫生间把浴缸里的水放满。他本来是为陈娟放的,但陈娟说:你陪我洗吧。

于是两人就落到一个浴缸里,澡没洗,倒是匆忙做了爱。做爱就是这么有力量,刚才那种肃穆气氛仿佛是电视上播放的,现在怎么看都不是他们制造的,也一点不真实。

女人躺在男人怀里,手在玩水,很满足地说:我们一直像这样多好啊。

男人说:是的,其实我们是可以很好地处下去的。

女人问:永远都这样?

男人说:这不好想象了,只能说希望这样过下去。

女人问:假如我们结婚了,过不了多久感情就疲惫了,怎么办?

男人说:那也得往下过啊。这不就是婚姻吗?一张纸要求你遵守一辈子呢。

女人说:也许就像歌里唱的那样,"平平淡淡才是真"啊。

男人说:狗屁啊,为什么要平淡? 人到七十古来稀,斩头去尾二十年。就这一辈子,大部分就这么"平淡"了去,那还叫什么日子? 经营不好婚姻,也就是不配拥有婚姻。

女人点点头说:想想也好不实际啊。

男人说:是不实际,但也不必怎么修改,全世界都这样。

女人说:不过,真的过不下去,那还是可以离婚的,对吗?

男人说:我们不都已经离过吗? 总不至于会有第二次吧?

女人说:那也未必。伊丽莎白·泰勒一生结了六次婚呢。

男人说:与其这么折腾,倒不如……

女人问:不如什么? 你怎么说一半咽一半啊?

男人说:这个问题我想很久了。说出来可能有点荒谬。

女人说:怎么个荒谬,说来我听听。

男人说:我觉得婚姻也应该是多种形式的,最好实行合同制。

女人笑了起来,说:你该不会是在买卖人口吧?

男人说:我是说正经的。你看,合同制有什么不对呢?

女人说:婚姻本身就是一种契约关系,也就是合同关系,你这是多此一举啊。

男人说:这我懂啊。我是说,政府给的婚姻暗示着一种终身合同,尽管也允许离婚,但很多人因为这样的牵扯和那样的麻烦,就不愿意这么做了。于是就凑合着过了一生。而平淡的婚姻无非就是这样的三种前途——忍耐、欺骗、离异。

女人问:那你想的是怎样的合同制呢?

男人说:我的意思是,当事的双方制订一份属于自己的合同,是有期限的。

女人说:哦,你绕了这么大一个弯子,我总算明白了。你这是为自己找方便呢。和这个女人睡一年,再换个女人睡一年,这么一生下来,那可就大有收获了。

男人说:你别这么狭隘。我是认真在和你谈的。你看,我们在日常生活中,任何法律、规章,都是来自上面;下面的只是遵照执行。《婚姻法》也不例外。现在呢,我们订立自己的规矩,每一条每一款都是经过我们当事人充分讨论的。然后我们执行起来就不会有压力了。这是一。第二呢,规矩还可以根据变化进行修改增删。第三——这个最重要,我们以一年为限,如果相处得好,就续签;不好呢,那就终止了。反正我觉得有意思。

女人想了想,说:听起来很诱人,但感觉还是像个圈套。

男人说:我们都这样了,还需要下套吗?

10

合同书

甲方:苏秦,男,1961 年 3 月 2 日生

乙方:陈娟,女,1970 年 12 月 14 日生

甲乙双方经反复协商,就试行"合同制婚姻关系",作如下协议:

1. 概念。本"合同制婚姻",既不属于法定婚姻关系,也区别于普通同居关系。它具体解释为:在合同有效期内,双方

按照现行《婚姻法》的标准,履行一切相关责任和义务。当合同期满、双方已决定不再续约时,相关责任与义务随之解除。

2. 称呼。在合同婚姻期间,双方对外称彼方为"爱人"。不得使用"妻子"、"丈夫"、"我太太"、"我先生"以及"我朋友"等敏感字眼。

3. 经济。家庭开支由双方均摊。双方在日常经济生活上严格实行"AA制",各自拥有自行的经济支配权。除双方赠送对方的礼物外,各自财产归各自所有,如果解除婚约,不存在财产分割。

4. 理赔。在合同有效期内,如果一方违背条约精神,给另外一方造成伤害,应赔偿受害方人民币拾万元。

5. 生育。如果双方愿意生育子女,那么在婚约不再有效后,各自必须按现有的工资标准的三分之一支付子女抚养费,至年满十八岁为止。将来子女的相关费用,也由双方均摊。子女享有双方的财产继承权。

6. 升格。当双方都有意愿,将此合同婚姻升格为法定婚姻时,应履行法定相关一切手续。

7. 其他。未尽事宜,可根据条件变化,随时进行增删修订。

8. 本合同有效期为一年。合同期满,可续约,可终止。如果续约,双方须重新签订合同。如果在合同有效期间有一方提出终止,另外一方有权保留两个月的协商时间,最后决定是否续约还是终止。

9. 本合同一式两份,双方各执一份。自签署之日起生效。

10. 双方须严格遵守合同条款,以人格担保。

甲方:苏秦(签字)　　　乙方:陈娟(签字)

2001年5月9日

11

还是需要一个仪式。

合同签署的那天晚上,当事的双方来到了三元桥附近的一家饭店,要了一个幽静雅致的包厢。坐定之后,苏秦拿出了一枚钻戒交给陈娟。

陈娟很高兴,拿起戒指,说,你会选东西。我喜欢这个款式,简洁。不过,我应该戴在哪根指头上呢?

苏秦说:起码这一年里,你得戴在无名指上。

陈娟便把戒指当场戴上了,说:苏秦,谢谢你。

两人拿起红酒,喝了一杯交杯酒。这个瞬间,两人都很有感慨。那是一种很特别的情绪,喜忧参半,幸福中带有轻微的忧伤,陶醉中又透露出几分清醒。他们都明白自己在扮演怎样的角色。

苏秦今夜变得善饮,一瓶法国红酒,没多会儿就光了。他还想喝,但陈娟却制止了。陈娟说:你看你这个人,怎么就像个孩子似的?

苏秦说:我今天高兴啊。

苏秦有个很奇怪的生理现象,他平时不爱喝酒,也几乎不喝。可是一旦喝起来,就完全放开了。别人醉酒一般不是呕吐就是头疼,或者喜欢说胡话,喜欢乱来。而他不是这样,他喝高了,就特别伤感,会想起自己一生中那些容易悲伤的事情,然后眼泪就情不自禁地往下流。他的这种奇怪的反应总是让边上人不知所措,以为由于什么不慎而冒犯了这个人。此刻的陈娟就是这样,一看苏秦流泪了,陈娟便开始了自我检讨,想自己刚才在哪里出了差错,使男人变得这样了。可她实在想不出,刚才还喜笑颜开的,怎么突然就这样了?女人总是敏感的。女人一敏感,总在想一些敏感的问题。于是陈娟便想到了远在犁城的那个李小冬了。很多年前,当陈娟去苏秦家拿材料时,她面对女主人就有点莫名的紧张。李小冬并没有冷落她,相反对这个丈夫的同事很客气,可陈娟还是紧张,她自己也弄不明白这是为什么。好像她心里的秘密在李小冬面前泄露了。这次,又是因为李小冬不合时宜的出现,使他们即将到手的法定婚姻变成了现在的所谓"合同婚姻"。陈娟想,李小冬真是个厉害的女人啊。和苏秦离异这么多年了,影子却还在这个男人身上魂一样地潜伏着。

陈娟说:苏秦,你别这样好不好?你要是觉得,这一纸合同还是束缚了你,那么我们就把它提前终止好了。

说着,陈娟也流泪了。

苏秦说:陈娟,你想错了。我是这个合同的主要策划人和当事人之一,我怎么能这么快就后悔呢?这不成儿戏了吗?那我还叫人吗?我这是高兴啊,一高兴就……

苏秦话没说完,就起身去洗手间了。男人在洗手间解好小便,又用凉水洗了把脸,他对着镜子看了看自己,有点不喜欢镜子里的这个男人。

从洗手间出来,苏秦便遇上了一个久违的朋友。这个人是个记者,苏秦拼命写东西的那几年,他们常在一起聚,感受那种所谓的沙龙气息。那人喊了苏秦,说你这家伙真是神龙见首不见尾啊,听说你在北京混几年了,怎么也没个信儿?

苏秦说:我给你打过电话,你的手机号码作废了。

那记者说:那是的是的,都是女人闹的。一好上就非缠住你不可,受不了这个。这不,又换了,我给你写上……

记者一边在名片上写手机号码,一边说:还是你小子潇洒,一个人,爱怎么着就怎么着。我每次和朋友谈起你,都他妈的羡慕,说你是"钻石王老五"。还是单身好,哪像我们……

苏秦随口答了句:其实也简单,过不好就离了呗。

记者说:哪有这么轻松啊?你没见人大讨论《婚姻法》那个难劲儿吗?就是感情实在不和的离婚,那也得先分居多少时候……

两人正说着,陈娟过来了。她是担心苏秦真的喝醉了,怕出事。女人的突然出现,让这个记者有点意外。他用一种很暧昧的眼神看着苏秦,那意思是:这又是你的吧?

苏秦倒一下从容了,把陈娟叫到身边,先介绍了记者,然后说:这是陈娟,我爱人。

记者一下就有点不知所措了,说:哦,哦……苏秦,这么大的事,你怎么也不对哥们儿招呼一声啊?

苏秦说:你这不都知道了?

陈娟也笑容可掬地说:改日去我们家玩吧。

回去的路上,陈娟对苏秦说:你回头得跟那个记者打个招呼。

苏秦说:为什么?

陈娟说:叫他别到处乱说咱俩的事。

苏秦说:他爱说就让他说好了。咱这也不是什么见不得人的。你在乎什么?

陈娟没有再说,她心里很甜蜜。

12

那个叫高宗平的客户又来了。这回,他一来就提出了请陈娟吃饭的事。高宗平说:陈小姐,我真的是很想单独与你聊聊的。

陈娟说:有什么话这儿不能聊吗?

高宗平说:这里毕竟是写字间,你就这么不给我面子?

陈娟说:那也不是。我是不习惯。真的,我一般不在外面用餐的。再说,我那位自己也不会做饭。

高宗平自然明白陈娟的这种暗示,但不局促,就说:你真的成家了?

陈娟想了想,说:就算是吧。

高宗平这才有些困惑:什么叫"就算是"?

陈娟说:你怎么理解都行啊。

晚上,两个人洗好澡。苏秦靠在床上看杂志,陈娟坐在边上叠衣服。

陈娟把高宗平请吃饭的事告诉苏秦,后者说:其实你就去好了,也没什么了不得的。咱们这样做,不就是图个轻松吗?

陈娟说:你就不怕我喜欢上那人啊?

苏秦把杂志往床头柜上一扔,说:这可是有合同的,得讲信誉,我还怕什么呢?大不了……

陈娟说:大不了什么?你把话说完啊?

苏秦笑着伸了个懒腰说:大不了合同期满,你提出不再续约就是了。

陈娟说:为什么就是我提啊?你是不是就盼着期满啊?

苏秦说:你这刁钻的女人,自己的事说着说着就绕到我头上了。

陈娟说:苏秦,真的,要是咱们这样生活了一年,我离不开你怎么办?

苏秦说:那就往下续啊,续到你烦的那一天为止。

陈娟说:要是你不愿意呢?

苏秦说:你别给我唠叨这个,合同上都有,自己琢磨去。

陈娟说:我要你正面回答。

苏秦坐起来,点了根烟说:其实啊,这不是一个问题,假如你觉得我的心思不在你身上了,你还这么死守着,值吗?你会比我走得还快呢。

陈娟心里放松了点,说:倒也是,我不会那么傻的。

苏秦说:是啊,你要是傻,我会觉得真是在给你下套呢。

陈娟说:还真不知道是谁套谁呢。

苏秦看着陈娟,这个瞬间他觉得眼前的女人特别迷人,自信中带着一点不容易觉察的羞涩。于是苏秦就说:你这话怎么听起来有点黄啊?

女人一下明白过来,把手里的衣服一扔,再把男人按倒在床,骑到男人身上。女人笑着说:你这流氓!

13

秋天的时候,有一天苏秦接到了李小冬的电话,说他父亲住进了犁城的医院,看样子很严重。苏秦问到底是什么病。李小冬说,你回来不就知道了?这个电话是你妈让我打的。

那时候陈娟正在日本的名古屋,参加与日方的一个合作项目谈判。苏秦预感到父亲的情况不妙,撂下电话,便坐飞机于当天的黄昏赶回了犁城。他匆匆从机场走出的时候,一眼就看见李小冬在出口处不远的一棵树下等他,手里拿着的还是那把酒红色的伞。这让苏秦有点意外,因为在他与李小冬做夫妻的那五年里,每回出差,李小冬从来就没有什么接呀送的。现在她却来了。这班飞机晚点四十分钟,他想李小冬肯定来了好久了。

男人迎着女人奔过去。女人见面就说:苏秦,你父亲患的是肝癌,到晚期了,你得有点准备,要不你妈会受不了的。苏秦一听,脑子里就嗡了起来,便靠在那棵树上不想动了,眼泪也禁不住地涌了出来。李小冬也没怎么劝他,只是不断地把纸巾递到了男人手里。后来他们一起上了出租车。临近他们以前的住所位置,李小冬要求先下车,她说:我就不陪你去医院了。

苏秦点了点头。

李小冬又把苏秦的头发顺手理了一下,说:苏秦,你都四十出头了。人到这个年纪,也就是到了该承担具体责任的阶段。你得想开点啊。

苏秦说:谢谢你。我会的。

苏秦直接去了医院,看见父亲已经躺在了病床上,身上到处都插了管子。他母亲一见儿子回来,就在医院走廊里哭得不行。苏秦把母亲搂得紧紧的,什么也没说。那时刻苏秦就觉得父母这辈子过得很不容易,他们唉声叹气的日子远远多于欢乐的时光。苏秦在南方的时候,有一次回家,正赶上父母争吵。起因是母亲收到了一封信,写信的是当年想与母亲谈恋爱的一个男人。那人现在哈尔滨,写信来,想请她过去玩玩。母亲把这信给父亲看了,于是父亲就很不高兴,说那家伙至今还放不下你啊。母亲说:你这话什么意思?父亲说:你自己总该心里有数吧?父亲的暗示很清楚,但确实很冤枉。当苏秦知道这件事后,产生了一个很怪的念头,很替母亲惋惜。可他并不因此而不安,就随口说了句:你们既然过不好,我看干脆办离婚吧。

这句话说得很平淡,却把事态给控制住了。几天后,苏秦的妹妹从纽约打来了电话,苏秦在电话里也把这意思说了,不料妹妹却说:你疯了?这么老了还离什么婚啊?苏秦说:离婚也没有什么年限啊?妹妹说:苏秦,你不要以为你自己离婚了,就巴不得天下人都想离婚!你这人有点变态!妹妹说着就把电话给撂了。

父亲的病显然是没治了。可苏秦还是想把父亲弄到北京去住院,父亲却坚决不同意。父亲倒还不是舍不得花儿子的钱,而是不想临了落在外地,尽管那是我们的首都。这样,在犁城医院住过两周后,他送父亲回到了生活了一辈子的小县城。那些日子做儿子的一直都在父亲床前守着,他告诉父亲,自己已经再婚了,并且拿出他和陈娟的合影给老人看。母亲说,这个女孩长得虽说没有李小冬好看,不过看上去脾气还不错。苏秦说是的,如果不是陈娟在日本,她会随自己一起回来。父亲就叹了口气,说:我怕是见不到了,你们好好过日子吧。

苏秦认真地点了点头,说:我们会生一个孩子的。

父亲想了想,说:那是你们的事情,你们商量着办吧。

父亲的回答让儿子感到有点意外,也多少有点费解。老人不是盼着看见第三代吗?怎么现在反倒不迫切了?这个困惑直到父亲临终前,和儿子单独进行的一次谈话之后,才得到相应的解释。关于这次谈话,苏秦已经记得不清楚了,但有两句话他是终身忘不掉的。

父亲说:我这辈子最对不起的人,是你妈。

父亲说:我最对不起她的一件事,就是让她怀上了你。

苏秦很困惑地看着垂危的父亲。

父亲说:她嫁给我的时候才二十一岁,如果她不马上怀孕,可能我们很快也就分开了。她会过得比现在好。

后来,那是在父亲去世后,苏秦把母亲接到北京散散心,转弯抹角地对母亲说出了这件事。母亲听了,还是很感动地流了泪,然后看着天安门广场竖立的那个庄严的华表,叹道:其实,换一个人又能怎样呢?

14

父亲过世后,苏秦便开始着手为母亲办理去美国探亲的签证手续。父亲的死,妹妹至今还不知道。苏秦想让母亲在那边住些日子,好好调整一下。

母亲已经知道了苏秦和陈娟的现状,就说:你不和陈娟正式结婚,我兴许也就不回来了。

母亲的话明显带着指责,她不愿意看见儿子和一个女人过这种不伦不类不明不白不清不楚的日子。但她对陈娟这个人却没有什么不满,觉得这个未来的媳妇很乖巧,也懂得讨老人的欢喜。母亲从前对李小冬的意见,是认为她不识惯,却又说这个过去的媳妇其实心眼不坏,就是个性太强,事事要占上风。这回苏秦父亲从县里来犁城住院,前前后后就是李小冬一手操办的。但她与这个家庭实际的关系已经在八年前就割断了。

那几天,陈娟回到了自己的屋子里。看着自己很久不住的房子,到处都散发出霉味,陈娟的情绪变得有些伤感。我这算什么呢?她这么抱怨着,自己和那个男人一起生活了半年多了,结果还得避着他的母亲。那老人并不是自己的婆婆。陈娟这样想,就替自己以及自己的父母伤心起来。她想眼下这个局面终归还是个问题,怎么看都缺了应有的严肃。

女人的心思男人是猜得出来的。苏秦知道陈娟这阵子心里会有压力,会感到委屈。然而他却以一种出乎女人意料的方式把这个问题解决了。那就是,让陈娟单独送母亲回故乡。起初陈娟有些犹豫,觉得不合适。苏秦就说:没有什么不合适,就怕你不愿意。陈娟一口就答应下来说:我愿意。从后来的情况看,苏秦的这着棋是妙棋,陈娟这一趟回来,情绪变得空前的好。她夸苏秦的母亲是一个极有内涵的女人,说她身上有一种"旧时王谢堂前燕,飞入寻常百姓家"的感觉。陈娟还托上海那边的一个关系,为苏秦母亲的赴美探亲签证行了方便。那个阶段,是他们实行"合同婚姻"以来最为甜蜜的日子。或许天下做儿子的都是这样,一旦感觉自己的女人和自己的妈相处甚好,就会心满意足。

陈娟回来的那天晚上,苏秦的情绪也特别好。这回是他主动提出来的,他说:春节前我们还是回犁城把事办了吧。

陈娟笑了笑,说:是因为你妈吗?

但是又一个问题随之而来了。陈娟说:你父亲不在了,你妈在美国也不会定居的,以后你怎么考虑的?

苏秦说:你这么问,意思我已经明白了。

陈娟说:我没有什么别的意思,谁都有老的那天。我只是觉得,两代人在一个屋檐下,日久天长会有很多的不便。

苏秦没有作声。他想这个问题眼下还不需要操心。

时间过得很快,转眼便到了年底。像季节的更替一样,这对合同婚姻的尝试者,在经过九个月的生活后,也进入到了冬天。

当北京下起第一场雪的时候,苏秦突然接到了犁城一个朋友的电话。那人说:苏秦,李小冬出事了。

当时苏秦正在刷牙,听见"出事",手里的牙刷便落到了地板上。

出什么事了？苏秦急迫地问,怎么就……

朋友说,李小冬昨天和几个朋友去郊外的旱冰场学溜冰,不小心摔了,右盆骨骨折,现在正在医院里打着石膏。

苏秦焦躁地说:都这么大人了,还溜什么旱冰？是她让你打这个电话的？

朋友说:那倒没有。我只是觉得应该对你说一声。

苏秦说:我知道了。

放下电话,苏秦就打了陈娟的电话,可是却没有人接。苏秦又打她的手机,还是没有人接,他估计陈娟正在开会。于是苏秦便赶到北京站,从一个票贩子手里买了当日下午六点去犁城的车票。然后回到家,他又在网上查询了一下北京的几座著名的医院,想了解一下骨科的治疗情况。等忙完这些,陈娟的电话来了。

陈娟说:你找我啊？

苏秦说:你回来一下吧,我有事与你商量。

陈娟说:电话里不好说吗？

苏秦说:也没有什么不好说的,我只是觉得当面对你说比较好。

陈娟在电话那端停了片刻,说:又是与李小冬有关？

苏秦就简单地把事情的原委说了。他说:我得回去看看。

陈娟问:你打算什么时候动身呢？

苏秦说:我刚才去买了今天下午六点的票。

陈娟说:你连票都买好了,还需要和我商量什么呢？

苏秦说:商量还是需要的。事情紧急,所以我……

但对方已经把电话挂了。

苏秦有点生气了,虽然他能够理解女人天性中狭隘的一面,但还是有些气恼。李小冬摔成这样,你陈娟怎么就没有个同情心呢?他坐在沙发上不断抽着烟,这个瞬间,他有了庆幸没有和陈娟做法定夫妻的念头。这是他们一起生活九个月以来,第一次产生这样的念头。他感到很惊讶,因为这个念头太恶了,于是又引起了不安与自责。他调过头为陈娟想想,觉得她也不容易。事情来得太突然了。每天睡在她身边的男人,现在要回去伺候他的前妻,一去就得多少天,除了要给那个女人端饭倒水倒痰盂,还得把她抱上抱下,这肯定不是什么好滋味。等情绪稍微平静了点,男人开始收拾自己的行装了。他为陈娟留了六千元钱,因为按照协议,他负责支付房租、水电以及物业管理费的开支。

陈娟还是请假赶回来了。女人进门时,男人正把装钱的信封放到餐桌上。他从女人的脸上也看见了气恼。

苏秦说:这是这个月和下个月的一些费用。

陈娟说:连下个月都安排好了?真难为你还这么周到。

苏秦说:你今天说话怎么老是阴阳怪气的?

陈娟说:嫌难听是吗?那你也可以不听啊。

苏秦说:陈娟,你不要这样咄咄逼人好不好?

陈娟自嘲地一笑:我还咄咄逼人吗?我简直连个人也算不上!

苏秦说:咱们别抬杠行吗?我回去,也就是照顾一下她而已。她一个人在犁城,父母也不在身边。

陈娟说:我就不信她李小冬身边没有能够伺候她的男人。

苏秦说:如果真有,那我很快就回来。

陈娟说:要是没有呢?你是不是就准备一直伺候到她完全康复?

苏秦一下就抬高了嗓门,说:陈娟,你这个人怎么一点同情心也没有?

陈娟的眼泪涌出了眼眶:苏秦,你欺人太甚了!

苏秦把行李拿到手上,厉声说:我告诉你陈娟,只要这个女人还没有被别的男人接过去,那她就还归我管!

说完,他提着箱子就出门了。

陈娟在男人的身后哭喊道:苏秦,你会后悔的!

15

大概没有人会知道,离异的李小冬是怎么把八年的日子过下来的。在大家的印象中,这个骨子里特别要强的女人似乎一直过得很好。李小冬与苏秦离婚时只有二十八岁,又没有子女的连累,所以看上去还像一个未婚的姑娘。她本来就是一个漂亮的女人,又善于打扮,穿着得体,走到哪里都会有男人注意她。离婚之后,苏秦去了南方,李小冬也开始试着与男人交往,甚至也打算再婚,但几个回合下来,她就索然无味了。首先,她厌倦那种轧马路、看电影、下馆子的恋爱模式,觉得如此的人生第二回实在有点乏味。其次,前夫苏秦无疑是一个有形的参照物;女人再找,心里会有个衡量的尺度——她不能找一个明显差于苏秦的男人,哪怕那个男人拿她当宝贝。第三,过去的经验使她对经营一场婚姻缺乏应有的信心,她自觉身心已经相当的疲惫了。

后来陆续传出了关于这个女人私生活的少许消息,算不上什么绯闻,但对听者仍不丧失吸引力。有人说李小冬可能与本厅的一个副厅长有点名堂。那是个场面上很严谨的中年人,善于作不同类型的报告,在犁城拥有不小的知名度。那还是一个口碑甚好的男人,妻子是一个很普通的职员,提前退休了,他却一点不嫌弃。不过又说,那人的妻子为了照顾在外地念大学的儿子,专门在学校附近另租了房子,平时并不怎么爱回家的。也有人说,李小冬最喜欢的还是自己大学里的一个老师,据说经常去他那里。总之,大家私下觉得,像李小冬这样的女人是不会闲着的,或者说,闲着也太可惜了。这些话传到苏秦耳里,开始他还是有点不舒服。苏秦曾经就这些事很策略地问过李小冬,后者立刻就反击:你是不是管得太宽了?苏秦说:我不是想管你,我只是提醒你不要出卖。李小冬冷笑着说:真是可笑,就是出卖,那我也是出卖自己啊,我并没有出卖你苏秦的老婆。此后苏秦也就不再打听了。其实他内心是很希望李小冬找个好男人嫁出去的,这样他也就没有任何牵挂了。这个念头,直到昨天夜里在火车上都还没有打消。

犁城的李小冬事先根本就没有想到苏秦这么快就回来了。苏秦一下火车,就直接去了医院,那时李小冬正在吃早饭。她的单位请了个护工来伺候,但她总觉得别扭,凡是不满意的地方也不便多说。李小冬本来就是个很挑剔的女人,现在却变得有些窝囊了。她为此感伤,情绪也随之暗淡下来。所以当她看见苏秦那张熬夜的脸时,还是忍不住地流了泪。女人的脆弱这个时候充分表现出来了,最后竟旁若无人地哭了起来。李小冬说:谁叫你回来的?我并没有指望你回来啊。你是可以不回来的啊。你不欠我什么的啊!

女人就这么哭诉着,苏秦坐到了床边上,想帮她擦擦眼泪,却被女人推开了。

等女人发泄完平静下来后,苏秦才说:你这人,都这样了,还那么要强。

李小冬说:我知道你就是等着看我的后悔。我告诉你,我不后悔。一点也不。

苏秦说:行了,好好躺着吧。我回来,是因为别的男人插不上手——他们总躲在幕后。想想也真够意思的,那些在背后总对你说爱呀爱的男人,一有事,就都不好出面了。

李小冬说:我的事不用你管。

苏秦说:李小冬,我对你说,这回你好了,还是老老实实找一个可以为你出面的人。

李小冬说:你少啰唆好不好?你不是要和陈娟结婚吗?快结了吧,趁着你还不老,让她为你生个儿子去。我这里不需要你。

苏秦差点又生气了,想想咽了下去。他拿起床下面的痰盂,去了卫生间。苏秦在那里抽了一支烟,心想这事真够窝囊的,简直就是老鼠钻风箱,两头受气。他最大的委屈还不是陈娟那里,他知道陈娟的脾气,也就是一个不平衡而已。或许一阵子也就过去了。他委屈的是,那些曾经和李小冬有感觉的男人怎么都缩着不出面了?为什么就不能出面呢?

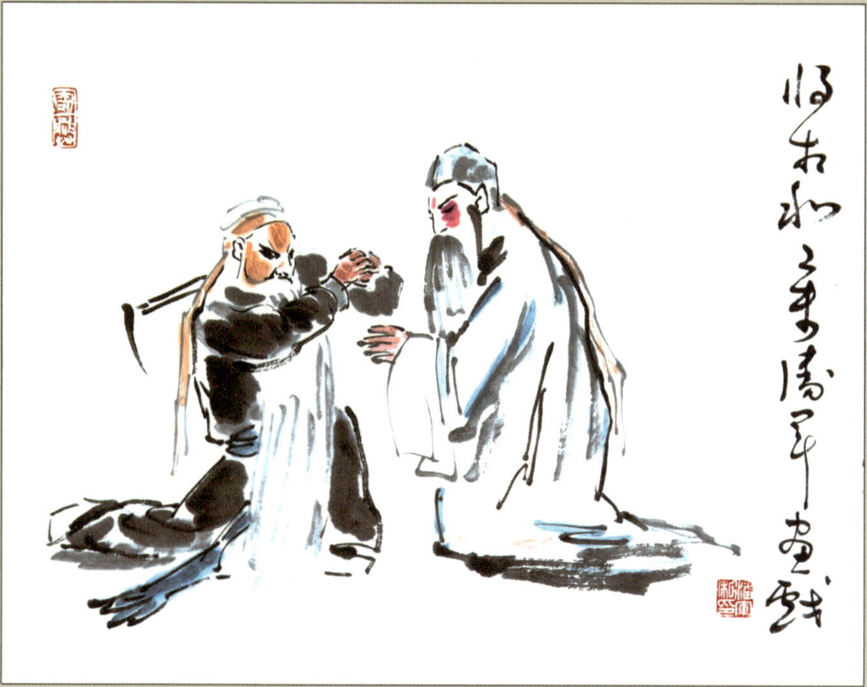

都是些什么鸟啊！苏秦不禁这么骂了句。

16

在陈娟记忆中,那一年北京的天气大概就是从苏秦离开后开始变化的。那些天和女人的心情一样,总是很阴晦,时常落一阵子小雨。那时候陈娟就盼着公司安排她出一趟差,她不想像件家具那样摆在家里。她的睡眠也成了问题,总是在半夜里莫名其妙地惊醒,然后就翻来覆去地折腾到天亮。她怀疑自己有点轻度的神经衰弱。陈娟的心事,同事顾菲菲很快就看出来了。她用一种意料之中的口吻问陈娟:是不是与现在同居的那个男人分手了？陈娟对"同居"这个词很敏感,她说:什么同居啊,我们是……打算结婚的。顾菲菲说:那又能怎么样呢？你还拿婚姻当作一剂包医百病的良药？

接着顾菲菲就说,她最近在网上看到了一个资料,那是国外的一项新的研究成果。那项成果表明,按照人的思维与情感结构,最饱满的情感状态只能维护210天到270天,也就是七个月到九个月的样子。

陈娟很不屑地说:菲菲,这也太玄了吧?

顾菲菲说:你可别不在乎,这是科学。

陈娟说:这算哪门子科学？纯粹瞎掰。我告诉你,我那位并没有和我分手,我也没打算离开他,只是他现在不在我身边,有点想他罢了。

顾菲菲就不再说了,只对陈娟很友好地笑了一下。那绝对是一种包含着"红旗到底能扛多久"的笑容。

又一个周末到了。天气预报说,今天又是小雨夹雪,可天黑了也还没见下到地面上。下班的路上,陈娟又遇上了一件倒霉事——她的车"追尾"了,由于刹车不及时,顶上了前面的一辆夏利的士,一看就是她的全责。那司机本来气焰很高,跳下来就要去找交警。可是一看顶他的是一个年轻女人,还是一个很顺眼的、看上去很斯文的年轻女人,也就把火气敛住,只说要赔点钱。陈娟问多少。司机说:算了吧算了吧,就两百吧。陈娟很感激地给了那司机两百元,又很惋惜地看着自己的新车被撞坏的右前灯,再从那破碎的玻璃上看见了自己变形得不成样的面容,轻轻叹了口气。陈娟把车开回方庄的住地,进门就先去卫生间把浴缸里放满了水,然后就泡在浴缸里,想着刚才那司机的表情和口气。她从那张粗糙的脸上看出的是一种对自己的怜悯。居然连一个开出租的也在可怜她了。陈娟情不自禁地号啕大哭起来。她已经很久没有这样放肆地哭过了。

等她哭够了,从浴缸里起来,也没有胃口去做晚饭了,就从冰箱里拿出一块面包和一瓶酸奶。然后,她顺手就把电脑打开了。今夜她准备上网找人聊天。连网名都想好了,叫"270天之后的女人"。陈娟想如果遇上懂得这含义的人,她就同他聊下去。聊什么话题都行。这种生活在她与苏秦相遇之后,实际上就已经结束了。如今死灰复燃,实在是因为太无聊。

这时门铃响了。

透过"猫眼",陈娟看见了脸部显得古怪的高宗平,但男人手里拿着的一束红玫瑰却因变形而更好看。

陈娟换好衣服,请高宗平进来:高先生,你是怎么找到这里的啊?

高宗平说:是你们顾小姐对我说的。

这个顾菲菲真是添乱了,陈娟这么想着,但还是很高兴地接过了男人递过来的红玫瑰。这花的颜色实在太浓郁了,每一片花瓣都像丝绒做的。她把它认真地插进了茶几上的仿水晶花瓶里,觉得室内的气氛一下就改变了,非常的温馨。

高宗平说:陈小姐,希望你能原谅我的冒昧。

说着,高宗平就主动来换拖鞋了。这个屋子里就苏秦一双拖鞋,是陈娟亲自在"新世界"买的,与她脚上的这双是一对。当高宗平的脚从皮鞋里退出来,正欲往那双拖鞋里放时,陈娟不禁叫了声:高先生,别换了。

高宗平说:还是换换吧。

陈娟就上前把男人拉住了。陈娟说:我这里本来就还没有打扫,没关系的。谢谢你的花,我喜欢。

高宗平说:那我很高兴。这可不是在北京花市上买的啊。是我专门让一个朋友从昆明带来的。

陈娟突然有些感动。在给高宗平沏茶时,她居然从矿泉壶里放出了冷水。

高宗平是一个很爽快的男人,所以坐定之后,就开门见山。他说:陈小姐,我们认识这么久了,到现在我才知道你真实的生活。

陈娟心里有数了,就说:怎么,高先生不至于会因此而轻视我吧？

高宗平说:那怎么会呢？这是你的选择嘛。

陈娟说:那就好。

高宗平说:我听顾小姐说,你和你现在的男朋友签了份什么合同,不知怎么回事,我有点替你担忧。这是我今天一定要来你这里的目的。

陈娟说:高先生,我不是和一个男朋友在一起。在一起的那个人是我爱人。

高宗平说:爱人？

陈娟说:对,是爱人。

高宗平问:不会是法定的吧？

陈娟说:这不过是一个形式问题,或者说是一个手续问题。在我心理上,这个词不比法律所赋予的意义轻多少。

高宗平说:我赞赏你这种达观的态度。不过,我真的很替你担忧啊。

陈娟说:谢谢你高先生。我们都是成人了,受过良好的教育,经济上也独立,谁也不会依附于谁的。况且我们过去就很了解。

高宗平说:既然这样,那么为什么不正式履行结婚手续呢？

陈娟说:对于当事的双方,我们也是正式的。我们想要的是一种纯粹。

高宗平说:看来,你过得比我想象的要好。但我还是要坦白地告诉你,我喜欢你,我觉得自己的机会还在。我相信我有这个机会的。不过今晚我不想说很多了,今晚我来,是祝你生日快乐。

陈娟吓了一跳。今天是12月14日,是她满三十一岁的生日,连同她自己在内,几乎所有与她相关的人都把这一天给忘了,而记住的恰恰是一个不相干的人。

陈娟说:您是怎么知道的?

高宗平扶了扶眼镜说:我也是无意中知道的。上回我去你那里,你大概正在预订机票吧,对着电话说你的身份证号码——其中有701214。

陈娟内心还是起了波澜,她想这真是一个很细心的男人,不过那回她可不是在预订什么机票,而是委托犁城的同事帮她开一份婚姻登记的介绍信。那已经过去很久了啊,女人想,真的好像很久了。高宗平看到茶几上的面包和酸奶,断定女人还没有安排晚餐,就发出了邀请:陈小姐,我们还是出去坐会儿好吗?

陈娟没有拒绝。她想这个男人也很不错的。她甚至想,如果没有和苏秦遇上,她也许会答应这个人。可是现在不行,至少这三个月以内不行。绝对不行。

临出门的时候,陈娟故意把手机留在了屋里。陈娟说:高先生,其实作为女人,我自觉并不出色。

高宗平说:喜欢的就是最好的——这是我一贯的原则。

那个晚上女人想必是愉快的。但女人或许没有想到的是,就在她离开房间之后,屋子里的电话就响了。那是来自千里之外的电话,是一个叫苏秦的男人站在风中的犁城街道上,用磁卡拨过来的。那个男人也想对她说:祝你生日快乐。

17

　　医院里的李小冬恢复得挺好。单位里的领导、同事偶尔来探视,给她带来水果和鲜花。他们见苏秦这么忙前忙后,就当面夸他如何如何。苏秦也不觉得难堪,就说这是应该的,一日夫妻百日恩嘛,何况一起生活了五年。女同事还开玩笑说:你们的缘分没尽啊,干脆复婚算了。李小冬马上就接过话头,说:这可不成,人家马上就要做爸爸了。我和他就这样当个亲戚走动最好。苏秦,你说我们算不算亲戚?苏秦说:那是自然的啊,可你实在是个让人头疼的亲戚。那时的气氛最热烈,李小冬也明显感觉自己的伤势在好转。

　　这天,苏秦打开水进来,看见一个穿呢大衣的男人文质彬彬地站在李小冬床前,正把一束鲜花往床头柜上放。从背影上看,此人就是那个副厅长。一看李小冬阴沉的脸色,门外的苏秦就明白当初的传闻并非虚构。他没有打算进去,脚下正迟疑着,就听见李小冬在抬高嗓门喊:苏秦,我要上厕所!

　　苏秦就进去了,没有看那个男人一眼,就把李小冬扶起来,再让她伏到自己肩上。那人自然很尴尬,主动对苏秦说:你就是苏秦吧?

　　苏秦说:我是。

　　那人说:我今天来,其一是代表组织……

　　苏秦打断说:我是个没有组织的人,也不习惯和有组织的人打交道。

那人的脸便一下涨红了,伸出来的手又慢慢收了回去。苏秦还是不看他,把李小冬背出了病房。那一刻苏秦感觉特别好。等他们回来,副厅长已经离开了。李小冬慢慢躺下,顺手把刚才那束花扔出了窗外。

没有多久,李小冬就可以坐上轮椅了。通常每天的下午,苏秦都要把女人推出来,呼吸一下户外的新鲜空气,看看花园里的景色。这天苏秦推着她,刚下电梯,就看见一个男人正把自己的女人往电梯里背,与他们摩肩而过。等电梯门合上后,李小冬随口说:这个人怎么还在这里?

苏秦问:你认识?

李小冬说:我去年来体检的时候就看见他了,总是穿这件没有熨烫的灰西装。一年四季好像就这件衣。

苏秦说:可能他老婆得的是慢性病吧。

李小冬说:这样的夫妻还真难得。

苏秦说:是丈夫的,那就得尽丈夫的责任嘛。

李小冬仰头看了看苏秦,说:你觉得很委屈?因为你现在是不需要这么做的。而且……

苏秦说:而且什么?

李小冬说:你家陈娟可能还不高兴吧?

苏秦就笑了笑,没说话。

李小冬说:女人都这样,换了我,也一样。你可别怪她。

苏秦看着天说:其实我们还是独立的。

李小冬说:这个"我们"是指你和陈娟吗?

苏秦说:是的。

李小冬说:怎么,你还没和人家办呢?女人可都是想要归宿的啊。

苏秦说:那也未必吧。你不就不要吗?

李小冬说:谁说我不要?我是没有遇见合适的。

苏秦说:是啊,都在找合适的。再说什么才叫归宿呢?是家吗?那家又是什么呢?

李小冬说:你说家是什么?

苏秦说:家就是放屁都不需要憋的地方。

医道上有一说,叫吃什么补什么,弄不清有多大的道理,但谁都这么做。那些日子苏秦成天就是委托附近一家餐馆炖骨头汤,李小冬都吃腻了,苏秦还是要坚持这么做。李小冬说:看来你前世欠我骨头汤呢,这下全还清了。

今天苏秦刚提着炖好的骨头汤,正准备送到病房,在走廊上忽然听见病房里传出了熟悉的几个声音——李小冬的父母从家乡来了。李小冬本来没有把自己摔伤骨折的事情对家里说,看来通报消息的是另有他人。可能就是某一个"不好出面"的男人吧?苏秦这么想着,就没打算再进去。他觉得再面对从前的岳父岳母是一件很尴尬的事,尽管当初离婚是他们的女儿提出来的。于是他就把盛骨头汤的保温瓶交给了值班的护士,让她转交李小冬。苏秦没有留下任何话,就悄悄离开了。

他走出这座出入几十天的医院,在门口,还是回头对着住院部的那幢米黄色的高楼看了看。

18

　　三天后的下午,苏秦由犁城回到了北京。从北京站走出来,正是漫天的黄沙飞扬。他第一次觉得这个大而不当的城市让他很陌生。春节快到了,来京打工的人和放寒假的大学生,都拥挤在站前的广场上。来的时候,那趟车是很空的。苏秦突然有了一种失落感,也有点伤感。过了年,他就迈过四十岁了,可他至今还住着租来的房子。人们兴冲冲地赶回家团圆,他却要回来。可这里究竟是不是他的家,还是一个问题。圣诞节前夕,母亲办好了去美国探亲的签证,此刻,她正和妹妹一家团聚。那是三代人的一次团聚。

　　他没有给陈娟发信息,今天是星期六,他想女人这个时候可能在家里吧。

　　出租车一直开到了苏秦住的那个小区。远远看见窗户打开着,男人就意识到自己的判断错了。女人不在家。室内还是很整洁,但从茶几上落满的花瓣看,女人离开这个空间至少有三天以上。

　　苏秦坐下后,不想收拾屋子。他慢慢感到自己确实到了非常疲惫的时候,好像浑身每个关节都松动了,骨头也软化了,剩下的仿佛就是一堆肉。他仔细推算着,却怎么也算不准确究竟有多长的时间没有与陈娟通电话了。

　　男人把散落在茶几上的花瓣一片片地收拾起来,一共是九十九片。他琢磨着,忽然觉得这个数字和某个数字应该大致相同,心里便涌出了一阵强烈的酸楚。然后他就在沙发上睡着了。等他醒来的时候,外面的天色已经完全黑了。

他收到了陈娟的一条信息:还有一百天,我们的合同就期满了。往后呢?

这时候,又一片枯萎的花瓣在男人眼前落下了。

2002 年 7 月 23 日　合肥寓所

(原载《花城》2002 年第 5 期)

犯罪嫌疑人

1

市公安局党组每月例行的民主生活会召开的当天下午,于超突然接到妻子陈芳芹的电话,说他的母亲于文惠刚刚在妇产医院经过了活检,结论是卵巢癌,晚期。妻子这个电话是瞒着老人打来的,她说医生私下里透露,妈的情况已经很不好了,让他马上赶过来。陈芳芹还在电话里说了很多,可是于超已经没法听清了,他只觉得眼前的天色陡然暗淡了许多,耳鸣也比平时增强了。于超掐断妻子的话头,说等我回家再谈吧。陈芳芹急了,说你有什么大不了的事搁不下啊?于超说,我在开会呢,党组民主生活会。然后就把手机挂了。局里有一个规定,只要是党组的民主生活会,与会者的手机必须关掉。但于超是个例外,作为主管刑侦的副局长,工作需要他的手机必须二十四小时开机。

于超这个电话是在走廊上接的。虽然通话的时间只有两分钟,但给他带来的震动却是巨大的。于超的母亲于文惠今年六十四岁,是一位退休的小学教师。她在二十二岁的时候生下了于超。于超的父亲姓杨,比母亲大十四岁,曾经是国民党军队里的一名军医的后代,所以"文化大革命"一开始,这个预感到前景不妙的男人就趁着一次到广州出差的机会完全失踪了,后来有人说他偷逃去了香港,之后又去了台湾。还有人推断,他是自杀了。这个倒霉的男人临行前给于超母子发了一封简单的信,说我对不起你们,你们忘了我吧,权当世界上没有我这个人。大概就这么个意思。这封仿佛遗物的信件,于文惠老师至今保留着。三十七年前,男人一去不回没有消息,也许真的就不在这个世界上了。这件事对她的打击可想而知。但这个年轻的母亲依然拉着手风琴,能把日子平静地打发过去。她只做了一个举动,就是把儿子的姓改了,却没有选择再嫁。

返回会场的于超显得心神不定。局长老宋凑过来低声问他:小于,有什么情况?于超说没有。老宋就放心地点点头,说,大家都做了发言,轮到你说了。于超还在想着刚才那个电话,眼前浮动的还是母亲憔悴的形象,鼻子一阵阵地发酸,就说:我没有什么可说的,努力把自己的工作抓好就是了。

这时,政委谭季平说话了。这个神色严峻的中年男人很不客气地对于超提出了批评。他说:于副局长,党组的民主生活会,是一次批评和自我批评的会议,你怎么能采取这种态度呢?

于超看了看谭季平,他平时不怎么看这张脸,因为感觉上这张脸似乎从来不洗。于超说:政委,我确实没有什么好说的。如果我工作中有什么做得不对或者不妥的地方,希望大家批评帮助。

谭季平把身体往后面一靠,说:今年是我们市争取"文明城市"挂牌的关键一年,市委、市政府对我们公安部门的要求是非常严格的,要严防恶性案件的发生,这是有指标的。你作为主抓刑侦的副局长,总该有些想法和措施吧?

于超笑了笑,说:既然说到了上级的要求,我就不妨接着说几句。说实话,我对这个要求不理解——什么叫"严防恶性案件发生"?犯罪是能够预防的吗?那是秀才们做学问的课题,不是实际。你走到街上,芸芸众生,也许与你摩肩而过的就是犯罪嫌疑人。但是你面对他的时候,他还没有犯罪,等他犯罪了,你却已经走过去了。需要你回头去找,去抓。再说,"指标"是什么意思呢?不错,发案率和破案率确实是有个比例的,我们可以争取提高破案率,可是谁能控制发案率?谁能?

谭季平说:那依你的意思,上级的要求是多余的了?

于超说:我不是这个意思,我是觉得这种提法很不科学。

见双方有了抬杠的苗头,局长老宋便及时出来圆场。老宋说:小于啊,你可以把你的想法写成书面报告,直接呈给市委。不过,政委刚才的批评,我看也是对你今后的工作寄予了一种期望。这两年我们的工作有起色,社会上反映还不错,这个成绩上级领导是清楚的。可我们呢,千万不能翘尾巴。

于超说:我这个副局长,没当多长时间。我其实也没有把它当成一个官来做。因为我喜欢这一行,所以还有些劲头去尽一份责任。如果要求"达标",我做不到。

就这样沉默了一会儿,会议的气氛,却因副局长和政委之间的这点冲突显得有些沉闷了,还带有一点紧张。好在这时于超的手机又响了,声音显得比刚才还大,使大家的注意力有所分散。于超看了看来电显示,这回他没有走出去,就在会议室里接听。对方是刑警支队的副队长李大海,他用急促的语气汇报了本市刚刚发生的一起银行抢劫案。

于超没有等对方说完就问:死人了吗?

对方说没有。

于超说:控制好现场,我马上到。

然后,于超就把案情简单地对大家说了。今天上午十点,一名持枪歹徒抢劫了朝阳路工行的一家储蓄所,抢走了现金二十三万元。但没有造成人员伤亡。

于超的介绍刚完,谭季平慢悠悠地点上香烟,说:于超同志,刚才我们可还在说本市的治安状况如何如何好转啊。如果我记得不错,像这种银行抢劫案,这个城市十年没有发生过了吧?

于超说:十年没发生,就说明倒数十一年肯定发生过了。政委,我刚才说了,犯罪是随时都会发生的,谁也无法控制,这奇怪吗?对不起,你们接着批评和自我批评吧,我得请假出现场了。

9月的江城,是一年中最好季节的开始。9月12日这一天,城市与往常一样的祥和。作为省辖市,江城的人口不算多,只有一百来万。这个经济上不发达的城市却有着突出的整洁,绿化很好,卫生也很好,人均收入不高,但物价低廉,社会秩序井然。没有人会想到,在这样的光天化日之下会发生一起银行抢劫案。上午临近十点的光景,工行朝阳路储蓄所刚刚开门一个小时,突然就闯入了一个蒙面大汉。此人身高大约在178厘米,身材魁梧,穿着一件深蓝色的粗纹灯芯绒夹克。他手持一把五四式手枪闯了进来,一把将保安按倒在地,大喝一声:这是抢劫,都不许动!我只想要钱,不想伤人！如果谁敢乱动,大家就一起死！

说着,这人就把夹克敞开,露出了绑在身上的炸药。那炸药也不像电影里那么讲究,感觉是一包粗糙的糕点用电线系在腰间,却使气氛骤然紧张。储蓄所内的顾客和工作人员都吓得不知所措,情形如同定格。就在双方僵持的局面刚刚形成之际,顾客中走出了一位瘦小的老头,他似乎没有什么畏惧,向前跨了一步,问劫匪:你只是要钱,是吗?

蒙面人说:对!

老头便对柜台里面的人说:你们把钱给他,让他走吧。

老头的话居然起了作用,其他的顾客也这么附和着。银行的人也就迅速把几处的现金拢了拢,装进了那人扔进来的一只旅行袋里,那袋不大,很快就装满了。劫匪把装满现金的袋子斜挎在肩上,说了句:谢谢诸位的合作。然后就大步迈出门,跨上事先停在门口的那辆红色摩托车,扬长而去了。

整个抢劫过程仅为七分钟。

于超看完银行储蓄所的监视录像,忽然有了一种不可思议的感觉,这个过程不像是抢劫,这个蒙面的家伙怎么看也不像是一个劫匪,倒像是一个演员,一个很不错的演员。他的每一个动作都很熟练,动作之间的衔接也很连贯,像事先经过了彩排。这个人的心理素质不错,丝毫看不出慌张的迹象,而且得手之后居然还说了声客气话。于超把这个录像反复看了几遍,最后一遍,几乎带有一点欣赏了。他吩咐手下把这个带子复制几份,他本人要留一份。自他从警以来,这还是经手的第一宗银行抢劫案。他默默点了点头,心里说,非得破了它。冲着政委那副嘴脸也得把它破了。接下来的工作便是和几个当事人个别谈话。于超选择了一间僻静的屋子作为临时的办公地点。第一个被叫进来的,是储蓄所主任,一个不算年轻但打扮入时的女人。她详细地介绍了当时的情况,神色先是拘谨,说着说着便有些眉飞色舞了。女人的这种表情进一步印证了于超的那种不可思议的感觉,他不禁微笑了一下。女人就立刻停顿了,小心地问:于局长,我说错了吗?于超摇摇头,说:你谈得很好,接着说。女人说没了,女人说其实没什么可谈的,就这些。

于超问:被抢的钱中有没有连号的票子?

主任说:没有。

于超问:肯定吗?

主任说:我们的客户是存多取少,所以都是旧票,不过……

于超问:不过什么?

主任说:我在有些面值为一百元新版的钞票上用口红做了个记号。我在水印的位置上画了一横,很短。我的口红颜色是玫瑰红的,还带有珍珠粉,是我老公去年在香港给我买的。

说着,女人就把口红从挎包里拿了出来,交给了于超。

于超仔细看了看口红,又试着在一张百元的新版票子上画了一下,说:你做得很好。这支口红我暂时收下了。

主任说:可以。

于超说:这个细节,不要对任何人说。

主任认真地点了点头。

于超又让主任把那个让银行赶快给钱的老头叫了进来。这位鹤发童颜的老人一进门,于超觉得有点面熟,就问:老先生,您在哪里就职啊?

老人说:我叫司马镜,是政法学院的教授。退休了,还带几个研究生。

于超明白了,说:您还是位大律师吧?

老人说:我是兼职律师。我们以前在法庭上见过面的,你叫于超,以前是刑警支队的队长,现在是公安局的副局长。

于超和老人握了握手,请他坐下,自己却站着问话:我听说是您提出让银行的人为犯罪嫌疑人拿钱的?

老人说:对。有什么不妥吗?

不等于超表态,老人又补充说:我遵循的是国际惯例啊。

于超心里觉得好笑,这事还居然扯到了国际惯例?他这种微妙的表情似乎被老人看出来了,于是老人正色道:于局长,我这个人有些看法与你们警方有点不一致。

于超说:那您不妨说说啊。

老人说:就说"见义勇为"吧,这是我中华民族的传统美德。但是,也应该是分场合的。你在大街上见到歹人行凶,你奋不顾身去制伏,那是英雄。因为你维护了公共安全。可要是遇上有人劫机呢?你的首要责任是让飞机平安降落,让人质脱离危险。

于超说:我明白先生的意思。不过今天并没有见义勇为的情况发生啊。

老人说:幸亏没有发生。否则,我也许就不可能与你在这里轻松地交谈了。

2

　　离开案发现场,于超的思维没有停留在案件上,又回到了母亲的病。得知母亲患上这种病,他的第一感觉就是,自己不久就会失去母亲。虽然这些年报纸上总是嚷嚷,说癌症如今已经不是什么不治之症了,但在他的记忆里,真正治愈的癌症病例似乎并不多。何况母亲现在已是晚期病人,能治到什么程度呢?他心里很难受,感觉自己被一块巨大的阴影笼罩着,走路连腿都觉得软。这个下午于超在刑警队待了很久,对案件的侦破做出了初步的部署。回到家,已经是晚上十点多了。妻子陈芳芹在客厅里等他,这个娇小的女人脸上写着焦急,丈夫一回家她就像孩子那样跟在边上。她说妈刚躺下,就不要再对她说什么了。于文惠老师原来是在家乡县里的小学,几年前退休后,于超就想把母亲接到市里,可是老人不愿意,觉得两代人居住一室很不方便。直到去年于超换了新房子,儿子媳妇一起到了县里去接她,她才搬过来。于超的房子装修不久,屋子里还散发着一点香蕉水的气味。所以他一坐下,妻子就迫不及待地问他:会不会是装修闹的?我听说好几家老人得病都是因为装修呢。于超做了个手势,意思是现在不要谈这方面的问题。他说:帮我放热水吧,我想泡个澡,累了。

　　陈芳芹说:听说朝阳路的工行被人抢了?

　　于超说:案子倒没什么,我的工作嘛。我就是不喜欢开那种民主生活会——批评和自我批评?这话听起来就觉得是在开玩笑——你喜欢别人批评吗,还是你愿意去批评别人?

陈芳芹说:你在外面可别这么说。

于超说:问题是明明大家内心都不愿意的事情,我们却还要表面上坚持这么干。

水放好了,于超嫌还不够,就又放了些,再把整个身子放进去,好让水把身体淹住。现在,他开始想母亲的病了。母亲这辈子很不容易,年轻时候就守了寡,一守就是三十多年。他觉得母亲的病实际上是压抑所致,她有许多心事,却不能对人说。即使是和他这个做儿子的,也不多说什么。原来母亲身边还有学生围着,自从退休,便失去了这种一直萦绕的气氛。她每天除了帮着他们料理一些家务,余下的时间除了看看书报,就是坐在电视机前听几段京剧。母亲喜欢凄婉的程派,有时候还跟着哼上几句《锁麟囊》。于超夫妇没有孩子,老人来了家中倒是平添了一份热闹,没想到母亲这么快就病了,还是重病。按说这种病,首先得做手术,然后才是一系列的化疗。他初步估计了一下,怎么说得花上十万。这个数目,对于一个县城的普通小学而言,是很不小的。他预感到这将是一个难题。

陈芳芹进来给丈夫搓背。夫妻俩接着说话。

陈芳芹说:你明天得和学校那边联系吧?

于超说:那是,这笔钱可不小。我们垫了多少?

陈芳芹说:两万呢,我这可是公款啊。

于超回头看看妻子,说:你怎么能挪用公款呢?

陈芳芹说:家里最后那三万,是定期,我没取。

于超说:那我得赶紧去学校了。

陈芳芹说:就怕花了钱也解决不了问题啊。

于超叹了口气,说:事情既然来了,躲也躲不掉的。现在只想尽快治病的事,尽了心也尽了力,把该做的都做了,即使将来那一天到了,也不会感到遗憾的。

陈芳芹说:你能这样想,我就放心了。

于超不禁流下了眼泪,听到外面有了动静,便把声音收了。过了一会儿,母亲在客厅里喊了句:于超,你睡下了吗?

于超应道:没呢,我刚洗好澡。

于超穿好衣服从卧室里走出来,一边用毛巾擦着弄湿的头发。陈芳芹也跟着故作轻松地说:妈,我还以为你睡着了呢。

于文惠坐在沙发上,手里端着保温杯,说:趁大家都在,说说我的病吧。芳芹什么都不给我看,是不是情况很不好啊?

陈芳芹说:妈,不是我不让你看,是医院要留下来。这是制度啊。

于文惠说:病人是有知情权的,你们最好对我交个实底,免得我老想这事儿。其实我早就知道我这肚子不对劲,好像吃的东西全长到肚子上了。

于超说:妈,你别想得太多。病是不轻,但也不是你想的那么坏。

于文惠说:是癌吧?

于超说:是妇科肿瘤。

于文惠说:恶性的肿瘤就是癌——你别对我玩文字游戏了。既然活检和病理切片都做了,你们就把结果明白告诉我,行了。

陈芳芹说:妈,医生说其他的都还好,只有一项指标高了点。

于文惠问:是 CA-125 吗?

陈芳芹很吃惊,她不明白这样专业的东西老太太是怎么知道的,只好点了点头。

于文惠说:多少?

陈芳芹说:有 1000 多。

于文惠的脸色一下就变了,潸然泪下,还没有等儿子媳妇来劝慰,她就说:这已经是很高了。我们学校的何校长,当初才 300 多点,就已经宣布是恶性……

于超说:妈,你别想得太多,现在医学进步很快,这种病是完全可以治愈的。明天,咱们就住进妇产医院,他们的一个副院长就是这方面的专家,我请她亲自为你主刀,一点问题没有……

于文惠说:还得做好几轮的化疗吧?

于超说:做呗。

于文惠说:化疗是要掉头发的……

陈芳芹说:妈,头发掉了还会长的啊,您就安心把病治好,别的由我们来做。

于超说:妈,芳芹说得没错,无论什么病,病人的情绪和精神状态对于治疗,是很重要的。明天,我们先去住院吧。

第二天是周末,于超夫妇就领着母亲于文惠住进了妇产医院的肿瘤科。办完住院手续,就去了一楼的病房。于文惠老师一看进进出出的都是些光着脑袋,面色略微浮肿的人,心里就很不舒坦。她对儿子说,咱们还是回去吧。于超说,看你,怎么像个孩子

331

似的呢？咱们是来治病的，又不是来看戏的，哪能说退场就退场呢？然后就领着母亲进了病房。很快就有护士过来替于文惠进行简单的例行的体检。在忙这些的时候，陈芳芹把丈夫叫到走廊上，说：这里有我，你还是赶紧去妈学校一趟吧。

当天下午，于超就驱车到了县里。因为办的是私事，行前就没有告诉县局的同行，也没有向单位请假。昨天那起被命名为"9·12"的银行抢劫案，虽然没有伤人，所劫金额也不算大，但影响十分恶劣。城市今年将被国家命名为"文明城市"，来自国家和省的有关部门组成的检查团，过了年就要来验收了。市委书记在听取案件汇报后，明确指示，成立专案组，让他这个主管刑侦的副局长亲自抓，争取在年底前破案。就是说，留给于超的只有一百多天的时间。于超以前没有接手过这类案件，城市这些年来也真的没有发生过抢银行的事情。他不能不觉得有压力。这时，他仿佛又看见了政委谭季平那张感觉从来不洗的脸。这个人原来是主抓刑侦的副局长，是于超的前任，因为年岁偏大，就让他去当专职的政委了。

县城距离市里不算远，两百公里的路，于超不到三个小时就赶到了。这是他的家乡，自从父亲神秘地失踪后，他就随母亲一直住在学校的一间单身宿舍里。他在这里读完小学和中学，然后再上大学。后来工作了，成天忙案子，回来的机会就少了。县城这些年来，似乎看不出有什么新的变化。这个县城的地理位置，处于泄洪区的范围，几十年来老百姓都听见要搬迁的风声，因此没有怎么建设。去年，县城搬迁的计划经上级机关批准了，但上面的拨款很有限，至少有一半的资金得靠县财政来想办法。到了县里，正是午饭时间。于超在街边的一个小饭馆,随便买了碗牛肉面,就带着一份礼品直接去了何校长家。等他敲开门,才知道那位年纪与母亲相仿的何校长已经在上个月去世了。她的丈夫,于超唤作齐叔叔的,是看着于超长大的。一见面,还以为后者是专门来致哀的,就说:小于啊,我就是怕惊动你母亲,所以没有给你们去电话。她们一起共事三十年,感情比姐妹还好,我担心……于老师还好吗?

于超感到意外,就附和着:还好……她让我来看看……

齐叔叔一边给于超倒茶一边说:我知道,我知道……

于超看着墙上挂着的何校长的遗照,心里一下子变得很沉重。他想也许用不了多久,母亲的照片也要这样用黑纱布置着了,不禁眼睛湿润了。他问齐叔叔,何校长走的时候可还安详。齐叔叔什么也没说,只是叹了一口气。于超心下一紧,他能想象得出何校长临终前一定是很痛苦的。

在齐叔叔那里,于超只待了一会儿,就去了城南的学校。远远看去,学校还是从前那样隐蔽在茂密的梧桐树中。这个环境,唤起了于超很多的记忆。他把警车停在操场东侧的一排平房面前,这里的一间单身宿舍是他过去的家。平房的后面,有一小片葱郁的杉树林子,那是很久以前母亲带着他栽的。看来这房子还没有住人,门被锁了,里面的几件公家配备的家具还在。那是两张床,靠在一起,之间以前是用布帘子隔着的,外面的那张床,是他睡过的,挨着床放的,是一张吃饭用的方桌,那也是他写作业的位置。母亲睡在里面,在她的床前是一张带抽屉的办公桌,贴着墙放。那墙上还有烟熏的痕迹——县城经常停电,母亲得常年备着煤油灯。墙上还有一个结实的衣钩,那是专门挂手风琴的地方。母亲爱拉的曲子是《莫斯科郊外的晚上》。触景生情,于超仿佛又回到了十八岁以前。从三岁到十八岁,他在这间屋子里度过了整整十五年。

有人喊他。

于超回过头,只见一个年轻的、文静的女人向他走来了。于超觉得眼熟,却喊不出名字。

年轻女人说:你是于老师家的于超吧?

于超点点头。

年轻女人说:我是张晓莹啊,是于老师的学生。

于超很快就想起来了,是那个专门来跟母亲学拉手风琴的小女孩,转眼间居然也成大姑娘了。而且于超在齐叔叔那里得知,她就是新上任不久的校长。

于超说:你从师范分回来了?

张晓莹说:我分回来好几年了。

于超说:当校长了吧?我祝贺你啊,张晓莹。

张晓莹说:我哪经受得了你这大局长的祝贺啊。怎么,出差到县里,顺便来瞻仰一下自己的故居?

于超就把刚才愉快的表情慢慢敛住了。然后就把母亲检查出来的情况对这位年轻的校长说了。张晓莹一听就很惊讶,说怎么也是这种病啊?于超说,发现的时候晚了。县里难道没有例行的干部体检?张晓莹说,说是每两年一次,可也就是说说而已。

于超从口袋里掏出了一份报告和附上的诊断资料复印件,交到张晓莹的手上,说:张校长,我妈昨天已经住院了,医疗费的事还得麻烦你。

张晓莹说:于局长,学校的情况你是知道的,现在连老师的基本工资有时还拖欠着。县里目前一门心思地在抓县城搬迁,财政上很困难……

于超说:不是实行了医疗保险了吗?

张晓莹说:那是你们市里,县里目前还只是在筹备中。

于超说:就是说,现阶段还是得靠地方财政来解决了?

张晓莹点点头,说:报告我收下来,我会尽快去找教委谈。你呢,最好也和县里的有关领导接触一下,我想你的话是会起点作用的。

于超就问:现在的县长是谁?

张晓莹说:是从市里放下来的,叫陈涛,你认识吗?

一提陈涛,于超的眼前就出现了一张气宇轩昂的脸。他说:我知道他。

3

说起陈涛,于超的妻子陈芳芹应该更熟悉一些,他们都是财贸学院的校友。据说当年在大学里,陈涛还追求过陈芳芹一阵子。关于这个问题,于超从来就没有问过妻子,但这风声他是有所耳闻的。他也曾经明确地向女人表示过,他不喜欢陈涛这样的男人。陈芳芹也说不喜欢。陈芳芹说,我一向喜欢高个子的男人。于超还想起了一件事,那是去年春天的一天,于超突然接到了当时还在市经委当副主任的陈涛的电话,觉得好意外。陈涛说,他的一个外甥因为强奸被刑警队抓了,那是两个孩子谈恋爱闹出的笑话,根本就不是什么强奸。于超说,这个案子我知道,犯罪嫌疑人自己都承认了,在女方杯子里下了安眠药,是在女方睡着了之后实施强奸的啊,口供笔录还在呢。陈涛说,那可能是让你们警察给吓的吧?暗示着警方在刑讯逼供。于超便有点火了,说:陈主任,那你和律师说好了,如果是我的兄弟有逼供的嫌疑,我决不轻饶。那是一次很不愉快的通话。当晚,陈涛让妻子上门找陈芳芹了,还送来了两条"大中华",其中一条说是特制的,叮嘱让于局长自己抽,千万不要送人。正巧,于超回家了。见到这场面便说:那案子我又看了,事实清楚,人证物证都在,没法打折扣的,你还是把东西拿回去。陈涛的妻子不肯。于超就把那条"大中华"折断,里面是五万块人民币。于超说,你不会让我明天拿到纪委去吧?那女人很尴尬,只好拿着东西走了。陈涛的妻子一离开,陈芳芹就随口说了句,你这回可是把陈涛给彻底得罪了。于超说,没有办法啊,干我这行的总是要得罪人的。陈芳芹说,那你可以把话说软一点嘛。于超说,我这里一软,他那里就硬了。陈芳芹不再说话了,匆忙上了床。于超知道,那晚女人心里不痛快。

山不转水转,现在,轮到他于超来求这个陈县长了,这事怎么说都有点窝囊。于超的车已经驶进了县政府大院,转了一圈,又开出来了。他实在不知道见到陈涛之后怎样开口,或许他根本就开不了这个口。这时候手机又响了,是李大海来的,说"9·12"案件有了点眉目,他们在市郊环城路边一个废弃的窑洞里,找到了那辆作案用的红色摩托车。于超很高兴,说:我马上回去。

于超返回市里已经是黄昏时分。他直接赶到刑警支队,向李大海询问案件的详细情况。

李大海说,经过现场的录像分析和痕迹比对,他们找到了那辆被犯罪嫌疑人丢弃的红色摩托车。据初步查实,这辆车的车主是一个叫许刚的男人,他是个做服装生意的小老板,住在三桥河北岸的那个"柳浪小区"。案发时此人去外地进货了,回来后才知道这辆车被盗,他还没有来得及报案,车子就被刑警队的人找回来了。

于超问:车子原来停在哪里呢?

李大海说:就在小区的停车棚里。不过,没有人管理,也就起个遮风避雨的作用。

于超说:就是说,谁去动都可以了?

李大海点点头。

于超问:你们打算怎么干?说说吧。

李大海说:老办法,先摸排。重点是在河的北岸,尤其是小区内部。

于超想了想,说:别把动静搞得太大。

布置好这件事,于超就去了医院。见到已经换上了病员服的母亲,心里便被什么碰了一下似的。服装真是个奇妙的东西,这种带条子的病员服一换上,母亲看上去就完全像一个病人了。他坐到母亲身边,想提起一个轻松的话题,但是母亲先开口了。你去县里了?母亲说,何校长怎么说?

于超说:我没见到何校长,把报告交给张晓莹了。

母亲说:哦,现在是晓莹在负责,可你也应该去看望一下你何阿姨啊。

于超说:我本来是准备去的,可是这边的案子……妈,检查都做过了吗?

母亲说:刘院长上午亲自来了,说下个星期三上午做手术。我问她要做多长时间,她说要四个小时……

于超说:那是,毕竟是个大手术嘛。不过,刘院长的功夫,那是国内都能排得上号的,她还经常出国讲学呢,您放心。而且,现在术后还带着一支麻醉棒,不会感觉到痛的。

母亲说:痛我倒不怕,别人能扛得过来的,我也能扛住。我就是担心这种病到底能不能治得好……

于超说:妈,您别瞎想……

母亲说:我不是瞎想。如果很难治,或者根本就不可能治好,那就别治了。人没有必要去做一些无谓的事情,结果弄得劳民伤财的……

于超说:看你说的。我是谁?我是你儿子嘛。

说到这里,陈芳芹来了,带来了鸡汤面条。于文惠说,芳芹啊,你不要这么每天送饭了,这里的伙食还不错。

陈芳芹说:妈,医院里伙食怎么行呢?我不麻烦。

于文惠说:都是有工作的人,哪能成天围着我一个病人转。你们都忙你们的去,到了手术那天过来看看就行了。

这时,又一个病员住进来了。是一个看上大约十三四岁的少女,被父亲背了进来。她在5号床,和于文惠的4号床靠得很近。

于超看见那位父亲手里拿着许多东西,就上前帮他接过一些。那人说谢谢,把肩上的女儿放到床上。然后就拿出香烟给于超,于超说,这里不能抽烟呢。那人说,我们到外面抽吧。于超觉得这个人很痛快,就随他到了外面的院子,抽上烟。于超问那人在哪儿工作,那人就作了自我介绍,说自己是市棉纺厂的工人,叫马冬生。

于超说:棉纺厂效益不行吧?

叫马冬生的说:厂子早就垮了,工人也都下了岗。

于超问:那你们每个月能拿多少基本生活费呢?

马冬生说:说是260元,实际上还时常兑不了现的。我是电工,还可以帮着别的单位干点散活。

于超问:没想过开个小店什么的?

马冬生叹了口气,说:也想过,我弟弟在深圳那边开公司,给了我一些钱,原来是打算替我张罗点事情的,你看,孩子得了这种怪病……

于超问:也是妇科肿瘤?

马冬生说:是卵巢癌……真是奇怪啊,这么小的孩子,也能染上这种病。

于超问:问题不大吧?

马冬生说:医生说幸亏发现得早,否则就悬了。

于超说:那就好。那也会做手术吗?

马冬生说:会的,还要化疗……

于超说:手术我帮你联系一下刘院长,她是专家。

马冬生说:那实在太谢谢你了。你是在政府工作吧?我怎么觉得你很面熟呢?

于超就递给了马冬生一张名片,后者看过,很惊讶地:哦,原来你就是大名鼎鼎的于局长啊,我可是早就知道你啊。

于超说:什么大名鼎鼎,也就是一个职业而已。

马冬生说:我可不是瞎吹捧你啊。去年那起轰动一时的"11·21"杀人分尸案是你破的吧?我在电视上看见你的,戴着红花呢。

于超说:那是大家一起干的,我不过是牵了个头。

这时陈芳芹来了,于超对她说这是棉纺厂的马师傅。然后又向马冬生介绍说:这是我爱人小陈,在保险公司做财务。

马冬生用羡慕的语气说:你们这一家真不错啊。

这句夸赞使陈芳芹忧伤的心情豁然变得高兴,她就顺便夸了这人的女儿,说你家姑娘长得好可爱啊。马冬生却无法高兴起来,只叹了口气,就离开了。陈芳芹慢慢把视线从这人身上收回来,问于超:你去县里事办得怎么样?

于超说:报告是递交了,可县里目前还没有实行医保,看来还得通过你找找陈涛了,他现在是县长。

陈芳芹说:通过我?为什么?

于超说:你们是校友,毕竟好说话些。

陈芳芹说:我敢吗?去年那件事他会忘记吗?他外甥后来被判了七年呢。

于超说:桥归桥,路归路。

陈芳芹说:路都被你堵死光了,我不好意思去。

于超说：当然，你要真不愿意的话，我就再想辙。要不就先把家里那三万元存款取出来，你总不能老挪用公款啊。

陈芳芹说：取是随时都可以的。可是，于超你知道吗，妈这个病至少得花十万啊！我问过刘院长了，手术前先要化疗一次，让肿瘤包块收缩；手术之后要连续进行六次化疗，用的药叫紫杉醇，进口的一次就得过万。

于超默默点了点头。

4

几天后，陈芳芹就去了县里。在途中，她拨通了陈涛的手机，说自己有事情找他。一听是陈芳芹的声音，陈涛既意外又高兴。陈涛说，好个芳芹，一出校门就把我忘了，真是人情薄如纸啊。陈芳芹说，陈涛，咱们是同学，我找你的事你千万别推。那时陈涛正在新县城的建设工地上，就让陈芳芹在中途下了车，再派秘书带车去接，先接到一个酒店安顿下来。到了午饭时间，他才自己开车过来。随行的除了秘书，还有办公室主任和一个老板。一见面，两人不免都有些吃惊，觉得彼此的变化很大。陈涛就对大家介绍说，这是我们市公安局于局长的太太，也是我的大学同窗。当年啊，我还认真追求过她呢，可她嫌我个子矮！这话一说，陈芳芹脸立刻就红了，说，陈县长，你这么说不是要让我觉得后悔吧？陈涛摆摆手说，哪里哪里，要说后悔的还是我啊。爹妈少让我长了五厘米，就这么眼睁睁地失去了一个大美人啊。陈芳芹说，你这人说话一点也不真诚，我不信。陈涛说，我是真诚的，问题是我比不上你家于超,那可是真正的男子汉一个啊。老于今天怎么不一起来啊？陈芳芹说,他在忙案子呢！陈涛问,还是那个银行抢劫案吧？陈芳芹点点头。陈涛说,不是说,这案子有点头绪了吗？陈芳芹说,谁知道呢。

饭桌上就这么随便说着,等喝过两杯酒,陈芳芹起身去上洗手间。她站在镜子面前仔细看了看自己,觉得自己还是很好看的。她忽然有了一个奇怪的念头,如果当初真的是嫁给了这个陈涛,结果会怎么样呢？这个念头只有一瞬,却让她觉得这人生实在充满着偶然。

饭后,那个老板利索地把单买了,把陈涛和陈芳芹引到了一个很雅致的茶座包厢里喝茶,其他人便撤了。茶是那种福建安溪产的乌龙茶,陈涛自己动手来沏,手法很娴熟。陈涛一边沏茶一边问:芳芹啊,你今天这么远的赶来是有什么事情吧？

陈芳芹就把家里发生的事情作了介绍。并且说,前几天于超本人也来过了。陈涛听后,没有表态,只说:这个老于,到了县里怎么不来找我谈呢？偏要派老婆来。陈芳芹说,他没有别的意思,他这个人你是知道的,不爱说话,也不喜欢求人。陈涛说,都在一个市里嘛,有什么求不求的呢？再说,求人也不见得就是丢人,他不来,不还是叫你来了吗？陈芳芹心里咯噔了一下,心想,谁叫我是他老婆呢！

陈涛把茶先端给陈芳芹一杯,然后自己又喝了一口,说:芳芹啊,这事我知道了。你可以先把报告留下来……

陈芳芹立刻就从包里拿出要求解决医疗费的报告,递到陈涛

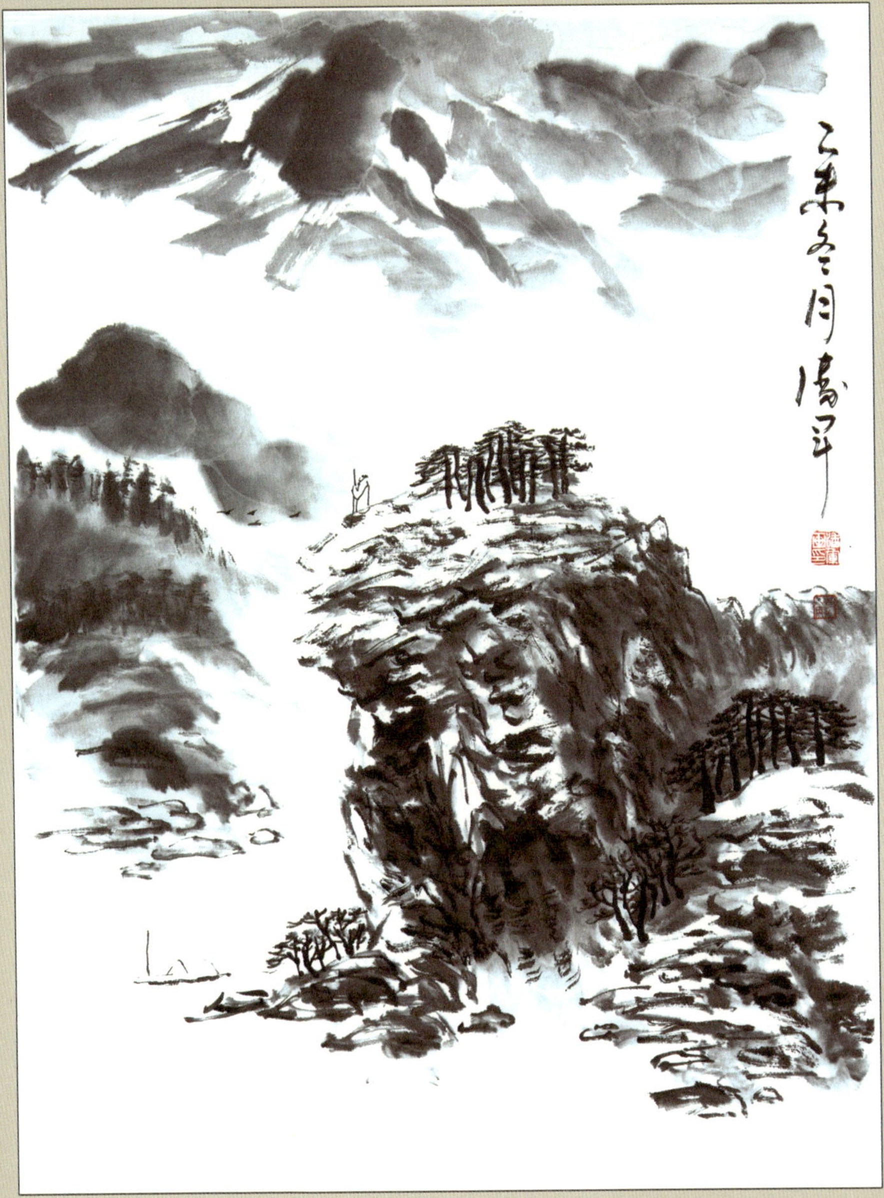
乙未冬月

手里:那就谢谢你县太爷了。

陈涛说:我话还没说完呢。县里目前正在集中财力搞县城搬迁,像这种事,也不是你婆婆一人,有很多的,连几个兼职的人大主任和政协主席都在排队,口子还真不好开……但也不是铁板一块。我给你出个主意,你回去之后,让老于找一下他们的谭政委——他和我们县委吴书记是战友,关系很铁的,让吴也批个字,我这里呼应起来就方便了。你说呢?

陈芳芹似乎没有什么可说的了,就点了点头。

话说到这里,陈芳芹看了看表,说:陈县长,那就谢谢你了。我还得去赶下午的班车呢。

陈涛说:不急,咱们再聊会儿,于超不派车送你来,我可以派车送你回嘛。

然后陈涛就提起了一个话题,说:芳芹,我记得你比我小六岁,是吧?

陈芳芹说:是啊,我今年三十五了。老了。

陈涛说:我不是这个意思,人都会老嘛。我是说啊,你们为什么不要个孩子呢?

陈芳芹迟疑了一下,说:不是不想要,是没怀上呢。这都怨于超,第一次怀了,因为当时他正在忙一个大案,就动员我流了。没想到之后就闹了个习惯性流产的毛病。想空上两年再说……

陈涛说:哦,是这样啊,这我可得批评老于几句了。工作再忙,孩子总是要生的嘛。不过,我能看得出来,你和老于过得不错。二人世界,好。

陈芳芹说:本来是还可以的。去年装修了房子,可现在,我婆婆这病……

陈涛拍了拍陈芳芹的肩说:不要着急,问题总会解决的……

他突然意识到这个动作有点不妥,就很快把落在女人肩上的手收了回来。

晚上,陈芳芹把陈涛的意思对丈夫说了,想让他尽快找一下谭政委。于超听过,想也没想就说:我不找他。陈芳芹说,为什么?你们不是一个班子里的吗?于超说,我不喜欢这个人。陈芳芹说:你这人怎么见谁都不喜欢?这可是为你妈治病啊!于超看了看妻子,似乎从女人的神色中看出了气愤之外的内容。这是什么内容呢?他一时没想出来,但相信是有另外内容的。这时候他就觉得,让妻子出面找陈涛,或许是一个错误。

两个人沉默了一阵,于超才说:给我拿两千块钱,我得去刘院长家。妈后天动手术。

陈芳芹说:钱在抽屉里,自己拿去吧。

说完,女人就去洗澡了。于超独自在客厅里坐着,看着那盏几乎从来不开的吊灯,想人有时真是有趣,明明是不用的东西,却占着家中重要的位置。他把烟掐灭,从抽屉里拿出了两千块钱——实际上只有一千八,他又从口袋里拿出了两张,放进一只信封,就出门了。临出门前,他对着卫生间喊了声:明天,把那三万取出来吧。妻子没有回答。

街上已经安静了。这是初秋的晚上,胳膊上明显感觉到了秋意。于超走到自己那辆三菱吉普车前,给刑警支队的李大海拨了个电话,问案件有进展没有。对方说没有,电话里传出了喝酒的气氛声。于超突然有点愤怒,说:大海,你给我听好了。这个案子破不了,我这个副局长当不了,你这个副支队长也得撂挑子,别占着茅坑不拉屎!李大海吃了一惊,说:于局,于局,我想,我是能拉屎的……

于超说:那你就好好拉。过去茅坑门上有一副对子,叫"进门三步急,出门一身轻",可你现在就一身轻了,居然还有心思喝酒!

挂了电话,于超就有点后悔。今天火气怎么这么大呢?他坐到车上用双手紧了紧脸,觉得自己的脸变得好粗糙。过了年,就四十岁了。古人说,四十不惑。古人却不知道,四十岁是男人最操心的年纪,空泛的责任到这个时候就逐一具体化了。一路上于超就这么跳动地想着,等他看见了刘院长家的灯光时,他才长吁了一口气。以前也是经常有人夜晚来敲他家门的。那都是些想托他办事的人。他们有求于他——这个社会就是如此,这个社会不知不觉地就变成了一个市场,人与人之间构成了这种供求关系。可求他办的事,大都是些难办之事,譬如捞人之类,还有减刑的。敢上他家门的,也都是有些背景的人。他们准带着谁的条子,以及烟酒,以及烟酒盒子包裹着的钱。那些钱,最少的也多于两千,可他不敢收。行当不同,连敛财都有了限制。那是自己对自己的限制。他估摸了一下,这些年被他扔回去的钱,不会少于五十万吧?那是足够给母亲来治病的。可是,眼下自己得亲自来给这个叫刘院长的半老女人送钱,以仰仗她的技术,为母亲掌刀。如今医生,当然不是所有的,都发起来了。据说一个心内科的主任,特别是那种做心脏介入手术的,每年至少能挣五十万。一例房缺手术,先拿病人家属的,再拿供货厂家的,出门走穴,还要拿所在医院的,而且费用无须自己担当,也无须上税,算起来,纯的就上了三千。

这是一个很不错的小区,一色带落地外飘窗的六层楼,环境幽雅,肯定不是医院的宿舍。但这个小区距离几家医院都比较近,所以住着不少能挣钱的主任医师。于超刚把车停好,拿起一束鲜花,下了车。刘院长家住在甲12号楼,也就是13号楼。看来,住这号楼的主任还不算很富裕。因此这种人就更少不得钱。他接近了这栋楼,忽然看见一个熟悉的背影,手里也拿着一束花。从身影轮廓上他就看出是那个马冬生,就主动喊了句:是老马吗?

马冬生吃了一惊,回头一看,笑道:是于局长啊!

于超说:你是来看刘院长的吧?

马冬生说:是啊,你不是夸她技术好吗?

于超说:她是妇产医院的"第一把刀"啊。

马冬生说:所以我就来了……

于超说:那正好啊,我们一道……

马冬生说:你送多少?

于超说:两千。你呢?

马冬生说:我也是——听说都是这个价。

于超说:其实落到她手里的也没多少,还有麻醉师和助手,都得分点。

马冬生说:这种钱是该送的,你说呢?可是……

于超说:可是什么?

马冬生有点迟疑地说:我们一起进去,不太好吧?

于超想了想,说:倒也是,这种拜访,人家总是不喜欢有第三者在场的。

马冬生说:那你先去吧,我明晚再来。

于超还没有答应,手机又响了。一看来电显示,还是李大海来的。于超就走到了一旁接听,问:怎么了?

对方说:案子有了进展。

于超说:我马上过去。说完,他又走到马冬生面前,说,老马,我有点急事,这样好了,你就替我去看望一下刘院长,把意思带到。然后就把那个信封和鲜花一起交到了老马手里,后者却还在犹豫着,说:这合适吗?

于超说:其实也说不上什么,人家一天的手术下来,很辛苦,你把东西放下就行了。

马冬生说:那……好吧。

于超拍了拍马冬生的肩,上车迅速离开,直奔刑警支队的办公室。

刑警支队副支队长李大海汇报,9月12日上午,有目击者看见,一个戴着头盔和墨镜的男人骑着一辆红色摩托车从三桥河第二座桥上通过,险些撞坏了一个行人。这个人身穿一件深蓝色粗纹灯芯绒的夹克衫,还斜挎着一只蓝黄相间的旅行袋。这些,与犯罪嫌疑人的体貌特征都非常一致。李大海说,但是,后来朝阳路储蓄所遭到抢劫之后,犯罪嫌疑人的车子是往西而去的,方向又不太对了。

于超站在地图面前,顺着原来判断的路线看着,最后把目光集中到一个标有"枣树巷"的位置上。他对大家说:我认为是同一个人。犯罪嫌疑人真正的逃跑路线不是我们一开始判断的那样,他最初奔西而去不过是一个假象,想扰乱我们的视线。实际上,这个人在行驶几分钟之后突然扎进了这个不起眼的枣树巷里,穿过去之后便向右拐了一个弯,沿着环城路向东去了。

李大海问:那么,他为什么要丢掉摩托车呢?

于超说:那是他担心时间一长会显得目标过大,所以就在那个窑洞里换了装,再去等候过往的7路公共汽车去了。一切都是事先设计好了的。

李大海点点头。

于超说:我们把犯罪嫌疑人的能力低估了。这家伙胆大心细,遇事不慌,轻松地就把我们玩了一把。这样吧,留一个组继续在原来的方位摸排,其余两个组沿着举报者提供的情况,深入了解一下。有一点值得注意,我觉得,这家伙不是那种流窜作案的盲流,是我们本市人。

李大海说:能肯定吗?

于超说:基本上可以肯定。那条枣树巷就说明了这一点,一般而言,流窜作案的人是不会轻易往小巷、胡同里扎的——万一是条死胡同怎么办?说明这家伙对地形很熟,事先也踩好了点,而且可以断定他是一个人作案,时间有限,如果不及时扔掉摩托车、换换装,我们就上来了。

李大海说:于局,我们怎么做呢?

于超想了一会,说:把摸排的重点放到三桥河的南岸来。

5

今天是于文惠老师做手术的日子。昨天下午,刘院长找到于超,和他进行了术前的例行谈话并履行签字手续。刘院长说,手术的风险不会大,但效果很难说。尽管事先进行了CT之类的检查,但是确定最终肿瘤的准确位置,还得看打开腹腔之后的情况。万一位置不好,譬如靠近尿道或者肠粘连得厉害,刘院长说,对手术会造成麻烦的。这个你得有充分的准备才是。

于超说:这我明白。

刘院长说:我自然会尽力的。放心好了。

于超说:那我就先谢谢了。

说完这些,刘院长掩上门,又从抽屉里拿出了那个熟悉的信封,交到于超手上:于局长,咱们之间就用不着这么客套了。

于超连忙拦住:刘院长,您千万得收下,这是我们家属的一点心意啊!

刘院长似乎有点无奈地说:医院的规则是不许这么干的。可是呢,我们又很难拦得住,病人家属总觉得这样做了,心里才踏实,弄得我们很尴尬的。

于超说:您千万别这么说……其实大夫很辛苦,特别是大手术,一站就是五六个小时。

刘院长说:说辛苦,大家都辛苦。你们公安不辛苦吗?我在电视里看见,去年你们侦破那起碎尸案,连续多少天没睡上觉,一蹲坑就是好几宿……这是职业道德啊,也是职业信仰。有时候我想,这个社会风气不好,可能与我们多年来那种功利而空洞的宣传有关系。年初闹"非典",一下子就说医护人员是"白衣天使"了,说是"最可爱的人"了。而之前呢,媒体上总是在喋喋不休地批评医患关系如何如何糟糕。其实呢,我们不一定要求每一个人讲什么大公无私的奉献——人都是有私心的啊。只要各人尽责,社会就蛮可爱了。

于超觉得,这个刘院长比他想象的要可爱。

那天晚上,于超因为案子没有回家。他电话里告诉妻子陈芳芹,说第二天直接赶到医院。陈芳芹说,妈这边有我呢,你还是抓紧时间找一下你们谭政委吧。一提这话,于超就不想多说,把电话给挂了。他能想象得出,那一刻电话那端妻子不满的表情。也难为这女人了,于超想,对于一个国家,发展是硬道理,但对于一个家庭,钱就是硬道理。这么重的担子让一个女人去扛着,甚至不惜挪用公款,怎么也说不过去。他想自己是否真的该去和那位谭政委谈谈了,让他出面周旋一下,把眼前这道坎过了。可一想到自己将要对那张不苟言笑的脸去说上一堆违心的好话,觉得舌头都短了。

手术定在今天的上午九点开始,但病人必须在七点就做好准备。于文惠老师在临进手术室之前,取下了脖子上的那枚生肖玉兔的挂坠,交到媳妇陈芳芹手里,说:我要是回不来了,这个就给你们做个念想好了。芳芹当时就流泪了,说:妈,你不会有什么危险的。于文惠说,人都是要死的,我不怕死。我甚至觉得,这么被麻醉了不知不觉地去死,还真不错呢。

听了这话,给女儿倒痰盂回来的马冬生就站住了,放下痰盂,对于老师说:于老师,您气色很好的,不会有什么问题的。

于文惠看了看旁边的马瑾,那孩子睡着了,就放低声音说:马师傅,小马瑾不会有事的,刘院长说了,她情况比较好,发现得又早……

马冬生说:你们都不会有事的。

这时候,手术室的担架车到了病房。于文惠自己睡到车上,样子很安详。然后,陈芳芹和马冬生就跟随着担架车上了电梯,妇产医院的手术室在五楼。出了电梯,担架车便推进了手术室。看着陈芳芹那副黯然失色的样子,马冬生说:小陈,你千万别着急,我在这里陪着你。

陈芳芹说:马师傅,你下去吧,于超一会儿会来的。

马冬生说:我没事的,早饭马瑾会自己弄。

两个人就在手术室外面的椅子上坐下了。两人随便聊着家常,等候着时间一分一秒地过去。马冬生说,做手术关键是看进去后的第一个钟头,人不出来,就没事了。陈芳芹没有听懂,就问:不是说要开四五个小时吗,怎么一个小时就完事了呢?马冬生说,第一个小时没事就没事了,表示手术顺利;要是人很快推出来,说明情况很糟糕,刀没法开了,口子合上了。陈芳芹听明白了,之后便不停地看表。等一个小时熬过去了,她的情绪忽然就变得轻松起来,她说:老马,你别介意,你是不是离婚了?

马冬生说:我离婚快十年了。

陈芳芹说:哦,难怪啊,这些天我没有看见马瑾她妈来。

马冬生说:她妈在上海呢。原来是我们厂驻上海办事处的,后来,认识了一个小老板……这也不能怪她,水往低处流,人往高处走。

陈芳芹说:你没有把女儿的事情通知她啊?

马冬生说:我也想过,可是女儿不肯。

陈芳芹说:孩子嘛,有点任性。这种病你一个人可扛不住啊。

马冬生说:还好,我弟弟在深圳那边开公司,要不可就抓瞎了。

陈芳芹说:幸亏你有这么一个好弟弟啊。我们家要是有这样的亲戚,就好了。

马冬生说:小陈,你是不是手头很紧啊?

陈芳芹说:说来不怕你笑话,我家于超说起来是一个局长,还是公安局长,可是家里还真的不宽裕,去年一搞房子,老底子就没了……

马冬生说:那我借你一点吧。多了没有,一万两万还是可以的……

陈芳芹说:那怎么行,我哪能……

正说着,于超风风火火地来了。从他的脸色上看,又是一个通宵没有合眼。他是走上来的,一步迈两个台阶,见面就问:妈进去了?

陈芳芹说:进去一个多小时了。马师傅怕我着急,就一直陪着我。马师傅说,第一个小时没事就表示手术进行得很顺利。

于超就转过身对马冬生道谢,说,老马,你懂得可真不少啊。

马冬生说,你来了,我就回病房了。你们千万别急,于老师会一切顺利的。于超觉得,老马这个人很像一个敦厚的兄长,几句话一说,就让心里轻松了许多。他想自己如果真有这么一个当工人的哥哥,也很好的。送走了马冬生,于超回头坐到媳妇身边,说:你回去歇着吧,我在这里候着。

陈芳芹说:你不是一夜没睡吗?

于超说:我习惯了,就躺在这椅子上打个盹儿。刘院长说了,这个手术至少得做上四个钟头呢。

陈芳芹没有说话,也没有动弹。于超就靠在她身上,说:你走啊,不是还要上班吗?

陈芳芹说:我今天请假了。

于超说:你回去睡上一会儿,等手术快完的时候,我给你打电话,你再过来就是了。

陈芳芹问:你找谭政委了吗?你肯定没找。

于超说:回头再说吧,我先打个盹儿……

陈芳芹便站了起来,准备离开,走到楼梯口,又折返回来,把那枚生肖玉坠交到了丈夫手里。

于超突然感觉到心跳加快了。这枚玉坠还是他大学时代,有一回参加大学生夏令营,在承德的普宁寺为母亲买的,开了光。他在那里看见了世界上最高大的木雕观音佛像,他也曾向母亲表示过,以后有机会要带她到这里来看看,敬上一炷清香。可是转眼就过去近二十年,始终就没有出现过这么一次机会。如今,即使是机会来了,母亲也很难前行了。想到这里,于超的泪水潸然而下,握着玉坠的手不禁哆嗦了起来。他想竭力控制住,却不行。

妇产医院的五楼,左侧是产房,右侧是手术室。在门前等候的人慢慢多了起来,这些等候的人拥有一样的期待却怀着两种截然不同的心情。这里的门也是不断地在打开。一会儿,这边产房的门开了,紧接着一个新生儿被抱了出来,于是等候的家属便围了上去,看那孩子发皱通红的小脸,笑逐颜开。一会儿,那边手术室的门开了,一个戴口罩的护士喊着谁谁的家属,那作为家属的小伙子顾不得把眼镜扶正,就站到了护士的跟前。护士把一只搪瓷托盘递到他眼前,那里面盛着一块像干瘪的桃子样的肉物,护士说:看看吧,这是你爱人的子宫。那小伙子立刻腿就软了,被其他人扶回椅子上,泣不成声。于超坐在这两种气氛之间,看看左边,又看看右边,鼻子直发酸。他想这不就是人生吗?欢乐和悲伤就这样挤在一个狭小的空间里。他不时地看着表,从五楼走下去,又从楼下走上来,也不知走了多少来回。

于文惠家属!

随着护士的一声喊,楼梯上的于超立刻赶到面前:我是。

护士把搪瓷托盘送到于超面前,那是一只直径大约在十八厘米左右的肉瘤。

护士说:瘤子摘下了,现在在做淋巴清扫。

于超说:谢谢啊。还得多少时间啊?

护士说:快了。

直到此时,于超那颗悬着的心才落了下来。他想赶下去抽烟,刚下了几级台阶,就见到往上走来的马冬生。于超说:瘤子摘下了!

他用手比画着说:这么大!

马冬生也高兴地说:摘下就好。是刘院长亲自做的吗?

于超说:是啊。

马冬生说:但愿我家马瑾以后也在她手上。

于超说:那不会有问题的,老马。

马冬生有些担忧地说:我听说,有的手术,刘院长只是在边上看着指导,不亲自动手的。

于超说:回头我再帮你说说吧。

马冬生说:那我就放心了,谢谢你啊,于局长。

于超说:老马,你比我年纪大,以后就别喊我局长了,就喊小于好了。

马冬生说:那怎么行,你本来就是局长嘛!

两人一边说着一边下楼,走到院子里抽烟。这时,马冬生谨慎地说:于局长,我听你爱人说,你们家也不宽裕,是吗?

于超有些意外,他不明白陈芳芹怎么会把这种信息传递给像马冬生这样的人,就说:政府人员嘛,也就是一个衣食无忧,暴富是不可能的。

马冬生说:那这回于老师住院治病,还是有不小的花费啊。

于超说:那是啊,等实行了医保就会好的,现在只是暂时垫付一些。

马冬生说:于局长,你手头要是紧,我可以借你两万,等医保报销后你再还我就是。

于超说:那像什么话？你这边多紧啊！

马冬生说:我弟弟一直在帮我,再说我一时也花不了许多。

于超说:老马,你的好意我心领了。

马冬生说:于局长,我听你家小陈这么随便一说,就觉得你是个好局长——像干公安局长的,每年收个几十万的,在中国,在我们这个省,大概都不是新鲜事。反过来,公安局长手头紧的,倒是怪事了。所以……

于超说:老马,这件事就到此为止了。如果我真的需要,会及时找你的。

抽完烟,两人又上了五楼。没过一会儿,于文惠的手术车就推出来了。于老师像是睡着了,于超轻声呼唤了几声妈,也没有听见她回答。那个瞬间于超就想,母亲如果自此康复起来,该是多么好啊。他们护送手术车进了病房,护士让于超把病人横托着抱上床,于超觉得使不上劲,便和马冬生一起,将母亲轻轻抬起,再轻轻放到病床上。护士吩咐于超,不能让病人昏睡,要唤醒。于超就伏在母亲耳边,不停地轻声呼喊着:妈,您醒醒,手术已经完了。于文惠老师有点醒了,半睁着眼用浑浊不清的声音问儿子:我回来了？

接着,护士们开始忙着给手术后的病人放置心脏、血压的监测设备。不多会儿,陈芳芹就到了,于超便把妻子支了出去,走到院子里就问:你怎么随便开口向人家老马借钱呢？

陈芳芹一愣,说:是他好心要借啊,我根本就没说什么。

于超说:你不要老是对外面说,咱们手头紧什么的——你什么意思？

陈芳芹委屈得眼泪直滚:于超,你有多大能耐,我清楚,你少这么教训我!

于超说:我怎么教训你了? 我这是……

陈芳芹把丈夫一推,跑开了。顺着医院长长的走廊跑开了。于超忽然觉得,这不像是自己的老婆。或者说,自己老婆是从来不这么做的,即使吵上几句,也不会就这么跑开的。他感觉到了老婆的这种变化,不明显,但确实是一种变化。

6

经过几天的恢复,于文惠老师可以下床了。从儿子媳妇的零碎的交谈中,她能感觉到自己的病给小两口带来了麻烦。但她没有把自己的感觉说出来,而是细心观察着。她意识到自己的病的分量,觉得这么下去没有多大的意思。听医生说,自己腹腔里能摘除的都已经摘除,好像自己就不像个女人了,连说话的声音也变得沙哑、难听。她的情绪在术后的一周后开始转为急躁。她要求儿子替自己请一个护工,说:你们都是有工作的,隔三岔五地来一趟就行了。陈芳芹说,妈,我时间不是那么紧张的。于文惠说,我这个病,也不知道拖到哪一天,更不知道活得成活不成,你们忙你们的去好了。当儿子、媳妇都不在的时候,于文惠老师就和邻床的女孩马瑾说说话。现在她知道了,这个小姑娘实际上已经有十六岁了,也属兔,她便喊她小兔子。她很喜欢这个不漂亮但可爱的小兔子,看着她惊恐而好奇的眼睛,鼓励孩子勇敢地接受手术。麻醉效果非常好,非常舒服,于老师说,你不会感觉到一丁点的痛感。即使手术完了,带着这个麻醉棒,也没有什么特别难受的感觉。于老师的现身说法缓解了小马瑾的紧张。几天后,马瑾顺利接受了手术,也是由刘院长主刀的。手术当天,于超还抽空来到手术室外面,和马冬生说了一会儿话,让他不要紧张。马冬生说,我不紧张啊。但他的手却控制不住地在哆嗦,把香烟从口袋里摸出来,又放回去。等第一个小时过去了,于超说,老马,我可不能多陪你了,得去忙案子。马冬生就问:于局长,你们那个案子破了吗?

于超说:你讲的是哪一个啊?我们案子多呢。

马冬生说:就是那个抢银行的嘛。

于超说:是"9·12"吧,目前还没有,但破是迟早的事。

马冬生说:我信,你有这个本事。

"9·12"案件的侦破,虽然不断有新线索提供,但实际上并没有任何进展。这一点,于超心里很清楚。这天下午,政法委书记把公安局几个头头都叫去了,第一个议题就是听取"9·12"专案组组长于超的工作汇报。会议的气氛一开始就很严肃,于超把前一阶段的情况说了,做出的结论是,实际上这么多天下来,没有忙出实质性的名堂。

书记一听脸色就变了,说:这么说,这个案子还破不了了?

于超说:我只能说,一时破不了。

书记说:那你觉得什么时候能破啊?

于超说:我又不是算命先生。书记,其实我对"限期破案"这种提法就很有意见。犯罪是超前的,侦破总是滞后——破案怎么能"限期"呢?

这时候政委谭季平插话道:于超同志,有意见可以发表,但不要带情绪嘛。

于超看了这个男人一眼,觉得好压抑。于超说:我只是有点激动——你总不能不让我激动吧?

书记摆摆手说:于超,我没有时间与你理论。但我得告诉你,如果年底前——你记住了,是2003年12月31日之前,这个案子还破不了,直接影响到"文明城市"的挂牌,你就向市委递辞职报告。

于超淡笑道:报告我一直在身上揣着呢。

书记一愣:你还真……周到啊!

因为有案子,这个会议讨论完"9·12",于超就匆匆离开了。他刚走出市委机关大楼,便听见身后有人喊,回头一看,竟是自己不想见到的那个陈涛。他记不清上次见到陈涛是在什么时候了,可能过去了近三年。这个男人却似乎没有什么变化,保养得真是很好。陈涛从后面几步撵过来,握过手就问:于局啊,你找老谭了吗?

于超想了一下,说:一直在忙案子,还没顾得上呢。

陈涛说:老娘的事嘛,哪能不放在心上呢?上回陈芳芹到县里,我把底牌已经亮给她了,只要吴书记那边给个招呼,我这头就好办。不就是几万块钱嘛!

于超说:芳芹都对我说了,谢谢你啊,陈县长。

陈涛说:没什么好谢的,咱们谁跟谁啊?

两人都是自己开车来的,就边说话边走向停车场。陈涛说自己回来取换季的衣服,马上要出差。还说老婆上个星期带儿子去香港旅游了。于超问,孩子多大了?陈涛说已经上初中了。于超就有些吃惊,说我们年纪差不多,你怎么会有这么大孩子呢?陈涛说,我这人不求进步,结婚早,生孩子也早。这回答让于超觉得有点不舒服,论职位,他陈涛已经是正县级,而自己才刚刚进入副县级;他孩子上初中了,自己却还没有孩子,这是什么鸟意思呢?他听出了陈涛的话中带有一点炫耀的味道。

到了停车场,为了礼貌起见,于超先送陈涛上了车,看着他把车开走。然后,再回到自己的车前。正打算上车,又听见政法委的一个工作人员打开水从后面过来喊他,说:于局啊,你刚才和谁说话呢?

于超说:陈涛啊,就是下去做县长的那个。

那人说:哦,陈百万啊。

于超说:什么陈百万?

那人说:下面的人都这么说他呢。说这小子借着县城搬迁,发了横财呢。

于超说:这话可别瞎说,一个县长,哪来这么多钱?

那人说:一个县长没有这么多钱才叫瞎说呢。

于超笑了笑,把车发动了。他想刚才那人说的话,不可全信,也不可不信。那回陈涛的外甥被抓了,他老婆送去的那条特制"大中华"里,就有五万。如今县城要搬迁,多少基建的项目攥在他手里,敛财的便利是可想而知的。看来,这个陈涛的胆子是越发大了,只是没有人去盯他而已。这个陈涛显然不是一个简单的人物。去年曾经一度传闻要对其实行"双规",可是呢,风声刚起就忽然平息了。据后来反贪局的人说是证据不足,其实是这家伙背景太深了。深不可测。

这天夜里,于超和专案组的人研究完工作之后,回到家里,发现陈芳芹不在,茶几上只留了张条子:医院在催费用,我不能再挪用公款了!

于超很生气,说:明明家里还有钱,就是死活不取,什么女人!

可是仔细一想,那三万块钱又能起多少作用呢?他坐下来抽了支烟,想此刻的妻子大概还在医院里陪着母亲,觉得自己的老婆也好不容易,家中出了这么大的事,自己缩在后面指手画脚,让女人抛头露面,算什么呢?他又一次想到了那个谭政委,心里还是一样不舒服。他实在不喜欢这个男人,就谈不上有求于他了。但是钱的问题怎么办呢?去向朋友借吗?应该没有多大的问题。在这个城市,只要他开口,借钱不是问题。可是,借来的钱终归是要还的。不还,那就是变相受贿了。还有,能借给他钱同时也不急于还的朋友,还真的不多。这年头大家都不容易,不是每个人都是车到山前必有路的。

这个晚上后来于超又开车出去了。他想兜兜风。他想自己的路或许就隐藏在这风中。

于文惠老师的第一次化疗,反应很强烈。化疗的药还没有输完,就开始了呕吐。那天晚上,陈芳芹没有回家,就在医院里简陋的铺上凑合了一宿。她决定留下的时候给丈夫去了电话,但于超没有开机。这种情况以前是从来没有过的。她又往家中去电话,结果也没有人接听,她就更是奇怪了。等到天亮时分,于超主动来电话了。陈芳芹上来就质问:你手机怎么关了?

于超在电话那端平淡地说:没电了。

陈芳芹又问:你昨晚是不是没回家啊?

于超说:是的,我在忙案子——陈涛的家被盗了。

陈芳芹一听就愣了,说:什么? 他们家怎么会……

于超说:他们家怎么就不会呢? 好了,妈那里麻烦你照应,我这边完了,就过去替你。

昨天午夜时分,110接到了报案,说位于"锦绣花园"5号楼302室的陈涛家被盗。那时于超正在赶往医院的路上,本想去接老婆回家的,一听说是陈涛家出事,就掉头去了案发地点。他到的时候,刑警队的人已经控制好了现场。现场一点也不凌乱,看不出有被盗的痕迹。这是于超第一回来陈涛家,他一进门,就被室内的那种豪华感给怔住了。这是一座复式的楼房。三四层为一个单元。面积至少有两百平方米,装修十分考究。刑警支队副队长李大海向陈涛汇报,犯罪嫌疑人是从楼上卫生间划破玻璃入室的,初步认定是一个人作案,但这家伙显然是个高手,什么痕迹也没有留下。李大海还说,这个案子和"9·12"有几点相似之处,其一,都是一个人作案,没有同谋;其二,体貌特征有近似之处,比如说都戴上了马虎帽;其三,作案时间都很短,不超过十分钟。而且,那个人好像对陈涛家的情况掌握得很清楚,知道那个时候,陈家黑灯瞎火的没有人。于超就问:没有人? 那是谁报的案啊? 李大海说:是陈涛本人,他正巧这个时候回来了,险些……

于超问:陈涛呢?

李大海说:在楼上书房里呢,可吓坏了。于局,你觉得有并案的可能吗?

于超想了想,说:你先不妨这么想着吧,对外不这么说。

说完,于超就上了楼,推开了书房的门,看见陈涛正语无伦次地向询问的警察谈情况。见于超进来,陈涛便站起来,很委屈地说:于局啊,真是天有不测风云啊!下午我们还……

于超示意两个讯问人员出去,然后就在陈涛对面坐下,问:陈县长,是你本人报的案吗?

陈涛说:是我啊!

于超说:你下午不是对我说,要急着赶回县里吗?

陈涛叹道:唉,差点就丢了条命啊!

于超说:老陈,你别急,把案情经过慢慢对我说说。

案件发生的准确时间,推算应该是在昨天晚上十一点四十分。已经在去县里路上的陈涛,忽然想起来,把那种称作"掌中宝"的微型摄像机落下了。他下周要去威海、昆山一带考察城市建设,他要带着这个玩意儿上路,拍点参考资料。于是就原路返回,进了小区,他下意识地看了看表,差不多快十二点了。他匆匆进了家门,直接上了楼,正打算到书房里找"掌中宝",忽然电灯灭了,他还来不及反应,就被一个后面上来的黑影捂住了嘴,那家伙好像戴着马虎帽,嗡里嗡气地说:别出声,我只要钱!说着,就把匕首一类的东西——事后证明是一把尺子,横到了陈涛的颈项。陈涛吓得直哆嗦,说:好好,我可以给你钱……

那人就把陈涛押到卧室,看着他打开衣橱,再把一排优质的服

363

装撩开,便露出了暗藏其间的保险柜。接着,陈涛就把保险柜的密码打开了——那是他女儿的生日,很好记,所以很快就弄开了。那人先把陈涛送回书房,捆到椅子上,再用胶带封住了他的嘴,然后就上卧室装钱去了。整个过程不到十分钟。

于超问:一共丢失了多少钱?

陈涛很迟疑地说:多少钱我不是很清楚。钱一般都是我老婆管的,不过也不会很多……

于超问:估计有多少呢?

陈涛说:可能有五六万的样子吧? 都是她以前炒股时赚的。

于超问:还有其他财物丢失吗?

陈涛说:我老婆的几件首饰倒还在……哦,对了,我的"掌中宝"他好像也随手拿去了。

于超问:值多少钱?

陈涛说:是"索尼"的牌子,大概值一万多吧。那是我姐夫送我的,有发票……

于超想了想,说:这个家伙很奇怪,金银细软不要,偏带走了这个"掌中宝"。不会也是一个摄影爱好者吧? 那个人身高大概多少?

陈涛说:比我高……我当时吓晕了,说不准确……于局长,这案子能破吗?

于超点上香烟,笑了笑说:没有破不了的案子,只是时间问题。

7

尽管陈涛说被盗的现金财物总共不过六七万元,但被盗者是一个县长,是市委委员,所以案件还是惊动了有关方面。第三天上午,政法委书记和公安局党组集中听取了刑警支队副队长李大海的汇报。去的路上,于超突然接到了陈涛从县里打来的电话,说自己家的这个案子,想起来也没多大的损失,就不要再搞了。陈涛说,你们已经被"9·12"压得喘不过气了,我就不必添乱了。于超说,那你得自己回来办撤案手续啊,不过这个案子已经惊动上面了。陈涛说,还是别搞了吧,算了,我自认倒霉。于超说,我负责把你的意见带到。

在今天的会议上,政法委书记说,这起代号为"10·20"的案子不算大,但性质恶劣,影响极坏。大家想想,连一个县长家都被偷了,老百姓哪来的安全感呢?局长老宋补充说,外面对这个案子已经当成笑话谈论了。说那个小偷在陈涛同志家里偷取了好几百万呢。

于超插话说:局长,陈涛本人向我们介绍,只偷了几万块钱。

局长说:是啊,这都是谣言嘛。如果真有那么多,他陈涛可就麻烦了——一个处级干部,哪来这么多钱呢?

政委谭季平说:我看就是省部级领导,家中也没有这样的收入吧?

书记说:所以啊,要平息这些谣言,只能等把案子破了,抓到犯罪嫌疑人,才能使真相大白。这也是对陈涛同志负责啊。

于超说:书记,我补充一个情况,今天一早,陈涛给我打了电话,他的意思是说这个案子不要搞了。他说市局目前正在集中精力侦破"9·12",他家这点事实在算不了什么,大概就是这么个意思吧,倒是很体谅我们。

书记听了,皱了皱眉头,说:不,这个案子影响很大,必须搞,而且我还要你小于来牵头。

于超说:书记,我主要在忙"9·12",现在距离上级要求破案的时间已经不多了。毕竟"10·20"这个案子不大,还是由大海他们去办吧。再说我母亲……

局长老宋这时便和书记嘀咕了几句。书记看了看于超,问:你母亲情况怎么样了?

于超说:做了手术,正在化疗。

书记说:哦,多大年纪了?

于超说:六十四。

书记说:哦,那是要好好治啊。家中如果有什么困难,让局里帮着解决。

于超说:既然今天书记、局党组成员都在,那我就先向局里申请暂借三万元吧,半年之内还清,利息照算。

局长老宋说:你赶快打报告,我批。

于超回到家,陈芳芹正在把给婆婆炖好的排骨汤往保温桶里盛,见丈夫回来,就说:你回来了正好,把汤给妈送去吧。于超点点头,一边把公文包拉开,从里面拿出了五万块钱递给了妻子,说:你先把公司的钱还上,余下的三万交到医院去。

陈芳芹把手在围裙上揩了揩,接过钱,有些意外地说:妈的医疗费解决了?

于超说:还没呢,但我们有钱了。

陈芳芹说:你哪来的钱啊?

于超说:你说哪来的? 借的。找单位,找朋友,七拼八凑,借了十万呢。

陈芳芹吃惊地说:十万啊? 你以后拿什么还啊?

于超说:你这人,没有钱你埋怨,有了,还埋怨。先垫付一下,等县里医疗费批下来了,不就还了吗?

陈芳芹说:要是县里还批不下来呢?

于超气就粗了:那就把房子卖了! 我总不能看着我老娘去死吧?

陈芳芹委屈得也流出泪来,说:于超,你这人越来越不像话了。我这么问,是让你把问题想复杂一些,没有不给你妈治病的意思!

于超说:那你叫我怎么办? 我又没有一个像马师傅那样的弟弟,一甩手就过来几十万。

说着,饭也不想吃了,拎着保温桶又出了门。他带上门之后没有很快离开,而是站在自家的门外点上了香烟。他听见妻子在里面哭泣,一边哭一边骂他没良心,骂他不负责任,骂他没能耐,不像个男人。于超心里很酸,觉得妻子骂得辛辣,不无道理。对这个家,对他的亲人,这些年来他确实没有尽到责任。可是,妻子应该想到,在这个世界上,一个人尽责,往往是通过钱的方式来实现的。他缺的不是责任心,而是可以尽责的钱。他觉得妻子有一句话可能说错了——他的确没有多大能耐,但还是一个合格的男人。

于超带着排骨汤,去了医院。走进病房的时候,看见母亲正和小马瑾一边聊天一边用辫绳在编花,不断变换着图案。两个人合作得好默契,说得也很投机。马瑾说,奶奶,你的手特别好看呢。于文惠说,我这拿了一辈子粉笔的手能好看吗?马瑾说好看,马瑾说她以后也想当老师。于文惠说,好啊,那奶奶可以教你一些东西了。于超突然被这个场面吸引住了,他好像觉得,这个叫马瑾的女孩,就是自己的女儿。他的眼睛不禁湿润了。于超以前从未有过这种感动,他打心眼里喜欢这个女孩。马瑾看见了于超,昂起了头说:于叔叔,你来了?

于超走过来,把保温桶放在床头柜上。于文惠看见儿子眼睛红红的,就说:我不是对你们说了吗,工作都忙,就不要这样天天跑了。

于超说:再忙也得来啊。这是芳芹熬的排骨汤呢。

于文惠说:来,马瑾,咱们一起吃吧。

马瑾说:我爸爸一会儿就过来了。

于超说:马瑾,和奶奶一起吃吧,这样奶奶吃得才香呢。

马瑾就把自己的餐具拿了出来,于文惠先给孩子盛了一碗,再给自己装上。两个人开始吃饭,于文惠看了看儿子,感觉他明显地消瘦了,就说:于超,是不是案子压力很大啊?

于超说:压力肯定是有一点啊。

于文惠说:我看报纸上的舆论,对你们很不利啊。

于超说:舆论就是这样,当案子没破时,他们肯定要说你是饭桶的。

于文惠又问:医疗费怎么样了?

于超说:已经解决了。

于文惠似乎有点不太相信,说:是吗?

于超说:局里先帮着解决了一些,然后再和县里打招呼。

于文惠就叹道:你看,我这一病,牵动了这么多人……

于超说:妈,你就安心治疗好了。

正说着,马冬生来了,手里也提着一只保温桶,见到女儿已经在吃了,就说:好吧,我这里的就当晚餐好了。大家都很高兴,忽然小马瑾叫了一声:我的头发!几个人都看着孩子,看见孩子从头上轻轻地就拽下了一缕头发,孩子的眼泪就滚出了眼眶。

于文惠说:马瑾,化疗都是会掉头发的,不要害怕。头发掉了,以后还会长,长得更多、更黑、更好。你信奶奶这句话吗?

马瑾强忍着眼泪,点点头。

马冬生也没有再劝,和于超出去抽烟了。一到院子里,老马就流泪了。于超说:老马,你可不能在孩子面前这么脆弱啊!这种病,病人的精神状态是非常重要的。

马冬生说:于局长啊,幸亏有于老师做马瑾的工作啊,要不,这孩子早就垮了。

于超说:马瑾的病发现得早,不会有什么问题的。

马冬生抽泣着说:假如马瑾不在了,我也就不打算活了……

于超说:你看,怎么这么悲观呢?

马冬生慢慢平静下来,又对于超提起了钱的事情,说:于局长,你手头要是活动不开,可以从我这里先挪一点……

于超说:不用了,单位已经帮我解决了。

马冬生说:我说嘛,咱们可不就是不一样。你是国家的人,国

369

家不护着你们护谁呢？

这话说得让于超觉得有压力,他想这个马冬生的话没有错,事实也确实如此。比起这些下岗工人,国家公务员自然要优越得多。于超拉开公文包找烟,这时才发现自己的钱包落在家里了,就说：老马,不好意思,我今天还真得向你借点钱呢,钱包落家里了,我得去为我妈买个假发套……

马冬生便从口袋里拿出了两张一百的票子,问：够吗？

于超说：够了。昨天我打听过,一百六。回头我带给你。

马冬生说：这个钱你无论如何不能还,就算我表示对于老师的一点心意还不行吗？

这时,走廊上有护士喊老马去为女儿拿化验单子,老马便离开了。于超正打算把借来的钱装进公文包,忽然一条玫瑰色的亮线在眼前一晃,他定睛一看,发现纸币的水印位置上沾着一点颜色,那是口红。

那个晚上于超注定是要失眠的。技术鉴定的结果已经出来了,留在钞票上的口红痕迹与朝阳路工行储蓄所主任那支口红完全符合。在取得物证之后,于超立即从侧面对马冬生的情况做了秘密调查。马冬生,现年四十二岁,汉族,中专文化程度,是市棉纺厂一名电工,十年前离婚,两年前下岗。这个马冬生很聪明,作案之前就四处渲染他的钱与弟弟的接济有关。他确实有一个弟弟在深圳,但不是开公司,而是在某个公司当保安。于超心里很清楚,至此,这起轰动一时的"9·12"案件实际上已经告破了,他会马上命令李大海到医院去拿人,然后自己去政法委书记那里交差。我限期破案了,他会这样不无得意地说。但是,一个时间关系让他犯了迟疑。马冬生的女儿马瑾,是在9月7日那一天被诊断出患上卵巢癌的,可以肯定,这个马冬生作案的动机完全就是因为女儿的病。人都有被逼急了的时候,狗急还跳墙呢。可是,法律从来都是只认定事实而非动机的。马冬生这回犯下了不可饶恕的抢劫罪,这是重罪,所幸的是他没有伤人,否则他的脑袋就很难保得住。那个晚上于超几乎就没有睡,他半夜起来,在灯下画了一张草图,那是9月12日那一天,马冬生作案的行动路线图。最后,他制订出了一个仅限自己掌握的方案。

翌日上午,于超又去了医院。那时马冬生刚为女儿准备好早餐,于超便把他叫出来,两人还是像往常那样去院子里抽烟。点上烟,于超就把昨天借的钱还上。马冬生是坚决不要,于超说:老马,借的就是借的,好借好还。其实,你也不容易的,我心里清楚。

马冬生只好把钱收下,看看于超的脸,说:于局长,看你这脸色,不好啊。是不是为案子又熬了一宿? 你们那个案子破了吗?

于超说:你是说"9·12"吧? 还没有呢。老马,你好像对这个案子特别有兴趣啊。

马冬生迟疑了一下,说:晚报上一直在说呢。有线索了吗?

于超说:怎么说呢? 如果说有,那么就一定有,说没有,也就没有。

马冬生不解地问:这是什么意思啊?

于超说:很简单。一个人犯罪,往往就是一个念头的驱使。一个案子的侦破,往往也是一点就通。其实,每个人的血里都有犯罪的因子,或者说,每个人都可能成为犯罪嫌疑人。就拿"9·12"一案来说吧,假设我是那个犯罪嫌疑人……

马冬生笑道:你怎么会是呢?你是破案的嘛!

于超把烟蒂扔到垃圾箱里,说:监守自盗也很正常啊。

马冬生说:别开玩笑了……

于超说:那么,就假设你是吧。

马冬生怔了一下,说:行,假设是我好了。

于超看了看天空,又把脚边一块小石子踢开,说:你家是住在三桥河的南岸对吧?咱们就从这里开始。9月12日那一天,你一早就去了纺织厂对面的"柳岸小区"。你对这里很熟悉,下岗之后,你到处找散活,是他们的兼职电工,小区物业每个月开给你两百块钱。那天早上,天气开始有点阴晦,大概在上午八点半,你就绕进了那个无人看管的停车棚,偷了那辆红色的摩托车,这辆车你已经盯了几天,你知道它的主人许刚最近出差了。一个电工在没有车钥匙的情况下,开动一辆摩托很容易。然后你戴上了头盔和墨镜,绕开市区,从河边那条小路上了第二座桥。由于你很久没有骑摩托车了——曾经有过一辆,两年前就卖掉了——所以在桥上还撞倒了一个行人。如果是以前,你会停下车,送这个人到医院检查一下。但现在你有更重要的事情要办。然后,你就插到了朝阳路,那时大概是上午九点一刻,马路对面的工行储蓄所刚开门一会儿。你等候了十几分钟,看清走进那家储蓄所的人不算多,也只有一个保安,你就把车开到了对面,停好,没熄火,这才套上你们厂过去生产过的那种专门卖给乡下老农的马虎帽,拿着一支在超市买的五四式仿真手枪,身上捆着一包所谓的炸药——你不会使真的,因为你不会丢下你的命根子马瑾,我也可以保证你根本就不想伤人。你要的是钱,一笔不小的钱,因为你太需要这样一笔钱了。等你闯进储蓄所,所有的人都被你吓傻了,加上遇上那位能言善辩、晓以利害的司马教授,所以很快就得手。事情办得比你想象的要顺利得多。然后你重新骑上摩托一直向西行驶,目的是给后来的警方制造一个逃跑线路上的假象,让很多目击者好证明你当时是奔西而去了。但是,你在行驶几分钟之后,突然绕进了那个极不起眼的枣树巷,由此向北,直接插上了环城公路,之后向东走了两公里,便在途中那口破窑洞里扔掉摩托车和头盔,再换装搭乘7路公交车回到了你的家,棉纺厂职工宿舍——这是不是一个不错的行动方案啊?

马冬生的脸色已经变得很难看了,说:然后呢?

于超停顿了一下,难道还需要有"然后"吗?这时候,他听见走廊上护士又在喊着"4床家属"了,马冬生却没有动弹。于超就说:等有空我去你家接着说吧,护士在喊你呢。

马冬生就默默离开了。于超看着那男人宽厚的背影,忽然觉得心跳得有些乱。

8

冬天很快就来了。这短短的两个多月里,于文惠老师和小马瑾先后做了五次的化疗。按照治疗方案,再做上一次,就可以出院了。此时,她们的头发全部落光了,但是精神状态都显得不错。于超今天来医院,忽然发现母亲的情绪有点不对劲。原来是6床的病人,那个老知青昨晚刚刚去世。这个不满五十岁的女人当年响应号召去新疆插队,把青春献给了戈壁滩,直到三年前才病退回来。她的儿子今年考取了大学,而现在,孩子却没有妈了。老知青的去世,给于文惠带来了打击,她总预感到,自己的时日已经不多了。于超没坐上几分钟,就被刘院长叫去了。于超觉得,院长肯定是有不好的消息。果然,刘院长关上门就说:于局长,老太太的情况不太好啊。

于超一听,脑袋就大了。

刘院长说:这是CA-125化验的结果,指标又反弹了,按这个速度,上去会很快的。B超检查显示,左腹部又有了一个四厘米的瘤子。

于超问:您不是说,紫杉醇是目前治疗卵巢癌最好的药吗?

刘院长说:是啊,目前国际上都这么看的。同样的药,用在小马瑾身上效果就非常显著。这孩子目前各项指标都已经正常了,实际上是在做巩固性治疗。病人的情况千差万别,有耐药性,还有难治性。

于超说:那么,换一种药呢?

刘院长说:作用也未必就好啊。况且,老太太的体质是否能承受得了呢?有的药,比如说顺铂、卡铂、草酸铂,反应和副作用都是很大的。

于超说:刘院长,您觉得该怎么做呢?

刘院长说:我也很为难,再做第二次手术,又担心位置靠近尿

松下問童子
乙未湯平

道,不好处理;换药嘛,也只能是试试瞧了。

于超站起来,说:刘院长,我明白您的意思了。

刘院长说:很对不起啊,于局长。

于超说:刘院长,医生是治病的,不是都可以救得了命的,这我明白。

从刘院长那里出来,于超在走廊长椅上坐下,想让自己平静之后再去病房。没想到于文惠老师从病房里走出来了,看见儿子坐在走廊那端发愣,母亲心里就明白了。她慢慢走过去,坐到儿子边上,低声问:刘院长大概对你说了,我的情况不好吧?

于超掩饰着说:没有啊,她只说如果这个方案不理想,就换一种。

于文惠说:不要换了。毕竟是这种病嘛,还是办出院手续回家吧。

于超一愣,说:妈,你怎么想到了放弃呢?

于文惠说:不是放弃,是理智……既然医生拿不出什么有效的办法,就不要乱花钱了。

于超说:钱的问题已经解决了啊。

于文惠说:即使是国家的钱,也不可以乱花的。咱们还是出院吧。

于超说:妈,你怎么像个孩子似的?医生没叫咱出院,怎么要嚷着出院呢?

于文惠说:那你是希望我死在医院里,还是死在家里啊?

几天后,于超把母亲接回了家。那时陈芳芹因为单位的一宗经济纠纷案要急着去北京打官司,于超就和妻子商量,想让她借机联系一下北京的肿瘤医院,准备下一步带母亲去首都做最后的治疗。他说,现在,钱已经不是一个问题了。陈芳芹什么也没说,但她的目光告诉丈夫,现在到了钱也解决不了问题的时候了。于超把这个计划对母亲说了,不料遭到了坚决的拒绝。她说:我不会去的。化疗那个罪,我也受够了。你要是满足我,送走你媳妇就陪我回一趟学校好了。于超说,妈,这是两码事啊。我明天就送你回学校看看。

行前,于超想让母亲戴上那只假发套,于文惠没有同意,说我有围巾呢。我这个人历来就不喜欢假的东西。说着,就让儿子从箱子里找出了一条咖啡色大格子的羊毛围巾,那还是她结婚时丈夫替她买的。三十多年过去了,这围巾的颜色却看不出有什么变化。第二天一早,他们就上路了。让于超意外的是,母亲今天的气色和情绪都相当不错。一路上都在聊着儿子小时候淘气的事,等这些聊够了,于文惠问道:于超,你为我的病一共用了多少钱啊?于超说不多。于超说大头都是组织上帮着解决的。于文惠略带伤感地说:你看,我没有替你们攒上一笔钱,临了却让你们背了一屁股债。于超说,妈,为你治病如果不背债,那还叫你的儿子吗?

到了学校,于文惠才从张晓莹这里知道,何校长已经先她而去了。令大家意外的是,于文惠老师并没有过度的悲伤,相反,显得很镇定。她说,人生本来就是一个由生到死的过程啊,每个人最后都是要走这条路的。我唯一害怕的是,那最后的一段路是不是很痛苦。她还让张晓莹为她拉了一曲《莫斯科郊外的晚上》。然后,她当众向儿子提出了一个要求,等她死后,把她的骨灰撒在学校宿舍后面那片杉树林里。

从学校回来之后,于文惠老师的病情便开始恶化了,很快有了腹水。刘院长带着护士上了门,所采取的措施,也不过是希望病人走得安详一点。那些天,于老师都是昏昏沉沉似睡非睡。有一个后半夜,于文惠突然苏醒过来,把儿子叫到了床前,说:我刚才做了一个梦,梦见你父亲回来了。于超很诧异,说:你怎么会梦见他呢?于文惠说,也许我没几天日子了吧……可我怎么也看不清他的脸,只识得声音。他对我说,他没有死,不仅没有死,还赚了不少钱,知道我病了,想回来看看我,然后带我去国外最好的医院治病。我说,你别回来。都三十七年了,还回来干什么?他坚决地说,我一定要见上你一面啊!我说,都这么老了,还见什么呢?你年轻时候的样子还是很精神的,如今恐怕也是老得难看了。我情愿带着你年轻时的样子走呢。

于超把母亲的手握着,那脉搏越发地微弱了。第二天,即2003年12月15日,于文惠老师就没有再醒来。

于超后来知道,也就在这一天,4床的小姑娘马瑾病愈出院了。这个消息,是马冬生电话通知他的,老马还说过几天要带女儿来看看于老师。于超没有告诉母亲去世的事,只说,老马,你来我是欢迎的。最近有寒流,就别拖累孩子了。马冬生停顿了一下,说,那也好。那些天于超显得有些烦躁,每天都看看日历,日子就这么一页一页地翻过去了,忽然就觉得人生有时候真的显得很漫长了。

今天是12月25日,是母亲去世后的第十天,陈芳芹从北京来电话说,明天要回来了。陈芳芹至今不知道婆婆去世的消息,于超没通知她,主要是怕她不好分身。他想等妻子回来了再做一个交代。他需要向妻子作一个完整的交代。这天的时间他安排得非常紧凑,上午,他在忙着打扫家庭卫生,下午去了自己的办公室,把一些材料集中装到了一个文件柜里。然后,他打开了保险柜,把那份在口袋里装了一百多天的辞职报告,压到了手枪下面。等这些都做完了,他回到家里,舒服地泡了一个澡,从里到外换下了那身警服。外面的天早已黑了,现在,他得出门了。他想先去一趟马冬生的家。其实三天前的晚上,他就曾经悄悄去过棉纺厂那幢破旧的筒子楼,已经到了马家门口。他站在阴影中从窗户上往里看,觉得这个家很不像个样子,两间房子,老马正蹲着在给女儿洗脚。洗好了,再背进里屋。于超在门外抽了一支烟,想想还是把脚收回了。这个老马啊,他想,怎么就不上门来看看我呢?你到底还要让我等多久?

于超把车钥匙掂了掂,刚准备出门,见马冬生手里拿着一束百合花,身上还背着一个鼓鼓囊囊的大挎包,站在门外。于超立刻就明白了,心下一热,说:老马,你到底还是来了?

马冬生平静地说:我今天来,一是看看于老师……

于超说:进屋说吧。

马冬生便走了进来,随于超走到客厅,一眼见到了于文惠老师的遗像,就扑通一声跪下了,泣不成声地说,于老师啊,我想看看你啊!

于超把马冬生扶起来,让他坐到沙发上,给他倒了杯水,然后从口袋里拿出了母亲那个玉兔挂坠,放到了茶几上,说:这是我母亲留给小马瑾的,她们都属兔。

马冬生哭泣着说:这是个念想,我真的不敢收啊!

于超停了片刻,说:收下吧,这是我母亲的遗愿。

马冬生抹了抹眼泪,说:于局长,我知道你等我好久了。可我必须先把马瑾安排好……

于超说:你安排好了吗?

马冬生说:我昨天已经把农村的一个表妹接来了,她说可以照顾马瑾。

于超说:这就好。以后有什么困难,可以和我……我爱人联系。她人很好的。

马冬生把那枚玉坠握在手里,说:于老师把这么贵重的东西留给了马瑾,我真的不敢收啊!

于超说:老马,送你的东西和你拿的东西,意义是截然不同的,这个你懂吧?

马冬生说:我懂。

于超说:除了行贿,赠送的都是礼物。可拿的东西是什么呢?非偷即抢吧,是不义之财,要烫手的。

马冬生点点头,说:于局长,你说得好啊,我也是这样想的,自从那天你对我"假设",我就开始做准备了。你看,我把洗换的衣服都背来了……

于超说:什么都别对我说,明天你先去把你欠下的债还掉,再到该去的地方把该说的话说出来。

马冬生说:可我拿什么还呢?

于超拉开皮夹克,从内衣口袋里拿出了一张现金支票,说:用这个。

马冬生吓了一跳,说:三十万?你,你哪来的这些钱啊?

于超:这个你就别问了……

马冬生说:我今后如何还你?

于超说:不用还了。我说过,送你的就是送你的。

马冬生又跪倒了。于超扶起他,说:老马,咱们都是男人吧?什么是男人?四个字——敢作敢当。走吧,再陪女儿一晚。咱们一起走,我可以顺你一段路……今晚我还有点事,还得去一趟"锦绣花园",会一位老朋友呢。

于局长?这么晚了,你……

是啊,打搅你了。就你一个人在家啊?

老婆带着儿子回娘家了……

这么大的房子,你一个人住,多冷清。

谁说不是呢!

那我得替你找一个热闹的地方了。

什么地方?你不会也拖我上歌舞厅吧?

你跟我去就知道了。

你……

别担心,我会陪着你去的。我老婆也回娘家了。我也怕寂寞。

女人都这样,自从家中被盗,我老婆就……

哦,对了。我今天来,是告诉你,你丢失的那台"掌中宝",我替你找回来了……

案子破了?

我说过,没有破不了的案子,只是时间问题。

我不是说,那案子不要搞了嘛!

不,要搞。要搞搞清楚,我就是吃这碗饭的嘛。很遗憾,你的钱没有了……不过,钱的样子都在这"掌中宝"里,除了人民币还有美元、港币,除了现金还有存折,很壮观啊,要一起看看吗?

不,不看了……好个于超,我明白了……

明白了就好啊。那咱们走吧!我会一直陪着你的。

我能不能……

你什么也不能了,陈涛!

这个晚上于超后来给政法委书记去了电话,向他郑重汇报说,本市今年发生的"9·12"和"10·20"两起案件都已告破。书记一听,显得有点不敢相信,便问:都破了?

于超说:是的,至少是这两起吧——你们不是习惯要求限期破案吗?关于陈涛家那个案子,我会当面向你汇报的,把一切说清楚。

2003 年 12 月 6 日　北京寓所

(原载《人民文学》2004 年第 4 期)

对　　话

1

　　金萨克是杭城一家酒吧。它的营业时间自下午一点开始至翌日凌晨。据店主介绍,在开业之初的几个月,生意一直不怎么样,但不久就好了起来。现在,金萨克已是颇有名声的酒吧了。每天夜晚,酒吧的客人总是很多。人们喝啤酒、洋酒以及各式的时尚饮料,听一位女歌手唱英语歌,听另一位男摇滚歌手唱摇滚倾向的流行歌,低声讨论物价、股市和爱情这些话题。到子夜,大家不约而同地静下来,幽蓝的灯光下一位萨克斯演奏者登场,在电钢琴师的伴奏下,开始用这件著名的西洋乐器演奏同样著名的中国乐曲《梁祝》。而这个时刻,从边门里走出一个理平头、手提一只保温桶的男人。他上楼,在靠近窗口的那张台子坐下来。显然男人是老客,店主一般是把这个位子留给他,而且还给了他一张制作考究的贵宾卡。男人看上去接近四十岁,个头不高,壮实,背稍有点佝。他总是要一杯生啤,偶尔也要一点小吃。他一边喝酒一边听萨克斯,不同边上人交谈。但这个晚上,一位还算年轻的女人坐到了他的对面……

　　女人:可以坐这吗? 这儿离空调近,我很热。

男人:请稍微坐偏一点,我没别的意思,我只是想看到一点街景。

女人:杭城的夜景还不错的。

男人:当然。洒水车再多一点就更好了。

女人:我没想到……我是说我没想到萨克斯吹《梁祝》会有这么好的效果,真没想到。

男人:你很懂音乐?

女人:谈不上懂,就喜欢吧。我曾经想学声乐,但条件不好,音域不宽,音高还可以。你是搞音乐的?

男人:不不,我这双手顶多敲敲电脑吧。音乐需要天赋,不是我这种人能做的。不过听听也蛮好。

女人:对。萨克斯的样子我也很喜欢。

男人和女人这之后几乎没有再说什么。他们好像在专心听萨克斯的声音,男人慢慢喝着啤酒。有几次他想抽烟,但都自动放弃了。《梁祝》奏毕,他们鼓掌。男人的手再次放到烟上。

女人:你想抽烟是吗?

男人:不好意思。

女人:请随便吧。酒吧是公共场所,是花钱买的座,要是因为我坐在你对面,不好意思的应该是我。

男人:你别这么说……其实我抽烟有时候完全是下意识的动作,抽不抽也是无所谓的。

女人:那又何必呢?你抽吧。男人抽起烟显得精神,我不是说你不精神。

男人:那是电影电视上的男人。我抽烟只是嗜好,而且我从二十一岁开始,就抽这个牌子的烟。

女人:你这人一定很传统。我是随便说说的。

男人:没关系。很多人都说我很传统,连我妈都这么说过。

女人:看不出你还很幽默。

男人:我幽默吗?这倒是头回听见。

女人:你是不是天天来金萨克?

男人:经常来。

女人:我碰见过你,总拎着这只桶。

男人:是保温桶,装点吃的。我上班的地方比较远,食堂的饭又不太好吃,就每天自备一份中餐。晚餐就凑合过去。

女人:其实晚餐比中餐重要。晚餐要吃好。

男人:可我没有时间,转不开。

女人:而且你这种桶装吃的,口味肯定变了。

男人:有营养就行。

女人:长期这样恐怕不好。

男人:是呀,也许过些日子就好了。我倒是习惯了,所以也看不出有什么不合适的,就是上车不太方便。

女人:干吗不买辆摩托?

男人:我是想买,可我女儿不同意,她说报上总看到摩托出事。

女人:女儿多大了

男人:今年十岁,上三年级。

女人:孩子倒蛮懂事的。

他们谈到这里同时沉默了。萨克斯手开始演奏一首外国乐曲,听起来有些忧伤。男人把最后一点啤酒加到杯子里。女人的柠檬茶也剩下不多了。男人看看窗外,街上已经很安静,没有几辆车在动。杭城的夜很朴素,然而依然很热。夏季是杭城最无奈的季节。女人用汗巾仔细擦了擦嘴和手指,然后对黑马夹招招手,把"贵宾卡"和钱递过去,她要走了。

男人:你也常来?

女人:来过几回。你慢慢喝,我走了,明天上午还有点事。再见。

男人:再见。

2

男人和女人在一周之后第二次见面。还是男人先到,他边抽烟边对门口看看。女人进门后,男人站了起来。女人在楼梯口处停了一下,那儿有一盏灯。女人进门时其实就看见了男人,他今晚穿着一件 U2T 恤。女人还看见了那只保温桶放在窗台上。在楼梯上女人同店主打了个招呼,好像还送给店主一件什么小礼物,然后就向台子走来,男人再次欠了欠身。

女人:来多久了?

男人:刚来一会儿。《梁祝》才吹呢。

女人:这几天你天天来?

男人:星期四没来,加班太迟了。

女人:这件 T 恤不错,谁帮你挑的?

男人:我自己挑的。我都是自己挑。

女人:你眼光不错。

男人:瞎碰吧。

女人:皮肤黑的人不要选亮色。

男人:我皮肤……哦,现在是黑了,晒的。

女人:你别介意,我说话很随便的。

男人:这样很好。

女人:你在医院工作?

男人:不,我是在企业干。

女人:那你身上怎么总有股药味?

男人:是吗?

女人:我鼻子很尖的,确实有药味。

男人:是不是我去药房买风油精的缘故……你还要柠檬茶还是别的?今天我请你好吗?

女人:不用客气。我和朋友聚会一般都是AA制。

男人:当然也有特殊的。

女人:你真要请我,那我就要人头马了。

男人:好,人头马,我也要。我今天就是有点想喝洋酒。

女人:算了,还是AA制吧。

男人:你看,说好了又变。

女人:要不我请你,两杯柠檬茶?

男人:我不喝柠檬茶。饮料和茶兑在一起,我无法想象是什么滋味。

女人:那就尝一尝吧。

男人:不行不行,怎么说应该是我请。

女人:你这人很要面子。

男人:也可以这么说吧。你能再来,我很高兴。

女人:我是经常来的。

男人:这,这当然……

女人:对不起,我确实经常来。这个时期我睡眠很糟糕。

男人:光听音乐不行,你得去看医生。

女人:谢谢。可我不怎么相信医生。我也不喜欢医院,进了那个环境,好像没病都病了。

男人:你对这些很敏感。

女人:是指你身上那股药味吗?

男人:你还惦着这事……下次我来,一定先洗好澡。如果还有药味,那就说明我这人是药做的。

女人笑了,身体稍稍朝后靠了靠,这使她的乳房看上去更饱满。女人是漂亮的,两眼明净,眉毛很浓,自然。萨克斯在演奏那支苏格兰老曲子,边上的一对年轻男女在低声嘀咕,说这儿缺少一个小舞池。人头马已放置好,男人向女人举起酒杯,女人又笑了一下。他们喝酒,正准备交谈下去时,男人腰间的BP机响了。他看了一下,女人从包里拿出手机给他,可他有点沮丧同时又有点慌乱地说,他有点急事,得先走。女人没说什么,又喝了口酒。男人拎起保温桶走开,在楼梯上犹豫了一下,他又跑上来,找到黑马夹把单买了。他看了一眼女人,此刻她的视线正放在窗外。她的背影也很漂亮。

3

大约两个多月过去后,男人在一个雨后的黄昏走进了金萨克。这个时间,酒吧里没有表演,也没有什么客。背景乐曲低弱地响着。男人还是朝楼上的老位子走去,他刚上楼,就发现了那个女人。除了第二次女人在楼梯处停留片刻外,男人是在正常的光线下见到她。这回男人发现,女人的皮肤也很白皙。女人还是喝柠檬茶,正用小勺子挤压杯中的柠檬片。男人走过来,女人显得有些意外,甚至有些紧张。她的小勺子用力不匀,使茶水溅出了一点。

女人:来了,这么早……

男人:今天没什么事。你也很早。

女人:那只桶呢?

男人:扔了。

女人:扔了?

男人:扔了。我想想还是扔了……我用它有六年了。

女人:你调动工作了?

男人:调动工作? 没有,我的工作还不错,没想过要调。

女人:那么,就是单位的伙食改善了?

男人:你还是在说那只桶……伙食并没怎么改善。我只是不想再拎一个东西在手上,或者说不需要。现在我两手空空,很自在。你看,我们坐在这里像是专门来谈那只桶似的……

女人:你现在真的很轻松?

男人:是的。

女人:六年,不容易。你该轻松轻松了。今天我想请你,想喝什么?

男人:扎啤吧。

女人:先吃晚饭吧。你肯定没吃。

男人:这儿是没有饭菜的。

女人:那你干吗来这么早?

男人:我想占这个位子。我喜欢这个座,怕来迟了。

女人:那也得吃了饭才来呀。

男人:在路上我吃了一笼包子。

女人:你这人很倔……晚餐还是要吃好一点。

男人:现在我一见厨房就发怵……

女人:那对孩子也不合适。

男人:孩子和我妈在一起,会吃得好的。

女人:是这样……住多久了?

男人:也是六年。你吃了吗?

女人:你看呢?

男人:走,我们先出去吃点东西。我最近赚了点钱,我们去好点的场子。说好了,我请你。

女人:我哪儿也不想去。我有点累,不想动。

男人:可这儿没有吃的。

女人:要不这样,咱们先聊会,然后去吃消夜?

男人:这样安排好。你饿吗?

女人：女人是不容易饿的。何况我在减肥。

男人：你没有必要减什么肥。现在这样，蛮好。

女人：我还是想减掉一点。

男人：不不，一点也不要减，真的。

女人：我是不是比上次又胖了？

男人：我不觉得。其实胖一点有什么不好呢？

女人：你还是觉得我胖了。

男人：你看，我这人真的不会说话了。

女人：我是胖了嘛。

男人：就算是吧，但我认为很好。这个年纪的女人应该……丰满一点，这样显得……

女人：愚蠢？

男人：是……性感。

女人：哦，这样。

男人：我这么说你不会生气吧？

女人：你没说错什么。

男人：谢谢。跟你聊天很轻松。

女人：是吗？我想问一下，今天你怎么来这么早？

男人：我说过了，我想占这个位子。而且……

女人：而且什么？

男人：我有一种预感……

女人：预感？

男人：是预感。

女人：你很相信预感？

男人：是的。我有一次打麻将,本来可以和了,六筒,但我预感还会再来一张五筒,结果打出去的三筒让人碰了,然后我自摸了,单吊。

女人：常打麻将吗？

男人：不常打,只和几位朋友。他们找我。他们非常好,知道我……

女人：知道你很累,来帮你散散心？

男人：你怎么知道？

女人：我也相信预感。你现在可能不会再玩麻将了吧？

男人：你……你是这么想的？为什么？

女人：因为你不需要拎那只桶了。

男人：你是……

女人：你身上也不会有药味了。

男人：……

女人：你不容易,六年,不容易。

男人：……

女人：你是个好人。

男人：你是谁？

女人：以后我会慢慢告诉你的。来,我们先喝一杯好吗？

4

这以后男人每天来金萨克,可是女人突然消失了。男人一个人坐在老位子上,重复每夜的生活。在他的对面,轮换坐着不同的人,奇怪的是都是女人。这些女人也不时同男人聊上两句,男人只是敷衍。他在反省,是不是由于自己的出言不逊而使她不再露面?那时男人便有些沮丧。他这辈子有不少睡过觉的女友,但能聊天的女人却很少。随着年岁的增大,聊天好像越来越重要了。男人在忧郁中度过了炎热的夏天。在这一年秋天刚刚开始之际,男人在酒吧的门口发现了那个女人的身影。他喊了她。她像以前那样开朗地笑了一下。她的牙齿洁白如玉,但她的气色却不如以前,显得有些灰暗。他们握手,然后去了老位子。这个晚上酒吧的客人不多,很幽静。那名萨克斯手换上了一副金丝眼镜,依旧吹奏着《梁祝》……

男人:见到你,我真高兴。

女人:谢谢。你好吗?

男人:还行。我刚刚写完那个臭稿子。

女人:我读过你的书。我早知道你不在什么企业。

男人:我,我那是随便说说。你好像还知道我许多事,你很聪明。你最近怎么不来这儿了?

女人:我在办离婚。

男人:离婚?办得……怎么样?

女人:总算办完了,像生了一场大病。

男人:你气色有点不好。

女人:气色不好倒没什么。现在我轻松了。

男人:轻松就好。你要不要先喝杯柠檬茶?

女人:今天我想喝酒!

男人:人头马?

女人:不,扎啤。我其实不喝洋酒,味道像药。

男人:你对药特别敏感。

女人:我那位是医生……

男人:哦……

女人:在××医院……

男人:是这样……

女人:现在你该知道了吧。

男人:我没想到……

女人:如果不是那只保温桶,我们可能不会认识。

它太让我眼熟。我在电梯里就见到过,可我确实记不住你的样子。你想想看,六年,我能不熟吗?

男人:这么说,你一开始是在试探我?

女人:也可以这么说吧,请原谅。

男人:我早该想到。

女人:她走的时候,痛苦吗?

男人:还算好,说走就走了。那天晚上……

女人:你赶到了?

男人:赶到了。我从这儿赶到医院,她的神志还算清楚,我握着她的手,女儿也在边上……她走得还算平静。我把她送回了老家,和她母亲葬在一起……

女人:她在的时候,你们过得好吗?

男人:应该说还好,就是没什么话说。

女人:现在很多夫妻都没有话说。也许恋爱的时候都说完了吧。这好像是规律。

男人:那倒不是。

女人:我觉得是。没有话说,很糟。

男人:说话在你看来特别重要。

女人:本来就重要,你不这么认为?

男人:前几年我倒不觉得,可能是我老了吧。

女人:别逗了。

男人:是的,我现在特别喜欢回忆,这种心态就是老了。

女人:那是你们文人的酸劲儿。

男人:我好像对什么都很难产生激情,这很要命的。我甚至怀疑有一天我会把自己弄掉。

女人:你别吓我。唉,你这是累出来的,我能理解。

男人:其实,人生本来就太长了……

女人:这种话你留到你小说里去写吧。我到这儿来,是想轻松一下……我喜欢听萨克斯。

男人:我想问一句,如果在听我说话和听萨克斯之间选择,你选什么?

女人:我当然选听萨克斯。你是不是很失望?

男人:这是对的。

女人:对的?

男人:与人交谈太具体,与音乐就是抽象。抽象是美。

女人:不过在听完音乐之后,我选择听你说话。

男人:这种安排不错。

女人:至少不需要付钱是吗?

男人:可现在我不想说。我想我们该出去走走了。

女人:我想说。

男人:如果我们之间的话很多,就留着以后慢慢说吧。以后的日子很长。

女人:有多长?

男人:那要看你的身体状况了。

女人:我这种人可不容易被勾引的。

男人:你认为此刻我在勾引你吗?

女人:……

1997 年 6 月　合肥

(原载《东海》1997 年第 9 期)

1962年,我五岁

戏园子边上有口井。

井老了,口上净是绳槽。看不见有人来洗菜淘米,连洗衣的人也看不见。外婆说,人身上油干了,衣就不脏。井台上生了青苔,麻雀这会儿不来了。井水清,伏在井口能照见脸子。喊一声,嗡嗡的,像个老人。外婆踮脚摸来,扒开屁股就打。外婆从不急着来撵,怕把我撵下井做鬼。

日头移到顶上,暖得想困。肚里一响接一响,得去戏园子找妈,找外公。我带着我的勺我的碗,戏园子一会儿要发饭。躲了外婆,到树后面撒尿,看见树皮给人剥了,昨天还在呢。剥了皮的树丑。戏园子还响着锣鼓,咚咚锵锵,肚里就更响了。妈说剧团正赶排新戏,给省长看。省长比毛主席只小一级,薪水不算少。外婆说,省长是个麻子。外公说不是,是斑。麻子是天生的,斑是熬夜熬的。外公说,这年月当个省长也作难。

进了戏园子,大人们正摆着姿势照相,要往报上登。妈拿着比我还大的玉米咧着嘴笑。妈好久不笑了,看着看着就不像是妈。她不看我,让照相的人支来支去。照相的人也是省长带来的,插着两支钢笔,像个老师。我走到院子里,几个晒太阳的男人拢过来,摸我的鸟。我夹着腿喊妈。有人问:说,留鸟做么子?我说:做种!

大人笑,举我,把我腿分着叉到他颈上。我被顶到后台化妆室,那人就几笔把我勾成花脸,送到照相师面前,让我比画一个端膀。照相师没有叫我笑,只数一、二、三,就"咔嚓"一声。我说:我要吃饭。

妈给我洗脸,自己也洗,边洗边说:你总是这时辰来,还夹着碗!我说我要吃饭。妈说你就知道吃饭,哪天不是让你吃饭的?让你吃过菜吃过糠么?外公走过来牵我:走,家去吃。我说家里没有饭,食堂有。外公说:我们打回去吃,外婆还煮着鸡蛋呢。妈去食堂买了两碗饭。外公问:怎么两碗?妈说,省长夜里看戏,县里招呼主要演员今天加一碗。妈又说,这饭寡口吃也香。外公说,天天吃萝卜,嗝气和放屁都是一样的味。妈说,下个月又得配一半糠了,还好,是细糠。外公看看天,说:熬过春上,兴许就如意了。

外婆真煮了鸡蛋,是拿银簪子同江苏佬兑的。外婆说,吃了鸡蛋,我该进幼儿园了。外婆说:好好念书晓得么?给你老子争口气晓得么?妈打断说,莫讲了。我看看妈,她变得不高兴。我就问妈:我老子是哪个?妈说吃你的饭!

有人进家,是侉子。他是我表舅的儿子,比我大也比我瘦。外公问:你怎来了?你父亲呢?侉子说:在窑上,做碗。外公就叹:饭都糊不到嘴还做什么碗呢!外婆问:是你妈唆你来的吧?侉子不作声。妈拉过侉子,把自己的饭给了他,说:吃一半,带一半回去给你弟。侉子说:弟死了,不用带。侉子就埋头吃起来。外婆舀两勺鸡蛋给侉子:弟几时走的?侉子伸出三根指头。外婆点点头:有三天了,葬下了吧?侉子摸摸嘴:找人讨了个旧箱子,是樟木的。侉子很快吃完,舔着嘴看我的饭。我用胳膊护着碗,瞪他。外婆又盛了碗萝卜给他,他又哗哗吃光了,还舔嘴。外婆就把侉子领进了厨房,让他喝萝卜汤。

妈看着我把饭吃尽。妈说:你一点也不剩呢。我说,我剩的你吃么?妈说:狗剩的我也吃。

省长来看戏了。戏园子里多加了两盏汽灯,好亮堂,可是还看不清省长脸上有没有麻子。他是个矮胖子,头发往后背,一身都是黑呢料子。省长边上是县长,他们一边看戏一边说着什么,省长不时一笑,牙好黑。

都说妈在戏台上会变。妈今夜变得好小,梳两条小辫,拿一把红伞。戏也小。叫《抢伞》。说一老一少划着船去见下乡来的毛主席。太阳太晒,他们生怕毛主席晒黑了,抢着去给毛主席送把伞遮日头。我不懂。晒黑又不是病。倒是应该给毛主席送饭去才对,不能饿着。我跑到第一排,一会儿看台上,一会儿扭过头去看第五排的省长。汽灯咝咝地响。我憋着尿等毛主席出来,可他就是不出来。我认得毛主席,家家都贴他的像,好大好大。他的头发式样街上看不见,下巴上有粒大痣。外婆说这是福相。中国算毛主席最大,第二大的是刘主席。可外婆又说省长只比毛主席小一级……

忽然汽灯出了毛病,明一阵暗一阵。几个人扛着梯子跑上台,打汽,换纱罩。县长站起来,站着向台上吼:怎么搞的?台上的人就更忙更乱:瘦长子团长跑来给省长县长倒茶。县长又说:不是都吃饱了吗?省长就笑笑:饭也不是万能的嘛。算了,等吧,戏还是很好,可以拉到省里去演演。不多会儿,汽灯又弄得大亮了。锣鼓咚咚锵锵地响起来,接着演。

没有看到毛主席,我不高兴。后面的戏我也不想看了,就跑到后台。妈正洗脸,我去外公那里。外公今夜不唱,在后台替人穿衣,无事就坐在衣箱上吧嗒着黄烟。我对外公说:你们骗人,毛主席没有来,还送什么伞!外公说,毛主席在北京呢,怎会来?我说,戏里说来了。外公说:那是戏。戏是扮的。我问:就不能扮一个毛主席么?外公磕磕烟筒:毛主席不能乱扮。妈收拾好过来,说:走吧。边上立即有人说:不能走,待会儿省长要接见,要合影。完了还要留下来开会学习。妈说,都几点了,还学习?那人说,还不是汽灯惹的事,肯定学。妈就让外公领我先走。

外面的月亮毛毛的,像个坏汽灯。路过老水井,外公说,我一岁的时候,外婆抱我从戏园子夜里回来,在井边碰见了狼。外婆差点吓死。我问:狼呢?外公说狼到别处找吃的去了。要不,就是人把狼打了吃了。

我上幼儿园了。妈给我买了蓝书包,装了本子和铅笔。可是幼儿园不写字。阿姨只教唱歌,做游戏。有一支歌叫《红色妹妹》,不好听。游戏也不好玩,丢手帕,丢到谁后面谁还是唱歌。幼儿园就是唱来唱去。一支歌唱下来,小朋友都叫饿。第一天,幼儿园还给每人发两块饼干。第二天发一块,第三天就不发了。大家一叫饿,阿姨就生气。阿姨说:饿什么饿?我还饿呢!大家害怕了,再唱,喉咙出奇的小。阿姨也不想教,靠在门框上闭着眼晒太阳。

阿姨好胖。外婆说那不是胖,是肿。阳光下的阿姨总是亮亮的。

我不喜欢幼儿园。第四天我就不想去。外婆哄我,说好好念书,日后有出息了当省长。当了省长就不饿了。我骗外婆,她一转身我就溜上了街。

街上的店越来越少。昨天落过雨,石板路上晃着人影。我看见了一辆小汽车,黑的,像只馍。街两边的人都伸出头来看,说是省长的车。汽车喇叭一响,大家的头又都缩了回去。我好高兴,追着汽车跑。有人认得我,说呀,摸摸裤裆看,卵子可还在?我还是跑。一阵跑下来,又饿了。我不敢回家,怕妈打,就坐在水泥管子上看天。天上没有一只鸟,云倒是散了,太阳显出了脸子。忽然街上又响起来,两边的人又伸出头,往深处看:劳改队来了。我站在管子上,看见劳改队的人都拉着板车,他们去修大桥。劳改队的人低着头走,不少人都戴着眼镜,是发的吗?在劳改队的后面是两个背大枪的兵。那是真枪,比戏园子的枪好。

劳改队从我边上走过去。一个,两个,三个,四个,五个,六个……有人把我抱下来,说:回家去。我看看那人,好黑,也戴眼镜。那人塞给我一块山芋粑,就走了。

中午回来,妈正洗着衣,见面就问:放学了?我嗯了声,把书包丢到凳上。妈又问:今天学什么?我说还是唱歌。妈问什么歌,我答不上,想躲。妈一把扯住我,照屁股两下,脸一虎:你这不争气的东西!你这么小就逃学,就扯谎!你老子晓得,还不给气死?我吓得躲到床底下,听见妈对外婆说:人家看见了,在街上追汽车呢!今天不给他饭吃,饿他一顿!我在床底下说:我不饿,劳改队的人给了我山芋粑。妈停了好大一会儿,突然哭起来。妈一哭,我就好难过。我从床底下爬出来,跪到妈面前,也哭。

外公什么也不说,低头咕噜着水烟袋。这会儿他手里的草纸媒子怎么也吹不着。外婆就将烟袋夺了:吃了饭你去桥上看看,那人可缺衣短衫,就晓得抽!外公说:报上讲"右派"还是人民家里的矛盾,怎的一劳改就没个头呢?外婆说:早知这样,还不如判个三年五载的,这会儿也释放了。外婆说着眼也红起来。

他们说的我听不懂。

到了夜里,妈散戏回来,把我抱到她床上。妈问白天给我山芋粑的那人可好?我说好。妈又问:你晓得那是你什么人吗?我摇摇头。妈说:是你老子,你爸。他离你时你才半岁。你鼻子不通,鼻涕出不来,他就用嘴吸……不是天下每个老子都能这样做的,你要记住。我说,我不逃学了。

戏园子里来了个新人。每天一早,他就在井边上洗脸刷牙,过后便唱:雄鸡,雄鸡,高呀么高声叫,叫得太阳红又红。外公送我上学,喊那人作饶老师。我看清了他是个跛子,就问外公:跛子也唱戏么?外公说:他拉琴。外公又说饶老师原来不跛,修桥时给砸的。饶老师拉小提琴。每夜演出,他总是站在侧幕边上拉,支着跛腿,晃来晃去。生人见了都不以为他跛,觉得小提琴就该这么拉。

饶老师对我好,给我糖吃,说我的鼻子生得像我爸。饶老师也是劳改队出来的?我就问了,饶老师说是。妈拉我过去,说我不懂事。饶老师说:这伢懂事,聪明。

夜里,我困不着,在帐子里玩饶老师给的糖,还剩三粒,就剥一粒吮几口,又用玻璃纸裹上,塞在枕头下。妈散戏进家,外公和外婆便过这屋来,把煤油灯拨亮。外公问:饶老师怎的放了?妈说:他摘了帽子。外婆说:我家那人的帽子呢?妈叹口气说:他犟呢。非说自己不错。非要吵着平反。外公问:可平得掉?妈说,听省里那个记者讲,是在平,先党内后党外,等吧。外公放下水烟袋:万一平不掉,先把帽子起了也中,老放在桥上不是事。隔日我再去同他言语言语。

大人的话我一句也不懂。后来我梦见我也戴了顶帽子,街上的人都看着我笑。原来我光着屁股。我捂着鸟跑,捂着捂着就尿床了。外婆替我换垫絮,说:都五岁了,还当水佬?我对她讲了刚才那个梦。我说我也要戴帽子。外婆一听就骂我。

我跑到了中班。中班不是天天唱歌,阿姨还讲故事。这个阿姨跟妈一样小,也好看。原先那个胖阿姨因为偷我们小朋友的饼干吃给开除了。小阿姨的故事里没有神仙也没有鬼,不同外婆的。外婆喜欢讲孙猴子猪八戒,小阿姨讲小白兔和大萝卜。小阿姨还让我们做拔萝卜的游戏,问谁来装萝卜?大家都举手。小阿姨觉得奇怪:怎么都喜欢装萝卜呢?一个小朋友说:装萝卜就不饿了。小阿姨点了头:哦,是这样,那就轮着装吧。

有一天,小阿姨把我叫到她房里,拿出一把花生给我吃。她低声问:你爸还在桥上吗?我点点头。她又问:几时能回来?我摇摇头。小阿姨说:你爸是我的老师。你想不想你爸?我说不想。小阿姨眼睛一大:不想?我还想呢,你爸人好。

中班的日子过得快,眨眨眼,厚衣可以脱了,街上的树慢慢绿起来。不知哪来的两只燕子,在我家屋檐下做了窝。

夜里我还是去戏园子看戏。幕间休息,我到后台讨水喝。外公把他的小泥壶递给我。饶老师歪过来,对外公低声说了些什么,外公就去找妈了。瘦长子团长叼着纸烟、披着衣在边上走来走去,问我:你爸可回家了?我摇摇头。我不喜欢这个团长,他的牙齿又窄又长,指甲也是。过了会儿,外公从服装室出来,向团长请了假,说送我先走。团长把头一点:走吧。

远远地看见家里亮着灯。外婆还在纳鞋底呢。起风了,外公拢着我,他的手很凉。路过水井,我问外公:井里有鬼么?外公说,鬼不会住到井里。我就问鬼住哪里?外公说,鬼混在人中间,分不清,但不会讲人话。我还是有些不懂。

推开门,一个人影从灯下立起来,是给我山芋粑的人,我老子。他对外公说:爸,散场了?外公说,快了,就把我支过去。爸把我拉到他的两腿间,他的手也凉。爸问:现在还逃学么?我摇摇头。爸就说这很好,学生是不能逃学的,要守纪律,听老师的话。煤油灯跳着,屋里忽明忽暗。爸用剪子剪了灯芯,又把灯罩呵气擦了擦,屋里亮了许多。爸生得老气,皮黑。我问:你是劳改队?他笑了,说现在是。我又问:你的帽子呢,起了吗?他说没有。帽子在哪?给我看看。我推着他。外婆过来要拖我去厨房洗脚,爸说:我来吧。他就替我洗脚,洗得我脚心好痒痒。他边洗边讲故事:话说唐僧师徒三人……我打断他:不是四人吗?他说:暂时还是三人,等到了流沙河收了沙和尚,就成四人了。

门又响。我说妈回来了。爸说不是,妈进家总是要干咳几下的。就不是,是饶老师。他说,妈今夜回不来了,团长刚才通知要加班排戏。外公把水烟袋"啪"地一放:排戏?排他娘的×!饶老师和爸握握手。爸问:腿怎样?饶老师说:就这样了。比起老康他们算好,命没丢。说着,就出门了。爸送饶老师回来,对外公说:我还是走吧。只请了半天假,天亮前得回。外公叹道:回吧。

　　爸后来再也没有回家了。

　　学期完了,天暖了,我拿回了一张奖状。外公笑着把它贴到墙上。好久了,我不见外公笑。放假了,我想去外面套知了。外婆说哪还有知了,早成人屎了。妈给我买了彩笔,让我画画。妈说不许画吃的。我就画了房子、树、太阳、汽车还有燕子。我家的燕子窝空着,那对燕子又飞走了。外婆说:是让人偷去吃了,那人肯定要短寿。

　　一天,妈大早就拖我起床,帮我换衣换鞋。妈说今天我们下安庆,坐汽车,安庆是大码头,在江边上。安庆还有一座大宝塔呢。我问妈是不是去安庆唱戏?妈说:去看你爸,他要走了。我问:他往哪走?妈说:回他老家,在巢湖。我问:还修桥么?妈不再接话。

　　天下着细雨。我们坐的车比省长的车大很多,可是没有顶。坐车的人都撑着伞。雨落在伞上一点也不响。妈的脸色泛黄,没有戏台上好看。妈这会儿变得有些老,越看越像外公。车上的人都认得妈,同妈打招呼,夸妈《小辞店》唱得好,《抢伞》也好。妈就一一谢了大家。有人问我们下安庆做么子。妈说扯布。我就好奇怪,妈在扯谎。汽车像喝醉酒的人那样扭着走,一路响喇叭。有人就哇哇地吐了,那人还说:怪事,还有东西往外吐呢?

这是我头回坐汽车,好喜欢。我也喜欢汽油味,起劲往鼻里吸。路边的房子和树全往后跑,放电影一样。我想唱歌。妈说,等到了安庆再唱吧。车过大桥,突然"砰"的一响,爆胎了。车往右边斜,大家堆到一起呀呀叫。司机把车支到一旁,扯着喉咙叫大家下来。有人说,倒霉,出门就碰见了鬼!又有人接话:青天白日哪来的鬼?那人鼻子哼哼,又说:老康就是在这里给大梁砸死的,没见到这车往右斜么?大家一下静了。妈领我走到人后,让我吃茶叶蛋。我问妈谁是老康?妈不答,看看这桥。司机骂骂咧咧地开始换轮胎,对大家问:哪个带草纸了?给老康烧一刀纸吧,免得他再捣乱。一个老女人就说她有。刚才说话的那人拿过草纸堆在桥中心,点火烧了。妈过去帮他打伞。草纸烧得很快,青烟笔直往上升。那人叫起来:你们看,这又是风又是雨的,烟却不散呢。

妈也说,真是很怪。妈伏在桥栏上,看桥下跑的水。我往水里扔了一块石头,听不见响。妈摸着我的头,说这桥整整修了三年。忽然妈的嘴哑了一下,说:忘了把你的奖状揭下来,给你爸看,让他也笑笑。说着妈的眼就红了。雨大起来,天也暗了,云像烂棉絮似的向上卷。妈拢紧着我,把伞压低。妈轻轻问我:想你爸么?我点头。妈说等到了安庆,她和爸领我上宝塔。那塔有七层,从顶上看江里的船只有一只鞋那么大。

车弄好了。司机走过去。看见妈就说:是你们呀,到驾驶室挤挤吧。妈问:里面还有哪个?司机就说县长家小姨。妈说算了,人多了不方便。妈又问,几点可到得了安庆?司机望望天,说这鬼天鬼路还真不保险,有急事?妈说没有,就笑着领我走开了。车重新开起来,还是走得好慢,慢得我想撒尿。妈怪我:刚才怎么不尿?边上人说:尿吧,雨冲冲就走了。

很迟才到安庆。

安庆的街多,汽车也多,房子比县里高。妈领我去了一个叫李伯的人家,可是爸不在。李伯说,爸去码头弄船票了,上头要爸二十四小时内去巢湖报到。妈就问:不是说一个礼拜内报到吗,怎的又变了?李伯说这太正常了。妈水也不喝就拖我往码头上赶,李伯叫了一辆三轮车,多给了车夫钱,让他加劲。三轮车在雨中穿着,铃铛不停地响。到了码头,一打听,爸乘的那班船已在半个钟头前开走了。

父亲再次见到我们母子是在十三年后,那年,我十八岁!
——谨以此文献给外公由之先生在天之灵。

1997 年 10 月 25 日　合肥

(原载《作家》1998 年第 1 期)

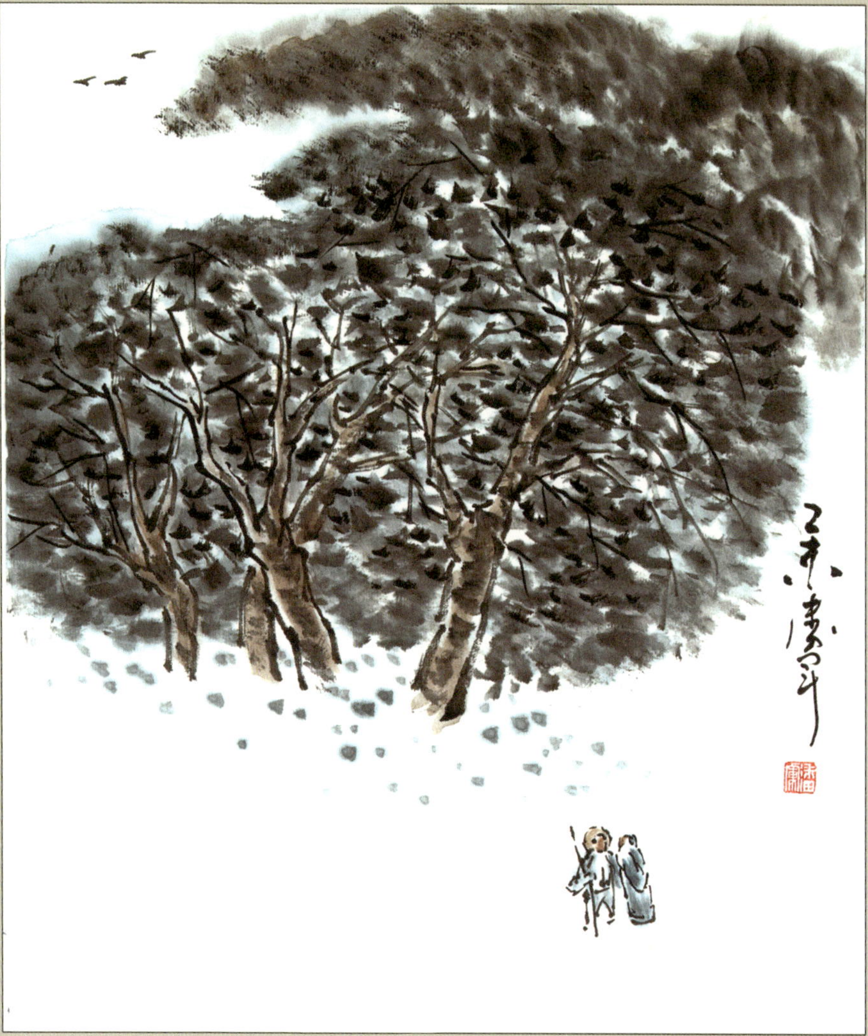

小姨在天上放羊

那天夜里电话响起来的时候我尿床了。我有好几年不尿床了,妈妈给我吃了许多中药,那些药比尿还难喝,可妈说喝了就不会再尿床。现在我又尿湿了一大片,我不敢对妈妈讲。妈妈从床上跳下来接电话的样子很不好看,她只穿了一只鞋,像袋鼠那样跳到电话跟前,她说,喂,哪位?然后她皱着眉头,看了看墙上的挂钟,已经是深夜两点了。真是怪事!妈有点生气地说,谁吃饱了撑的!我欠起身,还在想刚才的电话铃。我知道是谁的电话。妈妈上了卫生间,她撒尿的声音又响又好听。妈过来给我理被子,这样就发现了尿床的事实。她好像遭到雷击似的往后一仰,说天哪,你都九岁了还尿!妈一边生气一边替我换垫被。我怕妈生气的样子。我说:妈,你别生气。妈说你有权利尿,妈就有权利气。我说我尿尿是听见电话铃声高兴的。妈住手,眼一横说这与电话有什么关系?我说,那是小姨的电话。妈听了就一下坐到床上,一会儿大哭起来。我看见妈的哭声像冰痕一样穿过我家的窗户向天上射去,那时候小姨正在天上放羊。

小姨是五十天前死的。小姨也是大学生,长得比我妈妈好看。小姨是医生,专门给孩子看病。可是小姨治不好自己的病。小姨没有自己的孩子是因为她没有结婚。妈说结婚才会有孩子。孩子一个人是生不出来的,要和爸爸一起才会生。妈的话也不完全对,邻居胡阿姨没有结婚可是一个人生了阿宝。妈说阿宝不是生的,是从菜市上捡来的。捡来的阿宝跟胡阿姨长得一模一样,鼻孔一样黑。妈就说这是碰巧。小姨本来应该和方叔叔结婚的,不知为什么没结。大人说,人大了就是为了结婚。

我记得那天早晨妈起得很早。妈收拾东西,催我起床。今天你请一天假,妈说,我们去送小姨。我问把小姨送到哪里去?妈说送到天上。后来我知道小姨死了。我们要把她往火葬场送,妈说等太阳落山的时候,小姨会顺着那个高高的烟囱升上天。小姨躺在担架上,舅舅和方叔叔抬着她。小姨浑身散发着淡香,像睡着了一样。小姨睡着的样子格外好看。大人们一路都在哭,把天都哭暗了。我没有哭。我那时候就觉得小姨在睡觉,留心她会不会像我妈那样大声说梦话。从火葬场出来,小姨缩小了,躺到了一只小黑盒子里面。妈把它交给我,说:这是你小姨,你捧着。我就捧着,走到队伍的最前面。妈说你哭呀你这孩子怎么不哭?我没有哭。在妈的责骂声中我第一次看见了在天上的小姨,像鸟一样停在我头顶上。

这天夜里,小姨就留在我家。妈没有睡,妈到处收收捡捡,不时碰倒一个东西,然后就说好妹妹你可别吓我,你姐夫又不在家。小姨在的时候,和我妈妈最要好。她们不在一个大学念书,但工作都在一个城市里。她们经常走动,一道上街。现在妈这样说,我就很奇怪。后来妈对着小盒子说:好妹妹,过两天我就送你回老家。

我老家在山里。我不喜欢那地方,因为冬天很冷。那里没有电视也没有电话。我就对妈说,不要把小姨送回去,小姨怕冷。小姨喜欢看电视,喜欢打电话。妈不听我的,妈说小孩子懂什么去把垃圾倒掉。我下楼去倒垃圾,看见天上的星星在走,但没有原来多。我把垃圾倒掉,听见一个金属的响声。我弯腰在垃圾里寻找,一眼就看见一个东西在闪光,我拾起那东西,是一粒纽扣,这是小姨大衣上的。妈早就说把它钉上,可是忘了。妈的记性越来越不好了。我把纽扣擦干净,收到袋里。

第三天大人们就送小姨回老家了。我临时住到邻居胡阿姨家。妈妈对胡阿姨说了很多好话,还背着我在厨房里说了些什么。我知道,她肯定是说我尿床的事。我听见胡阿姨说没什么小孩子嘛。妈把我的被子抱到阿宝床上,低声叫我注意点,要争气。那时候我就特别想小姨。当医生的小姨并不让我多吃药,而是让妈每天夜里叫我起来撒尿。至少叫一次,小姨这样说。妈这样做了一个月,累了,妈就买了个闹钟,让我定时起床,小姨说不行,说必须让我"有意识地去尿"。小姨就在自己的住处安了电话,每天半夜打过来,让我醒。小姨在电话里先同我说一会儿话,等我想尿了,她才把电话挂掉。小姨坚持了一年,我长到了六岁,不再尿床了。小姨的死与我有关,我总这样想。

我在阿宝的床上睡了五天。我没有尿床。其实我已经几年不尿床了,但在妈眼里,我一直就是个尿床的孩子。要不,我的被单和垫被之间怎么还放着一块塑料布呢?

　　妈回来的时候右脚已不灵便,走起路来有点跛。我不吃惊。昨天夜里我梦见了一个白胡须老爷爷,在天上对妈的右腿指了一下,妈就跌倒了。妈说是送小姨上山的时候不小心扭的,我不相信。我还在想妈不该把小姨送进山里。

　　小姨后来把电话剪了。这是她死前三个月的事。她和所有人都不通电话,一个人待在那么高的楼上。我怀念那个电话。以前我给她打电话时总占线。我知道那时候电话的线路被方叔叔占去了。方叔叔想和小姨结婚,当然就要多打电话。方叔叔也常到我们家来和妈谈小姨,谈得眼泪花花的。妈说红颜命薄这是很无奈的事。方叔叔只是重复一句话:才二十四岁。可他不知道,这是永远的二十四岁。小姨是不会老的,就像月亮不会老。我的小姨现在就飘在天上,我不知道她那儿有没有电话。

　　有一天,舅舅和方叔叔都到了我家。这一天是小姨死后的第四十九天。妈说是小姨的"满七",想给小姨烧点纸。据说这些纸随烟升上天就会变成钱。我不知道小姨缺不缺钱,她活着的时候是不缺的,不像妈,每个月底都在电话里对爸爸发脾气,说再不寄钱就把我送走。爸爸那时在南方,每次回来都要留很多钱,妈总说不够。妈喜欢买化妆品和服装。小姨不买化妆品,但买过一瓶很贵的香水交给妈,小姨说:姐,等我到走的那天,把这个给我用。那个盛香水的纸盒子保存在我的抽屉里。小姨死后,我把它放到枕边。那上面还有余香。大人们烧纸回来,眼睛都发红。他们肯定又哭过了。妈跛着脚倒茶。方叔叔说给小姨也倒一杯。然后妈开始叹息,说很奇怪,过去这些天了,一次也没梦见小姨。舅舅说他也没有梦到,问方叔叔:你呢?方叔叔双手支着额头,说:她是不会见我的。

我靠在门边听他们说。我知道为什么他们不能梦见小姨。

后来妈和他们一块走了,说是去看外公。

我用小姨留下的香水盒子做了一个电话。那天夜里,我一个人去了小姨从前住过的那座高楼。小姨住在第二十四层,这正是她永远的年纪。电梯坏了,我慢慢往上爬。我像燕子一样轻轻松松,仿佛有一只手在托着我向上举。小姨的房门紧关着,里面没有灯光。我在门口跪下来,说:小姨,我给你送电话来了。我就拿出打火机将这个有淡淡香味的电话点燃,在那里面,我放进了那粒大衣纽扣。

你真的梦见小姨了?妈给我换好被子,搂着我问道,什么样子?我说和以前一样,小姨是不会变的。穿什么衣服?妈又问。穿着那件大衣,我说。哪件?妈睁大眼睛看着我。就是弄掉一粒纽扣的那件,我说,现在纽扣已经钉好了。妈其实不明白,但还是很高兴的样子,问道:你小姨在干什么呢?我说:小姨在天上放羊,手里拿着一根大羽毛。妈沉思自语:怎么是一根羽毛呢?

第二天,妈的脚突然好了,换上了一双新皮鞋,一早就高高兴兴地去赶班车。她的大嗓门开始重新谈论时装和物价。我把床上的那块垫了九年的塑料布扔到了垃圾桶里。太阳照在我手背上，天上的白云从窗前飘过，我知道那是小姨的羊群。

1996年5月　郑州

（原载《山花》1996年第8期）

抛　　弃

1

很长时间以来,柏达先生一直为离婚的事苦恼。柏先生是犁城大学中文系的副教授。1978年高考恢复后第一批考进去的那拨人,留下来教书的唯有他。严格地讲,在大学四年级的时候,柏达就承担了助教工作。他协助吴子期教授批阅我们的古典文论作业。如今,他已是系里这方面的权威,并且开始带硕士生。柏达年长我三岁,今年四十二,据说这次上报的教授中也有他。柏先生喜爱书法,也收藏一点陶瓷。大约是这个缘故,他把我视为比较可靠的朋友,而不怎么和别的同学交往。所以他要离婚,我是较早知道的。"我实在和她过不下去了,"他总这么感叹,"到了秋天就离。"可是秋天过去了好几个,柏达的婚姻还是这一个。后来连我也反过来劝他。我说算了老柏,王茹华也不容易。你真想在婚外搞点什么就悄悄做,完了就完了。像每对夫妻一样,真正的离婚不是吵架中提出的,而是深藏于心,期待着最佳时间。问题是柏达先生藏得太深,也拖得太久,我想他早该疲倦了。

王茹华是柏达的第一批学生,小他七岁。虽然戴着眼镜,但看上去十分文静,笑起来还是很动人。"一个戴眼镜的女孩子让男人动心真不容易。"时至今日，我都佩服柏先生当初发出的这种感慨。后来柏达就娶了王茹华。因为嫁人，王茹华放弃了报考吴子期教授研究生的机会，教授就幽默地叹道，你们都抛弃了我。婚后第二年，他们匆匆有了儿子，显得措手不及。那些年柏达夫妇基本上是围着孩子转。现在孩子是忙大了，柏达却想离婚了。

柏达是个性情古典、性格内向的人。除了教书著书，业余就临临碑帖，玩玩陶瓷。他玩陶瓷，其实是想在家中分散出一点注意力。"我不愿一进门就对着那两片小玻璃，"他说，"我宁可面对陶瓷。"这句话有几分刻薄，我想这两个人的缘分确实该尽了。男人不喜欢女人，这事就不可收拾。不过柏先生谈离婚，不像别的男人，总去数落自己老婆的这个那个。他只谈自己。他一谈离婚思路就相当开阔。他由性格、志趣这些心理的东西发端，再慢慢涉及生理上的种种不和谐。他有例证。比如说他谈到有一次同王茹华做爱，居然连汗都不出。"还有一次，"他说，"她随手拿过一张晚报，整版整版地看！"接着柏先生就大发感慨了。他说所谓夫妻感情不在于什么性格不合。夫妻感情是在床上一点一点搞出来的。而我们……我有问题吗？事情到了这步田地，就是朋友，也不好多劝了。我总不能对王茹华说，下次你和老柏在一起的时候，别再看报。况且柏达举这个例子最恼的是他本人。他多少有点担心自己的能力。他渴望一个女人在他的不懈努力中获得新生，就像三级片里的那样。

柏达要离婚的消息，社会上鲜为人知。他只告诉了有限的几个人。这中间也包括行将去美国加州定居的吴子期教授。吴教授已年近花甲,对学生辈的这些家长里短根本没有多大兴趣。柏达因为是他的高足,又是他指名留校的,所以柏达离婚的事,他还是表示了一点关心。教授在听过学生不连贯的表述后,由衷地叹了口气:还是顺其自然吧。

2

柏达迟迟不能离婚,主要原因是两方面。一是担心儿子的归属。他深知和王茹华争这个孩子将是十分困难的。他非常想要这个儿子,甚至过早地把孩子作为余生的寄托。另一方面,是怕王茹华难以承受这个巨大的打击。王茹华属于那种从不生事的知识女性,在市图书馆工作。而且给人的印象总是很累。我每次见到她,她都很客气。我没有看见过她化妆的样子,但她始终不显老。有时候她由儿子陪着逛街,熟人都很吃惊,认为她没有这么大的孩子。是你弟弟吧?人们爱这么笑她。有一个阶段柏达为这种言论感到满足。他不怀疑其中是否有恭维的成分。那个阶段刚评上教授的柏达心情还可以,离婚的念头也差点打消了。但是不久,事情又起了变化。柏达去黄山开会,遇上了另校的一位女教师。据柏达后来向我介绍,这人很漂亮,明眸皓齿,而且性格开朗。"她在会上的发言并不精彩,"柏达说,"精彩的是她的气势,富有煽动性。"于是柏先生就第一个被煽动了。他找机会同她接触,吃饭坐一桌,乘车坐一排。到了会议末尾,议程安排游黄山。柏达爬过黄山,如果心里不存这点事,他是想提前回犁城的。现在他当然要爬第二次。都知道黄山的某处护栏铁链上有许多连心锁,那是恋人们的誓言。爬山的恋人都买锁,锁好后把钥匙扔到山谷里。与会者没有恋人,但那个女人买了两把锁。在没有人注意的时候,她把其中的一套钥匙塞给了柏达。下山的当晚他们就睡到了一张床上,尽管爬山很辛苦。这次艳遇在柏达心中起了波澜。首先,他认为婚还是得离。因为生命只有一次,这次的经验使他打消了自我怀疑的顾虑,证明他还是可以燃烧的;其次,缺少性爱质量的婚姻本身也是不道德的。但是到了第三,他又犹豫了。从前柏达与王茹华离婚只是强者离开了弱者,思考的范围是如何安顿好弱者,舆论的范围也仅限于对弱者的同情。现在如果离婚,虽然没有事发东窗,但柏达在良知上会进行自我谴责。"我不能因为一个女人而离开另一个女人,"他冲动地对我说,"这是赤裸裸的抛弃!"柏先生能赤裸裸地同另一个女人上床,但还是不愿意赤裸裸地离婚。

事情又拖了一阵子。

柏达决心调整到最初的轨道上去。他中止了同那位女同行的联系。原来他觉得这件事很棘手,结果比他预想的要好。这得助于天时,因为柏达那个暑期被派出去改高考试卷,是不允许同任何人写信打电话的。等他回来,也就没有再收到对方的信和电话了。这事就这么淡过去了,柏达感到松了一口气。那么,剩下来就是怎样让王茹华思想上有所准备了。仅攻这一点,柏先生还是有信心的。

3

后来柏达就开始按计划实施了。他每天分配给儿子的时间明显增多,除了辅导他的作文,还陪他下五子棋。有时父子俩一边下棋还一边用简单的英语进行会话。这是什么?这是一头猪。这是黑毛的猪吗?不,它不是,是白毛的猪。柏达这么做,是让王茹华检测他和儿子的情感基础,衡量他独立育子的能力。可是王茹华在一旁保持着沉默,有一回还流了泪。"我不知道她泪为何流,"柏达对我说,"她还会不放心吗?"我说就是王茹华把儿子给你,也还是会不放心的。柏达叹道:这还差不多。对王茹华,柏达采取的是时间错位之策。他那时每周三有两个课时,所以天天坚持著书。他家是两间半的房子,其中一间是书房兼客厅。柏达从晚上九点半开始,一直写到下一点,有时甚至两点。而王茹华多年养成的习惯是十点必须上床。这样一来,夫妻间实际上已开始了分居。王茹华不做任何暗示,这是柏达意料之中的。"我想等这本书写完,"柏达说,"离婚就差不多了。"

问题是,这本书印出来后,王茹华还是没有提离婚,反倒把柏达的书一本一本地要去,送给她的同事。柏达这才觉得,这事真的难了。和很多狡猾的男人一样,柏达希望由王茹华这方面首先提出离婚,这样日后解释起来就方便一些。可这个王茹华死活不提,而且总在危机将至时表现出特殊的冷静。有几次柏达都想开口,但一看王茹华那副小鸟依人的样子,便把话题咽了下去。最近的一次,是因为王茹华周末出去参加一个集体舞会,回来晚了点,柏达就借题发挥:"这个家如果对你没有了吸引力,干脆拉倒算了!"他振振有词。他希望王茹华接上一句"算了就算了"或者"拉倒就拉倒",结果王茹华只嘟哝了一句:"你又喝酒了?"就去蹲马桶了。

那天夜里柏先生几乎一宿没睡。第二天中午,王茹华提前下班,还带回了一只咸鸭。一家三口美美吃了一顿后,柏达倒头便睡了。夜里,王茹华带儿子看《玩具总动员》去了。柏达一个人在家,正想来我这儿看陶瓷,吴子期教授上门了。从教授严肃的神色看,柏达估计是为自己离婚的事。教授可能对这件事改变了态度,决定亲自过问一下。果然就为这事。吴教授点上烟就问:"还打算离婚?"柏达就微微点了头。教授又问你都想好了? 柏达迟疑了一下,说出自己担忧的两个方面。教授就叹道:"这是每个离婚者都遇到的问题嘛!"柏达这才想起,教授也是离婚者,而且两次。教授的话似乎带有几分劝慰也带有几分鼓励,他好像心里一下松了很多。接着,柏达又提出了第三个担忧:这件事倘若引起后遗症,会不会影响自己的晋职? 教授踱了两步,然后说:"学术问题是严肃的,不能同家庭问题扯到一起。再说,我还是高评委的副主任,该说的我自然会说。"

依我的判断,柏达后来敢于提出离婚,与这个晚上吴子期教授的"声援"关系重大。

4

大势已定,余下的只是寻找突破口的问题。尽管吴子期教授给柏达打了气,柏达内心还是希望能从王茹华那边找到一点借口,甚至希望有什么不太令他难堪的把柄在握,这样提起来会理直气壮一些。柏达开始观察妻子。渐渐地也发现了一点破绽和苗头。比如有一次他夜里中途回来拿钱包,听见王茹华在打电话。他一露头,王茹华就把电话给挂了。还有一次,他无意中拿了王茹华的BP机,乱按了一下,王茹华听到响声就过来把机子拿开,接着就把电池拿下了。柏达就问你下电池干吗?王茹华说没电了。等王茹华走后,柏达把退下的电池安到剃须刀上,照样能刮,他便有些疑惑。王茹华每周必定要夜间外出一次,没有具体的日子,但外出一次带有规律性,而且回来的时间都比较迟。柏达便决定来一次盯梢。他想只要有什么不对的苗头,第二天就摊牌。

这次盯梢没有成功。王茹华先去了一家眼镜店,柏达看见接待她的是个老女人。她们除了谈眼镜还能谈什么呢?后来王茹华一出门就上了出租车,柏达想追已来不及了。回来的路上他拐到了我那里,主动地说刚才盯梢了王茹华,并将自己责骂了一通。"我这个人也很可耻。"他说,"心里想抛弃她却还要让她说我抛弃得对。"他这一说,我就懒得说了。我还是坚持我的观点,这家伙想离婚,够呛。

不久,王茹华提出要回上海父母那里休假。这个安排以往都是放在春节,这回改变了,她也不做任何解释。柏达当然同意,象征性地帮着张罗一番,就把王茹华的火车票给订了。可王茹华说她这回不想坐火车,想坐飞机,而且自己已托人订好了票。柏达便没吭声。他想订就订吧,多花几百块钱算不了什么,反正要离婚了。他把钱给王茹华,王茹华说我有。整整一个月,王茹华来了三次电话,内容只有一个:孩子好吗?柏达说孩子很好,生活自己料理,学习很自觉。王茹华就嗯了声,说那就好。在这一个月里,柏先生开始了单方面的离婚热身赛。他从第一句话开始,然后假设出王茹华的反应,比如惊讶、发愣、泪如泉涌等等。一直假设到最后——他们含泪拥抱,于抽泣声中互向对方道一声"珍重"。如果王茹华向他跪下,他也会同时跪下,对她说:我欠你的,怎么说也是我欠你的!他被这些假设感动得热泪盈眶。这个赛事过后,柏达先生自觉已是死而复活,心如止水了。他几乎是摩拳擦掌地等待着王茹华的归来。

王茹华如期回到了犁城。这回她的气色变得很好,还略施了一点淡妆。她给儿子买了不少东西,也给柏达买了一套牌子过得去的西装。这又让柏先生犯了踌躇。趁王茹华洗澡的工夫,他偷偷给我挂了电话。他铺垫了许多,然后问我怎么办。我说:去你妈的,这事以后别再提了。王茹华洗好澡,换了一套崭新的睡衣,样子有些妩媚。她问柏达:你洗吗?柏达说我今天不想洗。王茹华又去孩子屋里看了看,说孩子睡了,你还是洗个澡,别熬夜了。柏达知道这是信号,但这会儿他脑子太乱,还是说:我不想洗。王茹华说不洗就不洗吧。然后她就仔细沏了壶茶,坐到柏达对面,问:你是不是有话对我说?柏达原来设想的第一句话应该由自己说,现在突然颠倒了过来,一时语塞了。

王茹华呷了口茶:你是不是想离婚?

柏达说那时他心里一颤,他没有料到这层纸由王茹华点破了。既然已经点破,他也只好仓皇上阵了。他点上烟,拖延了几分钟,然后把思路再一次打开,正想一层层把话题深入下去。王茹华却打断了:"你不必做什么解释,我只想问你想好了没有?"

柏达就点了点头。

王茹华说那好,你拿纸来,我们现在就签协议,其他的都好说,你要儿子,我也给,但儿子上大学必须在我身边,无论我在哪。

柏达一下就傻了。

5

这年秋末,柏达和王茹华以协议的方式去民政部门办了离婚。不久,王茹华就辞职回了上海,她要带儿子过寒假。这桩离婚居然没有在犁城引起什么反响,但在大学内部还是有点消极因素。有人在职称评定会上,以此对柏达提出了意见,认为这是道德不良的问题。但是一向温文尔雅的吴子期教授拍案而起,说都什么年代了还抓阶级斗争新动向?他这一讲,别人就不好多言了。吴教授说,中文系古典文论,我一离开,柏达就是大梁。仅此一点,他就该晋职,否则还成什么古典文论专业?事情就摆平了。后来听人说,这之前教授就私下做过一些评委的工作,毕竟师徒胜父子。

突然离婚的柏达面对妻子的迅速撤出,自然一下子还调整不过来。他感到自己没有着落,便又重新给黄山邂逅的那位女同行打长途。电话一通,他就心跳加快。他说他是柏达,柏老师,犁城大学的。对方显然是一时难以想起有个叫柏达的男人,但语气还是很热情。柏达有点伤感,他提到了黄山,提到了锁和钥匙。这下对方记起来了,连问你好吗老柏?柏达说我刚离婚。对方就笑了,说怎么这么怪呀,我刚刚结婚回来。柏达一口气咽下去,说:哦,是这样,我祝你幸福。对方说:谁知道呀,不过眼下还凑合。谈话就这么喜忧参半地结束了。这天夜里,柏先生又到我这儿看陶瓷。

他用勾起的食指和中指敲着一只青花的山水瓶,说:人都说女人是花瓶,我想也是。女人是陶瓷的花瓶。是陶瓷,不是玻璃,手感很好,但看不透。

春节一过,柏达就去上海接儿子。正好我也要去那边改稿,便结伴而行。柏达还有些不好意思,让我陪着他见王茹华。他没有上从前的岳父家,而是让王茹华把儿子领出来。我们约好时间在红磨坊见面。由于塞车,我们到晚了一点,王茹华母子已坐到了座位上。一见王茹华,我和柏达都吃了一惊,她没有戴眼镜,妆也化得很好,可以说很漂亮。王茹华倒大方地对我们直招呼,直笑。然后就是闲扯,谈浦东的东方明珠电视塔,谈地铁和高架桥。我忍不住地问王茹华:怎么一回上海连近视也好了?王茹华说哪呀,我戴了博士伦呢!其实在犁城的时候就有,不常戴就是。柏达一听便点了支烟,大口吸起来。吃得差不多的时候,王茹华让孩子到对面去打游戏机。我知道她有话要同柏达说,也想抽身。可王茹华把我拉住,说你又不是外人,一起坐坐吧。王茹华对柏达说,儿子你要带好,我就这么一个儿子。柏达故作轻松地说:你还可以再生嘛!王茹华一笑,我不可能再生了。我马上要出国。柏达就抬头看她。王茹华理了一下头发说:是去……美国加州。老吴说那边实行的是学分制,结了婚还可以读学位。柏达一听头就低下了,他把杯中的残酒倒在了烟缸里。

我们同王茹华分手后,外面的风还刮得很紧。我问柏达,怎么连王茹华在犁城时戴博士伦都不知道?柏达说:"她才不戴给我看呢!妈的老东西……"柏达将外套的领子竖起来,牵着儿子。儿子很高兴,说这个寒假过得最好,妈妈没怎么叫他写作业,每天只安排他多念几遍英语。于是儿子又要求同父亲进行英语会话。柏达说:好吧,儿子,你问,我答。

这是什么?

这是一头猪。

你是谁?

我也是一头猪。

……

1997 年 11 月　北京

(原载《北京文学》1998 年第 2 期)

半岛四日

第一天

第一天女人是很辛苦的。女人坐了一天一夜的火车来到半岛。女人这次是为了见一个男人。好几年前,女人——那时还是个女孩吧,在这个新兴的沿海城市遇到一个比她大五岁的男人,后来就嫁给了他。去年这个人又不管她了,走了。女人在三十一岁这年才觉得自己像个女人,该经历的都经历了。女人上个月满三十二岁。虽然旅途漫长,一宿没怎么睡,女人看上去还是俊俏的。此刻地上的影子全移到了东面,这个季节岛上就有些热了。女人现在想的是尽快洗个澡,然后好好睡上一觉。于是女人按照事先的约定,乘出租车去了月光宾馆。

月光宾馆位于半岛的东端,没有任何星级,但可以看见海。城市在发展,这个宾馆也重新装修了,换上了蓝色玻璃幕,霓虹灯也重新做了安装。但是室内的变化并不大,好像仅仅换了窗帘。女人很熟练地处理好一切,然后去总台留言:如果有一位徐先生来访,请电话通知她。

女人来这里就是为见徐先生。他们是初次见面。从照片上看,徐先生并不像个生意人而像一位数学老师,谈不上吸引力但给人以信任感。女人现在很看重这一点。中介者说,徐先生比她大十四岁。这没什么,女人当时想,这或许是个优点。

月光宾馆使用的是矿泉浴。水喷洒在肌肤上十分滑溜,总有一种没洗干净的感觉。女人揩掉镜子上的雾气,边抖头发边审视自己的裸体。她觉得镜中的那个身体还是不错,这是没有生育的结果。女人曾流过两胎。等她想怀第三胎时,那个人不合作了。那个人先是辞职下海挣钱,后来就有了许多麻烦,再后来就是离婚。有时候女人想,这大概是个阴谋,那个人把一切事先都设计好了。就像演戏一样,一幕一幕发展下去,最后是收场。女人庆幸自己没有和那人生个孩子。可是如果有了孩子,那人还会走吗?女人时常这么两头想,想得好累。

挂上"请勿打扰",女人合上窗帘就躺到了床上。她打开电视看了几分钟广告节目,很快就睡着了。女人还做了梦,梦见自己还是在洗矿泉浴,怎么洗都洗不干净。旅途的劳累使女人始终保持着一个睡姿。等她醒来才发现室内的光线全暗了。女人顺手开了灯,懒散地去上卫生间,不经意中发现有张纸条在门下。她拾起来,那上面写着一行字:

  这时候该拉开窗帘看归帆

女人感到气堵在胸口。她坐在马桶上把那张条子不断对折着撕碎,还骂了一句粗话。由于情绪陡然波动,女人的小便很不流畅,并且用手纸时还碰到了手背上。于是女人在用肥皂洗手时又骂了一句。

不过,女人还是把窗帘拉开了。正是夕阳余晖涂满海面之际,海像点着了一样,一片橙红。海空上翻飞着成群的海鸥,等它们散开,渔家的帆影就显现出来了。女人几分钟前恼怒的心情很快得到了调整。她的表情甚至可以说是愉快。她想,海一点也没有改变。

第二天

第二天临近吃午饭时,徐先生来了。女人第一印象是,徐先生显得比照片上那个人年轻,而且也精神一些。女人似乎得到了某种安慰,她想一般的男人遇上这种事或许要反过来做,挑一张比真人好的照片。女人拿出家乡的绿茶给徐先生沏上,徐先生便欠了欠身。徐先生问女人是怎么来的。女人说坐火车。徐先生就感叹,说应该坐飞机。女人说,我想沿途看看风景,这条路好些年没走了。

约见的地点是女人挑的。当初中介者征求女人意见,可以随便挑。女人随口就说:那就半岛吧。那时徐先生在香港,中介者建议女人借机去看看香港,把新马泰也顺一下。女人说,现在花人家的钱还为时过早。

徐先生环顾室内,说半岛有几家三星四星的酒店,建议女人换个地方。女人说,就这挺好。徐先生听出马桶有滴水声,说这会影响休息的。女人说,自己家里的马桶也滴水,习惯了。女人心想男人和男人不一样,这位徐先生像位父亲,懂得心疼人。从前那个家伙只知道一天换一双袜子,从来不洗。你让他修个水龙头什么的,他便拿只盆去接着。家里到处都是滴答滴答,就像个一碰就散架的破东西。

女人的眼睛有些红丝。徐先生还是坚持说这地方有碍休息。你肯定没睡好,徐先生说,你该不是替我省钱吧?女人就腼腆地笑了。女人说我以前在这里住过,这里能看到海。徐先生敞开西装,说你这是恋旧呢。女人的脸便一下子红了。徐先生说,恋旧的人一般都善。徐先生很有滋味地品着茶,说茶好,这茶是"(谷)雨前茶",香港是不容易喝到的。徐先生是20世纪60年代初由内地去港的,所以他的口音不带鸟语味,这让女人觉得亲切。她给徐先生续水,徐先生便又欠了欠身。女人倒不好意思了。女人说您别客气。女人说您就把我当作一个熟人吧。徐先生舒展的表情被这句话弄收敛了。一个熟人?有必要由香港持护照乘飞机来这个叫半岛的地方见一个熟人么?女人很快意识到自己措辞不当,可又不知怎样加以改变。相亲还真不是一篇好做的文章,女人想,这刚开头就不知往哪儿落笔了。

还是徐先生处事老到。他站起身说:我们先去吃点东西?你可能连早餐还没用吧?女人这才轻松了一些,问:您怎么知道?徐先生说,我进大门时遇见了修炉灶的师傅,知道今天这儿开不了伙。不过半岛虽小却有两家很地道的潮州菜馆,我们就去那里,打的士十分钟。女人说我不太爱吃潮州菜,我喜欢吃川菜。这附近有一家"小金川",去那儿怎样?徐先生笑了:你处处替我省钱呢!女人说不是,只是图个喜欢。徐先生说好,就依你。

两人就散步去了。酒店生意很好,正是上客的时间。他们拣了一个僻静的座,要了菜和啤酒。现在谈起来自然要从容一些。徐先生介绍了自己目前的生活状况。他太太两年前死于胰腺癌。他的儿子刚去美国读书,家中还有一个喜欢音乐的小女。女人认真地听着。女人问:您喜欢音乐吗?徐先生说,我是个五音不全的人,因为女儿喜欢,我当然也就喜欢。女人说,您是位好父亲。徐先生却检讨,说自己长年在外忙生意,欠孩子很多。所以……徐先生喝了口酒,所以这也是一个原因,希望家庭能完整起来。女人淡淡地笑了笑:其实像您这种身份的人,这事不难。徐先生说,那要看怎么想了。在香港,交女朋友很简单。但真的拍拖,让那人做你的太太,就不容易。说着徐先生就松了松领带,问女人:我这人是不是很传统?女人说:人骨子里都传统。女人又问:香港是不是很乱?徐先生说,倒不是乱,是挤。你觉得乱,那是电影录像中见到的。女人问,在香港不懂英语能生活吗?徐先生说,英语不难,颠来倒去就是26个字母。不像汉语、汉字,多一点少一画或者四声去掉一声,就全变了。不过汉语汉字又是中国人的骄傲。徐先生说,语言这东西一丢,这个民族也差不多就完了。其实人和人在一起,不就是要找"谈得来"的吗?有很多的话要说,天天都有话,天天都说不完。从前我和我太太……请别介意,我是说……女人理了一下头发:您说得很好。

徐先生看看表,说:你先休息,下午我们再去海边走走。

女人笑笑,点点头。

徐先生对服务小姐做了个手势:买单。然后就拿出了钱夹。

服务小姐对他们微微一笑:刚才有位先生已替你们买过了。

第三天

  第三天女人还是起得很迟。本来是该昨天下午去海边的,结果女人回到月光宾馆就上了床。女人感到累,费了好大劲也没找到最佳的姿势。女人以前习惯贴着男人的腋下睡,习惯嗅男人腋下那股淡淡的汗馊味。后来女人改了,虽然不容易,但毕竟是改过来了,就像婴儿断奶那样。女人在这个下午心绪像电压不稳的灯光。我现在觉得,选择半岛明显是个错误。三点的时候,徐先生来过电话。女人那时神志尚有些迷糊,语气和声音都是潮湿的。徐先生问:你是不是很累?女人说:有点吧。徐先生立即就说,那你接着睡,回头我搬过去。女人说不必了,您还有生意要谈,有个形象问题。徐先生在电话那边有点诧异:你怎么知道我还带着生意?女人说,我想是的。生意总是特别忙。徐先生说:生意现在不谈。女人说:我们明天去海边吧。

  他们计划去海边游泳。女人是在这地方学会游泳的。那个男人托着她的腹部,托着她的下颌。女人喝了几口海水,那是极其咸得苦涩的水,女人至今还有回味。天气很好,沙滩上已聚集了许多游者。泳装是越来越漂亮了,女人的好兴致仿佛缘自这些泳装。女人想到自己的形体和肤色,她已物色到所需要的泳装,孔雀蓝带黄斑点的那种。这东西应该自己来买,女人想。女人走到柜台边,正欲掏钱,手突然住了。

  女人担心又有人先一步付过钱了。

徐先生走过来。女人说:我不想游泳了。我想爬山。徐先生就问:这地方有山吗?女人说,出城五里,有一座很孤立的小山。山上的植被却是很好。徐先生点点头:行,我们去山上看看。然后很宽厚地一笑。

于是他们乘的士出城。这一路上女人有一种从窘境中挣脱出来的轻松感。如果那个人突然从海里冒出来,她一定是手脚无措。昨天那个单是他买的。他好像算定了她要去"小金川"。他也算定了在第三天她会来海边游泳的,和一位港商。那么,就让那混蛋在海里泡着吧!女人不禁笑了一下。徐先生说:你今天气色不错。女人说:我睡够了,而且没有做梦。徐先生说,我能看得出来。女人似乎有点娇嗔地问:你能看出我是不是做了梦?(她第一次说了"你"。)徐先生说,不是,梦属于隐私权,我不能侵犯这个。这是说,你这一觉睡得很实、很沉。女人就想,没错,这一觉像是睡过了十年。女人越发感到自己和徐先生在一起一点也不紧张了。昨天买单的事,他们都感到意外。女人原想找个借口搪塞过去,可是徐先生却先开了口:看来为我省钱的人还不止你一个。在返回月光宾馆的路上,徐先生对这事只字不再提。靠近小山的路面不好,车有些颠。女人不时碰到徐先生的膀子。这个男人还是很结实的。

和以前不一样的是,上山的台阶一直延伸到了顶端。山腰的那个亭子像是重新油漆了。他们拾级而上。游客不多,和城里相比,这儿已是宁静有余。徐先生感叹,说这地方很好,算不上世外桃源,也算别有洞天了。徐先生说可以考虑在这里盖一个度假村。女人就问:能行吗?徐先生左顾右盼,说:不妨一试。第一,这儿离市区不过五公里,是闹中取静;第二,这儿是半岛的制高点,可以一览市容与大海;第三,这儿的植被优良,茂林修竹,空气清新,利于疗养休息。女人想,到底是商人,一眼就能看出财源来。于是女人说:您真是职业眼光。徐先生就爽朗一笑:回头我就去同市里的头头脑脑谈谈。他们出地,我拿钱。女人注视着徐先生渐渐红润的脸膛。她想这个男人现在有点兴奋了。

到了山腰的亭子,两人决定歇息一会儿。徐先生出汗了,就去不远处一个摊点买矿泉水。女人立在亭子里,对着目前的那个山洼有些出神。那山洼是天然形成的,像一口锅,"锅底"有水,十分清澈。女人拾起脚边一块石子,用力往"锅底"一掷。这时一个男孩走向了她。

男孩把一束野花给了她。

女人有些吃惊。

男孩说,有位先生给了我十块钱,让我在这里等人。他说哪位小姐向山洼里扔石子,就把花给她。我等了好久,就你扔石子。

女人便又给了男孩十块钱。男孩一走,女人的眼泪就淌下了。

第四天

第四天晚上女人没有去徐先生那边吃饭,而是在一个小摊上匆匆吃了碗粥,就去了海边。那时月亮刚拔出海面,烟霭氤氲,女人觉得自己一脚踩进了梦境。女人刚立住,一个声音便追了过来,是个男声。

我在这。我知道你会迟来十分钟。

有话快说,我还有事。

别给我来这个。我问你,那人行吗?

行不行不关你的事。

怎么不关?我就是为这个来的。那人越看越像你爹。

爹就爹,我喜欢。

你不喜欢。

我就是喜欢。我回去就办掉。

你是逼自己喜欢。你其实……

别碰我!

我重新追求你不行吗?

你王八蛋。你甩了我又想霸着我,没这好事!

我怎会那样。那是黑社会。

那就离我远点。

要是你不来半岛,我会离你远点的。

……

行了,别哭了。今晚月光很好。

你滚!你不是个东西!

我不是东西,是人。

你站远点!

我已经够远了。手摸不到的地方就是远。

……你把我毁了……

我做得也许不够好。不过,结婚、离婚都不影响我爱你,是吧?

我恨死你了。

我知道我知道。回头我给你洗脚。你看月亮好大……

你住哪?

在你楼下。你知道,我喜欢在下面。……你倒没怎么瘦……

你以为我离你就活不了?

不不,我哪有那么骄傲。可能活得不太好吧。我也是。

现在还远吗?

不远。现在这样很好。真的很好。你不觉得这样好吗?

……

1997 年 12 月　北京

(原载《山花》1998 年第 3 期)

和陌生人喝酒

　　1997年11月,我应北京一家影业机构邀请,着手一部电影的创作。事先谈好,写什么和怎么写,他们都不干预。而且经过几番接触,这部影片将由我自己执导。他们只希望我能搞出一个"有意思的故事",对我的能力似乎不再怀疑。然而我不感到轻松,事实上,我自己把自己架起来了。以往的经验告诉我,这样的合作从一开始就是难题。我得到了一个虚幻的自由,却戴上了实在的枷锁。一周下来,我发现我想写的故事几乎全都没有意思。我的信心在慢慢丧失,甚至想把对方预付的款子退回去。

　　我当时住在西城区南礼士路的核工业部招待所。这个位置应该说还不错,交通便利。向南走200米就是复兴门外大街,有个地铁站。通常的情况下,我都是乘地铁去西单购物,或者去民族宫喝茶会友。在等候中,我慢慢觉得周围的一些面孔不那么陌生了。至少有两个人我有印象,那是一男一女。男人大约与我年纪相仿,四十岁的样子,但个头比我高,也清秀一些。他戴着一副还算讲究的眼镜,喜欢不断看表。那个女人则年轻一些,应该不过三十岁,每回都背着一只大提琴,神情却有些忧郁。这两个人彼此并不认识,共同的一点是对我都显得比较客气。我想他们一定也看出了,我是个游手好闲的外省人,手里从来就不多拿什么东西。

有一天,我从西单买书回来,又与男人在地铁碰上了。这回他主动对我笑了,说你是来出差的吧?我点点头。他说,这趟时间可不短,有一个月了吧?我说今天是二十七天。他说:我差不多四天碰上你一次。我有些吃惊,这是个精细严谨的男人。这个人应该是上海人才对。但我对他很有好感,我觉得他的生活应该充满着数字和计算,这有趣。而且我还想到了达斯汀·霍夫曼演的《雨人》。南礼士路站到了。我们下车。这时他突然问道:你能喝酒吗?你晚上要是没有别的安排,我们喝一点?我买单。说着他就拍拍手提的一只大盒子:我去买裤子,却摸奖得了一个微波炉。

这样我们就进了一家重庆火锅店,开始涮起来。他的微波炉占了一把椅子,在喝酒的时候,他有意无意地总要摸摸它,或者调整一下摆法。好像这个微波炉是他孩子似的,他恨不得给它要上一听可乐,喂上几口菜。我想这个男人近期大概没有碰上什么好运气,而且我断定,他是一个孤僻的人。我们要了一瓶红星御酒。这种酒度数不高,大概是部队一家酒厂产的,在北京销得很好。我的酒量极有限,但这种飞来的聚会本身有吸引力。我活了四十年还是头回和一个陌生人喝酒,怎么想都有点不可思议。试想有一天你在大街上被人拦住,那人提出来要和你一块喝酒,你会怎么样?

酒一喝,话自然就多起来了。为了叙述方便,我称他A。以下就是A的讲述。

今天我真是很高兴。我预感会碰见你,果然就碰见了。这还得感谢摸奖,我本来不想摸,因为以前尽摸一些牙刷牙膏,留也不是扔也不是。可我还是排队摸了,你看,摸到了这!这东西其实也不值多少钱,而且据说用起来也很麻烦。不过这是个好兆头。我今年一年都不顺。我是说如果不是摸奖前后耽误四十分钟,我们就碰不上了。地铁几分钟一班,又是高峰期,碰上不容易。因为这个,我要和你喝酒。你看我四天就碰上你一次,你的活动又没有规律性,这概率!人与人的交往有时候特别奇怪,差那么一点点,意思就全变了。比如说有一天你在电梯上碰见一个女人,当时就你俩,谁也不说话。这时候你发现她头上有片纸屑,你可以不管,那么一会儿她就走了,你们这辈子恐怕见不上第二面了。但是你管了,你说,小姐你头发上有片纸屑,并帮她拿开。那么她会脸红红地谢谢你,接着你一句我一句地聊起来,电梯开到二十一层才停住,你们已经认识了。一年以后,这个女人做了你老婆。

你别笑,这不是没有可能。干脆对你实说了吧,我和我老婆就是这么认识的。很玄吧?你不要认为北京人爱玩玄的,那时候我还不算是北京人,刚刚大学毕业,分到了北京。我是 83 届的,政教专业,一个没意思的专业,单位却分得不错。我老婆当时在一家企业当出纳,薪水丰厚,如果那回不碰上我,她会嫁给一个牙科医生。他们谈了两年,没想到我意外地插了一杠子。

婚后第二年我们生了个儿子,八斤一两,六十二厘米,简直无可挑剔。这个孩子综合了我们两个人的优点,人见人爱。我不是在说酒话,哪天我把他领出来给你瞧瞧。而且这个儿子还不闹人,很好带。一般的家庭这个阶段是困难而危险的,可我们很好,小日子过得滋润无比。因为这个家,我和她的生活也十分单纯,除了上班,差不多都待在家里。一切井井有条,谁会料到我们今天会离婚呢?

这事还得从头说起。

前年秋天,我这个处又新分来了一个大学生。女孩子,性格开朗。你最好不要用这种眼光看我,别以为这女孩是第三者什么的。但是我同我老婆的离婚,又和这个女孩有关。

这是个人缘好的女孩,处里的人都很喜欢她。唯一的缺点就是电话太多。于是有一天下班我留住了她,开门见山地同她谈了。我说上班的时间哪来那么多的电话?她有些不以为然地笑了,说没办法,都是朋友来的。我说这儿是机关,没有惊天动地的大事,这样的小节便很突出了,今后要注意。她点点头,说处长你真是个好人。你把我留下来,我还以为你会对我说点别的什么呢。我听了很吃惊。别的什么?我从来就不对其他女人说点别的什么。我干咳了两声,收拾桌子准备离开。这时听见她说道:除了你,处里每位先生都请我吃过饭,还有跳舞的。我就更吃惊了,我可一点没看出来。接着她从包里拿出香烟,递给我一支,说:我们好好聊聊吧。

她抽烟很老到,谈吐不凡。她后来说的那些话与她的年纪极不相称。她说处长你家庭很幸福是吗?我说还行吧。她说你别介意。我问一个问题:你对我从来没动过心?我说这怎么可能呢?她却问:怎么不可能呢?除了你妻子,你就没有爱过别的女人?我说没有。她进一步问:连念头也没有?我还是说没有。我说这绝对不是虚伪,事实就是如此。她一下笑了起来,说处长你这辈子太冤了。那会儿我也放松了一点,对她谈了我的恋爱经过,我说我们结婚十年从未红过脸,可以说是相敬如宾。她按灭香烟,说:这也太奇怪了。我弄不明白,这奇怪吗?

1997年秋天这个晚上我和陌生人一起喝酒,听他说话。我感觉他是在满足诉说欲,我这个外省人是最好的对象。但我也发现,在某些方面他有点闪烁其词。他的话断断续续构成不了一个完整的故事。我从来没想过,这可以写成一篇小说。直到很久以后,当我们再次在那个地铁车站相遇时,我才意识到这篇小说已是篇现成的东西。这样我便有权利改变一下叙述角度与方式。小说不要求以法律为准绳,但你眼下读着的这篇小说却是以事实为依据的。我有必要做出这种申明,再往下写。

那个晚上办公室里的谈话没有持续多长时间。到了六点一刻,A就打住了。这些年A一般都在六点半之前回家,他得留出五分钟来走路,十分钟搭乘地铁。北京这么大,可A上班很方便,这也是让他满意的一个方面。A到家的时候,妻子正把一只大砂锅端上桌,排骨汤的香味弥漫开来。女人照例要问候一声:回来了?洗手吃饭吧。A就进了厨房,洗好手,顺便拿出味精、胡椒和盐——像每次一样,排骨差不多都是他迈进家门的前一分钟炖烂的,而放调味品历来是他的事,他一放就准。晚餐过程中还兼顾两个内容。首先是儿子汇报这一天里在校的学习情况,座位调整了没有?课堂测验了没有?作业完成了多少?还剩多少?其次才是夫妻之间的交流,说点各自单位白天发生的事。A进门时就觉得

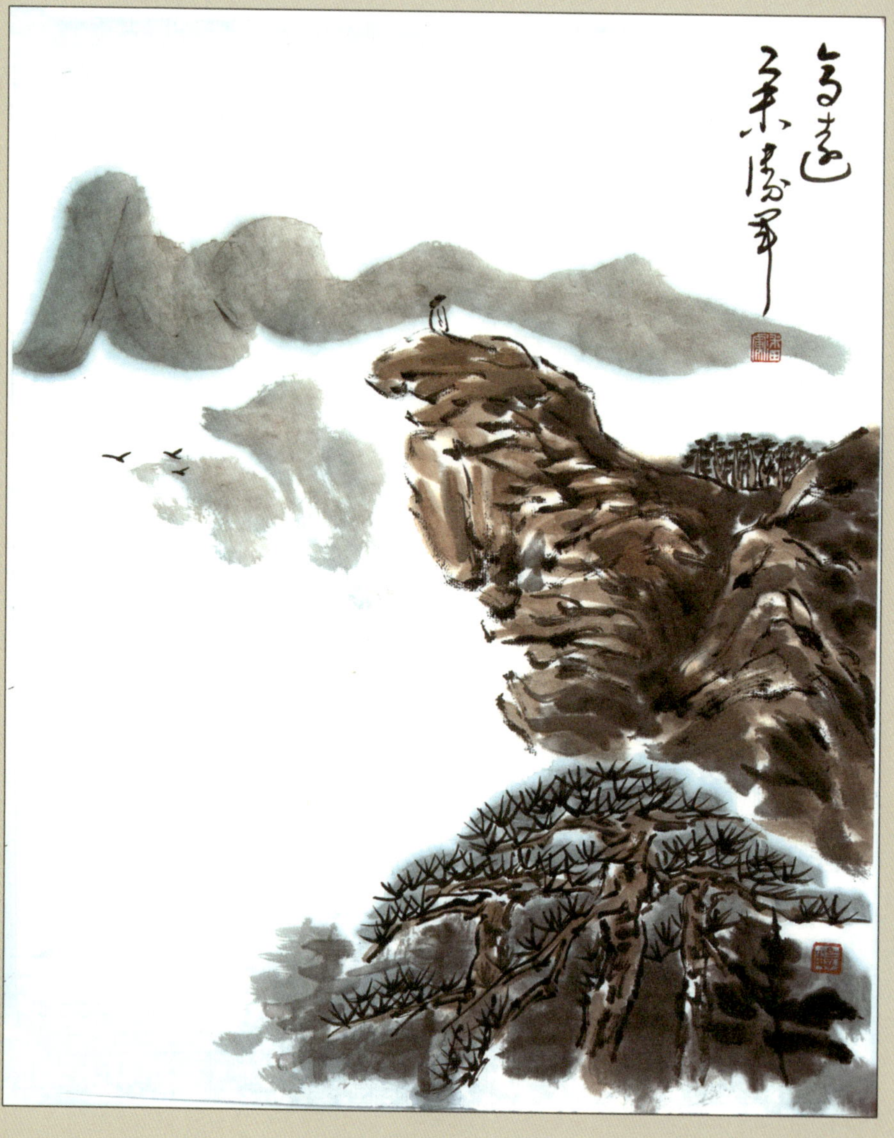

妻子今天气色不太好,显得疲倦。他先以为女人到了经期,可是一看手表上的日历,不对,女人的例假应该在三天以后。女人喝了口汤,说上午检察院的人去公司了。A哦了声,脸却对着儿子:你们语文老师换了?儿子说没换。儿子接着把自己的话一口气说完,埋头吃饭了。A这才转过脸问妻子:你刚才说检察院什么来着?女人叹了口气,说他们的财务部主任让检察院提走了。男人揩揩嘴说:那小子迟早会有这么一天。女人说她和她的同事都被一一问过话,从明天起还得从头到尾地查账。她烦,也有点怕。男人说:你怕什么?你又没有什么猫腻!女人说心烦和害怕与猫腻没有关系,谁都讨厌在怀疑的目光下去回答乱七八糟的问题,而且还在笔录上按手印。男人说,你必须配合司法部门的工作,怕是毫无道理的。女人看了丈夫一眼,说你这人真怪,你眼前发生了一起车祸,没有谁会认为你轧死了那个横穿马路的,但也不能因此就剥夺你害怕的权利呀!于是男人便宽厚地一笑,喝汤了。

这天晚上夫妻俩睡得都不怎么踏实。A没有对妻子说下班前在办公室同那个女孩子交谈的事。他一夜都在想处里的几位先生同女孩单独吃饭、跳舞,居然在自己眼皮下悄悄发生了这一切。第二天上班,A处处留意,想看出一点破绽。结果他的感觉是一切似乎都没有发生过,女孩的电话还是有增无减。第三天,A出差去延庆搞一个调查。那个女孩子想跟他一块去,A没同意。女孩是在电梯里对处长提这要求的,当时没有第二个人在场。女孩就开了个玩笑,说:处长,我头上没有一片纸屑吧?A一下就脸红了。女孩笑道:你别紧张,我可没有破坏你那个美好家庭的意思,而且我非但不破坏,还会促进,您就放心出差吧。A说:今晚谁请你吃饭?女孩反问道:你肯破费吗? A 一笑付之,为自己出言不逊感到后悔,刚才这么说的确莫名其妙。

A在延庆待了一周。回来的前一天,他照例要往家里打个电话,让妻子多做一个人的饭菜。车过长城居庸关,A 想起这个暑期该带儿子来这里玩上一天,他早就答应过了。这时候他觉得应该多想想儿子。延庆七天,A 总想到处里谁会再请那女孩吃饭?如果他最先请了,那女孩会不会就不同其他男人一起吃饭了?要是他和女孩一起吃饭,碰上熟人又怎么解释?女孩因此像书上说的那样闯进他的生活吗?这委实是一个头痛的问题,可是不想还不行。

A的妻子还是被公司的案件所困扰,连做爱都显得没有什么激情。女人例假刚过,本该是个好日子,但连日的查账令她疲惫不堪。我真不该学财会,她对丈夫说,我现在一听数字就起鸡皮疙瘩。丈夫拍拍她,说你命中注定是吃数字这碗饭的。女人感叹道:我为什么不学音乐呢?那样1、2、3不就成哆、咪、咪了? A 给弄笑了,把妻子搂到怀里,可妻子打了一个漫长的哈欠。

机关还是老样子,每个人埋头做自己的事。就是看报,也一样埋头。女孩子的电话还是多,没有人说她。A 也不说,但他开始留意电话的内容,偶尔能听出那么一点暧昧。A 想其他人肯定也听出来了,早就听出来了,可他们还是私下约请了她。他们当中有两位比自己年纪还大呢。

这天下班前,A 接到妻子的电话,说外地的一个同学来了,晚上同班的几个一块聚聚。A本想提前十分钟走,结果局长要同他谈点事,反而弄迟了。他给儿子打了电话,让孩子先吃点饼干垫垫肚子,把门关好。A回到办公室,大家都走了。他匆匆收拾桌面,这时发现玻璃台板下面压了一张音乐会的票,就是今晚八点半的,北京音乐厅。A一下就想到了女孩子,显得有些紧张。这无疑又是道难题,去,不合适;不去,明天上班见面会很尴尬,也不合适。回家的路上A一直就这么左左右右地想着,到了南礼士路站,居然忘了下车。A趸回到家已将近七点,从冰箱里拿出速冻饺子下锅,他看了一下外面的天,还没有完全黑下来。这时他主意拿定了,去。他想这样也好,免得那女孩子没完没了,虽谈不上什么勾引,但多少会影响今后的共事。他觉得似乎没有必要把这件事搞复杂,所谓心理障碍也显得多余,不就是一场音乐会吗?没准儿那女孩还请了处里其他人呢。

于是,A简单洗了个澡,并换了一件新买的T恤。他想这不是为了取悦于女孩子,而是表示对艺术的尊重。今晚是中央乐团的交响乐演出,据说李德伦会重新执棒。这时候A想起,自己常在南礼士路站见到的那个背大提琴的女人,她会不会也在中央乐团?那是个看上去很忧郁的女人。

八点二十分,A走进了北京音乐厅。观众差不多都到齐了,A张望着,很快就发现了自己的那个空位,同时也注意到了一个熟悉的女人背影。但不是那个女孩,而是他老婆。

陌生人那个晚上拉拉杂杂说了不少,说实话,到这里才引起我的兴趣。可是偏偏此时他的呼机响了,他看了一下,说很抱歉,有件急事。我没有理由留住他,给了他一个房间电话号码并记下了他的呼机,想让他过几天去我那儿聊聊。然而一连几天过去,A没有来。我呼了他两次,也未见回话。我想我犯了个错误,不该对A说我正在写一部电影。这个男人可能很在乎隐私权。那几天我沉浸在这个悬而未决的故事里,很自然地想到了那个女孩。我想这位年轻自信的姑娘原来不过是开个善意的玩笑,结果事与愿违地拆散了一个美满的家庭。

我们不妨这么设想:

那个女孩子分别给男人和女人送了一张票,当然是悄悄送的。于是男女双方都对此做出了反应。我们已经知道,男人的反应显然迟钝而费劲。当他走进音乐厅看见自己老婆背影的那一刻,他惊讶不已。女人在电话里撒谎了,男人却还不明白。他退到一角,注视着那个空位。老婆以为这个空位将由谁来填满呢?是她的主任(那家伙不是让检察院提走了吗?),是从前那个牙医,还是一个能安慰她并能使她更加快乐的男人?总之,不会是他这个做丈夫的。这时候灯光转暗了,男人沮丧地退场,而舞台的大幕正徐徐拉开。

那个晚上A应该是走回来的,没有搭乘地铁。他联想到妻子每回的应酬事由,一下子觉得充满了疑点,几乎处处经不住推敲。他不敢再这么想下去了。A整个晚上都在等待。临近十一点的光景,妻子回来了,还是无精打采的样子(是边上那个空位一直缺席?)。A不动声色,照例会把拖鞋递给女人,随口问道:同学一块玩得好吗?女人说不就是吃吃喝喝那一套嘛。后来……A问:后来怎么了？女人那会儿已坐到了马桶上,说:后来一个人喝醉了。

女人对音乐会只字不提。很长时间过去后,这个男人或许会想,如果那天晚上听音乐会的是他和那个女孩,他大概也不会对妻子道出真相。但那一夜男人是悲伤的。他真希望妻子所讲的那个喝醉了的人是自己,因为这样他就去不了音乐厅,也就没有后面的一切。

至于这个家庭后来是怎样解体的,我无须妄加推断。这两个人当初因为一片纸屑走到了一块,当然也可以因为另一片纸而分开。

1997年北京的深秋异常干燥,供暖却提前了。我待在房间里像洗桑拿一般,整天就是一身秋衣。我在考虑着一部该死的电影,迟迟下不了笔。没事可干时,我便去那个地铁站,看一份无聊的小报。我期待再次与陌生人相遇,但是一次也没碰上。连那个背大提琴的女人单薄的身影也从我视野中消失了。不久,我便回了合肥。我在北京和一个陌生人喝酒,其实是去年的事,可印象中总觉得相当遥远。春节刚过,这家影视机构又催我了,因为忙于装修房子,直到3月底我才成行。这回我主动提出要住核工业部招待所,倒引起了他们许多猜测,以为我与这附近的某个女人泡上了。

那时候北京的街头到处都是《泰坦尼克号》的海报。一天,他们给我送了两张票,明显是让我找个伴。我于是给熟人打电话,结果他们都是走不开,或者一时赶不过来。北京确实太他妈大了。这时,我想起了A的呼机。电话很快就回了,却是一个女声。她说这个呼机的机主已易人,而且原先的机主也调动工作了。我就很冒昧地问了句:你是他什么人?她说:是他以前的部下。我便断定是那个女孩子,于是就多说了些话,我说我曾与你过去的处长喝过一次很特别的酒。她立刻在电话那端笑了,说这事她听说了,太好玩了。这时我才把话头扯到下午的电影上,想不到她一口就答应了。

电影是在小西天中影公司的放映大厅。按照事先的约定,我手执两听可口可乐。不一会儿,一个穿浅蓝色羊毛衫的女孩笑着朝我走来了。A的介绍是准确的,这就是一个漂亮活泼让人心动的姑娘。几句寒暄后,我们又谈到了A。她说处长这人挺好,就是活得不对劲儿。不过离婚离得还像那么回事,她说,双方吃了一顿,还互赠了礼物。A的礼物是一块透明裸芯的机械表。A对女人叹道:你要是这块表就好了,哪儿不对劲,我一眼就瞅出来了。女人也叹了句:这有劲吗?

我回味着这个细节,似乎也有了感叹。这时又听见女孩说:不过这玩笑是开大了,他们都经不起。我便问:你有点后悔?她眉毛一挑:我后悔什么?你千万别误会,那票可不是我送的。

这真让我费解了。

那么,票又是谁送的呢?很长时间以后,我突然明白了许多。我想这件事做起来并不难,而且做事者早已是胸有成竹了。或许这本就不是个玩笑。

上个月的一天傍晚,我去五棵松看望一位同行,又从南礼士路站上地铁。车开动后,我意外地发现了 A 的身影,但我没有过去。当时他正同一个女人低声交谈着什么,看上去很甜蜜。而那个女人现在不需要再背大提琴了。我远远地看着他们,吃惊一瞬间便过去了。我突然想到一年前的那场交响乐音乐会,又想到十年前某个电梯里的一片纸屑,觉得一切都在情理之中。不久,五棵松到了。我走出地铁站,外面已是华灯初上时刻,这又该是个美妙的晚上,我这样想着,身轻若燕。那时候我的朋友正在马路对面使劲对我挥着手,喊着什么,不过我一句也没听见。

　　　　　　　　1998 年 7 月 21 日　北京立水桥

　　　　　　　　(原载《上海文学》1998 年第 3 期)

上官先生的恋爱生活

在石镇尚未形成市的规模时，上官先生就已经超前过上城市人的生活了。这位县文化馆的美工是我学画的启蒙老师。他其实比我大不了几岁，但由于他和我父亲是同事，在 1978 年之前，我视他为长辈。那时我常去他的宿舍。在那间十八平方米的屋子里，我第一次见到了咖啡、睡衣、电动剃须刀和一套至今还看得过去的组合家具。上官先生长相英俊，身材挺拔，除了会画，还会拉小提琴。他的风度和才华像旗帜一样在古老的石镇飘扬，如同他的姓氏容易让人判断其出身名门望族而绝非三教九流。多年以来，上官先生的形象一直统治着我。我甚至公开模仿他的某些做派。比如把呢大衣的领子竖起，再衬上一条暗红色的格子围巾。用今天的话来说，二十几年前我就深明了一种叫作气质的东西。

从前那些日子，上官先生可谓威风八面。凡有大的庆典，石镇主要街道的宣传栏上都会出现他的宣传画。那是用三十张道林纸拼起来的巨幅，需要搭脚手架进行绘制。每次作画，先是由小工们把白纸平整地糊上水泥墙面，再由我把排笔颜料一一摆好。这阵锣鼓过后，上官先生始才登场。他从不用炭条打轮廓，而是直接用排笔蘸上赭石洒脱地画起来。他也从来只画那些主要的部分，比如人脸和手，余下的边边角角都由我完成。围观的人很多，大家在夸赞上官先生的同时也美言我几句。我自然心中窃喜,上官先生却不为所动,目不斜视地挥动着画笔。他穿着一件自己设计的大褂子,看上去像个严肃的科学家。这件沾满颜料斑点的工作服,成为日后石镇风衣流行的真正起源。

1977年秋天,石镇的街上出现了第一个穿风衣的人,但不是上官先生。穿风衣的是一个年轻女人小陶。后来大家知道,这个小陶是曾在石镇附近农村插过队的上海知青,现在从省卫校分回来了,是一名助产士。这使她很不愉快。小陶的理想是回上海,哪怕在里弄小工厂糊火柴盒什么的。其时政治形势已发生了根本变化,原先那些上海知青正以各种名目纷纷回调,小陶却像一只苍蝇似的落到了原地。年轻美丽的小陶穿着米色风衣走在落满梧桐叶的大街上,成为那一年秋天石镇最为忧伤的风景。她神情黯淡地走着,没有引起更多的注意,却意外地走进了上官先生的视野。

那个下午,上官先生正在文化馆门前为人调试一台"海鸥牌"相机。当他上好胶卷,把镜头对向富有纵深感的大街时,穿风衣的女人便处在透视中心点的位置。我的激动首先来自那件风衣,上官先生后来这样对我说。然后,他认出了小陶。上官先生曾下乡为知青辅导过参加文艺调演的节目,和小陶算是熟人。小陶他们那年演出的是一个叫作《算盘歌》的表演唱,八个女生手持八把算盘载歌载舞。小陶是领舞,上官回忆道,她的条件和感觉最好。这八个女生中有三个是上海知青,台上一站,台下便清楚了。事情就这么奇怪,上海人还就是上海人。

如果不是小陶的出现,上官先生兴许就同我一起考大学了。他最初想考浙江美术学院,后来听说浙美招生的名额极少,又想改考中文。那些日子,他常去我家借复习资料。我觉得他有不错的文科底子,过关没多大问题。可是有一天他把借去的书全还来了,他说:我决定放弃。我疑心他是有精神负担,怕名落孙山而失了面子。上官是当之无愧的小镇名流,他若考而不取,日后往下混就难了。我父亲却说,上官是因为恋爱而舍弃了功名。金榜题名与洞房花烛皆为人生大喜,父亲说,兼而有之则难。这绝对是废话。然而上官先生果真就成了这理论的实践者,他与护士小陶恋爱了。

才貌双全的上官先生历来就是石镇姑娘们暗恋的对象。可是这么些年下来,仍然没有谁能成为上官的意中人。上官不喜欢她们。他也不掩饰对石镇女人的反感,说她们走路像鸭子那样叉开着腿,说话大嗓门还带脏字,连穿衣都不懂得颜色搭配。有一回他多喝了点酒,话就更离谱了。上官说,石镇的女人洗屁股洗脚用的是同一条毛巾同一只盆而且还不换水。他振振有词,一副胸有成竹的样子,好像私下做过普查。他还建议我以后千万别娶这地方的女人做老婆。女人嘛,上官先生说,要的就是个情调,你再看看人家小陶:站有站相坐有坐相,待人接物落落大方,不是吗?

我承认小陶在石镇确实有点鹤立鸡群,但也没有上官先生说的那么完美。小陶五官端正,可是搭配在那张大脸盘上总有点不和谐,比如说眼距过大。小陶的皮肤白皙,但毛孔较粗,颧骨上还有淡淡的雀斑。我想这些上官先生肯定比我清楚。他也不是视而不见,而是看重了那种叫气质的东西吧。

于是这两个气质相投的人坠入了爱河。他们出双入对,夺走了街上全部的目光。1977年的恋爱节奏还是缓慢的。石镇地盘不大,居民的好奇心却长时间不能满足。他们关注这一对男女的行踪就像关注物价一样。他们欣赏这对恋人在小雨中的漫步和骑车去山里的野游。甚至有人仿照他们的生活方式,开始养花养鱼,置办组合家具。多年后,我写了一篇《石镇的家具革命》,便是从上官先生谈起的。在那篇夸夸其谈的短文里我颂扬了革命先驱上官的那股大无畏气概,也暗示了他对爱情的不倦追求。我重点提到了接吻。我说:两性间的交往除了目的性性行为之外,还必须重视过程性性行为及边缘性性行为。这后二者虽然不怎么实惠,却充分展示了性关怀的美感。显然,这篇文章有借题发挥之嫌。而且我必须坦率地承认,这也是盗用了上官先生的观点。

上官先生和小陶姑娘的恋爱既古典又现代。他们以身作则,坚持婚前不发生性关系。那时小陶一下班就骑车去了文化馆。一见面,两人便掩门接吻,再开始交谈。上官先生很得意地告诉我,他喜欢这种情调。就是结婚了,他们也将把这一习惯保持下去。每天回家,先接吻,后做饭。我觉得这很像外国电影里的场面。上官说:这又有什么不好呢?这年冬天的一个夜晚,我去文化馆挂长途电话,看见上官的屋子里灯光昏暗,小提琴如泣如诉的旋律飘过了我的头顶。我便去敲了门——屋里点满了蜡烛,上官和小陶表情肃穆,原来他们在共度圣诞平安夜。我有些抱歉地离开了。回到家,我对父亲说了这些。父亲不以为然地说:上官想在石镇搞一块试验田吧？我父亲是在教会中学读过书的，却对主敬而远之。他每天忘不掉的是准时收听"美国之音"。

春节一过，我便接到了大学录取通知书。启程的前一天，我去向上官先生辞行，可是他下乡采风去了。小陶也没有从上海回来，医院说她超假了半个月。我郑重告诉父亲，如果上官结婚，务必代表我送上一份厚礼。然而这份礼迟迟没有送出去，上官和小陶的恋爱突然就发生了变化。

直到现在，我也没有弄清当年这对完美恋人分手的直接原因。那年暑假回来，我曾小心翼翼地问过上官。我说你们那么般配，怎么说完就完了？上官苦笑了一下，点上香烟（这之前他是不吸烟的），那是一种牌子很臭的烟，他一吸就咳个不停。但他终于没有做出任何解释，神情透着一言难尽的感慨。最后，他只说了四个字：沮丧不堪。我有点不知所措，就想陪他去乡下散散心。我们约好第二天出发，可是当夜这家伙就先溜了。他在门上贴了张条子，叫我不要找他。

那个暑假我没有离开过石镇。关于上官与小陶分手的种种传闻我多少听到了一些。有人说，他们最初的不愉快来自小陶饮食习惯的改变。小陶自从来到石镇，只爱过两种东西，除了上官还有茶鸡蛋。小陶特别爱吃石镇小贩制作的茶鸡蛋，每天都吃，有时一吃就是五个。据说上官先生对此很反感。这很让大家困惑：茶鸡蛋难道不能吃吗？我倒表示理解。我甚至担心上官接吻时会产生异样的感觉。还有一件事听起来也有点不可思议。有一次省画院来了几位画家,文化馆由上官出面陪同接待。这几个画家都是上官的朋友,也曾帮过他不少忙。上官陪他们去山里转了一圈,回到石镇,他向他们介绍了小陶。大家都夸小陶温文尔雅,说上官到底是画画的,眼光如何如何不错。上官让小陶在屋里做了一桌菜,为省里朋友饯行。他突击把屋子用三合板隔了一下,把外面布置成精巧的小餐厅。小陶在走廊上做菜,一盘盘端上来。上官选择的餐具很讲究,小陶的菜委实也做得出色,地道的上海风味。于是又博得画家们的一致夸赞。小陶前一晚是大夜班,遇上个难产忙了一宿,所以只向客人敬了杯酒便离席去了里屋。这有点传统妇女的味道,不难想象日后成为主妇的她将是很贤惠的。画家们兴致勃勃地又吃又喝,话题从小陶谈到上海女人,又从上海女人谈到日本女人和法国女人,最后谈到他们正在和北京的同行联系,准备秋天搞出一个石破天惊的人体画展,并建议上官也来一张,就画小陶!上官没有思想准备,但创作的欲望是燃起了。他似乎有点不好意思,一个劲地向朋友敬酒。

这时,大家听到了一个声音。

是里屋小陶的鼾声。

我不知道这件事是怎么传出来的,也难辨其真假。倘若是真的,我可以想象到那一刻上官的窘迫与尴尬。我向父亲问起过此事,父亲说他听到的是另一种说法。那夜小陶是忙累了,也躺到了上官的床上,但并没有打呼。上官的惊讶来自小陶的眼睛——她睡觉时是半睁着眼。这是事实,父亲说,医院里的人都知道。父亲又说:这有什么呢?你妈不是睁眼和我睡了三十年吗?

我想上官的惊讶应该转瞬即逝，不安却会停滞一个时期。但这件事无关痛痒，因为这之后上官还有兴致进行人体画的创作。

上官先生的人体画创作开始于5月的一天。他闭门不出，整天地在看安格尔和鲁本斯。但这些纸上的东西毫无生气，他这样对小陶说，人体画离不开模特儿。

小陶很聪明，就问：你是不是想画我呀？上官沉默了许久，说自己很矛盾。作为艺术家，他当然渴望小陶成为模特儿。但作为未婚夫，他还是希望信守诺言，把美妙的一刻留到神圣的日子。小陶就笑了，说你拿主意吧，我好安排时间。那时小陶被抽到了县工会，参加排练一个叫作《春天》的大型舞蹈，她是领舞。上官还是举棋不定，说自己先依靠资料往前走几步再说。于是就动手了，很快，消息不胫而走。

最先知道这件事的是一个瓦匠。这个人上屋检漏，从窗户上看见上官在作画。瓦匠就张扬了，说文化馆的那个画家天天躲在屋里画光屁股女人，画得像真的一样。大家就以为，那被画的对象必定就是小陶。有人还当面问过她，是不是真的脱光给上官画了？小陶笑道：我愿意，他还不敢呢！可见那会儿小陶还是开朗的，不往心里去。但是这件事越传越邪乎，有传闻说上官以画画为由，想婚前检查一下小陶的身体，看看她是不是处女；还有人说这对人貌似高雅，实为肮脏，先干一下，再画一下，边干边画，边画边干。有一天上官出来买调色油，百货公司的一个年老妇女便打趣说道：上官，你这些日子可瘦多了，看这小脸给上海刀刮的！上官还是不知所云。小陶沉不住气了,她几乎每天都让人追问。她一上街,店铺里的人都把头伸出来,皮笑肉不笑的。小陶觉得自己是在游街示众,便委屈地对上官发了火。

你别画了!我没被你脱,倒叫满街的人给脱光了!

上官这才意识到此事的非同小可。

据说上官为了澄清事实真相,还专门写了一篇文章,送到了县广播站。宣传部知道后,便及时将稿件抽下,又分别安慰了两位当事人。部长说,搞艺术总是要付出代价的。当然,今后也要引以为鉴,不要过早张扬。

于是上官的这次创作就夭折了。多年以后,我见到了它的色彩小样,觉得画上的那个女人还真的很像小陶。我想这也正常,小陶给上官的印象太深刻了。那时小陶已调回了上海,有消息说,她刚刚结婚。这天夜里,我和上官在石镇西头一家小酒馆的楼上喝酒。我问上官,对小陶是不是很怀念?上官说,怀念当然还有,不过尽是些沮丧不堪的事儿,这感觉还真奇怪。正说着,从雅间走出几个人,都显得喝过了量。他们口齿不清地对上官打招呼,然后就下楼了。我听见他们在楼梯上议论着一条裙子什么的,忽然就想起了一件事。

1978年6月石镇撤县建市,历史翻开了新的一页。为此,石镇组织了系列的庆祝活动。其中最有影响力的,是一台综合性晚会。整台晚会的舞美设计是上官,除此之外,他还带着小提琴加入了伴奏的管弦乐队。晚会是露天的,地点在人民广场,据说观众有五万,可谓声势浩大。夜幕降临,大幕拉开,舞台上灯光渐渐亮起,开场的节目便是由小陶领舞的《春天》。台上的姑娘都穿着浅绿的长裙,只有小陶穿的是粉红色真丝裙。桃红柳绿,很合石镇人民的胃口。万绿丛中一点红的小陶舞姿优美,动作极富专业性。那个时刻,我想大家也许暂时忘记了,台上这个女人是不是真的脱光给人画了。音乐声大作,舞蹈走向了高潮,小陶一个大跳之后接旋转,越转越快,但是那片粉红色突然从大家眼中消失了,转动的是两条腿。等大幕抢着合上,大家才明白,这女人刚才把裙子转掉了,于是嘘声四起,音乐却戛然而止。

事隔二十年,石镇人民早就忘记了小陶当年的舞姿了。记忆犹新的是从前一个护士,上海人,在台上跳掉了裙子。甚至还有人记得,这护士的右腿上有一块巴掌大的胎记。

很多年后,我去上海修改书稿。一个下午,在淮海路的一家鞋帽商店门口,我意外地遇见了已是五岁孩子的母亲的小陶。她似乎没有太大的变化,倒是面部的雀斑比从前浅了。小陶很热情,要我去她家看看,她刚刚忙完房子的装修。可我的时间有限,只好谢绝。我们就站在路边聊了会儿。我说她走得太快,调动办起来也那么顺利。小陶突然就笑了,说这得感谢那条裙子呢。小陶说"裙子事件"弄得她很狼狈,觉得没法在石镇混了,就去找领导哭诉。原先领导是不放人的,现在倒起了同情心,认为这种情况换一个环境可以理解。领导的语气很沉重,小陶说,好像我被人在光天化日之下强奸了。小陶说得眉飞色舞,不知怎的,我倒真的有些怜悯远在石镇的上官了。我问小陶,这些年是否见过上官?小陶摇摇头,笑容也敛结了一些。小陶说上官这个人很有意思,也很好,只是摸不透。即便她不调回上海,也未必嫁给上官。后来小陶又问道:他成家了吗?我摇摇头。小陶便叹了口气。

那天夜里,我想给上官挂个长途。电话接通,想想还是挂断了。我不知该对他说些什么。这些年我走南闯北地折腾,回石镇的机会少了。偶尔回去一次,又屡屡同上官失之交臂。父亲说,上官至今还是独身,有空就去山里写生,不画人物,只作风景。他把小提琴送给了我妹妹,以此换走了我家的一只波斯猫。他给波斯猫订了一份牛奶,自己倒喜欢吃茶鸡蛋了。

去年夏天我来北京筹备一部电影的摄制,住在北郊的立水桥。我住的酒店是新开业的,设施正逐步配套,只有总台一部电话,许多朋友无法与我联系。这家酒店的服务生差不多都是从重庆万县那一带招来的,年轻活泼,彼此讲起家乡话还很动听。有一天,总台让我去接电话,拿起话筒我吃了一惊,对方居然是上官先生!他此刻就在北京,是来参观俄国风景画大师列维坦画展的。我便邀他过来一聚,算起来,我们已有近十年没见面了。

一小时后,上官乘面的到了,我在门口迎接他。上官突出的变化是蓄了须,头发也白了许多。我们握手,彼此都有些激动。上官说,车往北行,一路的荒凉,便寻思我混得很不如意,否则是不会扎到这儿的,现在他放心了。这个下午上官就在欣赏酒店的格调,对巴洛克式的装修、德式的小阳台、带风景画廊的酒吧赞不绝口,说有点世外桃源的意思。然后,他就开始注意那些衣着一新的服务生了,眼睛也跟着亮起来。上官说,这儿的姑娘个个都很漂亮。我笑了笑,把咖啡推到他面前。上官小心地搅动着咖啡,又添了块方糖,自语道:如果不是她们漂亮,那就是我老了。

他似乎还说了点什么,但被传来的萨克斯旋律彻底掩盖住了。

1998年11月10日　北京
(原载《作家》1999年第1期)

某部的于村

　　1982年10月，二十四岁的于村从北京一所综合性大学分到A市机关某部。他来某部报到的那一天，遇见了另外两个也来报到的青年。他们先去了办公室，秘书看了看他们几个的介绍信，用手指示了一个方位，叫他们去干部处转组织关系。实际上三人中只有一个姓高的戴眼镜的青年有组织关系。闲谈中于村知道这人是来自本省的一所普通大学，便有了一点优越感。但又想，既然在省里的大学也能进省机关，那何苦当初要去北京呢？至少多花了些钱吧？再一想就觉得不太对劲，也许这位姓高的是高才生才有进省机关的可能，那么是否意味着他于村就是北京的普通生呢？过了会儿，干部处的分管处长来了，对新来的大学生说，具体工作安排要等部领导回来开会研究再定。处长说：你就先去办公室帮忙吧。这样，姓高的青年被派去侍候一位病人，于村和另一个人被派到资料室，临时帮助整理旧图书。虽然这件事不轻松，但在于村看来，和旧书打交道毕竟还是比和病人打交道好一些。那时于村当然不会知道，其实从这第一天起，他和那姓高的命运就出现了根本的变化。

　　于村在资料室前后干了半个月，成天翻书堆。这些书封存了近二十年，不过比起当时市面上的新书，又明显地好了许多。按照机关的意见,这批书在经过整理后以极低的折价卖给机关内部的人。这中间自然也包括新干部于村。但是他不能优先购买,只能和大家一起行动。有个姓何的主任打了个很生动的比喻说:这就像跑步比赛,你不能偷跑。

于村当然不会"偷跑",这不道德。很长时间过后,他又对自己说:这是犯规的。

卖书的那天,资料室外面挤满了人,等分管领导发出命令后,人便像决了堤的水一样涌了进去。不一会儿工夫,于村半个月的心血便白费了。那些摆在书架上整整齐齐的书全翻乱了,每个人只顾着抢自己想要的书,这种形象比起每天在办公室的正襟危坐简直判若两人。所幸的是,于村自己想得到的那些书基本上还在。于村花了几十元钱就得到了几百元钱的实惠,这是他进入某部后的第一次安慰。但是后来的事就开始变得枯燥了。于村被分到研究一室,主要研究文教卫生方面的政策。如果他是外人,对"研究室"是会产生好感的,可是等他成为研究室的一员后,他就有了一种被欺骗的感觉。研究什么呀,成天就是写材料、印材料、发材料。他总是公开这么说。室主任就是那个老何,论年龄可以做于村的父亲,他私下对于村说:机关都是这样,研究室的好处就是不怎么出差。可于村说:我倒情愿多下去跑跑。

于村不久就得到了第一次出差的机会。他去的地方是靠近长江边上的一个小县城,此行的目的是调查文艺团体的改革情况。这个县的剧团唱的是黄梅戏,于村的家乡也是唱黄梅戏的,因为这点缘故,使青年于村一路的心情格外地好了起来。他觉得仿佛是一次探亲。

于村是随主任老何下来的。他们刚到,县政府办公室的人把他们安置在招待所最好的小楼,开了一个套间。接待他们的是一个姓鲁的秘书,也是今年刚分配来的大学生。由于年纪相仿,于村被对方的热情弄得很不好意思。不一会儿,县里的分管书记就赶来了,谈话不过十分钟便吃饭,自然又是一顿丰盛的午餐。席间,老何的话题明显地比在机关时多了,以至于让于村觉得这个平素窝囊的中年人原本也是很幽默的。老何的胃口酒力也很好,于村却不行,几杯直通通地下肚,太阳穴就跳得快了,只好借上厕所避开。那个鲁秘书随他一块儿出来,问他定级了没有?于村说:我刚来呢。那秘书说:还是你们在上面好,一定级就是副科。于村说:副科算什么?机关的办事员最低的就是副科了。那秘书说:可我们在下面,想到这一步没有五年八年是不行的。副科放到下面就是副局长,出门就可以带车子了。这一说,于村便明白老何刚才的洒脱劲是怎么回事。按照组织原则,在这一桌上老何就是名副其实的首长。

第二天上午,他们在县有关部门的陪同下到了剧团开座谈会。地点是后台的化妆室,却脏得吓人。由此就可以想象得出剧团面临着怎样的困境。剧团的人称他们作"省里领导",声情并茂、声泪俱下地反映基层文艺团体的破败局面。于村认真听着情况介绍,自己的情绪似乎也受到了感染。他看见老何也一副认真思索的样子,只是不停地调整坐姿。渐渐地于村就嗅到身边总有一股子臭气在萦绕着,低头朝脚下看看,也没有看见类似粪便的异物,觉得怪,突然听见一个响声自主任腰下传来,断定是放屁了,差点儿想笑。强忍了下去还是如鲠在喉地不舒服,只好再次借故上厕所脱离现场。

于村跑到空旷的剧场里痛快地笑了好几声。回音叠起,好像不止他一个人在笑。笑过,他又点上了一支烟,刚吸一口,隐约听见有人在哭,是个带有童音的女声,闻声望去,便看见在舞台的大幕边上侧立着一个身体单薄的女孩,看上去不过十五六岁。这个穿着灯笼裤的少女显然是剧团招收来的学员,兴许是因为练功吃苦或者想家才这么伤心的。于村便走过去,亲切地问道:怎么了小同志?是不是想家了?他忽然感到自己的语气有点不对头,像电影里见过的类似政委的味道。于村有些尴尬,却不知道怎么从这局面里撤出来。这时,女孩开口了。我不是想家,女孩说,我是怕被送回家。

于村这才知道,这个剧团因为日益不景气,决定从去年招收的一批学员中裁去一部分,其中可能就有这个叫毛妹的女孩。据毛妹介绍,当初招收她时就有不少的争议,主要是嫌她个子矮。如果不是剧团小旦行当奇缺,她就根本进不来。

省里领导,您帮帮我吧!毛妹抽泣着说,那口气简直就是乞求了。

于村的心这才真的软了一回。他安慰了这个实际年龄已有十八岁的姑娘,表示可以"说说话"。他倒是履行了诺言,在为期一周的调查结束后,他把这件事委托给了那位鲁秘书。为了有力一点,他谎称毛妹是自己的一位远房亲戚。等回到机关一个月后,有天下午,于村正在装订材料,接到了鲁秘书的电话,说那件事办完了。于村开始愣了一下,费了很大劲才想起"那事"来,连声称谢。不久,毛妹也给他写了信,说自己命好遇上了贵人什么的。最后,毛妹说自己已改了名字,不再叫毛妹而叫毛梅了。不过于村倒觉得,还是叫毛妹好一些,他想需要指出这一点来,结果因为抽出去防汛连信也没回。

1985年,于村在机关干了四年,越发觉得没有味道。他每天的工作还是写材料、印材料、发材料。处里新来了一个副主任,就是那位当年和于村一起报到的姓高的青年。当初这个人被派去侍候的病人,是单位的二把手。半年后,一把手因为作风问题下台,他扶正了,便挑姓高的做了秘书。如今几年一过,姓高的就提拔了。事情看上去一点儿也不复杂。这一年好像就是提拔年,几乎每天都能听到谁提拔了的消息。于村本来对提拔之类的事并不怎么感兴趣。但是身处这么一个具体的环境,似乎连木头人也不会无动于衷了。这样于村就隐约地感到有点压力。越是有压力,他就越是看不起姓高的副处长,也越感到这人对自己很挑剔。譬如每回于村写的材料,姓高的总要大改一通,然后还让于村重新誊一遍。这样几次下来,于村就觉得自己像是姓高的一个秘书。而在姓高的那里,俨然就是很自然的事了。于村心里窝着火,总想找机会发泄。

这天,又是安排于村给部长写讲话稿。是为大书法家邓石如纪念馆落成的祝词。大家知道于村对文艺很熟悉,自然这工作就非他莫属了。于村倒也有兴趣,比起以前那些枯燥的材料,这次自然有意思一些。他翻了很多资料,想写得精美一些。第二天,于村就把材料拿出来了,交到主任老何手里,老何说:我对这个是外行,还是高主任看吧。于是就交到了高那里。于村本想等结果,想看姓高的这回怎么下手。这时来了一个电话,一听,是个女声,就找他于村。对方问:是于老师吗?于村就很困惑,我什么时候成老师了?他说:我姓于,请问你是……

我是小毛呀!

当如今叫毛梅的姑娘出现在于村眼前时,后者还是很吃惊。他没想到"女大十八变"这句俗语在这个毛梅身上会表现得如此具体。眼前的毛梅分明就是个亭亭玉立的美人儿,你无法把她与三年前的那个黄毛丫头联系起来。于村当然高兴,甚至动过一瞬的邪念:搂着这样水灵的姑娘睡觉真是人生一大快事。可他还是不明白毛梅为什么要称他作老师?我像老师吗?吃饭的时候他这么问道,我倒真希望有你这样一个学生呢。

不叫老师叫什么?毛梅说,我总不能叫你小于吧?

于村心里便颤了一下。是呀,是存在着一个怎么称呼的问题。如果我是处长或者主任,那么今天毛梅就不会叫我作老师了。莫须有的老师。那一刻于村心里特别地酸。

毛梅是来省里观摩的。她现在是县剧团的后起之秀了。第二天晚上,于村请毛梅出来散步,他们走到环城马路上,说些海阔天空的话。于村问:你想不想到省里来工作?

毛梅说:想呀,人往高处走这个理我还不懂?可是我怎么来呢?

于村知道毛梅是有意把话递过来的,当然这也很好。于村说:这事我有数了,但不能急。其实这个晚上于村就想说:你嫁给我算了。

话虽没有出口,但事情最后还是做了。在分手的时候,他们拥抱了,也接吻了。据于村后来说,这是他有生以来抱过的、吻过的第一个女人。但他惊讶的是,这事做起来怎么如此的镇静而自然。

和毛梅的接触(于村认为这是真正的接触)即意味着恋爱。于村自然很兴奋,但也预想到了,这件事可能会改变自己的某些方式。简单地说,他现在不能只图一个人自在了,得注意搞好关系。他想,把毛梅从县里调到省里绝没有当初使她留在剧团那么简单。凭他自己的能力想办成这件事显然不易。本来,他自觉在机关没有太多的烦恼,虽然没有怎么重用他,但他很自由——他可以在法定的八小时以外去干自己有兴趣的事。他是学中文的,业余时间总爱给晚报写一些杂感。这些东西可以使他达到两个目的:在机关内部受到尊重,每月增加收入。那时的工资很低,像于村这种副科的级别,每月就只有六十几块钱。而他的稿费平均起来比工资还要高。因为这个,于村心里有些平衡。你姓高的不就是个副处吗?不就是比我多出二十几块钱吗?于村甚至在心里这样想过,以每月的经济收入,自己就是部长了。这可能就是于村看不起别人尤其是姓高的副处长的原因所在。

这天上班,于村看见自己起草的讲话稿已放在桌上,又被姓高的副主任改了一番。他一见就生气了。什么玩意儿!装什么孙子!他就这么嚷着。当时边上并没有第二个人。但是话音刚落,老何与姓高的以及其他人都鱼贯而进了。于村看见他们每一张原本松弛的脸转瞬间都绷紧了,显然自己适才的发泄被大家在门外听见了。他感到自己的表情还在怒着,心想若此时收敛就不好下台。于是血就往上涌了。于村把稿子朝姓高的桌上一撂:你有什么好改的?是不是你动手改了就表示你水平比我高了?

姓高的说:我没这个意思,你太多心了。

于村说:我告诉你,这次你自己来誊。

办公室的人都过来劝了,说小于你冷静点小于。于村没有看见老何,后来才知道主任不知什么时候出去打开水了,而平时他是几乎不打开水的。

于村和高副主任吵架的事很快就传开了。当天下午,他被带到部长那里去谈话。部长严肃地批评了他,说:要主任干什么?就是让他对研究室里每一项具体工作负起责任,改稿子是很正常的。

于村不自主地回了一句:那何不让他自己动手起草呢?

部长说:起草就是你的工作了,这也很正常,你同样要负起责任。机关每一项工作都是有程序的。

那个晚上于村感到十分难受。他想这下自己的处境变得难了,甚至想马上调走。可是往哪儿去呢?他原想尽快把毛梅调上来,没想到现在自己也面临着找去处。想到这里,于村就特别地伤感。他走出去,外面正下着雨,他也没带伞。雨淋在脸上倒是舒服一些。这是青年于村平生遇到的第一次压力。路过一家小馆子,于村想进去喝点酒,突然里面吵了起来,一个大汉被人从里面推出,那人喊道:得罪你怎么样?老子不犯法,就是皇帝也治不了我的罪!于村吓了一跳,他弄不清这大汉是什么身份的人物,但那人的这句醉言却把他从沮丧中捞了上来。

这以后于村就变得奇怪了。每天上班他是第一个到,而下班也是第一个走;不请事假但也不接受加班;机关开会他不溜号,但从不发言;他允许别人改他的稿子,但决不重誊一遍。他出差按平均数去,捐款按平均数,甚至打开水也是按平均数。有一天老何在下班时留住他,说想与他谈谈。于村开口就问:我又做错什么了?老何说你没错,你做得很好。老何说:我今天是以朋友的身份与你交交心的。主任绕了很大一个弯子才说到正题。主任说小于,在机关干就得有好忍性,所谓十年的媳妇熬成婆。于村说:主任,我实话告诉你,我是既不愿当媳妇也不想当婆婆。就这一堆了,大不了把我扫地出门,那也不至于扫到地球外面去吧?老何一下就被噎住了。

于村在晚报上接二连三地发表杂感,加之他经手写的材料被省委负责人批阅过,机关大院里很快就传出了这样的评价,说某部有个姓于的笔头子很不错。但这小子又他妈的特别犟,不好使。这期间,于村也在忙着未婚妻调动的事,但一涉及找人求人便止步了。他自觉找不上人,也不想去求人,可是县里的毛梅又朝思暮想地盼着早日上来。姑娘每月一半的工资都花在长途电话费上。姑娘在电话里哭泣,说这么拖下去她会很快老掉的。好像就真成了明日黄花。于村心里着急,却又一时拿不出办法来。

但他下了决心,如果软的不行就来硬的——结婚算了。一个省内的分居还能不解决吗?

这年的秋天,于村和毛梅结婚了。他们在分居了一年后调到了一起。据说最终还是老何替他的下属跑成的。毛梅还干本行,在A市黄梅戏剧团工作,由于自身条件好,进来了就很受重用。两出戏一唱,竟在市内获得了好评。

故事说到这里,需要一次提醒了。你们也许没忘记,1982年分到某部的是三个青年。那第三个就是我。我的情况比较特殊,在不到一年的时间里,我病了四次。到了第五次,我得了慢性肝炎,一头扎进医院差点出不来了。等我完全好透了,于村的现状又使我茅塞顿开。我知道最不适合在机关的不是于村而是我。这样我就干脆请了病假,回家复习准备考研究生一走了之。到了1988年,我考取了。我离开的时候正是新部长上任之际。这个面目清秀的中年男子,以超凡的记忆力和平易近人闻名省内。为此他特别吩咐办公室准备一次宴席为我饯行,很让我受宠若惊。吃饭的时候,话题就很自然地扯到了当年的三个大学生身上。大家恭维了我几句,但说着说着就说到了于村。有人说:小于这个人倒不坏,能力也很强,就是不适合在机关待。新部长就问为什么?那人说:他很犟呢,不过又没有明显的毛病。这时老何插言道:工作中还真离他不开。新部长说是吗?我倒要见识一下了。他的口气很自信,具有一种挑战意味。

466

不久,我在南方听到消息,就在我离开两个月后,于村突然得到了提拔,令机关全体人吃了一惊。我也很意外。

我再次见到于村是在 1993 年春节。我回 A 市探亲,在街上遇见了于村,当时他正和毛梅带着儿子去看一个画展。这是我第一次见到毛梅和他们的孩子,便有些吃惊,因为毛梅的个头很高,甚至可以说很时髦,像个模特儿。于村现在已是研究一室的主任了,人也像是发福了许多。他叫毛梅领孩子去看,硬是拉我去他家。他说我们得好好叙叙。他刚分了一套三室一厅的新房,装修也很不错,使我意外的是,墙上却挂了一幅老何的书法,一看就很有功力,学的米芾。我就问:是那个老何吗?于村说是,不是他是谁呢?我就感叹道:想不到老何还有这一手?于村说:这叫会打不出手。这话一说,于村突然就沉默了,过了会儿才说:你知道吗,老何上个月才走。追悼会上那些挽联没有一个比他的字写得好的。可他走了。

我们一直谈到傍晚,于村执意要留我吃饭,这时,毛梅和孩子回来了。于村打发老婆赶快做饭,我就说:别忙了,小毛晚上还要演出吧?

于村就一笑,说:她改行了,调到资料室来了。

那何必呢?我说,小毛是个好演员。

谁说不是?于村说,这事不能怪我,怪她自己不争气。你听说过女人结了婚还长个子的吗?

见我有些摸不着头脑,于村又补充道:她那个剧团男演员都是

467

矮子,没有人能和她配戏。她得顾全大局。

说到这里,来了电话,于村去卧室里接,我隐约听见他说:喂?部长……这事我正要向您汇报呢……行行,我明天就去查一下,您放心,报告我自己动手……

于村回到客厅,想很快找到刚才的话头,就问我:我刚才说到哪了?

我说:男人都是矮子。

于村眨眨眼睛,似乎还没有明白过来,只说:是呀,怎么这个地方的男人都是矮子呢?

2000年5月　合肥寓所

(原载《作家》2000年第8期)

纸　　翼

　　后来楚翘想,对于一个她这样的女人,2000年10月18日这一天是值得回忆的。

　　这一天实际上很平常。每年都有10月18日,只是按照人们的习惯,把这样的一天看作结婚的好日子,楚翘一早就看见街上有许多迎娶新娘的彩车。她的同事王涵也选择这个日子把自己给嫁了。王涵是前年分来的大学生,人长得还算漂亮。楚翘心里清楚,自己虽然比王涵大了几岁,但就女人的气质与风韵而言,她仍然不失自信,楚翘这一年二十八岁,已婚,没有孩子。她的丈夫刘东是一家电脑公司的营销经理。

　　楚翘今晚要去参加王涵的婚宴。可是临下班之前,她接到了一个电话。对方是个男人,声音动听但很陌生。对方说:你好,我们不认识。

　　楚翘说:当然。

　　我是一个出差到你们这个城市的男人,对方说,我只是随便拨了一个电话,我想如果对方是位女士,我就邀请她共进晚餐。

　　这是机关的电话。楚翘说。

　　我不管,但是我很高兴,因为现在与我说话的果然是位女士。

　　楚翘就把电话给挂了。

她想这简直是个笑话,怎么会有这样的事呢?没过一会儿,电话又响了,楚翘犹豫了片刻,还是接了。这回对方说得很简洁:很抱歉,我已经记住了这个电话,明天我还会打的。

楚翘有些生气地说:你这人怎么这样?这是机关电话!

对方继续说:我也记住了你的声音。只要是这个声音,我就会……

楚翘又把电话给挂了。但是临出门的时候,她突然有了一点后悔。为什么要拒绝呢?为什么不能在电话里客气地聊上一会儿呢?陌生人,一个有趣的陌生人。可是现在的结果却很糟糕,在那个看不见的男人的记忆里,肯定留下了一个乏味的女人印象。带着这样的懊悔,后来楚翘迟到出席了王涵的婚礼。在婚礼上,许多别出心裁的安排她都没有印象。女人的好奇心驱使她只想一个问题,就是刚才给她打电话的男人会是什么样子?无疑这是一个浪漫的男人,也是一个富有幽默感的男人,但猜测就到此为止了。

第二天,楚翘按时上班,同事们都在议论昨天王涵的婚礼场面,说了许多赞扬的话。楚翘却一个人在电话旁边翻着报纸,她觉得那个男人还是会来电话的。但是很遗憾,从八点半到十一点半,没有一个电话是找她的,因此她就产生了一种疲惫的感觉,觉得这一天过得特别漫长。下班的时间又到了,楚翘第一个离开。她想以这种方式尽快摆脱掉这种莫名其妙的感觉。当她走进电梯间时,忽然想起自己的一本书落在了办公室里,便又走了出来,走回去。她感觉平时每天走过多次的走廊显得长了。她急着把门打开,突然电话就响了。她被这意外的铃声所惊吓,但却毫不迟疑地

雪後黃山松如琢 乙亥唐平

拿起了话筒。

你好,接得真及时。是不是怕别人抢先接了?

我是……

楚翘本想说我是回头拿书的,碰巧遇上了这个电话。但是她很快意识到,这样的解释显得没有力,于是就改口说:你这人怎么回事?难道还非逼我打110吗?

男人在电话的另一端说:我一直考虑给你打电话。我觉得应该在你下班的前夕打比较好,因为那时候办公室的人该差不多走光了,你这儿毕竟是机关嘛。

楚翘说:既然知道,你就不该这个样子。这样太荒唐了。

荒唐?男人说,我从来就没有意识到有这个词。

楚翘说:我不是那种可以给人消除寂寞的女人。我希望你放尊重点。

男人说:到目前为止,我的所作所为都是得体的。

楚翘说:那只是你的感觉。你想过没有,你的举动会使别人紧张的。

男人说:别说得这么严重呀,你今天有空吗?我请你吃饭。

楚翘说:你觉得这可能吗?

男人说:为什么不呢?

楚翘说:我不想再说什么了,只希望你以后别再来电话。

说完,她就把电话给挂了,在楚翘离开办公室时,她听见电话铃在身后再次响起,在空寂的走廊里显得格外响亮。

楚翘把这个秘密告诉了新婚的王涵。她说:你看我这样处理对吗?

王涵一边吃着自己的喜糖一边说:你这个人也太认真了,其实见面吃顿饭又有什么了不得的呢?

楚翘被王涵的话弄得有些窘迫,说:我们的情况不一样。

王涵说:怎么不一样?

楚翘说:我家刘东总在外面出差,我不想我们之间闹出什么麻烦来。

王涵说:不就是一顿饭嘛,你想得太复杂了。

楚翘说:我不想这样。

王涵说:你就知道你家刘东在外面不这样?人在外面,心都是浮的。

楚翘说:刘东不是这样的男人。

王涵说:那是你以为。男人都是这样。

楚翘说:既然你看透了这一点,为什么还要结婚呢?

王涵说:这是两码事呀。女人结婚就是找一个依靠,但未必就是感情上的依靠。你下回再接到这个人的电话,就答应他,我可以替你去吃这顿饭。

楚翘被王涵给说得手足无措,这个时候,她就感到王涵到底还是比自己年轻一些。

一周过去,楚翘再也没有接到那个陌生的电话。但是,她的心情却更加沉重起来了。她感觉自己每天上班失去了一种既害怕又温馨的期待。这已经不是什么好奇心了。她想可能是自己在电话里的语气过于严肃了,使人望而却步。她又想,也许是这个男人出差离开了这个城市。总之,那个不知什么形象的男人就此消失了,事情往往就是这样,因为没有形象,所以就没有更深的记忆。从这时起,楚翘的心里产生了内疚。她走在街上,看见任何一个陌生的男人把脸对着她,就觉得他应该就是电话里的那个人。而当她每天晚上,躺在床上接丈夫刘东从外地打来的长途时,已经不再那么兴奋。只是问:你什么时候回来?刘东说我还早呢。女人便不想多说了。倒是做丈夫的判断出了什么事,就问:你没有遇上什么麻烦事吧?

楚翘说:我每天过着两点一线的日子,会有什么麻烦可言呢?

刘东在电话那边笑了,说:你要是寂寞,就出去找朋友吃顿饭吧。

刘东这句随口说出的话使楚翘感到有一种讥讽的意味。

这天临下班时,楚翘有意拖延了时间,在自己的桌子上整理过去的一些信件。实际上这几天她都在拖延,她在等待那个随时有可能出现的电话。外面的天色已经慢慢地黑了,一天又这么过去了,楚翘准备离开。这个时候,电话响了。楚翘有些迟疑地拿起电话,轻声问:喂?

是那个人!从呼吸中楚翘就有这样的感觉。

男人清了清嗓子说:不好意思,我这些天没有给你打电话。

楚翘说:这样不是很好吗?

男人说:我在你们的城市里病了,现在还躺在床上呢。

楚翘停顿了一下:怎么病的？严重吗？

男人说:没什么。我的胆囊有点问题,有结石。

楚翘说:那会很疼的。

男人说:是呀,进来的那天晚上,疼得我直不起腰来,我就像个残废人似的,蹲着走,上楼下楼,挂号拿药,简直……

楚翘说:你的客户单位怎么不管你？

男人说:我没有什么客户。我是自费来你们这儿拍照的。

楚翘说:你是摄影师？

男人说:对。我是一个风光摄影师。

楚翘说:你现在感觉怎么样？

男人说:很快就出院了。

楚翘说:你在哪家医院？我觉得应该去看望一下才对的。

男人说:你这样说我就很高兴了,但是我还是不希望你来。

楚翘说:为什么？

男人说:我不希望女人看见我病恹恹的样子。

楚翘说:你这人太好强了。

男人说:我只是觉得这样好,不为什么。

楚翘说:你什么时候离开？

男人说:现在还说不好。我还要进山去呢。外面的天已经黑了,你回家吧。

楚翘说:好,你多保重。

电话到此就结束了。女人还保持着原来的姿势,看着窗外的天慢慢黑下来,然后就看见了雨。她觉得雨是和自己的泪一道来的。

你觉得他为什么不要求我去看望呢？楚翘这样问王涵。

也许他会觉得自己躺在病床上的样子不精神吧？

就为这个？

这还不够吗？

我觉得他是不愿意见到真实。真实的我和真实的他。

算了吧,楚翘。我看你们既然已经错开了,就让它永远错开好了。

楚翘有些失望地离开了王涵那里,当她再次回头时,看见门口的王涵怀孕的迹象已经十分明显了。她想这个王涵一定是因为怀孕才决定结婚的。可是自己的情况不是这样。她和刘东在恋爱期间一切都很规矩,她是以处女之身去做新娘的。楚翘想,自己是否也到了该要一个孩子的时候了。

楚翘再次接到男人的电话是在两天后。还是在下班前,那个男人告诉她,自己已经到了山里。

楚翘问:你还会回来吗？

男人说:当然。我回来就和你联系。

楚翘又问:那天,你怎么会想起拨这个电话呢？我觉得你不像是一个很随便的人。

男人说:我当然不是随便的。你这个号码的后四位数1018,其实是我的生日。

楚翘说:哦,是这样,那么你每到一个地方是不是都这样做呢？

男人说:我在外面还是第一次过生日呢。

楚翘说:那等你回来,我请你吃饭吧,我为你饯行。

男人说:好,我们就这么说定了。不过单还得由我来买。

男人在打电话的时候似乎在同时做着什么事情,电话里显得有些杂乱。于是楚翘就问:你在忙是吗?

男人说:我本来要出门,结果……

楚翘问:出什么事了?

男人说:见鬼,我的裤子拉链卡住了,怎么也拉不上来。

楚翘笑着说:就为这个呀?那我教你一个偏方。你用肥皂把卡住的地方抹一下试试。

男人说:这样行吗?

楚翘说:你可以试试。

然后楚翘告诉对方一个新的电话号码,说:我马上要换办公室,以后你可以打这个电话。

男人说:我记下了。这个电话什么时候打合适呢?

楚翘说:随便。上班的时候都行。

楚翘告诉男人的电话其实是自己家中的电话。因为从这个星期开始,她要在家里写一份关于旅游项目的可行性报告。

这天晚上,楚翘开始在家中写材料。可是白天的事使她有些分心。她自己也觉得有点好笑,彼此没有见过一面,连名字都没有通报,但是这件事就是搁到了心上。楚翘写不下去,就用稿纸盲目地折叠着一只纸鸟。她发现这个儿时的游戏如今已经不会玩了,好不容易叠出个形状,但是显得很难看,一只笨鸟,她看着觉得好笑。这时,客厅里的电话响了。楚翘自然以为是刘东的,开口就问:你到底什么时候回来?再不回来我可就跟人私奔了。

然而电话却是那个自称是风光摄影师的男人来的。男人说:很抱歉,我预感到这是你家里的电话,不知道现在说话方便不方便。

楚翘自然有些尴尬,好在电话里对方感觉不到。但尴尬只是一瞬间的事,女人心里还是感到高兴。她说:你很聪明。

男人说:其实你可以直接告诉我。

女人说:我是想让你自己去判断。

男人说:你觉得我会在晚上打这个电话吗?

女人说:没想到会有这么快。怎么样,在山里玩得还好吗?

男人说:山里还是有意思的,你丈夫出差还没有回来?

女人说:对呀。

男人说:就是说我们现在可以在电话里放纵一下了?

女人说:你想干什么?我知道你们男人就是这么个分量。

男人说:你知道我为什么喜欢给你挂电话吗?

女人说:不知道。

男人说:因为我喜欢你的声音。

女人说:我的声音特别吗?

男人说:我觉得很动人。

楚翘虽然笑咧咧的,但是内心还是受到了一种震撼。

接着他们就说了一些漫无边际的话题,男人总是要求楚翘多说,这使她感到有些紧张了。她说你这么讲我可就真的不好开口了。

最后,女人问:你裤子上的拉链好了吗?

男人告诉女人:你的偏方很管用,我的拉链已经好用了。

可以想象得出那个晚上对楚翘应该是多么的愉快,但是不可想象的事情也就在那个时刻出现了,当楚翘放下话筒时,她才注意到一个浓重的身影就竖在对面的墙壁上。那是她的丈夫刘东的身影。楚翘心里一阵慌乱,还没有来得及开口,刘东的话就抢到了前面。

那边是谁?男人的声音虽然轻慢,但是却有着掷地有声的分量感。

楚翘说:你什么时候回来的?

刘东点上香烟:我在问你,那边是谁?

楚翘还是在勉强地笑着说:你别急嘛,我会慢慢告诉你的。

于是刘东第三次质问妻子:那边是谁?

楚翘突然感到了前所未有的委屈,自己的嗓门也提高了:我不认识!

刘东冷笑道:可你认识人家裤子上的拉链,不是吗?

楚翘说:我就是不认识!

然后她的眼泪便涌了出来。尽管如此,女人在这个晚上还是把事情的原委仔仔细细地对丈夫说了。她的丈夫一直在看着她的眼睛,这使她感到自己越往下说疑点就越多,似乎她在刻意编造一个拙劣的谎言。所以她用一种可怜而无奈的语气结束了自己的坦白——我知道,无论我怎么说,你都不会相信的。

刘东沉默了片刻,然后说:要是我这么对你说,你信吗?

楚翘无言以对。

楚翘把自己和丈夫的事告诉了王涵。后者说:这个刘东也太那个了。你们连面都没有见过,连对方长得什么样子都不知道,就更谈不上别的事了。

楚翘说:可他就是不相信呀!

王涵突然也沉默下来,说:也难怪他了。要是我,我也会不信的。

楚翘说:可这些都是真的呀!

王涵想想又说:倒也是,国家也不抓思想犯罪嘛。

说完这句话,王涵就陪着楚翘去找刘东。但是刘东已经把自己的铺盖搬回父母那边去了。

这件事过去了一段时间,楚翘和刘东还是分居着。刘东也还经常回来,把自己换下的衣服随便扔进洗衣机里,好像他回家不是看妻子而是看洗衣机。洗完衣服,他又走了。楚翘忍不住地对丈夫说:刘东,你不能这样对待我!刘东说:我没有怎么样呀?我是打你了还是骂你了?男人的语气仍然是那么不动声色。这样的时候,楚翘就特别想念那个无端给自己惹上一身麻烦的电话。摄影师说过,山里的电话信号不好,这段时间可能与她不能联络。但是摄影师已经有过承诺,一回到城里就会与她见面的。楚翘想到这里,突然产生了一种与那个人私奔的念头。她想自己要是当初真干点什么就好了,这样她就敢于面对自己的丈夫了,大不了也就是个离婚吧?

但是摄影师的电话还是没有来。

刘东却回来了。楚翘想这个男人可能是相信了发生的一切不过是一次玩笑,再这么下去未免小题大做。楚翘下班回家时,看见刚洗过澡的刘东光着身子横躺在床上,心里觉得很不舒服,她随手将被子拉开盖住男人,倒不是怕丈夫着凉,而是不愿正视他的裸体。刘东手里正翻动着一本武侠小说,头也不抬地对老婆说:我把衣服洗了,你晾一下。

楚翘没有说话,但还是把衣服一件件地从洗衣机里拖出来,再一件件地晾到院子里去。在晾到刘东的一件真丝夹克衫时,女人发现这上面的拉链也卡住了。她就拿肥皂在卡住的位置反复涂抹,可还是不能滑动。这个瞬间,女人想起了已经仿佛很久没有音信的摄影师来。她不禁在心里自问:那个人怎么就不来电话了呢?

楚翘抬头看天的时候,看见了一只白色的小东西从眼前划过,她一眼就看出那是自己叠的那只难看的纸鸟,不知什么时候被当成垃圾扫出去了,然而现在它却能借助一阵风力起飞。楚翘被这个不可思议的事实惊吓住了,她感觉这只不可能的小鸟在自己的头顶上画了一个大圈,然后飞出了她潮湿的视野。

这年的冬天,楚翘在整理这一年的报刊资料时,无意中在晚报上发现了一条消息,那上面说12月12日中午,一辆由山里开往城里的客车翻了,遇难者七人,其中就有一个著名的风光摄影师。

楚翘仔细推断出这个日子,觉得车祸发生的时刻就是白色纸鸟飞出自己视野的时刻。

2001年6月30日 合肥

(原载《安徽文学》2001年第9期)

轻　　轨

　　从地铁2号线西直门站出来,可以换乘13号线往北。这13号线就是大家通常说的轻轨了。所谓轻轨,字面上看,大约就是与常规的铁轨比较,材料显得轻便一点的意思。因为它是铺设在城市内部,不出远门,好像也就不需要特别牢实似的。但北京人不怎么愿意唤作城铁,而叫轻轨,听起来显得玄乎,这是北京人的做派。上海如今支起了一条由德国进口的磁悬浮列车,施罗德亲赴沪上剪彩。据说很让上海人引为骄傲的。可是上海的磁悬浮意义,一半脱离了城市交通的概念,转为一种时尚的饰物。因为票价不菲,往返一趟得花三百块,于是就有人拿它来请客,说:走,阿拉今天请侬坐磁悬浮白相。电视上自豪地介绍,春节期间的磁悬浮票子早早就预订完了。这真是一种奇观。由此看来,北京的轻轨远不及上海的磁悬浮排场,但它实惠,围绕半个北京城走一遭,只需要三块钱。轻轨一通,自然部分缓解了京城的交通。尤其是往北边去的,可以到达回龙观和霍营,也只需四十几分钟。如果你去清华,那就相当地方便了。由始发站西直门开步,经过大钟寺、知春路,在五道口站下来,走不了两站地就到了清华的东门。

　　因为轻轨的通车,北京城最北边的房价突然就上扬了。北京历来就是看重城北地带的,说那是上风口,无论是科学的空气还是迷信的风水,都道一个好。因此那北边的地价房价永远就高于南边。这南北的划分,依的是那条著名的东西而贯的长安街。于是天安门、紫禁城算在了北边,中南海、新华门也在北边,即使是十三陵,那不也还是在北吗?之后距离市中心每隔一环,相当地位、相同品质的房子,价格就有了相当的差距。譬如北二环边的,一平方米一般要万儿八千;三环的就只要七八千了。等过了北四环,房价会有一个明显的下跌。毕竟那儿目前还不发达。实际上四环外就是城外了。但是如今轻轨通了,那里似乎又有点红火了。这样一来,搭乘轻轨去北京最北的地方看房的人便多过以前。每天在轻轨上来来往往的,大都是去回龙观一带看房、买房的主儿。

北京的轻轨通车很仓促,为了赶上国庆,先把由西直门到霍营的那一段通了。轻轨一共就四节车厢,却是相当的老化。与新建的现代感十足的车站很不匹配。不过车内并不感到怎么拥挤。四环以内、居住城北的,一般都还有钱。出门不是私家车就是打的士。何况还有发达的公交大巴。轻轨方便的主要是五环外的那些人。用北京话说,这回他们合适了。乘轻轨从西直门出来,经过城里的时候,乘客还有一种高高在上的感觉。入夜时分往两边看看,灯火煞是辉煌。可是越往北,灯光就越发地暗淡了。等过了五环线,几乎是漆黑一片,那就是标准的农村了。

每个周末,或双休日,轻轨上去五环外看房的人总比平时多。这个周末就是如此。不到下午四点,那些提前下班的人便到这里集合了,等候着开往回龙观方向的轻轨。这是 2002 年 11 月的一天,北京最好季节里的一个周末,不过天气似乎有点嫌凉。在最后一节车厢里,乘客不是很满。他们一簇簇地进行着交谈。这些人穿戴各异,话题却相当一致:看房。只要是来看房的人,大都是成双结对。他们计划是要在北京安一个家,是家,按习惯就至少属于两个人。

投资这里的人显然是发财了,一个戴眼镜的北京男人对自己身边的北京女人这样说。男的大约在四十岁光景,女的略小一点,气色却比男人憔悴。女人暂时没有说话,低头看手里的一张房产信息地图。那上面早就画满了只有她自己能看懂的符号。

那是啊,这些老板还很有远见呢。边上的一个穿短风衣的外地青年男人接过话头说,去年一平方米卖两千多的,现在变成三千多了,一套房子下来就这么凭空多出了十来万。

谁叫你去年不下决心呢?他的女朋友外地青年女人说,你这人做什么都不赶趟。

外地男人说:以前不是嫌远吗?哪知道这轻轨说通就通了……后悔的药咱不吃,这回得一刀拿下。

听了这话,对面的那个穿长外套、始终戴着墨镜的女人,我们姑且称她叫 A 的,抹着口红的嘴角便起了一种不屑的笑,那意思仿佛是:不就是一套房嘛,至于这样吗?这个女人的年龄处于最暧昧的那个阶段,不过看上去颇有点风度,给人一种距离感。你能猜得出墨镜后面的那双眼睛是美丽的,但可能含着冷漠。

在她边上,靠近门的位置是位穿着休闲西装的中年男子 B。这个人自打上车就开始不停地搓手。他没有卷进关于房子的话题,而是突兀地、自言自语地说:没想到天会突然变得这么冷……还是应该开车。

有车为什么不开呢?戴墨镜的女人A似乎是无意中接过了B的话头说,车里至少暖和点啊。

B就笑了笑,说:那是,可是我要从金融街开到回龙观,那一路的塞车可要了命。还是坐轻轨利索点。再说,我还没坐过轻轨呢。就是没想到这车里会这么冷……

A也微笑了,难得这个已经步入中年的男人还持有这份好奇心。女人把脸侧了侧,说:出入金融街的也上回龙观看房?

B犹豫了一下,说:各人的想法不同吧。

A点点头,表示赞同B的看法。

知春路站到了。坐在A和B中间的一个学生模样的姑娘下了车。于是他们坐近了点,交谈的声音也随之低了下去。

B说:其实我今天只是去看看,未必真买。

A说:像你们这样的人,应该早就有房了吧?

B说:我家住在菜市口一带。

A说:我说呢。那位置多好。现在是准备买第二套房,周末度假用?

B说:怎么说呢……你好像不是北京人吧?

A明白B是有意岔开了话题。但她还是点点头,说:我在北京住十来年了。

B说:你的北京话很地道。

A说:可还是被你识破了啊。

B说:其实我也不是北京人,大学出来后就留在这里了,比你多住了十年。我是做金融的。我想,你应该是搞艺术的吧?

A不免有点吃惊,说:能看出来?

B说:有这种感觉……但你可能不会是演员,应该是……

A笑着打断了B的话:我明白你的意思,做演员的是不会上这回龙观买房的,他们有钱。

B有点不好意思,说:当然文艺圈也有爱到郊外买别墅的。不过,我劝你千万别买别墅,到处都是窗户,都是门,一个人在家总感觉不安全……

B说到这里突然停顿了一下,又说:对不起,我可能说错话了。

A没解释什么,把身体往后靠了靠。这时,又一站到了。

轻轨经过了五六站后,进入到一条隧道,噪音顿时大了。那感觉和地铁完全一致。等重新走上地面,周围的环境陡然荒凉起来。这时,那个外地的年轻女人说话了:怎么还没到啊?

外地男人说:还有好几站呢。

外地女人说:这么远?

外地男人说:近了能便宜吗?

戴眼镜的那位北京男人插话说:远有远的好处。

他的妻子北京女人放下手中那张房产地图,看了看他,说:我就看不出远有什么好处。我们是没辙才奔这儿来。

北京男人扶了扶眼镜说:凡事都有利弊嘛。

北京女人说:行了,你少来这一套,我都听烦了。

北京男人就暂时收了口,低声嘟哝道:先看看再说吧。

这两人刚停住,外地女人又对外地男人说:看来想买远点的也不只是我们啊。都说现在北京人几乎全撤到四环外去了,这城里都被外地人占下了。

外地男人说:是啊,北京有钱的并不多,可外地有几个钱的,都扎北京来了。

外地女人叹道:我们混得可不怎么样。

外地男人说:这得看和谁比了。怎么说咱也比那些租房子的强吧?北京这么大,光我们这些"北漂一族"就有三四百万吧。

外地女人笑了笑:要是我们有这么多钱就好了。那就不跑这么远的路来看房了。

外地男人拍拍外地女人的肩头说:慢慢来,没准儿过两年我们运气好了呢。

外地女人说:那我们就把现在这一套卖了。再回头去买三环以内的。

这时,那个戴眼镜的北京男人又插话道:就是有钱,我劝二位也别这么干。

外地女人觉得好奇怪,就问:为什么?

北京男人正了正身体,说:这城里的房子问题可大了去了。其一,是空气质量差;其二,是噪音污染重;其三,是价格太离谱。您啊,以后钱要是富余的话,还不如买辆车,那多舒坦。

外地女人对北京男人笑了笑,说:那我可不干了。城里再怎么着也还是城里。我现在是没钱才往外扎,有钱的话我还希望住进中南海呢。

487

大家哈哈一笑。

对面的男人 B 手机响了。他先看了看来电显示再接听,说:有事吗?

听不清对方说什么,只听见 B 断断续续地说:我不在单位,在外面……替一个朋友办点事情……你不认识的……晚饭不回去吃了……家长会?等我回家再说吧。

B 放下手机,他的目光和 A 有了短暂的交接,但他没有说什么。他的神色似乎显得有些不安,又开始搓手了。

过了片刻,A 才说:做男人的也好辛苦啊。

B 回过头,说:是的,总是忙。

A 淡淡笑了一下:结了婚的男人或许更忙吧?

B 说:那自然。我结婚已经很久了。

A 说:可你看上去还很年轻啊。

B 说:老了,孩子都快上大学了。

A 有点意外地说:是吗?有这么大了?

B 说:我结婚在那个时候也不算早。

A 说:我想应该是个女儿吧?

这下是 B 觉得吃惊,说:这也能看出来?

A 说:是感觉,和你一样。

B 说:总有点根据吧?我确实是个女儿。

A 说:有女儿的男人做事一般比较优柔寡断。对不起,我在胡说呢。

B看了看A,想说什么,却没有说出来。但他的笑容是诚恳的,带着一点钦佩。

也许是为了掩饰刚才的冒昧,A好像无话找话似的说:现在的房子面积越盖越大,其实真没这个必要。

B点头附和道:是啊,孩子一出去,家里就剩俩人,真没必要那么大。

A说:家非得是两个人吗?

B有点惊讶,一时没接上话。

A说:我的意思是说,家和房子是两码事。家或许得两个人以上,房子未必都是两个人住。

B说:可也总不能老是一个人住吧?

A说:为什么不能?我要是发展商,就盖上一批精美的小户型,保准好卖。

B说:据说有人已经这么干了。就四十平方米,一室一厅,外带厨卫的精美装修。

A说:我想,这或许是一个趋势。

B说:趋势?

A说:人都想要一个属于自己的空间。从前呢,以为是家,现在又觉得不一定是家,应该是房子吧。

B说:不过,有时会感到寂寞的。

A的嘴角又掠过了那种不屑,说:这个年代克服寂寞的办法多的是,可想得到一份清净与自由却很不容易。

B看着A,希望女人继续往下说。但是男人的手机又响了。听起来又是一个女声。男人下意识地转过身去,压低声音说:我快到了……大概还有两站吧。你最好找个暖和的地方,今儿这天气很糟糕。

男人这回把手机关了。他回过头,看见女人已经把脸对着窗外。他们的交谈就这么结束了。

轻轨运行十一站后到达了回龙观。车上的人几乎下完了。一走出站,各自就奔各自的方向去了。B感觉外面更冷,他把西装的扣子全部扣上,然后把手机重新打开。在他准备打电话的时候,他忽然想到了刚才那个女人A,就四下张望着,觉得应该与她打个招呼。他们的交谈很有意思,但是他没有看见那个女人的身影。而这时,另一个女声从路边的一个广告牌后面传了出来,对着B的背影喊了一声:我在这儿呢!

B闻声回头,看见了一个更加年轻的女人。

两个小时后,刚才看房的这些人差不多又在同一个车厢里见面了。夜幕已经拉开,列车上的灯光好像电压不稳似的很晃眼。人们都显得有点疲惫,情绪也显然没有来时那么高昂了。那个喜欢看房产地图的北京女人一脸不高兴地对丈夫说:广告上的话真不能听,说得那么好,照片那么漂亮……

北京男人一边擦拭眼镜一边答话:推销嘛,都这样。基本上都不是实景拍摄,电脑拼凑出来的。不过我们看的那套房的楼层、户型都还可以,又是板楼结构。

那个外地女人就问:到处都听到板楼、塔楼的,有什么区别?

北京男人戴好眼镜说：板楼就是有南有北互相通气的，这个好；塔楼呢，是只对着某一个方向，没法透气，价格自然要低一些。

外地女人点点头，说：哦，是这样……其实住家没什么大不了的吧？

北京男人说：那区别可大了去了。

外地男人就急忙问：那么，要是价格相差无几，五环外的板楼和五环内的塔楼，你选哪个呢？

北京男人犹豫片刻，说：这得看你自己的主意了。不好说，反正买房子不是一件轻松事，要兼顾到方方面面。难。

外地女人说：还不是难在一个钱上。要不哪来这些比来比去的？这世上原本就没有又想好又想巧的事，可大家总以为有。

外地男人就说：所以啊，我们要面对现实。

外地女人说：我反正是看不中这里了。要是以前的同学来北京找我，那还不让他们笑话死了——某某人的家住在"北京的农村"呢，周围都是红高粱。

外地男人说：也没这么悬吧？北京的北边发展会很快的。这奥运会一办下来……

外地女人说：等发展起来了，我们也快老了。

外地男人说：不至于吧？

外地女人说：我问你，我们当初为什么要到北京来？不就是要享受作为首都的快乐吗？哪能一辈子在那种地方猫着？

外地男人说：也不是每一个有钱的人都住城里的。我们公司的老总，还住到通县去了呢。

外地女人说:那是他周末度假用的呢,他城里肯定另有一处房子。

北京男人清了清嗓子,说:其实啊,我们对住宅的选择一直有误区。外国人的居住观念和中国人完全不同,他们喜欢自己的家远离闹市,尽可能地与自然亲近……

外地女人说:是吗?那就让你们北京人去做外国人好了,我们外地人来做北京人。

大家又是哈哈大笑。

那个叫B的男人还是坐在原先的位置上,他环抱着臂膀,神情显得有些黯然。这个人心事重重,自然没有兴趣加入到这支谈话队伍里去。他在寻找适才坐在身边的那个女人A,她不在这节车厢里,也或许就没有赶上这趟车。B感到有一种莫名的失落,现在他很需要和她聊聊。于是在一站到了之后,男人趁着上下车的混乱去了另一节车厢。刚过去,他就看见了那个熟悉的身影。

A坐在这节车厢的一个角落,眼睛看着窗外。她从玻璃上看见了就在自己身后站着的B,突然有些紧张。女人慢慢回过头来。他们对视了一眼,然后彼此都有点不自然地笑了。

A往边上挪了挪,示意B坐下。

A说:选中了?

B坐下后就摇头,说:来之前我就觉得没戏。

A说:那为什么还要来呢?

B说:怎么说呢?

A 说:一言难尽吧?

B 说:你看得怎么样?

A 说:我简单。只要决定了,明天就可以打款签合同。

B 说:那你决定了吗?

A 笑了笑,说:那还没有。户型还行,两室两厅的……

B 说:你刚才不是说想要一居的吗?

A 说:我得有一个工作的空间。只是楼层差点,我想要顶层的,但是都卖完了。

B 说:顶层价格便宜点?

A 说:不是因为便宜——在北京,这里的房子已经够便宜了。我是不想听见头顶上有脚步声。特别的不喜欢。

B 再次抱起胳膊,说:这天变得可太快了……

A 说:你好像更冷了。

B 笑了笑:刚才还能感受到一点西边的阳光呢。

A 停顿了一下,侧着脸看着 B 说:怎么就一个人回来了?我看见你那位的背影了,是无意之中。

B 有点意外,但不显得局促,只是没有接话。

A 说:抱歉,我只是有点好奇而已。

B 说:没什么。本来是应该一起上车的,还约好晚上去听音乐会,结果……怎么说呢,发生了点小问题。

A 说:她很年轻。我想也应该很漂亮吧。

B 说:还行,就是脾气比原来大了。

A 说:那是年龄悬殊的原因。

B 叹了口气,说:现在看来,这件事没有做好。

A 说:这种事一般很难做好。

B 说:刚开始不是这样的……

A 说:刚开始都不是这样。

B 说:时间一长,就觉得还是有问题……

A 说:你是为她买房呢,还是为你们?

B 说:现在连我自己也弄不清楚了。从春天忙到秋天,就是不停地看房,看哪都不如意……你看了几处了?

A 说:没看几处,我是奔着这个方位来的。在城里住十年了,想找个清净点的地方。

B 说:那上班方便吗?

A 说:我基本是在自己屋子里上班。做自己想做的事。

B 说:哦,那真好。

A 说:就这点好处吧,挣不了多少钱,养活自己没什么问题。我这人还知足。

B 说:或许有一天我得向你学习,最后为自己买一个清净和自由吧。

A 说:我们情况可不大一样。

B 说:其实内心是一样的……你喜欢北京吗?

A 说:怎么说呢?以前我以为自己会择水而居,我不喜欢干燥的城市。可我在这个城市住了十年,几乎可以背诵她……你呢?很喜欢北京?

B 说:我去湘西凤凰的时候,看见作家沈从文的墓碑上有这样的碑文——"一个战士不是战死沙场,就是回到故乡。"

A 说:我也见过,是黄永玉写的。

B说:对。我不想做一个战士,那太累了。但北京对我来说却一直是一个沙场。我想,如果有一天我确实感到累了,或者彻底老了,我就离开这里,回我的故乡……

A说:像沈从文那样?

B说:我是自己走回去,不是让人送回去……

A说:一个人到世上来,挣了钱,买这买那的,就很难为自己买到一份清净和自由。

B认真点了点头。

A说:就算是自欺欺人吧,房子多少能给自己带来一点安慰。

他们沉默下来,看着窗外,视线落在很远的地方。那儿目前还是一片荒地,黑暗的荒地的尽头立着两台挖掘机,正在加班施工。不久,那儿又将有一个新的小区了。北京这么大,盖了这么多的房子,可很多人不知道哪一套将是自己的……不知道……

在晃眼的灯光中,轻轨又经过了一站。

2003年5月5日 北京,正是"非典"横行时

(原载《山花》2003年第7期)

临渊阁

　　临渊阁,位于乌县南郊青云山下。相传为明嘉靖年间所建藏书楼。后于万历年间遭遇天火,至清康熙年间重建。之后又经战乱被三次损毁,至民国二十七年修葺。"文革"间,再次遭捣毁,阁内藏书均付之一炬。今有乌县人、当代著名作家叶萧先生所著小说《临渊阁》,便取材于此。近年,县政府拟斥资重建⋯⋯

——《乌县县志·旅游篇》

　　我记忆中的临渊阁不过是海市蜃楼,我无法走近它。我只记得故乡的路,记得那里古老的城墙,清澈的河流,秀丽的山川,还有到处开放着的向日葵⋯⋯

——叶萧《临渊阁》

1

　　作家叶萧的那部《临渊阁》,刘子林是在云南丽江大研古镇一个小书店买到的。当时他开着三菱越野吉普车进行拉练式的旅游,跑遍了大西南。见到这本书,刘子林便对随同的秘书说:这个叶萧,是我父亲的学生呢。那个晚上,刘子林一口气把《临渊阁》看完了,才知道,这不是一部历史小说,而是现代的一个伤感的故事。

合上书,刘子林眼前便浮现出一张少年英俊的脸来,那是十六岁时的叶萧。虽然当时刘子林才五岁,但记忆里这张脸十分清晰。严格地讲,叶萧不算是父亲的学生,他没有授过叶萧一堂课。但是,父亲却非常赏识邻班的这个叫叶萧的学生,总是把叶萧的作文借来,拿到自己的班上来念。一个甲班的老师,喜欢乙班的学生,这种情形是比较特殊的。多少年后,在已经是拥有资产过千万的礼品公司老板刘子林看来,还是一个谜。

从西南回来之后,刘子林决定把公司的总部从上海迁至北京,进一步拓展业务。他把这个计划通知了父亲,想听听他的意见。父亲认为不错,又说:到了北京,你一定要去登门拜访一下叶萧先生。刘子林随口答应了,但不知道父亲为什么要在电话里这么提醒。不错,叶萧如今已是著名作家,是名人,但他不是官员,与做生意有什么关系呢?

北京很大,但刘子林还是很快从省驻京办事处一个熟人那里,打听到了叶萧的手机号码。他希望及时与叶萧取得联系,却又担心冒昧。于是他选择了短信的方式。他给叶萧发了这样一条短信:叶先生,您在北京吗?然而一天下来,叶萧没有回复。刘子林不免有点失望,也有点生气,心想暂时不见了。第二天上午,叶萧的电话来了。叶萧说:请问,哪一位给我发了短信?

刘子林就突然显得拘谨,说:您是作家叶萧先生吗?

叶萧说:我是叶萧。

刘子林说:我是……我是刘永昌的儿子……

叶萧说:你是小凯吗?

刘子林说:我是,我是小凯!

刘子林有些激动了。他没有想到,三十年过去,叶萧还记得他的乳名。这让他打消了某种顾虑,也破除了距离感,他甚至觉得,叶萧这个人很亲切。

后来的事实正如他的预感。当天下午,叶萧在位于回龙观的家中接待了刘子林。一见面,两人不免都有些吃惊。在刘子林看来,眼前这个叶萧和记忆中的叶萧完全不同,与报纸电视上看见的那个叶萧也不尽相同,他觉得这个四十多岁的男人无论是穿着还是举止,都与一个著名作家很不协调,过于随便了,以至于抽烟的时候把烟灰弹到边上的花盆里。叶萧首先问起刘永昌老师的身体状况,刘子林说很好,他在几年前就把父母从乌县接到了省城,为他们买了三室两厅的房子。父亲退休后,主要做两件事,练书法,看足球。叶萧说,这就好,下次他来北京,一定要通知我一声。接着叶萧又问刘子林到北京来有何打算?刘子林说,我也没有一个系统的设想,但不满足于只做礼品行当,想干点别的。叶萧说,上海对于一个生意人应该还是一个很好的舞台啊。不过,来北京发展也不错。上海是一个容易让人满足的城市,你有什么愿望,好好做了,基本上就能够满足。而北京的情况却不同,因为北京人——当然不是所有的,好高骛远,喜欢夸夸其谈,一个出租车司机张嘴就说可以把帕瓦罗蒂拉到北京来开演唱会。所以……正说着,邮递员送特快专递来了。那是一封来自家乡乌县政府的公函。内容是重建"临渊阁"的工程即将完工,希望叶萧能够题写这三个字的匾额,并且捐赠一些自己的著作珍藏。

叶萧笑了笑说,这个"临渊阁"啊,还真的给重建了。可我又不是一个书法家,字原本写得就差劲,加上现在一直在用电脑,就更难得使笔了。

刘子林说:他们是看重你的名气呢。

叶萧说:什么名气？我就是一个靠写字吃饭的人,再说,中国已经有一个鲁迅在那里放着了,谁还配谈名气？这个时代,实际上错过谁都不遗憾。

外面的天渐渐黑了,刘子林提出一道出去吃饭。叶萧满口答应,说夫人出差了,正好可以不动炊。出来的时候,叶萧看见自家门前停着一辆挂着上海牌照的宝马车,就问:小凯,这是你的车吧？

刘子林点点头:我出门还真离不开车呢。

叶萧说:北京地方大,有车办事方便。不过,以后来我这里,不如乘轻轨,既省钱又不堵车。

刘子林说:叶大哥,你喜欢吃什么风味？随便点好了。

叶萧说:自然是家乡风味了。这附近就有,还算地道。

2

刘子林和叶萧就这么见面了。但是以后的日子里,他们之间并不怎么来往,偶尔彼此通一个电话。叶萧说,北京这个城市太大了,有点大而无当,电话里能说清楚的事,你就别跑了。不久,"非典"来了,就更不想走动了。直到6月间,刘子林才从报纸上知道,叶萧去了一趟马德里,作家的那部《临渊阁》又在西班牙获奖了。于是就借这个机会去了叶萧家,见面就说祝贺你啊叶大哥,能在国际上获奖,中国作家好像没几个。叶萧说,什么国际奖,也就是马德里几个书商折腾出来的一个玩意儿,无非是免费让我去那里玩了一趟。刘子林说,报纸上都是说国际奖啊。叶萧说,报纸的话你能信吗？西班牙文学含金量高的是塞万提斯奖。刘子林决定回一趟家乡,去看看年迈多病的外公。他问叶萧是否也有探亲的打算,如果有,就一起预订机票。叶萧说,我没有时间回去了,要去成都开一个关于中国古建筑方面的会,我对此有兴趣,顺便再去西藏看看。不过,得请你帮我捎点东西回去。

叶萧所托的东西,一是为"临渊阁"匾额的题字。但他说,这不是他的字,他是请一位书法家写的,一共写了两幅,任选。再就是向"临渊阁"捐赠自己刚出版的一套八卷本精装的《叶萧文集》。叶萧说,书很重,本来是打算邮寄的,又担心路上会损坏,就累你了。刘子林说,没事的,我一下飞机,会有人带车到机场接我。叶萧说,那就好。然后,叶萧又交给了刘子林一只大信封,说：这是给你父亲的,是一件皇家马德里队的球衣,是西班牙一个书商送给我的,上面有劳尔、菲戈、齐达内、卡洛斯、罗纳尔多等人的签名,我知道他特别喜欢这支球队,就带给他好了。但我不敢保证它不是赝品。刘子林说,那我父亲肯定乐坏了,我先替他谢谢你。叶萧说,物有所值就好啊。

从叶萧那里回来,刘子林本想给父亲去一个电话,告诉他,自己近期要回去,而且叶萧还送了他一件珍贵的皇马球衣。但是,妻子的一句话让他犯了踌躇。妻子抖开那件球衣左右察看着说：这不是真的吧？北京秀水街这种东西多的是呢。刘子林一听,觉得很不是滋味。若真如妻子所言,那么父亲便无端地被这个叶萧愚弄了一回。他实在想不出,从未受惠于父亲的叶萧,有什么理由把这么稀罕的礼物送给父亲——倘若它确实是真的话。可是他暂时也无法判断它不是真的。刘子林想,这球衣不妨先放上一放。如果以后叶萧问起,就说走时匆忙,忘记带了。

几天后,刘子林飞抵了省城。可是很不巧,父母不知道他这时候会回家,已经于前一天去徽州一带旅游了。于是刘子林便包了一辆出租车直接赶到了县里,想先去看看外公和舅舅一家,回头再返省城。舅舅的家就在青云山下,距离重建中的那座"临渊阁"不远,但那里已是标准的农村了。刚下出租车,刘子林远远就见到了在乡镇企业当会计的舅舅,便大喊了一声。舅舅停下来,嘴里还咬着一根牙签,很疑惑地看着面前这个穿T恤衫戴墨镜的青年,不相信他是自己的外甥。等出租车开远了,舅舅才说:你没开车回来啊?你不是说你公司里有七部车吗?刘子林觉得好奇怪,我为什么要开车回来呢?这个困惑还没有打消,舅舅又说:你看,你连一套像样的西装都没穿。刘子林一下明白过来,舅舅指望着外甥衣锦还乡呢。他笑了笑,说:我已经去北京了,那么远的路能带车回来吗?舅舅说,你在上海干得好好的,怎么又要去北京呢?那里不是正闹"非典"吗?刘子林不想再说什么,跟着舅舅回家了。老迈的外公躺在床上,实际上已经认不出外孙了,看着刘子林,目光直直地说:你是大队的司机吧?刘子林说,外公,我是小凯啊,回来看您来了。外公还是坚持说他是大队的司机,开拖拉机。这时候,舅舅把他喊到了楼上,拿出自己的西装,说:你赶快把我的换上吧,一会儿乡亲们会来的。刘子林说,舅,我这件T恤可是正宗的法国货,花了我两百多美金呢。舅舅说,什么?这么贵啊?一点也看不出来。

  刘子林没有换上舅舅的西装,天这么热啊。他觉得有点累了,便躺下来,看着楼房后面的那条小河。小时候,每回放暑假,他都要回到舅舅这里住上一阵。那时舅舅家还是普通的平房。他喜欢和村子里的小伙伴在这条河里光着屁股洗澡,运气好的时候还能摸到一条鱼。他也喜欢去河对岸那片柳树林里用蜘蛛网粘知了。到了晚上,就四处逮萤火虫,把它们集中装到一只小瓶子里,放在床头……那时光真是不错,可惜太短暂了。忽然,楼下院子里有了动静,仔细一听,知道是左邻右舍的乡亲们来了。他正准备下去,可是门却打不开,原来舅舅不知什么时候已经把门锁上了。接着他听见楼下的乡亲们在热情地问舅舅,小凯做了大老板了吧?舅舅说,倒是在北京、上海都开了公司。乡亲问,那一定挣了大钱了吧?舅舅说,是吧,光小车就有七八部,他自己的那辆宝马车就值一百好几十万呢!乡亲们就不敢多问了。这个瞬间,刘子林心里特别不舒服。过了一会儿,乡亲们走了,舅舅才上楼来了,阴着脸说:你这个样子,让我对乡亲们真不好交代,还以为我在吹牛呢。刘子林看了看舅舅,从包里拿出一万块钱,说:舅,明天你去酒店包上几桌,代我请村里人吃顿饭好了。舅舅看了看钱,说:也好,面子上总得支应一下。另外,几个堂房兄弟家的孩子,也得发几个红包吧?刘子林就又拿出了一万,说:你看够吗?舅舅说:用不了这么多。刘子林说:余下的留作家用吧。

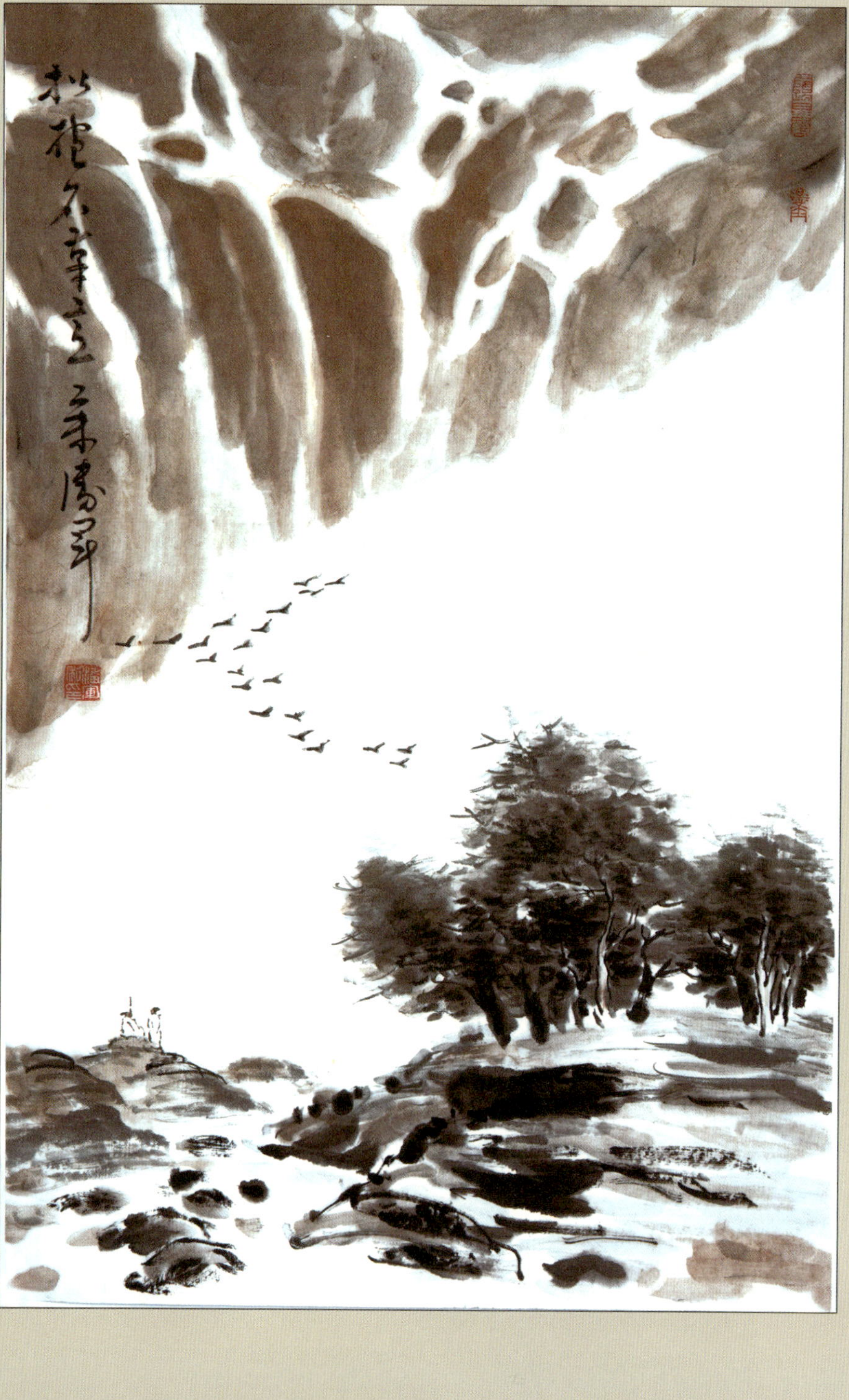

3

第二天,刘子林还在梦中,就被舅舅唤醒了,他激动地说:小凯,快起来,王县长他们来了!

刘子林很意外,说:哪个王县长啊?

舅舅压低嗓门说:就是从前在我们乡当过书记的那个王矮子,他现在是副县长呢。

刘子林还是有点纳闷,说:我不认识他啊。

舅舅说:他是专门过来看你的,你如今是个人物了,你怎么连自己是谁也不知道呢?你快点下来,就在楼上洗脸刷牙,我叫你舅娘给你端水上来。

刘子林想,我昨天下午才回家,怎么这么快县里就来人了?

那位西装革履、把皮带扎在肚脐之上的王县长,刘子林还是觉得陌生。但是王县长却没有这个感觉,见面就热情地握手,说:是刘总吧?真不好意思,这么早就把你惊动了。这话说得让刘子林很害羞,王县长的年纪至少与叶萧一般大,这么说话实在让他尴尬。

王县长说:刘总啊,你在外面的成功,家乡人民为你感到骄傲啊。

刘子林腼腆地说:我不算成功,其实真的不成功……

王县长说:俗话说啊,三岁看老。我早就说过,刘老师家的公子将来是要成大器的——

我可不是事后诸葛亮,你舅舅可以做证的,当年我在乡里的时候,是不是这么说过?

舅舅一边给王县长一行递上"大中华",一边满脸堆笑地说:说过,是说过……

王县长看看表,起身说:刘总,我们就不坐了吧,车在外面等呢。

刘子林有点疑惑:还有事吗?

王县长说:走,今天我代表县政府为你接风。

刘子林有点不知所措,说:这怎么可以……

舅舅赶紧说:你别磨蹭了,王县长这么忙。

刘子林就这样被推到了外面。他正要上车,忽然想起叶萧托办的事,就说:你们稍等一会儿,我拿点东西。

饭局很隆重,吃的是海鲜,喝的是五粮液,气氛热烈。在谈过一阵北京的"非典"之后,王县长说,家乡的建设,今后还希望刘总多关心啊。刘子林说,自己的公司目前还只是做礼品的,和县里的业务似乎挂不上钩。王县长说,县里有些项目,譬如说青云山、临渊阁的旅游,还是可以考虑的嘛。刘子林说,如果做旅游纪念品,倒不失为一条思路,不过利润很薄的。王县长说,我们这个县,历史文化很悠久,古城墙保存得还可以,还有临渊阁——虽说没有宁波的天一阁名气大,可最新的资料证明,我们建得比它早啊。天一阁是明嘉靖四十年建的,我们的临渊阁至少是建于嘉靖三十六年……

刘子林没有这方面的知识,只好附和着说:重建临渊阁是好事。

王县长说:乌县历史上,也留下过不少历史文化名人的足迹啊,李白来过,杜牧也来过,八大山人画过,黄宾虹也画过,也出过一些文化名人的,远的有曹操……

刘子林小心地问:曹操好像不是我们这里人吧?

王县长说:曾经生活过一段时间的,据说还在这里娶过一房小啊。朱熹也在这里办过学堂的。这是远的。近的呢,有徐锡麟——他虽然是绍兴人,但行刺恩铭的准备,是在我们这里进行的。即使是当代,那也还有过像大画家方天佑、大科学家任宜、京剧名丑刘天秀……还有我那位老同学、著名作家叶萧,总之是不少的。

刘子林说:说起叶萧,这回他还托我把"临渊阁"的题词带回来了呢。

说着,就从挎包里拿出了那两幅字。大家便围了上来,说这字还真是写得不错。刘子林就说,这不是叶萧的字,是叶萧请别人代写的。这话一说,王县长就感叹了,难怪啊,我还真的吃了一惊,叶萧小说写得可以,没想到字也这么厉害。

边上有人附和说:叶萧写不出来这种字的。

又有人说:其实还不如王县长你亲自写。

王县长摆摆手说:酒话,我哪能写得?

边上人说:你是分管文化的县长,怎么写不得?

王县长说:题字都是名人做的事,我不是名人嘛。

边上人说:在我们乌县,你就是名人啊!

王县长说:我告诉你们,让叶萧来题这个匾,是上面的意思呢。

去年底,马市长下来检查这临渊阁的工程,谈起这块匾,就说,可以请你们县走出去的那个作家叶萧来写。他那部叫作《临渊阁》的小说,可是很有名的,得了国家奖啊。马市长还说他出访澳大利亚的时候,在悉尼图书馆里见到过叶萧的书。

边上人便很惊讶,说:不会是同名同姓的吧?

刘子林又插话说:不会。我去过他家,他的作品至少被翻译成了九种文字吧。最近,《临渊阁》一书又在西班牙得了奖。

说着,就把那套精装的《叶萧文集》拿上了桌子,说这是叶萧捐赠给"临渊阁"的。大家眼前又是一亮。王县长拿过一册翻了翻,说:哦,文集啊,了不得,我可只看过《鲁迅文集》的啊。

另一个人说:是自费出版的吧?

刘子林说:叶萧就是靠写字吃饭的,自费出版那还不饿死?

又一个人说:那他肯定和这家出版社的社长关系不一般,要不……

刘子林说:怎么会呢?人家是名作家,书稿总是被出版社争着抢着呢!

边上的人就一下不作声了。还是王县长先打破了沉默,说:叶萧确实混得不错啊。真没想到,当初一个靠剽窃起家的人,日后也能在西班牙得奖。

这话一说,大家就哈哈笑了起来。说"把别人的衣服挖一块下来当作自己的手帕啊"。刘子林却笑不起来,因为这件事他曾经听父亲说过。那是叶萧在大学时的毕业论文,拿到刊物上发表的时候,编辑部漏排了一些引用资料的出处,于是就有人在报纸上指责叶萧剽窃,说他"把别人的衣服挖一块下来当作自己的手帕"。但是这件事很快就澄清了啊,那家杂志社为此专门刊登了"启事",公开向叶萧道歉。那是将近三十年前的旧事了,怎么这些人还记忆犹新?于是刘子林说:叶萧在外面的影响真是很大的。我在云南丽江还能买到他的书。就是这部得奖作品《临渊阁》。

边上人说:现在奖也太多了。报纸上都在揭发,很多评奖有暗箱操作的。

刘子林听出了这话的意思,就反问了一句:那么,他在西班牙获奖也是暗箱吗?

那人有些尴尬地说:我不是说叶萧啊……来来,刘总,喝酒!我再敬你一杯。

刘子林说:我不能再喝了。

那人说:做老板的哪能不喝酒呢?

刘子林还是没有把杯子端起来,说:外面宴请历来是不劝酒的,大家自便。我今天实在是喝了不少了。

然后他问王县长:王县长,我可能过两天就走了……

王县长有些意外:难得回来一趟,还不多住几天?

刘子林说:公司刚迁到北京,还有一堆事啊。

王县长想了想,就说:其实呢,我们今天一起聚聚,主要是联络一下感情。家乡能出你这样年轻有为的企业家,是家乡的光荣……

刘子林说:王县长,有什么需要我做的,就说吧。

王县长说:你刚才不是说了,重建临渊阁是好事吗?可是好事总是多磨,我们的工程预算超了一点,不多,就一百万的缺口,所以呢……

刘子林说:我明白了。这事让我回去考虑一下,我会尽快给你们答复的。

王县长立刻就握着刘子林的手,说:那就太感谢了!

刘子林说:我需要和其他董事们商量一下,公司毕竟不是我一个人的。

王县长说:可以理解,可以理解。如果一百万有问题,那么就八十万好了,五十万也可以。家乡办点事很不容易……

刘子林说:这我知道。如果没有别的什么事,那么我就走了,谢谢你们的款待。

王县长说:哪里话,亲不亲,故乡人嘛!

突然,有人叫了一声"不好",所有的人都看着他。那人举起一册《叶萧文集》说:叶萧没有在上面签名呢!

王县长问:每一卷上都没有吗?

主任说:都没有。

王县长说:这个叶萧!我要的就是他的亲笔签名嘛!

4

刘子林在家乡就住了一晚,翌日黄昏便搭乘最后一趟班车返回省城了。他留给了舅舅五万元,以便为外公治病。他觉得自己和这块土地的距离一下子拉远了。他想起叶萧那部《临渊阁》里有这样的文字:"……我记忆中的临渊阁不过是海市蜃楼,我无法走近它。我只记得故乡的路,记得那里古老的城墙,清澈的河流,秀丽的山川,还有到处开放着的向日葵……"而这些,刘子林都没有看见。

在大巴车上,刘子林的邻座是一个看上去像干部模样的男人。那人一上车就和刘子林闲聊,在知道他是在北京做事之后,便说:最近我们县出了个年轻的企业家,也在北京呢,你们认识吗?

刘子林说:他叫什么名字?

那干部模样的人说:好像叫刘……

刘子林:是叫刘子林吗?

那人说:对,就是刘子林。你们认识?

刘子林说:见过几面。

那人说:是吗?都说这家伙很能干,三十几岁就赚了几千万。

刘子林说:也谈不上吧。北京能人多。

那人说:我听说,这家伙是靠老婆发起来的,是吗?他老婆是一个部长的女儿。

刘子林说:他老婆是一个医生的女儿。

那人说:不会吧?

刘子林说:千真万确。

那人说:那至少是院长的女儿吧?权力也是不小的,经常给大官检查身体……反正这小子能混。

刘子林问:你打听刘子林做什么呢?

那人说:我儿子在北京读书,专业不怎么好,明年毕业了,我想趁早找一下刘子林……这种事必须赶早,你说对吗?

刘子林笑了笑,就埋头看一份报纸了。那是县里的报纸,头版上醒目地登载着两条消息——

乌县籍著名作家叶萧作品《临渊阁》近获国际奖。

王副县长昨日会见回乡省亲的青年企业家刘子林。

5

从故乡回来之后,刘子林一直没有和叶萧联系。他不知道和叶萧见面后该说些什么,担心叶萧问起这趟故乡之行。另一个原因,还是那件皇马球衣,他没有交到父亲手上,目的就是想找机会验证一下它的真伪。他越发觉得,这对他太重要了。他被这个莫名其妙的念头折磨得好辛苦。然而这机会果真就到了门口,8月2日,皇家马德里俱乐部来北京打友谊赛,六员虎将都来了。于是刘子林托人找到了接待这支豪华球队的一个官员,把那件球衣带了过去,同时塞了一个红包。第二天,结论出来了,是真的。并且还补充到了贝克汉姆的签名。那官员不无羡慕地说:小子,你知道在黑市上这件球衣值什么价吗?两瓶路易十三啊!

第二天,刘子林派专人乘飞机飞抵省城,把这件球衣送到了父亲手上。

他很想马上就去叶萧家,真的想给作家捎去两瓶路易十三。但又觉得这个举动显得很荒唐。这算什么呢?他想,难道真的成了黑市上的交易?此时,他似乎有点意识到了,为什么自己到北京来之前,父亲要他一定要登门拜见叶萧先生。他在客厅里坐了很久,看着外面的天渐渐黑下来。但这个晚上一件意想不到的事情让他未能成行。临出门时,电话响了,然后,一个接一个地响个不停。电话来自一个方向,都是家乡乌县的,他们说的也都是一件事,或者说是通过他验证一个事实——你知道吗,叶萧出事了。他在机场携带摇头丸,被警方拘留了。据说他还涉嫌贩毒,这可是要掉脑袋的啊!

刘子林吃惊地问:消息准确吗?

对方说:怎么不准确,报纸上都捅出来了,明明写着"作家叶萧",不是他,是谁?

最后一个电话是那个王副县长来的,他不无感慨地说:我早就料到,这个叶萧迟早会有这一天的!太可惜了……

这个人最后又说:刘总啊,关于临渊阁的事还务请你放在心上啊……这是精神文明建设,我们乌县历来就是重视的……

刘子林说:我会很快答复的。

这一连串的电话接过,刘子林就觉得很难受。他想,是否应该给叶萧家去一个电话了,安慰一下他的太太。他这么做了,电话很快接通,他有些胆怯地问:喂,请问是叶萧先生家吗?

对方说:我是叶萧,你是小凯吧?

刘子林吃了一惊,说:我是啊……叶大哥,你回来了?

叶萧:我刚从西藏回来。这么晚来电话,有什么急事吗?

刘子林说:听见你的声音,就没事了。

叶萧在电话那边笑了起来,说:我明白了,你也是为"摇头丸"吧?今天我家的电话都打爆了……

刘子林说:也难怪啊,报纸上都在说。

叶萧说:那是另一个叶潇,比我多了三点水,是写散文的。

刘子林说,原来是这样啊,可把我急坏了。然后就简单说了这趟回家的情况,说你托我办的事情已经办妥了。

不料叶萧在那端叹了口气,说:关于这个临渊阁,现在看来,真不过是我小说里的海市蜃楼了,历史上未必真存在过啊。"文革"期间被焚毁的实际上是一个叫"灵元观"的道观,根本就不是什么藏书楼。我曾经查过一些资料,对此早有怀疑。最近在成都会议上又遇见了一位古建筑专家,他出示的考据令我惊讶……

刘子林则更为惊讶,一句话也没说出来。

      2003 年 12 月 12 日 北京寓所

      (原载《北京文学》2004 年第 5 期)

草桥的杏

杏是草桥村的一个姑娘。附近的人都晓得草桥有一个好看的哑巴女子,叫杏,养了几十只鸡。

通常每隔三天或四天,杏都要去县城集市上卖鸡蛋。杏养了五十只母鸡,两只公鸡。母鸡们三四天就下了一百来只蛋,杏凑够了整数就去卖了。杏每次都只卖一百只蛋,这是在县城里念中学的弟弟教她这样做的。杏不大识字,耳背,也开不了口,弟弟就比画着告诉她,不论大小,一个蛋都卖三毛,十个就是三块,一百个就是三十块了,好记,好算账。一个蛋卖三毛钱,杏嫌贵了,弟弟说不贵。咱家这是土鸡蛋,弟弟说,如今城里人用的东西要洋的,吃的都喜欢土的。弟弟就把"每只三毛,概不还价"写在了一块硬纸板上,交给了姐姐,告诉她:不要老是坐在一个地方卖,不要见城里人对你笑就让价,不要让人尽挑个大的。弟弟又说,姐,要是遇见戴大盖帽穿制服的人冲你过来,无论什么色,都要赶紧溜走。杏点着头,把这些都记好了。

杏不是天生的哑巴。爹死的那年春上,十三岁的杏打摆子发高烧,几天都不退,病熬过就张不开嘴叫妈了。不会叫妈,妈就留不住。第二年,妈就跟别的男人走了,丢下了杏和弟弟。杏不会说话,但还有几分听力。村里的红白喜事吹吹打打放鞭放炮她能听见,公鸡早上打鸣也听得见,当她面大声说话——实际是喊话,也能听得大概。但是村里的人都不愿大声对她喊话,只有弟弟才会。如今弟弟进县城念书了,杏就把远房的一个寡妇婶娘接来和自己一起住。可是婶娘平时也不肯大声对她喊话。平时杏就只能跟院子里的鸡们说话了。这些鸡,都是杏用蛋小心孵出来的,一天天喂它,看着它长大,之后就数它们下的蛋。

虽说不大识字也不能说话,可是十九岁的杏还是很招人眼。她梳着两根齐腰的辫子,喜欢穿一件绛红格子的褂子,黑裤子,白球鞋。她去县城卖鸡蛋的时候,总能在路上遇见几个回头看她的男人。杏以前不喜欢男人看自己,遇见了,就低着头快快走过去。到了去年,突然就喜欢男人看她了,遇见了也不再低头,不过是把眼睛侧过去。没多久,就有人上门来说亲了。有本村的,也有邻村的,还有一个后山来的木匠,本人没来,却托人捎来了一张相片。杏看着相片上的那个男人觉得眼熟,额头上有块镰刀一样的疤,心想可能是有一回在路上遇见过。她去县城,要走十几里的山路。婶娘见杏拿着相片不肯放,猜姑娘起了心事,就凑近比画着问:你喜欢吗?

杏就红了脸。

于是婶娘就把那木匠的情况大概说了,那人姓王,叫三宝,常年在外面做事,一年下来能挣两万块。

杏听得还真切,想自己要是光靠卖鸡蛋,不吃不喝,攒上两万起码也得十年。她当然要吃喝。还要每个月给念书的弟弟存上一百元。杏想自己这辈子是不会存到两万了,不过,要是嫁给了这个王三宝,自己就不会再靠卖鸡蛋攒钱了。她会要求男人供她弟弟念书,念完中学念大学,一直念到大学出来挣钱为止。要是不答应,就不嫁。

杏比画着问:他多大年纪啊?

婶娘停了一会儿才用手比画:三十八。

杏心里咯噔一声,想怎么会这么大呢?这相片上可看不出啊。

婶娘说:相片是十年前拍的呢。

杏没再比画,心想爹要是还活着,差不多也就是这个年纪。杏叹了口气,放下了相片。

婶娘就劝:大是大了些,可是男人大,晓得心疼人啊。再说,他一年就挣两万……

杏没有再说什么,进自己屋了。

这个晚上,杏没有睡好觉,翻来覆去地想嫁人的事。村子里每个月都有娶亲嫁女的,操办得越来越红火。杏喜欢听锣鼓鞭炮,也喜欢看新娘子那身新衣。杏想自己要是嫁人,一定也要这般的红火。除了不会说话,杏觉得自己一点都不比草桥的姑娘差,也比得过嫁来的新娘。后半夜,杏在想嫁人之后的事,她在邻居家电视上看见过,嫁人,入了洞房,新郎和新娘就要抱着亲嘴,再脱光衣服睡到一只枕头上,男的压着女的。从古到今都一个式样。杏没有脱光衣服睡过觉,想不出那样睡觉的好处。觉得沉,觉得喘不过气。可是,男人女人要不那样睡觉,女人就生不出孩子。就像公鸡不骑到母鸡身上,母鸡就下不出能孵小鸡的蛋。天亮的时候,杏已经在想女人生孩子的事了,她一听见谁家的女人夜里大声地哭,就知道那女人生孩子了。她想,女人家生孩子肯定是很疼的,所以要哭,就像母鸡下蛋之后要满院子乱叫。杏就这样想了一夜,看着窗户外面的天一点点黑下去,又一点点亮起来。

秧门开过,后山那个叫王三宝的男人就到草桥来了。杏在后院喂鸡,婶娘乐呵呵地跑来,凑近她耳边大声说:相片上那个人来家了。

杏一听,心里就跳乱了。

她把婶娘推在前,自己跟在后头。进了屋,就看见桌上堆放着两瓶酒和几包糕点,还有一件红毛衣。一个梳分头的男人和另一个戴着黑眼镜、手里拿着大盖帽的男人对面坐着抽烟。杏瞄了一眼就认出,梳分头的那个人是王三宝。那个一直玩着帽子的,不是军官,也不是警察,搞不清是做什么的。杏一见到大盖帽就有些心慌,心想那该是木匠托的媒人吧。杏一来,三宝就站起了,对着杏先看了看,看过就有些不好意思地笑了:你是杏吧?

边上的婶娘说:你得大声喊才行。

三宝就大声喊了:你是杏吧?我是后山的王三宝。

杏用力点了一下头,表示自己听见了。接着就去为客人倒茶了。她倒茶的时候,看见客人一直在偷看她,心下就更跳得乱了。倒好茶,赶忙又去后院喂鸡了。杏一边想,这个木匠比相片上显老,不过这个男人敢当着外人面对她喊话。一会儿,王三宝也跟来了,还是看杏,还是笑。杏知道这个男人肯定是看上自己了,耳根就觉得好热,却也笑了。三宝说,杏,我喜欢看你笑的样子。杏没大听清楚,但晓得木匠说的肯定都是好话,就又笑了一下。可是背过身去一想,自己今后要光着身子和这么老的男人睡一个枕头,还要让他压着,就觉得便宜他了。

那天王三宝没坐上一会儿,留下东西就随大盖帽走了。大盖帽是乡税务所的征管员,姓李,人唤李税务。

李税务问王木匠:你可中意啊?

王木匠说:人是很好的,可惜不会言语。

李税务说:要是会言语能摊上你么?没准儿我还回去跟老婆打离婚呢。

王木匠说:不过话说回来,不言语也有不言语的好处,日后夫妻间少了口舌,倒也省心。

李税务说:那你打算么日子再来打礼啊?

王木匠说:秋后吧。可要是把人讨回家,那还得过上年吧,她年纪不到,不合法呢。

李税务说:这交给我好了。不就短了一岁嘛,找找人,花点钱。

王木匠说:花钱不是问题。

李税务说:那就没有问题。你预备着吧,等你过年回来,干脆择个日子把杏接回家算了。免得你裤裆里的鸟找不到窝……

那天傍晚,城里念中学的弟弟回来了。杏就把他拉到屋里,把王三宝的照片给他看了,自己却盯着弟弟的脸。她很快就看出弟弟对这门亲事不满意。弟弟把照片随便一扔,喊道:杏,你傻啊,这个男人不是你丈夫,是你爹呢。

杏就不作声了。杏想,弟弟心里是心疼她的。她其实怕的就是弟弟一脸满意的样子。弟弟一走,杏就和婶娘谈了心事,嫌王三宝年纪大了,自己不想嫁。婶娘也没多劝,只说:那就回了吧。

杏点点头。

这天夜里杏睡不着,翻来覆去,一闭眼,面前就是王三宝大声对她大声喊话、对他笑的样子。再一想,木匠一年能挣上两万块呢,又有点舍不得回了。可是弟弟这头不满意,真不知如何是好。

日子就这么过去了一段。杏还是过着往常的生活,每天喂鸡,隔四五天去一回县城卖鸡蛋。有一天,杏卖完鸡蛋回来,忽然觉得小肚子酸胀得不行,想尿,看看路上,还是行人不断,边上也没有长成的庄稼遮掩。幸好不远的坡上有一座破窑,就急忙奔那儿去了。

窑洞里很黑,杏四下看看,没人。刚进去,一只黄鼠狼"嗖"地蹿了出来,吓了她一跳。这一惊吓,尿就更急了,裆下也湿了。幸好裤子安的是松紧带,一褪就能蹲下尿了。提上裤子,忽然一个小东西跳到了眼前,仔细一看,是一只小鸡,毛茸茸的,翅膀上还带着血,就想,这一定是刚才那只黄鼠狼拖来的,还没来得及下喉呢。杏把小鸡捧在手里,那鸡的翅膀还在扑扇着,小黄嘴不断张着。杏心里说,莫怕,我晓得疼你呢。

杏从窑洞里出来,迎面就见着了一顶大盖帽。杏没敢抬头,趁着那人没说话就从他身边溜了过去。这时,那人喊了她。

那人说:你是杏吧?怎么连招呼也不打就走啊?我可是你的大媒人呢!

杏没怎么听清楚,还是走了。

那人笑了笑:我倒忘了,这女子耳背呢。

说着,他就扯开裤子尿了起来,抖着腿,吹着口哨:《路边的野花你不要采》。

杏带回了小鸡,用香油给它抹了翅膀上的伤口,再涂上牙膏。没过几天,这鸡的翅膀就长好了。田里稻子还没黄,小鸡就已经长成模样了,是只独一无二的芦花母鸡。院子里一圈看过去,就数这只芦花鸡打眼。于是就惹得两只公鸡成天围着它转悠。一个中午,杏蹲在门槛上吃饭,忽然看见花公鸡一下逮住了芦花鸡,咬着冠子骑上背。杏竟有些生气,便脱下鞋照着花公鸡使劲砸过去,把它们轰开了。婶娘看见,就说,杏,你咋把它们轰开呀?啊?轰开了,来年你哪来孵鸡的蛋啊?

这理杏懂,可还是这么做了。

田里的稻子转眼间转黄了,天气热了起来。天一热,鸡下蛋就少,歇窝了。杏得十天半月去一回县城集市。这天,杏积的鸡蛋有一百只了。像往常一样,杏出门前都要先把鸡蛋过数,整齐码好。她是一双一双地数。十双是一层,隔上一层草,再码一层。数蛋、码蛋都是杏喜欢做的事,总是带着笑脸。没多会儿,杏就码好了四层,到了最上头一层,才发现少了一只。杏不信自己数错了,就把篮子里的鸡蛋全都数着拿出,还是一双双地拿,一只只地数,但还是少了一只。杏再把鸡蛋重新放回篮子,过了数,还是少了,杏的嘴撇了撇,心想自己真是好笨,连整数都弄错了,差点想哭。忽然,后院里传来了一阵嘎嘎的叫声。

杏撒腿就跑到了后院,看见那只芦花鸡正撅着屁股在柴火堆上跳着、叫着。杏凑近一看,果然在草窝里发现了一只白生生的鸡蛋。杏拾起鸡蛋,热烘烘的,蛋壳上还带着鲜红的血丝。杏就知道,这是芦花鸡生的第一只蛋啊。杏可怜地看着芦花鸡,心想,你疼吧? 头一回肯定是疼的,疼你就多叫几声吧。

今天是个阴天,集市上显得冷清,老客户来得不多,面前尽是些生脸子。县城里的女人个个脸模子都生得好,像电视里的人。与生脸子做买卖就好头痛,一个鸡蛋死活要还价,把三毛钱还成二毛五。可是杏历来是不还价的。她开不了口,就把弟弟写的牌子放放好。好大一会儿工夫,杏的鸡蛋只卖出去一半。又过了一会儿,天色转暗了,看上去雨就停在头上。忽然间,那边闹了起来,接着就有小贩子做贼一样跑过,杏一看,就知道是大盖帽们过来了。她赶紧挎上篮子钻出了人群,一口气跑出了县城地界。刚想歇口气,雨又来了。杏接着又跑,这下跑得不急,怕颠坏篮子里的鸡蛋。不一会儿,雨就弄湿了她的衣服。路上没有什么人,过往的车子也陡然少了,天地安静下来。杏看见了那座破窑,就思摸着去那儿躲雨。

窑洞里很暗,更是静了。杏躲进来,想把贴身的衣服脱下挤挤。正解了上衣扣子,忽然看见一个人影跟了进来,她没来得及看清人脸,但看清了那人手里提着的大盖帽。那人一进来就骂:狗日的天。

杏赶紧护住了篮子里的鸡蛋,却忘记了已经解开的扣子。她的胸脯就这样显露出了一点,迎着了大盖帽的眼睛。

那人干咳了两声,上手就来拿杏的篮子。杏死活不肯,和那人争夺着。她一使力气,就把篮子压在身子底下,双手紧抱着,一动不动。她想,要夺走篮子里的鸡蛋,除非把她也一起夺走。那人的手果然就住了,从篮子柄上移了下来,落到了杏的裤腰上,身体像一床潮湿的被子那样盖下来。杏晓得什么事要发生了,她使劲扭着身子,使劲并着腿,可她还是舍不得腾出手来去推开压在身上的男人。她用嘴咬,认准了那只粗壮的胳膊,一口咬下去。那人"哎哟"一声,用力抽出了手,跟着就一拳挥在了杏的脸上。杏眼前一黑,好像陡然看见了家里那只花公鸡腾地张开了翅膀,身子软了。

没一会儿,那人从杏身上下来了,又干咳了两声,走了。慢慢的,杏觉得自己的腿冷,才看见自己光着下身,就急忙把裤子提了上来。杏听着身后没了动静,就回头看了看,外面的雨就一阵子,歇了。那个人已经走出了窑洞,正撒尿。原来这混蛋今天不是要抢她的鸡蛋,也不是追来罚款。杏松了口气,这才把篮子拿到有光的地方,把鸡蛋重新查上一遍。一双、两双、三双……只有二十三双半,单了一只。杏记得清楚,今儿只卖了二十六双,怎么就单了一只呢?杏接着又数钱,十五块六毛,一分不少。她就怀疑自己肯定是错卖了,被城里人蒙走了一只,认了。杏站起来,这才觉得下身有些疼。刚站好,就见到一只鸡蛋从裤管里滚了出来,杏眼睛一亮,开始还以为是自己看错了,弯腰拾起来之后,才信是真的。鸡蛋在自己身上焐热了,完好无损,好像是鸡刚下的,蛋壳上还带着血呢。不是血迹,用指头抹一下,还发黏。是新鲜的血。杏不明白,这是咋回事,这里并没有鸡呀。再一琢磨,就觉得这血该是从自己身上流出的。

那人完了事,就开始发动摩托车,把大盖帽挂到车把上,轰的一声走了。杏还是没看清那人的脸,但这回她记住了他的车牌号,后面三个数是048,正好是她今天余下的鸡蛋数目。杏忽然觉得,这个身影有点熟悉,却一时又想不起。

杏挎着篮子走回了家,她走得很慢,双脚都是泥。到了村子,天就黑了。婶娘去村里喝喜酒去了,家里没有人。杏没吃晚饭,弄盆热水把自己下身洗了,又觉得疼。杏早早上了床。躺在床上,听着不时传来的鞭炮声,哭了起来。没多时,婶娘回来了,杏起来开门,阴着脸。婶娘就问:杏,你咋了?哪难过了?杏不作声,关上了门。到了后半夜,婶娘突然听见了杏的哭声。她趿着鞋跟到杏的屋子,使劲地敲门,大声在门外喊着:杏,你咋回事啊?你把门开开!

杏不开门,但慢慢地就不哭了。

第二天,婶娘问杏:你昨夜咋回事了?哭得那么凶。

杏没作声。

婶娘又问:是不是发梦了?

杏还是不响,到后院喂鸡去了。

"双抢"一过,树上的叶子开始落了。外面做工的庄稼人赶回来帮了一阵子忙,又该走了。收完稻子,村子一下子闲了下来。田里没了庄稼,天地就显得开阔。杏养的鸡也歇窝了,一天收不了几只蛋。杏就躺在后院的草堆边,看着那些找食的鸡。下河洗衣的时候,杏看着水里自己的脸模子,觉得没有以前好看了,像霜打的秧。她有些难过,慢慢地就想到了那个后山的王三宝,这个男人不是说秋后回来吗?咋就没回呢?兴是在城里住久了,对这穷场子没了牵挂吧。杏洗好衣,低着头往家走,看见婶娘正满脸堆笑兴冲冲地往这边来。婶娘凑近杏的耳朵说:王三宝来了!

杏就跟着婶娘回家,远远地就看见木匠正在替她家修门。三宝还是梳着分头,新衣服脱下了,露出两只光着的胳膊。这男人结实。见杏来了,木匠就放下了手里的斧子,对着她笑,大声喊话:杏,我回来了。杏又看见院子里放着一辆新自行车。婶娘说,这是三宝替她买的,说今后去县城卖鸡蛋,就不要走十几里的路了。杏听明白了,忽然就觉得鼻子酸得厉害,头一低进屋去了,过后就没再出来。三宝也觉得奇怪,跟了过去。看见杏正坐在床沿上纳鞋底,埋着头不看人。三宝就问:杏,你这是咋了?

杏还是没说,眼睛变得湿了。

三宝却很高兴,以为杏在想他,就说:杏,要是你没有什么意见,我想过了年就接你过去,如何?

杏自然没有听出三宝的话,但从三宝笑眯眯的神色中,知道了话的内容。但她说:不!

三宝有些吃惊:不?如何不啊?

杏说:我不!

两人正僵持着,就听见外面响起了一阵摩托车的响声,接着有人在喊三宝:三宝,你还没正式讨人家回去,咋就一回来就往姑娘屋子里钻啊?

原来是媒人李税务骑着摩托车来了,叉着两条腿停在院子里,没熄火。杏趴在窗户上看,接着就吓了一跳,她再次看清了那辆红色的车和车屁股后面的三个数:048。

三宝笑着走出来,给李税务拿烟点火。两人凑在一起谈笑着。忽然间,杏从屋子里冲了出来,抄起门边上的斧子,横着眼就对李税务逼过去。李税务脸色霎时就白了,叼在嘴角的烟也落了,连忙转过摩托车就跑,杏突然嗷嗷大喊着,跟着追赶。木匠愣住了,连忙来夺杏手里提着的斧子,说:这是咋了?这是咋了啊?

草桥村的人都端着饭碗出来看。他们看见村里的哑巴女子正撒腿追赶着摩托车上的李税务,村里人都晓得,杏出事了。

当夜,杏把城里念中学的弟弟找回来,把一切都对弟弟比画清楚了,要他替自己写状子。她要上乡里告狗日的李税务。弟弟哭丧着脸,写一行,抹一下泪。写着写着,却又把写好的状子团了。杏一把夺了过来,要出门。弟弟就拦住她,喊道:姐,忍了吧!

杏还是出门了。她找到乡派出所,把状子递了。派出所很快就把李税务找来,可是对方顿时就翻了脸,吼起来:这女子卖鸡蛋逃税,报复我呢。她连话都不会说,就凭这张皱巴巴的纸你们就信啊?她说我强奸,凭什么?啊?

李税务的话,杏句句都听清楚了。凭什么?心下也虚了些。

见杏低着头,李税务就吼得更凶了,说你这不知好歹的东西,老子好心给你讲个婆家,你倒好,反咬我一口。

一提咬,杏就跳起来,抓住李税务的胳膊,李税务挣扎着,杏还是把他的袖子捋起来,可是,那上面的牙印却没有了。这一下,杏的眼泪就下来了。派出所的人把杏拉开,说有话好说,别动手。他们忘记了杏说不出话。李税务在给他们散烟,杏走了。

杏有些日子没有出门卖鸡蛋了。一天吃饭,哇地吐了一地。

婶娘觉得不对头,追到屋里要看杏的肚子。杏不让,可婶娘还是看出了名堂,急得直跳脚,说你这死人,自己的事咋就瞒得这么严实?肚子显了啊!杏还是没声响,躺在床上睁着眼。婶娘要拖杏去卫生所,把肚子里那块肉偷着拿掉。杏死活不依,不动。婶娘说,人家是戴大盖帽的,你告不倒。

第二天,杏又开始出门了。她不是去卖鸡蛋,光着手,梳妆整齐。村里人见到杏都装作没看见。杏的弟弟也好久没有回来,只让婶娘每月给他学校里寄钱。

一连几天杏都是这样早出晚归,没有人知道她在做什么。

又是一个阴天,李税务又习惯来那座破窑洞边撒尿了。刚撒完,就听见身后有了动静,回头一看,杏从里面走出来了。

李税务这回没跑,而是叼着烟笑着,说:怎么着,你是不是想我了?该不是在偷看我撒尿的东西吧?想看吗?我掏出来你看看?

杏也咧了一下嘴,猛地把衣服往上一掀,把整个肚子露出来。那肚子已经有些圆了。

李税务顿时就愣住了,一额的冷汗。他拉住杏的手,说谈谈吧,有话好说。只要你不告我……

杏把手一甩,走了。

当夜,李税务就给杏的婶娘偷偷送了一万块钱,想私了。说只要杏把肚子搞掉,以后大家就是亲戚,什么都好说。婶娘觉得也合适,就找杏谈了。杏把钱收下,存到了银行里,可是出了银行就不想去卫生所,她不肯把肚子搞掉。婶娘说,你告人家,又要留人家的野种,这算什么名堂啊?

杏比画说：一码是一码。

婶娘没法对李税务交代。后者就打电话给在外地做工的王三宝，叫木匠抓紧时间回来，有急事。于是几天后的一个晚上，木匠就到了草桥。来之前，李税务对他把条件都谈好了。只要哑巴尽快把肚子搞掉，他可以马上在当地给木匠揽一个装修的活做。木匠见生米已经煮成了熟饭，也只好认了。木匠说，别的不怕，就是担心杏的月份深了，不大好搞。木匠又说，要不，我就把这个肚子认了吧。李税务说不行。李税务说这女子鬼精着呢，她留着肚子就是要落个凭证。肚子不搞掉，可就要了我的命了。

那天晚上王三宝在杏的屋子里磨蹭了一会儿。木匠说：杏，趁早把肚子搞掉吧。毕竟，你也收了人家一万块，抵得上你卖十年的鸡蛋。

木匠的声音不大，杏没听清楚。杏想，这个男人不会再对她大声说话了。

木匠说：搞掉了，我就接你走。

杏双手把肚子护着严实。

木匠叹了口气，起了身。杏把那件红毛衣还给了他，又把前些日子木匠送来的那辆自行车推出来，让男人骑走了。

没过几天，李税务就到乡派出所自首了。派出所的人二话没说，就把李税务铐上，带着他在草桥村走了一个来回。草桥的人被这阵势看呆了，私下说，看不出，这个哑巴女子硬是扳倒了一个大盖帽。

第二年春上，杏产下了一个七斤重的男孩。是顺生。草桥没有几个人知道这件事,那天夜里他们没听见杏哭。

2007年3月5日　北京寓所

(原载《北京文学》2007年第7期)

流浪,而《去茂名的路上幻想一顶帽子》《海口日记》《独白与手势》都完全以"我"的流浪行程为故事的线索,讲述"我"在梨城、茂名、广州、海口、河南和北京等地的流浪生活,讲述"我"的闯荡、失败,讲述"我"在流浪中的困惑与焦虑。潘军作品中的主人公的活动空间虽然不及海明威笔下的人物那么的广阔,却与海明威的《别了,武器》《太阳照常升起》和《丧钟为谁而鸣》中的主人公们一样有着对流浪和定居的两难抉择的矛盾和焦灼。

潘军的浪子大多是以"我"来命名,是以自我为中心的。他的这些作品大多以第一人称"我"作为叙事者(即使是第三人称也是第一人称性的)。这些"我"从身份上来考察几乎无一例外地都是具有浪漫性的"作家",《独白与手势》中的"我"虽然在一段时间里是商人,但最终还是回到了作家的行当中;《重瞳》更是以项羽的口吻进行主观性极强的叙述;《小姨在天上放羊》中的"我"实际上讲的是作家童年的感受;就是客观性很强的《秋声赋》也有着"我"的影子在活动。不要说这些"我"有着作家自己生活的影子,他的婚姻、他的家庭、他的情人、他的同事们,以及他与他们的关系。郁达夫当年曾说"文学作品大都是作家的自叙传",这句话用在潘军身上是大体合适的。但这并不是说作品的内容就是作家的生活镜像的复制,只是说作家自始至终在利用"我"的向心力构筑着一个充分自我化的空间。

这种在流浪中构筑起来的"我"的形象,在某种程度上必然造就了潘军小说话语中人物形象的英雄性。迁徙流动是一种生活方式,是从过去的限制中解放出来的第一步。流浪者不是乞讨者,流浪者以一种高贵的姿态蔑视庸常,对一成不变的固定状态进行反叛。流浪者有一颗超越于芸芸众生之上的高贵的头颅。流浪中的人,作为主体摆脱了世俗和世俗的体制的束缚和压制,在流浪中,人获得了精神的最大独立。因此,浪子是真正意义上的硬汉,因为他敢于与世俗和既成文化的体制和权利不妥协甚至反抗。与流浪者的超越意图相对应的是世俗世界的存在。具体来说,这样的世俗世界包括政治权利的象征"红门""蓝堡",当然也包括金钱的权利和一切被称为庸俗的东西。《独白与手势》中的"我"的好朋友官僚冯维明就是这样的象征物。正如米兰·昆德拉所指出的那样,流浪者所不能容忍的是媚俗。正是因为有这样的媚俗的世界,浪子才要脱离这样的体系去追求一种纯净的世界。

但真正的硬汉不仅在反抗,而是在对萨缪所谓的生存荒谬的承担。在潘军的小说中,由于"我"的无处不在,使"我"虽处于文本语境的琐碎生活之中,但又有着凌越其上的视野。《独白与手势》正是创作主体对车水马龙的喧嚣世界的平淡谛视后的观照。此时的"我"是极其廓大的,而"我"又对自我有着极度的欣赏。从《独白与手势》所提供的绝大多数视觉文本来看,"我"对自我内心的痛苦有着极端化的关注。"我"是一个"自由圣婴"的形象,连接/属于着世俗与彼岸,而又对二者有着双重的拒绝:沉入于世俗的甜蜜与享乐,而又拒绝世俗的诱惑,拒绝与世俗同流合污,表现出"出淤泥而不染"的高蹈的品质;向往着彼岸,对形而上有着不竭的追求,但不愿意充当柏拉图;"我"的内心时常流露出强烈的道德正义的关怀,又有着无法挽回的悲剧感。

顾城曾说:"黑夜给了我黑色的眼睛,我却用它来寻找光明。"荒诞的存在中铸就的自我必然也处于荒诞之中。潘军作品中的"我"在苦苦的追寻中对自我的荒诞感和对意义的无意义性有着深切的体验。但尽管如此,"我"仍然是一个自由圣婴,飞翔在无意义和价值之上。这就是对荒诞的承担。"我"的追寻和对无意义的行为的承担与《老人与海》中的圣提亚哥在精神气质上是一致的,有着鲁迅《过客》中行者的猛士的品格。因此,在这个意义上,潘军笔下的"我"的流浪实质是一次精神的"行走"过程。

流浪之所以让人迷恋,是因为流浪自有一种浪漫的诗性。而无论是中古欧洲的罗曼司还是中国20世纪30年代的红色罗曼蒂克,它们的浪漫诗性的重要来源都是书写浪子对女性美的欣赏与品味。浪子与硬汉文学都是具有浪漫气质的,如同海明威和雪莱、拜伦。而浪漫之美的最大体现莫过于对女性之美的赞誉。潘军也如同海明威喜欢在表现硬汉气质的时候用女性阴柔来衬托一样,在表现"我"的高贵气质的时候,也喜欢写女性(但很少女性成为他的作品的中心人物,只有《秋声赋》除外)。但他的作品中的女性品格往往呈现出极端的矛盾性,一方面是世俗的可怜的存在,如"我"的妻子;另一方面又是精神寄托的家园,如"我"的女儿、"我"的情人们和项羽的情人虞姬。前者是人性的抑制力量的象征,而后者的作用又非常类似于骑士心目中的贵妇人,她们是精神的寄托和灵魂的慰藉。从一般意义上说,只有女性才能衬显出男性的阳刚之美,才能激发起主人公冒险的勇气、坚强的意志和勇敢无畏的精神,才能将他塑造成面对现实和生存困境的不屈不挠的硬汉子。

潘军的小说中的"我"正是在这"一般意义"上体现出一种男性的强悍、坚韧的阳刚之气,体现出人生的意义就在于一种精神:敢于承受痛苦、蔑视死亡。与女性所提供的功用一致的是故乡。浪子和硬汉常常会上演回乡的把戏,就如同项羽自始至终有着衣锦还乡的梦想一样。潘军的作品中不但古代硬汉项羽有着还乡的梦想(《重瞳》),而且作家自己也时常在有关故乡的写作中倾诉着真实的情感。当作家叙述自己的父母、过去的情人的时候,他虽然是酸楚的,但他的内心对此却充满了回归的温馨的安慰。没有温柔美丽的女性的流浪是令人难以忍受的,潘军笔下的"我"也是如此。

但无论是世俗、女性还是故乡,他们都只能是衬托硬汉威仪的参照物,也许硬汉在某些时候对他们有着向往和迷恋,有着沉迷的诱惑,但他永远是独立的,他永远只把它们作为一种挑战物。正是在面对挑战的过程之中,他才显现出一种高傲猖狂的精神气度。

二、恐惧的体验

潘军的作品有着英雄主义的精神,有着海明威式的硬汉精神。

但是正如海明威总是不断地抒写着对死亡的认识一样,潘军虽然更多的是对生的气息的把握和沉迷,但他的作品中却和所有现代主义的小说家一样充满着他对生的恐惧的真切体验。

恐惧的感受充斥于潘军的几乎所有的现代主义创作中。他在写作《流动的沙滩》时,曾引用新小说派的代表作家克洛德·西蒙的一段话作为题记:"我们对任何事情都没有十分的把握,因为我们始终是在流动的沙滩上行走。"这显然表达了潘军对"没有十分把握"的"沙滩"的恐惧症,但这是一种概括的也是较为抽象的描述。那么这种恐惧感的具体的来源是什么?它的具体的表现状态又如何?它在作家潘军的创作之中又有着什么样的审美意义呢?

潘军对恐惧的触摸还表现在他总喜欢选取那些某种程度上带有凶杀性质的形而下的事件为题材。长篇小说《风》暗示的是一场内讧的曾经发生;《流动的沙滩》中诡秘气氛则给人的生存状态赋予了鬼魅的气息;《桃花流水》表现了意外的死亡事件和这个事件的再次重演;《结束的地方》《白底黑斑蝴蝶》中则写了一系列的复仇行动;《秋声赋》《重瞳》都涉及一系列的自杀和他杀事件;《三月一日》没有杀的事件却是一个意外的车祸;《陷阱》中的作家像《狂人日记》中的狂人一样认为自己受到了迫害,他一心一意要为自己营造一个安全的所在,但最后却鬼使神差般的真的落入了自己设置的"陷阱"。

这些事件涉及生活的各个领域,换句话说,潘军的恐惧感是与现实的生活处境紧密相关的,我们当然也可从生活中去对它进行阐释。马斯洛心理学认为,人的欲望是构成本体的基本内涵,它包括五个方面的需要:生理需要(包括性、安全和食物需要)、归属和爱的需要、尊重的需要、自我实现的需要。潘军的恐惧感受也可在这五个层次上找到答案。在最基本的层次上,在《秋声赋》和《结束的时候》中,他在对性的满足感与爱的追寻中深深地感受到危险的存在,当旺的儿媳妇对他示爱之时、当新四军支队长宋英山与同伴的妻子之间发生了情爱直至性爱的纠葛时,危险像树叶一样悄无声息地降落了,虽然轻飘飘的,却显得极为惊心动魄。在性与情获得满足的一刹那，死亡即如期而至。当这种异性之爱与不安全感紧密相连的时候，异性也就成为某种危险或不祥的象征物了。我们并不能说潘军的文本中所体现出的异性与中国传统文化中的女巫形象有什么直接的关联，但至少有相似之点。潘军对异性的追求是肆无忌惮的，但他对情爱并没有一个坚实的感觉，在《去茂名的路上幻想一顶帽子》《独白与手势》以及《三月一日》中，他对异性——女性表现出的大多是一种失望感，他对她们有一种不可捉摸的异己的感受，或者说她们在潘军那里基本上可算是对立的"他者"。在他那里，能指与所指是分离的，如《去茂名的路上幻想一顶帽子》中那顶漂亮的帽子所带给主人公的美好幻想，和随着探求所带来的幻想破灭的失望和遗憾。在《白底黑斑蝴蝶》中司徒建明与白小鱼的关系，暗示了异性的不可信任，她就是出卖自己和使自己蒙受耻辱的对象。《那年春天和行吟诗人在一起的经历》中春天、女人、诗人这一切生机勃勃的意象都与神秘恐怖的死亡气息相联结。《海口日记》表现的是自我归属的失落，而《一九六七年的日常生活》《重瞳》则表现的是对自我归属的无限期待；《独白与手势》则表现的是自我实现追求的失落。当然，这样的恐惧感还包含着：对生存在社会体制的边缘上的自我状态的危殆感，或者说是因为体制的过于强大和自己的反体制态度而使他感受到了来自于体制的威胁；还有就是作为体制之外的流亡者，他对自身处境（从何处来到何处去）的迷惘与困惑；对似乎要到来的某种关怀的期待和对期待的怀疑。

从文化人类学的意义上，出于自利，人类变成了群居性的，但是在本能上一直依然非常孤独。正像海明威笔下的巴恩斯、亨利

附录

浪子·硬汉与生存恐惧
——潘军小说论之二
方维保

一、浪子与硬汉

人类对流浪有着持久的迷恋。有人类学家曾经考察出,在人的基因中存在着流浪的因子。当人类结束自己的类人猿生活而定居下来时,这样的流浪因子就沉淀在人的潜意识的深层,只有那些艺术家在他们的作品中才能将这样的潜意识呈现于现存的人类的面前。所以,自古以来流浪汉文学都极为发达。远古时期中国的《穆天子传》、犹太人先知的吟唱、英国文学中的流浪汉文学,都以流浪为题材,都表现了人类对流浪的迷恋。甚至俄国的老托尔斯泰在临死之前还要出门流浪,中国现代散文家梁遇春甚至把流浪看作人性的至高体现。

先锋小说家潘军的作品对流浪与漂泊生活具有极深的痴迷和眷恋。潘军的作品大多是以"在路上"(On the road)来展开故事线索的。早期的长篇小说《风》是在作为记者的"我"的流动的调查中来讲述故事的,因为故事是与"我"分离的,所以它还只是准流浪小说。后来的一系列带有自传色彩的叙述将小说的这种流浪情怀强化了。《那年夏天与行吟诗人在一起》讲述的是"行吟诗人"莫名的一样,潘军小说中的硬汉有着女性和故乡所无法抚平的孤独。主人公往往独自去面对痛苦的折磨甚至死亡的威胁,去默默地寻找一种接受失败和严酷现实的方式。《独白与手势》中写到的"我"即将脱离"红门"之时的那种刻骨铭心的孤独感受,那是种不能与任何人分享的孤独。

而这种孤独的本质在于他对生存恐惧的敏感。于是,潘军不再倾心于生存危机的诡秘文本的设计,而是以平易如话般的话语形态、以凌越的叙述调式,阐释了他对于那等同于天命的命运感悟:由于超越和绝对的存在,人自身的奋斗与挣扎的历程仅只延伸在天命巨网的纲目之中,人的主体性与尊严都只不过以天命祭坛前所匍匐的活"物"的身份全现。生命的挣扎与其价值意义因为宇宙空间视点对他的蔑视而消解了其价值存在。潘军的这种天命意识使他毫无遮掩地洞悉了个体生命的有限性及其运作的无目的无意义。永不歇息的怵惕与敬畏导致了他不得不把生命的存在终止于叙述的结尾。这样,潘军也就赋予他的那些形而下的故事以更深层的形而上的意义。

三、诗意的栖止

潘军对硬汉精神、对高贵的流浪汉精神以及对于恐惧感的表达,是充分诗意化的。潘军的创作根底上有着"行吟诗人"的气质。

这种诗意化最突出地体现在他对小说诗意氛围的营构上。潘军喜欢叙写生存恐惧,但他从不直接呈现血腥的场面,在表现的时候是意象化的。他总是对恐惧怀有无限的好奇,在他的叙述中他喜欢在不经意中点击着恐惧,给人一种恐惧渐渐逼近的感觉,《结束的地方》当少年冬来用飞刀很准确地杀死一条狗后,这种暗示是那么的明显。但在描述的时候,他却用树叶飘落来形容。而当凶杀真正发生时,潘军又拒绝直接地表现血腥的场面,他随时将笔移开,他只将主人公宋英山被杀的情景一笔带过:"艄公大声喘息,艄公大声欢叫,艄公的身体像大鱼一样颤动,然后是一次大声的欢叫,四肢渐渐地变软了。艄公从牙缝里挤出女人的名字,就不再动弹。越发浓郁的血腥味弥漫小楼,证实了女人一天的预感。"潘军将男欢女爱与凶杀交融着来写,回避了血腥的令人恐惧的场面。使恐惧包裹在凄凉的诗意中。同样的,《小姨在天上放羊》本来述说的是一个令人忧伤的死亡的故事,但当小姨的死亡被宗教化处理为"在天上放羊"的时候,死亡就成为一种令生者神往的所在。《秋声赋》中"箫"的意象,连接着中国传统民间文化而又不乏弗洛伊德主义的象征意蕴;《重瞳》中的虞美人是在虞姬的自杀之后呈现的;《桃花流水》中光明灿烂的"桃花流水"景象也产生于多种杀戮之后。最美的东西总是连接着最不忍的毁灭,而优美的毁灭之中自包孕着更优美的诞生,尽管这样的优美最终还是要毁灭。但就在这生死轮回之中,美诞生了。人被震撼、被感动,于紧张之后获得松弛休憩,被纯净化,深藏的恐惧被诗意化了,被淡化了,也被暂时掩埋了。美在毁灭后转化为一种优美的象征。这是多么古典化的手法,就像阿诗玛和望夫石的传说一样。而就在这样的过程中,处于"被抛入的设计"(海德格尔语)中的人类获得了诗意栖居。这种恐惧体验不仅令人惊悸而且令人着迷,那是一种"鲜血梅花"

般的诗意化的境界。

潘军的小说是主观化的。潘军反映的生活面并不广,从不超越自己的精神经历,每一部作品几乎都是拔高了的自传。有许多时候作者是根据自己的经验进行创作的,每每使读者感受到其中的诗意。潘军运用把作者、读者和对象三者之间的距离缩短到最低限度的做法,通过人物内心独白、自我表露,来直接与读者的客观认识相通。潘军的创作有着充分的自我体验,有着主观性,喜欢从"我"的角度来倾吐主观的感受。在他的小说中,这种称作"导演主观视点"的角度通领了全局。但他的作品又明显打着纪实的烙印。他的叙事是主观叙事,流露的却是写实风格。这样的倾吐显然又不是"我控诉"式的,而且有着冷静的身外的体察。在叙述的时候,如一些评论家所发现的,他从不做专门的心理或景物描写,而是强调叙述主体的感觉,将主体的情绪化入叙述语言和作风之中,在一种漫不经心之中达到风度最调和状态。正是这样的诗意风格掩盖着他内在的恐惧,并且把这种恐惧化为诗意的底蕴,故而带人流走但又使人悸动。

潘军在叙述的时候善于以情绪带动故事的发展,故事因有着饱满的情绪的浸泡,故而显得如清风流水般顺畅。他的艺术风格,正像他对电影的理解一样,"他的每一个设计都非常的精致和不同凡响,但看上去又那么漫不经心,以至于你很难找到雕琢的痕迹"[1]。

---

[1] 潘军《基调与意味》,《上海文学》2000年8月号。